Francis Huster

Dictionnaire *amoureux* de Molière

Dessins d'Alain Bouldouyre

PLON
www.plon.fr

COLLECTION FONDÉE
PAR JEAN-CLAUDE SIMOËN

92, avenue de France
75013 Paris
Tél. : 01 44 16 09 00
Fax : 01 44 16 09 01
www.plon.fr
www.lisez.com

Mise en pages : Nord Compo (Villeneuve-d'Ascq)
Dépôt légal : octobre 2021
ISBN : 978-2-259-25968-2

MIXTE Papier issu de sources responsables FSC® C003309

Plon est un éditeur qui s'engage pour la préservation de son environnement et qui utilise du papier fabriqué à partir de bois provenant de forêts gérées de manière responsable.

À Robert Hirsch.

À tous mes élèves du Cours Florent.
Aux comédiens de la Troupe de France,
de la Compagnie Renaud-Barrault,
des Tréteaux de France
et de la Comédie-Française.

Présentation

Louis Jouvet, pendant les ultimes répétitions du *Diable et le bon Dieu* de Jean-Paul Sartre, ne cessait de regarder sa montre. Furieux, Pierre Brasseur prend à témoin Jean Vilar, son partenaire en coulisses : « Le Patron s'emmerde ! Non, mais regarde-le : il n'arrête pas de vérifier l'heure qu'il est toutes les dix secondes ! » En réalité, Jouvet, victime d'un récent malaise, surveillait son pouls. Il sentait planer sur lui l'ombre de la mort ; l'infarctus fatal approchait. La semaine suivante, quand le Patron croise Jean-Louis Barrault au café de l'Athénée, rue de Caumartin, il lui confie son regret de n'avoir pas écrit le livre sur Molière dont il avait depuis si longtemps mûri le projet.

À son tour, Barrault, dans les derniers mois de sa vie, me raconte ce souvenir. Et là, soudain, alors que nous étions jusqu'alors en train de discuter tranquillement, chez lui, avenue du Président-Wilson, il me fait jurer de me charger un jour d'écrire cette bible dont nous rêvons tous pour témoigner des vérités secrètes que nous avons découvertes chez notre dieu à nous, comédiens. À force de le jouer, de l'étudier et de le mettre en scène. Même téméraire ou utopique (que le lecteur se rassure, je ne me prends pas pour Moïse), une promesse est une promesse : lorsque Laurent Boudin et Claude Capelier m'ont proposé d'écrire ce *Dictionnaire amoureux de Molière*, je n'ai pas pu me défiler. Grâce à eux, j'ai enfin pu tenir la parole que j'avais donnée à Barrault.

Je me suis efforcé d'en respecter scrupuleusement les termes, de façon à suivre les cinq grands axes qu'elle recouvrait :

1. *L'œuvre* : toutes les pièces et tous leurs personnages.
2. *Le théâtre au XVII*[e] *siècle* : ses combats, cryptés ou lumineux, contre les pouvoirs politiques et religieux.
3. *La vie de Jean-Baptiste Poquelin* : oser dire ce qu'on en sait de source sûre, ce qu'on peut raisonnablement supposer à partir de témoignages indirects, mais aussi les raisons pour lesquelles les plus grands interprètes de Molière se transmettent depuis des générations d'intimes convictions, à leurs yeux formidablement éclairantes, touchant l'enfance, les amours, les amitiés, le travail et la mort de Molière.
4. *Le génie de Molière* : parce que son génie d'auteur dérive entièrement de celui qu'il avait comme acteur, son art si original, même lorsqu'il emprunte à des sources latines, espagnoles ou italiennes, s'appuie, d'une manière qui n'appartient qu'à lui, sur le pouvoir révélateur des chocs entre des personnages que tout oppose, les divergences entre ce qu'ils disent et ce qu'ils ressentent, leur incapacité à concilier leurs contradictions. D'où vient qu'ils sont aveugles à eux-mêmes et aux autres. Bref, il part de ce qui est au cœur du jeu du comédien, pour le développer avec tant d'acuité et d'invention qu'il en fait un instrument de précision, propre à révéler les secrets les plus cachés de la condition humaine. Certes, le génie ne s'explique pas, mais on a tout intérêt à le scruter avec attention et sans préjugés si l'on veut comprendre ce qu'il nous apporte d'irremplaçable.

5. *L'universalité et l'éternelle modernité de l'auteur du* Misanthrope : par quelle magie sa force comique conserve-t-elle aujourd'hui encore toute sa puissance, quand, chez tous les autres grands auteurs, l'humour, talent notoirement périssable, ne cesse de s'affadir avec le temps ? Comment expliquer que ses héros, réduits à quelques traits ou traversés d'aspirations incompatibles, animés par des lubies, s'exprimant dans la langue courante du XVIIe siècle, continuent de nous toucher, de nous surprendre, de nous éclairer, comme si leurs rôles avaient été écrits hier ?

Molière nous écoute

Parce qu'il part de l'acteur, le texte de Molière est conçu pour être *recréé* par le comédien. Quand je joue un rôle écrit par lui, je sais que je le trahirais si je me contentais de l'interpréter ; je dois le vivre, à chaque seconde différemment. Il ne suffit pas d'être à son écoute, il faut que *j'y sois* ! Dans ces conditions, j'ai l'impression (avec le trac que cela implique) que c'est lui, Molière, qui m'écoute. Je ne connais pas d'autre dramaturge qui donne, à ce point, pareil sentiment de réciprocité. C'est pourquoi son mystère ne peut se révéler, dans son éblouissante mais abyssale simplicité, que par une approche amoureuse : comme disait Lacan, « l'amour est toujours réciproque ».

D'où le choix que j'ai fait de suivre jusqu'au bout ce que me dictait cette complicité amoureuse, avec la part de subjectivité qui en est inséparable. J'ai cherché à ouvrir la porte à l'imagination de la lectrice ou du lecteur pour tenter de leur faire sentir que Molière est là, par-dessus leur épaule, en train de revivre, avec elle, avec lui, en les éclairant, les passions, les excès, les échecs, les douleurs, les conquêtes de sa vie et de la leur. De la passion, des excès, des maladresses, une attention folle : Molière avait tout cela, qu'il ne faut pas craindre de montrer à son tour si l'on veut avoir une chance de percer son mystère. C'est pourquoi j'ai mêlé, au fil des entrées, les genres et les styles les plus divers : courts essais sur les innovations qui font la stupéfiante originalité des pièces de Molière ; points d'histoire ; éléments biographiques ; coups de gueule ; éclats de rire ; fiches sur les comédiens de ses troupes successives et sur ce que Poquelin leur a emprunté pour construire ses personnages... Mais aussi ce que j'ai appris ou que mes grands prédécesseurs m'ont transmis, en jouant ses pièces ou en en faisant la mise en scène. Je n'ai rien négligé pour essayer de faire comprendre Molière, autant que possible, *de l'intérieur*. J'ai même inséré, à cette fin, en plein milieu de ce livre, un impromptu théâtral où on le voit diriger ses comédiens pour la création du *Misanthrope* !

C'était d'ailleurs le seul moyen d'ouvrir une perspective plus directe, visant à découvrir le cœur du génie de Molière. Et d'apporter ainsi un regard neuf, des clés jusque-là ignorées sur un auteur qui a fait l'objet d'innombrables études historiographiques, critiques, philologiques, dont certaines sont d'une ampleur, d'une érudition et d'une rigueur intellectuelle impressionnantes. Contrairement à ce qu'affirme le dicton, je ne crois pas que l'amour doive rester aveugle et je n'ai, bien sûr, pas hésité à puiser dans ces sources de précieuses informations ou de stimulantes suggestions. Mais il aurait été vain de prétendre rivaliser avec ces travaux remarquables et très complets : mon projet, on l'a compris, est tout différent et complémentaire.

Le lecteur curieux d'en savoir davantage sur l'état de la recherche en ce domaine pourra notamment se référer à deux ouvrages majeurs : d'une part, le fameux *Cent ans de recherches sur Molière*, publié par Elizabeth Maxfield-Miller, de l'université de Harvard, et Madeleine Jurgens, conservateur aux Archives nationales, avec une préface d'André Chamson ; d'autre part, le récent *Molière* de Georges Forestier (Gallimard, 2018), où l'auteur mobilise avec maestria une somme impressionnante de références de tout ordre, pour démêler ce que l'œuvre de Molière doit à l'histoire du théâtre, à l'ethos de son époque, aux circonstances biographiques, professionnelles ou politiques dont ses pièces portent, directement ou indirectement, la marque. Le même Georges Forestier a dirigé, avec Claude Bourqui, la nouvelle édition des *Œuvres complètes de Molière* dans la « Bibliothèque de la Pléiade » (Gallimard, 2010), dotée d'un appareil critique impressionnant et passionnant. Jacqueline Cartier s'était inspirée des *Cent ans de recherches* pour son petit bijou édité à l'occasion du tricentenaire de la mort de Molière, en 1973, *Le Petit Molière*. Robert Manuel a laissé, sur notre auteur, des livres d'une saveur particulière. Ceux de Francis Perrin ou de Christophe Mory sont profondément émouvants et suggestifs. Enfin, j'ai une tendresse personnelle pour le bref mais percutant *Molière par lui-même* (Seuil, 1960) d'Alfred Simon, un ouvrage déjà ancien qui nous présente pourtant un Molière incroyablement vivant, lucide, génialement drôle et d'une tendresse humaine bouleversante. Celui que ce *Dictionnaire amoureux* voudrait justement s'efforcer de retrouver, pour mieux approcher les secrets de son art, au plus près, si possible, de ce qui lui a donné naissance.

Un naturel confondant mais paradoxal

Molière s'appuie d'abord sur l'instant, le gag, le sketch, et de là en déclenche d'autres, en chaîne, toujours imprévisibles mais induisant l'expression d'émotions en variations perpétuelles, sous le masque des comportements et des dialogues qu'elles démentent en dévoilant ce qu'ils cachent. Il le fait avec d'autant plus de force qu'il se concentre sur un petit nombre d'éléments stylisés : quelques traits de caractère inconciliables, un aspect de la pression des conventions sociales ou des rapports de pouvoir. Il s'en tient à ce qui passe par le déploiement du jeu d'acteur.

C'est par cette voie, en apparence étroite, mais dont il étend la portée au plus loin, avec une imagination, une rapidité, une capacité de renouvellement, une pénétration stupéfiantes, qu'il parvient à dévoiler les enjeux psychologiques, amoureux, politiques et moraux les plus profonds. Dans le rire et les émotions mêmes qu'ils suscitent. Sa profondeur est un effet second du plaisir du jeu, et non l'inverse. Et cela vaut même pour *Tartuffe*, la seule de ses pièces dont on puisse dire qu'il l'a entreprise pour illustrer un projet intellectuel préexistant : dénoncer l'hypocrisie des faux dévots et leur pouvoir de nuisance.

Ces choix esthétiques, qui pourraient paraître à première vue réducteurs sinon artificiels, créent paradoxalement une formidable impression de naturel. D'abord, ces caractères stylisés opèrent comme des révélateurs des enjeux *réels* qui animent les relations personnelles ou sociales, plus ou moins convenues, dans lesquelles ils interviennent. Ensuite, la cascade d'émotions suscitées par le choc entre les lubies du héros et la déstabilisation qu'elles entraînent chez ses partenaires ménage une place centrale aux affects : or ceux-ci donnent, c'est le cas de le dire, le sentiment du naturel à l'état brut. Enfin, ces émotions, qui expriment les réactions les plus spontanées des personnages mais dévoilent en même temps leurs motivations les plus profondes, doivent, pour toucher les spectateurs, être vécues en direct, sur la scène, par le comédien : c'est le naturel même !

La vérité en actes

C'est par là que les œuvres de Molière nous paraissent portées par *une force de dévoilement, à la fois radicale, limpide et simple, de la vérité nue des personnages, qui est aussi celle de l'humanité*. Mais, chez lui, cette vérité n'est pas conceptuelle, ni psychologique, pas plus qu'elle n'est sociale, encore moins politique ; ou, du moins, l'éclairage qu'elle apporte en ces domaines n'est-il qu'une conséquence inévitable de son extraordinaire acuité, comme un effet secondaire de la lumière qu'elle propage.

Car la puissance de cette lumière originelle, des vérités crues qu'elle nous révèle, tient d'abord à la manière dont elle nous rend témoins des épreuves terribles, comiques, poignantes que les héros doivent traverser. Dans un monde de faux-semblants, de masques, d'illusions, d'aveuglements. Face auquel ils doivent tenter de devenir moins faux, de s'accorder un peu mieux avec eux-mêmes et de réaliser ce qu'ils sont, envers et contre toutes leurs propres errances, leurs incohérences ou celles que les autres leur opposent. *La première vérité, ici, est celle de la fausseté générale, où les préjugés ont plus de part encore que l'hypocrisie. Il faut alors, à grand-peine, essayer de créer une vérité plus authentique, en se battant contre soi et les autres pour se trouver et trouver une place où l'on puisse se reconnaître et être reconnu.*

De là vient que l'on soit si souvent insatisfait par les analyses interprétatives, même les plus brillantes, de Molière : sa puissance de vérité est immanquablement affadie quand on cherche à l'exprimer sous la forme d'une idée ou d'un jugement, d'une philosophie ou d'une morale. Car elle est non pas dans une thèse ni même dans des portraits, mais dans les *rapports, faits d'actions, de réactions et d'émotions, qu'entretiennent les personnages avec les autres et avec eux-mêmes, dans leurs efforts pour se faire accepter et s'accepter*. En quoi l'art de Jean-Baptiste Poquelin se concentre sur ce qui, dans la condition humaine, est de toutes les époques et de toutes les civilisations. C'est ce qui le rend universel et qui explique sa modernité sans cesse renaissante.

La longue période d'échanges amoureux quotidiens avec Molière que m'a valu la rédaction de ce dictionnaire a été pour moi l'occasion de découvrir encore des merveilles inconnues chez cet auteur dont je connais pourtant l'œuvre par cœur depuis si longtemps. Je serais heureux si ce livre pouvait, ne serait-ce qu'un peu, donner la même impression à la lectrice, au lecteur : y découvrir l'homme et le cœur de l'œuvre.

ARMANDE
ALCESTE
A
Arnolphe
AMPHITRYON
Agnès
Argan
ALCMÈNE
Amour

Accrocs : duos conflictuels et réactions en chaîne

L'impressionnante singularité et l'inaltérable modernité de l'œuvre de Molière tiennent, au moins en partie, à une spécificité de son art théâtral, qui, bien qu'elle semble avoir échappé à la plupart des commentateurs, détermine certains des traits les plus marquants de son style : loin de s'appuyer sur une idée générale de chaque rôle et un plan d'ensemble de sa comédie, il part le plus souvent du choc instantané entre deux personnages, dont les incompatibilités vont entraîner des réactions en chaîne, une surenchère de nouvelles confrontations inattendues, qui donneront progressivement sa forme à la pièce tout en dévoilant la part secrète des protagonistes et de leurs partenaires.

C'est pourquoi le noyau fécond des scènes qu'il écrit est toujours un duo conflictuel dont les deux interlocuteurs se déstabilisent l'un l'autre : les rebondissements, oppositions, dérives de l'action et des dialogues se déploient à partir de la tension entre deux personnages, qui polarise, à son tour, l'attitude des autres intervenants.

Cette façon de composer contribue à rendre imprévisibles les réactions des personnages, renforçant d'autant leur force comique, leur impact émotionnel et la puissance avec laquelle elles révèlent les ressorts cachés de l'âme. Mais les effets en sont rendus d'autant plus variés, profonds et complexes que Molière démultiplie sur plusieurs plans cette structure initiale en duos instantanés.

D'abord, en amont pour ainsi dire, de la confrontation entre deux individualités, il fait apparaître un autre duo à l'intérieur d'un seul et même personnage, tiraillé entre ce qu'il fait ou dit et ce qu'il ressent. Ensuite, dans la perspective de l'ouverture de la scène sur la salle, il écrit ses dialogues de manière à induire délibérément un nouveau duo, cette fois dans le jeu de l'acteur qui, tandis qu'il joue le personnage du héros en réaction aux interventions de ses partenaires, est amené, dans le même temps, à jouer aussi, dans un esprit tout différent, avec le public. Enfin, sur un plan plus général, il construit ses dialogues sur la base de la dualité entre le caractère apparemment conventionnel des propos qu'il met dans la bouche des comédiens et l'originalité abyssale des affects qu'ils cachent mais que leur agencement virtuose fait surgir. Et, bien sûr, Molière combine avec une imagination inépuisable les contradictions propres à ces divers types de duos, pour en tirer des courts-circuits en feux d'artifice, à la fois éclairants, hilarants et poignants. Ajoutons qu'à chaque nouvelle pièce on le voit, si j'ose dire, jouer à déjouer les attentes créées dans le public par ses précédentes comédies.

Cet art si personnel des duos instantanés, qui libèrent chaque fois l'émotion que le discours des personnages cherche à dissimuler, est évidemment lié au fait que le génie de l'auteur Molière découle entièrement de celui qu'il avait comme acteur.

Accros : idées fixes, lubies, obsessions

Tous les héros des grandes comédies de Molière sont la proie d'une idée fixe, d'une lubie, d'une obsession qui contamine, sans qu'ils s'en rendent vraiment compte, leurs relations avec les autres, leurs aspirations, leurs paroles, leurs réactions, leurs justifications morales ou sociales. Ils s'efforcent pourtant de donner les apparences du bon sens, avec une étonnante capacité d'argumentation dont l'intelligence prouve que, n'était leur marotte, ils seraient parfaitement raisonnables et fréquentables, sans doute aimables.

Arnolphe, dans *L'École des femmes*, est possédé par l'idée d'avoir trouvé la martingale imparable pour éviter d'être cocu. Jourdain, *le bourgeois gentilhomme*, ne voit de beauté, de grandeur, de salut que dans la noblesse. Argan, *le malade imaginaire*, est habité par la jouissance malheureuse de se sentir malade et de se soumettre sans cesse à des traitements pénibles. Alceste, *le misanthrope*, est dévoré par la conviction qu'il est le seul être sincère sur la terre, appelé à démasquer sans cesse l'hypocrisie des autres. Chacun pourra sans peine continuer la liste : Tartuffe, Orgon, Don Juan, etc. Même Scapin a sa monomanie : face aux injustices, à l'arbitraire des puissants, aux coups du sort, multiplier les fourberies lui semble le seul remède.

Les déphasages induits par ces lubies, principal élément perturbateur dans un contexte et parmi des personnages plutôt normaux par ailleurs, sont évidemment une source féconde de rebondissements comiques. Mais leur montée en puissance conduit aussi à des impasses où les contradictions profondes des personnages, des rapports sociaux et des relations de pouvoir sont mises à nu.

S'il est probable que ce recours systématique à des idées fixes servait particulièrement le jeu d'acteur de Molière, on voit surtout qu'en tant qu'auteur il y voyait un puissant moyen de mettre en évidence une dimension fondamentale de la condition humaine : en la poussant à son extrême, il dévoilait notre tendance universelle à parasiter nos rapports à nous-mêmes et aux autres par nos préjugés, nos préventions, nos partis pris.

Acteur-auteur : du comédien au dramaturge

La clé de la compréhension de l'écriture de Poquelin *pour Molière*, c'est qu'il a permis à l'acteur, sur scène, de mettre en parallèle à l'écriture une vraie création de jeu comique et dramatique en acte. Point capital car, avant Molière ou parmi ses contemporains, le génie de l'écriture théâtrale et celui du comédien n'avaient jamais atteint une telle osmose : Corneille n'était pas comédien, Racine non plus, Sophocle ou Euripide pas davantage et si Shakespeare, quant à lui, l'était, son talent d'interprète n'est clairement pas au cœur de son œuvre ni l'inspiration première de sa vision du monde. Shakespeare sur scène était un passeur, un interprète qui s'adaptait à ses rôles, non un personnage générateur de ses pièces. Le génie de Poquelin (qui ne se confond pas avec celui de l'acteur Molière mais en est, pour ainsi dire, un développement sur un autre plan), c'est d'avoir laissé la liberté de création, pendant la représentation, à sa marionnette : il va « *chewingumiser* » le texte par moments, il va le saccader dans d'autres, il va l'« horizontaliser » (le banaliser en l'énonçant *recto tono*) ici, il va, au contraire, le « verticaliser » (remonter sèchement la phrase jusqu'à la fin de l'alexandrin) là. L'acteur peut être autre chose qu'une marionnette d'opéra parlé : il va doubler, redoubler la pièce en la réinventant sur la scène.

Molière a créé l'acteur au plein sens du terme et il en a tiré une manière d'écrire pour le théâtre totalement inédite. Il a véritablement inventé l'art de l'acteur, jusque-là essentiellement fondé sur des procédés, des modes d'expression, des « trucs » plus ou moins convenus, pour en faire une palette d'une richesse sans précédent en relation avec les situations dramatiques mais aussi avec les attentes des spectateurs.

Poquelin, le dramaturge, a eu ce génie, cette modestie aussi, de laisser à Molière, l'acteur, la possibilité, *à partir du texte écrit*, de réinventer son propre « texte d'âme » à lui. *Mais il a également inventé un nouvel art théâtral*, tout à la fois *conçu à la façon d'une partition musicale*, pour favoriser et magnifier ce type de jeu inédit (ce qui fait que les textes de Poquelin peuvent être réinventés par tous les acteurs, chacun pouvant créer, en miroir des dialogues, sa propre dérivation), et *dédié à ce que cette manière de jouer pouvait révéler des rapports humains, du choc des caractères, des rapports sociaux dans leurs apparences comme dans leurs motifs profonds.*

C'est une révolution dans l'art théâtral comparable à celle qu'a menée Picasso dans le domaine pictural, même si c'est bien sûr avec des visées et des enjeux tout différents. Leur point de convergence réside cependant dans cette caractéristique qui leur est commune : l'une et l'autre rompent avec l'histoire de leur art depuis la Renaissance, marquée par des efforts incessants pour découvrir des formes de représentations toujours plus proches des processus naturels : *Molière et Picasso visent, à l'inverse, une prise de distance radicale avec toute forme de réalisme au profit de l'invention d'un autre univers dont les lois plus schématiques, en jouant pour elles-mêmes, révèlent indirectement, par confrontation avec la réalité, ses profondeurs les plus cachées et les plus énigmatiques*. Au théâtre, cette simplification contribue à l'impression de naturel, parce qu'elle oblige l'acteur à la soutenir par l'émotion correspondante, qui nous la fait immédiatement reconnaître comme l'évidence du vécu. En peinture, c'est l'inverse : la simplification paraît plus artificielle, parce que l'émotion qu'elle donne ne vient que dans un second temps.

Les personnages de Molière ont cette originalité de n'être délibérément composés que de quelques éléments contradictoires, impossibles à réconcilier, schématiques et volontairement incomplets. De sorte qu'il faut absolument que l'acteur, par son jeu, les remplisse de ce qui pourra faire tenir ensemble cette charpente pour la faire vivre. Cela implique, comme je viens de le suggérer, que le comédien accomplisse, à chaque représentation, une recréation du rôle. À l'instar de ce que faisait Molière. Faute de quoi, l'impact de la pièce sur le public serait considérablement amoindri. Il faut donc que l'acteur y apporte énormément de choses, bien plus que ce n'est le cas chez les autres dramaturges. C'est sans doute pourquoi les interprétations vraiment enthousiasmantes de Molière sont si rares, mais d'autant plus éblouissantes. *A contrario*, les grandes pièces de Shakespeare résistent très bien à des interprétations moyennes ou inégales.

C'est que, dans le théâtre de Molière, l'acteur porte le personnage, alors que Shakespeare emporte l'acteur.

Bref, j'ai le sentiment que ce « duo malgré lui » (Poquelin-Molière) a conduit intuitivement l'auteur Poquelin à l'idée de mettre ce duo sur scène. Le duo, en l'occurrence, c'est, sur la scène, Poquelin l'invisible et Molière le comédien.

Acteurs-auteurs : de Sganarelle à Charlot

Le seul acteur-auteur, à ma connaissance, chez qui l'on puisse retrouver, à un niveau comparable, une démarche d'invention voisine, c'est Charlie Chaplin. Lui aussi s'appuie d'abord sur de brefs moments de confrontation entre des personnages qui, à cette occasion, laissent apparaître la distance entre l'apparence qu'ils se donnent et ce qui les anime réellement. C'est en tissant une suite de rebondissements et de résonances à partir de ces moments qu'il donne forme à la continuité dramatique de son film. Chaplin, comédien, a également inventé ce qui n'avait jamais existé avant lui au cinéma mais seulement au théâtre, chez Molière : un jeu en duo, là encore, où il mettait le public en position d'être son partenaire. Autrement dit, à l'intérieur du film, du cadre choisi pour un plan donné, Chaplin crée une complicité avec celui qui regarde l'écran, avec le spectateur. Les autres personnages de ses films, Charlot mis à part, ne sont pas du tout, quant à eux, en relation directe avec le public.

Comment parvient-il à être ainsi en relation directe avec les spectateurs, comment réussit-il à se distancier des autres personnages (le mot *distance* est ici très important) ? C'est tout simplement par un *rythme* radicalement différent de celui des autres : rythme du regard, rythme du corps, rythme de l'expression des émotions qui font que le spectateur ne se contente plus de le regarder mais ne regarde *que* lui.

Or, au théâtre, Molière a fait exactement la même chose : il a tout mis en œuvre pour que le rôle qu'il interprétait (son « Charlot » à lui, Sganarelle et toutes ses dérives – Argan, Orgon, Mascarille, etc.), et la manière dont il l'interprétait, polarise complètement l'attention des spectateurs. Lui Molière, le comédien, a pris ainsi le pouvoir sur Poquelin l'auteur en jouant justement sur la distance particulière qu'il instaurait entre lui et le public, en nouant un lien visuel et auditif irrésistible avec le public. D'abord parce que sa respiration saccadée, comme celle de Jouvet, obligeait le public à n'écouter *que* lui, à ne prêter attention qu'à lui, ne fût-ce qu'en raison de sa manière d'articuler, de phraser, si spéciale, rythmée sur des *tempi* beaucoup plus rapides ou, au contraire, beaucoup plus lents que ceux des autres, par quoi il hameçonnait les spectateurs pour qu'ils ne voient plus que lui. Ensuite, parce qu'il a su, à partir de ces particularités de son jeu ainsi stylisé, inventer des scènes comiques qui lui donnaient des résonances toujours nouvelles et en révélaient des implications inattendues.

Ainsi, dans la scène de *L'École des femmes* où le jeune et impulsif Horace, qui fait la cour à Agnès, raconte à Arnolphe les progrès qu'il y a faits, sans savoir que ce dernier est le barbon qui la cloître pour « se la réserver », ce n'est pas du tout Horace que les spectateurs regardent : certes, ils l'écoutent, mais ils sont accrochés aux mimiques de celui qui joue Arnolphe (Molière lors de la création), car c'est d'elles seules que les paroles d'Horace tirent leur sens théâtral. Jouvet l'avait parfaitement compris et avait repris à son compte cet écart de l'acteur qui se décale de ses partenaires.

Ses premières pièces ne sont pas encore, si l'on peut dire, pleinement des pièces de Poquelin. Elles sont encore proches, dans ces quelque dix années qui précèdent *L'Étourdi*, créé en 1743, des petites saynètes italiennes qu'elles imitent, volées à Scaramouche, à Brighella et quelques autres. Mais tout se passe comme si, constatant combien son personnage et les dons d'acteur qu'il y déployait accaparaient à un point incroyable l'attention des spectateurs, Molière s'était dit, comme Chaplin avec Charlot : « J'ai la possibilité continuelle, avec ce jeu et ce type de personnages, de servir de ressort, de source d'énergie, d'invention et de mise en perspective révélatrice pour des comédies réunissant un large ensemble de situations, de relations entre des individus, de réalités sociales. » Poquelin, l'auteur, possédant ce personnage qui polarise toute l'attention des spectateurs, découvre dès lors qu'il peut lui opposer, comme dans une partie de billard, tout un éventail d'autres personnages : et c'est ce qui entretient le *rythme* que j'évoquais à l'instant, ce qui le fait pulser, le fait sans cesse rebondir, le contraint, si j'ose dire, à *jazzer*.

Quand on joue une scène que Molière a jouée (donc quand on joue son *Charlot*, son *Sganarelle* si l'on préfère, ou même son *Alceste*, car en fin de compte ce sont autant de variantes d'un même type originaire), on ne sait jamais dans quelle direction, sur quel plan la scène suivante va déboucher, à quel rythme lui-même va évoluer, alors que les autres personnages restent continuellement, pendant toute la pièce, sur le même rythme !

De ce point de vue, on pourrait considérer qu'en matière d'art théâtral Molière a inventé l'équivalent d'un orchestre auquel se confronte un virtuose du piano qui n'est pas dans le rythme de l'orchestre. C'est cela, la nouveauté primordiale chez Molière, la source dont il a su tirer tant d'autres inventions. Et c'est aussi, dans le domaine cinématographique cette fois, la nouveauté déterminante chez Chaplin, sur le fondement de laquelle il a pu déployer les autres faces de son génie.

Devant sa feuille de papier, en plongeant sa plume dans l'encrier, il est probable que Poquelin s'est soudain rendu compte qu'il avait entre les mains un trésor : il a réalisé qu'il avait, avec cette marionnette Molière, un personnage auquel il allait pouvoir faire dire, aux moments les moins prévisibles mais avec un naturel confondant, n'importe quoi, n'importe quand, n'importe comment ! Et c'est ce qu'il a fait, comme Charlie Chaplin allait le faire plus tard dans la sphère cinématographique. Charlot se pète la figure, Charlot tout d'un coup pleure, Charlot va sans cesse à l'inverse de ce qu'on attend ou ne rejoint nos attentes que par des biais imprévus ;

Charlot peut même devenir d'une cruauté terrible : eh bien, il en va exactement de même pour la marionnette Molière, mais par des moyens propres au théâtre.

J'imagine que Molière et Charlot, comédiens, étaient d'abord inconscients du potentiel créateur de leur personnage en tant que fondateur d'une esthétique nouvelle et racine d'œuvres puissantes ; mais, en eux, l'écrivain Poquelin et l'auteur Chaplin ont eu la révélation de ce potentiel immense et le pouvoir de le faire fructifier.

Affinités philosophiques

Tout indique que Molière avait de la sympathie pour la famille de pensée représentée par La Mothe Le Vayer, le vieil académicien, qui se prévaut des titres de précepteur de Monsieur, frère du roi, d'historiographe et, en privé, de celui de philosophe : il défendait une sorte de scepticisme élégant, nourri de références à la philosophie épicurienne et à celle de Gassendi. Sur cette base, il a notamment développé de nombreuses réflexions sur les questions qui agitaient les milieux mondains et libertins, touchant les mœurs, les rapports entre hommes et femmes, les relations au sein de la famille ou de la société.

Comment n'impressionnerait-il pas le clan des jeunes chiens fous, Bernier, Hesnaut, Chapelle, Lully, Molière ? Ils ont dévoré à 20 ans sa *Vertu des païens* (1642), décortiqué sa Sceptique chrétienne et lui resteront fidèles. Molière esquissera même des contre-remarques à propos de sa *Prose chagrine*, parue cinq ans avant *Le Misanthrope*.

Disons-le tout net : Le Vayer haïssait la bien-pensance de l'époque, cette sottise cultivée qui n'admet aucune discussion. Molière lui adressera un poème vibrant à la mort de son fils, l'abbé Le Vayer : « Laisse les yeux ouverts », lui conseille-t-il avec une évidente émotion. Face à la douleur, n'est-ce pas aussi ce que Molière fit toute sa vie ? Et s'il est si grand aujourd'hui et pour l'éternité, c'est que, même mort, les yeux fermés à jamais, grâce à son œuvre qui, elle, nous regarde, Molière a les yeux ouverts pour toujours. Ils nous fixent. Et nous interpellent.

Comme le souligne Georges Forestier (*Molière*, Gallimard, 2018, p. 150-151), le fait qu'on retrouve Molière « aux côtés de Chapelle, de Des Barreaux, qu'il se soit lancé dans une nouvelle traduction du *De natura rerum* vers la fin des années 1650, qu'il soit devenu proche de l'abbé Le Vayer, [...] ami du défunt Cyrano de Bergerac, tout cela pourrait suggérer qu'il partageait les idées épicuriennes, donc athées, d'un certain nombre de ses connaissances ». Au fond, ce milieu intellectuel s'inscrivait, à bien des égards, dans la postérité de Montaigne, en cherchant, avec le moins possible de préjugés ou d'*a priori*, à comprendre les tensions entre nos aspirations, nos désirs, nos facultés et à en tirer les leçons pour mener une vie un peu plus lucide, équilibrée et intense.

Une telle attitude n'allait pas seulement à l'encontre des préceptes de l'Église et de la pensée scolastique, pétrie d'aristotélisme passé à la moulinette du formalisme académique ; elle impliquait aussi une prise de distance perplexe ou amusée à l'égard du cartésianisme. On pourrait voir là un paradoxe, dans la mesure où Descartes visait justement, en faisant table rase de toutes les croyances et préjugés, à construire une philosophie fondée sur la seule évidence rationnelle : « Le bon sens, la chose du monde la mieux partagée. » Dans cette perspective, il était persuadé d'avoir mis fin, une fois pour toutes, aux inextricables conflits de valeurs où se perdaient ses contemporains mais que l'on voit ressurgir au cœur des comédies de Molière : faut-il se plier aux commandements de l'Église ou aux décisions du père de famille, se ranger sous la bannière des thèses d'Aristote ou privilégier ses propres critères et ses penchants, lorsqu'il s'agit de savoir avec qui l'on va se marier ? Mais le paradoxe n'est qu'apparent : si Molière ne croit pas une seconde à la solution cartésienne, c'est qu'elle lui paraît illusoire, parce que trop simpliste au regard des contradictions constitutives de la condition humaine. Certes, il ne se prive pas de mener une critique des préjugés, des traditions, des aveuglements et des hypocrisies, mais il ne cesse de montrer que ces dispositions sont constitutives de tout individu humain, de sorte que c'est déjà beaucoup, à ses yeux, si certains parviennent à un peu plus d'authenticité.

À hauteur d'homme

Il n'y a rien au-dessus des personnages de Molière. Ils ne lèvent jamais la tête. Sauf sous forme d'allusions conventionnelles, Dieu est totalement absent. Bref, il y a une horizontalité absolue chez Molière, au sens où tout y reste à hauteur d'homme.

Si les pièces de Molière requièrent des acteurs qui soient eux-mêmes sur scène, de vraies personnalités, à la fois inventives, réactives et hypersensibles, c'est également en raison d'une autre de leurs originalités que je n'ai pas encore évoquée mais qui renforce encore l'impression de naturel qui s'en dégage : il est, en effet, le seul dramaturge dont les textes ont la particularité de ne jamais renvoyer, fût-ce implicitement, à un point de vue ou un jugement supérieurs (qui en éclaireraient le sens), ni à des motivations souterraines inaperçues (qui en expliqueraient les causes ultimes). Certes, les émotions et les lubies des héros ne cessent de démentir ce qu'ils disent, mais elles le font au sein de leur discours explicite (qu'elles déstabilisent) et restent à son niveau. De même, le cynisme de Tartuffe ou de Dom Juan affleure sans cesse, directement, dans leurs propos et n'a rien de crypté pour le spectateur.

Il en résulte que les dialogues de Molière se présentent frontalement au public, de plain-pied avec lui, sans détour ni arrière-pensées, sans ressorts dissimulés ni visées philosophiques ou morales plus lointaines. Dès lors, il faut que l'acteur amène de lui-même, par son émotion personnelle, le poids du vécu aux contradictions de son personnage, pour que celui-ci prenne l'épaisseur de la vie aux yeux du spectateur, le surprenne affectivement et l'incline à réfléchir sur le spectacle auquel il assiste. Cela ouvre un espace de recul réflexif, de mise en perspective des enjeux dramaturgiques, de distanciation favorable à un effort de jugement plus construit : sauf que, cette fois, c'est seulement dans l'esprit du spectateur que se forment ces prolongements surplombants ou sous-jacents qui, chez tous les autres dramaturges, à l'exception donc de Molière, sont déjà inclus dans la conception et le texte de la pièce.

Alceste et Philinte : *Le Misanthrope*, acte I, scène I

Pourquoi la première scène du *Misanthrope* est-elle le diamant de toute l'œuvre de Molière, comme pour Shakespeare le monologue d'Hamlet ? Comment donc, pour deux acteurs, tenter de l'interpréter ?

Trois facteurs contribuent tout particulièrement à la réussite absolue de cette pyramide de l'art dramatique.

D'abord, la perfection du duo Alceste-Philinte, tant dans ce qui les oppose que dans ce qui leur échappe à l'un et à l'autre, au point que, parfois, leurs attitudes ont davantage en commun qu'ils ne croient.

Ensuite, le rythme inouï qui emporte la scène et ne laisse pas le temps de respirer, obligeant notre esprit, ainsi gardé sans cesse en éveil, à n'en pas perdre un mot.

Enfin, la composition virtuose de cette scène d'ouverture où, comme dans certaines œuvres de Beethoven, de Wagner ou d'Alban Berg, tous les thèmes de la pièce sont évoqués !

Commençons par le dernier point. Molière nous apprend tout sur le duo : Alceste et son amour pour Célimène ;

la présence de ses rivaux, que seront Acaste, Clitandre, Oronte ; le procès qu'on lui intente ; sa décision de forcer Célimène à choisir entre lui et les autres prétendants ; et même son projet, en cas d'échec, de fuir dans un désert l'approche des humains ! De même, le caractère de Philinte, ses aspirations, ses goûts et son penchant pour Éliante nous sont présentés sans détour.

Quel culot pour un auteur de comédie de tout dévoiler ainsi ! Il n'y aura donc aucun coup de théâtre : nous assisterons, en réalité, à la confirmation, étape par étape, de ce que cette scène première avait révélé ! Ce n'est donc pas le fond qui va importer, mais la forme ou, plutôt, le génie que va déployer Molière pour nous surprendre sans cesse, alors même qu'il suit fidèlement la trame annoncée. Car il met toute son invention à concentrer l'attention sur les réactions imprévisibles, toujours changeantes, d'Alceste aux situations qu'il nous avait fait prévoir. Réactions qui, à leur tour, déstabilisent les autres personnages d'une manière qu'il n'est jamais possible d'anticiper avec certitude.

Imaginons que l'on propose à plusieurs auteurs de réécrire la pièce à partir de cette première scène et de l'itinéraire obligé qu'elle fixe. Hors le synopsis identique, elles différeront sans doute, mais il est fort probable qu'elles auront davantage de points communs entre elles qu'avec la comédie de Molière, qui se déploie tout entière dans les chocs d'émotions qu'il est impossible de prédire sur la base du seul scénario !

Ce qui nous ramène à la question du rythme, directement lié à ces chocs d'émotions, donc à l'originalité de la version de Molière. Ses rythmes sont d'une éblouissante diversité, en changements perpétuels et instantanés.

Mozart n’est pas Wagner ! Molière n’est pas Claudel ! Le rythme n’est pas la vitesse du phrasé, ni la rapidité des déplacements des acteurs. Il n’est pas non plus dans les changements d’intensité vocale, ni dans ceux de la mise en lumière, de l’atmosphère musicale ou sonore de la pièce. Le rythme pour l’auteur, donc pour les acteurs, ce sont les virages, les lignes droites, les descentes ou les montées de la pensée du texte, ses chutes, ses envols, ses tunnels, ses silences et ses regards.

Molière accomplit l’exploit, car c’en est un, de réussir à ce que les répliques ne se succèdent pas collées les unes aux autres en un dialogue réfléchi où tout est dit, où tout s’enchaîne logiquement selon un processus linéaire dont le spectateur peut pressentir les suites. Chez lui, au contraire, ce que disent les personnages, ce qu’ils expriment par leurs comportements, ce qu’ils laissent transparaître de leurs affects déjoue toujours nos attentes. Chaque pensée est autre que celle qui devrait naître.

Comme deux marcheurs qui ne seraient jamais au même rythme : l’un saute, l’autre recule ; l’un court, l’autre est à cloche-pied ; l’un s’arrête, l’autre tourne en rond. Ainsi d’Alceste et Philinte. Et il en va de même dans toutes les scènes et pour tous les rôles. Jamais les personnages ne s'accordent ! Quel trait de génie ! Quel risque ! Et quel accomplissement ! Car Molière invente tout simplement ce qui n'existait pas avant lui : une insolente, indomptable, inattendue langue dramatique qui, même quatre siècles après, même pratiquée par des milliers d'interprètes, dirigée par autant de metteurs en scène, n'a pas pris une ride et ne cessera jamais de se réinventer, de se redécouvrir, de s'imposer, de surprendre et de fasciner.

Le rythme, ici, n'a rien à voir avec un schéma préétabli et calculé de formules apprises, qui demanderait à être tenu, maîtrisé, dompté et mystifierait tout le monde en faisant croire à une improvisation du moment totalement mensongère, à la manière de ce que doivent faire les danseurs de claquettes. Dans les comédies de Molière, le vrai rythme naît, comme une résultante, du choc et de la confrontation des rythmes indépendants des personnages en présence. Comme un pianiste dont la main droite et la main gauche joueraient sans se soucier l'une de l'autre, jamais en accord, jamais au même tempo, chacune n'en faisant, pour ainsi dire, « qu'à son poignet » comme Alceste et Philinte n'en font « qu'à leur tête ». Comme si Alceste était dans du Shakespeare, et Philinte dans du Anouilh. C'est saisissant ! Et le spectateur qui, telle une éponge, vibre de l'un à l'autre, serait enveloppé par du *Bernstein West Alceste Story*, puis soudain par du *Trenet Philinte* ! Et cela se renouvelle, dans des formes inlassablement renouvelées, pendant toute la pièce, au travers des duos successifs : Acaste-Clitandre ; Oronte-Alceste ; Arsinoé-Célimène ; Dubois-Alceste ; Arsinoé-Alceste.

Or, tout cela ne tient, comme par miracle – le miracle étant Molière –, que par la réussite complète du premier duo, celui sur lequel toute la comédie s'appuie, Alceste-Philinte ! Nous en revenons donc au premier des facteurs de réussite que j'évoquais au début de cette entrée. En l'occurrence, la réussite de cette première scène tient à une trouvaille majeure de Molière : au lieu de dialoguer, de parler à l'autre, donc d'être tenus par le lien de la conversation entre eux, chacun des deux personnages, en réalité, ne se parle qu'à lui-même ! La preuve : aucun soi-disant dialogue entre les deux personnages n'aboutit ! Chacun reste sur ses positions, chacun se fiche totalement des prises de position, des réflexions, des inspirations, des réactions, des déclarations, des points de vue de l'autre. C'est un dialogue de sourds. Chacun soliloque et, malgré la présence de l'autre, s'entretient à haute voix avec lui-même. Contre toute attente, la scène devient un confessionnal ! Où le prêtre, qui serait censé répondre et réagir, est en réalité le public ! Et effectivement le public réagit, passant d'ailleurs pour chaque personnage de la compréhension au désaccord, du rire à l'effarement, de l'admiration au mépris.

De ce point de vue, la suprême difficulté de l'interprétation du *Misanthrope* est de choisir des acteurs dont pas un ne doit échapper à cette règle : jouer pour soi. Être à part. En imposer. Se singulariser. Et l'assumer. Tous des Brando. Toutes des Monroe ! Tous des Jouvet. Toutes des Adjani. Ainsi, depuis quatre siècles, se sont imposées dans la légende des interprétations solitaires de génie : Hirsch dans Oronte, Danièle Lebrun dans Arsinoé, Dux dans Alceste, Debucourt dans Philinte, Cochet et Alain Feydeau dans Acaste et Clitandre, ou encore Marie Sabouret en Célimène.

Al Jourdain

Jourdain a l'insigne honneur, pour la représentation du *Bourgeois gentilhomme*, d'être en réalité un ex-rival d'Al Capone, le parrain de la Mafia. Devinez donc dans quelle ville a été donnée cette interprétation de *Tartuffe* ? Ce n'est pourtant pas difficile : Chicago !

Alternance

Chaque soir, une pièce n'était pas suffisante. Il en fallait deux. On alternait donc le même soir comédie et tragédie. Ou tragédie et comédie. Mais il y avait aussi alternance des Troupes. Par exemple, en 1662, Scaramouche revenu à Paris alternait avec la Troupe de Molière au Théâtre du Palais-Royal.

Ami

Charles Varlet aura tenu auprès de Poquelin le rôle le plus ingrat. Celui d'ami. Et auprès de Molière, sur scène, le rôle le plus gratifiant : il en était le partenaire, sous le nom de La Grange.

L'ami Varlet aura tout fait. Cadet de Poquelin, de treize ans plus jeune, il intègre la Troupe à 24 ans. Orphelin lui aussi, il se masque sous le nom de sa maman, La Grange. Il est beau et possède cette vivacité, cette fluidité, cette présence qui rassure Molière, persuadé de tenir là le jeune premier qu'il espérait et qui ne va pas tarder à l'inspirer.

Il a l'aplomb de la jeunesse mais aussi, au fond de l'œil, une honnêteté, voire une naïveté, qui interpelle. Il croit à ce qu'il dit. Il ne dit que ce qu'il croit. Grâce à lui, Poquelin va pouvoir compter sur quelqu'un pour tenir la banque. Il lui refile tout ce qui lui prend la tête. D'un ami on attend qu'il vous rende service, non ?

Et Varlet va s'en acquitter des années durant, avec une constante loyauté. Tenant les comptes, la fameuse bible de la Troupe, le Registre. Établissant les itinéraires des déplacements, veillant à l'intendance, jusqu'aux victuailles des comédiens ou l'avoine des chevaux. Charrettes aux roues cassées, loges en feu ou glacées, Varlet sauvera tous les coups du sort.

Pour le récompenser, Molière lui offrira une brochette de rôles propres à mettre son talent en valeur : Éraste des *Fâcheux*, Horace de *L'École des femmes*, Valère de *Tartuffe*, Valère de *L'Avare* et le plus beau de tous, semblait-il au départ, Don Juan. Il y échoue, totalement dévoré par Molière lui-même en Sganarelle. Sa carrière personnelle ne décolle plus. Il aurait dû s'illustrer en Philinte. Pour une raison majeure : il en a tous les traits. C'est lui que Molière a peint. Mais c'est La Thorillière qui va créer le rôle. La Grange le lui cède. Ses talents de comédien étant d'ailleurs plus discutés, c'est finalement comme bonimenteur de spectacle qu'il va briller de tous ses feux. Les chandelles à peine allumées devant le rideau, le voilà orateur pour chauffer la salle. Molière lui passant le relais après des années de loyaux services.

Si le comédien La Grange n'a pas su marquer les spectateurs, Varlet aura sa revanche. Quand il harangue le public, il ne joue plus un rôle, il est lui-même. Il le fait avec un réel plaisir, que partage l'assistance conquise par sa simplicité chaleureuse. Il fourmille d'anecdotes réjouissantes, n'épargne personne pour s'attirer les faveurs de la salle, impatiente que la comédie commence : de rire en rire, de coup de griffe en bon mot, elle se laisse séduire. Quitte à ce que le bonhomme s'éternise. Edmond Rostand s'en inspirera pour agrémenter le rôle de l'époux de la fille Ragueneau, le crémeux poète de sa rôtisserie célébré dans *Cyrano*.

On se souvient du bon mot de Molière à La Grange, dans *L'Impromptu de Versailles* : « Pour vous, La Grange, je n'ai rien à vous dire ! » Ce qui ne signifie pas que La Grange est tellement merveilleux qu'il n'a rien à rajouter, mais, bien au contraire, que, même si Molière venait à lui donner conseils ou appréciations, La Grange n'en tiendrait aucun compte, selon son habitude de n'en faire qu'à sa tête.

Varlet, à la mort de Molière, quitte enfin l'habit d'ami esclave pour devenir magistralement l'héritier parfait.

Laissant à Michel Baron le rôle du fils successeur. Varlet, habile en affaires, parvient à s'octroyer au prix fort la salle de la rue Guénégaud, pour y sauver le répertoire de la Troupe et assurer qu'elle en conserve l'exclusivité. Il faudra tout le poids de la volonté du roi pour forcer les trois grandes troupes parisiennes à se réunir en une seule maison : c'est l'acte de naissance de la Comédie-Française, en 1680. La Grange revient alors pour pousser Varlet dans l'ombre. Le plaisir de jouer l'emporte. La Grange est la figure de proue de cette Comédie-Française dont il sera le doyen tout désigné. Et Varlet en profite pour remercier Molière de façon posthume, en prenant à sa charge l'édition en huit volumes des œuvres de Poquelin. Il s'éteint soudain à l'âge de 66 ans. Diable ! Encore ce foutu chiffre 66 !

Anticipation déjouée

Molière écrit ses pièces de manière que les spectateurs aient un ou plusieurs coups d'avance sur les personnages qui dialoguent devant eux. Ce faisant, en tant qu'auteur, il compose avec une formidable imagination les rapports avec la salle, comme une des dimensions originales de l'œuvre. C'est une préoccupation qu'il a certainement apprise des Italiens de la *commedia dell'arte*, mais à laquelle il a donné une puissance et une variété inédites. Il parvient ainsi à ne jamais lâcher le public dont il ne cesse de précéder les réactions. Il fait en sorte que les spectateurs soient continuellement pris de court, surpris dans les attentes mêmes que les scènes précédentes ont suscitées en eux. Effet parfois resserré à l'intérieur d'une seule phrase, entre ce que laisse entendre son début et ce qu'elle dit finalement.

Il va parfois encore plus loin encore dans la superposition des anticipations : non content de déjouer les prévisions du public, il lui arrive de ménager ses répliques (pour les rôles qu'il s'attribuait) de telle sorte que l'acteur soit amené à ne pas les jouer en accord avec ce qu'elles semblent dire mais sur un mode où s'annoncent les effets qui vont s'ensuivre. Les autres personnages pensent et révèlent leur pensée. Le comédien qui les interprète a en tête les mots qu'il va articuler avant même de les énoncer et cela se marque dans sa physionomie, de sorte que le public ne sera pas étonné par ce qu'il entendra. Alors que le personnage joué par Molière a déjà, avant même de prononcer une parole, une sorte de paralysie qui marque qu'il n'est qu'en réaction, signe qui annonce d'avance une réponse inattendue. Sauf que « l'attente de l'inattendu » sera déjouée à son tour, sous le coup d'une tension telle qu'elle va provoquer non pas une réaction, mais des réactions en chaîne si rapides que l'effet dominant sera imprévisible. Le spectateur est alors totalement fasciné car, quand la réplique ou le geste fusent, ce n'est jamais ce qu'il attendait.

Un exemple entre cent : dans *Le Misanthrope*, l'entrée d'Oronte. Le faiseur de sonnets est venu soumettre sa dernière création au jugement d'Alceste. Des courts-circuits successifs en résultent. Oronte (à Alceste) : « Je viens montrer un sonnet que j'ai fait depuis peu et savoir s'il est bon qu'au public je l'expose. » Là, le public ne sait absolument pas ce que va répondre Alceste. « Moi, monsieur ? – Vous. » L'acteur qui joue Alceste peut prendre des temps d'une plombe, il peut au contraire être dans un naturel parfait : impossible de deviner ce qu'il va dire ou faire. Le personnage est *réactif*. Ses réactions s'entrechoquent à l'intérieur de lui-même comme des boules sur un tapis de billard et c'est ce qui rend imprévisible la configuration qui en résultera.

C'est aussi en cela que Molière, le dramaturge, est un génial précurseur : Alceste réagit en fonction non seulement de ce qu'on lui dit et des exigences minimales de la civilité ou de la prudence, mais surtout en fonction de ce qu'il juge devoir penser au regard des valeurs dont il se veut l'incarnation, parce qu'il considère qu'elles sont la condition de la véritable humanité. Toutes ces considérations sont en balance et en tension dans son esprit, de sorte que rien n'indique ce qui prévaudra. Et comme le public sait ce qu'il peut penser (parce que la composition de la pièce lui a permis de comprendre à peu près quel type humain est ce personnage), il imagine déjà ce qui peut résulter des contradictions dont Alceste est la proie. Mais, là encore, Molière déjoue ces prévisions en allant au plus profond : parce que les dilemmes sont inextricables, Alceste, après un bref effort pour rester poli sans se compromettre, explose. Au lieu de réagir en fonction de ce qu'il pense, il réagit en fonction de ce qu'il est. Renonçant à dire ce qu'il devrait dire, il se lance dans un discours décalé qui met en évidence son incapacité à prendre en compte un autre point de vue que le sien. Ne fût-ce que pour donner de la force à la critique qu'il veut en faire. Il a raison, mais ses raisons ne peuvent pas porter parce qu'elles excluent *a priori* la possibilité même que la perspective d'autrui puisse avoir la moindre légitimité. C'est à la fois hilarant, émouvant et pathétique. C'est du Molière !

Bien sûr, il aurait sans doute eu intérêt à s'en tenir à son premier mouvement, qui consistait à s'excuser de son peu d'intérêt pour l'art poétique et renvoyer Oronte à l'avis plus sûr de Philinte : d'autant qu'il a proclamé dans les scènes précédentes qu'il n'avait aucune confiance dans le genre humain. Pourquoi, dans ces conditions, accepte-t-il qu'Oronte lui dise son poème et de donner son avis ? Le spectateur attentif va bientôt réaliser, avec un étonnement aussi amusé qu'effrayé, que si Alceste se range à ce parti risqué, c'est surtout parce qu'il veut voir jusqu'où Philinte sera capable de pousser la flagornerie pour satisfaire la vanité du rimailleur. Il tend un piège à son ami pour assister au spectacle de sa veulerie, le surprendre en train de se vautrer dans la lâcheté, la flatterie. Il s'en fout, d'Oronte. Ce qui l'intéresse, c'est de prendre Philinte en flagrant délit de bassesse et l'obliger à reconnaître son hypocrisie. Comme tout se passe selon ses prévisions, on sent qu'Alceste jouit de déverser sa colère sur le coupable : « Vil complaisant, vous louez des sottises ! » La scène, il ne la joue pas avec Oronte, il la joue avec Philinte. Il a la conviction qu'il va enfin prouver à Philinte, en cinq minutes, que c'est une raclure. Un lèche-bottes. Un menteur, capable, par pure courtisanerie, de porter aux nues des vers d'une consternante médiocrité. Comme il le lui a jeté au visage dès la magistrale première scène : « Un cœur corrompu. »

Mais Molière donne alors une nouvelle preuve de son génie en dévoilant de nouvelles profondeurs dans ses personnages par un inattendu renversement de leur relation. Quand Oronte, après avoir reçu galamment les compliments de Philinte, se tourne vers Alceste pour lui demander ce qu'il pense de son sonnet, il apparaît que l'atrabilaire s'est piégé lui-même. Ce qui est toujours le cas des personnages que jouait Molière dans ses chefs-d'œuvre. Au lieu de reconnaître tout de suite que le poème n'est pas trop à son goût, qu'à tort ou à raison il n'en est pas touché, il est gêné, empêché : il ne peut pas ignorer qu'en acceptant de donner son avis sur ces vers devant leur auteur, il s'engageait implicitement à s'efforcer d'en dire du bien pour ne pas blesser son interlocuteur. C'est là que le piège qu'Alceste tendait à Philinte s'inverse. C'est Philinte, maintenant, qui, les bras croisés et goguenard, observe avec ironie son ami, empêtré dans ses contradictions, comme s'il le mettait au défi de montrer cette franchise dont il se prétend l'incarnation et qu'il reproche aux autres de bafouer sans cesse. Ici, Philinte fait la scène avec Alceste ; Oronte est à nouveau marginalisé dans une fonction seconde de simple « cristallisateur ». Et Philinte triomphe ! Alceste, au lieu de dire sans détour qu'il trouve le sonnet nul, se lance dans des circonlocutions par lesquelles il tente maladroitement de concilier l'expression de son véritable sentiment avec le respect des règles de la civilité : « je disais à quelqu'un dont je tairai le nom... », « je ne dis pas cela... » (que ce sonnet est mauvais).

On peut voir là l'une des raisons pour lesquelles le théâtre de Molière ne mourra jamais. Il possède une extraordinaire puissance, créée par ces conflits au sein même des personnages principaux, qui, parce qu'ils sont, comme je l'ai dit, impossibles à refermer, demeurent toujours ouverts à de nouvelles interprétations, dans leur simplicité schématique mais pleine de prolongements toujours plus complexes. Ces interprétations ont évolué, évoluent et évolueront indéfiniment. Elles trouveront à chaque époque une expression moderne, parce que cette réaction maladroite du personnage pris à son propre piège, chaque fois réinventée par les acteurs, étonnera toujours le public.

C'est encore le cas dans la scène du *Bourgeois gentilhomme* entre Jourdain et le maître de philosophie, où le premier demande au second de reformuler avec un art touchant sa déclaration : « Belle marquise, vos beaux yeux me font mourir d'amour. » Jourdain, d'un côté, a l'air d'un idiot, mais, de l'autre, il manifeste clairement qu'il sait très bien que la seule vraie façon de dire ce qu'il veut exprimer, c'est celle qu'il a proposée d'emblée. Si bien que le ridicule change de camp au cours de la scène. C'est même ce qui assure sa dynamique. Le ridicule retombe finalement, par la seule force du bon sens rusé de Jourdain, sur le maître de philosophie. Plus généralement, les lubies de Jourdain, en tension permanente avec son bon sens assuré, ont, tout au long de la pièce, un double effet en contrepoint : en même temps qu'elles le piègent lui-même, elles déstabilisent tous ses professeurs, font exploser leur art ou leur savoir et les réduisent invariablement à sombrer dans le grotesque.

Apothicaire

Celui du roi, parmi d'autres, se nomme Brulon. Il avait assez de poids pour diriger la construction de cette maison où, durant six années, un record, Molière va vivre. Elle est toute proche de celle du médecin Daquin. Toute la Troupe y loge. Les de Brie au deuxième étage ; les Aubry, et donc Mme Aubry, qui est bien sûr Geneviève Béjart, au cinquième. Molière, comme à l'ordinaire, au troisième : car tout doit passer chez lui, par lui. On y descend, on y monte, peu importe, mais on y va ! Au quatrième, évidemment, Madeleine Béjart. Et le reste des Béjart. Ce sera la maison des combats, des deuils, et des revanches. Depuis cette fameuse année fatidique du *Misanthrope*, 1666, et jusqu'en 1672.

Araignée

La plus célèbre du XVIIe siècle est celle que Paul Pellisson (1624-1693) a élevée dans son cachot ! Il s'en vanta à sa sortie de peine, en 1666. Pour finir par devenir, ce qui paraît invraisemblable, historiographe du roi. Pourquoi ces années à l'ombre pour ce commis principal, poète à ses heures, auteur de l'*Histoire de l'Académie française* ? Pourquoi s'était-il retrouvé derrière les barreaux, cet ami fidèle de Molière comme de Mme de Scudéry, ou encore du poète secrétaire du prince de Conti, ledit Sarrasin ? Parce que, s'il était commis principal, il l'était du surintendant Fouquet ! Ce Fouquet qu'il n'avait cessé de défendre par d'incessants mémoires au roi ! Il fut arrêté avec Fouquet. Puis, libéré, donc, heureusement, avec presque trente ans devant lui à vivre réhabilité. Son araignée, il l'avait laissée chez elle, à l'ombre.

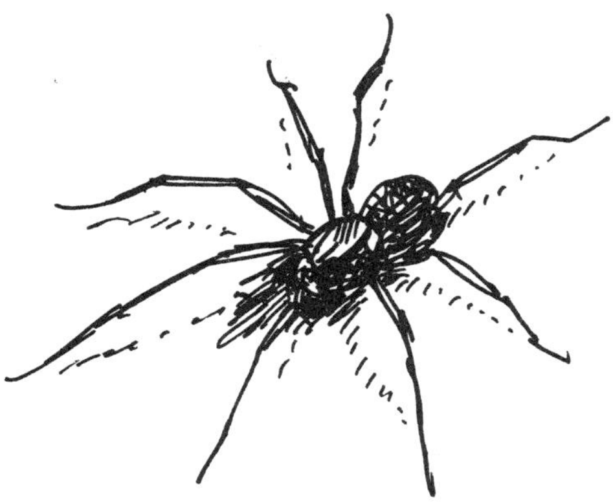

Arc-en-ciel d'émotions

La puissance unique du théâtre de Molière tient notamment au fait que ses personnages sont tous et à tout instant animés par un arc-en-ciel d'émotions qui les détermine et les définit. Alors que chez Corneille ou chez Racine, les personnages, sauf exception, ne tiennent pas la distance de l'émotion parce que leurs sentiments ne se renouvellent pas suffisamment vite ni avec assez de naturel. C'est qu'ils sont définis *a priori* dans le cadre d'un plan global destiné à faire ressortir l'essence d'un conflit tragique. Raison pour laquelle on trouve, dans la production de ces auteurs, une minorité d'immenses chefs-d'œuvre à côté d'une assez grande proportion de pièces qui ne fonctionnent jamais vraiment. Cela permet en passant de mieux comprendre ce que voulait dire Racine lorsqu'il confiait que, lorsqu'il avait achevé le plan d'une tragédie, il considérait qu'elle était terminée... puisqu'il ne lui restait plus qu'à en écrire les vers.

Les héros de Corneille et de Racine sont en effet identifiés à un type d'émotion qui les caractérise par rapport aux autres personnages au sein d'une sorte de répartition initiale des caractères adaptée au déroulement prévu pour une pièce donnée. C'est pourquoi ils sont mus par la même émotion, expriment la même couleur émotionnelle, pendant trente, cinquante, soixante alexandrins de suite. Voyez, par exemple, la scène entre Pyrrhus et Hermione, dans l'*Andromaque* de Racine : impossible pour un acteur interprétant Pyrrhus de briller ; parce que ce n'est pas vraiment un rôle mais une simple fonction, un archétype défini *a priori* et une fois pour toutes. C'est l'assassin de héros troyens, le ravisseur d'Andromaque et de son fils Astyanax, le maître-chanteur qui menace de laisser tuer le fils si sa mère ne cède pas à ses avances, mais aussi le fou amoureux prêt à affronter la mort pour épouser celle-ci. Bref, c'est une sorte de statue vivante. Ce qui n'est pas le cas d'Hermione et d'Andromaque, entre autres parce que, contrairement à lui, elles se parlent à elles-mêmes. Les vers que profère Pyrrhus se bornent, pour l'essentiel, à réaffirmer, pour ainsi dire en boucle, ses caractères constitutifs. Dès lors, le public ne peut plus être porté par la jubilation de découvrir à chaque instant l'acteur sous le jour d'un nouveau sentiment inattendu, comme c'est le cas dans les comédies de Molière. Le spectateur est contraint, face aux tragédies de Racine ou de Corneille, d'adopter une tout autre attitude qui le pousse à méditer la signification générale du conflit tragique auquel il assiste et... à évaluer en détail la capacité de l'acteur à intensifier ce qui, sinon, menace à tout moment de se transformer en un lassant tunnel.

Au contraire, dans *Le Misanthrope*, par exemple, chaque vers prononcé par Alceste exprime une nouvelle émotion inattendue. C'est d'autant plus paradoxal que son instabilité émotionnelle se réfère en permanence à la pensée qui l'obsède et demeure, elle, identique à elle-même d'un bout à l'autre de la pièce (l'aspiration à la franchise absolue et la dénonciation de l'hypocrisie générale). La clé de ce paradoxe réside dans le fait que, face à l'incapacité de faire partager son obsession, qu'il revit à chaque scène, Alceste l'hystérise toujours davantage et, ce faisant, en modifie indéfiniment les expressions. Sa pensée reste inchangée, mais son émotion varie continuellement. Autre manifestation du génie de Jean-Baptiste Poquelin, peut-être au sens kantien d'une puissance créatrice qui dépasse sa conscience et l'anime malgré lui : en se mettant dans la peau d'Alceste, Molière, qui était lui-même une boule d'énergie émotionnelle, un puzzle d'émotions, insuffle à son personnage un changement incessant d'affects.

Armande Béjart

Une grande partie de ce qui a été écrit et répété sur Armande Béjart est une honte. J'accuse ceux qui, comme des imbéciles, des faiseurs ou carrément des escrocs, ont colporté, du XVIIe siècle à nos jours, ce torrent de calomnies, de diffamations ou de consternantes naïvetés. Je veux donc ici dans ce *Dictionnaire amoureux* clamer, preuves en main, la vérité. Et quiconque cherchera à me contredire devra en répondre.

463e sociétaire de la Comédie-Française, il est de mon devoir de tenir la parole que j'ai donnée à Jean-Louis Barrault qui, lui-même, avait donné la sienne à Louis Jouvet. J'ai raconté, dans l'introduction de ce livre, comment et pourquoi ces serments ont été échangés. Jouvet, mort brutalement d'un infarctus au Théâtre de l'Athénée, avait l'intention, en s'appuyant sur les notes éparpillées qu'il avait prises pendant la tournée de sa Troupe en Amérique du Sud, de révéler ce qui va suivre sur Armande, dans un essai qu'il envisageait de publier dans l'année et qui se serait intitulé *Écoute, mon Molière*, en écho au titre qu'il avait donné à un livre publié quelques années auparavant, *Écoute, mon ami*. Jean-Louis Barrault m'a donc tout raconté au cours de nos trente ans d'amitié partagée, car lui-même n'avait plus l'envie de consacrer son temps à revenir sur Molière. Aujourd'hui, je ne peux plus attendre, étant le dernier de la chaîne.

Voici la vérité. Madeleine Béjart a été toute sa vie la maîtresse entretenue du comte de Modène. Grand chambellan de Gaston d'Orléans. Elle tomba enceinte encore mineure d'un enfant que l'épouse de Modène reconnut comme sien. Puis elle eut avec le comte de Modène un second enfant, une petite fille cette fois : Armande. Laquelle devint l'épouse de Molière. À qui elle donna trois enfants. Sans compter des fausses couches. Le premier, un garçon, Louis, meurt après neuf mois. Le deuxième, Pierre, ne vécut qu'un mois. À cent jours de la mort de Molière. La seule à avoir survécu fut donc la fille : née en 1665, elle fut baptisée Esprit-Madeleine, suivant la coutume chrétienne qui voulait que l'on donne les prénoms des grands-parents aux nouveau-nés. Esprit de Rémond, comte de Modène, est donc le grand-père de la fille de Molière et d'Armande Béjart : Esprit-Madeleine. Tout le reste est mensonge.

Le vrai nom d'Armande Béjart est donc Armande de Modène. Elle eut, comme sa mère, des amants, dont, bien sûr, le jeune Baron. Après la mort de Molière, Armande épouse le comédien Guérin d'Estriché, lui-même veuf et père de quatre enfants.

Durant près de quatre siècles, nombreux sont ceux qui, cherchant à salir Molière ou à en profiter pour se faire des gains, ont affabulé des contes à dormir debout sur Armande, fille de Molière, Armande, sœur de Madeleine, Armande, maîtresse de Corneille et même maîtresse du roi. Personne ne s'est posé pourtant la seule question qui s'imposait : pourquoi n'a-t-elle pas elle-même dit la vérité ? Pourquoi n'a-t-elle pas pris la peine de coucher ses Mémoires et de tout raconter ? Le roi meurt en 1715, elle vivra jusqu'en 1723. Pourquoi n'a-t-elle pas pris la plume ? Parce que la vérité ici rétablie parle pour elle.

Arrestation

Celle de Fouquet, en 1661, après la fameuse représentation des *Fâcheux* à Vaux-le-Vicomte. Plus personne ne serait à l'abri de la colère royale s'il déviait du droit chemin. Molière le premier.

Art classique

La conception traditionnelle de l'Art classique, qui le présente comme une esthétique visant à « peindre la nature », non dans ses détails pittoresques, mais dans son essence rationalisée, si elle nous aide certainement à mieux comprendre les *jardins à la française* et les pièces de Racine, s'avère être une fausse piste, au mieux une approche superficielle, pour qui veut saisir ce que nous offre le génie de Molière. Le lieu commun qui en résulte, selon lequel il se serait proposé, dans ses comédies, de nous présenter des sortes de *types idéaux* (« l'avare », « l'hypocrite », « le misanthrope », « le malade imaginaire », etc.), a le défaut rédhibitoire de réduire ses pièces à quelques platitudes où l'on ne retrouve plus rien de l'enchantement ébloui qu'elles nous procurent.

Seul un regard inattentif et superficiel ne verra en Alceste qu'un *idéal type* de « misanthrope » : en réalité, il affecte de l'être, il porte son refus de toute hypocrisie en étendard, avec un dogmatisme d'adolescent qui se prend et voudrait qu'on le prenne pour le rôle qu'il se donne. Bref, ses proclamations mélodramatiques de transparence absolue contredisent son aspiration à être toujours authentique et c'est la manière dont la pièce joue de ces contradictions, des réactions qu'elles provoquent, des malentendus qu'elles induisent qui rend le spectacle à la fois si comique, si bouleversant, si éclairant. D'autant qu'il est entouré de personnages qui, pour se croire mieux accordés à eux-mêmes et à la société que lui, n'en sont pas moins aussi paumés qu'il l'est, chacun pour des raisons différentes et à sa manière propre (dont on découvre peu à peu qu'elles ne sont que des inversions ou des variantes du problème d'Alceste).

Le dévoilement progressif de ces contradictions et des dimensions profondes de la condition humaine que leurs conflits irréductibles révèlent, par le pur jeu théâtral, les émotions et les rires qu'il suscite, est à mille lieues du simple projet de représenter des caractères ou de proposer des portraits idéal-typiques.

C'est, au contraire, par les rebondissements de l'action théâtrale, provoqués par les chocs d'aspirations incompatibles, que Molière met au jour les plus profonds mystères de la condition humaine.

Avant/Après

Molière, né en 1622, a vu naître après lui : Blaise Pascal, né en 1623 ; Mme de Sévigné, née en 1626 ; Bossuet, né en 1627 ; la Grande Mademoiselle, fille de Gaston d'Orléans, née aussi en 1627 ; Louis XIV, né en 1638 ; La Bruyère, né en 1645.

Plus proche de lui, il aura vu naître dans sa famille : son premier frère, Louis, en 1623 ; son deuxième frère, Jean, en 1624 ; sa sœur Marie en 1625 ; son troisième frère, Nicolas, en 1627 ; et sa seconde sœur, Madeleine, en 1628. Mais comme père il aura donné naissance, avec Armande, à son premier fils, Louis, en 1664. À Esprit-Madeleine, sa fille, en 1665. Et à son troisième enfant, mort-né, Jean-Baptiste, en 1672.

Parmi les contemporains célèbres de Molière qui sont morts avant lui, on citera : Tabarin, roi des farceurs, en 1626 ; Malherbe, en 1628 ; Alexandre Hardy, ce Shakespeare de pacotille loué pour ses six cents pièces dont pas une ne reste, en 1632 ; Gaultier-Garguille, prince des farceurs, en 1633 ; Gros-Guillaume, mort en 1634. Le trait de Jacques Callot s'efface en 1635. Richelieu entre dans la postérité en 1642. Et le roi Louis XIII, bien seul sans le Cardinal, quitte aussi le monde en 1643. Voiture rejoint les cieux en 1648. Descartes le suit, en 1650, en passant par la Suède où la mort l'attend à Stockholm. Cyrano monte dans la galère de la mort, assassiné, à 36 ans, en 1655, et Gassendi l'accompagne à 63 ans. Mazarin quitte la scène en 1661, Blaise Pascal en 1662. Et la reine Anne d'Autriche s'éteint en 1665. Molière s'en émeut. Mais il ne se remettra jamais de la mort de Marquise Du Parc, en 1668.

Les morts dans son clan furent pour Molière une succession de vives douleurs, d'abattements prolongés, qui justifièrent d'autant plus qu'il les gifle par le rire bienfaiteur, libérateur. De son grand-père Jean Poquelin, il ne pouvait guère se souvenir, puisqu'il avait 4 ans quand celui-ci s'éteignit, en 1626. Mais je suis profondément convaincu, comme l'étaient Louis Jouvet et Jean-Louis Barrault, que la mort de sa maman chérie, Marie Cressé, en 1632, foudroya Jean-Baptiste, qui n'avait alors que 10 ans (*voir* : Mère absente). Comme il semble que rien ne laissait prévoir sa mort précoce, on a fait l'hypothèse qu'elle serait morte en couches. On sait, d'ailleurs, que la belle-mère de Molière est morte en donnant naissance à sa seconde fille, en 1635, autre drame atroce. Son grand-père chéri Louis Cressé meurt lui en 1638. Jean-Baptiste a 16 ans et lui doit peut-être son amour des tréteaux du Pont-Neuf, où il l'emmenait, lorsqu'il se faisait, lui, arracher les dents, pour admirer des farceurs. Joseph Béjart mourra en 1659, un an avant Jodelet.

On imagine combien Molière a dû être bouleversé par la mort de son fils Louis, en 1664. Son père, Jean Poquelin, allait s'éteindre cinq ans plus tard, en 1669, à l'âge de 73 ans. Madeleine Béjart laissa Molière seul en 1672 et il la suivra enfin, un an plus tard jour pour jour, le 17 février 1673, comme un dernier clin d'œil à celle qui bouleversa sa vie.

Aveugles à eux-mêmes

À bien y regarder, aucun des héros de Shakespeare ou de Molière... ne se regarde lui-même. On aurait tort d'objecter Hamlet comme contre-exemple : ses doutes existentiels demeurent toujours impersonnels, liés au rôle social qu'il pourrait ou devrait jouer, y compris dans le célébrissime soliloque « To be or not to be ». Hamlet, dans ces vers, fait tout sauf se regarder lui-même ; il n'évoque à aucun moment les spécificités de son histoire personnelle, il ne dit d'ailleurs pas « je » ; s'il évoque la possibilité d'une « autre vie, dans un autre monde », il pose la question de façon générale sans se sentir plus concerné qu'un autre par elle, sinon en ce que sa situation la rend plus inquiétante. Raison pour laquelle il ne cherche pas vraiment à lui apporter une réponse puisque, finalement, c'est nous, spectateurs, qu'il oblige à la méditer.

Les grands personnages de Molière, parce qu'ils ne saisissent jamais ce qui les rend étrangers à la société, sont condamnés à tourner autour de leur problème sans pouvoir le cerner. En ce sens, ils ne ferment jamais le cercle de ce qui pourrait les définir. Ils restent toujours énigmatiques, ouverts, incomplets. C'est une autre différence avec les héros shakespeariens, auxquels on ne peut rien ajouter, parce que Shakespeare n'a rien oublié de ce qui les constitue.

Soit dit en passant, c'est sans doute pourquoi les personnages de Molière provoquent, à un degré qui ne se retrouve chez aucun autre auteur, un double jeu permanent entre l'acteur et le spectateur : le spectateur qui assiste à la performance de l'acteur interprétant Alceste a, dans son cœur et dans sa tête, son *Misanthrope à lui*, étalon du jugement qu'il va porter sur le jeu du comédien. Et il en va de même pour tous les premiers rôles chez Molière.

Plus profondément, on peut penser que le caractère incernable, ouvert, irréconciliable, propre aux héros de Molière, est un corollaire du type de création qu'il privilégie. La structure en duo opposant deux rôles ou deux tendances contradictoires au sein d'un même personnage, qui est la matrice de son écriture, renvoie sans cesse le héros d'un extrême à l'autre et l'empêche ainsi de prendre conscience de ce qu'il est. Le conflit avec lui-même interdit qu'il puisse se définir. Au contraire, les héros de Shakespeare, eux, finissent par reconnaître quelque chose d'eux-mêmes au travers de ce qu'ils découvrent dans la situation et de ce qu'ils en éprouvent. Ils ne se regardent pas eux-mêmes, on l'a vu, mais se voient en partie dans ce que les autres leur renvoient, d'autant que ceux-ci, comme nous le verrons (*voir* : Duo moliéresque, quatuor shakespearien), sont des variantes d'une problématique qui leur est commune. Cela contribue à « refermer le cercle », à rendre « complets » Hamlet, Othello et les autres héros créés par Shakespeare, quand les personnages de Molière, faute de saisir l'effet qu'ils font, ne comprennent pas plus les autres qu'eux-mêmes et, par là, demeurent toujours énigmatiques. Donc attachants. À notre image.

Cette béance est encore renforcée par l'espèce de jeu de billard dû à la différence de rythme entre les personnages de la pièce et le héros, qui fait tout à l'envers des autres, qui peut se permettre n'importe quoi, qui devient une sorte de « réactif » propre à déstabiliser toutes les situations, à percuter les desseins ou les représentations de ses interlocuteurs. Le cercle ne cesse ainsi de se rouvrir sans pouvoir jamais se refermer.

La relation si particulière que le spectateur entretient avec les personnages de Molière tient manifestement à une des spécificités de son écriture qui implique, pour les rôles qu'il s'attribuait, que l'acteur ne joue pas seulement avec ses pairs mais aussi avec le public. Il en résulte, en effet, un autre mode d'ouverture du personnage, un peu double aussi à cet égard. Ce qui, tout à la fois, favorise la coexistence de plusieurs interprétations à son sujet – notamment celle de l'acteur et celle du spectateur – et maintient l'impossibilité de refermer le rôle dans le cercle d'une interprétation unique. C'est d'ailleurs pourquoi *on doute toujours quant au point de savoir si le personnage est d'accord avec ce qu'il dit.*

C'est seulement au cours des siècles suivants que la dynamique interne de renouvellement des enjeux et des formes de l'art dramatique, participant à celle, plus globale, de la civilisation occidentale, finira par donner naissance à une polarisation sur un regard retourné vers soi-même, à laquelle Tchekhov donnera son expression la plus achevée. On peut y voir une manifestation de ce que Claude Capelier, mon éditeur, décrit comme « l'ouverture sans cesse plus large qui a entraîné notre culture à légitimer et approfondir des dimensions de l'existence humaine jusqu'alors oubliées, marginalisées ou réprimées (la subjectivité, la part féminine des hommes ou masculine des femmes, la sexualité, l'enfance, la banalité, l'animalité ou la nature en nous). Baudelaire n'est pas le premier à s'emmerder, mais personne avant lui n'avait su en faire un art, celui du *spleen*, où se révèle la fécondité de ces moments de suspension par lesquels l'ensemble de nos facultés peuvent se mettre à jouer librement au cœur d'une sorte d'intensification de notre imagination. Ces moments d'abandon, que l'on jugeait auparavant méprisables, veules, paresseux, s'avèrent soudain pleins de richesses potentielles qui méritent d'être exploitées ».

On repère quelques signes avant-coureurs de cette évolution dans les pièces de Musset, avec la part de subjectivité qu'elles mettent en scène dans les contradictions amoureuses ou la difficulté de s'accomplir (*Lorenzaccio*), encore qu'il s'agisse d'une subjectivité réduite à quelques traits archétypiques. De même, si le *Woyzeck* de Büchner donne une place radicalement neuve à l'aliénation psychiatrique, sexuelle et sociale, c'est sous une forme très générale où les caractères personnels sont violemment schématiques. Ibsen et Strindberg iront beaucoup plus loin dans cette voie, mais c'est seulement avec Tchekhov que le regard sur soi sera pleinement déployé au centre même de l'œuvre dramatique. Après lui, d'autres dramaturges en viendront à explorer les dispositions dramatiques plus inconscientes (existentielles, pulsionnelles, socio-économiques, etc.) qui animent secrètement cette subjectivité : entre autres, Schnitzler (l'auteur de

La Ronde et de *Terre étrangère*) autour des motivations inconscientes ; Pirandello, touchant les contraintes qui font un personnage (d'où son penchant pour l'auto-réflexion sur le théâtre, le théâtre dans le théâtre) ; Brecht, sur le rôle déterminant des infrastructures économiques, éclairé par une esthétique de la « distanciation » qui doit le révéler au spectateur ; Beckett, ressassant le presque rien à quoi se réduit l'existence prise à la racine.

Beline
"Qu'avez, mon pauvre mari ?"
LE MALADE IMAGINAIRE
B
Beralde : "Je ne vois rien de plus ridicule qu'un homme qui veut se mêler d'en guérir un autre..."
LES FEMMES SAVANTES
Belise : "Clitandre abuse vos esprits et c'est d'un autre objet que son cœur est épris..."

Bicentenaire

La France, fidèle à son image de mère ingrate, se fiche presque totalement de le célébrer ! Mais ce sont les Autrichiens qui sont à la hauteur de l'événement, en 1873, à Vienne, où Molière fut célébré au Théâtre impérial comme il le méritait.

Blason

Comment est-il, ce fameux blason de Molière ? *Le Mercure galant* assure, en 1673, qu'il est fait des miroirs de la comédie et des singes de sa maison natale, à l'angle des rues Saint-Honoré et des Vieilles-Étuves. Les singes en question sont ceux du poteau cornier que l'on pouvait voir à cet endroit, représentant un oranger où les bêtes à la grimace se passent les fruits. On résiste mal à la tentation d'y voir un symbole : Molière, comme les miroirs, reflétait avec génie le monde de son temps et, comme les singes, il savait contrefaire chacun de rôle en rôle, rôles qu'il distribuait, comme autant de fruits de son imagination, aux autres singes de sa Troupe, démasquant ainsi tous les travers des hommes.

Quant aux armoiries de Jean Poquelin, elles sont d'argent à cinq arbres de sinople, dont trois de haute tige et deux plus petits. Le tout soutenu par une terrasse de sinople.

Bon goût

Cet écrivain par sa manière
Charme à présent toute la cour.
De la façon que son nom court
Il doit être par-delà Rome :
J'en suis ravi, car c'est mon homme.
Te souvient-il bien autrefois
Nous avons conclu d'une voix
Qu'il allait ramener en France
Le bon goût et l'air de Térence ?
Plaute n'est plus qu'un plat bouffon ;
Et jamais il ne fit si bon
Se trouver à la comédie.
Jean de La Fontaine

Ce bon goût dont parle si joliment La Fontaine, c'est en réalité le dégoût que Poquelin porte aux si pitoyables acteurs de la scène française. Qui, eux, n'ont que le mauvais goût de théâtraliser, dans le mauvais sens, tout ce qu'ils hurlent, déclament ou ronronnent aux chandelles. À leur décharge, les rôles qu'ils ont à défendre sont eux, déjà, à vomir de prétention, de démesure grotesque, de grimaces convenues, et de gestes de foire. À lui seul, Molière, qui offrait ce naturel que Boileau comme La Fontaine prisaient tant, a non seulement purifié le théâtre dans le bon sens d'une humilité sans chichi, mais aussi offert à des êtres du quotidien, spectateurs ou comédiens, des rôles du quotidien. Oui, le lendemain d'une représentation, c'est dans la rue que les spectateurs de la veille croisaient à s'y méprendre des Agnès, des Philinte, des Jourdain ou des Harpagon. Ce n'est pas seulement Molière qui jouait pour le peuple, c'est le peuple qui jouait du Molière, lequel avait le bon goût de s'en inspirer. Et avec quel bonheur !

Bonheur de jouer

Molière est révolutionnaire par la place centrale qu'il a donnée au *jeu* comme carburant de l'invention la plus riche et la plus profonde. Molière, interprétant comme un *jeu* ce qu'il peut lui-même apporter au texte de Poquelin, et Poquelin écrivant les rôles destinés à Molière comme un ensemble de données élémentaires (mais en tension) à interpréter, à compléter et à incarner, la pièce naît d'une convergence de jeux en écho qui se répondent. Il en résulte un plaisir, un bonheur supplémentaires de jouer, de surprendre et de se surprendre, qui ajoutent une dimension au métier d'acteur, à l'art de l'acteur.

J'ai personnellement retrouvé ce plaisir de jouer à la Comédie-Française (ce qui peut passer pour un paradoxe s'agissant d'une institution de si longue tradition) chez Robert Hirsch, chez Louis Seigner, chez Jean Piat. J'ai vu des acteurs de cette génération-là qui étaient dans une jouissance de jouer immédiatement sensible, d'où venait un surcroît d'énergie, d'invention, d'émotion dans leur jeu. J'imagine, en entendant l'enregistrement audio qui nous reste de sa mise en scène de *L'École des femmes*, où il jouait le rôle d'Arnolphe, que Louis Jouvet avait cela au plus haut degré.

Je sais, par Jean Meyer, avec qui il en avait souvent parlé, que Jouvet tenait cet accroissement apporté à l'interprétation par le bonheur de jouer pour le contraire du cabotinage. Le cabotinage, c'est « en faire trop » ; alors que le bonheur de jouer, la jouissance de l'acteur, c'est « donner plus » pour pouvoir donner l'impression « d'en faire moins », bref c'est « le faire bien », être parfaitement juste. Ce supplément d'âme ne cesse de se renforcer lui-même, ne serait-ce que parce qu'il rend l'acteur heureux de réaliser pleinement le rôle, comme un cuisinier l'est de présenter le plat qu'il a conscience d'avoir vraiment réussi. Cet accord parfait porte l'interprète plus haut que lui-même. Je pense que le jeu de l'acteur ainsi entendu, c'est Molière qui l'a inventé. Les commentaires de ses contemporains le confirment mais, surtout, la façon dont ses pièces sont écrites. Et la nécessité dans laquelle elles mettent le comédien d'en faire chaque fois une recréation me convainc que cette révolution est même au cœur de son art. Raison pour laquelle ses grandes œuvres sont, par excellence, celles de tout le répertoire qui portent le plus les interprètes à cette forme particulière de bonheur du jeu dont je parle ici.

Que Molière soit l'inventeur de cet art de l'acteur, on le comprend encore mieux quand on compare ce que l'on sait de son théâtre et de son jeu à ce qui nous a été décrit des interprétations d'autres acteurs célèbres de son époque. Floridor, qui affecte de mourir comme s'il avait une crise d'apoplexie en jouant Oreste. Montfleury, qui fait également subir aux héros qu'il interprète une accumulation de gestes et d'effets de voix grandiloquents. Ces acteurs sont clairement à l'opposé du type de jeu dont Molière est le précurseur. Il est d'ailleurs probable que la réputation qu'il avait d'être un mauvais interprète de tragédie soit liée à la révolution de l'art théâtral qu'il avait initiée, laquelle heurtait de front les conventions de la tradition. Il est vraisemblable que, dans la tragédie aussi, il visait à faire sobre et naturel, à jouer juste, sans forcer le trait.

Bourgeois

Le XVIIe siècle est peu à peu embourgeoisé. La noblesse a failli à sa tâche. La bourgeoisie s'empare du vrai pouvoir. Il en résultera, un siècle plus tard, la Révolution ! Si la noblesse avait su se tenir, maintenir, retenir, au lieu de simplement détenir, l'histoire de France aurait-elle pris un autre cours, plus réformiste, moins révolutionnaire ? Quoi qu'il en soit, le mépris de la noblesse non seulement envers le peuple, mais envers elle-même, aura tout justifié. Le tiers état commence l'ascension du pouvoir.

Louis XIV, trahi par la Fronde, donc les nobles, s'entoure d'un mur de ministres bourgeois, comme Napoléon de maréchaux du peuple. Colbert, Le Tellier en tête, pour ne citer qu'eux. Et Molière, enfant du Marais, a parfaitement saisi que le bourgeois était un modèle de comédie d'une cocasserie profonde, qui allait lui permettre toutes les audaces qu'il n'eût pu s'autoriser avec les nobles ! Mais ce n'est pas seulement par prudence que Molière préfère s'occuper des bourgeois. C'est aussi et peut-être surtout parce qu'il sent que c'est chez eux, justement parce que leur rôle social s'accroît dans tous les domaines, que l'évolution des mœurs, les conflits de valeurs, l'affirmation des singularités individuelles provoquent les changements les plus déstabilisants et les contradictions les plus spectaculaires.

En ce sens, si ce qu'il vise concerne tous les humains, les bourgeois le lui fournissent sous la forme la plus intense, la plus puissante, bref la plus théâtrale. Et il n'a que l'embarras du choix. Un bourgeois cocu, Sganarelle ; un avare bourgeois, Harpagon ; un bourgeois sans couilles, Chrysale ; un bourgeois tuteur vicieux, Arnolphe ; un bourgeois qui se rêve gentilhomme, Jourdain ; un bourgeois tartuffié, Orgon ; un bourgeois hypocondriaque, Argan. La liste est encore longue de cette inépuisable source de dérision où Molière va puiser son inspiration ! Avec génie !

Bourgeoisie

Par ordre de préséance, la bourgeoisie de Paris est divisée en six corps : drapiers, puis épiciers, puis merciers, puis pelletiers, puis bonnetiers et enfin orfèvres.

La claque à cette époque était composée de complices grassement payés qui se faufilaient parmi les spectateurs une fois la représentation commencée. Au parterre le plus souvent. Là où se pressait le populaire. Pas seulement parce que c'était là les moins chères des places, mais pour se mêler discrètement aux gens du peuple qui, à ce tarif, devaient assister au spectacle debout, parfois pressés les uns contre les autres comme des citrons, ce dont profitaient d'ailleurs les voleurs pour dérober maintes bourses, gants et bijoux. Les gens de province qui venaient pour la première fois voir un spectacle à Paris préféraient aussi le parterre, évitant ainsi d'exposer leur méconnaissance des usages au vu de tous dans les galeries, les loges ou même sur la scène.

Donc, parmi cette masse de spectateurs, se mêlaient ceux rétribués pour faire la claque, ce fameux *brouhaha* de l'époque. Dès le lendemain, dans les gazettes comme à la cour, chacun s'empresserait de commenter la chaleur et l'intensité des réactions. Beaucoup laisseraient entendre qu'ils avaient assisté dans une cohue débridée au brouhaha inouï fait à la pièce qui, forcément, allait faire grand bruit. Pourquoi d'ailleurs parler de brouhaha et non de claque ? Parce que si le terme de *claque* suggère un paquet bien dirigé et compact d'applaudissements qui soutiennent et surprennent en même temps, entraînant l'adhésion, le *brouhaha* lui peut être un mélange disparate de pour et de contre, de billevesées comme de murmures admiratifs ou méprisants, beaucoup plus confus et discutables. Ainsi des plus fameux brouhahas relatés par *Le Mercure* ou autres gazettes, à propos des monstres sacrés, sacrément ridicules et monstrueusement empathiques tels Floridor ou Montfleury, qu'épingleront Molière et Cyrano et avec quel talent !

Molière ironise d'ailleurs, dans *Les Fâcheux*, sur « tous ces brouhahas que font les beaux esprits ».

Buste et sœurs

Le magnifique buste de Molière par Houdon est à la Comédie-Française, tout comme ses petites sœurs en biscuit de Sèvres par Caffieri, la statue de marbre de Caudron, la statuette de Mélingue en bronze, ainsi que le modèle en plâtre pour la statue définitive de la rue de Richelieu. Un seul point commun pour tous ces hommages : c'est l'écrivain, l'auteur dramatique qui est immortalisé. Jamais le comédien ! Si cela eût été le cas, son visage, son regard, son corps, ses mains, tout en lui nous parlerait. Alors qu'ici, c'est Molière qui pense.

Pourquoi ? Par un motif inconscient pour tous ces artistes, mais bien réel : un comédien est un drôle, un saltimbanque, un être remplaçable. L'écrivain, lui, est forcément unique.

Il aura fallu le cinéma pour enfin inverser la tendance. Ce n'est pas Charles Spencer Chaplin, le Molière du XXe siècle, qui a sa statue en Suisse. C'est Charlot. Molière Alceste, Molière Argan, Molière Orgon, Molière Sganarelle, Molière Scapin n'ont pas eu cette reconnaissance ! Paris peut avoir honte de son mépris ! Où sont les statues des grands comédiens qui ont honoré leur pays, la France ? Les écrivains, les militaires, les héros, les résistants, les rois, toutes les autres célébrités y ont eu droit. On compte sur les doigts de la main les statues de comédiens. On appréciera.

C

Cabale

Celle de la Compagnie du Saint-Sacrement de l'Autel. Véritable Croix-Rouge dans l'esprit, dans l'intention affichée, mais effrayante préfiguration de la Gestapo dans les actes. Saint Vincent de Paul, homme de foi et de bonté, en fut l'un des saints serviteurs et avec quel dévouement chrétien dans l'humilité et l'ombre de la tendresse humaine bienfaitrice, alors qu'en pleine lumière les traîtres du Christ osaient sans masque aucun assassiner en paroles et peut-être, secrètement cette fois, en actes, leur plus grand adversaire, l'apôtre du diable, le criminel Molière ! Dont ils déclaraient publiquement qu'il méritait la mort.

Pour bien mesurer la puissance non seulement souterraine mais réelle à la cour même de ce parti terrifiant de haine qui avait gangrené la Compagnie, il suffit de constater que seule l'intervention sans ambiguïté du roi lui-même parviendra à mettre un terme à l'affaire Tartuffe, en autorisant enfin la représentation de l'œuvre. Face au déchaînement de la Compagnie du Saint-Sacrement, avec le honteux appui de l'archevêque de Paris qui se sera ainsi déshonoré pour la postérité, aucun des soutiens de Molière n'avait jusque-là réussi à plaider sa cause avec succès.

Lapidé par les mots de pierre, Molière, lui, se sera grandi par son courage sans faille, sa détermination incroyable. Il sera ainsi entré dans la légende ! Car, en s'opposant à lui seul au pire arbitraire religieux, à l'ostracisme de ceux qui trahissaient hypocritement le message du Christ, l'écrivain Poquelin, l'homme de théâtre Molière menait victorieusement, pour la première fois dans l'histoire théâtrale, ce combat que l'on croyait perdu d'avance de la liberté artistique contre le diktat odieux de la religion dévoyée. Si vous enleviez *Tartuffe* de l'œuvre de Molière, si vous effaciez toute trace de cet affrontement d'une importance capitale et d'une violence inouïe entre un artiste et la principale figure religieuse du royaume de France devant lequel le roi lui-même doit s'agenouiller, l'archevêque de Paris, Molière redeviendrait un Racine, un Corneille, qui eux n'ont combattu aucun pouvoir. Molière, si. Au prix de sa vie. Mais pour la gloire de son œuvre. Et, ce qui le grandit encore plus, pour celle du théâtre. Victor Hugo seul après lui aura le même courage et mérite aussi de la postérité et de la France. Hugo le payera sèchement par l'exil. Et pour des années. Molière, lui, l'aura payé par la trahison de Lully lui volant tout, théâtre et œuvre commune, ruinant sa vie.

Cabalistes

En 1629, le duc de Ventadour est ordonné prêtre. Il va fonder une effrayante police théologico-politique du XVIIe siècle, masquée sous l'apparence sainte de la

Compagnie du Saint-Sacrement. Qui jouera habilement entre actions pieuses admirables et crimes monstrueux. On démasquera son terrifiant visage en la dénonçant comme étant *La Cabale des Dévots*.

Elle commence pourtant par mener à bien un projet relevant de la charité chrétienne la plus généreuse, en élevant l'Hôpital général, l'hôpital des galériens. Dans une France en piteux état, dans la boue des miséreux qu'elle n'hésite pas à tenter de sauver, dans une réconciliation improbable entre huguenots, protestants, chrétiens de toute sorte, catholiques et même athées, elle parvient à tisser sa toile dans tout le royaume. Secrètement, elle finit par se hisser au plus haut des pouvoirs. Mais ce n'est plus au service des pauvres et des malades. C'est désormais pour assurer sa suprématie, accroître encore la richesse de ses membres les plus influents et, surtout, imposer sa tyrannie dogmatique en s'employant à déconsidérer, traîner en justice, éliminer par tous les moyens quiconque ne se soumet pas aveuglément à ses diktats.

Rien n'échappe à l'infection de cette peste noire. Justice, enseignement, chapardeurs en tout genre, conseillers, magistrats, médecins purgeurs ou accoucheurs, soldats comme gradés de l'armée, des états-majors à la cour, elle infecte tout. Chaque membre est lui-même sous la coupe d'un protecteur qui à tout moment peut le perdre. Blasphémateurs, libertins, beaux esprits ou pas, philosophes de carton ou de dévotion, maris adultérins, frères d'ivresse, endettés ou diffamés, nul n'échappe à ses traîtrises. Et tels des cafards par milliers, ses membres sont tenus de poursuivre sans trêve leur tâche immonde pour tenir tête à l'État et l'empoisonner sans répit. Elle peut compter sur la reine mère. Dieu merci, Richelieu et Mazarin s'opposent à elle, mais ne l'ont-ils pas l'un et l'autre payé cher ? Et quel jeu Louis XIV a-t-il vraiment joué ? On veut croire celui de la raison. Sans jamais céder devant elle.

Et l'Église, qu'a-t-elle ordonné s'agissant des comédiens ? Des auteurs ? Du théâtre ? Sa Sainteté Paul V ouvertement ne prend pas parti. Les grands tolèrent le théâtre. Louis XIV, Richelieu, Mazarin s'y montrent. Mais ils n'ont pas leur mot à dire lorsqu'en 1654 le diocèse de Paris décide d'interdire la communion aux comédiens, le parrainage et de là toute sépulture chrétienne. En réalité, le rituel de Gondi les traite à l'égal des usuriers, blasphémateurs, sorciers, et même concubins. Dix ans plus tard, alors que nul n'a pu y déroger, la publication en 1664 du *Traité contre les danses et les comédies* de saint Charles Borromée attaque de front saint François de Sales, qui, lui, tolérait ballets et spectacles de scène. Il ravive la querelle entre les évêques les plus tolérants et leurs ennemis de la Compagnie du Saint-Sacrement, tel l'évêque d'Alet, qui condamnait sans hésiter les comédiens et leurs complices.

Deux ans avant la mort du roi, en 1713, le rituel de Metz passera encore plus loin la ligne rouge puisqu'il excommuniait toute personne touchant à « la chose théâtrale », y compris les chausseurs, perruquiers ou colleurs d'affiches bonimenteurs !

Comment ne pas penser à notre époque, où tant de peuples vivent toujours sous la férule criminelle de dictatures religieuses ? Décimés par les tortures, les exécutions massives. Seuls des héros vont réagir. Et le payer de leur vie la plupart du temps.

L'emprise de la Compagnie du Saint-Sacrement est, en tout cas, une tache terrible et indélébile sur le siècle de Louis XIV. Même si certains groupes religieux lui ont résisté. Notamment les capucins qui, tels des pompiers au théâtre où le feu peut se déclarer à tout moment, tiendront bon. Soutenus non seulement par les dons des directeurs de Troupe, tel Molière ou Mondory, mais par des hommes d'Église défiant le pouvoir religieux, ils n'hésitent pas à être eux-mêmes parrains d'enfants de comédiens.

Louis XIV, quant à lui, s'honorera d'être parrain du fils de Molière qui ne vivra pas, comme maudit par les dévots de la Confrérie. Molière couvre de dons des ordres qui luttent pour le théâtre – les carmes déchaussés, les cordeliers, les récollets. Poquelin n'hésite pas à porter dans ses bras, sur les fonts baptismaux, les bébés des comédiens de la Troupe. Près d'une quinzaine. Et comme s'ils voulaient ignorer leur fin tragique programmée en fosse commune pour ne pas infecter une terre chrétienne, les comédiens, Molière en tête, toute leur vie ne manqueront pas leurs devoirs de piété. Les jésuites penchent du côté de la tolérance, les jansénistes de celui de l'intransigeance.

Carré

Le carré parisien dans lequel Molière a vécu à Paris même, donc hors Auteuil ou Saint-Ouen, est formé de quatre angles : Thorigny, Palais-Royal, Sully-Morland et l'Institut.

Case théâtres

Elle se chiffre en trois dates : 1658. 1660. 1673. Le moment où la toile se baisse. Où les clameurs se sont tues.

1658 : *salle des Caryatides*. Chapeau pour ses statues de Jean Goujon, qui supportent la tribune imposante encore ruisselante de la bave des pendus exécutés pendant la Ligue. En réalité, elle reste la salle des Gardes du vieux Louvre. Louis XIII eut beau devant la face en cire d'Henri IV y faire voûter l'immense salle, c'est Louis XIV qui ordonna d'y élever un théâtre. Y paraître sur scène comme en salle est un passage obligé si l'on veut être vu et non pas se faire voir. Les fameux comédiens de l'hôtel de Bourgogne y souffrent et font souffrir le public, Leurs Majestés et la cour. Louis XIV accepte sans doute pour le remettre à sa place que son frère, Monsieur, frère du roi, puisse y faire paraître sa Troupe le 24 octobre 1658. Qui pourrait rivaliser avec les tragédiens officiels de Mondory et Floridor ? Molière commet l'erreur d'y donner du

Corneille. *Nicomède* est mal reçu, car le naturel du jeu de la Troupe, Molière en tête, déconcerte chacun. La tragédie à leurs yeux est faite comme l'opéra pour être hurlée, vociférée, déclamée, portée, gueulée, criée et tous ces actifs qui vont lui coller à la peau jusqu'à nos jours pour l'accabler. Les vers ronflent et les spectateurs aussi, mais on s'en fout ! Du moment qu'on a entendu cette péroraison insupportable et seule goûtée alors ! Tout est perdu. Monsieur est furieux. Louis XIV triomphe : son cadet s'est ridiculisé avec sa minable troupette de province. Mais soudain Molière retourne la pièce en la jetant en l'air pour qu'elle retombe cette fois non pas du côté face tragique, mais pile comique ! Le roi s'esclaffe à l'hilarant *Docteur amoureux*. Lèche-bottes ou courtisans, tous emboîtent le pas ! Une troupe vient de naître devant le roi. Il est donc tout indiqué qu'elle devienne Troupe du Roy et que Sa Majesté lui alloue la salle du Petit-Bourbon. Et peu importe qu'elle dût la partager avec les comédiens-italiens de Scaramouche, cela affûtera moins la jalousie de la Troupe royale et de celle du Marais. Au fond, ce ne sont là que des amuseurs pour peuple et bourgeois. Que n'ont-ils alors ces beaux messieurs mesurés que c'est justement la force qu'allait lui offrir ce petit peuple que l'aventure théâtrale que le roi sacralisait là, et que la Troupe du Roy, ainsi créée, allait devenir mémorable !

1660 : *rue des Poulies*. Dès lors, pendant près d'une décade, la Troupe du Roy rencontra la gloire nichée rue des Poulies, sandwichée entre Saint-Germain-l'Auxerrois et le Louvre. Elle n'est pas immense, cette église du théâtre, puisqu'elle a les dimensions à peu de chose près de Saint-Eustache : même pas 15 mètres de large et à peine 70 de long. Le ciel de sa voûte est coloré de fleur de lys et elle s'encadre de fines colonnes à chapiteaux au pourtour de la salle agrémentée de-ci, de-là de corniches doriques unies par des niches et des arcades imposantes. Molière s'y sentira comme de passage. Jamais chez lui. Et le triomphe des *Précieuses ridicules* ou de *Sganarelle*, ce cocu imaginaire, ne pérennisera pas le lieu à ses yeux. Le dieu du Théâtre accéda sans doute à ses prières, puisque du jour au lendemain, sans même, semble-t-il, que Louis XIV soit mis au fait, le grincheux surintendant des Bâtiments du roi, le sieur de Ratabon, entreprit la démolition du théâtre pour cause d'élargissement du Grand Louvre.

Palais-Royal. Louis XIV furieux va imposer la seule décision historique qui aille dans le sens de la grandeur du souverain, pragmatique, certes, mais juste : Molière doit s'installer au « Palais-Royal », cette ancienne salle, dite « Palais Cardinal », que Richelieu par testament a léguée à Sa Majesté. Que pouvait-il alors se passer d'autre dans cette salle qu'une destinée historique dont s'honorera la France ? Oui, ce sera le Versailles du théâtre, à la gloire de Molière. Un siècle plus tard, il n'en restera aucune trace. Comme toutes les salles où l'ombre de Molière pouvait encore errer tel le Fantôme de l'Opéra. Il a fallu que les flammes lèchent et dévorent, en 1781, cette salle de rêve. Elle n'est plus qu'une simple plaque rue de Valois, à l'angle de la rue Saint-Honoré. Richelieu avait fait du « Palais Cardinal » son éden théâtral. Lorsque Molière y pénètre, il est sidéré et bien vite accablé. Tout est abandonné, impraticable, dangereux. Les poutres rongées menacent de rompre. Il faudrait des milliers de livres pour les restaurer. Près de 32 000 livres pour les huit chênes de 40 mètres de haut. Pourtant, on s'active à sauver les apparences. Une voile immense d'un bleu céleste va massivement cacher le plafond d'une voûte fissurée qui n'en peut plus elle aussi. Les cordages apportent inopinément le rêve dans ce lieu cauchemar : le théâtre prend l'apparence d'un navire qui donne un souffle inespéré et qui emporte déjà vers un ailleurs. Et contrairement à Versailles ou Saint-Germain, c'est ce qui va se passer aux chandelles sur scène et non au parterre qui va prendre le dessus. Le cadre est orné à son sommet central des armes de Richelieu, qui figurent deux femmes nichées là, telles la Grâce et la Foi. Un simple pan de cinq marches lie scène et salle, où plus de mille cinq cents spectateurs vont venir découvrir, ravis, l'œuvre théâtrale du plus grand dramaturge de la scène française. Et ne l'oublions jamais aussi, l'un de ses plus légendaires comédiens.

Casse-tête

Quelles sont les deux pièces de Molière le plus souvent montées à Pékin ? *L'Avare* et *Tartuffe*. L'argent et la religion. Deux sujets brûlants pour la Chine, où l'on n'a pas l'habitude d'en rire. Molière, si. D'où sa modernité. Et son succès.

Castagne

Chaque Troupe a besoin en son sein d'un gros bras qui, lors de problèmes inopinés, n'hésite pas à intervenir jusqu'à la castagne. Qui sait quel fourbe, quel bretteur ivre, quel ganache cherche-merde risque de vous arrêter sur la route ? Ou en sortant du théâtre. Dans la Troupe du Roy, de Brie et Louis Béjart s'en chargèrent. Avec une redoutable efficacité !

Censure

Molière mort ne cesse de hanter les esprits. *Le Mercure galant*, le 14 juin 1673, quatre mois après son décès, croit être libre, en évoquant sa disparition, d'imprimer à son propos : « S'il avait eu le temps d'être malade, il ne serait pas mort sans médecin… » Cela suffit à faire interdire la parution pour un temps.

Chaire du déshonneur

Le père Mainbourg vocifère contre Molière en montant en chaire. Et déshonore l'Église. Il ne sera pas le seul. Bossuet n'aura rien à lui envier. La postérité les aura jugés.

Chambre du roi

Au fait, la Chambre du roi dont Poquelin est tapissier-valet, c'est quoi au juste ? Le premier officier de cette Chambre du roi est le grand chambellan. Elle comprend quatre premiers gentilshommes suivis en tout de vingt-quatre pages, quatre premiers valets de chambre, trente-deux ordinaires, vingt barbiers, huit tapissiers, trois horlogers, douze porte manteaux, seize huissiers. Une chambre donc de cent vingt-trois personnes sous les ordres du grand chambellan est au service de Sa Majesté Louis XIII. Elle augmentera légèrement sous Louis XIV. Soleil oblige !

Chapitre

La maison de l'Image Saint-Germain au retour à Paris de 1658 est propriété du chapitre Saint-Germain-l'Auxerrois, quai du Louvre actuel. Et le logis a l'avantage d'être à deux minutes du Théâtre du Petit-Bourbon ! La Troupe va donc le sous-louer. Joseph Béjart s'y éteindra au cours de cette année passée là.

Charge

Jean Poquelin reprend celle de son frère Nicolas, et oncle de Jean-Baptiste, et paye comptant pour endosser cette charge de tapissier ordinaire-valet de chambre du roi. Louis XIII, bien sûr, puisque nous sommes en 1631. Jean-Baptiste a 9 ans. La charge a des quartiers. Celle de Jean Poquelin dure trois mois l'an. En quoi consiste-t-elle *a priori* ? Aider tous les jours à faire le lit du roi. Tendre les tapisseries dans les appartements de la cour. Souvent hors Paris aux lieux choisis pour recevoir Sa Majesté. Autrement dit, tendre un rectangle de quatre murs de tapisseries pour isoler le roi et sa couche. Avec comme conséquence de prendre garde aux meubles et en garder aussi la charge. Qu'en tire Jean Poquelin ? Une fierté et une distinction qui mettent en avant son commerce à Paris. Un nombre accru de demandes. Et davantage encore une tout autre qualité de clients que celle du Marais. On le pare du titre d'écuyer et il bénéficie de l'exemption du franc-fief. Pour Jean Poquelin, il est hors de question d'abandonner cette fonction officielle qu'il destine à son fils aîné, Jean-Baptiste.

Louis XIII lui adresse les lettres de provision de sa charge au profit de Jean-Baptiste, qui a maintenant 15 ans et est toujours au collège de Clermont. Brillant élève.

Chef-d'œuvre

Même raté, un chef-d'œuvre reste un chef-d'œuvre. Il y a donc deux sortes de chefs-d'œuvre : le chef-d'œuvre réussi et le chef-d'œuvre raté. Il y a aussi, bien sûr, une troisième sorte d'œuvres : celles, les plus nombreuses, qui ne sont pas des chefs-d'œuvre ! Molière a tâté des trois. Il a signé douze chefs-d'œuvre réussis : *Le Misanthrope*, *L'École des femmes*, *Les Femmes savantes*, *Le Bourgeois gentilhomme*, *L'Avare*, *Tartuffe*, *Le Malade imaginaire*, *Dom Juan*, *George Dandin*, *L'Impromptu de Versailles*, *Les Fourberies de Scapin*, *Les Précieuses ridicules*. Il s'est aussi commis dans des chefs-d'œuvre ratés : *La Critique de l'École des femmes*, *Psyché*, *Monsieur de Pourceaugnac*, *L'Étourdi*, *Le Médecin malgré lui*, *Les Fâcheux*. Ratés parce que inachevés. Il aurait pu en tirer davantage. Mais pressé par le temps qui lui manquait, par besoin de recettes immédiates à pourvoir, ou écœuré par des différends avec certains de ses comédiens, il a bâclé au final l'œuvre en question. Déçu aussi par le sujet lui-même, qui ne renfermait pas toutes les raretés qu'il croyait y puiser. Il s'est égaré enfin dans des œuvres médiocres, passables ou indignes de lui : *Sganarelle ou le Cocu imaginaire*, *Mélicerte*, *Le Dépit amoureux*, *La Pastorale comique*, *La Comtesse d'Escarbagnas*, *Le Sicilien ou l'Amour peintre*. Même si elles ont fait rentrer de fortes recettes, comme *Sganarelle*, elles ont été au moins révélatrices pour Jean-Baptiste Poquelin qu'un autre destin l'attendait peut-être que le simple satisfecit d'être un amuseur public. Celui de devenir un Molière.

Chute

Celle de Fouquet. Surintendant des Finances en 1653. Du sommet à la chute. Fouquet aura tenu huit ans. Louis XIV a conforté son pouvoir. Plus aucun ministre n'osera s'opposer désormais à Sa Majesté le Roi-Soleil. Molière lui seul osera défier non pas Louis XIV, mais religion, médecine, finance, bourgeois, cour, justice, rien ne lui fera peur ni ne le fera céder. Jusqu'à sa propre chute à laquelle il n'échappera pas. Trahi par Lully. Racine. Le roi. Et trahi par lui-même peut-être aussi.

Cœur révélateur

Molière n'est pas le premier comédien à avoir écrit des pièces de théâtre, mais il est le premier comédien-auteur de génie chez qui l'art du dramaturge et celui de l'acteur sont à ce point inséparables. Le texte et les situations sont conçus pour être recréées par l'interprète et modelés comme une suite de tremplins destinés à relancer sans cesse le jeu de celui-ci, à le porter plus haut, à lui donner des significations plus riches. De là vient que ses œuvres introduisent une rupture dans l'histoire du théâtre, liée non seulement à cette esthétique si originale, mais encore à la focalisation qu'elle induit sur l'union de la vérité et du naturel. Car c'est à l'instant présent, au moment même où le comédien ressent une émotion, que le texte vise d'abord à correspondre. C'est sur cette cible qu'il converge, là où les autres dramaturges écrivent plutôt de manière à favoriser un parallèle entre la dynamique de la pièce et le contrepoint (libre, plus ou moins décalé, sans synchronisme strict) des sentiments exprimés par l'acteur.

En ce sens, Molière donne à l'émotion le primat sur la pensée : chez lui, la seconde naît de la première et ne se développe que sous son impulsion. Cela doit d'ailleurs s'entendre à plusieurs niveaux. D'abord, c'est le jeu successif et en intensification constante des saynètes rapides, des gags, des retournements fondés sur les contradictions entre les personnages ou à l'intérieur même de chacun d'entre eux qui engendre, progressivement, les couches profondes de la pièce, son mouvement et sa signification d'ensemble. Ensuite, les dialogues ou les tirades esquissant un recul réflexif sur les thèmes principaux de l'œuvre n'ont jamais le statut d'explications ultimes, tant elles sont l'objet de nouveaux jeux ou conflits qui les relativisent. Enfin, dans la composition même de chaque scène, tout se passe comme si l'auteur considérait que peu importe ce que pense le personnage, ce qui compte, c'est ce qu'il ressent. Exactement comme dans la vraie vie où, comme nul ne l'ignore, on peut penser quelque chose au rebours de ses sentiments et prononcer des paroles qui démentent tout à la fois nos idées et nos émotions.

Le jeu des personnages de Molière est un jeu avec ombres et lumières : la lumière, c'est ce qu'ils disent ; l'ombre, c'est ce qu'ils ressentent. Mais l'une ne va pas sans l'autre, dont son existence dépend. De ce point de vue, l'ombre ne peut pas mentir sur ce qui la lie à la lumière, bien que chacune donne une image déformée de l'autre. C'est parce qu'elles *se trahissent*, à tous les sens du terme, que la première révèle l'intention cachée de la seconde et réciproquement.

Cela nous éclaire, c'est le cas de le dire, sur l'une des sources de l'extraordinaire pérennité qui renouvelle indéfiniment la modernité de Molière : la pensée évolue de siècle en siècle, mais non pas le sentiment, ce sentiment dont je viens de rappeler qu'il est la matière première de l'auteur du *Misanthrope*. Les sentiments restent, pour l'essentiel, les mêmes depuis la nuit des temps : si les valeurs qui leur sont attachées ou les manifestations qu'on en cultive varient selon les époques et les civilisations, ils demeurent ce qu'ils ont toujours été. L'amour, le désir, la haine, la colère, la joie sont de tous les temps et de toutes les contrées. C'est la façon de faire ricocher ces sentiments ou ces émotions par la parole ou par le geste, par le regard, l'écoute, la respiration, pour les faire percevoir par l'interlocuteur, qui est sujette à variations historiques ou civilisationnelles, non pas leur nature profonde.

Collabo

C'est le qualificatif qui convient le mieux à ce dramaturge dramatique, Mairet, qui, en bon traître, alors qu'il se gonfle d'orgueil de ses succès fondés sur du vent, va à lui seul formuler la règle des trois unités, cette honte officiellement dictée et donc à suivre dès 1631. Déjà à cette époque, la bien-pensance dictait sa loi. Cette peste, de source politique et religieuse, allait infecter plusieurs siècles pour être enfin éradiquée, à partir de 1830, par des héros, tels Hugo, Dumas et Musset, qui avaient Molière pour messie justement !

Coloriste

Il a douze ans de moins que Jean-Baptiste Poquelin et mourra vingt-deux ans plus tard que Molière, en 1695, à 85 ans ! Pierre Mignard est le peintre du roi. Il a 47 ans quand il croise Jean-Baptiste qui joue au Jeu de paume. Celui-là même qui touche à l'atelier des frères Mignard en Avignon. C'est Pierre et non Nicolas qui a ses entrées à la cour du Roi-Soleil. Et qui sait le mettre en lumière ! Il bénéficie aussi de la protection attentive de Monsieur, frère du roi. Comme son frère, Nicolas. Pierre est si proche de Molière qu'il sera à son tour *béjartisé* ! Témoin du mariage de Geneviève Béjart. C'est lui aussi qui prendra toutes dispositions au décès de Madeleine Béjart et qui veillera sur la fille d'Armande Béjart, Esprit-Madeleine, une fois Molière décédé. Molière n'a pas été de reste avec Pierre Mignard, lorsqu'il a plaidé sa cause avec succès face à Colbert, la préférence d'État penchant en faveur des dessinateurs plus que des coloristes, comme Pierre l'était. Et n'oublions pas *La Gloire du Val-de-Grâce*, ce long poème admiratif où Molière détaille ce qui fait à ses yeux l'émouvante beauté des fresques peintes par Pierre Mignard pour la coupole des Invalides.

Combat

Molière pour certains est un homme de combats. Contre l'hypocrisie, l'intolérance, le pédantisme. C'est juger par le trou de la serrure. S'il n'était que cela, il serait resté avocat, ou serait devenu juge, ou pourquoi pas un Colbert ministre de Sa Majesté ! Il en avait les moyens. Molière est l'homme d'un seul combat ! Celui pour le théâtre ! Tout le reste n'est que la conséquence de ce choix initial. Ce qui signifie que Poquelin a combattu pour que l'on puisse, sur une scène de théâtre, porter les sujets les plus inouïs, les plus improbables, les plus discutables, les plus risqués, les plus choquants, les plus redoutables pour le pouvoir en place.

Ce qui compte le plus, ce n'est pas ce qu'il dit dans ses œuvres, mais comment il parvient à le faire entendre ! Quel génie d'oser ainsi traiter de tels sujets incendiaires au théâtre et d'y parvenir en faisant rire. Nul à part lui n'y sera parvenu. Shakespeare lui-même n'a pas, sur de tels sujets, politiques, religieux, familiaux, sentimentaux, de l'argent à l'amour, su transcender par le rire chaque thème. Mais ceux qui encrent des pages par milliers sur Molière avec un talent d'insectes méticuleux pour parler de long en large du sujet de la pièce, de son fond, de son combat contre tel ou tel mur à abattre, passent complètement à côté de l'essentiel chez Molière : l'art et la manière. Pourquoi ? Parce qu'ils n'y entendent rien. Et parce qu'ils s'en foutent totalement. Ce qu'ils cherchent, inconsciemment d'ailleurs pour certains, c'est non seulement de s'entendre sur ce que Molière a dit, mais aussi sur ce qu'il aurait voulu dire, puis ce qu'il aurait pu arriver à dire. Ils refont Molière. Et, bien sûr, se font un devoir de dénoncer toutes ses insuffisances.

Je crois, au contraire, que c'est en étant attentif à ce que fait effectivement Molière qu'on le comprend le mieux. En le hissant jusqu'au bout de son propos. Sans reculer devant aucun obstacle, mais en éclairant la manière dont il y parvient. Exemple : ne faire apparaître Tartuffe ou Célimène qu'au deuxième acte. Pour bien mettre l'eau à la bouche du spectateur. Ainsi, lorsque Tartuffe apparaît enfin avec Dorine, tout comme Célimène avec Alceste, nous croyons tout savoir de lui après un premier acte où les autres personnages en ont tissé le portrait, et tout savoir d'elle d'après aussi ce qu'Alceste, Philinte, Oronte ont laissé entrevoir. Molière n'a pas laissé sa plume vomir l'une après l'autre ses répliques. Molière a gagné son combat pour libérer le théâtre. Pour résister aux dictatures politiques, ou religieuses. En cela, c'est plus qu'un mythe, une légende. Que nous entendons célébrer. Molière a gagné son combat pour l'éternité. Et la gloire de la France. Oui, les Français ne sont pas tous des Céline, des Pétain, des Robespierre. Ils savent aussi être des Hugo, des Camus, des Zola. Des Molière.

1658. La Troupe de Molière compte neuf comédiens.

1680. La Troupe de la Comédie-Française en compte vingt-sept.

1795. Le 26 avril – 27 germinal an VII –, la société est actée de façon régulière. Napoléon signe à Moscou, en 1812, le décret de la constitution définitive de la Comédie-Française.

1870. Les soirées habillées sont réglées avec indemnité de costume.

La Comédie-Française, comme une putain du roi, est débaptisée, rebaptisée, redébaptisée et encore rebaptisée au cours des régimes : Théâtre de la Nation, Théâtre de la République, Théâtre-Français. Mais la Comédie-Française finalement perdure. Sa devise, *Simul et singulis*, reflet du célèbre *Un pour tous, tous pour un* et son emblème d'une ruche, vont au début du XXIe siècle s'effacer peu à peu. Gageons que lorsqu'elle fêtera son millième sociétaire, actrice ou acteur, la Comédie-Française aura enfin rempli sa mission de rayonnement avec plusieurs troupes installées en France et à travers le monde, tel le Louvre. On imagine où en serait le football s'il n'y avait en France qu'une seule équipe de football, bien sûr à Paris ! Alors que chaque équipe de haut niveau a son stade ! La Comédie-Française, si Molière était parmi nous, se multiplierait ainsi selon la volonté de son patron. Une Comédie-Française à Bordeaux. Une à Rennes. Une à Strasbourg. Une à Lyon. Une à Marseille. Une à Nice. Une à Clermont-Ferrand. Une à Toulouse. Une à Lille. Et ailleurs. Autant de troupes sous la même Fédération française du théâtre : la F.F.T. Et dans un siècle, une Comédie-Française à Londres, à Moscou, à Pékin, à Berlin, à New York et à Montréal. Où en seraient Dior, Chanel, Renault, Peugeot et tous les autres, sans avoir bougé leur cul de Paris ? Mais les bien-pensants de la France n'en ont cure : le théâtre est le cadet de leurs soucis. À preuve, sa place dérisoire à la télévision ! Je crois au changement. Je crois à l'impossible ! Et ce pari fou, celui de l'avenir, de la jeunesse, du théâtre libre : de belles jeunes âmes vont l'entreprendre, se battre pour, et réussir. Molière leur tendra la main !

Comédien-poète

Molière n'est pas un poète qui, auteur dramatique, jouerait ses œuvres. Molière est un poète qui est acteur de Troupe. Certes, lorsqu'il joue avec les autres comédiens, il oublie qu'il est l'auteur et c'est en comédien qu'il se fait le metteur en scène de la Troupe. Mais, contrairement à ses partenaires, La Grange, La Thorillière, Hubert, Du Croisy et les autres, Armande, Madeleine, Marquise, de Brie, lui se comporte comme un comédien-poète : le texte, les émotions, les silences, les gestes, les regards, tout est poétisé.

Que signifie donc, ici, *poétisé* ? Il y a une sorte de lumière qui l'envahit, une couche d'âme qui sort de lui et l'enveloppe. Il ne fait pas partie des autres. Il vit. Les autres jouent. Il est dans la nudité, la vérité du poète devenu comédien. Les autres comédiens jouent de leur mieux. Molière, lui, déjoue les conventions pour le mieux du théâtre. Les acteurs posent en costumes et se reposent sur le texte pour faire effet sur le public. Molière, lui, dépose les armes et ne joue pas. Il ne compose pas un personnage comme eux. Il impose son naturel de jeu. Pour son triomphe.

Molière le comédien surpasse tant, aux yeux du public de l'époque, Poquelin l'auteur (auquel il ne reconnaît que du savoir-faire mais aucune noblesse de style) que l'œuvre même sera devenue celle de Molière ! Comme si l'on avait, au XVIIe siècle, commis la même usurpation que celle qui allait, au XXe siècle, conduire à ne plus voir en Charlie Chaplin que Charlot. Souvenez-vous : on parlait bien des « films de Charlot » plus que des « films de Charlie Chaplin ». « C'est quand, le nouveau Charlot », disait-on, et non « c'est quand, le nouveau Chaplin ». Ainsi en est-on venu, pour doper les ventes, à éditer « l'œuvre de Molière » plutôt que « l'œuvre de Poquelin » ! Octroyant ainsi à l'acteur ses lettres de noblesse de « comédien-poète » !

Comédiens

Traités comme des pestiférés bons à jeter au trou de leur vivant ou dans la fosse commune en cadavre. On en compte près de deux mille au XVIIe éparpillés dans près de deux cents troupes dites « fixes » mais qui ne cessent de bouger, de disparaître ou de renaître passant des mains de leur protecteur ou protectrice à celles d'un héritier ou d'une maîtresse. Chaque grand nom se portant beau d'avoir attachée à ses armes sa meute personnelle. Comtes, marquis, duc, prince, gouverneurs, maréchaux, la liste va jusqu'au plus haut, Sa Majesté elle-même. Molière étant tout à la fois comédien, auteur et chef de Troupe à lui seul devint le ver dans le fruit. Car si sa dépouille redevenait poussière, son œuvre, elle, resterait. Vivante ! Éternelle !

Comédiens des troupes de Molière

Voici les comédiens de Molière qui l'ont rejoint au cours de sa légende, devenue leur !

Comédiens de l'Illustre-Théâtre

Denis Beys

L'ami de l'espoir. Quand tout semble permis ! Parce que Jean-Baptiste Poquelin amène à la fois l'argent que son père lui a donné pour l'abandon de la charge de tapissier du roi, mais aussi l'appui des Béjart, Madeleine mène par le bout du nez le clan. Elle s'est semble-t-il éprise non seulement de Poquelin, mais de celui dont elle pressent qu'il peut devenir un chef de Troupe... un Molière !!! Rendons justice à Madeleine sur ce point. Denis lui aussi y croit tellement ! Ce n'est pas seulement parce que son patronyme débute par ce B comme Beys qu'il figure en tête des signataires de cet historique contrat notarié de la création de l'Illustre-Théâtre ; aussi et surtout une manière, pour lui, de revendiquer son choix de courir l'aventure théâtrale, quitte à renoncer à la succession de son père, fameux libraire de son état. Il sera déçu et abattu par les échecs de la Troupe, angoissé par les dettes. Mais s'il ne suivra pas la Troupe, qui fuira Paris la maudite, c'est la responsabilité totale de son sacré frère, sorte de Cyrano du pauvre, Charles Beys, poète embastillé pour s'être vertement moqué du cardinal de Richelieu, mais plus encore pour sa relation fusionnelle avec le bibliothécaire pseudo-auteur dramatique, proche de Gaston d'Orléans, le sieur André Maréchal. Lui qui mit des billes dans l'Illustre-Théâtre. Et furieux de ne pas les récupérer, Maréchal fustigea Denis Beys pour qu'il s'en éloigne malencontreusement après seulement ces années malheureuses de 1643 à 1645. Et Beys laissa tomber Molière.

Geneviève Béjart, dite Mlle Hervé

Fidèle de 1643 jusqu'à sa mort, en 1675, elle n'aura survécu que trois petites années à sa sœur Madeleine dont elle fut l'ombre pendant toute sa vie. Cette vie bien remplie d'ailleurs puisqu'elle eut deux époux : ledit Villaubrun, petit-bourgeois du Limousin bien vite délaissé pour le fils d'un paveur des Bâtiments du roi, Aubry. Dont le père avait apporté son savoir pour paver la pénible entrée du Jeu de paume où l'Illustre-Théâtre se commit. Geneviève, comédienne avec humilité et constance, tint jusqu'au bout une demi-part dans la Troupe.

Joseph Béjart

Joseph Béjart, le fils aîné, n'a pas sa langue dans sa poche, il n'hésite pas à rendre son tablier lorsque l'Illustre-Théâtre est ruiné. Il était en 1643 à la naissance. Il abandonne le bâtard en 1644. Doublement fautif envers les autres Béjart et envers Molière. Il est à son habitude de bègue hésitant. Mais, pris de remords, il revient dans le giron de la Troupe pour la suivre en province et ne plus la trahir. Il va entamer durant de longues années l'écriture d'un ouvrage incroyablement fouillé. Dédié à Monseigneur le prince de Conti sur les « Titres, Qualités, Blasons et Armes des Seigneurs Prélats et Bardes des États Généraux Languedoc en 1654 ». Le gain est sérieux : plus de 2 000 livres ! Il veut de toutes ses forces être du retour à Paris en 1659, mais son cœur lâche. « Ce métier, on le fait jusqu'à ce qu'on en crève ! », aurait-il dit. Soit. Et effectivement, le pauvre, il en est mort.

Madeleine Béjart

Sœur cadette de Joseph, qu'a-t-elle été vraiment pour Molière ? Elle a quatre ans de moins que lui, baptisée en 1618 en l'église Saint-Gervais, elle s'émancipe en 1636 à 18 ans. Et pour cause ! Elle a déjà été avortée. Et sera mère deux ans après, en 1638. Sa fille est abandonnée à l'épouse d'Esprit Rémond de Modène, son amant et le vrai père. Il lui achète comme pour une geisha cette maison impasse Thorigny, où va gîter la famille Béjart. Elle a ouvert ses bras à bon nombre d'amants, mais son cœur à qui donc ? On y lit à chaque fois l'intérêt. Modène, on l'aura compris, enfantera Armande. On en détient les preuves. Le comte est le chambellan du duc d'Orléans, frère de Louis XIII. Madeleine signe l'acte de l'Illustre-Théâtre avec cette prérogative « de choisir le rôle qui lui plaira ». C'est le sien dans la vie qu'elle tient au mieux. Et qui lui plaît le plus. Rousse de feu. Comédienne parfaite. Que lui a-t-il manqué pour être aussi haute que Du Parc ou La Champmeslé ? Elle savait tout faire, en virtuose. Sauf ne rien faire, justement : être vraie.

« Nymphe excellente dans son art

Et que pas une ne surpasse », dira d'elle La Fontaine.

Biographe médiocre de Molière, Grimarest l'imbécile parle d'« une femme altière et peu raisonnable quand on n'adhérait pas à ses sentiments ». Qu'en sait-il, ce crétin ? Sinon que par des racontars jaloux et des diffamations de vantards. En réalité, Madeleine Béjart était la Madeleine Renaud de son siècle. Elle savait si bien tout jouer. Mais non pas tout vivre et donc tout perdre. Les deux Madeleine au XVIIe comme au XXe n'ont ni l'une ni l'autre perdu la tête en jouant. Elles se devaient d'être parfaites. Indiscutables. Or c'est dans l'abandon et l'imperfection qu'on atteint au sublime. Non pas grâce à soi. Mais malgré soi. Comme sa mort parfaite un an jour pour jour avant celle de Molière, le 17 février 1672, comme si elle l'avait rappelé à elle un an après !

Nicolas Bonenfant, dit Croisac

Clerc de procureur, sa sensibilité est réelle lorsque par deux fois il se dévouera à Molière. Tout d'abord à la naissance de l'Illustre-Théâtre, où durant une année il tâche d'y pourvoir au mieux de 1643 à 1644. Mais il s'en sépare pour courir sa vie, comme il s'en vante. Mal lui en prend. Il se croira un temps auteur en titrant sous le nom de « Méliane » la « Céliane de Rotrou », adaptée sans talent. Il tentera ensuite de suivre quelques troupes jusqu'à en diriger une sans profit. Lorsqu'il revient enfin après ces quinze années d'errance quémander le gîte à Molière, on croit qu'il réintègre la Troupe pour longtemps. Mais Croisac ne s'est pas assagi, au contraire. Molière découvre, accablé, que son gagiste, donc pas encore détenteur d'une demi-part qui lui aurait permis de s'associer aux bénéfices des recettes, est tombé dans l'ivresse. Non de la scène ou du succès, mais plus tragiquement de l'alcool. Et de nouveau il est congédié illico en 1659 et disparaît comme une ombre.

Catherine Bourgeois

Deux ans de loyaux services. À preuve : lorsqu'elle donne quittance en 1646, après avoir servi l'Illustre-Théâtre de 1643 à 1645, de 120 livres pour sa propre part au sieur François Pommier. Qui est le bonhomme ? L'ex-maître d'hôtel du cher baron de Saint-Affrique, ce lieutenant-colonel des chevau-légers devenu depuis l'automne 1644 le portier intransigeant et péremptoire de l'Illustre-Théâtre. Et tenez-vous bien, le diable d'homme est créancier des comédiens à lui tout seul, de la coquette somme de 1 700 livres ! Catherine Bourgeois se rassurera enfin en épousant heureusement le comédien François

Serdin, qui l'emportera avec lui dans sa Troupe fondée vingt ans plus tard.

Germain Clarin, dit Villabé

Bonne âme, il se dévoua pour cet emprunt de 1644 qui, au milieu des procès et des menaces, aurait dû sauver l'Illustre-Théâtre. Il y aura échoué. Mais son dévouement et sa droiture seront récompensés par Son Altesse Royale elle-même, Gaston d'Orléans, qui lui confiera la direction de sa Troupe. Où devenu chef de comédiens, il n'hésitera pas à se confier les premiers rôles sans sourciller !

Nicolas Desfontaines

Il a tout tenté : acteur, auteur dramatique, écrivain. C'est même avec sa pièce *Alcidiane ou les Quatre Rivaux* que Molière croit bon d'ouvrir l'Illustre-Théâtre, en 1644, au Jeu de paume des Métayers. Desfontaines comme Beys n'aura pas daigné fournir caution pour assumer le risque continu de l'aventure. Et sans état d'âme, il n'aura pour reconnaissance que celle de clamer l'échec. Et de quitter la Troupe. Il sera présent, on le notera alors, de Lyon à Carcassonne, de Nantes à Angers, où il s'éteint en 1652. Il n'aura rien présagé du succès pour finir qui ouvrira les bras à Molière et à sa Troupe. Scarron s'est inspiré de lui pour son personnage de Roquebrune du *Roman comique*.

Pierre Dubois

Maître brodeur, il appose sa signature sur l'acte du notaire en 1644 pour la naissance de l'Illustre-Théâtre, parce qu'il a officié pour obtenir, ce qu'il précise bien, cet emprunt nécessaire au conseiller du roi et maître d'hôtel ordinaire de Sa Majesté le sieur Baulot. Pour lequel Pierre a servi d'intermédiaire efficace. C'est pourtant bien, comme le signifie l'acte lui-même, en tant que comédien que Dubois est désigné et signe.

Magdelaine Malingre

Qu'a-t-elle vraiment fait pendant les deux années 1643 et 1645, où son nom apparaît à la signature du contrat de création de l'Illustre-Théâtre comme sur la sentence du Châtelet condamnant les comédiens de la Troupe à régler leur loyer ? Aucune référence n'existe la concernant sur une quelconque apparition scénique ou officielle. Mais cette Magdelaine-là aussi était bien là.

Daniel Mallet

Il fallait bien un danseur pour l'Illustre-Théâtre. Ce fut lui ! Engagé par-devant notaire pour y mettre les formes. En vérité, il fuyait le voltigeur ordinaire du roi, ledit Cardelin, qui ne cessait d'en avoir après lui, de recherche en abandon, pour régler son compte à son compère. Il allait bientôt disparaître.

Philippe Millot

Une erreur de parcours qui n'aura duré que plusieurs mois. Il y a toujours quelqu'un qui n'a rien à faire là. C'était notre homme. Son nom restera accroché cependant pour la postérité à cet Illustre-Théâtre en 1644. À la place de qui ? Pour quoi ? Il apparaîtra bien à Turin plus tard comme aux Pays-Bas dans la Troupe de Mademoiselle en passant par la Belgique. Enfin, il y a sa trace à Munich, où il réussit à décrocher le titre envié et qui lui apporte l'apaisement de chef de Troupe de l'Électrice de Bavière. On appelle cela bien réussir !

Georges Pinel, dit La Couture

Poquelin père lui a généreusement alloué la somme de 172 livres pour les leçons d'écriture à son aîné, l'enfant Jean-Baptiste. Alors devenu licencié, Poquelin rend la monnaie de sa pièce en lui faisant partager l'aventure hasardeuse de son Illustre-Théâtre, qui va finir si mal. La

Couture part alors en 1645 dans une Troupe plus sûre, celle du duc d'Orléans. Il ne cesse de jouer en province, voire en Belgique. Il joue aussi aux chefs en plus de faire le comédien. Il n'hésitera pas, d'ailleurs, à faire appel plusieurs fois au difficile Croisac, ivre de jouer certes, mais ivre tout court aussi.

Gaspard Rabel

Son engagement précipité si tardif au moment où l'Illustre-Théâtre va droit vers l'iceberg des dettes et des échecs qui va le couler à Paris ne sauvera rien. Passant au Jeu de paume de la Croix-Noire n'y changera rien et n'évitera pas l'effondrement. Et Rabel, en ces moments maudits de 1645, essuie les plâtres douloureusement persuadé d'avoir fait le mauvais choix. Alors qu'il a seulement donné de lui, certes, mais par malchance pas au bon moment. Le malchanceux de l'histoire.

Catherine Des Urlis

Son passage avec Molière n'aura duré qu'un an à peine en cette année 1643. Celle de la naissance de l'Illustre-Théâtre, où elle s'impose pourtant. D'abord, c'est une famille de comédiens : Jean le frère fait rire en farceur de comédie, Élizabeth la sœur tire les larmes en reine de tragédie. L'autre sœur Madeleine a pour mari Romainville, qui lui porte la couronne de rois comme les lauriers d'empereur. Quant à son beau-frère, il épouse son autre sœur Éliennette, c'est le fameux Brécourt ! Le couple en question va s'engager au Théâtre du Marais, puis à l'hôtel de Bourgogne ! Éliennette ne reviendra pas chez Molière ! Où Catherine y jouera longtemps sans trouver mari pendant ses longues années solitaires.

Louis Béjart, dit L'Éguisé

Il en fallait bien un dans la famille Béjart, c'est lui, Louis le terrible, celui qui toute sa vie ne sera que le « qu'est-ce qui ne va pas encore ? ». Râleur et menteur, il se faufile entre ses frères et sœurs Joseph, Madeleine et Geneviève. Tout en leur arrangeant aussi des coups. Servant de Mercure entre Madeleine et son amant protecteur Modène. Dégotant on ne sait où les écus réclamés par Joseph ou le nouvel époux de Geneviève, Aubry. Fort en gueule, il n'a rien d'autre à faire que de suivre dans la Troupe de Dufresne les Béjart, sous la férule depuis 1648 de Molière et Madeleine. Louis vient d'atteindre ses 18 ans. Il les gardera toute sa vie à ses yeux ! Se permettant de mêler son grain de sel à tout propos. Molière lui offre de débuter pour apprendre, en composant des rôles de tragédie qui ne sont que des présences utiles. Puis il tâte aussi des valets sautillants ou des ganaches caricaturés. Son premier grand pas, il le fait avec *L'Étourdi* : il campe Anselme à 23 ans en traînant la patte. Suite à une vilaine blessure après un différend qui a mal tourné avec des laquais. Molière fera pour lui de La Flèche face à Harpagon un chien de boiteux valet malin comme un singe. Louis Béjart n'hésitera jamais, il faut lui en savoir gré, à défendre les siens. Quitte au péril d'une rouste comme celle qui l'oppose à coups de crosse et d'épée aux mousquetaires du roi, furieux un soir de se voir refuser gratis l'entrée du théâtre. Les gagistes de la Troupe assommés, il s'interpose en chialant : « Ah ! Messieurs ! Épargnez au moins un vieillard de 75 ans ! » Les éclats de rire fusent et tout s'apaise. Moins drôle, il le sera dans sa vie qui ne sera qu'une existence. Il refuse d'épouser la mère de son fils, baptisé pourtant sur l'insistance de Madeleine, qui lui fait allouer à 40 ans pour son infirmité une pension de 1 000 livres. Soit ! Mais avec obligation de quitter en même temps la Troupe en 1670. Tout l'ennuie désormais, même son existence malheureusement. Il la quitte aussi en 1678.

René Berthelot, dit Du Parc ou dit Gros-René

Nantais, il joue depuis ses 17 ans dans la Troupe locale de Dufresne. Il s'entichera de Molière jusqu'à le suivre loyalement de 1647 à 1664. Si on oublie l'année traîtresse où sa femme, Marquise Du Parc, l'entraîne au Théâtre du Marais. Berthelot tient le rôle de cocu et c'est Molière qui le lui fait jouer pas sur scène mais dans la vie. Poquelin était témoin du mariage des Du Parc à Lyon en 1653. Madeleine Béjart, elle, sera marraine de leur second enfant en 1655 à Dijon. Qui est le père ? Marquise ne s'arrête pas là, puisque le cinquième enfant du couple aura Armande et Molière comme parrains. De quoi Gros-René a-t-il pu mourir à 34 ans seulement l'année suivante ? Le service funèbre a lieu à Saint-Germain-l'Auxerrois le 29 octobre 1664. « On a continué sa part à Mlle Du Parc jusques à Pâques prochain », écrit La Grange dans le Registre.

Catherine Le Clerc, dite Mlle de Brie

Elle aura tout réussi. L'air de rien, mais donnant tout. Sa passion pour le théâtre, pour la Troupe, pour Molière aussi. Éliante en réalité. Elle apparaît à 20 ans dans la Troupe, en 1650. Elle ne la quittera plus. Elle se marie à Edme Villequin, surnommé de Brie, qui va lui servir de père. Ils ont vingt ans de différence. Lui aussi, elle ne le quittera plus. Lui donnant trois enfants. Le premier avec parrain Molière, marraine Madeleine. Elle est ravissante. Elle est comme sa taille : avenante. Elle créa, par exemple, Agnès de *L'École des femmes*. On la prie de céder le rôle à une actrice plus jeune alors qu'elle vient de fêter ses 55 ans ! La représentation commencée, le public dépité la réclame : elle reprend le rôle au pied levé. Molière a été pour elle plus qu'un amant, plus qu'un protecteur lui confiant de beaux rôles, il a été paradoxalement son fils encore plus que son frère. Elle faisait preuve d'une incroyable maturité et le consolait corps et âme de ses déboires. Maîtresse femme plus encore que femme maîtresse comme seule le fut, jusqu'à brûler son âme, Marquise Du Parc pour Molière. Elle, de Brie, était déjà là chez les Béjart embastillés avec Poquelin endossant sa peau de Molière pour pondre œuvre sur œuvre pour la Troupe entière. Et nul doute que Madeleine s'activait pour pousser Armande dans les bras du patron afin d'écarter sans ménagement la de Brie. Mais quoi qu'elle puisse ourdir, jamais Jean-Baptiste et Catherine ne rompirent leur lien affectif ou sexuel. Elle tiendra jusqu'à la naissance de la Comédie-Française, en 1680. Sa mission est achevée. Sa vie aussi, à 76 ans.

François de La Cour

François de La Cour est le beau-frère de Charles Dufresne, dont il a épousé Madeleine la sœur. Elle est comédienne de la Troupe du duc d'Épernon aussi. Il suit la Troupe de 1646 à 1651 malgré la mort de Madeleine en 1648. Et, lassé de sa souffrance, il entend refaire sa vie à Paris. Où il décide en 1651 de réunir autour de lui un groupe fondateur de comédiens.

Charles Dufresne

Né à Argentan, Charles Dufresne est heureux pendant treize années au sein de cette Troupe du duc d'Épernon, qu'il dirige depuis ses 21 ans. La province est son cadre affectif à lui, le fils de Claude Dufresne, peintre du roi. Lui-même, comme son propre fils lui aussi, le deviendra. Il va sauver les rescapés de l'Illustre-Théâtre qu'il prend avec lui. Molière et Madeleine Béjart, bien sûr. Mais il va surtout donner à Poquelin la stature qu'il lui confère avec confiance hors scène : celui de chef de Troupe de comédiens ! Dufresne palpe toujours les charges des recettes comme des problèmes y afférant. Il fera plus d'une décade en province, de 1646 à 1658, date où il rejoint après douze ans Molière pour l'ouverture du Petit-Bourbon. Mais après un an il disparaît à nouveau, à Nantes. Deux chefs, c'était un de trop.

Cyprien Ragueneau, dit de L'Estang

C'est bien lui, le fameux Ragueneau ! Pâtissier et poète ! Criblé de dettes ! Il fuit la rôtisserie, emmenant sa femme pour la province où on le retrouve comédien ! Il rejoint Molière ! Quand ? Où ? Il meurt à Lyon en 1654. Sa fille Marie, dite Marotte, et sa veuve sont prises en main par la Troupe entière. Un bonhomme qui était, c'est le cas de le dire, une crème d'homme !

Pierre Réveillon, dit Châteauneuf

Un sacré lascar ! Il s'impose en Albigeois à la Troupe du duc d'Épernon, qu'il jure servir jusqu'au bout du bout en 1647. Veuf, il meurt à Pézenas neuf ans plus tard. Catherine sa fille est couturière depuis ses 13 ans et elle est recueillie jusqu'à ses 16 ans par la Troupe. Elle trouve le bonheur avec un jeune tailleur. Et le 23 janvier 1673, les témoins de leurs épousailles se nomment Béjart Armande, de Brie Catherine et son mari. Un certain Molière !

Madeleine de Varannes

Épouse de Charles Dufresne, elle décède la première année de la Troupe lors des représentations à Poitiers, en 1648, après deux ans de loyaux services discrets mais efficaces.

Edme Villequin, dit de Brie

Fidèle de 1651 jusqu'en 1673, il ne verra jamais la Comédie-Française. Il meurt en 1676. Frère du peintre du roi Étienne Villequin. Mari de Catherine Leclerc, qui devient ainsi Mlle de Brie. Il a peu de talent mais une grande constance. Rôles de deuxième rang tel Villebrequin dans *La Jalousie du Barbouillé*, La Rapière dans *Le Dépit amoureux*, le maître d'armes dans *Le Bourgeois gentilhomme*, il impressionne par son physique débraillé ou hautain de « grand escogriffe ». Il meurt trois ans après Molière, en 1676. La Troupe joue alors au Théâtre de Guénégaud. À 69 ans, de Brie ne laisse que des regrets pour l'homme. Comme comédien, plutôt que des souvenirs.

Comédiens de la Troupe du prince de Conti

Marie Aubert

Cette comédienne de poids ne pèsera pas lourd longtemps. Elle a été marraine du bébé de Jean-Baptiste Le Masson, dont les parents dits Longeval sont aux côtés de Molière. Elle restera unie à Jean Vergier, comédien, qui la gardera pour lui, et son destin bifurquera ainsi loin de Molière.

Martin Foulle

Comédien lyonnais, marié à l'actrice Anne Reynis avec pour témoins au mariage Dufresne, Joseph Béjart, Réveillon et... Molière. Le couple quittera un an plus tard, en 1656, la Troupe.

Marquise de Gorle, dite Mlle Du Parc

Son père charlatan ou pas, docteur émérite maniant le fouet, fourguait des drogues comme soi-disant opérateur. Elle se vendra elle-même comme une drogue vivante :

le désir. Elle rend fou qui la voit. Qui la touche. Qui la prend. Qui l'aime. Qui la quitte. Qui la reprend. Qui en meurt. Gros-René l'avait saisi et l'avait aussi saisie elle pour l'emporter de l'officine de son marchand d'orviétan paternel pour qui elle attirait le client en aguichant de son corps souple le badaud. Il en fait sa proie, sa quête, sa vie. Elle sera sa mort. Il l'impose dans la Troupe. Molière craque sur-le-champ.

« D'une brillante grâce. Vos traits sont embellis. Et votre teint efface. Les roses et les lys », dira-t-il d'elle !

Elle sait qu'elle le tient. Et elle ne lui cédera que lorsqu'il le faudra, au bon moment ! Elle va s'attirer les faveurs empressées du secrétaire du prince de Conti, Sarasin, poète à deux sous. Grâce à sa « compréhension » et le sacrifice de la plante de 20 ans, belle à damner, la Troupe passe donc sous protection officielle du prince lui-même. Comme toutes les femmes fatales, elle rêve d'être plus que reconnue, élevée au rang qu'elle mérite. Donc reine de tragédie. « Permettez seulement, pour flatter mon martyre que, vous osant aimer, j'ose aussi vous le dire », Corneille est à son tour pris dans ses filets. Furieuse que Molière délaisse la tragédie, elle part pour la Troupe du Marais emmenant son larbin d'époux. Elle a 26 ans en ce jour de 1659. *Les Précieuses ridicules* sont un tel succès que le couple Du Parc à la Macbeth revient dans la Troupe. Elle affirme à Molière dans ses bras qu'elle n'est rentrée que pour lui. Il le croit. Ou feint de le croire. Mais elle n'hésite plus à défier son amant, qui refuse de tout quitter pour elle et surtout de *se débéjartiser* ! Elle va matahariser avant l'heure avec une audace inouïe en scène : elle se glisse en maillot justaucorps se permettant « certaines cabrioles remarquables » laissant voir ses cuisses par sa jupe fendue des deux côtés avec des bas de soie attachés au haut d'une petite culotte ! Pour les Plaisirs de l'île enchantée, elle ose, en incarnant le Printemps en croupe sur un cheval blanc d'Espagne, « faire voir l'adresse d'un homme et les "avantages" d'une femme ». Ce n'est plus Sa Majesté qui est conquise, mais pire : Jean Racine. Qui va perdre la tête pour elle. Son mari Du Parc meurt, le cœur pas seulement brisé mais éclaté. Elle change alors du tout au tout. Molière doit enfin choisir. Les Béjart ou elle. Elle lui impose de créer une tragédie d'un jeune poète : *Alexandre le Grand*. Son amant Jean Racine va naître grâce à elle. Et Molière lâchement va la perdre. Plus encore : il perd les deux génies. Marquise Du Parc et Racine. Elle suit Racine pour créer *Andromaque* à l'hôtel de Bourgogne en 1667. Le triomphe pour Racine, la gloire pour elle. Molière lui a gardé sa part dans la Troupe comme s'il espérait son retour. Mais telle une Marilyn Monroe, elle aussi porte la mort toute sa vie incendiée. Le 11 décembre 1668, elle meurt tragiquement. Racine au premier rang des accusés : l'a-t-il empoisonnée ? Est-elle décédée dans d'atroces douleurs suite à un avortement horrible ? De qui attendait-elle cet enfant ? De Racine ? De Molière ? Aucun des deux ne s'en remettra. À elle seule, Marquise aura réussi pour la première fois dans l'histoire du théâtre à immortaliser non seulement une comédienne comme sublime actrice, mais aussi comme femme fatale. Dont la vie privée fut en soi la plus bouleversante tragédie du XVIIe siècle. Une Phèdre dont Molière et Racine furent les Thésée et Hippolyte. Une Marilyn Monroe du XVIIe siècle.

Jean Le Masson, dit Longueval

Comédien, il épouse Honorée, mais il s'unit aussi malgré lui avec le beau-père de la mariée, Montfleury ! Tout semble aller pour le mieux entre les deux époux, devenus les Longueval. Molière est même le parrain d'un de leurs enfants nommé Jean-Baptiste ! Mais leurs chemins finissent par se séparer. Et ils vivront la vie des troupes itinérantes loin des Poquelin-Béjart.

Jean Vergier

Comédien. Épouse Marie Aubert. Bientôt souffrant, il s'éclipse. Réapparaît puis finira par s'éloigner de la Troupe avec sa femme.

Comédiens de la Troupe de Monsieur, frère du roy

François Bedeau, dit L'Espy ou dit Gorgibus

Frère aîné de Jodelet, il a parallélisé sa vie à la sienne. Le protecteur des deux n'étant pas celui qu'on pense. Il avait, en 1603, près de 20 ans avant la naissance de Jean-Baptiste Poquelin, une réputation d'être engagé au coup par coup telle une « apparition » d'apprenti comme un jeune comédien au pair sur les planches qu'il foula à Angers. Puis au Théâtre du Marais. Puis à l'hôtel de Bourgogne. Puis au Petit-Bourbon. Il était lucide. Il savait bien qu'il n'était là que pour sa rondeur. Il plaisait par son jeu sympathique d'une affabilité gratinée d'une certaine nonchalance. Il sortait rarement de ses gonds. Molière avait confiance en son honnêteté. Et quand la Troupe s'installe au Palais-Royal, il se verra confier la maintenance des travaux nécessaires. Avec l'appui de son frère, Dieu merci, il achète pour eux une closerie en Anjou. Mais le destin les aura empêchés d'y couler des jours heureux pourtant si mérités. Son frère décédé en 1660, ce fut pour lui comme si sa propre vie s'éteignait.

Julien Bedeau, dit L'Enfariné ou dit Jodelet

Le plus célèbre comique populaire de son époque pour ses forfanteries et sa bonhomie rugueuse. Pas commode, le gaillard ! Molière n'était pas né qu'il s'imposait au Théâtre du Marais, où il brûle les planches en même temps que Louis XIII au Louvre vers 1620. Le roi conquis lui donne ordre de rejoindre la Troupe de l'hôtel de Bourgogne ! Il fait tout pour revenir au Marais ! Il y parvient en 1642, enfin. Mais, cette fois, c'est le théâtre qui brûle ! Il se sauve de peu de l'incendie, dont il ne reste rien. Le Marais en cendres, il rejoint Molière après s'être fait acclamer avec sa tronche de blaireau, *dixit* Scarron, le museau tendu, dans les comédies écrites pour lui par Thomas Corneille, et même le grand Pierre Corneille lui trouve en Cliton du *Menteur* un rôle de valet ! Il apporte sa superbe en entrant au Petit-Bourbon : Jodelet prince, le menteur Jodelet. Maître et valet... Molière lui brosse dans *Les Précieuses* un rôle en or dans le fantasque valet grimé en vicomte livide et pince-sans-rire. Il s'enfarinait le visage, d'où son surnom. Tout n'est que joie entre Molière et lui. Las ! La mort le surprend le Vendredi saint de 1660. Pour la première et la seule fois de sa vie, il fit pleurer. Et verser des larmes sincères pour ce brave drôle.

Marie Gassot, dite Mlle Du Croisy

Marie Claveau avait une vie brisée lorsque, après dix-sept ans de veuvage, elle trouve l'âme sœur et convole avec cette statue aux solides épaules et au cœur ferme Philippe Gassot, dit Du Croisy. Marie Claveau, devenue Marie Gassot, dite Mlle Du Croisy : quelle revanche ! Mais quel échec aussi, lorsque la pauvre femme dénuée de talent se voit contrainte à rendre son tablier de comédienne et sa part dans la Troupe, où on l'avait tolérée par reconnaissance pour son mari. Le respect du public prenant le dessus, elle se retira blessée après trois années au sein de cette famille qui la jette, et attendra son époux pour l'accompagner dans sa retraite forcée.

Philibert Gassot, dit Du Croisy

Philibert Gassot rejoint la Troupe après avoir roulé sa bosse ! Fils de Jean Gassot, il a, à peu de chose près, le même âge que Molière – né en 1622, lui en 1626 –, mais c'est sa sœur qui, en étant la femme de Bellerose, le fameux comédien, chef de la Troupe de l'hôtel de Bourgogne, le pousse à renoncer à la sculpture pour fonder sa propre Troupe qui va éculer la province. C'est à Rouen qu'il croise Molière. Séduit par Poquelin, il va s'engager avec sa femme, La Grange, L'Espy et Jodelet pour le suivre au Petit-Bourbon en 1659. Il secondera remarquablement l'atrabilaire, se mettant sur le dos les charges de construction, de charpenterie, de menuiserie et jusqu'aux chandelles par milliers lors de la renaissance du Palais Cardinal en Palais-Royal. Son importante stature, sa voix solide, ses regards lourds en imposent chez ce méticuleux fidèle parmi les fidèles. Il ne trahira jamais son maître au feu, comme il l'appelait. Molière va lui faire confiance sur scène autant que dans la vie. Sa progéniture suivra ses traces : Marie-Angélique sa fille amusera chacun et ravira ses parents en assurant les rôles d'enfant au Palais-Royal pour finir jeune femme pétillante au Théâtre Guénégaud. À 16 ans, lorsque Molière meurt, elle fait partie de la famille, qu'elle aussi ne reniera jamais. Du Croisy disparaît de la scène après trente ans de bons et loyaux services. Et Philippe Gassot s'éteindra six ans plus tard pour rejoindre de sa retraite de Conflans-Sainte-Honorine son grand maître dans les étoiles, Molière.

Charles Varlet, de La Grange

Il a une vie assurée et pourtant il n'hésitera pas à repartir de zéro. Fils du maître d'hôtel du maréchal de Schomberg, son parrain, qui lui laisse une dote de 6 000 livres, il choisit le nom de jeune fille de sa maman. Orphelin trop tôt comme Jean-Baptiste Poquelin, il va à l'inverse se forger seul un caractère trempé que rien ne troublera. Capable de supporter tout revers de fortune, de passer au-dessus de n'importe quelle injustice, de peser les conséquences des actes avant d'agir indûment. Ainsi il choisit après mûre réflexion de devenir un comédien ! Et éduqué comme un être parfaitement responsable, il entraîne son cadet Achille à le suivre sous le nom de Verneuil. Leur sœur, elle, entre en religion pour résister à l'appel de l'aventure et du désordre à ses yeux. Charles, dès 1659, prétend tout donner au théâtre. De son temps, de sa vie, et même de son argent à Molière et sa Troupe ! Molière croit voir en La Grange un autre lui-même, mais à l'opposé. De sang-froid en toute occasion. Ce que Pierre Renoir sera à Jouvet, Desailly à Barrault, Charon à Meyer, La Grange va l'être à Molière. Secrétaire responsable de la Troupe, il ne cessera de tout relater, tout noter, tout transcrire, tout relever, tout présager. Sans jamais se mettre en avant. Sans jamais porter le moindre jugement personnel. Philinte jusqu'au bout des ongles, de la première goutte à la dernière de cette encre qu'il accouche. Griffée, roulée, tirée, pointée, virgulée, majusculée, pointillée, raturée, tachée, La Grange la tissera avec son Registre en toile d'araignée. Bible dans laquelle la mouche Molière est restée collée toute sa vie. Et même on peut parler de Nouveau Testament qui suit l'Ancien lorsqu'il perdure après la mort de Molière, en 1673, jusqu'au début de la Comédie-Française, en 1680. La Grange n'est pas seulement caissier, il encaisse toutes les humeurs, les passions, les émois, les crises, les renoncements de chacun. On pense à ce compliment le plus beau de tous, celui que Molière lui adresse dans *L'Impromptu de Versailles* : « Pour vous, La Grange, je n'ai rien à vous dire » ! Du coup, c'est aussi ce parfait honnête homme qui, lorsque Molière en aura assez, fera office de chauffeur de salle avant chaque représentation, officiant comme orateur bonimenteur de la Troupe afin d'appâter le public avant l'allumage des chandelles à suspendre. Molière peut compter sur Charles, et Charles sait compter aussi. Et bien intelligemment, puisque sa fortune s'élève en 1672 à 36 126 livres lorsqu'il épouse Marie Ragueneau. Armande et Molière sont fiers d'être le parrain et la marraine des jumelles qui vont naître. Mais atroce sort ! Elles décèdent après le baptême au bout de quelques heures. La Grange ne laissera rien paraître de sa détresse profonde, qui le rendra encore plus fermé et secret. Molière mort, il va sauver la Troupe, la tenant à bout de bras, sans jamais faillir malgré les susceptibilités de chacun et la perte du Palais-Royal, que Lully leur a volé en traître. C'est lui qui se charge d'acquérir la salle Guénégaud. L'homme de l'ombre se révèle en lumière un gestionnaire d'exception. Toujours juste. Et c'est lui qui, à la base de la Comédie-Française, saura en élever les deux fondements essentiels : la Troupe à jamais maîtresse du lieu, chaque sociétaire en détenant des parts et le répertoire quoi qu'il arrive, devant privilégier envers et contre tous l'œuvre de Molière et les auteurs qui, à son image, perdureront les valeurs essentielles de dignité et de partage. Durant douze années, La Grange, doyen de la Comédie-Française, sera plus que parfait et respecté par tous. Lorsqu'en 1692 il meurt d'un seul coup sans prévenir, le 1er mars, il le fait comme il a toujours vécu, avec discrétion. Inutile de dire ma colère que Paris n'ait pas rendu hommage à cet homme qui en fit la gloire, puisque sans lui Molière n'aurait jamais tenu jusqu'au bout ! Il y a une rue Lagrange, mais celle de Joseph-Louis mathématicien.

Armande Béjart, dite Mlle Molière

Son premier rôle dans *L'École des maris*, Léonor, est un charmant coup d'essai. Là elle n'est pas seulement à quelques mois de son mariage avec Molière, elle est à des lieux de s'imaginer ce qui l'attend au sein même de cette Troupe. La jalousie ! Celle qui dévorera les autres actrices d'abord, certains acteurs aussi, qui ne cesseront de la remettre à sa place : celle de fille de Madeleine. C'est tout ! Devenir Mlle Molière était pour elle le meilleur bouclier pour échapper à l'éternelle étiquette de fille Béjart qu'on ne cessait de lui coller sur le dos. Elle ne pouvait s'imaginer que Mlle Molière serait pire. Qu'on ne lui pardonnerait jamais de n'être pas à la hauteur de l'acteur du siècle. Et des actrices sublimes Du Parc ou La Champmeslé ou même bien sûr de sa mère, Madeleine Béjart. Mais qui est père d'Armande ? Modène, bien sûr ! On le prouvera. Bâtarde donc, elle semblera aussi l'être sur scène. Car qui lui avait tout appris ? Madeleine ou Molière ? Lors de la création de *La Critique de l'École des femmes* pour le rôle d'Élise qu'elle tient, elle est donc affichée comme Mlle Molière. Qu'en sera-t-il alors de sa vie ? Car elle aura donc été trois fois Molière. Premier rôle à porter : Mlle Molière, l'actrice sur scène qui ne trouvera grâce aux yeux de chacun que lorsqu'elle sera Célimène, le rôle de sa vie, car il était sa vie en rôle. Et c'est vrai qu'elle y fut inégalable, car si naturellement elle-même, vraie, à la fois pétillante, drôle, charmante, vive et gracieuse avec ses yeux de feu et ce sourire si tendre, mais aussi petite peste si garce et si irascible, vipère et chatte à griffes sorties. Deuxième Molière à porter : Mme Poquelin. Et là, elle en devint accablée. Tout lui tomba dessus. Mais oui ! Les drames : comme la mort de leur enfant, leur seul garçon. Et comme les rages, les dépressions, les oublis, les absences, les cris, les silences de Jean-Baptiste devant les insuccès, les trahisons, les erreurs, les révoltes. Les bouffées de sexe aussi. Les jours sans où le manque d'argent détruit tout ce qu'elle aurait pu construire. Et les milliers d'heures à voir son mari disparaître pour écrire, ou devoir lire. Et l'avoir sur le dos, rancunier pour telle remarque qu'il juge déplacée ou maladroite. Sans parler de son mépris pour le peu de cervelle qu'elle met en avant. Et les coups et les scènes à souffrir ses envolées sur telle ou telle de Brie si juste, Du Parc si rare, sa propre mère si louée aussi ! Et pour elle que des miettes ! Ou des « tu ne serais pas là sans moi ! ». Oui. Elle a dû en baver, Armande, alors il lui sera beaucoup pardonné. Troisième Molière à porter : celui-là sans doute le pire. Veuve Molière !

Jacques Crosnier, dit Du Perche

Gagiste chez Molière au Palais-Royal, il bosse là avec son frère, le fantasque et dangereux Jean qui finira embastillé. Molière lui fait un prêt de 1 000 livres en 1667 après cinq années de loyaux services. Il disparaît en mai pour rejoindre les troupes de province, mais davantage pour échapper à son frère plutôt que fuir Molière.

Jean Crosnier

Il sait tout faire. Et défaire. Auteur dramatique il trousse ses comédies, gagiste, décorateur il brosse à la va-vite, comédien bourru au Palais-Royal il épouse non seulement la vie de la Troupe, mais aussi sa femme. Quelle mouche le pique alors ? Il devient scélérat ! Colbert le fera poursuivre en 1679, mais il a fui aux Pays-Bas, où on le publie dans des gazettes et quelques œuvrettes sans consistance. Il reviendra sur le sol français pour y être condamné pour « maléfices et avortements criminels » en 1687. Il va être emprisonné jusqu'à sa mort à Vincennes dix-huit ans plus tard, en 1709 !

André Hubert

André Hubert est tout simplement le fils des propriétaires du Théâtre du Marais. Il tente pendant cinq ans de s'y faire un nom, mais, en 1664 enfin, il va rejoindre Molière pour y remplacer Brécourt. Acteur d'exception, il explose dans les rôles de femmes où sa nature fantasque fait merveille comme dans Mme Jourdain ou Philaminte. Il impose encore sa jovialité en Pierrot de *Dom Juan*, maître Jacques de *L'Avare*, et sa faconde en Damis de *Tartuffe*. Sociétaire de la Comédie-Française parmi les premiers honorés, il quittera en 1685 la Maison de Molière, dont il aura été l'un des magnifiques serviteurs sans jamais faillir. Il s'éteint quinze ans plus tard, en 1700.

François Lenoir, dit La Thorillière

François Lenoir est né quatre ans après Molière, il lui sera fidèle au Palais-Royal jusqu'au bout, en 1673. Militaire de carrière, il en a gardé la rigueur et la loyauté comme le sens du service. Capitaine au régiment d'infanterie de Lorraine, il est élevé au grade de maréchal de bataille lorsque Marie Petitjean lui met le grappin dessus. Le marié a 32 ans, mais la mariée en fait ce qu'elle veut ! C'est elle qui ordonne : nièce du directeur de la Troupe du Marais ce jour de 1658, La Roque, elle le fait rentrer sous les ordres de la scène. Son cheval de bataille sera de devenir même comédien au-delà des tâches administratives dont il se sort comme... un chef ! Son blason d'azur à hure de sanglier de sable serti de trois glands de sinople laisse place à un nouveau triangle d'attaque qu'il va former avec Molière et La Grange, suppléant ce dernier au besoin. Il s'engage à 36 ans et ne reculera pas jusqu'au bout, en 1673, pour servir à compter recettes et quittances et à escompter les succès dans tous ces emplois nécessaires qu'on lui fait tenir : du paysan au roi, du marquis au diseur. Il signera une tragédie, *Cléopâtre*, et il aura le nez d'en faire un joli succès pour la Troupe en 1667. Sans lendemain, car il se prend au jeu devant les chandelles et, Molière mort, il accepte de reprendre Argan en deux semaines. Mais las de paraître en comédie, il disparaît pour signer à l'hôtel de Bourgogne et y assouvir son rêve d'être là-bas un nouveau La Grange. Il y parviendra. Il y mourra aussi, en 1680. Sa descendance, elle, s'honorera de servir des années durant la Troupe de la Comédie-Française.

Guillaume Marcoureau, dit Brécourt

Molière a 15 ans quand Guillaume naît dans une famille de comédiens. Son père a bourlingué aux Pays-Bas. Mais c'est lorsqu'il épouse la sœur de Catherine Des Urlis, qui fut de la création de l'Illustre-Théâtre, qu'il s'unit pas seulement à Étiennette, mais à Molière. C'est là où son allure bonhomme sied à son rôle d'Alain, où il débute dans *L'École des femmes* en 1662. Il a une belle palette de jeu qui l'autorise à passer du valet au seigneur, du poète pédant au valet gouailleur. Il a aussi une plume honnête et s'essaie à jouer à l'auteur. Il se prend au jeu et lâche Molière pour l'hôtel de Bourgogne. Bien lui en prend : Racine séduit lui fait créer *Britannicus* et *Bajazet*. Molière mort, c'est lui qui signe *L'Ombre de Molière*, en 1674. Mais soudain, c'est la vraie tragédie qui s'abat sur lui ! Il n'hésite pas à tuer un simple cocher ! Il fuit en Hollande, où des amis sûrs le cachent. Puis il revient en France où, dénoncé, on l'arrête. On le libère. On l'arrête à nouveau. Finalement, on le gracie le 15 décembre 1678. La vie reprend pour lui ! Le voilà, grâce à La Grange, au chaud à la Comédie-Française ! Où il devient même sociétaire à part entière ! Et le 13 août 1684, à 46 ans, il a la joie d'y créer sa propre pièce *Timon*. Mais, hélas, il se fait éclater une veine en forçant son jeu et en mourra.

Marin Prévost

Marin Prévost était encore innocent lorsque son avenir était tracé par son papa laboureur. Mais lorsqu'il convole avec la pulpeuse Anne Brillard, cette gosse de chapelier, elle l'entraîne au théâtre ! Non pour y jouer au départ, mais pour devenir, comme son père, ouvreur de loges au Petit-Bourbon ! Les « chapeaux » paternels s'adressent désormais à la Troupe des comédiens du Palais-Royal. Sa femme tenant la recette du jour, il lui arrivera à jouer les utilités, gagiste. Puis, lassé, il décide de vivre sa vie. Après cinq ans de labeur, il va suivre des troupes ambulantes, ravies de sa ferveur. Anne, abandonnée, sera heureusement pensionnée par la Troupe des sociétaires du Théâtre-Français.

Comédiens de la Troupe de Monsieur, frère du roy, au Théâtre du Palais-Royal

Michel Baron

Il aura été le préféré. Du début à la fin. Il a trente et un ans de moins que Molière. Il est le seul enfant resté accroché à la vie d'un couple de comédiens fameux de l'hôtel de Bourgogne. Les cinq autres sont décédés. À 9 ans, il est orphelin ! Son tuteur, une ordure, lui vole tout et s'en fiche en le faisant prendre dans la Troupe du Dauphin. Enfin il trouve un père avec Molière, qui l'engage à 12 ans. Il sera Myrtil dans *La Pastorale* de Mélicerte. Armande est folle de lui et folle de rage. Jalouse que Molière voie en lui un fils qu'il n'a pas eu. Elle le gifle comme une dingue et Molière, pas dupe de leur attirance réciproque, laisse partir Baron dans une Troupe de province, pensant qu'il s'y fera les dents mais qu'il lui reviendra encore plus fort. Mûr. Il le fait revenir à lui, et à elle aussi, à 17 ans. Et comble de sa lucidité de cocu et de sa loyauté d'artiste masochiste à la Sacha Guitry face à Yvonne Printemps et Pierre Fresnay et jouant avec les deux amants *Frans Hals*, Molière leur écrit *Psyché*. Où ils vont se tomber dans les bras, sur scène et dans la vie ! Mais après tout, n'est-ce pas plutôt un soulagement pour Molière, qui préférait peut-être coucher l'encre sur le papier pour y noircir *Le Misanthrope* et *Tartuffe* plutôt que de coucher avec Armande ? Baron ne se lassera jamais de son père de scène, patron de la Troupe et maître à vivre, mais il se lasse d'Armande. Toute liaison ayant une fin, il épouse la fille de La Thorillière, Charlotte. Il a 23 ans. Molière mort, il quitte la Troupe pour rejoindre celle de l'hôtel de Bourgogne. Racine lui offre Hippolyte dans *Phèdre* et *Britannicus*. Il écrit aussi plusieurs pièces qui seront, là aussi, appréciées à leur juste valeur : aimables. Il croit pouvoir diriger la Comédie-Française, mais Louis XIV lui refuse la régie de la Maison de Molière. Fou de rage, il arrête net ! Et il ne jouera plus à 40 ans. Pour revenir enfin après la mort du Roi-Soleil : en 1720 ! Il a 67 ans ! Il rejoue tous ses rôles ! Horace, Nicomède, Joad, Alceste, Horace de *L'École des femmes*. Il crée des dizaines de rôles. Il impose le naturel de jeu de Molière et non les ronds de jambe et la déclamation pompeuse des sociétaires. En 1729, une salle se moque de ce vieil homme de 75 ans osant jouer Britannicus. « Ingrat parterre que j'ai élevé », crie-t-il en invectivant le public. Il va cependant jouer jusqu'au bout le rôle. Il veut mourir à la Molière. Il y réussira. Une crise d'asthme le terrasse en scène. Il est porté en coulisses. Et s'éteint. Molière et Baron se rejoignent enfin !

Jeanne Beauval

Une orpheline qui, abandonnée sur les marches de l'église, ne doit son salut qu'à une petite blanchisseuse qui la recueille. Le chef d'une Troupe, Philandre, l'adopte. Il l'élève avec rudesse et tendresse et, suivant la Troupe des Flandres aux Pays-Bas, elle acquiert un caractère trempé : la preuve, sans coup férir, la belle devenue femme oblige son beau-père à la marier illico en l'église de Lyon à Beauval. Engrossée à dix reprises, Jeanne Beauval aura non seulement désormais un nom d'actrice, mais une lignée !!! Les Beauval ! Louise leur fille créera la Louison du *Malade imaginaire* ! Et cette femme de poids pèsera de son rire franc, « hi ! hi ! hi ! hi », pour tenir la dragée haute à toute la Troupe en Nicole du *Bourgeois gentilhomme*, en Zerbinette des *Fourberies de Scapin* et en Toinette du *Malade imaginaire*. Les deuils ne les épargneront pas, elle et son mari : ils perdront quatre petits sur dix. Mais la petite Louison devenue grande, seule actrice de la famille, assurera pendant trente-quatre ans la gloire des Beauval à la Comédie-Française, où la fille d'une enfant abandonnée sera devenue l'une des gloires de la Maison de Molière, une soubrette de légende : respect, quand même !

Henri Chateâuneuf

Enfant de la balle, puisque son père, le comédien Pierre Réveillon, le pousse à devenir gagiste et non plus, comme il le prétend à son mariage, chirurgien. Le voilà intronisé par La Grange. Mais, en 1674, il est blessé par des sbires et condamné à verser 2 livres pour les honoraires de chirurgien en plus ! Mais les soins sont inutiles, malheureusement. Il meurt.

Marie La Grange, dite Mlle de L'Estang ou dite Marotte

Comment aurait-elle pu échapper à son destin tout tracé ? Fille du célèbre pâtissier Ragueneau – oui, oui, celui du *Cyrano* de Rostand en sa célèbre rôtisserie des poètes –, elle n'a aucune chance de réussir autrement qu'en coulisses ! Son physique ingrat lui barre la route des premiers rôles phares que tient Mlle de Brie, qui va par charité l'accepter comme femme de chambre, ou plutôt femme de loge, puisque c'est là qu'elle s'active. Toute chaleureuse et active, elle va vite se faire accepter par la Troupe. Elle passe alors des coulisses à la salle, où des messieurs dans leurs loges commencent à goûter l'air avenant de cette receveuse qui distribue liqueurs et amuse-goût. Elle se rend nécessaire. Et bientôt indispensable. Soudain, c'est plus qu'un coup de théâtre qu'elle réussit : un coup de maître. Elle décroche le gros lot : La Grange séduit l'épouse ! Ce jour de 1672, à 33 ans, chacun des deux mariés peut compter sur Molière, qui plus que témoin s'engage comme Patron de la mariée en lui offrant la demi-part et son entrée dans la Troupe. Il ignore encore qu'elle en sera la dernière engagée. La mort va vite frapper Molière après cet énième acte de générosité.

Jean Pitel, dit Beauval

Il est né en 1635. Pour s'en sortir comme moucheur de chandelles, il séduit à la va-vite la jeune actrice Jeanne Olivier à Lyon et l'épouse au plus vite aussi ! Elle le traîne avec elle au Théâtre du Palais-Royal, le bougre ! Michel Baron se fait fort de les pistonner auprès de Molière, puisqu'il les connaît depuis leur même Troupe de province ! Molière s'inspire de la fausseté de l'homme pour écrire le rôle de Diafoirus fils, ce Thomas rigide et quasi ridicule de bout en bout. Pitel sait apprendre, rusé comme il est. Il fera partie des premiers engagés à la Comédie-Française et assurera la reprise des rôles de folles grotesques qu'Hubert avait si gaillardement imposés. L'exemple type de ces acteurs capables du meilleur comme du pire : servir la Troupe par-devant, et desservir le Patron par-derrière.

Comédies musicales

Les Fâcheux, Le Mariage forcé, Les Plaisirs de l'île enchantée, La Princesse d'Élide, L'Amour médecin, La Pastorale comique, Le Sicilien ou l'Amour peintre, George Dandin ou le Mari confondu, Monsieur de Pourceaugnac, Les Amants magnifiques, Le Bourgeois gentilhomme, Psyché, La Comtesse d'Escarbagnas, Le Malade imaginaire ! Molière n'est pas seulement un chef de troupe qui sauce ses spectacles de musiques, de divertissements, de pastorales, de ballets, de chansons que les héros de la pièce interprètent ; il est surtout un créateur de spectacles qui a su intégrer la musique, non plus comme un simple accompagnement, mais comme un moteur de la pièce.

Et il ne choisit pas n'importe quel musicien : Beauchamp tout d'abord, le maître à danser du roi. Et bien sûr Jean-Baptiste Lully – 1632-1687 – puis Marc-Antoine Charpentier – 1636-1704.

Lully arrive à la cour de France porté par le duc de Guise. Il a l'intelligence de prendre le parti de Louis XIV durant la Fronde. Du coup, Sa Majesté l'honore comme musicien attitré du jeune monarque, qui est féru de danse, de guitare. Et le roi n'hésitera pas à apparaître lui-même dans les ballets. Benserade poétise pour l'Italien qui, sous une apparence ingrate, est un vrai renard. Lully et Molière vont ensemble signer des chefs-d'œuvre.

Mais la jalousie de Lully, muée en trahison féroce, achèvera la tragédie du duo. Charpentier, qui le remplace, est maître de chapelle de Saint-Louis-des-Jésuites. Élève de Carissimi à Rome, Charpentier paradoxalement est l'Italien des deux. Lully s'est francisé, lui.

Lully doit 1 100 livres à Molière. Raison de plus pour le trahir, non ? Le roi confie soudainement le Palais-Royal au traître florentin, qui a su le convaincre de lui accorder ce nouveau privilège. La Troupe de Molière, éjectée, se dirige alors vers le théâtre de la rue Guénégaud. Désormais, théâtre et musique ne font plus bon ménage. D'un côté l'opéra règne, et de l'autre le théâtre peine. Lully n'a pas seulement poignardé Molière, mais le théâtre aussi. Tout l'argent depuis quatre siècles va sans souci à la musique. Pour le théâtre, c'est une autre affaire. La musique rassure. Le théâtre fait peur. Elle fait rêver. Et adoucit les mœurs, paraît-il ! Lui fait se révolter ! Ouvre les yeux. Dénonce et ose tout. C'est sa grandeur.

Compagnie du Saint-Sacrement

Créée par le duc de Ventadour. Cette association secrète dès 1630 devient puissante et, en son sein, la Cabale des dévots va comme une pieuvre être toute la vie de Molière sa pire ennemie. Il ne pourra jamais échapper à ses tentacules de scandale, de procès, de censures et de crimes. Elle finira par le faire taire. Mais son œuvre ne cessera jamais de nous parler. Voilà la victoire de Molière !

Compromission

Molière n'y a pas échappé. Mal lui en prit. Car il n'en fut pas payé de retour. Louis XIV a commandé à sa Troupe du Roy, et non Troupe de Molière, des représentations privées à la cour ou là où se trouvait la cour. C'était la moindre des choses d'y répondre. Mais ce qui l'était moins, c'était de s'y soumettre alors que la demande se transformait insidieusement en commande. Et le roi se mêle de souffler le sujet, le thème, la trame, voire la distribution. Pas une fois Molière n'y a failli. Et à part *Le Bourgeois gentilhomme*, spécialement conçu pour la venue de l'ambassadeur turc, toutes les exigences devenues pièces n'ont que mal servi Molière, peu à son aise face à ces contraintes : *Les Amants magnifiques, La Comtesse d'Escarbagnas. Psyché, L'Amour médecin, Les Fâcheux*. Seuls s'en sortent, au fond, *L'Impromptu de Versailles* et *Le Bourgeois*. Le génie tire son épingle du jeu : ouf !

Condamnation

Elle s'abat sur les auteurs dramatiques et les comédiens. C'est l'œuvre immonde de l'abbé d'Aubignac, qui exige l'instauration d'une censure pour assainir le théâtre. Mais il n'est pas le seul à penser de la sorte. Blaise Pascal a le culot d'affirmer que la comédie est le plus dangereux divertissement du monde. Nicole parie même qu'un poète du théâtre est un empoisonneur public non des corps, mais des âmes des fidèles !

On comprend mieux la violence du jugement de Pascal, si l'on se souvient des sentiments ambivalents que lui inspirait Montaigne : d'un côté, preuve qu'il l'admirait, un certain nombre de ses *Pensées* reprend presque littéralement, quoique dans un style plus ramassé, des passages des *Essais* ; mais, d'un autre côté, il n'en use que pour souligner l'inanité de la vie vécue hors de la soumission à la transcendance du message évangélique, là où Montaigne n'avait cherché, au contraire, qu'à montrer comment donner tout son prix à cette vie si fragile qui est notre seul lot. Projet que Pascal dénonce avec virulence, dans ses *Entretiens avec M. de Sacy*, parce qu'il y voit la preuve que Montaigne est veule et lâche. Puisque c'est ainsi qu'il voit Montaigne (en dépit de tout le génie qu'il lui reconnaît), on ne s'étonnera pas qu'il soit encore plus scandalisé par Molière, qui ne s'intéresse, dans la condition humaine, qu'aux dimensions mêmes qui, aux yeux de Pascal, sont la marque de son irrémédiable déréliction.

N'empêche : plus on admire Pascal, plus on refuse de lui pardonner. Et ce pari sur l'ignominie du théâtre, il l'a perdu. C'est Molière qui l'a gagné !

Condisciples

Jean-Baptiste Poquelin va suivre son cursus scolaire au fameux collège de Clermont. Il ne sera pas le seul à honorer de sa légende celle de ses maîtres. Il ne s'agit pas d'études seulement, mais plutôt de rencontres ! Ratée comme celle de Cyrano de Bergerac, car Hercule Savinien Cyrano est déjà quelques classes au-dessus. Réussie comme celle avec le prince de Conti, futur grand commis de l'État, troisième en titre en fait, et qui, plus jeune de sept ans, était en classe inférieure, mais que Molière couvrit de sa protection, prétend-on. Ce qui est bien évidemment faux, puisque sept années d'âge les séparaient ! C'est son éditeur Jean Vivot qui broda là-dessus pour agrémenter sa préface de l'édition posthume neuf ans après la mort de Molière. La réalité, elle, est bien différente. Les condisciples de Jean-Baptiste Poquelin, François Bernier et Claude Emmanuel Chapelle (le bâtard connu de tous, fils du magistrat Luillier) furent proches. Et reproches aussi, puisque Poquelin n'était pas du genre fêtard. Et puis les discussions enflammées autour de l'énième revirement philosophique de Gassendi jetaient du feu justement au milieu de la joyeuse bande ! Quand Molière ne buvait que du lait ou, du moins, restait toujours sobre, la bande entière puait l'alcool, gueulait et tabassait.

Conseil du roi

C'est ce Conseil qui fait du farceur Gros-Guillaume le détenteur de l'hôtel de Bourgogne en 1629. Louis XIV, une fois au pouvoir, le soumettra à ses désirs. Sinon, Gros-Guillaume n'aurait jamais permis la désignation de Molière au Palais-Royal. Les membres de la Troupe de l'hôtel de Bourgogne prendront leur revanche en son temps lorsqu'il faudra se débarrasser enfin de l'impie Poquelin au profit de Lully. Conseil du roi ? Non, plutôt Conseil de rats.

Contestation

Un tic de jeunesse que Molière a attrapé comme élève des jésuites du collège de Clermont. Plutôt une tique, car de sa vie il n'arrivera jamais à s'en débarrasser. Il la gardera dans le sang. Cette contestation le poussera jusqu'à sa mort à rester jeune. Donc insaisissable et imprévisible. Séduisant. Unique.

Conti

Conti n'est-il pas le vrai Don Juan de la vie de Molière qui face à lui se serait « sganarellisé » ? On l'affirmerait presque sans hésiter. D'ailleurs, la fin tragique de Conti, libertin de feu soudain frappé cruellement par l'infection de la petite vérole qui va précipiter sa mort dans des souffrances terribles, n'est-elle pas le reflet terrifiant de celle de l'athée foudroyé Don Juan au terme de sa vie de débauche, de luxure et de crimes ?

Branche cadette de l'illustre maison des Bourbons, la famille Conti, promue en 1551 sous la haute protection de Louis Ier de Bourbon, aura d'abord connu plus d'un demi-siècle de prospérité avant de s'éteindre à la mort du troisième fils, François de Bourbon. Mais les braises ne meurent pas, elles. Et le frère du Grand Condé lui-même, Armand de Bourbon, redresse en 1630 la maison des Conti de belle manière, puisqu'elle ne disparaîtra cette fois pour de bon que deux siècles plus tard, sous l'empereur Napoléon, en 1814. Or cet Armand de Bourbon, qui naît sept ans après Molière, en 1629, en plein été, le 11 août, est fils d'une union entre un Condé et une Montmorency. Descendances illustres s'il en est. Son chemin est déjà tracé : les ordres. Le futur homme d'Église ne saurait, semble-t-il, pouvoir échapper au destin de croix qui l'attend, puisque son parrain n'est autre que Richelieu ! Ses études de théologie à Bourges sont sans passion mais sont suivies et sa thèse en Sorbonne, qu'elle soit de lui ou pas, lui porte crédit.

Et soudain tout bascule ! Son frère conduit la Fronde et il le suit, alors que rien ne semblait jusque-là l'y incliner. Condé l'aîné le méprise et Armand le cadet le jalouse, il va entrer carrément en guerre contre lui. Promu général de l'armée dite « parlementaire », poussé par sa sœur Mme la duchesse de Longueville, qui intrigue à merveille, Armand s'oppose courageusement et naïvement au Grand Condé qui, lui, est devenu partisan du roi. Voilà Armand nommé gouverneur de Guyenne, commandant de l'armée de Catalogne. Mais sa plus grande victoire et qui ne doit qu'à lui, à son subtil sens de l'utile et de l'agréable, nous dirions du plaisir et du nécessaire, c'est son union avec la nièce de... Mazarin !!! Futé, le Armand !

Gouvernant le Languedoc, dans sa capitale de Pézenas, il croise alors Molière. Non pas Jean-Baptiste Poquelin, mais réellement Molière. Car c'est Molière qui est en fuite. Qui a quitté Paris. Où il s'est ruiné, où il a connu le déshonneur, la prison, la honte vis-à-vis de son père qui a payé ses dettes, qui a perdu du coup toute confiance en l'avenir de son aîné, lequel, à ses yeux de tapissier, n'a pas su justement tisser sa vie !

C'est donc Molière, l'infâme pitre, cet homme perdu, que croise Conti Armand. Conti dont le caractère d'acier s'allie à une sorte de donjuanisme irrésistible. Mais mal lui en prend de croire, comme l'abuseur de Séville, à une invincibilité à vie.

Comme Don Juan, il lui faut aussi son pendant, son confident, son amuseur, son homme à tout faire et Molière est ce Sganarelle idéal ! À coup sûr ! La loi, il la connaît, et pour cause, puisqu'il a étudié le droit. Et son talent va rayonner pour Conti en paroles et en lettres ! Tel Antoine Vitez, secrétaire d'Aragon, ou encore Jean Anouilh, celui de Louis Jouvet, Molière se prend au jeu. Avec une virtuosité et un sang-froid que génère cette discipline, de travailler pour un autre, jusqu'à penser pour un autre, et finalement décider pour un autre. Ce que Jouvet n'a pas toléré d'Anouilh, ni Conti au bout du compte de Molière.

Monsieur, frère du roi, va donner à Molière une chance de se sortir de ce mauvais pas en devenant son nouveau protecteur ! Sa Troupe va dès lors pouvoir se prévaloir du nom prodigieux de Troupe de Monsieur, frère du roi ! Molière aperçoit avec une joie non contenue le bout du tunnel. La lumière de la cour apparaît désormais devant. Molière est sauvé ! Et tout, de nouveau, lui est permis !

Conti se sent trahi, sans qu'il puisse réagir tout de suite, puisqu'il s'agit, avec Monsieur, frère du roi, du deuxième personnage de la lignée royale. Mais sa rancune sera tenace. Dans sa descente aux enfers inéluctable (malgré son revirement saisissant pour rejoindre ceux-là mêmes qu'il haïssait, les membres terrifiants de la Compagnie du Saint-Sacrement), Conti sera l'un des plus ardents adversaires de Molière, au cœur même de la querelle du *Tartuffe*, osant signer un vomi d'inepties injurieuses dans son pitoyable *Traité de la comédie et des spectacles selon la tradition tirée des conciles et des Saints-Pères* dont il n'a pas écrit un traître mot. Mais l'ignominie du procédé ne retombe pas sur lui. Ce qui, paradoxalement, rehausse plutôt le jugement qu'on peut porter sur lui : celui d'un homme qui se révèle ainsi, par sa haine aveugle et sa jalousie étouffante, comme un être humain capable de souffrir dans l'âme et pas seulement dans son corps mutilé. Une élévation qui l'honore par l'excès de sa trahison. Le vrai Don Juan, lui, n'avait pas de ces faiblesses-là. Homme de défi il fut et resterait jusqu'au bout. Face à la mort. Conti, lui, fut un homme de défiance qui le resterait jusqu'au bout. Face à lui-même. Et face à Molière.

Copain

François Hesnaut est le plus fidèle de tous les amis de Molière. C'est bien lui, en vérité, le copain de Jean-Baptiste Poquelin. C'est lui qui, assis auprès de son cher camarade, à la lueur de la chandelle, les doigts encrés, s'attablera pour venir à bout de la première des deux traductions du *De natura rerum* de Lucrèce, que Jean-Baptiste avait entreprise alors qu'il était étudiant (il en réalisera partiellement une seconde, en vers, au cours des années 1650). De la nature des choses ! Poquelin, lui, rêve déjà de consacrer sa vie au théâtre pour y parler de la nature des hommes ! François Hesnaut, fils d'un brave boulanger de Paris qui lui aura tout sacrifié, malheureusement prend parti pour Fouquet ! Inconscient du danger, il ose signer un sonnet de feu contre Colbert, qui circule pendant le procès Fouquet. Les termes y sont outrageants. « Ministre avare et lâche, esclave malheureux... » Hesnaut n'y va pas dans la dentelle. Saisissant, une fois Fouquet condamné à vie, que son tour vient, Hesnaut brûle les exemplaires. Mais le mal est fait. Le roi passe l'éponge. « Le roi est-il offensé dans ce sonnet ? Non ! Monsieur le ministre ! Alors je ne le suis pas. » Hesnaut échappe ainsi au pire. Et donnera le meilleur toute sa vie à Molière.

Corps de garde

Pendant une année, Madeleine Béjart va louer quatre pièces pour loger avec Molière entre la rue Fromenteau et celle de Saint-Thomas-du-Louvre, cour du Carrousel actuelle, au sein des huit maisons réservées aux ouvriers et gardes de Sa Majesté. Quatre pièces dans cet emplacement de l'hôtel de Sillery. Richelieu l'avait acheté. Il sera démoli lorsque la cour sera installée au Palais-Royal. La Troupe traverse la place et est en son théâtre ! L'idéal. Et pourtant cela ne dure pas. Installée en 1660, elle quitte les lieux en 1661.

Coups de chapeau

Ce sont ceux que Molière n'aura reçus qu'au ciel. Mais au tribunal de la postérité, où il a été ovationné, on les lui en aura fait part au fur et à mesure lorsque ces géants qui l'ont salué sur terre l'y ont rejoint !

Marcel Achard
« Nous vous aimons et nous vous révérons, Molière, notre saint patron. Parce que vous n'avez pas comme Shakespeare besoin de cadavres, ni d'alouettes, ni de sorcières. »

Jean Anouilh
« Grâce à Molière, le vrai théâtre français est le seul où on ne dise pas la messe, mais où on rit, comme des hommes à la guerre – les pieds dans la boue, la soupe chaude au ventre et l'arme à la main – de notre misère et de notre horreur. Cette gaillardise est un des grands messages au monde. Nous vous en remercions, monsieur. »

Jacques Audiberti
« Nous, nous avons Molière. Acteur de métier. Directeur harcelé. Qui se crève à faire des pièces pour compenser

les bides qu'il prend avec Corneille et quand Racine lui claque dans la main.

Honoré de Balzac, Molière ! Un seul nom qui dit tout et fait rêver. »

Jean-Louis Barrault

« Poquelin écrit la pièce, mais c'est Molière qui joue. Il ne joue pas toute la pièce, mais que son rôle. Alceste et pas le reste. Jourdain et pas le reste. Harpagon et pas le reste. Scapin pas et le reste. Sganarelle et pas le reste. Orgon et pas le reste. Arnolphe et pas le reste. Argan et pas le reste. Cesse de jouer tous les rôles, occupe-toi de tes fesses ! Joue ton rôle ! C'est déjà l'Himalaya ! »

Georges Bordonove

« En plus du génie, de la passion, du courage et de la patience, il y a ce don de soi qui est le secret de tout. En sorte que dans le miroir de ses comédies, c'est toujours son visage que l'on voit. »

Ferdinand Brunetière

« Ni Balzac, ni Saint-Simon, ni Molière ne sont toujours corrects. Ils sont toujours vivants. »

André Chamson, de l'Académie française

« Le plus grand de nos écrivains. Qui, à coup sûr, aussi grand que les plus grands, a été le plus profondément humain de nos créateurs de génie. »

Jacques Copeau

« La voix de Molière depuis trois cents ans n'a cessé de vivre et de parler. Vous croyez avoir un livre entre les mains. Non pas. C'est un homme qui vient à vous. »

Béatrix Dussane

« Cette fidélité à une Troupe qu'il avait formée, cette solidarité qui peut-être lui coûta la vie font que nous, ses comédiens d'aujourd'hui, nous le sentons encore tout mêlé à nous, plus proche de nous qu'aucun autre de nos grands auteurs. »

Pierre Dux

« À Molière nous devons tout. Il est celui qui par l'œuvre qu'il a laissée, la Troupe qu'il avait formée, a permis la création de notre Maison dite aujourd'hui Maison de Molière. Il est, nous en avons conscience, le ciment qui a maintenu notre Comédie-Française pendant trois siècles et présente encore ce visage de jeunesse, remplit les salles, déclenche les rires, provoque l'émotion, déchaîne l'enthousiasme, et tient en haleine jour après jour, dans le monde entier, des centaines de milliers de spectateurs. »

Jean-Jacques Gautier, de l'Académie française

« Aimer Molière, c'est aimer son œuvre, mais aussi sa personne : les traits de sa physionomie, son regard. Il n'en est guère d'aussi émouvant. Je l'entends presque. Je le vois vivre. Il aurait le teint de Roussin, le visage de Georges Descrières, un pli de la bouche et un froncement de paupières de Pierre Dux, le débit de Jouvet, les grimaces de Jacques Dufilho, le mouvement de Hirsch... Un drôle de corps en somme. "Guenille si l'on veut, sa guenille m'est chère !" »

Johann Wolfgang von Goethe

« Molière est si grand qu'il nous étonne de nouveau chaque fois que nous le lisons. »

Paul Guth

« Comment oser parler de Molière ? Les gens de théâtre l'ont canonisé. Il a sa basilique, la Comédie-Française, où les sociétaires assistés de leurs enfants de chœur, les pensionnaires, célèbrent son culte. »

Victor Hugo

« Il est temps de dire hautement que Molière occupe la sommité de notre littérature non seulement comme poète, mais encore comme écrivain. »

Louis Jouvet

« Une pièce de Molière est un message. La délivrance d'un état intérieur. Elle est un moyen de fuir la vie. De l'amplifier même. En la raillant. Et le moyen d'établir entre les hommes une communication, un lien de sympathie et d'amitié : une communion. »

Paul Léautaud

« Molière et Shakespeare, voilà les deux pôles du théâtre. »

Alfred de Musset

« Quelle mâle gaieté, si triste et si profonde que, lorsqu'on vient d'en rire, on devrait en pleurer. »

Sébastien-Roch Nicolas de Chamfort

« Il mêla les études d'un sage à la vie tumultueuse d'un acteur, et sa passion pour la comédie tourna encore au profit de son talent pour l'écriture. »

Jean-Baptiste Provost, de la Comédie-Française

« Molière est le seul homme de théâtre, le seul, entendez-vous, qui soit toujours facile à dire, tant sa prose et ses vers se plient à l'allure de la conversation. »

Charles-Augustin Sainte-Beuve

« Aimer Molière… c'est aimer la santé et le droit sens de l'esprit chez les autres comme pour soi. »

Pierre-Aimé Touchard

« Molière, de tous nos auteurs le plus populaire, le plus près du peuple, exprimera encore pour des générations et des générations le courage discret, la gaieté, le bon sens, mais aussi le poids de la souffrance et la révolte des humbles. »

Voltaire

« Le meilleur des poètes comiques de toutes les nations. Il a tiré la comédie du chaos. Molière avait une autre sorte de mérite que ni Corneille, ni Racine, ni Boileau, ni La Fontaine n'avaient : il était philosophe et il l'était dans la théorie et la pratique. »

Cour du prince

Celle du prince de Conti vers 1655 va trahir Molière : l'abbé de Cosnac, l'abbé Voisin, Guilleragues, Sarasin, Gourville et Voiture. Conti se convertit en 1656. La Compagnie du Saint-Sacrement arrête les subventions pour Poquelin. Les billets de faveur. En 1658, la protection de Monsieur, frère du roi, grâce à son précepteur La Mothe Le Vayer, disciple de Gassendi, et de son aumônier qui a vu les spectacles de Molière chez Conti, sauve Molière. En 1665, la Troupe devient la Troupe du Roy. La cour du prince perd la première manche. Elle commence dans l'ombre à saper la réputation de l'impie Molière.

Créateurs des rôles

Qui a donc créé le rôle ? Éternelle question qui fait gloire à ceux qui ont les premiers fait naître ces rôles grands ou petits, sublimes ou surprenants, ratés parfois ou répétitifs. Leur nom ne sera jamais dissocié de ce personnage qu'ils ont immortalisé, ou avec lequel ils ont sombré dans l'oubli.

Acaste – La Grange en 1666 : *Le Misanthrope*

Adraste – La Grange en 1667 : *Le Sicilien ou l'Amour peintre*

Albert – Molière en 1656 : *Le Dépit amoureux*

Alcandre – Molière en 1661 : *Les Fâcheux*

Alceste – Molière en 1666 : *Le Misanthrope*

Alcippe – Molière en 1661 : *Les Fâcheux*

Amour – Baron en 1671 : *Psyché*

Amphitryon – La Grange en 1668 : *Amphitryon*

Anselme – Louis Béjart en 1653 : *L'Étourdi ou les Contretemps*

Anselme – Edme de Brie en 1668 : *L'Avare*

Argan – Molière en 1673 : *Le Malade imaginaire*

Ariste – L'Espy en 1661 : *L'École des maris*

Ariste – Baron en 1672 : *Les Femmes savantes*

Arnolphe – Molière en 1662 : *L'École des femmes*

Barbouillé – Du Parc en 1654 : *La Jalousie du Barbouillé*

Béralde – Du Croisy en 1673 : *Le Malade imaginaire*

Caritides – Molière en 1661 : *Les Fâcheux*

Chrysale – Molière en 1672 : *Les Femmes savantes*

Cléante – La Thorillière 1667 : *Tartuffe*

Cléante – La Grange en 1666 : *L'Avare*

Cléante – La Grange en 1673 : *Le Malade imaginaire*

Cléonte – La Grange en 1670 : *Le Bourgeois gentilhomme*

Clitandre – La Grange en 1665 : *L'Amour médecin*
Clitandre – Hubert en 1666 : *Le Misanthrope*
Clitandre – La Grange en 1668 : *George Dandin ou le Mari confondu*
Clitandre – La Grange en 1672 : *Les Femmes savantes*
Covielle – Du Croisy en 1670 : *Le Bourgeois gentilhomme*
Damis – L'Espy en 1661 : *Les Fâcheux*
Damis – Hubert en 1667 : *Tartuffe*
Diafoirus – Hubert en 1673 : *Le Malade imaginaire*
Diafoirus Thomas – Beauval en 1673 : *Le Malade imaginaire*
Docteur – Molière avant 1658 : *La Jalousie du Barbouillé*
Don Garcie de Navarre – Molière en 1661 : *Dom Garcie de Navarre*
Don Juan – La Grange en 1665 : *Dom Juan*
Don Pèdre – de Brie en 1661 : *Dom Garcie de Navarre*
Don Pèdre – Molière en 1667 : *Le Sicilien ou l'Amour peintre*
Dorante – Molière en 1661 : *Les Fâcheux*
Dorante – Brécourt en 1663 : *La Critique de l'École des femmes*
Dorante – La Thorillière en 1670 : *Le Bourgeois gentilhomme*
Éraste – Béjart aîné en 1656 : *Le Dépit amoureux*
Éraste – La Grange en 1661 : *Les Fâcheux*
Éraste – La Grange en 1669 : *Monsieur de Pourceaugnac*
Ergaste – Foulle en 1653 : *L'Étourdi ou les Contretemps*
Ergaste – Du Parc en 1661 : *L'École des maris*
George Dandin – Molière en 1668 : *George Dandin ou le Mari confondu*
Géronimo – La Thorillière en 1664 : *Le Mariage forcé*
Géronte – Du Croisy en 1666 : *Le Médecin malgré lui*

Géronte – Du Croisy en 1671 : *Les Fourberies de Scapin*
Gorgibus – L'Espy avant 1658 : *La Jalousie du Barbouillé*
Gorgibus – de Brie avant 1659 : *Le Médecin volant*
Gorgibus – L'Espy en 1659 : *Les Précieuses ridicules*
Gorgibus – L'Espy en 1660 : *Sganarelle ou le Cocu imaginaire*
Gros-René – Du Parc avant 1659 : *Le Médecin volant*
Gros-René – Du Parc en 1656 : *Le Dépit amoureux*
Gros-René – Du Parc en 1660 : *Sganarelle ou le Cocu imaginaire*
Hali – La Thorillière en 1667 : *Le Sicilien ou l'Amour peintre*
Harpagon – Molière en 1668 : *L'Avare*
Horace – La Grange en 1662 : *L'École des femmes*
Jourdain – Molière en 1670 : *Le Bourgeois gentilhomme*
Jupiter – La Thorillière en 1668 : *Amphitryon*
La Flèche – Béjart cadet en 1668 : *L'Avare*
Léandre – Châteauneuf en 1655 : *L'Étourdi ou les Contretemps*
Léandre – La Grange en 1666 : *Le Médecin malgré lui*
Léandre – La Grange en 1671 : *Les Fourberies de Scapin*
Lélie – La Grange en 1655 : *L'Étourdi ou les Contretemps*
Lélie – La Grange en 1660 : *Sganarelle ou le Cocu imaginaire*
Lysandre – Molière en 1661 : *Les Fâcheux*
Lysidas – Du Croisy en 1663 : *La Critique de l'École des femmes*
Maître à danser – Beauval en 1670 : *Le Bourgeois gentilhomme*
Maître d'armes – de Brie en 1670 : *Le Bourgeois gentilhomme*

Maître de musique – Hubert en 1670 : *Le Bourgeois gentilhomme*
Maître de philosophie – Du Croisy en 1670 : *Le Bourgeois gentilhomme*
Maître Jacques – Hubert en 1668 : *L'Avare*
Le Marquis – La Grange en 1661 : *La Critique de l'École des femmes*
Mascarille – Molière en 1665 : *L'Étourdi ou les Contretemps*
Mascarille – Béjart cadet en 1656 : *Le Dépit amoureux*
Mascarille – Molière en 1659 : *Les Précieuses ridicules*
Mercure – La Grange en 1668 : *Amphitryon*
Molière – Molière en 1663 : *L'Impromptu de Versailles*
Moron – Molière en 1664 : *La Princesse d'Élide*
Octave – Baron en 1671 : *Les Fourberies de Scapin*
Orgon – Molière en 1667 : *Tartuffe*
Oronte – L'Espy en 1662 : *L'École des femmes*
Oronte – Du Croisy en 1666 : *Le Misanthrope*
Oronte – Louis Béjart en 1669 : *Monsieur de Pourceaugnac*
Pancrace – Brécourt en 1664 : *Le Mariage forcé*
Philinte – La Thorillière en 1666 : *Le Misanthrope*
Pierrot – Hubert en 1665 : *Dom Juan*
Pourceaugnac – Molière en 1669 : *Monsieur de Pourceaugnac*
Purgon docteur – de Brie en 1673 : *Le Malade imaginaire*
Sbrigani – Du Croisy en 1669 : *Monsieur de Pourceaugnac*
Scapin – Molière en 1671 : *Les Fourberies de Scapin*
Sganarelle – Molière en 1659 : *Le Médecin volant*
Sganarelle – Molière en 1660 : *Sganarelle ou le Cocu imaginaire*
Sganarelle – Molière en 1660 : *L'École des maris*
Sganarelle – Molière en 1664 : *Le Mariage forcé*

Sganarelle – Molière en 1665 : *Dom Juan*
Sganarelle – Molière en 1665 : *L'Amour médecin*
Sganarelle – Molière en 1666 : *Le Médecin malgré lui*
Sosie – Molière en 1666 : *Amphitryon*
Sostrate – La Grange en 1670 : *Les Amants magnifiques*
Sotenville M. – Du Croisy en 1668 : *George Dandin ou le Mari confondu*
Statue du Commandeur – ? 1665 : *Dom Juan*
Tartuffe – Du Croisy en 1667 : *Tartuffe*
Tibaudier M. – Hubert en 1671 : *La Comtesse d'Escarbagnas*
Trissotin – La Thorillière en 1672 : *Les Femmes savantes*
Vadius – Du Croisy en 1673 : *Les Femmes savantes*
Valère – La Grange en 1660 : *La Jalousie du Barbouillé*
Valère – Châteauneuf en 1656 : *Le Médecin volant*
Valère – Louis Béjart en 1656 : *Le Dépit amoureux*
Valère – La Grange en 1661 : *L'École des maris*
Valère – La Grange en 1666 : *Le Médecin malgré lui*
Valère – La Grange en 1667 : *Tartuffe*
Valère – La Grange en 1668 : *L'Avare*
Zéphire – Molière en 1671 : *Psyché*

Créatrices des rôles

Agnès – de Brie en 1662 : *L'École des femmes*
Alcmène – Armande Béjart en 1668 : *Amphitryon*
Angélique – Armande Béjart en 1668 : *La Jalousie du Barbouillé*
Angélique – Armande Béjart en 1668 : *George Dandin ou le Mari confondu*

Angélique – Armande Béjart en 1673 : *Le Malade imaginaire*
Aristione – Madeleine Béjart en 1670 : *Les Amants magnifiques*
Armande – de Brie en 1672 : *Les Femmes savantes*
Arsinoé – Marquise Du Parc en 1666 : *Le Misanthrope*
Béline – de Brie en 1673 : *Le Malade imaginaire*
Bélise – Geneviève Béjart en 1672 : *Les Femmes savantes*
Cathos – de Brie en 1659 : *Les Précieuses ridicules*
Célie – de Brie en 1653 : *L'Étourdi ou les Contretemps*
Célie – Marquise Du Parc en 1660 : *Sganarelle ou le Cocu imaginaire*
Célimène – Armande Béjart en 1666 : *Le Misanthrope*
Cléanthis – Madeleine Béjart en 1668 : *Amphitryon*
Cléonice – de Brie en 1670 : *Les Amants magnifiques*
Climène – Marquise Du Parc en 1661 : *Les Fâcheux*
Climène – Marquise Du Parc en 1663 : *La Critique de l'École des femmes*
Climène – Armande Béjart en 1667 : *Le Sicilien ou l'Amour peintre*
Comtesse d'Escarbagnas – Marotte en 1671 : *La Comtesse d'Escarbagnas*
Dorimène – Marquise Du Parc en 1664 : *Le Mariage forcé*
Dorimène – de Brie en 1690 : *Le Bourgeois gentilhomme*
Dorine – Madeleine Béjart en 1667 : *Tartuffe*
Éliante – de Brie en 1666 : *Le Misanthrope*
Elmire – Armande Béjart en 1664 : *Tartuffe*
Elvire – Madeleine Béjart en 1661 : *Dom Garcie de Navarre*
Elvire – Marquise Du Parc en 1665 : *Dom Juan*
Ériphile – Armande Béjart en 1670 : *Les Amants magnifiques*

Frosine – Marie Aubert en 1656 : *Le Dépit amoureux*
Frosine – Madeleine Béjart en 1668 : *L'Avare*
Georgette – Marotte en 1662 : *L'École des femmes*
Henriette – Armande Béjart en 1672 : *Les Femmes savantes*
Hyacinthe – Armande Béjart/de Brie en 1671 : *Les Fourberies de Scapin*
Isabelle – de Brie en 1661 : *L'École des maris*
Jacqueline – Madeleine Béjart en 1666 : *Le Médecin malgré lui*
Jourdain Mme – André Hubert en travesti en 1670 : *Le Bourgeois gentilhomme*
Léonor – Armande Béjart en 1661 : *L'École des maris*
Lisette – Madeleine Béjart en 1661 : *L'École des maris*
Lisette – Madeleine Béjart en 1668 : *L'Amour médecin*
Lucette – André Hubert en travesti en 1669 : *Monsieur de Pourceaugnac*
Lucile – de Brie en 1654 : *Le Médecin volant*
Lucile – de Brie en 1656 : *Le Dépit amoureux*
Lucile – Armande Béjart en 1670 : *Le Bourgeois gentilhomme*
Lucinde – de Brie en 1665 : *L'Amour médecin*
Lucinde – Armande Béjart en 1665 : *Le Médecin malgré lui*
Madelon – Madeleine Béjart en 1659 : *Les Précieuses ridicules*
Mariane – de Brie en 1667 : *Tartuffe*
Mariane – de Brie en 1668 : *L'Avare*
Marinette – Madeleine Béjart en 1656 : *Le Dépit amoureux*
Martine – de Brie en 1666 : *Le Médecin malgré lui*
Martine – La Forêt en 1672 : *Les Femmes savantes*
Mélicerte – Marquise Du Parc en 1666 : *Mélicerte*
Nicole – Jeanne Beauval en 1670 : *Le Bourgeois gentilhomme*

Orante – de Brie en 1661 : *Les Fâcheux*
Pernelle Mme – Louis Béjart en travesti en 1667 : *Tartuffe*
Philaminte – André Hubert en travesti en 1672 : *Les Femmes savantes*
Princesse d'Élide – Armande Béjart en 1664 : *La Princesse d'Élide*
Psyché – Armande Béjart en 1671 : *Psyché*
Toinette – Jeanne Beauval en 1673 : *Le Malade imaginaire*
Uranie – de Brie en 1663 : *La Critique de l'École des femmes*
Vénus – de Brie en 1671 : *Psyché*
Zerbinette – Jeanne Beauval en 1671 : *Les Fourberies de Scapin*

Crétin

Cotin crétin, Trissotin ? Sans doute Molière ose-t-il aller si loin ! Après *Tartuffe*, il se croit tout permis. L'abbé Cotin – 1604-1682 –, lui, se croit poète. Il trousse des vers qui le portent scandaleusement à l'Académie ! Il injurie Boileau, qu'il traite de M. Desviperaux, et milite pour l'excommunication des comédiens ! Molière pond alors sa réponse en acte : la comédie titrée *Tricotin*. Sérieusement ! Puis il arrondit les angles : *Tricotin* devient *Trissotin*, mais nul n'est dupe et le titre *Les Femmes savantes*, plus fédérateur, entre dans l'Histoire. La Thorillière se vêt d'un costume réel de Cotin récupéré chez un fripier ! La scène où Vadius et Trissotin s'écharpent s'est réellement déroulée chez Mlle de Montpensier, devant le Tout-Paris, entre Cotin et Ménage ! La haine de l'abbé Cotin sera sans limites.

Molière l'a ridiculisé à vie : pire que crétin, crétin et fier de l'être !

On voit qu'il arrive à Molière de jouer sur la caricature de personnages existants. Il l'a même fait, à l'occasion, avec les acteurs de sa Troupe. Mais, même dans ce cas, il réduit toujours son modèle à quelques traits plus ou moins contradictoires, dont il varie les effets au fil des chocs qu'il ménage avec les autres rôles. Grâce à quoi, il en découvre des dimensions inattendues, qui leur confèrent un nouveau sens, bien plus riche et profond.

Critique

On n'est jamais mieux servi que par soi-même, juge Molière, qui se permet ce coup de génie : faire lui-même la critique de sa pièce ! En l'occurrence *L'École des femmes* ! Le 1er juin 1663. On l'accusait de s'être inspiré, pour *L'École des femmes*, de Boccace, de Scarron, de D'Ouville. On n'avait pas tort. Mais où est le mal ? Qu'ont fait Corneille pour *Le Cid*, Racine pour *Andromaque*, et tous les autres ? Ce qui compte n'est pas d'où vient la pièce, c'est jusqu'où elle va aller ! Celle d'Edme Boursault (1638-1701), elle, devrait finir au trou ! Il fait jouer à l'hôtel de Bourgogne une pièce diffamante : *Le Portrait du peintre* ! On l'a deviné, Molière est le peintre.

Secrétaire de la duchesse d'Angoulême, Boursault est payé pour une gazette à renouveler sous huitaine. Poète et dramaturge, il signe une œuvre modeste mais qui se tient. Car ce n'est pas une œuvre, c'est un témoignage. On oserait dire que, sans aller jusqu'au commérage, il propose une vision journalistique avant l'heure. Il rapporte mais, avec une certaine vista, dépeint les faits. Et, plus adroitement encore, livre ses jugements. N'est pas La Bruyère ou Sainte-Beuve qui veut, mais Boursault est Boursault et il s'en réjouit. Il lui arrive même de réjouir quelque peu les autres aussi. Au moins il ne brode pas, car il ne sait pas coudre les intrigues. Il échoue à tailler des rôles sur mesure. Mais il excelle à tailler des costards à ses congénères. Il *guitryse* presque.

En société, on l'accueille, on rit de ses formules vachardes, il s'impose gaiement. Il en arrive à se croire intouchable. Donc, ce touche-à-tout va tragiquement mettre la main là où il ne devrait pas : la querelle. Par la voie de l'esprit et de la satire. Chose fatale, lui qui comblait de gaité ses interlocuteurs en société, va sombrer piteusement dans l'irréel : le rêve va devenir cauchemar sur scène. Il croit pondre, avec insolence et à propos, une comédie pétillante contre Molière et son *École des femmes*. *Le Portrait du peintre ou la Contre-critique de l'École des femmes*. Il ne pond pas, il défèque. Et sans autre odeur que celle du néant pitoyable du vide. Sans ni atteindre son but, faire rire, ni atteindre Molière qui, dans *L'Impromptu de Versailles*, créé le 19 octobre 1663, va réagir et explose.

Cette fois, c'est Molière qui attaque précisément les comédiens de l'hôtel de Bourgogne. Fou de rage, Montfleury dénonce Poquelin comme ayant épousé sa propre fille. La cour rejette ses accusations, mais la rumeur perdurera jusqu'à aujourd'hui quatre siècles plus tard ! Du coup, Montfleury croit bon de faire jouer *L'Impromptu de l'hôtel de Condé*, où il ridiculise Molière. Le Théâtre du Marais s'y met à son tour ! On y joue *Les Amours de Calotin* ! D'un certain Chevalier ! Mais finalement Boileau, en juillet, va faire taire tout le monde, dans sa *Satire II*, en évoquant Poquelin. Il écrit :

« Dans les combats d'esprit, savant maître d'escrime
Enseigne-moi Molière où tu trouves la rime. »

En son cœur, c'est pour ça qu'elle est si riche !

Mais Boursault n'en tire pas la leçon. Stupide et inefficace contre Molière, il récidivera avec les mêmes insultes contre, excusez du peu, Racine et Corneille. Descendant les marches du pouvoir aussi rapidement qu'il les avait montées. Il tente encore de changer son fusil d'épaule, la vieillesse le chargeant. Il racole Boileau, qui feint de lui pardonner ses outrages. Mais l'animal récidive toujours et cette fois se hasarde, dans son honnête mais minable gazette, à pourfendre plus haut que lui : l'ordre des Franciscains. La réponse cinglante ne se fait pas attendre. Il y perd sa gazette et sa pension avec. Sans parler de son crédit. Il ne lui reste qu'à disparaître en effaçant sa vie comme son œuvre. La connerie des « on-dit » s'est tue.

Croix-Noire

Au port Saint-Paul, on va procéder au transport délicat du bois de la Troupe des Métayers à la Croix-Noire, où le nouveau Jeu de paume les attend. On voit grand avec même six loges de plus. En vain. Rien ne décolle. À la colère du propriétaire du lieu qui n'a pas délogé et cohabite encore. Fin janvier 1645, il attaque en justice Molière, avec tous les autres créanciers. On ne donne plus cher de la peau de Molière, entre la rue des Barres et le quai des Ormes. L'intrépide n'a donc que 23 ans et déjà il ose tout ! Mais n'y gagne rien.

D

D'après

D'après Molière :

Le Festin de pierre – opéra de Gluck – livret d'Angiolini – 1762

Amphitryon – opéra de Grétry – livret de Sedaine – 1786

Don Juan – opéra de Mozart – livret de Da Ponte – 1787

Le Médecin malgré lui – opéra-comique de Gounod – livret de Barbier et Carré – 1858

Monsieur de Pourceaugnac – opéra-bouffe de Bastide – livret de Pajol – 1921

Les Fâcheux – ballet de Auric pour Diaghilev et les Ballets russes – 1924

Les Précieuses ridicules – Zich – 1926

L'École des maris – opéra-comique de Bondeville – 1935

L'École des femmes – opéra-comique de Liebermann – 1954

Les Fâcheux – comédie-ballet de Cadou – Comédie-Française – 1956

Monsieur de Pourceaugnac – opéra-bouffe de Martin – 1963

Le Malade imaginaire – arrangement musical de Magne – Comédie-Française – 1971

Le Bourgeois gentilhomme – arrangement musical de Colombier – Comédie-Française – 1973

Le Molière imaginaire – comédie-ballet de Béjart avec Robert Hirsch – Comédie-Française – 1973

Ce sont quelques œuvres musicales rattachées à Molière. D'après ses pièces.

Daquin

La maison de Louis-Henri Daquin s'élevait à l'entrée de la rue Saint-Thomas-du-Louvre. Madeleine pousse Molière à s'y installer dans un appartement au-dessus duquel elle va elle-même au troisième demeurer. Ne serait-ce que pour veiller et surtout surveiller sa fille, Armande, qui y sera Mme Poquelin, dite Mlle Molière ! Deux caves, cuisines, chaque étage de cinq pièces, deux greniers surplombent l'ensemble aisé. Quatre années passionnantes au cours desquelles c'est ici que Molière va écrire, réécrire, se battre, aimer et souffrir de 1661 à 1665. De Brie et Du Parc ne manqueront pas d'y faire de secrètes visites. Au salon. Et en chambre.

D'Assoucy

Drôle de mot pour un drôle de type ! Drôle de nom aussi : D'Assoucy. Alors que poète, musicien bohème, il fut plutôt sans souci ! Il n'en fit qu'à sa tête ! Qui allait dans tous les sens ! Vingt ans de moins que Poquelin, il vivra vingt ans de plus ! 1604-1679. Comme quoi l'insouciance est la meilleure médecine ! Comme la musique ! Il compose celle de *La Toison d'or* de Corneille pour sublimer son héros, Jason. Il a l'art surtout de se faire inviter partout et de bouffer à tous les râteliers. Les pieds sous la table, il divertit l'assemblée. Anecdotes de première main, bons mots, tout fuse. On le pare du titre convoité d'« empereur du burlesque ». Il suit la Troupe dans ses tournées, qu'il met en vers et prose : « Aventuriers » ! Son luth sous le bras, il est là pour remonter le moral, séparer les échauffourées, ramener le rire comme remède. Il se rend indispensable. Il manquerait à l'appel. Comme le sherpa qu'il fut, il accompagna Molière au sommet de son art.

Lyon, Avignon, Pézenas, Narbonne, Montpellier. Chapelle reçoit son poing en pleine tronche, mais ils savent faire avec et l'empereur fait bonne figure ! N'est-ce pas cela aussi, le burlesque ? Et lui ne trahira jamais celui qu'il aimait par-dessus tout : Molière. Peu d'amis après la mort de Poquelin lui restèrent fidèles. D'Assoucy, oui.

D'Assoucy a le courage de dénoncer les ennemis de Poquelin au lendemain de sa mort. Dans *L'Ombre de Molière*, il ose évoquer les troupes rivales, Bourgogne et Marais, mais il n'oublie pas la Faculté, Cotin et les Tartuffe de la Confrérie. Immédiatement, il est mis au cachot. Par quelle intervention plus efficace que toutes les autres ? Celle de quelqu'un qu'il ne s'est pas gêné d'impliquer aussi : Lully. Le Iago de Molière.

Débuts rêvés

Les débuts sont définitifs au théâtre. En 1658, Molière débute au Louvre devant le roi Louis XIV, la vingtaine rayonnante. La cour rit. Et en oublie tous les soucis du quotidien. Le roi rit. Mais il comprend ce soir-là que cette jeune Troupe avec ce jeune chien fou va lui être de la première utilité. Rassembler et unir la cour. Molière lui appartient, désormais. Son rêve se réalise enfin !

Débuts vécus

Ceux devant Sa Majesté où Molière jouait sa tête ont lieu le 24 octobre 1658 au Louvre. *Nicomède* de Corneille ennuie la cour. Molière se plante en jouant simple et naturel. Le roi est prêt à se lever. Molière restera dans les profondeurs des oubliés. Mais non ! La seconde partie plaît à Sa Majesté. Il frappe de sa canne au salut. La cour suit le mouvement. *Le Docteur amoureux* a mis dans le mille. Le roi offre la salle du Petit-Bourbon à partager avec les Italiens. Molière est entré dans l'Histoire. Les débuts à Paris en cette salle du Petit-Bourbon auront lieu le 2 novembre. *L'Étourdi ou les Contretemps*. Et Scaramouche va jouer en alternance avec les siens. Son dieu de vie, le roi, son dieu de scène, Scaramouche, sont à ses côtés ! Mais son dieu du ciel, où est-il ? Quel destin va-t-il lui offrir ? Celui du plus célébré des Français, pour des siècles et des siècles.

Décortiquement

Je vais vous dire, moi, Molière, pourquoi je déteste les dictionnaires. Parce que je hais le classement. Et aussi le décortiquement. Prenons la lettre A ou R. Et les mots *amour* ou *réel.* Alors que devrions-nous ranger dans le buffet au tiroir A comme *amour* ? L'essentiel sans doute, pour que tout tienne dans ce tiroir limité en sa contenance. Pensez-vous sérieusement que l'essentiel de l'amour puisse tenir en si peu ? Alors on se contente, pour l'y faire tenir, d'en parler en surface, de juger sans profondeur, de faire le contraire de ce que j'exige. Puisqu'il s'agit de moi, peut-être ai-je mon mot à dire, non ? J'exige le contraire. Que les tiroirs soient grands ouverts. Qu'on les bourre, qu'on les étouffe. Qu'ils débordent ! Puisqu'on a tant écrit sur mon œuvre, en la découpant en tranches alors qu'elle forme un tout, je remplirai les tiroirs autant qu'il me plaira, quitte à ce que ça déborde, et dans l'ordre qui me chantera, même l'alphabet n'y retrouve plus ses lettres. Et si j'ai plus envie de remplir le M comme *Madeleine*, *Molière* et *misanthrope*, que le A comme *Armande*, il faudra bien vous y faire. Vous vous débrouillerez alors pour refermer le tiroir bourré plus qu'il ne faut ! Vous l'avez compris, non ? Je me considère comme inclassable !

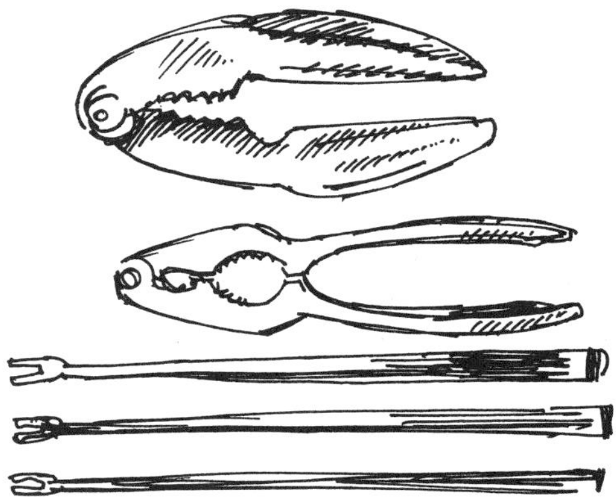

Démolition

On pouvait démolir une pièce. Par la Cabale présente sur place dans la salle qui perturbait la représentation. Par des rires moqueurs. Par des huées ou des altercations dérangeantes entre complices au parterre, debout, bien sûr, et s'interpellant, voire se cognant. Par la fuite du public entraînant un brouhaha proche du scandale. Par la critique dans les gazettes. Par le bouche-à-oreille d'une rumeur qui mentait sur la façon dont, dès la première, la pièce avait été reçue par le public présent. La pièce *Dom Juan* fut ainsi totalement trahie. Le bruit mensonger d'un échec se répandit comme une traînée de poudre. La pièce creva en deux semaines. Rien ne put la sauver. Mais il y a une autre démolition plus efficace encore et celle-là sans appel, définitive car irrattrapable. Celle du théâtre lui-même ! En 1660, Molière eut à affronter la pire démolition de sa carrière : sans avis préalable et sans consultation même auprès de Sa Majesté, le surintendant des Bâtiments, Ratabon, entreprit de démolir la salle du Petit-Bourbon ! Louis XIV en fureur décida aussitôt d’accorder à la Troupe du Roy la salle du Palais-Royal. Le temps de régler son installation et bien sûr aussi l’alternance obligée avec les comédiens-italiens, Molière irait jouer au Louvre. Le piège était pour Molière de s’y retrouver face aux courtisans. Et face à un certain Fouquet. Face à son destin, surtout.

Désert

Alceste, l’atrabilaire, est amoureux et donc raisonne pour se convaincre que Célimène est bien la femme de sa vie. En pesant la part de ses coquetteries qu’il peut se résoudre à accepter, à condition qu’elle finisse par s’amender pour devenir ce qu’il voudrait qu’elle soit. Mais aimer en quelqu’un ce qu’il pourrait être plutôt que ce qu’il est, ce n’est pas l’aimer, c’est chérir une chimère personnelle qu’on lui impose et qui l’exclut.

On arrive là au cœur des contradictions constitutives du personnage d'Alceste, qui, chaque fois qu'il apparaît, le rendent inséparablement bouleversant, complexe et comique : il a le plus souvent raison dans ce qu'il dit, ses critiques tapent dans le mille ; mais il a tort dans la manière qu'il adopte pour le dire. Ses excès révèlent combien son penchant à se poser en martyr de la vérité l'emporte sur son souci de la défendre. L'ivresse de la polémique le pousse à ignorer en lui tous les sentiments qui ne servent pas sa cause et que ses interlocuteurs pourraient lui opposer.

À la fin du *Misanthrope*, Alceste prétend fuir dans un « désert » la compagnie des humains. Il oublie tout simplement que, depuis bien longtemps, il est déjà dans un désert et même, si j'ose dire, dans un double désert. D'un côté, le désert où sa volonté d'incarner seul la transparence, la franchise, la véracité le réduit, parce qu'elle exclut d'avance tous les autres de son monde de pureté (dont est également banni, comble du paradoxe que j'évoquais à l'instant, ce qu'il a en lui de plus authentique). De l'autre côté, le désert qu'est le cœur de Célimène (comme si cette jeune veuve avait perdu le courage ou la naïveté de s'engager, elle qui prête à tout le monde mais ne donne jamais à personne).

Célimène, on l'oublie trop souvent, est veuve, en effet ! Et elle a manifestement décidé de profiter le plus longtemps possible de l'autonomie que lui garantit cet état. Peut-être est-ce en raison de la douleur persistante d'avoir perdu son grand amour ou, au contraire, parce qu'elle se sent enfin libérée du poids d'un mariage arrangé avec un vieux barbon fortuné mais lassant. Il est clair, en tout cas, que le veuvage a été un choc terriblement marquant pour elle et la preuve en est qu'elle n'en parle à aucun moment.

Il suffit d'avoir un minimum de sens psychologique pour comprendre que c'est devenu pour elle un tabou. Elle ne fait jamais de comparaison entre son défunt mari et Alceste, lequel n'en dit pas un mot non plus. La seule explication valable de ce mutisme, à mes yeux, c'est que personne ne veut remettre de l'huile sur le feu.

Quoi qu'il en soit, le cœur de Célimène est, à l'évidence, devenu *désertique*, sans pour autant être *déserté*, puisqu'elle a l'intelligence et le talent de savoir se faire aimer. Remarquons en passant que la seule exception à cet égard touche ses relations avec Arsinoé : celle-ci, qui est une sorte de Mme de Staël par anticipation, recherche pourtant son affection, ce qui, avec tout autre, aurait suffi à ce qu'elle la lui donne, au moins en apparence. Or, devant Arsinoé, Célimène se montre, bizarrement, plus « alcestine » qu'Alceste lui-même, au sens où, refusant pour une fois tout compromis, elle vise en permanence à mettre l'autre face à son hypocrisie. Tout se passe comme si Célimène sentait qu'elle devait à tout prix délégitimer Arsinoé pour empêcher que l'aura de sa séduction légère ne soit confondue avec les habiletés plus calculatrices de celle qui l'a précédée dans la carrière.

Ce désert au cœur de Célimène est l'image en miroir du désert qu'Alceste provoque autour de lui : c'est ce qui les rapproche, les attire l'un vers l'autre, mais les empêche de se rejoindre ; leur affinité élective est ce qui les désunit. Au plus profond, ils se ressemblent étrangement : *la sociabilité sans engagement de l'une fait écho à l'engagement insociable de l'autre, deux caractères jumeaux quoique opposés qui les conduisent tous deux à la solitude existentielle, en dépit de leur charisme et de leur énergie hors norme.*

Autrement dit, *Alceste et Célimène sont deux variations d'un même thème où prend pourtant racine leur incompatibilité* : encore un coup de génie de Molière ! Même si les spectateurs n'en prennent généralement pas conscience. C'est une nouvelle marque de la virtuosité avec laquelle l'auteur du *Misanthrope* parvient à créer des personnages et des relations humaines d'une profondeur et d'une complexité abyssales à partir de quelques traits tout simples, parfois délibérément contradictoires, mais choisis avec soin pour que leur voisinage et leur confrontation soient féconds. On est ébloui ici par la stupéfiante intelligence qui irrigue l'inventivité débordante de Molière.

Célimène, lorsque Alceste lui propose de partir avec lui, comprend parfaitement, comme si elle voyait en lui, pourquoi il lui fait cette offre : c'est qu'au fond le plus « Célimène » des deux, c'est lui ! N'oublions pas qu'Alceste n'accepte aucune contradiction, se sert de Philinte comme d'un *punching-ball* qu'il réduit au rôle de faire-valoir pour marquer sa prééminence, intellectuellement, humainement, socialement. Bien plus encore que Célimène, il n'accepte d'autrui que ce qui répond à ce qu'il en attend. Sauf qu'elle, au moins, ne voit aucun inconvénient à ce que chacun en use comme il l'entend, pourvu qu'elle n'ait pas à en subir les conséquences. Tandis qu'Alceste veut que tous se conforment à son idéal. Là encore, leur vérité profonde est à l'inverse de leur apparence : Célimène, réputée si habile à contenter tout le monde, s'arrange, en réalité, pour être toujours sincère ; *a contrario*, Alceste, en prétendant s'identifier à la cause de la franchise absolue qu'il défend, se condamne à se tromper régulièrement sur lui-même et sur les autres. Il ne pouvait échapper à Célimène qu'accepter de le suivre dans son « désert » serait revenu pour elle à se soumettre sans défense à son emprise. À se dissoudre en lui pour n'en devenir qu'un pâle reflet.

Mais le motif ultime de la décision d'Alceste (« fuir dans un désert »), c'est tout simplement qu'il veut se fuir lui-même, bien plus qu'il ne cherche à fuir les autres. C'est à ses propres yeux qu'il est devenu insupportable, dès qu'il est en société. Ce qu'il n'est finalement pas pour ceux qui le rencontrent, puisqu'il leur est un inépuisable sujet d'amusement et d'étonnement. Il les divertit. Mais lui en est arrivé au point où rien ne va plus, quoi qu'il fasse ou dise en présence de quiconque. Il n'est plus que réactions écœurées et colériques contre les propos, les comportements, les manières de ses interlocuteurs. Du coup, il ne se sent plus lui-même, littéralement, puisqu'il ne vit plus que comme procureur permanent de personnes, de mœurs, de groupes sociaux que rien ne peut sauver à ses yeux. Voilà pourquoi il ne voit plus d'autre issue que de se fuir.

Son obsession de la pure franchise le rend finalement incapable de s'éprouver lui-même, comme la conséquence ultime de sa tendance à rester hermétique à tout ce en quoi les autres diffèrent de lui. Sentant cela, Célimène réalise qu'il est paradoxalement impossible d'avoir une vraie relation avec ce chantre de la vérité. Elle en est d'autant plus attristée qu'elle avait un penchant pour lui, une préférence pour son charme maladroit, son originalité, son intensité et, sans doute aussi, tout ce qui, comme je viens de le montrer, rapprochait secrètement leurs personnalités. Mais Alceste, en raison même de son manque de considération pour ce qui ne correspondait pas à son idéal, n'a jamais su, malgré son amour pour elle, se préoccuper de ce qu'elle était, de ce à quoi elle aspirait, sinon pour lui faire la leçon et exiger d'elle qu'elle s'amende pour se soumettre à ses diktats.

Juge envahissant et dogmatique, il est resté, en revanche, un amoureux étrangement passif. Il n'a jamais rien tenté pour construire avec Célimène un lien où elle puisse s'épanouir avec lui, où elle ait sa part au même titre que lui. Il s'est autopersuadé qu'il ne devait l'aimer que telle qu'il aurait voulu qu'elle soit et non telle qu'elle était. En quoi il était traître à ses propres sentiments (puisqu'il ne les exprimait que pour se les reprocher) et à l'objet de son amour. Il n'a cessé d'attendre que Célimène fasse tout ce qu'il attendait d'elle, sans rien faire d'autre, de son côté, pour faire vivre leur couple, que de se plaindre du manque de zèle qu'elle mettait à lui obéir !

Je crois que la clé de ces contradictions se trouve dans cette réplique d'Alceste à propos de Célimène : « Sa grâce est la plus forte. » C'est la seule excuse qu'il se reconnaisse et dont chacun conviendra qu'elle est une des sources de ce qui le rend si émouvant. Car, sur ce point au moins, on ne peut à aucun moment douter de sa sincérité vis-à-vis de Célimène. Il voit en elle une beauté, un charme, une singularité que les autres ne voient pas, au-delà de ce que tous lui reconnaissent : sa subtilité époustouflante, l'acuité de ses portraits, sa maturité intellectuelle précoce et rayonnante, le *brio* de ses reparties. Dont Arsinoé, pourtant réputée experte en la matière, fait les frais. Oui, Alceste aime vraiment Célimène. Mais au lieu de se laisser aller à vivre cet amour en étant attentif à ce qui le constitue pour mieux le réaliser, il ne cesse de se retourner contre lui pour le rendre autre que ce qu'il est.

Cette plongée dans la dernière scène du *Misanthrope* éclaire la richesse d'invention à haute précision dont

Molière fait preuve, au service de l'exploration, à la fois intuitive et lucidement analytique, des profondeurs humaines les plus énigmatiques. Voilà pourquoi il m'apparaît comme une sorte de génial chirurgien-musicien de l'âme, bien plus qu'il n'en est le peintre.

Après l'avoir ainsi suivi au sommet de son art, on peut encore compléter ce que nous avons appris en y ajoutant un éclairage indirect : il est malgré tout arrivé quelquefois à Molière de se planter et il n'est pas sans intérêt de se demander pourquoi, ne serait-ce que pour mieux révéler, en négatif, les dimensions qui lui ont fait défaut dans ce cas, alors qu'elles le servent si merveilleusement en général. *Monsieur de Pourceaugnac* me paraît être une de ces « pièces malades », au sens où François Truffaut parlait de « films malades » quand, en dépit d'idées potentiellement fécondes et d'efforts subtils pour les développer, la mayonnaise ne prend pas. Je crois que c'est parce que le rôle-titre est un caractère qui, du début à la fin de la pièce, reste sourd et aveugle à lui-même et aux autres, ce qui rend impossible le déploiement de toutes ces variations révélatrices dans les relations entre les personnages dont nous venons de voir la richesse dans *Le Misanthrope*. À aucun moment, Pourceaugnac n'est autre chose qu'une sorte de boule de billard, jouet des impulsions ou des chocs qu'elle subit et qui finit par être éjectée de la table au lieu de tomber dans un des trous ménagés dans le tapis.

Deuil

Joseph Béjart meurt en 1659, et Jodelet un an plus tard en 1660. Molière perd ses deux piliers. La Troupe porte le deuil.

Diagnostic

On le dresse en quatre domaines : le pouls, l'urine, les selles et le sang. Seul hic : comment investiguer ? Par le moyen de quels instruments ? Nous sommes au XVIIe siècle. Le docteur n'a qu'une fonction, vétérinaire pour animaux, ou docteur pour humains : son instinct ! C'est à ne pas croire ! Mais si, justement ! Il renifle l'odeur de la peau, du cou aux aisselles, des parties cachées, jusqu'aux orteils. Il gratte les pouls. Arrache des cheveux. On fait quelques goûtées. D'urine comme de salive ou de sang. Tout diagnostic à l'inverse n'a lui plus rien à voir avec le bon sens ou l'intuition. Il se veut savant. Ou il n'est pas. Le jargon médical est un allié de poids pour convaincre du savoir et du devoir. Le savoir du médecin, le devoir du patient. À jargon incompréhensible, ordonnance de même. Le médecin du roi, Daquin, est d'ailleurs le propriétaire d'une maison où Molière habite ! Poquelin sait donc de quoi il parle au plus près ! Tous les plus grands lui servent de modèles : Des Fougerais, Guénault médecin de la reine, Esprit médecin de Monsieur, Yvelin médecin de Madame. Leurs diagnostics truffés de tempéraments par-ci, d'humeurs par-là se basent essentiellement sur leur plus fidèle complice : l'urgence ! Et quand il faut faire vite, agir maintenant, sinon ce sera trop tard, alors on ne discute plus, il n'est plus temps, et l'on se soumet aux deux remèdes habituels : saignée et purgation.

Dictionnaire des comédiens

Je n'ai pas pu inclure dans ce *Dictionnaire amoureux de Molière* quelque quatre cents pages concernant les comédiennes et comédiens qui, depuis 1673, ont joué et ont été sublimes ou à chier dans du Molière. Le *Dictionnaire* ici ne concerne que Molière, sa vie, ses comédiens et son œuvre. Plutôt que réduire à une poignée ces artistes serviteurs de Molière qui, depuis près de quatre siècles, en France comme dans le monde entier, ont tant œuvré pour lui, grâce à lui, ou contre lui, je préfère, si les circonstances s'y prêtent un jour, leur consacrer la place qu'ils méritent dans un autre ouvrage.

Différence d'âge

Molière avait 17 ans quand naquit Racine, en 1639. En réalité, Racine avait déjà 100 ans et plus quand il est né : du moins dans son œuvre, née du passé et tournée vers lui. On peut dire que Molière naîtra en fait une fois mort, quand naîtra la Comédie-Française. Sa Maison. Et qu'il renaît à chaque nouvelle création de l'une de ses œuvres. Vivement le quadricentenaire de sa naissance, cet an 2022 qui s'annonce, pour prouver qu'il n'a jamais été aussi jeune ! Quand d'autres, qui ont cru l'enterrer, ont pris mille ans !

Discours

Ceux d'Olivier Patru – 1604-1681 –, l'avocat très en vue au Parlement, l'académicien perdu de vue par contre dans les limbes de l'Histoire, l'ont amené à être l'instigateur officiel des discours de réception à l'Académie. Très en difficulté financière toute sa vie, il doit son salut à la fidélité, sans qu'il eut besoin de dire un mot, de Boileau, de La Fontaine et de Molière. Qui dit mieux ?

Docteur Dieu

Dieu est-il médecin ? Ou le médecin est-il un dieu ? Puisque le médecin se substitue bien à Dieu pour guérir ou tuer par ses ordonnances. Au XVIIe siècle, et ce, depuis le XVe siècle, tous les médecins ne sont pas forcément chrétiens ou juifs. Bon nombre sont laïcs, ne serait-ce que pour se sentir plus libres justement sans en référer à Dieu, ou surtout sans avoir de comptes à lui rendre en pratiquant leur médecine. Mais, laïc ou pas, tout médecin doit prêter serment lorsqu'il reçoit sa licence de médecine délivrée « au nom du Père, du Fils et du Saint-Esprit », au cours d'une véritable cérémonie en la Cathédrale, donc religieusement. La Faculté de Paris et l'Épiscopat sont les deux bras d'un même pouvoir. Attaquer l'une, c'est attaquer l'autre. Molière ne rechigna pas. Il s'en prit aux deux. Qui le lui firent payer.

Docteur Hyde

Et si Stevenson avait eu l'idée d'inverser son chef-d'œuvre ? Si le monstre, un certain docteur Hyde, avait découvert un élixir le transformant en gentil Mr Jekyll ? Il aurait pu chercher toute la documentation nécessaire à ce portrait monstrueux de docteur Hyde en revisitant la vie du véritable docteur Hyde du XVIIe siècle : Guy Patin (1601-1672). Cet assassin, il n'y a pas d'autres mots, saigna ses victimes, enfants, femmes, hommes jusqu'aux vieillards : nul n'y échappait. Il passa sa vie de criminel à diffamer Théophraste Renaudot, docteur ès Faculté de Montpellier. Qui, elle, était celle de la recherche du progrès et de l'avenir de la médecine. Une fois de plus, la Faculté de Paris figée dans sa rigidité, l'orthodoxie aveugle et sourde, faillit à sa mission.

Patin a le culot de consulter par correspondance ! Patin se vante de posséder une bibliothèque riche de plus de mille volumes, certes, mais dont il dénie chaque insoumission, chaque audace, chaque vérité ! La circulation du sang, il la méprise. Sa découverte, alors qu'il n'avait que 25 ans, ne lui a pas ouvert les yeux. Au contraire. Sa cécité criminelle, puisqu'elle fut responsable de centaines de morts par sa faute, ne cessa jamais. La preuve ? À deux ans de sa mort, lors de sa soixante-dixième année, docteur Hyde Patin approuva encore une thèse d'un de ses étudiants niant la circulation du sang !

Et comble de la honte pour la France : cet assassin, né le 31 août 1601 à La Place, près de Hodenc-en-Bray dans le Beauvaisis, et mort enfin le 30 mars 1672 à Paris, a une rue le célébrant à Paris ! Dans le quartier de Saint-Vincent-de-Paul, entre la rue Ambroise-Paré et le boulevard Magenta, cette voie de 160 mètres qui finit au 45, boulevard de la Chapelle fut inaugurée en 1864 non loin de l'hôpital Lariboisière. Qu'elle reste telle quelle surtout comme une rue de la Honte, une de plus dans la capitale, qui n'a jamais eu le courage et la dignité républicaine d'effacer ces cicatrices qui la défigurent à jamais ! Alors qu'elle ne s'honore même pas au XXIe siècle de tant de noms de ceux qui mériteraient d'y être célébrés ! Au moins, faisons une pétition pour interdire la circulation dans sa rue, puisque Patin la niait en notre corps ! Vous ne trouvez pas ?

Don Juan, superstar

Dom Juan est une pièce incroyablement cinématographique. Nous verrons plus précisément pourquoi dans l'entrée *Sommets*. Elle tient de là une part de sa grandeur mais aussi de sa faiblesse. Sa grandeur tient avant tout au fait qu'il n'y a pas un seul rôle, dans tout Molière, qui soit au-dessus de Don Juan, pas même Alceste. Alceste est un homme, Don Juan est le sommet de ce que peut être un rôle, à la fois profondément humain et mythique. Un acteur qui joue Alceste, il faut qu'il soit lui-même, pas Alceste. C'est quand il est lui-même qu'il peut être bouleversant et drôle dans ce rôle. Comme Raimu dans le *César* de Pagnol. Tandis que l'acteur qui joue Don Juan doit parvenir à transmuter ce qu'il y met de lui en une évidence mythique, universelle, qui s'impose d'elle-même. Encore un trait qui justifie la comparaison que j'esquisse ailleurs avec l'esthétique cinématographique : Don Juan, c'est le premier rôle du répertoire français qui soit un rôle de star de cinéma. Une légende, un être intouchable dont la complexité se donne tout d'une pièce, comme une unité simple, indivisible, inanalysable. C'est pourquoi un acteur qui joue bien Don Juan disparaît derrière le rôle.

Une anecdote, à propos de la répétition générale de la pièce mise en scène par Louis Jouvet, qui interprétait le rôle-titre, en donne une étrange illustration. Nous sommes donc le jour de la première représentation, au Théâtre de l'Athénée à Paris. Toute la presse est là. Le rideau se lève sur Sganarelle qui détaille, avec une minutie hilarante et émouvante, les bienfaits du tabac, génial monologue que suit un bref dialogue avec Gusman. Puis Jouvet fait son entrée : « Quel homme te parlait là ? Il a bien de l'air, ce me semble, du bon Gusman de Done Elvire. » Et là, Jouvet sort de scène et fait baisser le rideau. Murmures de consternation dans la salle : « Qu'est-ce qui lui arrive, au Patron ? Il a un trou de mémoire ? Un malaise ? Le trac ? » Mais Jouvet fait relever le rideau et reprend le dialogue là où il l'avait laissé. Il s'en est expliqué plus tard, devant Jean-Louis Barrault et Pierre Dux, stupéfaits. Sa première entrée, c'était la sienne, celle de Louis Jouvet. La star !

Et, s'il avait fait baisser et relever le rideau, c'était pour qu'à sa seconde entrée, ce soit Don Juan qui apparaisse sur la scène ! J'ignore s'il avait prémédité cette surprise ou s'il avait agi sous le coup d'une impulsion, mais l'idée est géniale et il n'est pas impossible qu'elle ait eu l'effet qu'il en escomptait. En tout cas, ce fut un triomphe !

Jouer Don Juan avec efficacité suppose que l'on parvienne à incarner, comme un phénomène naturel qui s'impose et captive immédiatement, ce personnage dans lequel Molière a eu l'instinct de fondre en un seul bloc des traits qui, en tout autre héros, auraient semblé disparates, sinon inconciliables. Don Juan est à la fois un diable, un tueur, un séducteur, un monstre charismatique et généreux guidé par sa spontanéité, un esprit critique et rationnel qui ne se soumet à aucune idée reçue, un moraliste immoral, quelqu'un qui va jusqu'au bout de ses choix. Mais tout cela ne fait qu'un dans le personnage légendaire que Molière a créé en rendant absolument solidaires ces caractères réputés incompatibles, peut-être parce que, lui, l'auteur, y a mis tout ce qu'il aurait voulu vivre, avec la spontanéité synthétique du fantasme. C'est pourquoi, si *Dom Juan* reste une comédie parce que les personnages autour du héros font rire, Don Juan lui-même échappe au genre. Il n'est pas là pour être drôle, ce qui en fait une exception parmi les rôles des comédies de Molière.

C'est aussi une exception en ce que, contrairement aux autres personnages principaux des comédies de Molière qui sont aveugles à eux-mêmes, il est aussi conscient qu'on peut l'être de ce qu'il veut et fait. Il le théorise même devant les spectateurs. C'est « l'homme sans ombre », pourrait-on dire en parodiant le titre de Stefan Zweig *La Femme sans ombre*.

Dom Juan est donc la seule pièce de Molière où toutes les cartes sont sur la table. N'empêche que le mystère reste entier : il réside dans l'unité de granit de ce héros mythique pourtant traversé des caractères les plus contradictoires.

Du naturel à la vérité (et retour)

Les voies très personnelles par lesquelles Molière atteint au plus grand naturel nous donnent aussi les clés des vérités originales auxquelles, par elles, il parvient. De là vient la puissance de dévoilement de ses pièces touchant, entre autres, les contradictions entre les discours et les émotions, les masques du pouvoir et de la faiblesse, les insolubles conflits de valeurs, les dédales des relations familiales, les enjeux cachés de l'argent ou les métamorphoses de l'amour. Loin de partir d'une thèse, d'une grille d'analyse ou d'un idéal moral, c'est par la simple succession d'instantanés, où les incompatibilités radicales entre les personnages provoquent des réactions en chaîne révélatrices, qu'il fait apparaître la vérité nue des multiples dimensions humaines en jeu dans les situations qu'il met en scène.

Ces vérités sont, presque toujours, des effets *a posteriori* de son art tout entier fondé sur les potentialités du jeu d'acteur. Et même dans les rares cas où elles partent d'une idée préalable (comme la critique du parti des dévots et de l'hypocrisie religieuse dans *Tartuffe*), c'est encore au travers de la suite des chocs engendrés par la confrontation sans issue des lubies des héros qu'elles acquièrent ce qu'elles ont de plus neuf et de plus fort.

Chacun de ses personnages est le révélateur critique de l'autre. Non pas parce qu'il chercherait à cerner ses défauts, mais simplement parce que leurs incompatibilités sont telles que, du point de vue de l'un, l'autre est perçu comme « déraillant » complètement (et c'est réciproque) ! Leur simple rencontre conduit ainsi à ce que le premier mette l'âme du second à nu et le second, à son tour, celle du premier.

Si les personnages de Molière échouent à trouver un terrain d'entente commun, tant ils sont enfermés dans leurs univers respectifs et irréconciliables, c'est parce que, partant de ce qui les rendait comiques, il a découvert qu'au plus profond *tout le monde se joue, inévitablement et en permanence, la comédie*. À l'opposé du thème baroque selon lequel « le monde est un théâtre », il part du constat que chacun a une tendance irrépressible à *se la jouer* mais aussi à se débattre pour sortir de ce piège. Car il ne lui a pas échappé que la personne à qui on ment le plus, c'est soi-même. Mais cela ne tient que superficiellement au souci de se rendre plus aimable à ses propres yeux et plus important aux yeux des autres. Ce qui nous contraint d'en passer par là, de façon beaucoup plus déterminante et avant tout calcul, c'est l'extraordinaire difficulté que représente, de la part de n'importe quel individu, l'effort pour se trouver, se reconnaître, s'accepter et s'exprimer en adéquation avec ce qu'il est. Les rares qui y parviennent (d'ailleurs toujours imparfaitement et incomplètement) ont dû, eux aussi, faire un long détour par la comédie qu'ils se sont jouée afin d'y déceler, par une attention soutenue à ses impasses et ses malentendus, quelques échos plus authentiques d'eux-mêmes.

Le comique de Molière est le révélateur de notre vérité première, à savoir que nous sommes tous des comédiens de nous-mêmes malgré nous. Et de notre vérité seconde, qui est qu'il faut avoir le courage de se chercher derrière les apparences qu'on se donne car il y a, de toute façon, des moments dans la vie où l'on ne peut plus se jouer la comédie.

Par là, il apprend aussi à chacun comment se retrouver sous la superposition de masques et de discours préfabriqués qui le recouvrent. Plus que jamais, nous avons besoin de lui, à l'heure où les réseaux sociaux menacent de nous ensevelir sous l'avalanche des groupes de pression et des mots d'ordre menaçants, ou de nous métamorphoser en *attachés de presse de nous-mêmes*.

Il faut bien voir que s'il nous fait encore tellement rire, s'il nous émeut toujours à ce point et, d'un même mouvement, nous éclaire incroyablement, c'est aussi parce qu'il commence par rire de lui-même. Son génie comique d'acteur (dont découle intégralement celui qu'il développe comme auteur) naît d'abord, pour ainsi dire, d'un dédoublement étonné, critique, sincèrement surpris *entre lui et lui*. Parce qu'il s'expose ainsi sans réserve dans ses ambivalences, ses perplexités, ses faux pas, nous nous y retrouvons de plain-pied.

En quoi il nous apporte quelque chose dont Beaumarchais et son Figaro, si admirables soient-ils, nous privent. Quand Figaro confie : « Je m'empresse de rire de tout de peur d'être obligé d'en pleurer », il nous laisse entendre, avec la franchise qui le caractérise, qu'il n'entre aucunement dans ses intentions de rire de lui-même. C'est au contraire ce que fait Molière ! Le premier s'amuse des autres et du spectacle du monde ; le second se prend comme premier objet et instrument privilégié de son regard critique. C'est parce qu'il rit de lui-même que nous rions si volontiers de nous-mêmes avec lui.

Duo moliéresque, quatuor shakespearien

Poquelin fait le choix d'une écriture par laquelle l'auteur amène la nourriture à l'acteur (auquel elle donne la liberté d'en faire ce qu'il veut, la vomir, la digérer, la croquer, la mâcher), ce qui a profondément marqué le théâtre en France et même, plus généralement, nos façons de penser et de converser.

On ne trouve rien de tel chez Shakespeare. Quand Molière construit ses pièces comme une suite de sketchs qui font progressivement monter les enchères des contradictions déclenchées par le héros, Shakespeare explore, au contraire, dans chacune de ses comédies, chacun de ses drames, un ensemble de personnages, de situations, de conflits qui constituent un monde déjà donné. Raison pour laquelle, sans doute, ses scènes s'organisent le plus souvent non pas autour d'un duo, mais d'un quatuor.

Comme me l'a fait remarquer Claude Capelier, mon éditeur, à l'occasion d'une de nos discussions passionnées sur ce dictionnaire, cela tient, au moins pour une part, à une constante de l'art de Shakespeare, qui se retrouve dans la plupart de ses grandes pièces en dépit de leur extraordinaire diversité (qu'elle contribue d'ailleurs, on verra pourquoi, à accentuer) : une fois qu'il a repéré un motif signifiant ou un caractère chez un personnage, il fait une déclinaison de ses variantes les plus susceptibles d'accentuer la tension dramatique dans la caractérisation des autres protagonistes. Par exemple, dans *Hamlet*, tous les personnages mentent ou s'illusionnent sur la réalité de la situation, mais chacun pour des raisons différentes et sur un mode qui lui est propre : *grosso modo*, Hamlet se ment à lui-même (face à la culpabilité de devoir se venger de sa mère) et aux autres (pour cacher son projet criminel) ; le roi et la reine mentent afin de couvrir leur forfaiture ; Polonius ment autant par calcul courtisan que par bêtise ; Ophélie est rendue folle par l'accumulation de ces mensonges qui l'enferment littéralement dans un inextricable délire collectif ; Rosencrantz et Guildenstern mentent pour s'adapter à une situation à laquelle ils ne comprennent rien ; et même le duel final est un climax de tromperies en abyme. Le traitement de ces variations d'une même modalité d'appréhension du monde se concentre le plus souvent sur les rapports de quatre personnages principaux (nombre minimum pour que les complémentarités et contrastes se révèlent avec force), même si d'autres variantes portées par des rôles secondaires viennent l'enrichir.

Cet art de la variation fait que les personnages shakespeariens, si contrastés qu'ils puissent paraître, ne sont jamais principalement définis par ce qui les oppose mais marquent au contraire leur singularité sur le fond d'une disposition commune (tandis que le duo moliéresque est, à l'inverse, fondé sur l'opposition des caractères, des façons d'appréhender la société, des modes de jeu). Ce lien secret unissant les personnages au sein, qui plus est, de moments d'Histoire ou de grands récits connus d'avance (les pièces de Shakespeare sont presque toujours des « *remakes* » de chroniques ou d'œuvres antérieures) amène l'auteur à mettre d'abord en avant l'entité globale que constitue le drame ou la comédie, unité organique dont chaque scène approfondit ou accentue un aspect. À l'opposé de Molière qui, on l'a vu, part de saynètes, d'instantanés, dont chacun entraîne l'autre dans une surenchère qui construit la dynamique de la pièce de proche en proche.

Shakespeare écrit après avoir posé un cadre et en fonction de lui : les héros sont, en quelque sorte, enfermés dans un monde prédéfini et, à chaque instant majeur de la pièce, ils se retrouvent solitaires dans un angle jusqu'alors délaissé de cet univers, dont ils ressortiront plus tard dans de nouvelles dispositions. Là encore, on est à l'opposé de Molière, chez qui, si j'ose dire, il n'y a pas d'angles, de lieux où le personnage, acculé, isolé, est contraint de changer de perspective. C'est qu'il aborde d'une tout autre façon ce moment de confrontation du personnage avec lui-même face à la situation, en montrant continuellement ce que l'on pourrait appeler l'ombre qui accompagne le personnage. « Son ombre », c'est-à-dire ici sa pensée intérieure, intime, sa vision de lui-même et de ce qui lui arrive. L'ombre d'Alceste devient de plus en plus grande, au sens où les conséquences de son intransigeance s'accumulent derrière lui. L'ombre de George Dandin devient de plus en plus petite, parce que sa femme et les parents de celle-ci réduisent progressivement à néant ses marges de manœuvre : il finira par se jeter à l'eau quand il sera obligé de constater qu'il n'a plus d'ombre. L'ombre d'Arnolphe le précède en quelque sorte, puisque sa crainte anticipée d'être cocu menace toujours davantage de se réaliser malgré la stratégie à long terme qu'il avait mise en place pour l'éviter : c'est à sa suite qu'il va fuir son ridicule mais poignant échec.

Chez Molière, le héros, aveugle à lui-même, ne peut que se fuir quand arrive le moment crucial où il sent qu'il est inexorablement démasqué, au point qu'il risque d'être obligé de se voir. Puisque tout l'accable, il ne lui reste qu'à quitter le lieu où il a perdu la face. À moins qu'il ne se résolve à y demeurer, en consentant alors à accorder tout ce qu'il avait jusque-là refusé à son entourage, en échange de la complaisance avec laquelle celui-ci entretiendra, pour mieux en jouer, ses lubies. *Les héros de Molière finissent tous par mourir intellectuellement.*

E

Électeur

Coup de chapeau particulier à l'Électeur de Saxe qui, dès 1680, profitant des célébrations du Carnaval, exige que les grandes comédies de Molière soient jouées. L'importance est réelle : Lessing, Schlegel, Gottsched, entre autres, y puiseront leur inspiration avec bonheur.

Élément

Un nouvel indice, si l'on me permet d'employer ce terme familier à la police criminelle, est à verser au dossier secret « L'assassinat de Molière ». La Grange, qui jusque-là avait étouffé toute suspicion, se décide enfin à avouer qu'en ce début de février 1673, en ces journées fatidiques qui précèdent ce 17 du mois, « Molière était d'ailleurs d'une très bonne constitution et sans l'accident qui laisse son mal sans aucun remède il n'eût pas manqué de force pour le surmonter ! ». Le terme d'*accident* n'est pas choisi au hasard. Puisque La Grange ajoute : « Sa mort, dont on a parlé si diversement... » Donc suspecte pour beaucoup, Boileau en tête.

Emplois

En tant que chef de troupe, Molière veillait à distribuer les rôles entre ses acteurs, diriger l'interprétation de chacun, régler la mise en scène. Bien sûr, il était de tradition de considérer que les comédiens relevaient de tel ou tel emploi, correspondant à un style de jeu répertorié. Et lorsqu'un des comédiens de la Troupe partait ou décédait, on recrutait un acteur tenant le même emploi. Mais ce qu'on appelle communément le *Registre de La Grange* (acteur et intendant de la Troupe), par les indications qu'il nous donne sur le nom des interprètes de nombreux rôles, nous montre que Molière, loin de s'en tenir aux stéréotypes des emplois, a su souvent faire un usage très inventif de la personnalité, du timbre de voix, du rythme d'élocution, de la gestuelle, de la démarche de ses comédiens.

Cette liberté créative dont Molière faisait preuve dans son traitement des emplois fait regretter le poids généralement paralysant qu'a eu cette notion dans nos traditions théâtrales, y compris chez Louis Jouvet, qui n'a cessé de s'y référer. À la Comédie-Française, on a longtemps continué, même après la Seconde Guerre mondiale, à engager les acteurs sur un emploi. Au point que quand Robert Hirsch, qui avait été accueilli pour interpréter des rôles comiques, a été choisi pour jouer Néron dans *Britannicus*, il a fait scandale. C'est René Simon, dont les cours d'art dramatique sont restés célèbres, qui a imposé le « contre-emploi », en poussant les acteurs comiques à jouer des rôles dramatiques.

En attendant le héros

Le monologue du tabac confié à Sganarelle en ouverture du *Dom Juan* pourrait être vu comme un artifice dramatique visant à retarder, afin de la rendre plus spectaculaire, l'arrivée de Don Juan, en l'annonçant indirectement, sans le nommer, par les traces déformées qu'en portent les facéties de son valet. On nous met dans l'attente de Don Juan, comme on attend Godot. De sorte que, quand il arrive, il en retire immédiatement un surcroît de crédibilité. L'acteur qui joue le rôle se sent alors porté d'emblée. Le public découvre, au moment où il ne l'attend plus ou pas encore, le héros.

Or ce héros, nouvelle surprise saisissante, est le contraire de ce qu'on attend d'un héros, sans cesser de l'être au plus haut point. Dom Juan le tueur, Dom Juan l'ordure est un salaud, mais un salaud magnifique, grandiose, généreux, courageux, intelligent, plein de caractère, bref un héros paradoxal mais authentique. Et quand il dit « je crois, Sganarelle, que deux et deux sont quatre » ou « l'hypocrisie est un vice à la mode et tous les vices à la mode passent pour vertu », c'est évidemment Molière qui parle bien qu'il se soit réservé un autre rôle, celui de Sganarelle. Mais dans cette pièce, Sganarelle est plus éloigné que jamais de Molière : celui-ci, loin de s'y projeter, en a fait l'incarnation de sa vision stylisée des autres, qui fait rire le public et le charme. Don Juan est un rôle magnifique, au sens où il magnifie tout. Il magnifie Elvire, il magnifie Sganarelle, il magnifie M. Dimanche. Il magnifie même la Mort ! Tous les rôles, face à Don Juan, sont illuminés par lui. C'est le contraire d'Harpagon, dans *L'Avare*, qui est une sorte de « personnage vampire », bouffant tous les rôles dont il est entouré.

Cette manière de retarder l'entrée du personnage principal trouve, comme chacun sait, son plus haut accomplissement dans *Tartuffe*, où le héros n'apparaît qu'au troisième acte, après que les autres personnages se sont abondamment disputés sur son cas, de la façon la plus explicite cette fois, de sorte que les spectateurs sont avertis d'avance de son hypocrisie. Il porte un masque qui devra tomber et qui tombera effectivement face à Elmire, dont il ne peut s'empêcher d'être fou amoureux. C'est le nœud de l'intrigue. À l'issue des deux premiers actes, les spectateurs sont amenés à penser que tout ce qu'on dit de Tartuffe est faux. Que tout ce qu'on verra de lui sera faux. Et à ne plus espérer qu'une chose, c'est qu'arrive le moment où il sera démasqué. Cela irrigue d'une tension dramatique puissante toutes les relations et les dialogues qui se succèdent sur scène.

On ne peut qu'admirer la virtuosité avec laquelle Molière use de ce procédé. Non seulement pour attirer l'attention du public sur le héros, mais surtout pour faire en sorte de charger cette attention de représentations préalables, prégnantes quoique conflictuelles, par lesquelles la première entrée du personnage prend une force inouïe, investie qu'elle est de toutes les tensions qui l'ont préparée.

Enquête criminelle

Grimarest a enquêté pour pondre son œuf pourri, cette biographie scandale qui, pendant trois siècles et demi, allait servir de vulgate aux faiseurs de livres sur Molière. À le lire plus attentivement, on découvre pourtant qu'il connaissait fort mal ce qui tenait au volet biographique du sujet qu'il prétendait traiter, Molière l'homme, donc Poquelin en fait, de 1622 à 1673. Et qu'il n'avait pas la moindre idée pertinente, ni d'ailleurs aucun point de vue un tant soit peu personnel, sur l'autre volet de son thème, l'œuvre de Molière, en tant qu'auteur, comédien, metteur en scène, directeur de Troupe.

Conséquence : de son enquête, Grimarest a tiré une sorte de puzzle d'avis, d'anecdotes, de points de vue, de jugements, de petits secrets, de mensonges, de diffamations, de révélations, de bons mots ou de mauvais à raconter, de chiffres et de dates erronées ou falsifiées, et tant d'autres bouts de ce puzzle flemmard à récolter au lieu d'aller au fond des choses pour en découvrir le sens exact et faire jaillir non seulement l'image de l'homme, mais sa vérité, sa déchirure, sa souffrance, son émoi et sa honte, sa peur et ses espoirs. De même, il a réduit les pièces du plus grand dramaturge français à une collection de friandises enrubannées de compliments sans saveur. Alors qu'il avait l'occasion, s'il en avait eu seulement le talent, d'être le premier à creuser chaque œuvre de

Molière pour en faire jaillir aussi la richesse, la portée, la beauté, la ferveur, la dignité, l'humilité, l'ironie, la douleur et la grâce comme la rareté et l'universalité.

Dans cette enquête, Grimarest a donc fait preuve non pas de privilège, mais de sacrilège. C'en était un d'être aussi à ras de terre. Il n'a pas su déceler l'opposition entre Poquelin l'homme et Molière l'artiste. Il n'a pas su peser dans les propos que lui ont tenus les proches comme les fidèles, ou les infidèles, ce qu'il y avait de particulièrement judicieux à tirer. Maigret, Holmes, Poirot avaient du flair. Grimarest aucun. Racine, Baron se sont contentés d'évoquer Molière au lieu de convoquer Poquelin au tribunal de l'immortalité. Quant à la fille de Jean-Baptiste Poquelin, dont Grimarest s'est fait le chantre, qu'a-t-elle vraiment su, ou cru savoir, de son père ? Elle parle vérité, pense Grimarest. Mais c'est sa vérité à elle. Pas forcément celle de son père. Ni celle de son œuvre. Or c'est là que se trouvait le vrai Molière. Dans l'œuvre de Jean-Baptiste Poquelin. Grimarest ? Non ! Grimarien ! Soyez condamné à la médiocrité à perpétuité.

Épigramme

Une épigramme parmi tant d'autres, celle de Chapelle, fit un certain bruit.

Puisqu'à Paris l'on dénie
La Terre, après le Trépas,
À ceux qui durant leur vie
Ont joué la comédie,
Pourquoi ne jette-t-on pas
Les Dévots à la voirie ?
Ils sont dans le même cas.

C'est bouleversant autant qu'acerbe. Comment ose-t-on affirmer alors que Molière n'a pas été jeté à la fosse commune alors que Chapelle lui-même confirme ici qu'on lui a dénié la Terre ?

État d'esprit

Pour comprendre l'état d'esprit de Molière de 1622 à 1673, il faut saisir l'esprit de l'État. C'est parce que la France d'en haut comme celle d'en bas se sont conduites de telle ou telle façon que Jean-Baptiste Poquelin, qui lui faisait partie de la France du milieu, a décidé d'œuvrer de telle ou telle manière. On ne peut pas blablater comme certains le font sur *Le Misanthrope*, *Tartuffe*, *L'École des femmes*, *Le Bourgeois gentilhomme* ou *Dom Juan*, pour ne citer que celles-là, en occultant la situation exacte de la France, donc de l'esprit de l'État qui régnait sur toutes les mentalités artistiques ou pas. Ce n'est pas en vain qu'on cherchera à passer chacune de ses comédies en salle de chirurgie. Pour, armé du bistouri historique, ouvrir le ventre de la pièce au scalpel. Disséquer les motivations poquelinesques en cet instant précis de la création de l'œuvre. Molière l'écrit-elle pour faire oublier le chaos social, militaire, religieux ou politique et faire rire ? Cette arme de génie. Ou, à l'inverse, veut-il s'en servir pour réagir, crier sa révolte, son dégoût, mener son combat. C'est traverser ainsi pour chaque œuvre le miroir des apparences. Oser comme lui être vrai. À nu. Les tripes à l'air.

Être ou ne pas être Molière

Le *secret* de Molière, qui irrigue toute son œuvre, remonte selon moi à son enfance (*voir* : Mère absente). Mais le *mystère* de Molière (qu'il ne faut justement pas confondre avec son *secret*) se cache derrière une question apparemment triviale et presque hors sujet : pourquoi ce comédien de génie (dont certains ont osé soutenir qu'il n'écrivait que pour susciter indirectement une symphonie de sentiments qui permette à ses acteurs de « sortir leurs tripes ») était-il considéré comme inapte en matière de tragédie ? La réponse, c'est qu'il était impossible, à son époque, de mettre dans la tragédie le *naturel* qu'il a imposé dans la comédie, *naturel* qui est d'abord celui du jeu des acteurs mais qui implique à son tour une certaine banalité de l'expression dans les dialogues faits pour dévoiler l'expression des émotions instables qu'ils recouvrent. Autre dimension du *naturel*, la plus profonde et pourtant la plus immédiate.

La stylisation et l'artifice, chez Molière, sont intégralement au service de la révélation des émotions naturelles sous-jacentes, dont le surgissement et les renouvellements inattendus sont une source inépuisable de comique et de *naturel* à la fois. Mais, dans la tragédie classique, *la stylisation et l'artifice* visent tout au contraire à épurer le conflit tragique entre idéaux et sentiments pour l'inscrire dans un cadre général censé lui conférer toute sa grandeur. L'émotion n'y vaut plus, dès lors, par son naturel mais par les expressions convenues qui la rattachent à la problématique générale de la pièce. L'esthétique de la tragédie classique réunit tout ce que Molière s'est employé à dynamiter. Il est déjà stupéfiant qu'il y soit parvenu face aux conventions de la comédie de son époque, mais il a bénéficié, à cet égard, du fait qu'avant lui elle était tenue pour un genre mineur, tandis que la tragédie était considérée comme le sommet de l'art.

Ce contexte n'est pas pour rien dans le mouvement d'invention qui a conduit Molière à écrire des comédies où il a su provoquer les rires à partir d'émotions décalées et, ce faisant, faire voir, sous les conventions sociales et les justifications avancées par les personnages, le fond bouleversant, à la fois hilarant et tragique, des motivations, des attitudes, des appréhensions qui animent les individus. En ce sens, on pourrait dire que le comique de Molière est tissé, au fil de situations incongrues et de réactions intempestives, sur une trame de tragédie. Voyez *Le Misanthrope* : Alceste rate tout et n'a plus d'autre choix que de foutre le camp. Célimène est ridiculisée. Arsinoé est humiliée. Éliante, séduite et fascinée par le caractère entier d'Alceste, se résout, faute de mieux, à épouser l'hypocrite et pondéré Philinte. Voyez *L'École des femmes* : le projet même de la vie d'Arnolphe, dont il croyait qu'il ferait son bonheur et serait sa justification, sinon sa gloire, se retourne totalement contre lui. Alors qu'il avait cru tout avoir prévu pour s'assurer de la fidélité absolue d'Agnès, elle part avec le premier jeune homme qui passe, dont elle est tombée amoureuse. Voyez *L'Avare* : Harpagon perd tout sur tous les plans. Et il en va de même pour toutes les grandes pièces de Molière. M. Jourdain, *Le Bourgeois gentilhomme*, comme Argan, *Le Malade imaginaire*, s'enfoncent dans l'échec et l'illusion, parce que leur idée fixe les aveugle sur les autres qui, en revanche, savent en user ou en abuser à leur propre bénéfice.

Ce comique enté sur (ou hanté par) le tragique ajoute un mystère au mystère : si le jeu de Molière, comme acteur de tragédie, avait convaincu ses contemporains avec la même force que son génie comique, aurait-il écrit des tragédies aussi originales que le sont ses comédies ? Question évidemment sans réponse, mais qui nous met malgré tout sur la voie du paradoxe révolutionnaire de l'art théâtral de Molière.

Excréments

Puisque dans ce dictionnaire il est question d'amour (c'est bien du *Dictionnaire amoureux* qu'il s'agit), nous prenons à bras-le-corps Molière, tout Molière, et notre corps n'est pas seulement eau, sang, chair, cerveau, muscles et le reste, il se bourre aussi de nourritures qui le font vivre et d'oxygène et d'eau. Puisqu'il se remplit d'excréments qu'il va au plus vite éjecter comme il le peut. Eh bien, ce livre aussi est, à l'image de Molière, nourri comme vous pouvez le lire de mille choses, pensées, remarques, répliques, caractères, rôles, textes, anecdotes, personnages historiques, dates, villes, révélations, surprises et aussi de ces excréments à pisser ou à déféquer. Alors chions donc ces excréments qui ne méritent pas de puer le reste. Qui sont-ils ? Ceux qui parce que ce sont des salauds, des cons ou des jaloux tous incapables et escrocs usurpateurs d'une place qu'ils ne méritaient pas en leur temps, auront sali, trahi, calomnié Molière. Les voici tels qu'on va immédiatement, lecture faite, les effacer de notre mémoire et purifier ce livre qui se passera d'eux.

Adrien Bayet

Écrit en 1686 ce jugement des « Savants » (!) sur les principaux ouvrages des auteurs : « M. de Molière est un des plus dangereux ennemis que le siècle ou le monde ait suscité à l'Église de Jésus-Christ, et il est d'autant plus redoutable qu'il fait encore après sa mort le même ravage dans le cœur de ses lecteurs. » Qui es-tu Bayet crétin pour oser parler au nom du Christ ? Et écrire de tels crachats ? Ta place est dans le trou. De l'oubli. Ou des infâmes.

Bossuet

Écrit au P. Caffaro en 1894 : « Il faudra donc que nous passions pour honnêtes les impiétés et les infamies dont sont pleines les comédies de Molière, ou que vous ne rangiez pas parmi les pièces d'aujourd'hui celles d'un auteur qui vient à peine d'expirer et qui remplit encore à présent tous les théâtres des équivoques les plus grossières dont on ait jamais infecté les oreilles des chrétiens. » Il n'y a pas de mots pour condamner Bossuet, qui n'a aucune excuse, car l'élévation intellectuelle aurait dû prévaloir sur sa bassesse morale. Celle d'un prédicateur qui lui aussi, s'il avait été face au Christ, aurait vu ce dernier s'agenouiller devant lui en disant : « Mon Dieu ! Pardonne-lui, il ne sait pas ce qu'il dit ! »

Faguet

Écrit en 1911 : « Molière est foncièrement bourgeois, conservateur, proverbial et d'esprit étroit. » Si Faguet écrivain et critique du XIXe (1847-1916) avait torché une telle sottise à 15 ans, on eût pu lui pardonner mais un an avant de faire paraître *L'Art de lire* cet académicien (mais oui, lui, pas Molière) puant justement la fatuité bourgeoise, la clarté des prétendus grands esprits, grandes plumes, touchant à tout avec ce calme des insectes, bave donc sur Molière à 64 ans. C'est intolérable. Officier de la Légion d'honneur, historien de renom pour bien tromper les scolaires un siècle durant, Faguet ne sera démasqué que par la postérité. On le remerciera d'avoir à propos de Molière rendu malgré lui un hommage involontaire de la sorte à Poquelin en *trissotinant* ou en *vaduisant* de telles inepties. L'esprit étroit, le bourgeois, le conservateur provincial, c'est lui, Faguet.

Fénelon

François de Salignac de La Mothe-Fénelon tient en ce seul nom : Fénelon. Théologien, pédagogue dit-on, homme d'Église et non humble serviteur de Dieu d'après ses dires, il est aussi cet écrivain français (1651-1715) qui toucha du meilleur au pire. *Traité de l'éducation des filles* en 1687 à pleurer de rage quand on le creuse. *Lettre à Louis XIV* en 1693 qui fait froid dans le dos. *Les Aventures de Télémaque* en 1699, qui montrent bien ses limites. Mais si le fond est discutable et même redoutable, reconnaissons-lui une forme à louer. Fénelon possédait ce bel art d'écrire de méchantes choses. L'archevêque de Cambrai, percepteur du petit-fils du Roi-Soleil, aurait pu s'éviter cette tirade sur Molière d'une bêtise si confondante qu'elle se suffit à elle-même sans plus en disséquer la totale mauvaise foi, justement. Les vers de Molière, cher François, cher Salignac, cher La Mothe et cher Fénelon, monsieur l'archevêque, sont justement mille fois supérieurs à sa prose. Car son génie tient justement en ce que Molière fit de ces alexandrins de la prose. Car il truffait ainsi les alexandrins d'un rythme, d'un naturel, d'un phrasé tels qu'on eût dit qu'on entendait de la prose ! Et la prose avait-elle ainsi des airs d'alexandrins tant par sa mélodie que par ses enseignements. Vous récidivez en 1713 vos inepties de félonie fénelonienne : « En pensant bien, Molière parle souvent mal. Il se sert des phrases les plus forcées et les moins naturelles. Térence dit en quatre mots, avec la plus élégante simplicité, ce que celui-ci ne dit qu'avec une multitude de métaphores qui approchent du galimatias. J'aime mieux sa prose que ses vers. » Nous aimons mieux, nous, quand vous vous mêlez de ce qui vous regarde, monsieur l'archevêque, l'invisible. Pour cela nous vous respectons. Pas pour le reste.

T. G.

Je n'ose même pas écrire son nom. S'il s'agit de son opinion sur Molière, qu'il s'efface, ce nom pour lequel par ailleurs on peut avoir une estime méritée. En 1857, le 5 mars, il ose publier ceci dans le *Journal* des Goncourt : « J'ai l'air d'une vieille culotte de peau romantique mais *Le Misanthrope*, ça me semble infect. » Vous avez bien lu ! Et les Goncourt ont osé publier ça ! On comprendra mieux après pourquoi ! Et T. G. poursuit : « Je vous parle très franchement. C'est écrit comme un cochon. Non, Molière, je ne le sens pas du tout. Oh ! Je le connais bien. Je l'ai étudié. » Qu'est-ce que ça serait s'il ne l'avait pas fait, cet imbécile ! Mais poursuivons cette perle : « Je me suis rempli de sa pièce typique *Le Cocu imaginaire* et pour essayer si j'avais bien l'instrument en bouche j'ai fait une petite pièce, *Le Tricorne enchanté*. Eh bien, l'intrigue n'est rien sans la langue ! » Ah ! On comprend mieux ! En fait, Théophile Gautier déconne ! Il plaisante ! Ouf ! Mais alors, eux, les Goncourt, ne plaisantent vraiment pas !

Goncourt et Goncourt

Puisqu'ils sont deux, Edmond et Jules, ils sont donc doublement coupables et doublement complices en écrivant dans leur journal le 16 février 1889 sur Molière : « Dieu sait que presque tout son théâtre, ses scènes célèbres, ses mots que tout le monde a dans la mémoire, c'est presque toujours un vol, vol dont tous les critiques lui font un mérite, mais moi, non… » Quel culot ! Ces deux écrivains sans talent et qui ne sont aussi célèbres que par leur prix Goncourt où d'autres écrivent pour eux, associant leur talent à leur nom, et pour l'éternité comme Eiffel qui n'est pas, contrairement à ce que le monde entier croit, l'inventeur de la tour Eiffel qui porte son nom comme s'il en avait été l'architecte, alors qu'il n'est que celui qui a payé pour qu'elle s'élève ! Ces deux frères sont ici les faux frères d'une niaiserie qui nous confond ! Comment peuvent-ils parler de vol ? Un voleur prend un sac et le sac a été volé. Un voleur vole une voiture et la voiture a été volée. Le sac volé reste sac. La voiture reste voiture. C'est donc bien un vol. Mais, messieurs les complices Edmond et Jules, quand d'un sac on fait un lustre, et d'une voiture un avion, il ne s'agit plus de vol. Mais d'inspiration. Molière n'a pas volé Plaute et Térence. Il a magnifié ce qu'ils avaient raté. Toucher au cœur d'une émotion vraie et d'une intrigue ciselée de main de maître. C'est vous, messieurs, qui aurez volé à la postérité la renommée Goncourt. Par auteurs interposés, non ? S'il s'agissait de récompenser le meilleur livre de l'année, il eût été plus loyal de le baptiser prix Proust. Prix Céline. Prix Hugo. Prix Camus. Prix Malraux. Et la liste est longue avant que vous n'apparaissiez. Non ?

Rousseau

On peut être une des dix plus grandes figures de la littérature mondiale et avoir dans sa vie privée comme dans ses jugements de la boue. Jean-Jacques avait une double personnalité. Qui de Jean ou de Jacques était le bon et l'autre le mauvais ? Ou plutôt qui était le meilleur et l'autre le pire ? C'est ce dernier qui écrit à propos de Molière en 1758 : « Voyez comment pour multiplier ses plaisanteries cet homme trouble tout l'ordre de la société. Avec quel scandale il renverse tous les rapports les plus sacrés sur lesquels elle est fondée. Comment il tourne en dérision les respectables droits des pères sur les enfants, des maris sur leurs femmes, des maîtres sur leurs serviteurs ! » Quand on connaît la façon minable dont Rousseau s'est conduit comme chef de famille, on aurait presque envie de rire si ces propos n'étaient aussi piteux. Molière de là-haut doit bien sûr s'en dilater la rate !

Vauvenargues

Écrit en 1746 : « Il y a peu de poètes si j'ose le dire de moins correct et de moins purs que lui. » Il aurait mieux fait de fermer son clapet, le sieur Luc de Clapiers, marquis de Vauvenargues. Un an plus tard, il meurt. S'il avait tenu sa langue, il n'aurait pas commis cette faute de blâmer la poésie de Molière. Elle est au contraire une pureté d'âme parce que le style du phrasé théâtral n'est jamais maniéré ni suffisant. Nous lui pardonnons pour avoir écrit ce qui résume tout le sens de l'œuvre de Molière en cet aphorisme : « Le monde est un grand bal où chacun est masqué. » L'œuvre de Molière a démasqué chacun. Courtisans lâches, nobles imbus, médecins escrocs, imposteurs faux dévots, athées séducteurs, tout le monde y est à nu. Même l'atrabilaire amoureux. Molière lui-même.

F

Fagotier

Première version du *Médecin malgré lui*, sous le titre *Le Fagotier* en 1661. Sans ce titre, la pièce a perdu du charme. Mais la comédie d'un *malgré lui* plus commercial y a gagné un plus large public.

Famille

La Grange en 1682, dans la préface si précieuse de la première édition complète, jette une remarque lumineuse pour nous sur Poquelin, à propos de son œuvre : « Il s'y est joué le premier en plusieurs endroits sur des affaires de sa famille et qui regardaient ce qui se passait dans son domestique. » Il y a donc bien du Molière en Argan, en Chrysale, en Orgon, en Harpagon, en Jourdain, en Sganarelle, en Alceste, en Arnolphe, en Dandin, en Don Juan, en tous les héros de ses comédies. Mais en Molière qu'y a-t-il ? Du Poquelin ! Qui se rit d'être cocu, d'être trahi. Molière ? Poquelin malgré lui ! Et Poquelin, donc ? Molière imaginaire !

Famille d'artistes

Famille d'artistes ? S'il fallait en citer aux dépens des de Brie, des Beauval, des Du Parc, des La Grange, des Du Croisy, ce seraient les Béjart et les La Thorillière.

Famille La Thorillière : François Lenoir, dit de La Thorillière, meurt en 1680, mais sa branche fleurira longtemps à la Comédie-Française. Pierre son fils finira doyen. Charlotte sa fille épouse Michel Baron, mais reste une comédienne sans talent. Étienne Baron petit-fils de François joue les jeunes premiers séducteurs. Sa fille Marie-Thérèse incarne les jeunes premières amoureuses pendant trente-cinq ans. Deux petites filles, deux arrière-petites-filles et un arrière-petit-neveu tous voués à la Comédie-Française.

Famille Béjart : une mafia ! Le sieur de Belleville à la grande maîtrise des Eaux et Forêts, huissier audiencier il en voit passer, des comédiens ! Pas de profession mais qui dans la vie en font acte ! Lors des séances. Celles de la justice. Pas étonnant que son épouse devienne mère pondeuse d'une lignée de vrais artistes ! Et Marie ne fait pas dans la demi-mesure. Elle donne à Joseph Béjart dix enfants, rien que ça ! Quelle portée ! Dont la moitié vont lier leur vie à celle de Molière. Ou, plutôt, vont carrément *béjartiser* Jean-Baptiste Poquelin et nouer, pour ne pas dire ligoter, aux Béjart le jeune homme sans jamais le libérer de leur clan.

Joseph Béjart

Joseph œuvre adroitement pour convaincre la famille d'un côté et le tout frais patron Poquelin de l'autre de se rassembler en créant l'Illustre-Théâtre, en 1643.

Molière a 21 ans et lui Joseph guère plus, 26 ans. Il se battra avec un certain panache aux côtés de Molière. Il lira aussi consciencieusement les manuscrits qui arrivent et s'empilent. Premier lecteur de ce jeune Jean Racine, il en détecte aussitôt les vertus et sert de Mercure entre lui et Poquelin. Las il vivra très mal la chute de l'Illustre-Théâtre, qu'il considère à juste titre comme le rêve de sa vie brisé. Orphelin de la Troupe pendant plus d'une décade, loin de Molière qui, lui, *contise* et courtise auprès du prince si loin de Paris, Joseph Béjart va ressusciter lorsque Molière, *décontisé* à présent, va enfin revenir vers Paris ! L'aventure recommence enfin pour Joseph ! La gloire les attend ! Lui le premier, croit-il de nouveau. Preuve immédiate : il crée le rôle-titre de *L'Étourdi ou les Contretemps* avec, à ses côtés, Mascarille que Molière interprète. À 42 ans, enfin on va lui rendre justice ! Lui le bégayeur, asthmatique en fait, qui cache son infirmité en jouant ce jeune premier rôle vif et séduisant. Mais c'est la mort qu'il a séduite cette fois. Et elle l'atteint alors qu'il interprète *L'Étourdi ou les Contretemps*. Il s'éteindra peu après. Molière perd son Sancho Pança. Il se battra seul contre les moulins à vent ! Jusqu'au bout !

Armande

(Mlle Menou)

Elle fut Elmire (*Tartuffe*), Henriette (*Les Femmes savantes*), Angélique (*Le Malade imaginaire*), Célimène (*Le Misanthrope*), Lucile (*Le Bourgeois gentilhomme*). Comédienne au talent certain mais à l'incertain génie, contrairement à Marquise Du Parc. Armande, maîtresse d'elle-même sur scène, n'atteint pas à l'extase qu'elle aurait pu partager avec le public en se laissant aller à l'émotion pure, au dépassement de soi qui fait parvenir aux cris du cœur, aux larmes, réellement bouleversante. Béjart elle est, Béjart elle restera. Trop éduquée, trop stricte, trop stylée justement. Trop classique dans le mauvais sens du terme. Rigide et ne dépassant jamais la mesure, la bienséance, la droiture.

Une comédienne en somme. Et rien qu'une comédienne. De grand talent certes, mais « que » de grand talent justement. La preuve ? Elle est double et accablante. D'une part, Molière n'a pas su écrire pour elle un seul rôle de génie pur. Certes Célimène, mais il ne l'a pas écrit pour elle, il l'a décrite plutôt. Décrit ce qu'elle était tout simplement. Elle ne lui a pas inspiré une pure création. Mais seulement la recréation sur scène de ce qu'Armande était dans la vie. Une Célimène. C'est Célimène qui joue le rôle d'Armande. Et non le contraire. Oronte joue celui de Corneille. Acaste celui de Baron ou Guérin d'Estriché, comédien du Marais, autre amant d'Armande.

Alors que Marquise Du Parc a inspiré pour elle des rôles sublimes à Molière. Et son autre maîtresse de Brie aussi. La première inoubliable Arsinoé, Armande et Elvire. La seconde lumineuse créatrice d'Agnès, d'Éliante ou de Cathos. D'autre part, Armande sombrera comme tragédienne dans un jeu compassé et convenu et qui entraînera la chute si mal vécue par Pierre Corneille de son *Tite et Bérénice* écrit pour elle par son vieil amant, qui lui aussi manquera d'imagination pour elle. Tout comme Racine sans inspiration pour Armande sans éclat dans Cléophile, ombre de son *Alexandre*.

Du Théâtre du Palais-Royal avec Molière à l'hôtel Guénégaud puis pour finir à la Comédie-Française la cinquantaine passée, Mlle Menou, ex-Armande Béjart, ex-Mlle Molière, ex-Armande Poquelin donc, devenue Mlle Guérin d'Estriché, aura servi avec respect et loyauté le théâtre. Pour finir sa vie chaleureuse mais sans éclat avec le seul rôle qu'elle seule aura réussi à tenir : veuve Molière.

Geneviève Béjart

Sœur cadette de Madeleine, de six ans son aînée, Geneviève n'a pas la fibre d'actrice. Mais celle d'une utilité qui avec simplicité n'hésite jamais à pourvoir aux besoins de la Troupe. Par sa présence sur scène, où elle ne fait que figurer sous le nom de sa mère, Marie Hervé. Elle empêche discrètement qu'on l'assimile aux autres Béjart. Béjart Armande, Béjart Madeleine, Béjart Louis, Béjart Joseph, Béjart Geneviève : on en étoufferait, non ? On suffoquerait de *béjarterie*, n'est-ce pas ? Elle s'éteindra après la mort de sa grande sœur Madeleine et de Molière. Comme elle a vécu. Sans faire de bruit. Avec dignité. Son demi-siècle de vie, elle l'aura rempli avec beaucoup de conviction au service de tous et elle en sort grandie, ma foi !

Louis Béjart

La mauvaise tête. Toute famille a son tordu. Celui qui refuse de faire comme les autres. Celui qui vrille, qui n'en fait qu'à son aise. Et peu importe que ça plaise ou pas. Il n'en fait qu'à sa tête. Et en change bien sûr dès que ça l'arrange. Tête de l'ami sur qui on croit pouvoir compter. Tête du traître médisant derrière votre dos. L'Éguisé, son surnom ambigu lui sied : aiguisé comme une lame prête à frapper bien qu'Éguisé déguisé aux mille visages. Son infirmité de boiteux lui prête des excuses comme lorsqu'il incarne avec un réel talent d'à-propos le valet voleur d'Harpagon, La Flèche, « ce chien de boiteux ». Sa brouille définitive avec Molière digérée, il atteindra sa cible où là sa rigidité ne fera plus défaut : gradé dans le régiment de La Ferté, la cinquantaine venue. Il y consacrera les dernières années de sa trouble vie.

Félon Fénelon

Il fait partie de la Cabale des dévots. Mais pour le mal, pour protéger son bien. Le marquis est plus dangereux qu'il n'y paraît. Inutile de s'étendre davantage. Contrairement à Lully, Iago masqué, Fénelon aura été félon à visage découvert face à Molière. En ennemi. Pas comme Lully, en traître.

Femmes

Le XVIIe siècle français offre de la femme une image élastique. D'un côté le mariage. De l'autre le couvent. En réalité, tous les deux ne sont qu'une union. Celle avec un époux riche donc vieux, et celle avec Dieu. Molière se bat pour le mariage libre. Mais lui-même quelle voie a-t-il prise ? Celle d'épouser Armande qui a vingt ans de moins ! Alors qu'en est-il de ces femmes qui restèrent seules ? Que cherchaient-elles ? Mlle de Chatignères à la recherche de la pierre philosophale, Mme du Buisson férue de mécanique, Mlle de Scudéry levant les yeux vers l'éclipse à observer. Ces femmes savantes vont si loin dans leur obsession qu'elles délaissent sexe, ménage, nature, argent même.

Ferveur

Celle de Goldoni ! L'Italien dont le pays fut le premier des pays latins à traduire Molière. Carlo Goldoni par dévotion pour Molière, son maître à penser, vint vivre en France, pour finir ses jours à Paris. Et la ferveur de Morantin ! L'Espagnol, lui, a traduit Molière et par passion s'est aussi installé à Paris, où il va mourir exilé en 1828.

Février

Molière aura toujours souffert en février ! Il aura épousé Armande le 20 février 1662. Et mourra le 21 février 1673, après avoir pleuré la mort de Madeleine, jour pour jour, un an avant, le 21 février 1672 !

Fidélité

Voyageur impénitent comme s'il fuyait son siècle même, au grand dam de Louis XIV qui s'en détournera accablé de le voir préférer la Suisse et ses lacs à son royaume de France, François Bernier va réussir une vie ratée ! Car, oui, même une vie ratée demande à être parfaitement ratée. Et y réussir est un sacré effort. Angevin – 1620-1688 –, il est ce brillant élève au collège de Clermont qui se joue de toutes les difficultés, qui est le préféré de Gassendi, dont il devient secrétaire, et qui bien sûr loge chez le père de Chapelle, Luillier, le magistrat fortuné. Il ose attaquer vertement l'astrologue du roi Louis XIV, Morin, cet astronome figé se mêlant de publier l'horoscope du jeune souverain. Bernier penche, lui, bien sûr du côté de Galilée. Dénoncé par la cour, Morin en tête, Bernier est condamné comme athée par les services de Mazarin et doit fuir pour échapper à la prison. L'Orient sera son refuge inattendu. Sa grande pugnacité tout comme sa réelle valeur en font le médecin personnel du Grand Mongol ! Il ne reviendra en France qu'à la cinquantaine pour y faire publier son fameux *Abrégé du Gassendisme* et ses notes de voyage oriental. Il était de ces rares êtres que Poquelin admirait non pour ce qu'il faisait au fond, mais pour ce qu'il était : fidèle.

Fidélité légendaire

Celle de Boileau vis-à-vis de Molière est sans appel. Le roi vieillissant s'entretient quelques années après le début du nouveau siècle avec son historiographe attitré, académicien par-dessus le marché, à propos des grandes légendes du siècle XVIIe achevé.

— Quel est le plus grand écrivain de mon siècle ?

— Sire, c'est Molière !

Le roi stupéfait ne répond pas. Songeur, il se défile en silence les moments inoubliables, comme ceux qu'il préférerait oublier, concernant Jean-Baptiste Poquelin. Boileau va pour tenter de se justifier. Peine perdue. Le roi lève les yeux sur lui.

— Je ne le croyais pas. Mais vous vous y connaissez mieux que moi.

Merci, Boileau. Merci, l'ami fidèle. Molière entre dans la légende.

Figure

Jodelet, de son vrai nom Julien Bedeau (1586-1660), était un brillant valet comique de poids, adoré du parterre, farceur certes, mais qui poussa la farce jusqu'à sauter allègrement de Troupe en Troupe comme une puce ! Il les gratta toutes ! Hôtel de Bourgogne : et hop ! Théâtre du Marais : et vlan ! Grâce à Pierre Corneille, le grand, il est le reluisant valet gouailleur du *Menteur* et pour *La Suite du Menteur*. Il est plus qu'un pitre : une figure ! Celle du serviteur pleutre, bouffeur, fort en gueule et en gouaille. Il acquiert alors le plus beau des titres : le Jodelet. Scarron lui-même pond deux comédies à sa gloire ! *Jodelet duelliste* et encore *Jodelet ou... le Maître valet* ! Corneille Thomas, le petit, emboîte le pas. Il nous sert Jodelet cette fois en prince. Comme si cela ne suffisait pas, les deux récidivent mais dans de vrais héros du rire cette fois : Thomas se fend d'un Dom Bertrand de Cigarral ! Et Scarron d'un

Dom Japhet d'Arménie, qui marche à fond ! Séduit par la passion de Poquelin, Jodelet s'engage avec lui, abandonnant les autres ! Il apporte un nom glorieux, le sien, un appui pour la Troupe et est récompensé par le succès sans précédent, devant Sa Majesté même, des *Précieuses ridicules*. Il entre par la grande porte dans la gloire de Molière. Mais hélas, elle se referme un an plus tard sur sa mort bouleversante. Cette fois, le roi du rire fait pleurer chacun.

Frère

1631 : Jean Poquelin succède à son frère Nicolas, oncle de Jean-Baptiste qui va sur ses 10 ans, comme « valet de chambre-tapissier du roi ». À charge justement à son fils aîné, Jean-Baptiste, de lui succéder. L'Histoire est en marche.

Frères

Jean Vivot, né neuf ans avant Jean-Baptiste Poquelin, a servi de modèle pour les quelques frères de ses héros. Cléante frère d'Orgon, Béralde frère d'Argan, Ariste frère d'Arnolphe. Il décédera plus de dix-sept ans après Molière, en 1690 précisément. Poquelin en avait fait son frère de vie, comme il en avait usé avec Charles Varlet son frère de scène, La Grange.

Fils d'orfèvre, Vivot est lui-même orfèvre en la matière, concernant les femmes. Sous ses allures de l'ami prêt à rendre tous les services apparaît ce raisonneur qui sait s'isoler des discussions enflammées. Poquelin en chipera l'essentiel : Jean collectionne les œuvres d'art parce qu'il en a les moyens, des Brueghel, Rubens, Le Tintoret, jusqu'à Raphaël ou Véronèse. Jean-Baptiste collectionne les œuvres d'art lui aussi, mais en chair et en os ! Celles qui vivent, soupirent, jouissent, rient, crient dans ses bras : les femmes. Dont sa perle, Madeleine Béjart. Son musée personnel au cours des années ne cessera de s'agrandir. Et lorsque Vivot se vante de l'acquisition de son Dürer, Poquelin lui avoue en confidence que la Marquise Du Parc a succédé à la de Brie et que le feu brûle déjà entre les deux amants terribles.

Vivot aura toujours été là pour que Poquelin se confie à lui sans pudeur, rue de l'Arbre-Sec au cœur des Halles qu'il ne quittera jamais. Vivot ne fera pas qu'éditer Molière, il accréditera la thèse de deux amis inséparables jusqu'au terme fatal du 21 février 1673. Ils ont beau ne jamais se croiser, l'un tapissier valet de la Chambre du roi, Poquelin, l'autre contrôleur d'office de la Maison du roi, Vivot, leurs deux vies, elles, sont tissées à jamais.

Vivot prend bien souvent la tête à Molière. D'où le parallèle de Béralde, Cléante, Ariste prenant eux aussi la tête à leur frère respectif.

Vivot d'ailleurs n'hésitait pas à corriger Poquelin. À pointer les passages plus faibles que les autres, où les mots de trop. Ce que La Grange ne se permit jamais, Vivot le fit. Avec aussi peu de succès que les trois frères des œuvres. La postérité doit à Vivot, ami frère fidèle, ces scènes incomparables comme des oasis à l'intérieur des pièces de Poquelin, car on remarquera qu'à aucun moment dans ces scènes Molière, en Orgon, Argan ou Arnolphe ne réagit. Il est alors incapable de contredire avec brio, de démonter le raisonnement fraternel. On y sent du vécu. Et n'est-ce pas le génie de Molière d'avoir transcrit ainsi fidèlement la réalité sans la détourner ? Grâce à cette honnêteté cela sonne vrai ! Alors, vivat Vivot !

Frères Boileau et frères Corneille. Oui, Molière fut lié deux fois à deux frères ! Les Boileau et les Corneille. Mais d'une si différente façon ! Nicolas Boileau-Despréaux et son demi-frère Pierre Boileau-Puymorin. Molière sera d'ailleurs lié, par la communauté symbolique des prénoms, au second fils de Nicolas Boileau : Pierre-Jean-Baptiste. Choix significatif : Jean-Baptiste comme Jean-Baptiste Poquelin et Pierre comme son propre frère. Nicolas Boileau, 1636-1711, est un héritier non seulement de la fortune de son père, qui en fait un nanti de 21 ans, mais aussi un héritier de la tradition du vivre bien à la française.

Boileau va se conduire en grand seigneur toute sa vie. Et se hisser au plus haut des arts. Sa richesse sera d'une autre facette : cette autre richesse qui, elle, ne lui a pas été donnée mais qu'il a su acquérir par lui-même et qui force le respect. Richesse de l'esprit. Et même encore une troisième : richesse du cœur. Boileau réussira tout, ou presque. Élu à l'Académie française, historiographe du roi lui-même en duo avec Racine, Boileau triomphe à 33 ans. Au moment où Molière n'a plus que quatre ans à vivre.

Boileau-Despréaux vénère l'auteur Poquelin pour son incomparable *Misanthrope* et critique Molière pour s'être commis dans ses farces grossières dignes des farceurs du Pont-Neuf, tels Tabarin ou Gros-Guillaume. Boileau n'hésite pas d'ailleurs à corriger comme il l'entend la versification hasardeuse à ses yeux, voire populaire, de Poquelin. En réalité, il se la joue et « orontise », prenant de haut Molière, tel un Griffith méprisant Chaplin Charlot. Mais Nicolas sera quand même, et la postérité lui en sait gré, le seul à oser s'insurger contre l'Académie française refusant Molière en son sein. Il déclara avec beaucoup de sévérité tout d'abord (c'est son côté vieux schnock bien-pensant qui se la pète, maître parmi les maîtres de cette élite du siècle) : « Dans ce sac ridicule où Scapin s'enveloppe, je ne reconnais plus l'auteur du *Misanthrope* », mais il se racheta en affirmant que, si l'Académie française manqua à la gloire de Molière, Molière, lui, manqua à celle de l'Académie.

Fronde

Après sa tragédie *Cinna ou la Clémence d'Auguste*, Pierre Corneille n'hésita pas à prendre parti au cours de cette réelle guerre civile française qui, en parallèle à celle qui fit rage sur le sol anglais, va échouer, alors que la révolte britannique aboutira de manière sanglante.

De quoi est-il question et pourquoi ces deux révolutions ? Car il s'agit bien de révolutions. Sont-elles liées ? Elles le sont au moins en ceci que la tyrannie religieuse de Charles Ier en Angleterre n'est pas sans rapport avec l'influence de son épouse, Henriette de France, sœur de Louis XIII ! La guerre civile déclenchée en 1642 est aussi en réaction à cette pseudo-reine d'Angleterre venue de France. Cromwell conduit, par sa foi protestante – anglicane –, une guerre sainte comme justification de cette atroce guerre civile.

Pendant ce temps, Molière en a vu en France aussi, de ces mouvements d'humeur du peuple, voire des grands, mais pas à ce niveau sanglant. Dix ans avant, il était enfant lors de la révolte fomentée pour tenter d'assassiner Richelieu. Cette fameuse journée des Dupes en 1630. Jean-Baptiste a 9 ans, mais il saisit bien qu'il devra se méfier toute sa vie de bons amis italiens : Marie de Médicis est exilée. S'ensuit la révolte de Gaston d'Orléans. Matée un an plus tard. Le soulèvement des croquants dans le Sud. Maté encore un an de plus en 1634. Lorsque Louis XIV naît, Jean-Baptiste en pleine adolescence a 16 ans et naît, lui, à l'amour. Peu lui importe le soulèvement des « va-nu-pieds » en terre normande. Le pouvoir de la Régence ne transige pas. Il punit sans pitié. À Paris, alors que Jean-Baptiste fête ses 20 printemps en assumant sa charge de tapissier ordinaire du roi, qu'il accompagne à Narbonne et Monpezat, on ne compte pas moins que la bagatelle d'un assassinat de nuit chaque jour ! Près de trois cent cinquante dans l'année 1642. Le troisième complot de Gaston d'Orléans éclate et son troisième identique échec. Cinq-Mars paye de sa tête pour les deux.

Si Jean-Baptiste Poquelin est né en 1622, Molière naît en 1643 et laisse tomber sa peau poquelinesque en créant sa Troupe : l'Illustre-Théâtre. En Angleterre un an plus tard, en 1644, Charles Ier est vaincu, et Cromwell vainqueur à Marston Moor. L'ouverture de l'Illustre-Théâtre en 1644 est donc sous la protection de qui ? De Gaston d'Orléans ! Comment dès lors ne pas envisager l'échec ? La défaite cuisante.

Molière va en prison au Châtelet ! Pour dettes ! Chandelles impayées à un certain sieur Simon. On est en 1645 et Molière, relâché grâce à la caution de son père, fuit sa honte en province sans la Troupe morte. Mais avec les Béjart pour intégrer la Troupe de Dufresne protégée, elle, par le duc d'Épernon. Charles Ier doit faire face pendant les années de tournées de Molière 1646, 1647 et 1648 à la chute de Londres ! Et cette deuxième guerre civile triomphe. Le roi d'Angleterre, qui lui n'aura la caution de personne, sera condamné à mort. La République anglaise est proclamée.

Au même moment, certains de triompher à l'exemple des Britanniques, les Frondeurs pensent réussir enfin ! Depuis 1648, ils se sont groupés et soulevés ! Le 6 janvier 1649, la régente Anne d'Autriche croit tout perdu. Elle fuit avec le petit roi. Or Condé reste fidèle. Il sauve

Paris. Il arrête la révolte dans le sang. Il réussit à imposer la paix de Rueil. La Fronde parlementaire est morte dans l'œuf. La Fronde des princes va frapper. Turenne se révolte, lui. Il tiendra bon. Anne d'Autriche commet l'erreur d'arrêter Condé, dont elle se méfie soudain pour son ambition. La Normandie, la Bourgogne, le Poitou et la Guyenne se soulèvent à leur tour. Pire que tout pour le jeune Louis, les princes s'allient avec le Parlement. Tout semble perdu ! Pour Louis, comme pour Molière, qui perd le duc d'Épernon, le protecteur de leur Troupe en tournée. 1651 : il cherche protection à Paris. Turenne se rallie au roi et va tout sauver. Il attaque Condé. En plein Paris, le sang coule à flots. Le cardinal de Retz est embastillé. Mazarin s'affirme. Et les troupes royales, pour les 30 ans de Molière, reprennent le pouvoir à Paris. Au grand dam de la Grande Mademoiselle, alliée insouciante de Condé.

Molière enfin, en 1653, a 31 ans. Il a trouvé protection avec le prince de Conti, qui protège la Troupe. Et c'est la création à Lyon de *L'Étourdi ou les Contretemps*. À Paris, c'est la fin définitive de la Fronde. La Fronde s'effondre ! À Londres, Cromwell réussit son coup d'État et, dictateur, devient lord-protecteur de la République d'Angleterre. Il a cinq ans devant lui avant de mourir, en 1658. Molière a, lui, cinq ans aussi avant de vivre enfin pleinement son art ! Le roi, après Conti, après le retour du duc d'Épernon, après Monsieur, frère du roi, devient le protecteur définitif de la Troupe, qui s'installe au Petit-Bourbon, fief des comédiens-italiens. Sous le nom prestigieux de la Troupe du Roy. Le fils de Cromwell a beau lui succéder, il abdique un an plus tard. C'est le retour de la dynastie : Charles II règne. Comme Louis XIV. Et comme Molière. Mais son royaume, c'est le théâtre.

Fuites (tous les dénouements de Molière sont des fuites)

Tous les dénouements de Molière sont des fuites : le personnage principal demeure, en effet, incapable d'accorder son idée fixe avec les relations qui se nouent entre lui et les autres. Fuites au sens propre pour le « misanthrope » Alceste ou George Dandin. Fuite dans leur propre délire pour Jourdain, *Le Bourgeois gentilhomme,* et Argan, *Le Malade imaginaire.* Fuite contrainte, en prison pour Tartuffe, dans la mort pour Don Juan. C'est aussi pourquoi les dernières scènes de ses comédies paraissent presque toujours conventionnelles, comme « expédiées », sinon franchement ratées. Mais je crois que c'est volontaire parce que c'est le moyen qu'a trouvé Molière de détourner, dans d'ultimes « gags » au second degré, ce qu'il était contraint de conserver de la convention des comédies. Afin d'en faire malgré tout le révélateur indirect de l'échec existentiel de ses héros. *Rien ne doit jamais finir correctement avec Molière.*

En quoi il maintient jusqu'au bout une parfaite cohérence avec son art de la révélation indirecte de ce qui anime au plus profond les personnages. Ce qu'ils disent les masque, les gags les déstabilisent et laissent place aux émotions qui les trahissent. Par ce moyen, il assure jusqu'au bout ce pouvoir qu'a son esthétique de permettre à chacun de recevoir ses pièces de façon totalement différente, selon son caractère, ses préoccupations, sa personnalité. Dans ses comédies, rien n'est jamais clos, rien n'est fermé et, de ce point de vue, ses finales que l'on pourrait croire, à première vue, bâclés, sont l'ultime ruse qui en assure toute la portée.

L'exemple le plus flagrant, presque caricatural, en est le final de *Tartuffe*. Dans cette pièce, le jeu des contradictions irréconciliables (entre la foi aveuglément soumise d'Orgon et le cynisme hypocrite de Tartuffe) a été poussé si loin qu'aucune issue comique n'est plus possible. Face à cette impasse, Molière refuse de choisir ou plutôt choisit... de ne pas choisir entre la fin dramatique qui s'annonce et une dernière pirouette qui lui permettrait de revenir *in extremis* aux conventions du genre dans une scène de réconciliation et de liesse générale. Il préfère encore faire n'importe quoi, pourvu que ça lui évite de conclure ! Et c'est ainsi qu'il opte pour l'artifice voyant et délibérément maladroit, du recours à un *deus ex machina*, en l'occurrence l'intervention, par l'intermédiaire d'un de ses représentants (M. Loyal !), du roi lui-même, censé avoir percé à jour les intentions du criminel et s'être, toutes affaires cessantes, empressé de rétablir la justice.

Au demeurant, Molière répète dans bien d'autres aspects de ses pièces ce jeu avec les conventions de la comédie respectées à son époque, auxquelles, dans un premier temps, il semble se soumettre sur un mode dilettante. Comme s'il se sentait contraint de les accepter mais n'en avait rien à faire. Pour mieux, dans un second temps, les détourner de leur fonction habituelle et les faire ainsi participer à la création de scènes où éclatent les contradictions de leur apparent conformisme. Par où elles contribuent à susciter les émotions qui démentent l'image que les personnages prétendent donner d'eux.

G

Gâteau du quadricentenaire

Après quatre cents ans écoulés depuis la naissance de Jean-Baptiste Poquelin, en 1622, si on considère que Molière, lui, est né sur scène, on pourrait le fêter avec un énorme gâteau qu'on amènerait sur scène porté par plus de cinq cents sociétaires depuis la création, en 1680, de la Comédie-Française. Et ce demi-millier de comédiens et comédiennes qui ont vécu de partages alloués par la Société des comédiens-français soufflerait les bougies du gâteau. Chaque bougie figurant une représentation d'une pièce de Molière à la Comédie-Française, il faudrait donc, en criant « Bon anniversaire, patron ! », souffler plus de... trente mille bougies ! Wouaff !!!

George Dandin

« Nous aimons cette pièce, car elle semble avoir été écrite le mois dernier. C'est pour nous la définition d'un classique. »

Roger Planchon

Molière au XVIIe siècle est joué de son vivant dès 1670 en Angleterre. Et grâce aux protestants chassés par l'édit de Nantes, cette honte, il est traduit en Allemagne. Et édité bien sûr avec succès. Il sera joué posthume en 1680. Puis, dans le monde entier, on *molièrisera* et rira !

Tartuffe triomphe à Londres en 1670 grâce à la duchesse d'Orléans, sœur du roi Charles II. « *The French Puritan* » va bouleverser la donne. Shakespeare va devoir accepter Molière en son sein. L'œuvre du Français va être traduite et anglicisée à l'excès : Dryden signe *Sir Martin Mar-all* ; pour Wicherley, *Country Life*, c'est *L'École des femmes*, et *Plain Dealer, Le Misanthrope* ! Bien sûr, pour les Britanniques, Wicherley est supérieur à Molière. « En changeant ses personnages, je les ai gâtés ! » Toutes les plumes British s'y mettent. Shadwell, Congreve, Sheridan, Cibber.

Jusqu'à Fielding qui, pour le théâtre de marionnettes *Punch's Theatre*, pond un *Mock Doctor* : *Le Médecin malgré lui*, naturellement !

Graphologie

Près de soixante-dix signatures de Molière ont été répertoriées au bas des actes authentifiés. Aucune n'est de Molière lui-même, selon toute vraisemblance. Pour une raison qui saute aux yeux ! Ce n'est jamais la même personne qui les a faites ! Pas deux pareilles. Celle-ci est anguleuse, l'autre ronde, l'une directe, l'autre encore automatique, en voici une calme, *a contrario* de la nerveuse, la fine succède à l'empâtée ou carrément à celle raturée ! Comme le déclara en 1967 Suzanne Dulait dans son impressionnant *Inventaire raisonné des autographes de Molière* : « Tout cela ne prouve rien. » Elle ajoute aussi : « On ne retrouve presque pas de caractères constants dans le graphisme de cet homme si divers. » Avec tout le respect que l'on doit à Mme Dulait, comment ne pas sauter au plafond !!! Molière serait un homme si divers qu'il changerait non seulement de caractères à chaque instant, mais que sa signature elle-même se transformerait selon son humeur ? On croit à une blague ! À qui veut-on faire avaler l'improbable ? Si une chose, une seule, ne varie jamais, une fois qu'elle est adoptée pour un patron de société en plus, c'est bien sa signature ! Et s'il arrive que l'on change de signature au bout d'un certain temps, la nouvelle signature s'impose pour le reste du temps ! Ce que nous révèle, par contre, cet inventaire de soixante-sept signatures, c'est qu'elles sont toutes d'une autre main que celle de Molière. Soit de faux documents, soit d'authentiques, mais le fait d'un envoyé de Molière pour signer à sa place. La seule authentique signature de Molière est celle au bas de l'acte de naissance de l'Illustre-Théâtre. Tout manuscrit, toute lettre, toute quittance, toute note, tout livre annoté de sa main, tout a disparu. Preuve irréfutable de la volonté religieuse et royale d'effacer à jamais toute trace de Molière. Pauvres traîtres ! Son œuvre, elle, ne s'effacera jamais. Elle est en nous.

Grimarest, sieur de, Jean-Léonor Le Gallois de

Le traître en personne. Il a osé signer une fausse biographie de Molière qui n'est qu'un amas de poncifs et de léchages de bottes. Sa seule excuse, c'est de s'être fait payer grassement pour cette récupération indispensable pour faire rentrer un mort, Poquelin, dans le giron de la cour, en faire l'un des leurs dans la catégorie amuseurs publics à leur service et ainsi de pasteuriser toute l'œuvre, devenue dès lors seulement divertissante. Molière masqué en amuseur de Versailles. Molière audacieux certes, mais dans les limites des règles, Molière soumis. Molière joyeux pitre. Détrousseur des Plaute et Térence. Molière auquel Corneille prête soi-disant main-forte lorsque la plume lui tombe. Molière bon chrétien. Bon père. Bon époux, bon tout en somme jusqu'à bon serviteur de l'État. Mensonge sur sa mort. Mensonge sur sa vie. Mensonge sur son œuvre.

Ce pavé immonde par sa suffisance et sa bêtise, sa crasse du bon goût est aussi loin de Molière que de Poquelin. Grassement payé pour cette biographie chantilly, Grimarest a grassement écrit. Tout est rond et crémeux. Pas de cette sueur que l'œuvre de Molière nous fait respirer. Pas de cette vie-là, pas d'odeur, pas de cris, de crachats, de pleurs, de rage, pas d'amour surtout. Rien n'est écrit avec amour ou par amour. Rien n'est encré pour Molière. Tout est à côté de la plaque. Rien ne cuit. Rien ne prend. Que ce que justement Molière détestait : le bon goût.

Le transparent Grimarest commet un crime qui le dépasse, car cette non-œuvre, cette manœuvre destinée à cacher la vérité, cette biographie cadavre va traverser les siècles. Et le culot ou l'inconscience, la paresse, la complicité des responsables de l'éducation qui ont conseillé, ont imposé, ont fait lire aux millions d'écoliers cette *Vie de M. de Molière* par M. de Grimarest est un comble ! Qu'on arrête le massacre. Cette trahison. Depuis sa parution en 1705, depuis quatre siècles, XVIIIe, XIXe, XXe et XXIe, elle a fait trop de mal. Non, M. de Grimarien, Molière ne vous doit rien. Vous l'avez sali. Peu importe, il en a vu d'autres. Mais vous vous êtes sali vous-même et pour l'éternité. Disparaissez !

Guerre

Celle contre les protestants fait mine de s'achever à la naissance de Jean-Baptiste Poquelin. Richelieu est élevé à la dignité de cardinal. Le ver est dans le fruit. Il lui faudra seulement trois ans pour arriver, en 1625, au pouvoir et les braises reflambent. La guerre contre les protestants reprend sans pitié : il fait asphyxier les troupes dans les Alpes la Valteline. 1627 : encore deux ans écoulés avant de commencer à mener à bien, c'est-à-dire amener à mal, dépassant toute mesure, le siège de La Rochelle, fief protestant qui doit servir d'exemple. Un an plus tard, La Rochelle écrasée capitulera en ruine.

Louis XIII peut désormais peser lourd avec une armée de soixante mille soldats ! Alors pourquoi s'arrêter en si bon chemin ? Richelieu fait campagne jusqu'au Piémont. Pragmatique, il fait signer au roi la paix d'Alès pour en finir dignement avec la guerre protestante, en 1629. Louis XIII brille encore et s'affirme durant la conquête de la Savoie, en 1630. Sûr de lui, le duo de fer roi et cardinal décide de frapper fort en déclarant la guerre au roi d'Espagne Philippe IV, rattaché à la maison des Habsbourg d'Espagne en phase cruciale dans la guerre de Trente Ans. Déclenchée depuis 1618 pendant laquelle les Habsbourg d'Autriche avaient dès le départ écrasé la Bohème menée par Ferdinand II, la guerre allemande bascule en conflit européen. Les Hollandais, Provinces-Unies contre les Espagnols, attaquant le Palatinat. Christian IV du Danemark, du côté protestant, élevant la guerre au niveau européen tout entier. Battu par la Ligue catholique. Battu par Wallenstein.

L'Angleterre et la France entrent en guerre dès 1627. La Suède par son roi Gustave-Adolphe s'engageant du côté protestant pousse au traité de Lübeck entre l'Autriche sûre d'elle et le Danemark. Avant de signer la paix avec l'Espagne, en 1630, l'Angleterre s'empare du Québec. La Hollande, elle, met l'étau sur Caracas ! Louis XIII soutient la Suède, qui enfin gagne à Leipzig et s'empare alors de la Bavière. Coup de théâtre en 1632 : Gustave-Adolphe est tué à Lützen ! Tout est perdu ! Les Suédois vont finir écrasés deux ans plus tard, en 1634, en abandonnant l'Allemagne au Sud. Ferdinand d'Autriche est au sommet. Pour lui, la guerre est gagnée. Le traité de Prague semble entériner sa victoire. La troisième partie de la guerre de Trente Ans s'achève. Poquelin Jean-Baptiste a 13 ans et il entre au collège de Clermont.

La paix sera de courte durée ! Richelieu déclare à nouveau la guerre : à Philippe IV d'Espagne. En réalité, le duel franco-autrichien reprend aussi jusqu'à plus soif ! Un an plus tard, ce qu'attendait le Cardinal arrive en 1636 : Ferdinand d'Autriche déclare la guerre à la France. Nous sommes pris à la gorge : les ennemis sont en Bourgogne, en Picardie. Richelieu paye Bernard de Saxe, qui lui vend son armée pour reprendre l'Alsace. La France totalise en 1640 plus de 100 000 soldats de plus ! 22 000 cavaliers et 142 000 fantassins ! Elle reprend Arras aux Ibériques. Elle fond sur la Savoie et prend Turin. Richelieu reconquiert Roussillon. Mais il meurt en 1642.

Jean-Baptiste Poquelin, comme un signe du destin, va, à 21 ans, Richelieu mort, revendre sa charge de tapissier du roi à son frère cadet. Et avec l'argent fonder l'Illustre-Théâtre *béjartisé*, puisque les Béjart y régneront en maîtres avant la chute.

La mort de Louis XIII, le 14 mai 1643, va-t-elle enfin signifier la paix ? Mazarin a 44 ans. Préférerait-il les lustres aux étriers ? Chef du Conseil, il scelle son pouvoir par la victoire de Rocroy, qui achève la prédominance militaire espagnole le 19 mai. Anne d'Autriche, régente du royaume, s'en remet au cardinal fin stratège, moins direct que Richelieu. Le renard a remplacé le loup. Il peut compter sur celui qui ne cesse de s'affirmer : Turenne. Preuve de la partie d'échecs que Mazarin a commencé à mener : en 1647, l'armistice est enfin signé entre la Bavière et la France. Du coup, nul ne s'étonne de la victoire totale de Condé à Lens contre les Espagnols.

La paix de Westphalie, en 1648, n'est qu'un leurre qui fait croire à la fin de cette foutue guerre de Trente Ans gagnée par la France écrasant les Habsbourg d'Autriche. L'Allemagne se retrouve « puzzlée » en trois cents principautés. Quelle faute historique majeure ! La France aveugle se félicite de récupérer l'Alsace mais lâche Strasbourg. La guerre navale entre Anglais et Hollandais fait rage en 1650. Les Cosaques se croient assez forts pour envahir la Pologne, qui les écrasera en 1651 grâce à Casimir de Pologne. L'Écosse s'unit en 1652 avec l'Angleterre pour entrer en guerre contre les Hollandais. Coup de théâtre, France et Angleterre s'unissent contre l'Espagne ! Mais Charles X de Suède et le Brandebourg fondent sur la Pologne ! Et les Romanov sont enivrés comme des Habsbourg pour la domination du monde ! Ils prennent Vilna tandis que les Suédois prennent Varsovie. Et, en 1659, la maison de France savoure sa joie avec la paix des Pyrénées : la France triomphe sur tous les plans contre les Habsbourg d'Espagne. Roussillon, Cerdagne, Artois nous reviennent.

Le jeune roi Louis XIV peut enfin songer au mariage pour sceller de façon inouïe son ascension au pouvoir européen en fait ! Marie-Thérèse va le conforter dans sa grandeur de pouvoir absolu. Le Roi-Soleil est au zénith de sa jeunesse et il atteindra tous ses buts. Sa vraie naissance, c'est celle de son règne unique ! Qui domine tout. Seul, dès 1661, à la mort de Mazarin. Et il n'y aura pas de troisième cardinal ! Peu importe que les Turcs soient en Hongrie, ils seront battus à Saint-Gothard trois ans plus tard. Peu importe aussi que la guerre navale anglo-néerlandaise perdure. Peu importe que les Russes soient repoussés en Pologne par Jean Sobieski. Louis XIV s'empare en 1663 du Comtat Venaissin. Il a récupéré la Lorraine déjà et Dunkerque.

La peste fait 60 000 morts à Londres en 1665. Après le massacre des puritains de 1662, les Anglais ont donc une fois encore un océan de sang. Après les puritains, les catholiques sont victimes de mesures outrageantes. L'incendie de Londres est aussi dans les âmes. L'inévitable guerre franco-britannique reprend sous le signe du diable, 1666 !!! Du coup, la France est infectée aussi de la peste à Lille un an plus tard.

Louis XIV entame la guerre de la Dévolution. Il occupe les Pays-Bas. L'empereur d'Autriche signe un traité secret avec le Roi-Soleil. Du ciel, Anne d'Autriche doit se réjouir. Triomphe de la conquête de la Franche-Comté. Paix surprise avec l'Espagne à Aix-la-Chapelle : Lille et Douai restent à nous en 1668, mais la peste est maintenant à Amiens. Louis XIV a triomphé de la Triple-Alliance : anglais, suédois, hollandais. 1669 : les Turcs, eux, sont toujours en guerre en Crète, d'où ils éjectent les Vénitiens. L'Espagne en 1670 acquiert les Pays-Bas. Autriche et Pologne s'allient et, à Douvres, c'est le tour des Français et des Anglais de traiter. Et pourtant la guerre reprend ! Et les pièces tombent et changent de côté sur l'échiquier ! Hollande, Autriche et Brandebourg s'allient contre la France en 1672, et en 1673 la Coalition pense venir à bout du Roi-Soleil. Mais c'est lui qui triomphera. Molière quitte la scène du monde. Le rideau tombe. Et les guerres perdurent.

Guerre des Cinq Ans

C'est celle de *Tartuffe*. Elle aura duré de 1664 à 1669. À elle seule, elle bâtira la légende de Molière. Jamais il ne serait devenu le mythe qu'il restera pour la postérité sans cette guerre truffée de coups de théâtre, de trahisons comme de résistance, de lâchetés comme d'actes de courage. Une guerre qui prend place dans l'histoire de France comme la première de cette importance au cours de laquelle s'oppose un homme au pouvoir d'État, au pouvoir religieux, au pouvoir culturel. Et seul contre tous en remportant la victoire finale, Molière devient comme un messie, celui qui ouvre la porte de l'immortalité aux artistes qui tels Hugo, Zola, Camus et les autres se dresseront contre l'injustice et les dictatures.

Voici les moments clés de ce conflit de cinq années :

Mars 1664. Poquelin écrit trois actes intitulés *L'Hypocrite*.

Avril 1664. La Cabale des dévots dénonce la vie privée du roi Louis XIV et sa liaison avec la nouvelle favorite Mlle de La Vallière. Furieux, le roi en prend ombrage.

12 mai 1664. Première représentation des trois actes de *L'Hypocrite* à la cour. Succès. Mais chacun s'interroge ! Qui est cet hypocrite ? L'abbé de Pons amoureux déclaré de Ninon de Lenclos ? L'abbé de Roquette qui, lui, porte ses vues sur Mme de Longueville ? Ou pire encore, le marquis de Fénelon ? Le roi se félicite de la comédie. Mais la nuit porte conseil…

13 mai 1664. Dès le lendemain, Anne d'Autriche, qui soutient la Compagnie du Saint-Sacrement, la Cabale donc, impose au roi d'interdire la pièce ! Il n'y aura plus de représentation. « Quoiqu'on ne doutât point attention de l'auteur, il [Louis XIV] la défendit en public et se priva soi-même de ce plaisir pour n'en pas laisser abuser à d'autres moins capables d'en faire un juste

discernement. » La Cabale en rajoute une couche quatre jours après : « *L'Hypocrite* que Sa Majesté, pleinement éclairée en toute chose, jugea absolument injurieuse à la religion est capable de produire de très dangereux effets », déclare-t-elle. Le roi est soumis, avec en échange l'assurance que ladite Cabale cessera ses rumeurs néfastes sur ses amours avec La Vallière. Molière en fait les frais !

1er août 1664. L'étincelle qui va mettre le feu aux poudres. Pierre Roullé, curé de l'église Saint-Barthélemy, docteur en Sorbonne, publie son pamphlet criminel *Le Roi glorieux au monde*. Molière y est attaqué, de façon incendiaire, traité de « démon vêtu de chair ». Il est voué « au bûcher, le feu même avant-coureur de celui de l'enfer ». Et cette ignominie, cet appel au meurtre, est enrobée au final par un hommage d'hypocrite, justement, louangeant Sa Majesté le roi pour « une exécration d'un crime si infernal ». Honte à jamais sur le pouvoir religieux de 1664 en ce royaume de France. Honte aux écrivains, artistes, musiciens, qui n'ont pas réagi au niveau auquel il le fallait. Et gloire à ceux qui en ont eu le courage. Osant prendre parti pour Molière.

Août 1664. Molière signe un premier placet au roi. « Sire, le devoir de la comédie étant de corriger les hommes en les divertissant... J'ai ôté ce qui pouvait confondre le bien avec le mal... On a profité, Sire, de la délicatesse de votre âme sur les matières de religion... Les originaux enfin on fait supprimer la copie. » En clair, les vrais hypocrites ont réussi à faire intervenir leur copie. « Votre Majesté a beau dire, et M. le légat et MM. les prélats ont beau donner leur jugement : "Ma comédie, sans l'avoir vue, est diabolique"... mais ma comédie n'est de rien moins que ce qu'on veut qu'elle soit ! »

14 septembre. Molière ne paraît plus comme chauffeur de salle avant les représentations pour ne pas risquer de scandales publics. La Grange le remplacera avec doigté dans le rôle d'annonceur du spectacle.

20 septembre 1664. Bravant l'interdit, la Troupe joue *L'Hypocrite* devenu *Tartuffe* à Villers-Cotterêts chez Monsieur, frère du roi. Louis XIV tolère les représentations privées. Molière reprend espoir.

29 novembre 1664. Par ordre du Grand Condé, Molière donne *Tartuffe* chez la Princesse Palatine.

Jusqu'au bout de l'an 1665, la réaction s'intensifie. Rochemont traite Molière de Tartuffe lui-même, qui salit les mœurs sous prétexte de les purifier. « Tout Paris s'entretient d'une pièce de Molière. » Un sonnet qui débute ainsi affirme que certains espèrent lui crever les yeux quand d'autres l'embastillent avec un vautour pour lui dévorer les entrailles ! Du coup les représentations de sa nouvelle création, *Dom Juan*, font craindre le pire. On baisse le rideau à la quinzième ! L'échec est consommé. Molière semble au plus mal et perd la partie. Chapelle réagit, entouré de soutiens : Bachaumont, La Fontaine, Mme de La Sablière. On le soutient aussi dans les salons. Nino de Lenclos s'active auprès de La Rochefoucauld, Hautefeuille, Charleval, Lauzun, Dangeau, l'abbé Dubois courageux, et bien sûr La Bruyère actif. Sans résultat cependant. Molière est en train de perdre la guerre.

14 août 1665. Louis XIV attribue 7 000 livres à la Troupe du Roy, affirmant sa protection.

Janvier 1666. La guerre va soudain basculer : Anne d'Autriche meurt. Le parti dévot, ce 22 janvier 1666, perd cet appui essentiel. Et deux semaines plus tard, c'est au tour de Conti de s'éteindre. Molière reprend du poil de la bête. Et rapidement répète *Le Misanthrope* pour le créer le 4 juin 1666, où il règle ses comptes avec la cour des courtisans et des dévots. Molière écrit une nouvelle version de *Tartuffe* devenu Panulphe, qui est passé laïc directeur de conscience, et le titre devient *L'Imposteur*. Le roi accorde une permission verbale. Madame l'a convaincu, lui qui en veut aux prélats et aux jansénistes surtout. La guerre des Flandres éloigne le roi de Paris, M. de Lamoignon se voit confier l'ordre à Paris.

5 août 1666. Première représentation de *L'Imposteur* au Théâtre du Palais-Royal. Deux mois seulement après *Le Misanthrope* ! La recette frôle les 1 900 livres. Le succès est inouï. On s'est arraché les billets ! Deux jours plus tard, c'est la seconde représentation. Le théâtre est plein à ras bords. L'ambiance de folie. On va commencer. Non ! Apparaissent soudain gardes et huissiers de justice. Molière est encadré. Il doit s'adresser au public pour éviter le trouble. « Nous aurions eu l'honneur de vous donner une représentation de *L'Imposteur*, mais M. le Premier Président ne veut pas qu'on le joue ! » C'est une émeute ! On éteint les lustres et on rembourse ! Les hommes d'armes doivent intervenir pour calmer les échauffourées. On déchire les affiches. Certains urinent dessus.

Le lendemain, 8 août, Molière dépêche La Grange et La Thorillière pour la route des Flandres et précisément à Lille, où le roi est au cœur même du siège de la ville. Porteurs du second placet au roi : « Sire, c'est une chose bien téméraire pour moi de venir importuner un grand monarque au milieu de ses glorieuses conquêtes… La Cabale s'est réveillée. » Molière évoque le soutien de Monsieur. Le voyage coûte plus de 1 000 livres à la Troupe.

Trois jours après, le 11 août, le couperet tombe. Hardouin, l'archevêque de Paris, interdit à tous de représenter, lire, entendre réciter la susdite comédie, soit publiquement soit en particulier, sous quelque prétexte que ce soit, et ce, sous peine d'excommunication. L'ordre est publié dans toutes les églises. Alors qu'on ne vienne pas prétendre que la France du XVIIe n'était pas l'exact reflet des dictatures religieuses de notre temps et nous avons nous-mêmes été esclaves du joug !

Une semaine plus tard, le 18 août, l'interdiction totale et inique est donc annoncée dans la *Gazette d'Amsterdam*. Boileau accompagne Poquelin chez Lamoignon pour tenter d'infléchir enfin l'insoutenable. En vain ! Le Premier Président affirme qu'« il ne convient pas à des comédiens d'instruire les hommes sur les matières de la morale chrétienne et de la religion », sur ce, il congédie Molière comme un larbin pour ne pas rater, précise-t-il, l'heure de la messe. En l'absence du roi, la Cabale a donc gagné. Mais il en est de l'histoire des hommes comme de celle de l'histoire de l'art : le bien finit toujours par l'emporter. Bien tard certes, trop tard même parfois, mais il gagne. Et il y faut toujours un simple coup de pouce du destin, un détail qui suffit, comme une goutte d'eau, à tout faire déborder pour que la vérité inonde tout.

Le prince de Condé décide de faire jouer la pièce hors du territoire épiscopal de Paris : à Chantilly le 20 septembre. Et Sa Majesté le roi Louis XIV revient en vainqueur absolu des Flandres. Il frappe plus lourd qu'on n'aurait pu espérer. La Confrérie du Saint-Sacrement est dispersée ! L'amendement de l'archevêque de Paris pour être annulé doit comporter un vice de forme : Colbert s'en charge ! Les juristes en découvrent cinq pour couvrir le roi.

Et le 5 février 1667, Molière donne, six mois après la première, la seconde représentation de *Tartuffe* !!! Les dévots ont perdu la guerre. Ils se vengeront sur Molière lui-même le jour choisi. Leur patience sera à la hauteur de leur crime. Bossuet, Bourdaloue et Fénelon ne cessent de rugir contre Molière, maintenant les braises. Molière vient de remporter la victoire de sa vie. Mais une victoire à la Pyrrhus : rien désormais ne sera plus comme avant. On veut sa peau, et on l'aura.

H

Hit-parade

Voici le classement des représentations données par Molière et ses troupes en son temps de 1654 à 1680, date de la création de la Comédie-Française.

32e *Mélicerte* : 1
31e *Les Amants magnifiques* : 1
30e *Dom Garcie de Navarre ou le Prince jaloux* : 7
29e *La Jalousie du Barbouillé* : 7
28e *Le Médecin volant* : 14
27e *Dom Juan ou le Festin de pierre* : 15
26e *L'Impromptu de Versailles* : 20
25e *La Princesse d'Élide* : 25
24e *Le Sicilien ou l'Amour peintre* : 32
23e *Les Fourberies de Scapin* : 37
22e *La Critique de l'École des femmes* : 41
21e *La Comtesse d'Escarbagnas* : 45
20e *Les Femmes savantes* : 50
19e *Les Précieuses ridicules* : 60
18e *Le Médecin malgré lui* : 60
17e *Le Mariage forcé* : 62
16e *George Dandin ou le Mari confondu* : 73
15e *Monsieur de Pourceaugnac* : 76

14e *L'Étourdi ou les Contretemps* : 77
13e *Psyché* : 82
12e *L'Amour médecin* : 85
11e *Le Dépit amoureux* : 88
10e *L'Avare* : 88
9e *Le Bourgeois gentilhomme* : 89
8e *Le Malade imaginaire* : 95
7e *Le Misanthrope* : 99
6e *Amphitryon* : 101
5e *L'École des femmes* : 112
4e *Les Fâcheux* : 124
3e *Tartuffe* : 128
2e *L'École des maris* : 142

et enfin

1er *Sganarelle ou le Cocu imaginaire* : 159

On est sidéré de ce classement dément où l'on constate après son décès de 1673 à 1680 que *Le Misanthrope* va faire une remontée spectaculaire, que *Le Malade imaginaire* va triompher mais que ni *Dom Juan*, ni *Scapin*, ni *Les Femmes savantes* ne trouveront la place qu'ils méritent !

Hit-parade du quadricentenaire

Voici le classement des représentations données à la Comédie-Française depuis 1680 des œuvres de Molière à cheval sur cinq siècles et quatre cents ans après sa naissance.

32e *Dom Garcie de Navarre ou le Prince jaloux* : 9
31e *La Jalousie du Barbouillé* : 11
30e *Mélicerte* : 23
29e *Le Médecin volant* : 61
28e *La Princesse d'Élide* : 114
27e *Les Amants magnifiques* : 183
26e *L'Impromptu de Versailles* : 185
25e *Dom Juan ou le Festin de pierre* : 231
24e *Le Sicilien ou l'Amour peintre* : 271
23e *La Critique de l'École des femmes* : 293
22e *Psyché* : 373
21e *Les Fâcheux* : 435
20e *L'Amour médecin* : 468
19e *La Comtesse d'Escarbagnas* : 624
18e *L'Étourdi ou les Contretemps* : 650
17e *Monsieur de Pourceaugnac* : 887
16e *Sganarelle ou le Cocu imaginaire* : 920
15e *Amphitryon* : 1 118
14e *Le Bourgeois gentilhomme* : 1 236
13e *Le Mariage forcé* : 1 244
12e *Les Fourberies de Scapin* : 1 301
11e *Les Précieuses ridicules* : 1 328
10e *Le Dépit amoureux* : 1 334
9e *George Dandin ou le Mari confondu* : 1 382
8e *L'École des femmes* : 1 544
7e *L'École des maris* : 1 708
6e *Les Femmes savantes* : 1 813
5e *Le Malade imaginaire* : 1 887

4e *Le Misanthrope* : 2 001
3e *Le Médecin malgré lui* : 2 177
2e *L'Avare* : 2 367
et première :
1er *Tartuffe* : 3 007 !!!

Honorée de Bussy

La nièce de La Mothe Le Vayer est un atout précieux pour Molière. Elle l'excite. Elle attend tout de lui. Sa perception de la scène est d'une pertinence qui flatte Poquelin et va dans son sens : tout oser. Les libertins qu'il croise chez elle ont beau agresser Molière, c'est un soulagement pour lui. Personne n'est donc insensible à ce qu'il fait. N'est-ce pas le principal pour un artiste ? Déranger ! Choquer ! Née deux ans avant lui, Honorée s'éteindra en même temps que Molière, en 1673. Pour être déjà là-haut et le recevoir dans son salon des étoiles.

Humanités

Jean-Baptiste Poquelin fit les siennes au collège de Clermont. Bien entendu, tous les documents concernant ses années de collège comme son cursus à l'université ont été détruits. Toute trace. Comme c'est bizarre, non ? Alors on brode à l'aise. Ses études sont plus que des humanités, on les célèbre ! Ce sont celles d'un philosophe de génie en herbe, d'un humaniste de légende ! Féru de poésie, incollable sur Térence et Plaute et leurs sympathiques collègues de l'encre et du rire ! Le tableau est signé Vivot pour la préface des *Œuvres complètes* première édition de 1682 et La Grange y mêle son grain de sel.

Au fond, on se demande pourquoi un tel phœnix scolaire a pu dévier vers le métier de saltimbanque. Parce qu'il faut bien, après des siècles, soulever le couvercle de cette marmite de confiture mensongère qui n'a cherché qu'à faire de Molière un saint, donc un être hors de la réalité crasseuse de la vie et qui s'en élèverait pour atteindre la béatitude et la bonté. Alors que tout le sens de la vie de Poquelin, c'est le contraire. Devenir « un » Molière. Donc s'enfoncer dans la boue jusqu'au cou. Remuer la terrifiante vérité de l'âme humaine. La partager pour la saisir justement. S'en mettre partout. Et la dénoncer, la combattre et non lui pardonner.

La vérité, c'est que Jean-Baptiste Poquelin ne peut pas avoir été dans sa scolarité un exemplaire élève béni des professeurs, et accumulant succès après succès. Il est devenu Molière, cet homme de lettres, de sacrifice, ce bourreau de travail acharné, ce fou furieux remettant tout en question du jour au lendemain, ce chef de Troupe intransigeant, puis compréhensif, puis rancunier, puis d'un courage frisant l'inconscience, bravant justice, police, pouvoir et religion, cet homme à femmes, ce cocu flamboyant parce que justement son cursus scolaire a été déjà un chemin de croix ! Où il a fallu se battre comme un chien entre humiliations, mensonges, punitions, injustices et trahisons. Où aurait-il sinon forgé son caractère ? Dans les bras de Madeleine Béjart ? Il était trop tard. Si Jean-Baptiste est devenu Molière, c'est pendant ces années de jeunesse-là. Il y avait au collège de Clermont, rendez-vous compte, externes et pensionnaires sous la férule de… trois cents maîtres ! Plus de mille six cents élèves et Jean-Baptiste ne quittait pour ainsi dire jamais les lieux puisqu'il faisait bien sûr partie des externes ! Donc comprenez bien : pensionnaire logé bien sûr on y est jour et nuit, mais alors votre esprit pense à autre chose la nuit et vous rêvez même de ne plus y être, pour vous en échapper par l'esprit même si votre corps est là en dortoir ! Alors que l'externe, comme Jean-Baptiste, qui rentre chez lui se croit libre jusqu'au souper. Mais en fait ne cesse de parler du collège, de ce qui s'y fait, s'y dit, s'y passe. Prend la tête de son père, et de son frère. Il pérore ou éructe sur tel maître, tel texte, telle bagarre. Telle punition. Et la nuit, il en rêve et s'y voit encore !

I

Ignominie

Celle des épitaphes qui apparaissent, à peine Poquelin mort, est sans limites. Parmi les plus répandues, en voici une qu'on peut qualifier de sans suite et qui tente seulement de faire un bon mot :

> « "C'est donc là le pauvre Molière
> Qu'on porte dans le cimetière ?"
> En le voyant passer, diront quelques voisins.
> "Non, non, dit un apothicaire.
> Ce n'est qu'un mort imaginaire
> Qui se raille des médecins". »

Mais l'ignoble qui va répandre la rumeur d'inceste à travers les siècles pue dans celle-ci :

> « Ci-gît cet héroïque auteur
> Qui fit d'un sage un imposteur
> Et des savants en médecine
> Des bourreaux et gens sans doctrine.
> Il n'eut jamais une autre loi
> Que celle qui détruit la foi.

Il se servit de la coquille
Et de la mère et de la fille !
Et ne trouva, dedans sa fin,
Ni Dieu, ni loi, ni médecin. »

On appréciera la coquille. Une honte !

Illustre inconnu

En 1670, Le Boulanger de Chalussay est bien cet inconnu qui va s'illustrer en osant écrire un pamphlet révoltant, *Élomire hypocondre*, sous-titré « *ou les Médecins vengés* » ! C'est l'époux de Clémence Meulan, cette femme qui habitait aussi, comme Jean-Baptiste Poquelin, sous ce pavillon des singes. Voisine, voire camarade d'enfance, de Jean-Baptiste, elle en connaît tant sur la famille qu'elle a fourni moult détails fictifs ou réels à son mari qui les a recyclés sans vergogne dans sa pièce. Cette pseudo-comédie est copieuse en nombre de rôles, trop verbeuse et trop choquante. Elle n'est pas jouée. Mais le texte est publié. Et la menace est précise. Il fait dire à son Élomire – Molière, on l'aura compris :

> « Mon *Amour médecin*, cette illustre satire,
> Qui plut tant à la cour et qui la fit tant rire,
> Ce chef-d'œuvre qui fut le fléau des médecins,
> Me fit des ennemis de tous ces assassins,
> Et depuis leur haine, à ma perte obstinée,
> A toujours conspiré contre ma destinée. »

On ne peut qu'être troublé par ce qui suivit dans les quelques saisons à venir : la mort de Molière.

Impasse des héros

C'est parce que les héros de Molière sont radicalement incapables de se regarder eux-mêmes qu'à aucun moment ils ne peuvent s'en sortir ni progresser. Pour eux, il n'y a qu'une seule voie : la chute continuelle, toujours plus vertigineuse, dont rien ne peut les sauver, sinon un *deus ex machina* ou son équivalent sous la forme d'un artifice comique accentuant leur délire jusqu'à en renverser l'effet. L'intervention du pouvoir royal, comme à la fin de *Tartuffe*. Ou le jeu complaisant de toute la Troupe sur les lubies du héros, en échange de son consentement au mariage d'amour de sa fille, comme dans *Le Bourgeois gentilhomme*. Certains, comme Don Juan ou Alceste, accomplissent ce destin en faisant preuve d'un caractère exceptionnel, où ils puisent l'énergie d'aller jusqu'au bout de leurs convictions. D'autres ne cessent de surenchérir dans leur obsession et dans les illusions où elle les entraîne, comme Argan, *Le Malade imaginaire*, cocufié par sa femme, trompé par tout le monde, terriblement ridicule.

Imprévisibles

L'art virtuose de l'émotion instantanée qu'a développé Molière induit une autre originalité radicale de son théâtre : à chaque instant de ses comédies, tout et n'importe quoi peut arriver, sans que ces bifurcations inattendues n'atténuent en rien la continuité du flux affectif ni l'impression de vérité, de naturel et de profondeur. La plupart des grands dramaturges (voyez Shakespeare) s'appuient sur des lignes de force narratives qui rendent plus ou moins prévisible, au moins dans quelques phases cruciales de la pièce, l'enchaînement des événements, des réactions, des sentiments. Les autres adoptent un parti pris de fantaisie débridée dont l'artifice même les contraint de renoncer à toute authenticité immédiate (émotionnelle, psychologique ou plus généralement humaine), au profit d'éclairages indirects, métaphoriques ou symboliques (voyez Jarry ou Ionesco). Personne n'a su, comme Molière, créer des pièces, tout à la fois entièrement composées d'instants de réactions émotionnelles imprévisibles et donnant pourtant une impression d'une tension dramatique continue porteuse, qui plus est, de vérités profondes.

Le plus souvent, les auteurs de théâtre conçoivent chaque scène en fonction de celles qui l'ont précédée, comme un effet de ce qui s'est passé *avant*. Molière, lui, les imagine en vue de créer les circonstances les plus fécondes pour faire monter les enchères dans celles qui vont suivre : il vise ainsi à assurer l'intensité maximale de ce qui va arriver *après*. Il amène alors le spectateur à anticiper, pendant qu'il assiste à une scène, les conséquences qu'elle risque d'avoir dans les suivantes, avec une certaine appréhension, où l'angoisse et l'amusement ont également leur part. On objectera qu'il n'est pas le premier ni le dernier auteur attentif à ménager le suspense, la montée de la tension dramatique. C'est, bien sûr, évident, à ceci près que Molière, lui, au moment même où il nous pousse à nous interroger sur les suites potentiellement désastreuses de la situation dont il nous rend témoins, fait tout pour que nous soyons dépourvus de tout indice qui nous permettrait d'anticiper les réactions ultérieures des personnages.

Ainsi, après la scène où Tartuffe a presque violé Elmire, le public se projette avec anxiété sur le moment où Orgon reviendra et sur les réactions qu'il aura en apprenant combien celui en qui il a mis toute sa foi et sa confiance l'a trahi. Mais, en raison même de la soumission aveugle dont il a fait preuve jusqu'ici, il est impossible de prévoir quel parti il prendra.

C'est le côté bateleur, voire camelot, de Molière. Il nous vend, à grand renfort de promesses, les moments clés qu'il nous annonce, mais veille à ce que nous ne puissions rien en savoir. Il se sert des partenaires et des répliques du héros pour mettre celui-ci dans une situation dont il ne pourra pas sortir, mais à l'intérieur de laquelle ses réactions seront susceptibles de changer de façon imprévisible, à la manière, si j'ose dire, d'un savon moussant qui nous échappe des mains.

C'est par exemple le cas dans *Les Femmes savantes*, au moment où Henriette est parvenue à piquer Clitandre à sa sœur aînée : le public sait qu'il va y avoir une discussion houleuse entre Armande et lui, mais il est d'autant plus impatient d'y assister qu'il n'a aucun moyen d'en deviner la teneur, encore moins l'issue. D'une manière générale, les grandes scènes de Molière sont presque toujours habitées par celle qu'elles préparent et qui va leur succéder.

Incognito

Louis XIV assiste, incognito, debout, s'appuyant les coudes sur le dossier de la chaise préparée pour lui au Louvre, le 26 octobre 1660, à une représentation de *L'Étourdi* suivi des *Précieuses ridicules*. Le cardinal est alité.

Inconscience

C'est celle de ce maître sculpteur Henri Allouard qui, pour l'Exposition universelle de 1889, présenta une fabuleuse sculpture de pierre : *La Mort de Molière* ! On y découvre Molière sur son fauteuil dans une bouleversante tenue, chemise en dentelle ouverte, la tête légèrement inclinée, sur le côté gauche, perruque bouclée d'un romantisme d'une élégance qui touche, qui émeut, qui tire les larmes. Le coussin, le drap, rien n'y manque. C'est une merveille. Réellement. Indiscutable. Comme l'est la totale inconscience de celui qui, par ce chef-d'œuvre, et c'en est un, trahit celui qu'il prétend honorer. Molière est mort dans son lit ! Non sur scène, comme le laisse entendre Allouard, qui croit en voir la preuve dans la rumeur selon laquelle Molière portait encore ses chaussures lorsque la mort vint le faucher. Le bras qui pend le long du fauteuil est admirable de réalisme. Les bras en tombent aussi de notre côté devant tant de talent au service d'une mystification inconsciente.

In-12

La première édition complète de l'œuvre de Molière parut en 1682, grâce à La Grange : huit volumes *in-12*.

Inégalité

On a fait la remarque à maintes reprises du temps même de Molière, de son vivant : il y a, dans ses pièces, une étrange succession de moments forts et de passages plus faibles ; des scènes d'une perfection, d'une maîtrise absolue, sont suivies parfois de scènes paresseuses, vides d'intérêt, complètement désuètes, en un mot bâclées. La Grange, dans la préface de la fameuse édition de 1682, donne une explication : « Ce qui était cause de cette inégalité dans ses ouvrages, dont quelques-uns semblent négligés en comparaison des autres, c'est qu'il était obligé d'assujettir son génie à des sujets qu'on lui prescrivait », autrement dit de se plier à produire des pièces de commande. La Grange ajoute : « Et avec une très grande précipitation de travailler soit par les ordres du roi, soit par la nécessité des affaires de la Troupe », donc d'écrire à toute vitesse telle comédie qui va remplir les caisses après un bide noir comme *Dom Juan*, par exemple. L'explication est insuffisante. La Grange ne pouvait fournir la raison de cette disparité : Molière, comme Guitry, comme Chaplin, comme Pagnol, écrit pour ses acteurs. S'il se sent redevable à certains de leur concocter des rôles à la mesure de leur talent, il se juge contraint d'en faire autant pour ceux de sa Troupe qui sont moins perfectibles. D'où parfois des scènes intercalaires pour des acteurs qui confirment l'adage : à comédien médiocre, scène médiocre.

Ingratitude

Le père Bouhours dénonce celle des Français. Le jésuite féru de littérature, grammairien habile, qui décédera trente ans plus tard au début du XVIIIe siècle, aura courageusement écrit sur la disparition de Molière :

« Tu réformas, et la ville, et la cour ;
Mais quelle en fut la récompense !
Les Français rougiront un jour
De leur peu de reconnaissance. »

Mon père, rassurez-vous, les Français ont fait davantage ! Ils ont missionné un traître incompétent pour mystifier la postérité en le chargeant d'inventer de toutes pièces une biographie truffée d'erreurs, de fausses vérités, de trahisons, et de faire croire à une soumission et à l'État et à la Foi totalement imaginaire ! Grimarest s'est déshonoré. Et les autorités de l'école républicaine aussi méritent le bonnet d'âne pour avoir imposé aux professeurs de baser leur enseignement sur cette biographie mensongère dénoncée en son temps par Boileau lui-même !!! Les élèves obéissants ont donc à leur tour colporté ce tissu d'inepties ! Toute autre biographie pour un siècle fut d'ailleurs interdite. La cause était entendue ! Faute de son vivant d'avoir pu museler Molière, on entendait en réinventer un autre après sa mort. Un Molière bien conforme aux règles étatiques, religieuses, et même artistiques. Le crime aurait été presque parfait si ne s'était dressé, pour défendre Molière et rétablir la vérité, authentifier son véritable visage, celui d'un résistant d'un courage inouï au XVIIe siècle luttant seul et défiant tous les pouvoirs, son avocat prodigieux et insoumis : son œuvre !

Interdiction

Elle lie Molière et Cyrano. Les pièces *Agrippine* en 1656 et *Tartuffe* en 1664 interdites toutes deux. Quant aux interdictions que Molière lui-même s'est infligées, elles auront été suivies d'effets. Interdiction de boire plus qu'il ne faut. L'alcool n'a pas eu sur Molière l'influence néfaste qu'il a eu sur certains de ses amis, qui n'ont jamais réussi à l'entraîner dans leurs beuveries. Si Poquelin y a gagné une santé de fer et s'est épargné de nombreuses roustes, Molière par contre y a perdu sans doute un côté shakespearien bien arrosé, à la Falstaff. Il manque à son répertoire une grande figure d'ivrogne dont le fagotier Sganarelle du *Médecin malgré lui* n'est qu'une pâle esquisse. Que de regrets en imaginant la comédie réjouissante qu'eût été *Sganarelle ou l'Ivrogne malgré lui* !

Interpréter Molière

Les illustrations de l'art des émotions en perpétuel renouvellement sont innombrables dans les pièces de Molière, qui y puisent leur dynamique. Par exemple, dans le dialogue qui ouvre *Le Misanthrope*, quand Philinte tente de faire admettre à Alceste que sa haine ne saurait englober tous les hommes sans exception, celui-ci change trois fois d'émotions en un seul vers, qui exprime pourtant une unique et simple idée : « Non, elle est générale, et je hais tous les hommes. » Trois émotions, donc : d'abord la fureur à l'égard de Philinte (« Non ! ») ; puis, tout à coup, une sorte de prise de conscience porteuse d'une douleur intense (« elle est générale ») ; enfin, une froideur soudaine qui s'empare de lui et qui le met à distance de tous les autres (« et je hais tous les hommes »).

Voilà pourquoi il est tellement difficile d'interpréter du Molière. D'autant qu'on ne devrait même pas parler d'interprétation dans ce cas. L'interprétation suppose, en effet, d'une part un point de vue original, éclairant, synthétique qui relie les diverses strates du texte et, d'autre part, des façons de l'exprimer qui la fassent partager au public. S'il est requis de donner une interprétation, ainsi comprise, des tragédies de Corneille ou Racine, dans la mesure où l'acteur y est au service du texte dont on attend justement de lui qu'il en soit seulement l'interprète, il en va tout autrement dès qu'il s'agit de Molière. Dans ses pièces, ce n'est pas le texte qui demande à être interprété, parce qu'il n'y a qu'une seule manière juste de le dire (naturelle, simple, sobre, droite, directe) ; ce que l'on doit apporter, ce sont les émotions toujours changeantes qui révèlent ce que les personnages cachent derrière leur discours.

Certes, les personnages de Molière ne parlent pas pour ne rien dire mais, bien souvent, *ils parlent pour dire rien* !!! J'entends par là que leurs paroles, loin d'exprimer l'émotion qu'ils éprouvent, visent à la masquer, la dissimuler aux autres personnages. Jouer Molière n'est donc pas une question d'interprétation, c'est une question de sensibilisation ! L'actrice ou l'acteur qui prend en charge un rôle de Molière doit être une sensibilité présente et changeante à chaque instant, en relation directe avec ce que le personnage s'efforce de rendre imperceptible à ses interlocuteurs. La comédienne ou le comédien donne ainsi une incarnation à la vie sensible sous-jacente qui libère l'énergie créatrice des dialogues, leurs significations profondes et en dévoilent la source géniale. Alors le public ne décroche pas une seconde tant il est captivé non pas, encore une fois, par le texte, mais par le renouvellement imprévisible et révélateur des émotions qui le transfigurent.

Le fait que, chez Molière, toute l'énergie et la profondeur de ses pièces soient dans l'ici et maintenant du sentiment explique que, si l'acteur loupe une seconde d'émotion du héros qu'il incarne, il est perdu. L'effet de la scène se dilue. Les spectateurs ne sont plus emportés par le tourbillon des retournements incessants d'humeur du personnage. C'est un défi permanent. Notamment dans *Les Femmes savantes*, où l'on est confronté à une sorte de château de cartes qui s'abattent à des rythmes perpétuellement changeants les unes derrière les autres. Du coup, il est extrêmement délicat de trouver le bon *tempo* à chaque instant, raison pour laquelle il est exceptionnel que la pièce marche vraiment. Alors que c'est l'une des plus belles de son auteur. Elle est, en quelque sorte, à Molière, ce que *Le Jeu de l'amour et du hasard* est à Marivaux.

Jouer Molière, c'est être en permanence *sur l'instant*. Chaque vers, chaque formule, presque chaque mot, chaque geste, chaque regard, chaque sourire, chaque soupir appelle une interprétation instantanée et différente de toutes celles qui suivent ou précèdent. *Jouer un héros, une héroïne de Molière exige de l'interpréter mille fois en une seule représentation.* C'est pour ça que Robert Hirsch, qui savait le faire avec génie, ne supportait pas qu'on bouge autour de lui ou qu'on veuille lui imposer une interprétation d'ensemble. Il était tout entier dans la recréation immédiate de chaque instant, dans le rythme exact qui lui donnait toute sa portée.

À cet égard, le personnage d'Alceste pose un problème très particulier : car s'il change lui aussi à chaque instant d'émotions, il reste toujours le même, tout en se découvrant avec stupéfaction, de moment en moment, des affects auxquels il ne s'attendait nullement. On comprend que ce rôle soit si dur à interpréter, puisque l'acteur doit y faire jouer ensemble trois dispositions *a priori* peu compatibles : la capacité à imposer pendant toute la pièce le caractère inchangé du personnage ; le talent de varier les émotions à chaque instant dans un rythme absolument exact ; le courage d'une sensibilité qui accepte de se montrer et de se découvrir elle-même, différente à chaque représentation.

Intrigue

L'intrigue se bâtissait dans le théâtre antique jusqu'à la Renaissance non pas en cinq actes, mais en trois, elle est donc ternaire.

Protase, épitase et catastrophe.

Expectatio, gesta, exitus.

Ivrogne

Molière a pourvu son Frankenstein, son Charlot, sa créature Sganarelle de qualités comiques dont l'une est naturellement la tendance à l'ivrognerie. Chapelle l'a inspiré ! Ce bâtard est fils adultérin d'un haut magistrat qui finit par le reconnaître, Luillier, fortuné, cultivé, et bien sûr libertin engagé. Sa mère n'est pas non plus n'importe qui. C'est elle qui en Hollande accompagnera Descartes dans ses derniers moments. Elle est aussi la sœur passionnée de Son Excellence l'ambassadeur de France en Suède. Marie Chanut mit au monde secrètement le bébé, au cœur du village nommé La Chapelle. D'où ce nom pour le bambin Claude Emmanuel, qui le gardera.

Au collège de Clermont, il n'a pas la langue dans sa poche et s'attache au clan Gassendi. Il ne cesse de se rendre à l'étranger, mène lui aussi une vie de patachon, en ayant les moyens, et ne laissera jamais celle qui va l'accompagner chaudement toute sa vie, soixante années tout de même – 1626-1686 –, celle qui sera sœur nocturne de sa philosophie diurne, sa chère ivrognerie.

Molière ne le laissera jamais choir. À Auteuil, il lui fait chambrée. Et tel Lucien Guitry qui s'éclatait avec son clan en son hôtel particulier, ses amis juifs Feydeau, Courteline, Porto-Riche, Tristan Bernard, Molière qui, lui, selon la légende, en reste au lait pour toute ivresse (on est sûr au moins que, s'il lui arrivait de boire autre chose, c'était toujours avec sobriété) lève le verre parmi ceux bien remplis de son clan, dont Lully et Chapelle sont au premier rang. Allant même une nuit bien arrosée jusqu'à se foutre à l'eau, pour en finir de cette vie inutile noyés dans la Seine. Ressortis de là par la maisonnée, les ivrognes en viennent aux poings, aux cris, aux pieds, aux crachats, au crêpage. Molière les calmera en leur conseillant tant qu'à faire de se noyer de jour pour donner encore plus d'éclat à ce geste salutaire pour la meute des curieux qui ne manquera pas alors de se former et d'apprécier. Sganarelle et Chapelle même combat : gifler la vie. Pour l'ivresse de vivre en défiant la mort !

J

Jardins

La maison de la rue des Jardins était la demeure d'un mercier. Au coin de la rue des Jardins. Sise paroisse Saint-Paul. Tout proche du Jeu de paume de la Croix-Noire où l'Illustre-Théâtre va jouer et perdre. Le fantôme de Rabelais erre là où il est décédé, dans la maison d'à côté.

Jeu de moi

Molière aura vécu en tout près de quarante ans, trente-huit exactement, sur cinquante et un, à Paris. Comme un pion dans un jeu de l'oie, il y sera même passé par la case « Prison ». Alors parcourons les cases de vie de Jean-Baptiste Poquelin locataire.

Case 1. Pour le départ de sa vie : le Pavillon des singes : il y naît.

Case 2. La maison de l'Image Saint-Christophe en 1633. Il a 11 ans à peine quand son père l'achète et 20 quand ils s'y installent.

Case 3. La maison Béjart. Proche du Théâtre du Marais, 6, rue de la Perle. Il va y signer le 30 juin 1643 le contrat de création de l'Illustre-Théâtre, sous le nom de Molière. Il a 21 ans.

Case 4. La maison de la rue des Jardins. Il s'y trouve pour être au plus près du Jeu de paume de la Croix-Noire. Là se produit l'Illustre-Théâtre. Nous sommes en 1645.

Case 5. La maison du Jeu de paume des Métayers. Il croit réussir à bâtir une salle de théâtre avec loges, galeries, et les commodités attenantes, mais il échoue. Entrée rue de Seine, l'autre sur les Fossés-de-Nesle.

Case 6. Le Jeu de paume de la Croix-Noire. Au port Saint-Paul, aujourd'hui quai des Célestins. Il installe la nouvelle salle plus ample, mais c'est l'insuccès et la justice s'en mêle fin janvier 1645.

Case 7. La maison de l'Image Saint-Germain. De retour à Paris, il va y loger pour être cette fois près du Théâtre du Petit-Bourbon. Les comédiens louent pour s'y loger à un garde du corps de la reine de 1658 à 1659. Ici meurt Joseph Béjart.

Case 8. La maison de la Noble-Épine. Un choix momentané en cette année 1659-1660. Elle, sise quai de l'École. Plus grande, elle permet d'y répéter de jour.

Case 9. Le corps de garde du Palais-Royal pour une année lumineuse : chacun a sa maison. Huit en tout. L'ensemble trace de la rue Saint-Thomas-du-Louvre à la rue Fromenteau, et est la réservation des ouvriers et gardes du roi. Madeleine grâce à Modène loue quatre pièces assez vastes pour s'y loger avec Molière. Ils passent directement de chez eux à la scène du Théâtre du Palais-Royal.

Case 10. Le destin cette fois agit pour le « drôle » de couple. Pour cinq années, de 1661 à 1665, celles où Armande prise dans la toile tissée par sa mère l'araignée Béjart Madeleine va servir de proie à la mouche Molière. Elle devient cette fleur séduisante prête à être promise. Pour rassurer aussi Modène de plus en plus rigide. C'est la maison de Daquin, ce médecin ordinaire du roi Louis. Henri Daquin qui vient élever dans la cour du Carrousel une solide bâtisse : plusieurs caves et greniers et entre terre et ciel, pierres et toiture trois étages, dix pièces, aux cuisines avenantes. Molière se pose enfin, pense-t-il. Tout lui réussit. Le Louvre ne devient-il pas son Louvre ? Sa Majesté du Théâtre-Français, n'est-ce pas lui ? Pour parfaire ce film italien digne des comédies réjouissantes des Risi, Scola, Fellini ou De Sica, ne dirait-on pas « Pain, Amour et... Comédies », lorsqu'on s'amuse à imaginer Molière et Armande fraîchement mariés au deuxième étage et Madeleine soupant, elle, avec Modène jusqu'au petit matin à l'étage du dessus, au troisième !!!

Case 11. Le destin rebat les cartes ! Il a fini de rire. Obligé de quitter les lieux, Daquin pousse Molière dehors et toute la mêlée Poquelin Béjart va atterrir pour un an provisoirement dans une instable maison Millet, toujours proche puisque rue Saint-Thomas-du-Louvre, mais trop repliée. Le corps de logis devenant prétexte à d'incessantes querelles entre la porte cochère, où s'entassent les puanteurs jetées là, et la petite cour où tout crie, tout court, tout vole et tout casse.

Case 12. Ce n'est pas le paradis qui attend cette fois Molière au retour chez lui, dirait-on, puisque cette maison d'apothicaire du roi, Brulon en question, jouxte celle de Daquin. Mais il y fera bon vivre, et surtout y écrire. Car ces années d'or de 1666, où naît *Le Misanthrope*, jusqu'en 1672, où son œuvre est au bout, Molière habite là entroupé ! Ses enfants, ses comédiens l'entourent. Voraces, ils l'obligent à ne jamais se relâcher, à travailler avec acharnement pour sa vraie famille à leurs yeux : sa Troupe. Il croise les de Brie au deuxième étage et se mêle de les séparer lorsque leurs échauffourées le dérangent. Il se croit obligé de s'enquérir auprès de Geneviève Béjart de conseils dont il n'a que faire au cinquième, où il monte consciencieusement chaque aurore et trouve ainsi prétexte à redescendre en passant l'air de rien à l'étage du dessous, où Madeleine finaude laisse toujours entrebâillée la porte pour bien signifier que Modène n'y est pas. Lorsque enfin il est revenu au troisième, où s'équilibre et la maison et sa tâche d'auteur, c'est Armande qui va le faire redescendre aux réalités terre à terre de la vie de famille, qui elle n'est pas toujours une comédie et finit forcément en drames. C'est pendant ces six années-là que Molière atteint le sommet de son œuvre et la cime de sa vie. C'est aussi là que, sans qu'on l'y ait invitée, une intruse va s'imposer et ne pas repartir seule : la Faucheuse.

Case 13. Le prétexte d'une nouvelle naissance chez les Poquelin est fallacieux. Molière se laisse embobiner par Armande, qui ne supporte plus de vivre dans ce qu'elle baptise « un logis de mort ». Elle veut fuir enceinte dans une maison de vie et croit la tenir enfin loin du fantôme de sa mère. Et contre toute attente, les Poquelin louent au valet de la Chambre de la reine, René Baudellet, tailleur de son état, son avenante demeure rue de Richelieu. Tout y est accueillant. Voire praticable. Caves hautes, cuisine ample, des entresols par quatre où loger un locataire imprévu et les débarras de la Troupe. Un demi-grenier certes, mais une bienveillante remise de carrosses au cas où Sa Majesté elle-même viendrait à passer là ! Et Dieu merci pour Molière, deux étages séparés. Le sien pour y encrer et celui d'Armande et du futur nourrisson. Mais c'est dans un guet-apens méticuleusement ficelé par la Faucheuse qu'est tombé Molière. Ce sera la maison du malheur. Louis le bébé malgré son parrain, Louis XIV lui-même, y mourra. Et Molière quatre mois plus tard y crèvera, trahi par tous, le 21 février 1673. Le jeu de moi de Molière comme le jeu de l'oie se joue à plusieurs. Et d'autres cases s'y intercalent aussi :

Celle de la prison
Celles des tournées
Celles des théâtres
Celles des maîtresses
Celles des amis
Celles des traîtres
Celles des maladies
Celles des succès
Celles des échecs
Celles des interdits
Celles des récompenses
Celles des renoncements
Celles de Paris
Celles de l'argent

Et les quatre dernières cases : celle de la Mort, celle de la Comédie-Française, celle de la Postérité et celle de la Gloire.

Celle de la Mort est celle du « allez directement sur la case de la Mort pour y être assassiné, jeté à la fosse commune à l'annexe de l'église Saint-Eustache où vous serez bouffé par les chiens ».

Allez, courage, encore un coup de dés ! Ah ! Vous êtes tombé sur la case « Comédie-Française » ! Votre dernière maison, la Maison de Molière, ben dites donc il en aura fallu du temps, sept ans après la mort ! Pour sauter d'une case à l'autre ! De 1673 à 1680 ! Évidemment, en votre absence, seule votre œuvre parlera pour vous ! On n'aura même pas la dignité, à la Comédie-Française, de mettre dans le hall d'entrée du public votre statue, mais celle de Voltaire : quelle énième trahison ! La vôtre, qu'elle reste donc rue de Richelieu pour servir de tarmac aux chiures de pigeon, coincée entre deux rues en langue de vipère.

Et votre œuvre, parlons-en ! Elle restera ligotée et bâillonnée quatre siècles durant par une Troupe qui aura attendu les libérateurs extérieurs à votre prétendue maison pour enfin se mettre à l'unisson des Jean Vilar, Louis Jouvet, Jean-Louis Barrault, Lucien Guitry, Roger Planchon, Patrice Chéreau, Antoine Vitez, Jean Danet, Marcel Maréchal, Jacques Weber, Daniel Benoin, Jean-Pierre Vincent, qui eurent le courage d'enfin faire jouer et faire vivre vos chefs-d'œuvre à nu décrottés de cette crasse pompeuse, figée, théâtreuse et superficielle, guignolant vos plus grands combats pour n'en faire que des divertissements bourgeois dépassés, sans âme, sans ombre, sans vérité. Chapeau à Robert Hirsch et Jacques Charon, Jean Meyer et Jean-Paul Roussillon et Jean-Luc Boutté, Catherine Hiegel et Denis Podalydes d'avoir tout dépoussiéré et tout griffé.

Pour éviter de passer à la case « Postérité », où vous n'avez rien à foutre puisque ce pays d'hypocrites, où les Tartuffe auront toujours la parole, ne vous aura même pas admis au Panthéon, où cette ville qui vous doit tant n'a même pas de station de métro Molière, sautez cette fois à pieds joints sur la case qui vous est réservée, la plus pure, la plus nue aussi, celle de la Gloire. Vous ne parviendrez pas à vous y maintenir debout, car elle est déjà pleine de ces millions de jeunes qui l'occupent dans le monde entier. Eux ne peuvent pas vous échapper et leur apprentissage de vie, de l'enfance à l'adolescence, passe forcément par vous ! Et c'est elle cette jeunesse du monde qui est votre gloire et qui, elle, ne cessera de vous faire sauter en l'air. Ces millions de bras chaque jour vous rendent le plus bel hommage qui soit : ils vous redécouvrent, ils vous réinventent. Ils vous applaudissent. Ils vous aiment, monsieur Molière.

Jouvet, Louis

Pour rendre hommage en un seul acteur aux milliers de comédiens du monde entier, dans toutes leurs langues depuis quatre siècles ayant joué, célébré, magnifié et fait triompher Molière, à ceux qui lui ont consacré même toute leur vie avec respect, ferveur et humilité, j'ai choisi la plus grande figure de tous, la légende Louis Jouvet. C'eût été, pour William Shakespeare, Laurence Olivier. Pour Tchekhov, Constantin Stanislavski.

Des biographies remarquables, envoûtantes et vibrantes lui ont été consacrées. Il était hors de propos d'y rajouter ma sauce alors que j'ai connu et aimé un grand nombre de celles et de ceux qui sur scène, à l'écran ou dans la vie ont été ses plus proches partenaires, élèves ou intimes. J'ai voulu y réfléchir pendant les deux années d'écriture sur l'échiquier de ce *Dictionnaire amoureux* pour évoquer son roi, son patron : Jouvet.

J'y renonçais. Mais Claude Capelier joua le rôle d'Heurtebise durant ces années de travail solitaire que je m'étais jurées pour donner à ce dictionnaire la réelle force d'un point de vue sur tout, les pièces, et la vie, qui soit un seul regard et non une mêlée d'opinions pour un consensus.

Claude Capelier ne m'a jamais trahi et, comme l'éditeur lumière qu'il est, m'a fait jeter ou m'a fait poursuivre ce qu'il jugeait digne ou pas. Neuf ou banal. Futile ou saisissant. Il m'a porté jusqu'au bout me fustigeant sans cesse tel Jouvet, justement, motivant ses élèves !

La traversée du miroir Molière, je la lui dois.

Louis Jouvet a, en réalité, libéré Molière de sa prison à perpétuité, la Comédie-Française. Comment a-t-il pu arriver qu'il devienne l'otage de l'institution qui était son héritière directe ? La raison en échappa à tout le monde pendant trois siècles, jusqu'au moment où le Patron allait, par un regard nouveau qui le rapprochait du Molière des origines, rendre sa liberté à l'auteur de *L'École des femmes*.

Certes, Poquelin écrivait bien pour la Troupe, tentant, avec quel talent, de donner à chaque artiste un rôle pour le mettre en valeur. Ses comédies offraient un trésor de scènes où les comédiens avaient, pour ainsi dire, chacun de quoi manger, des morceaux de bravoure à foison. Mais un accident de jeu survint, que nul n'aurait imaginé, et dont Poquelin lui-même n'avait sans doute pas prévu qu'il puisse avoir tant de conséquences. Qu'est-il arrivé de si incroyable et qui allait révolutionner l'histoire de l'art dramatique ? Molière ! Oui, Molière le comédien, cette fois, et non pas Poquelin l'auteur : car Molière l'acteur allait dévorer ses pièces, en tenant avec un génie si éblouissant les rôles qu'il s'y attribuait qu'il faisait passer au second plan tous ses partenaires. Sa présence écrasante et son inventivité débordante, dont il jouait avec maestria, en venaient même à étendre leur ombre sur l'œuvre elle-même, tant le public et les membres de la Troupe étaient bluffés par ce qu'il faisait sur scène. On pense à Charlie Chaplin en Charlot, lui aussi tellement immense que tout disparaissait derrière lui. Or, la Troupe de la Comédie-Française crut bon de remettre la pièce en avant et, pour cela, d'éviter à tout prix qu'elle ne soit dominée par le rôle-titre. Cette option se voulait la marque d'une approche respectueuse des chefs-d'œuvre du plus grand dramaturge français. On voulait domestiquer l'ego des histrions pour le soumettre à ce qu'on croyait être la suprématie du texte. Ce choix en apparence modeste et raisonnable fut, paradoxalement, une méprise dramatique !

L'acteur de génie et le génie de l'acteur ainsi mis à l'écart, Molière rentrait dans l'ombre ! La Troupe, désormais homogène, empâta l'œuvre au fil des siècles. Les comédies sombrèrent dans l'illusion d'un rythme préfabriqué et convenu, d'une éloquence pompeuse ou d'une fausse légèreté stéréotypée, servies par tous les sociétaires, jouant de la même façon indigeste.

Ni Talma, ni Rachel, ni même Sarah, piteuse Dorine, ne réussirent à sauver Molière. Il fallut Jouvet.

Directeur du Théâtre de l'Athénée comme Molière l'était de celui du Palais-Royal, patron de Troupe comme Molière, mettant en scène ses comédiens comme Molière les siens, Louis Jouvet se permit donc... de tout ramener à lui ! Et il domina tout ! En Arnolphe, dans *L'École des femmes*. En Tartuffe, face à Pierre Renoir qu'il avait choisi pour tenir le rôle d'Orgon. Et bientôt, en Don Juan. Il renouait ainsi avec l'art de la recréation par l'acteur qu'avait inauguré Molière, même si l'on a tout lieu de penser qu'il le faisait avec des moyens et une personnalité à l'opposé de ceux de son inspirateur.

D'ailleurs, il n'hésitait pas à en user comme il l'entendait, quitte à renverser les rôles. Quand Molière jouait Sganarelle dans *Dom Juan*, c'était évidemment lui qui était au centre et faisait passer Don Juan au second plan, en figure de libertin diabolique, à l'image du prince de Conti, frère du Grand Condé. Mais Jouvet, en Don Juan, reprit à son compte le rôle-titre et le révolutionna : ce n'était plus un infâme séducteur, un blasphémateur criminel heureusement puni par le ciel, mais un Hamlet français ! Défiant les mensonges, les lâchetés, les hypocrisies, les ignominies d'une société haïssable. Jouvet venait de retourner la pièce en la « shakespearisant » carrément ! Mais en écrasant tous ses partenaires, comme Molière !

Son triomphe ouvrait la porte de toute l'œuvre qui, grâce à ce coup de maître, allait enfin être réinventée, purifiée, et rendue à ce dont elle n'aurait jamais dû être dépouillée : sa puissance dramatique, son potentiel scénique révolutionnaire, l'habileté avec laquelle elle défie toutes les règles, sa grandeur humaniste.

J'ai eu la chance de partager sur scène des instants de grâce avec d'anciens partenaires du Patron. Avenue Montaigne, nous étions ce soir-là en train de refaire le monde avec François Perier. Entre un souvenir avec Simone Signoret et une évocation d'Édith Piaf, il me raconta, avec un fond d'angoisse sous son ton amusé et perplexe, que Jouvet, qui restait pour lui une rencontre décisive, lui avait un jour interdit de jouer, dans le *Dom Juan* de Molière, quelque rôle que ce soit. François Perier objecta qu'il ne voyait pas pourquoi il obéirait à un « ordre » de ce genre. À quoi Jouvet rétorqua : « La pièce est maudite. Elle porte malheur ! » Jamais François Perier, admirable comédien, n'osa passer outre l'avertissement du Patron.

J'ai joué *Dom Juan* à la Comédie-Française, je l'ai mis en scène et rejoué avec la Troupe de France, tout comme chez Barrault au Rond-Point. Je dois avouer que la malédiction a frappé chaque fois (il y eut un mort à chaque distribution). Mais comment ne pas la défier, pour l'honneur de notre métier, pour Molière ?

Jouvet fut autant Don Juan sur scène que dans la vie. Et le ciel le lui fit payer ! Le 21 septembre 1942, il faillit mourir dans les flammes de l'incendie du Théâtre argentin. On ne peut s'empêcher d'être touché par la foudre de l'infarctus qui allait emporter Jouvet.

Après Jouvet, l'avenir réservera à Molière ce que Jouvet ne cessait de clamer à ses élèves du Conservatoire : qu'une femme, enfin, s'empare de l'œuvre de Molière et la parfume d'une générosité et d'une émotion nouvelles. Ce sera fait au XXIe siècle, Patron, on vous le jure !

K

Kankonacréequoi

Quand les pièces de Molière ont-elles été jouées pour la première fois ?

1 *La Jalousie du Barbouillé* – 1654 en province
2 *L'Étourdi* – 1653 en province – 1658 à Paris
3 *Le Dépit amoureux* – 1656 en province – 1658 à Paris
4 *Les Précieuses ridicules* – 18 novembre 1659
5 *Le Médecin volant* – 1660
6 *Sganarelle ou le Cocu imaginaire* – 28 mai 1660
7 *Dom Garcie de Navarre* – 4 février 1661
8 *L'École des maris* – 24 juin 1661
9 *Les Fâcheux* – 17 août 1661
10 *L'École des femmes* – 26 décembre 1662
11 *La Critique de L'École des femmes* – 1er juin 1663
12 *L'Impromptu de Versailles* – 14 octobre 1663
13 *Le Mariage forcé* – 29 janvier 1664
14 *La Princesse d'Élide* – 8 mai 1664
15 *Dom Juan* – 15 février 1665
16 *L'Amour médecin* – 14 septembre 1665
17 *Le Misanthrope* – 4 juin 1666

18 *Le Médecin malgré lui* – 6 août 1666
19 *Mélicerte* – 2 décembre 1666
20 *Le Sicilien ou l'Amour peintre* – 14 février 1667
21 *Tartuffe* – 5 août 1667
22 *Amphitryon* – 13 janvier 1668
23 *George Dandin* – 18 juillet 1668
24 *L'Avare* – 9 septembre 1668
25 *Monsieur de Pourceaugnac* – 6 octobre 1669
26 *Les Amants magnifiques* – 4 février 1670
27 *Le Bourgeois gentilhomme* – 14 octobre 1670
28 *Psyché* – 17 janvier 1671
29 *Les Fourberies de Scapin* – 24 mai 1671
30 *La Comtesse d'Escarbagnas* – 2 décembre 1671
31 *Les Femmes savantes* – 11 mars 1672
32 *Le Malade imaginaire* – 10 février 1673

Kiadiquoi

Qui a dit quoi ? Le théâtre n'est pas seulement un plaisir, du rire aux larmes, il est aussi un art. L'art de dire tout haut ce que tout le monde pense tout bas mais n'ose avouer. Le théâtre est donc à sa manière une politique efficace, car elle reste gravée pour l'éternité. Les rois, les empereurs, les présidents, les papes, le tyran, le héros, tout meurt. Mais pas le théâtre car, contrairement à d'autres arts figés dans leur temps, lui est sans cesse renaissant, remonté, revisité, reconstruit, recorrigé, revivifié, rebousculé, réinventé, reproposé, et redécouvert. Des répliques, des tirades, des mots, même des silences nous parlent autrement et ne nous touchent pas au même endroit du cœur, nous griffent l'âme là où depuis des siècles ils ne faisaient que l'effleurer. Et voici un florilège, pour jouer au Kiadiquoi, puisque ce plaisir et cet art savent aussi être un jeu.

Amour

« L'absence de ce qu'on aime,
Quelque peu qu'elle dure, a toujours trop duré. »
Amphitryon, *Amphitryon.*

« Il faut retrancher de la vie
Ce qu'on en pense sans aimer. »
Fêtes de Versailles, 1668.

« Plus on aime quelqu'un, moins il faut qu'on le flatte
À ne rien pardonner, le pur amour éclate. »
Alceste, *Le Misanthrope.*

« L'amour est un sot qui ne sait ce qu'il dit. »
Mascarille, *Le Dépit amoureux.*

« Un soupir, un regard, une simple rougeur
Un silence est assez pour expliquer un cœur
Tout parle dans l'amour. »
Done Elvire, *Dom Garcie de Navarre*
ou le Prince jaloux.

« L'amour rend inventif. »
Ergaste, *L'École des maris.*

« Il le faut avouer l'amour est un grand maître
Ce qu'on ne fut jamais il nous enseigne à l'être. »
Horace, *L'École des femmes.*

« Il n'y a en amour que les honteux qui perdent. »
Clitidas, *Les Amants magnifiques*.

« Les plus courtes erreurs sont toujours les meilleures. »
Anselme, *L'Étourdi ou les Contretemps*.

« La plupart des femmes aujourd'hui se laissent prendre par les oreilles. »
Moron, *La Princesse d'Élide*.

« C'est un méchant moyen de se faire aimer de quelqu'un que de lui faire violence. »
Angélique, *Le Malade imaginaire*.

« J'aime que ceux qui m'aiment rendent ce qu'ils doivent au sexe. »
Comtesse d'Escarbagnas,
La Comtesse d'Escarbagnas.

« J'aime la liberté en amour… »
Don Juan, *Dom Juan ou le Festin de pierre*.

« C'est ainsi qu'un amant dont l'amour est extrême
Aime jusqu'aux défauts des personnes qu'il aime. »
Éliante, *Le Misanthrope*.

« Quand vous saurez aimer comme il faut que l'on aime. »
Elvire, *Dom Garcie de Navarre ou le Prince jaloux*.

« Le mieux reçu toujours n'est pas le plus chéri. »
Éraste, *Le Dépit amoureux*.

« Je suis sûre que vous m'aimez, mais je ne le suis pas que vous m'aimiez toujours. »
Hyacinthe, *Les Fourberies de Scapin*.

« Adieu, beau tison de ma flamme. »
Marinette, *Le Dépit amoureux*.

« Elle est détestable parce qu'elle est détestable. »
Le Marquis, *La Critique de l'École des femmes*.

« On sait que la chair est fragile quelquefois
Et qu'une fille, enfin, n'est ni caillou ni bois. »
Mascarille, *Le Dépit amoureux*.

« Votre œil en tapinois me dérobe mon cœur
Au voleur ! au voleur ! au voleur ! au voleur ! »
Mascarille, *Les Précieuses ridicules*.

« Vous le voyez, mon cœur, ce que c'est que d'aimer. »
Mélicerte, *Mélicerte*.

« Enfin ce grand débat qui s'allume entre nous
Est de saisir s'il faut qu'un amant soit jaloux. »
Orante, *Les Fâcheux*.

« J'ai méprisé tous ceux qui m'ont aimée
Et j'aimerais le seul qui me méprise. »
Princesse d'Élide, *La Princesse d'Élide*.

« Plus j'ai les yeux sur vous, plus je m'en sens charmée. »
Psyché, *Psyché*.

« Tous les Gaulois du monde ensemble sont bien moins redoutables que deux beaux yeux pleins de charme. »
Sostrate, *Les Amants magnifiques*.

« Belle Marquise, vos beaux yeux me font mourir d'amour. »
M. Jourdain, *Le Bourgeois gentilhomme*.

Argent

« Hé, que nous servira d'avoir du bien, s'il ne nous vient que dans le temps que nous ne serons plus dans le bel âge d'en jouir. »
Cléante, *L'Avare*.

« Les femmes aiment surtout les dépenses qu'on fait pour elles. »
Dorante, *Le Bourgeois gentilhomme*.

« Ô fortune ! Quelle est ton inconstance ! »
Mascarille, *Les Précieuses ridicules*.

« La mort n'a pas toujours les oreilles ouvertes aux vœux et aux prières de MM. les héritiers. »
Géronte, *Le Médecin malgré lui*.

« Il est riche en vertu, cela vaut des trésors. »
Chrysale, *Les Femmes savantes*.

« Il n'est rien tel que ce qu'on tient. »
Géronte, *Le Médecin malgré lui*.

« L'or donne aux plus laids certains charmes pour plaire. »
Gorgibus, *Sganarelle ou le Cocu imaginaire.*

« Je veux faire pendre tout le monde, et si je ne retrouve mon argent, je me pendrai moi-même. »
Harpagon, *L'Avare.*

« La peste soit de l'avarice et des avaricieux. »
La Flèche, *L'Avare.*

Chien

« Un amant fait sa cour où s'attache son cœur
Il vient de tout le monde y gagner la faveur
Et, pour n'avoir personne à sa flamme contraire
Jusqu'au chien du logis il s'efforce de plaire. »
Henriette, *Les Femmes savantes.*

Disputes

« Ne savez-vous pas que les injures des amants n'offensent jamais… »
Dorante, *La Critique de l'École des femmes.*

« Ah ! Vous êtes dévot et vous vous emportez ! »
Dorine, *Tartuffe.*

« La femelle est ainsi que le lierre
Qui croît beau, tant qu'à l'arbre il se tient bien serré
Et ne profite point s'il en est séparé. »
La suivante, *Sganarelle ou le Cocu imaginaire.*

« La femme est en effet le potage de l'homme
Et quand un homme voit d'autres hommes parfois
Qui veulent dans sa soupe aller tremper leurs doigts
Il en montre aussitôt une colère extrême. »
Alain, *L'École des femmes*.

« Une femme qu'on garde est gagnée à demi. »
Ergaste, *L'École des maris*.

« C'est aimer froidement que n'être point jaloux. »
Climène, *Les Fâcheux*.

« Les jaloux, Madame, sont comme ceux qui perdent leur procès, ils ont permission de tout dire. »
Le vicomte, *La Comtesse d'Escarbagnas*.

« Des amants que je fais me rendez-vous coupable ? »
Célimène, *Le Misanthrope*.

« Mais si vous prenez, vous, du plaisir à vous voir aimée, savez-vous bien, moi qui vous aime, que je n'y en prends nullement. »
Don Pèdre, *Le Sicilien ou l'Amour peintre*.

« Et je vous verrais nu du haut jusques en bas
Que toute votre peau ne me tenterait pas. »
Dorine, *Tartuffe*.

« Ce n'est point mon humeur de faire des éclats. »
Elmire, *Tartuffe*.

« Avoir l'audace de m'aimer et ne plus avoir l'audace de me le dire... »
Ériphile, *Les Amants magnifiques*.

« Ah ! Vous me faites peur et tout mon sang se fige. »
Georgette, *L'École des femmes.*

« Toujours de la dispute ! »
Gorgibus, *La Jalousie du Barbouillé.*

« Sommes-nous chez les Turcs pour enfermer les femmes ? »
Lisette, *L'École des maris.*

« En une âme bien faite
Le mépris suit de près la faveur qu'on rejette. »
Lucile, *Le Dépit amoureux.*

« Il me plaît être battue. »
Martine, *Le Médecin malgré lui.*

« La poule ne doit point chanter devant le coq. »
Martine, *Les Femmes savantes.*

« Quand nous serons à dix, nous ferons une croix. »
Mascarille, *L'Étourdi ou les Contretemps.*

« Tenez, Monsieur, battez-moi plutôt, et me laissez rire tout mon soûl, cela me fera plus de bien. »
Nicole, *Le Bourgeois gentilhomme.*

« Cinq ou six coups de bâton entre gens qui s'aiment ne font que ragaillardir l'affection. »
Sganarelle, *Le Médecin malgré lui.*

« L'ami du genre humain n'est pas du tout mon fait. »
Alceste, *Le Misanthrope.*

« Les grimaces d'amour ressemblent fort à la vérité et j'ai vu de grands comédiens là-dessus. »
Toinette, *Le Malade imaginaire.*

« Elle fait des tableaux couvrir les nudités
Mais elle a de l'amour pour les réalités. »
Célimène, *Le Misanthrope.*

« Mon Dieu ! Le plus souvent l'apparence déçoit.
Il ne faut pas toujours juger sur ce qu'on voit. »
Mme Pernelle, *Tartuffe.*

« On ne voit pas les cœurs. »
Alceste, *Le Misanthrope.*

« Ah, pour être dévot, je n'en suis pas moins homme. »
Tartuffe, *Tartuffe.*

« Les envieux mourront, mais non jamais l'envie. »
Mme Pernelle, *Tartuffe.*

« L'hypocrisie est un vice à la mode et tous les vices à la mode passent pour vertus. »
Don Juan, *Dom Juan ou le Festin de pierre.*

« Contre la médisance il n'est point de rempart. »
Cléante, *Tartuffe.*

« Trop de perversité règne au siècle où nous sommes
Et je veux me tirer du commerce des hommes. »
Alceste, *Le Misanthrope*.

« À sot compliment, il faut une réponse de même. »
Harpagon, *L'Avare*.

« Moi, pourvu que je puisse être au petit couché
Je n'ai point d'autre affaire où je sois attaché. »
Clitandre, *Le Misanthrope*.

« Je parlais de vous encore ce matin dans la Chambre du roi. »
Dorante, *Le Bourgeois gentilhomme*.

« Je te cherchais partout pour te rendre un service. »
Ergaste, *L'Étourdi ou les Contretemps*.

« Quoi, Monsieur sait du grec ? Ah, permettez, de grâce
Que pour l'amour du grec, Monsieur, on vous embrasse ! »
Philaminte, *Les Femmes savantes*.

« Un partage avec Jupiter
N'a rien du tout qui déshonore. »
Jupiter, *Amphitryon*.

« Tout ce que je souhaiterais serait de savoir cinq ou six grands mots de médecine, pour parer mon discours... »
Léandre, *Le Médecin malgré lui*.

« Testiguienne... parce que vous êtes Monsieur, vous viendrez caresser nos femmes à notre barbe ? Allez-vous-en caresser des vôtres ! »
Pierrot, *Dom Juan ou le Festin de pierre.*

« Et ce n'est pas pécher que pécher en silence. »
Tartuffe, *Tartuffe.*

« Je suis ravi, Madame, que vous me concédiez la grâce d'embrasser Monsieur le Comte votre fils. On ne peut pas aimer le tronc, qu'on n'aime aussi les branches. »
Tibaudier, *La Comtesse d'Escarbagnas.*

France

« Il faudrait être l'antilope de la maison pour ne pas confesser que Paris est le plus grand bureau des merveilles, le centre du bon goût, du bel esprit et de la galanterie. »
Madelon, *Les Précieuses ridicules.*

« Où auraient-ils appris à vivre ! ? Ils n'ont point fait de voyage à Paris. »
Julie, *La Comtesse d'Escarbagnas.*

« Français de nation, grec de profession. »
Cartides, *Les Fâcheux.*

« Je sais comme je parle et le ciel voit mon cœur. »
Cléante, *Tartuffe.*

« Et l'on voit une solitude effroyable aux grands ouvrages, lorsque des sottises ont tout Paris. Je vous avoue que le cœur m'en saigne quelquefois ; et cela est honteux pour la France. »

Lysidas, *La Critique de l'École des femmes.*

« Tous les malheurs des hommes, tous les revers funestes dont les histoires sont remplies, les bévues des politiques, et les manquements des grands capitaines, tout cela n'est venu que faute de savoir danser. »

Maître à danser, *Le Bourgeois gentilhomme.*

« Au diable soit la sotte ville, et les sottes gens qui y sont. »

Pourceaugnac, *Monsieur de Pourceaugnac.*

Intelligence

« La beauté du visage est un frêle ornement,
Une fleur passagère, un éclat d'un moment,
Et qui n'est attaché qu'à la simple épiderme,
Mais celle de l'esprit est inhérente et ferme. »

Philaminte, *Les Femmes savantes.*

« Il y en a beaucoup que le trop d'esprit gâte. »

Dorante, *La Critique de l'École des femmes.*

« Nos pères sur ce point étaient gens bien sensés,
Qui disaient qu'une femme en sait toujours assez
Quand la capacité de son esprit se hausse
À connaître un pourpoint d'avec un haut-de-chausses. »

Chrysade, *Les Femmes savantes.*

« Tous les grands hommes ont toujours du caprice,
Quelque petit grain de folie mêlé à leur science. »
Valère, *Le Médecin malgré lui*.

« Tout esprit n'est pas composé d'une étoffe
Qui se trouve taillée à faire un philosophe. »
Henriette, *Les Femmes savantes*.

« Mais j'aimerais mieux être au rang des ignorants
Que de me voir savant comme certaines gens. »
Clitandre, *Les Femmes savantes*.

« La science ne se mesure pas à la barbe. »
Lisette, *L'Amour médecin*.

« Un sot qui ne dit mot ne se distingue pas d'un savant qui se tait. »
Métaphraste, *Le Dépit amoureux*.

« Et c'est mon sentiment qu'en fait, comme en propos,
La science est sujette à faire de grands sots. »
Clitandre, *Les Femmes savantes*.

« Toujours au plus grand nombre on doit s'accommoder. »
Ariste, *L'École des maris*.

« Mon Dieu, je sais l'art de traire les hommes. »
Frosine, *L'Avare*.

« Il y a plus de quarante ans que je dis de la prose sans que j'en susse rien. »
Jourdain, *Le Bourgeois gentilhomme*.

« Tout le secret des armes ne consiste qu'en deux choses, à donner et à ne point recevoir. »
Maître d'armes, *Le Bourgeois gentilhomme*.

« Tout ce qui n'est point prose est vers, et tout ce qui n'est point vers est prose. »
Maître de philosophie, *Le Bourgeois gentilhomme*.

Ivresse

« Qu'ils sont doux,
Bouteille jolie,
Qu'ils sont doux,
Tes jolis glouglous. »
Mascarille, *Le Médecin malgré lui*.

« Il n'est ni vin, ni temps, qui puisse être fatal
À remplir le devoir de l'amour conjugal. »
Cléanthis, *Amphitryon*.

« Et, pour fermer chez vous l'entrée à la douleur
De vingt verres de vin entourez votre cœur. »
Gros-René, *Sganarelle ou le Cocu imaginaire*.

« L'âge amènera tout, et ce n'est pas le temps, Madame, comme on sait, d'être prude à 20 ans. »
Célimène, *Le Misanthrope*.

« Tout le plaisir de l'amour est dans le changement. »
Don Juan, *Dom Juan ou le Festin de pierre*.

« Lorsqu'on veut donner de l'amour, on court risque d'en recevoir. »
Cynthie, *La Princesse d'Élide*.

« On oublie aisément les fautes des enfants, lorsqu'ils rentrent dans leur devoir. »
Harpagon, *L'Avare*.

« Et tu crois que de toi je ferais mon galant ?
Un mari, passe encor ; tel qu'il est, on le prend ;
On n'y va pas chercher tant de cérémonie :
Mais il faut qu'un galant soit fait à faire envie. »
Marinette, *Le Dépit amoureux*.

« La sagesse
De la jeunesse,
C'est de savoir jouir de ses appas. »
Le Prologue, *Psyché*.

« Vous êtes un sot en trois lettres, mon fils. »
Mme Pernelle, *Tartuffe*.

« La jeunesse est sotte, et parfois la vieillesse. »
Sganarelle, *L'École des maris*.

« Il nous faut en riant instruire la jeunesse,
Reprendre ses défauts avec grande douceur,

Et du nom de vertu ne lui point faire de peur. »
Ariste, *L'École des maris*.

« Toutes les serrures et les verrous du monde ne retiennent point les personnes. »
Climène, *Le Sicilien ou l'Amour peintre*.

« Et j'ai, ne vous déplaise, un corps tout comme une âme. »
Clitandre, *Les Femmes savantes*.

« C'est de l'hébreu pour moi, je n'y puis rien comprendre. »
Lélie, *L'Étourdi ou les Contretemps*.

« Que tous ces jeunes fous me paraissent fâcheux. »
Léonor, *L'École des maris*.

« Et c'est une folie à nulle autre seconde
De vouloir se mêler de corriger le monde. »
Philinte, *Le Misanthrope*.

Justice

« Bon droit a besoin d'aide. »
Tibaudier, *La Comtesse d'Escarbagnas*.

« Les coups de bâton d'un dieu
Font honneur à qui les endure. »
Mercure, *Amphitryon*.

« Voilà qui m'étonne, qu'en ce pays-ci les formes de la justice ne soient point observées.

Oui, je vous l'ai déjà dit, ils commencent ici par faire pendre un homme, et puis ils lui font son procès. »

Pourceaugnac/Sbrigani, *Monsieur de Pourceaugnac.*

« J'aurais une douleur extrême qu'une personne que j'ai chérie tendrement devînt un exemple funeste de la justice du Ciel. »

Elvire, *Dom Juan ou le Festin de pierre.*

« Lorsque dans un haut rang, on a l'heur de paraître,
Tout ce qu'on fait est toujours bel et bon. »

Mercure, *Amphitryon.*

« On n'a pas besoin de lumière quand on est conduit par le ciel. »

Statue du Commandeur, *Dom Juan ou le Festin de pierre.*

Maris et femmes

« Je trouve le Mariage une chose tout à fait choquante. Comment est-ce qu'on peut souffrir la pensée de coucher contre un homme vraiment nu ? »

Cathos, *Les Précieuses ridicules.*

« Plus que l'on ne croit le nom d'époux engage,
Et l'amour est souvent un fruit du mariage. »

Gorgibus, *Sganarelle ou le Cocu imaginaire.*

« Il est bien difficile enfin d'être fidèle
À de certains maris faits d'un certain modèle. »

Dorine, *Tartuffe.*

« La faiblesse humaine est d'avoir
Des curiosités d'apprendre
Ce qu'on ne voudrait pas savoir. »
Sosie, *Amphitryon*.

« Épouser une sotte est pour n'être point sot. »
Arnolphe, *L'École des femmes*.

« ... les verrous et les grilles
Ne font pas la vertu des femmes et des filles. »
Ariste, *L'École des maris*.

« Vous ne savez pas ce que c'est qu'un mari qu'on aime tendrement. »
Béline, *Le Malade imaginaire*.

« Lorsqu'on a, comme moi, épousé une méchante femme, le meilleur parti qu'on puisse prendre, c'est de s'aller jeter dans l'eau la tête la première. »
George Dandin, *George Dandin ou le Mari confondu*.

« Les femmes enfin ne valent pas le diable. »
Gros-René, *Le Dépit amoureux*.

« Un mari est un emplâtre qui guérit tous les maux des filles. »
Jacqueline, *Le Médecin malgré lui*.

« C'est à elle à m'obéir, et je sais me montrer le maître. »
Oronte, *Monsieur de Pourceaugnac*.

« Oui, son mari, vous dis-je, et mari très marri. »
Sganarelle, *Sganarelle ou le Cocu imaginaire*.

« Je ne veux point porter de cornes, si je puis. »
Sganarelle, *L'École des maris*.

Parents

« Voilà où les jeunes gens sont réduits par la maudite avarice des pères ; et on s'étonne, après cela, que les fils souhaitent qu'ils meurent. »
Cléante, *L'Avare*.

« La naissance n'est rien où la vertu n'est pas. »
Don Louis, *Dom Juan ou le Festin de pierre*.

« Ah ! Il n'y a plus d'enfants. »
Argan, *Le Malade imaginaire*.

« Que diable allait-il faire dans cette galère ? »
Géronte, *Les Fourberies de Scapin*.

« Comment, mon père, comme vous voilà fait ! »
Lucile, *Le Bourgeois gentilhomme*.

« Que veux-tu que je fasse contre l'autorité d'un père ? »
Lucinde, *L'Amour médecin*.

« Ah ! mon père, ce que vous dites là est du dernier bourgeois. »
Madelon, *Les Précieuses ridicules*.

« C'est une étrange affaire, lorsque, pour être heureuse, il faut souhaiter ou attendre le trépas de quelqu'un… »
Mariane, *L'Avare*.

« On n’y respecte rien, chacun y parle haut, Et c’est tout justement la cour du roi Pétaut. »
Mme Pernelle, *Tartuffe*.

« Je veux garder mon bien et ma fille pour moi. »
Sganarelle, *L’Amour médecin*.

Raseurs

« Le défaut des auteurs, dans leurs productions,
C’est d’en tyranniser les conversations. »
Vadius, *Les Femmes savantes*.

« Ne point aller chercher ce qu’on fait dans la lune,
Et vous mêler un peu de ce qu’on fait chez vous. »
Chrysale, *Les Femmes savantes*.

« Ne paraissez point si savant, de grâce ;
Humanisez votre discours, et parlez pour être entendu. »
Dorante, *La Critique de l’École des femmes*.

« Et moi, je vous soutiens que mes vers sont fort bons. »
Oronte, *Le Misanthrope*.

Salauds

« Il est de faux dévots ainsi que de faux braves. »
Cléante, *Tartuffe*.

« L’homme est, je vous l’avoue, un méchant animal. »
Orgon, *Tartuffe*.

« Que voulez-vous donc faire, Monsieur, de quatre médecins ?

N'est-ce pas assez d'un pour tuer une personne ? »

Lisette, *L'Amour médecin.*

« Le pauvre homme… »

Orgon, *Tartuffe.*

« Voilà un de mes étonnements, comme il est possible qu'il y ait des fourbes comme cela dans le monde. »

Sbrigani, *Monsieur de Pourceaugnac.*

Théâtre

« Le devoir de la comédie est de corriger les hommes en les divertissant. »

Molière, premier placet sur *Tartuffe.*

« Ceux qui parlent le plus des règles, et qui les savent mieux que les autres, font des comédies que personne ne trouve belles. »

Uranie, *La Critique de l'École des femmes.*

« Il vaut mieux mourir selon les règles, que de réchapper contre les règles. »

M. Bahys, *L'Amour médecin.*

« Lorsque pour rire, on s'assemble,
Les plus sages, ce me semble,
Sont ceux qui sont les plus fous. »

Un Masque, *Monsieur de Pourceaugnac.*

« Il est bien plus facile de tromper les gens que de les faire rire. »

Clitidas, *Les Amants magnifiques.*

« C’est une étrange entreprise que celle de faire rire les honnêtes gens. »
Dorante, *La Critique de l’École des femmes.*

« Les sottises ne divertissent point. »
Argan, *Le Malade imaginaire.*

« Je me fierais assez à l’approbation du parterre. »
Dorante, *La Critique de l’École des femmes.*

« Il fait noir comme dans un four ; le ciel s’est habillé ce soir en scaramouche. »
Hali, *Le Sicilien ou l’Amour peintre.*

« Ah ! Les étranges animaux à conduire que des comédiens ! »
Molière, *L’Impromptu de Versailles.*

« C’est une étrange chose de vous autres messieurs les poètes, que vous condamniez toujours les pièces où tout le monde court, et ne disiez jamais du bien que de celles où personne ne va. »
Uranie, *La Critique de l’École des femmes.*

Vivre

« Dans ce monde il faut vivre d’adresse. »
L’Étourdi ou les Contretemps.

« Vivre sans aimer n’est pas proprement vivre. »
Cynthie, *La Princesse d’Élide.*

« C’est la beauté qui commence de plaire,
Mais la douceur achève de charmer. »
Le Prologue, *Psyché.*

« Un bonheur continu rendrait l'homme superbe,
Et chacun à son tour, comme dit le proverbe. »
Arnolphe, *L'École des femmes.*

« Je hais ces cœurs pusillanimes qui, pour trop prévoir les suites des choses, n'osent rien entreprendre. »
Scapin, *Les Fourberies de Scapin.*

« Il y a des personnes qui se rendent ridicules pour vouloir avoir trop d'honneur. »
Dorante, *La Critique de l'École des femmes.*

« Je vais sortir d'un gouffre où triomphent les vices ;
Et chercher sur la terre un endroit écarté
Où d'être homme d'honneur on ait la liberté. »
Alceste, *Le Misanthrope.*

« Il vaut mieux encore être marié que mort. »
Scapin, *Les Fourberies de Scapin.*

« Il est vrai qu'à la mode il faut m'assujettir ;
Et ce n'est pas pour moi que je dois me vêtir ! »
Sganarelle, *L'École des maris.*

« Eh ! Monsieur, mon cher maître, il est si doux de vivre !
On ne meurt qu'une fois ; et c'est pour si longtemps ! »
Mascarille, *Le Dépit amoureux.*

« On n'a point pour la mort de dispense de Rome. »
Anselme, *L'Étourdi ou les Contretemps.*

« Sans la science, la vie est presque une image de la mort. »
Le maître de philosophie, *Le Bourgeois gentilhomme.*

« Je vis de bonne soupe, et non de beau langage. »
Chrysale, *Les Femmes savantes.*

« J'ai de l'inquiétude et non pas de la faim. »
Lélie, *Sganarelle ou le Cocu imaginaire.*

« Et si tous les hommes apprenaient la musique, ne serait-ce pas le moyen de s'accorder ensemble, et de voir dans le monde la paix universelle ? »
Le maître de musique, *Le Bourgeois gentilhomme.*

« J'aime mieux, n'en déplaise à la gloire,
Vivre au monde deux jours, que mille ans dans l'Histoire. »
Moron, *La Princesse d'Élide.*

« Et moi, qu'on me porte au bout de la table, en attendant que je meure. »
Scapin, *Les Fourberies de Scapin.*

« Quoi que puisse dire Aristote, et toute la philosophie, il n'est rien d'égal au tabac. »
Sganarelle, *Dom Juan ou le Festin de pierre.*

Qui est qui ? Molière, qu'on surnomme « le Peintre », brosse-t-il ses portraits d'après nature ? Certains l'ont cru avec véhémence. Les uns ulcérés et humiliés, d'autres flattés et conquis. Le duc de La Feuillade est certain de se reconnaître dans Lélie, cet « Étourdi » dont on rit. Sans plaisanter aucunement, il interpelle Louis XIV lui-même, pour tâter l'éventuelle réaction de Sa Majesté s'il faisait assassiner Molière discrètement ! Le ton semble à la limite de l'ironie, mais Dieu merci le roi rétorque de même : « La Feuillade, je vous entends... Je vous demande la grâce de Molière. » Le duc se soumet à la volonté royale, mais qu'en eût-il été si Louis XIV était resté muet ? Molière de son côté en remet une couche ! Cette fois chacun pense au même La Feuillade dans le marquis grotesque de *La Critique de l'École des femmes*, qui s'esclaffe : « Ah ! Ma foi, oui, tarte à la crème ! Voilà ce que j'avais remarqué tantôt : tarte à la crème ! » Tombant nez à nez avec Molière, le duc en traîtrise lui agrippe avec une violence inouïe la perruque et lui abattant la nuque frotte violemment le visage de Poquelin contre les boutons de diamant de son pourpoint qui lui égratignent la face jusqu'au sang, en hurlant : « Tarte à la crème ! Tarte à la crème ! Molière ! Tarte à la crème ! » Molière se redresse sans dire un mot. L'attroupement se fait. On apprécie le geste fulgurant du duc, qui se fait chaudement féliciter par la grappe de courtisans, tandis que Molière s'éloigne comme il peut. L'affaire fera grand bruit. Le roi remettra sèchement La Feuillade à sa place, mais le mal était fait. Le cas inverse se produit aussi. Qui est qui en flatte d'autres. Tel M. de Montpensier, qui se reconnaîtra en Alceste, fier de cet honneur qu'il n'oubliera pas. La cour se gausse de désigner à chaque pièce le vrai modèle qui se cache derrière tel rôle. Le chevalier de Grammont serait

Sganarelle, car il aurait lui aussi été contraint d'épouser, la lame de l'épée sous sa gorge. Mais si la cour s'en amuse, la médecine et la religion, elles, ne plaisanteront pas. S'en vengeront, et même jusqu'au crime.

Kifaikoi

Plus de trois cent cinquante rôles dont une vingtaine sont depuis quatre siècles si célébrés qu'ils sont non seulement plus vivants que jamais, mais qu'ils caméléonisent à chaque époque ! Alceste au XVIIe est bien différent de l'atrabilaire amoureux du XVIIIe encore contraire même au Misanthrope XIXe. On a tant écrit, tant déliré, tant boursouflé sur chacune des légendes que l'avenir qui les attend surprendra toutes les générations futures dans la facture comme dans le fond qu'on leur découvrira plus riche sans cesse. Ils finiront par se surprendre eux-mêmes ! Parce qu'ils sont si vrais à la fin du compte que comme la vérité ils évoluent ! Agnès, Alceste, Alcmène, Amphitryon, Argan, Orgon, Elvire, Don Juan, Célimène, Arsinoé, Cathos, Madelon, Jourdain et George Dandin, Armande, Tartuffe, Trissotin, Dorimène, Dorante, Elmire, Dorine, Frosine, Gorgibus, Sganarelle, Scapin, Henriette, Horace, Arnolphe, Zerbinette, Oronte, Philaminte, Psyché, Sosie, Covielle, Toinette, ils sont tous là comme Harpagon et la statue du Commandeur, et les autres, toute la meute est là !

Acaste, *Le Misanthrope*
Rôle ingrat, car il est en quelque sorte dans le chef-d'œuvre le sel et le poivre avec son répondant Clitandre, de la salade Molière où chaque ingrédient

du chef-d'œuvre est à sa place dans la recette de cette salade non pas niçoise mais finalement salade versaillaise ! La salade, c'est Alceste et ses diatribes, ses salades continuelles, les anchois pour donner du goût Éliante, le vinaigre l'acide Arsinoé, l'huile qui s'accommode de tout Philinte, les œufs Célimène si appétissante, la moutarde Oronte qui veut tout emporter et jusqu'aux herbes Dubois le Garde et Basque éparpillées par-ci, par-là. On aimerait qu'Acaste soit poivré pour donner plus d'esprit à son propos. Mais c'est Clitandre qui l'est, car c'est lui la petite teigne aiguë et hypocrite. Il pue le courtisan de bas étage qui d'ailleurs au règlement de compte final jouera les Fouquier-Tinville avec jouissance, beurk ! Non, Acaste est, lui, sel. D'un seul goût, presque fade tant sa prétention de marquis qui se juge supérieur à tout, et à tous surtout, est couronnée en plus d'une misogynie écœurante de morveux qui ne mérite qu'un coup de pied au cul puisqu'une gifle serait lui faire trop d'honneur. Il fait le pari de se taper Célimène non seulement pour prendre le pas sur Alceste, mais surtout pour remettre à sa place Clitandre qu'il doit humilier de petite mauviette comme injure. Comme la plupart des marquis de cour qui pissaient dans les couloirs mêmes de Versailles, sur les coins de murs comme à même les pans de rideaux et tentures, Acaste moralement urine sur chacun. La classe, quoi !

Adraste, *Le Sicilien ou l'Amour peintre*

Son valet Hali le soutient pour qu'il parvienne à choper la place d'un vrai peintre commis pour le portrait de la splendide Isidore ! Du coup Adraste, chien fou à qui rien ne résiste, enlève la pulpeuse pour lui éviter un mariage débile. Le gentilhomme français est un peu convenu mais n'est pas venu faire le con, ne plaisante pas et allant jusqu'au bout participe aussi avec succès à cette comédie sans prétention comme sans grand intérêt, fruit d'une commande précipitée à Molière, et dont la seule qualité est d'être, comme l'héroïne, enlevée !

Agnès

Comme tous les mythes, on se retrouve face à un arc-en-ciel de points de vue qui va dans tous les sens du meilleur au pire. Qui passe par toutes les couleurs d'avis des plus précieux, des plus sensés aux pires bêtises. D'imbuvables soi-disant dossiers pédagogiques, dignes du bonnet d'âne pour exégètes, discourent à coups de formule banale sur un domaine – le théâtre –, dont ils ne font pas partie et auquel ils ne pigent rien. Tels des Karl Marx ou des Freud décortiquant une encyclopédie du football ou de la pêche ! En gros, quand on évoque Agnès, on peut lire : « Ingénue type du Théâtre-Français, la pupille du barbon Arnolphe, élevée dans une totale ignorance, s'éprend du jeune Horace en toute innocence, invente les ruses juvéniles pour servir cet amour. » Tout est faux et tout est à contresens ! Et rien ne tient debout ! Agnès n'est pas une ingénue comme le sont des centaines de jeunes premières dans les milliers d'œuvres classiques du XVIIe au XVIIIe ! Le génie de Molière et ce qui fait de ce rôle l'un des trente plus beaux rôles de femmes du Théâtre-Français et donc des dix plus grands en comédie, c'est que justement elle n'est pas une de ces figures convenues théâtreuses d'un emploi d'ingénue ! Emploi qui se résume pour la comédienne à être sans relief ! Sans caractère ! Sans saute d'humeur ! Sans originalité ! Sans instinct ! Sans rareté ! Et en un mot sans génie ! Sans sexe, donc pure naïve vierge innocente. Dépassée comme toujours par ce qui lui arrive et dont elle ne porte aucune responsabilité si ce n'est justement d'être fraîche, jeune et belle. Suivant la couleur de la comédie en question, rouge vif, rouge carmin, rouge sang, rose pale, rose pourpre ou autre, Agnès est sur l'échelle de l'intelligence de la bêtise crasse jusqu'au bon sens en passant par la naïveté, par la soumission, par la révolte à deux sous, ou rarement par la panique et la colère ou la peur. Molière avec Agnès réussit en comédie ce que Shakespeare a, lui, achevé admirablement en drame avec Juliette. Un diamant. Un rôle de légende. Ils ont chacun révolutionné le rôle de jeune première. Ils ont apporté enfin aux actrices non pas un rôle de théâtre, mais un rôle de femme, de vraie petite femme dans la vraie vie. Ce qu'au cinéma von Sternberg avec Marlene Dietrich dans *L'Ange bleu* a réussi. Sortant enfin la femme de cette insupportable cage à oiseau idiot, de cette image débile de la femme du cinéma muet potiche de service, aux yeux noircis, à la bouche luisante et aux tenues mille fois vues. Ce que Billy Wilder a réussi aussi avec Marilyn Monroe dans *Certains l'aiment chaud*, où jamais une actrice n'avait tant embrasé l'écran de son sex-appeal, de son charme décalé et irrésistible comme en France Roger Vadim le fit avec BB, Brigitte Bardot, dans *Et Dieu créa la femme*. Molière le fit avec Agnès de *L'École des femmes*. En partant d'une idée de génie : tout prendre à contre-pied ! Après un premier acte où Arnolphe qui n'est pas un vieux barbon, mais au contraire il le précise lui-même, un homme de 42 ans qui a tenu prisonnière en fait une proie idéale, une vierge qu'il dépeint innocente, comme totale inculte, sa prisonnière est enfermée donc uniquement pour son plaisir à lui ! Comme il ne va pas discuter de quoi que ce soit avec cette petite idiote, ni de Sophocle ni de la formation des nuages ou des œufs de la vipère féconde, Agnès ne sera donc qu'une geisha, une putain, une esclave pour jouir. Mais, coup de théâtre, le public a la surprise d'apprendre par la révélation d'Horace à Arnolphe que l'Agnès en question est tout le contraire !!! C'est une sublime fille sexy, une Marlène, une BB, une Marilyn !!! Et là, la comédie peut exploser, être géniale, et permet ce qui va se passer, d'être magnifique, imprévue, osant toutes les audaces ! Faire hurler de rire, faire sourire, faire réfléchir, surprendre et soudain devenir noire, grise, délicate, touchante, bouleversante, déchirante. *L'École des femmes* est l'un des cinq chefs-d'œuvre de Molière, et Agnès le rôle sublime qui du jour au lendemain a ouvert la voie à un radical changement dans l'interprétation féminine au théâtre. Deux immenses génies, Shakespeare pour Juliette et donc ici Molière pour Agnès, ont donné un sexe, donc un corps, donc un désir, donc un amour en acte et non en paroles à la femme. Jouer un tel rôle est pour une actrice donner un sens, et le plus noble possible, à son métier, car c'en est un, et à son art, car c'est son but : séduire. Oui, Molière est le plus grand poète d'amour dramaturge français.

Albert, *Le Dépit amoureux*

Le papa de Lucile. Si peu d'intérêt qu'il n'existe même plus dans la version en deux actes.

Alcandre, *Les Fâcheux*
Un des dix casse-pieds qui retardent Éraste parti pour retrouver Orphise, l'élue de son cœur. Lui est affolé du duel qu'il a au-dessus de sa tête.

Alceste, *Le Misanthrope*
Le rôle d'une vie. Celle de Molière pour lui-même. Et celle de tout comédien qui en jouant ce rôle joue sa vie.

Alcippe, *Les Fâcheux*
Le jeu est sa passion et c'est l'un des dix emmerdeurs qui agrippent Éraste pour lui raconter leurs salades et l'empêcher du coup de rejoindre Orphise, sa bien-aimée. On peut agrémenter la composition du rôle par des gestes incessants soulignant chaque diatribe, chaque mot, chaque nom, chaque parole et à la fin mimant aussi tout ce qu'il dit.

Alcmène, *Amphitryon*
Un piège pour Armande qui allait lui être fatal. En effet l'épouse de Molière joue ici le rôle bipolaire d'une épouse qui attend fidèlement le retour de son mari, mais c'est Jupiter qui a pris les traits d'Amphitryon. Et Zeus va donc berner Alcmène et coucher avec elle. Lorsque le vrai Amphitryon revient, de quiproquo en quiproquo la comédie devient irrésistible sans cesser d'être élégante. Le rôle d'Alcmène va être pour Armande Béjart un moment clé, car Poquelin lui met dans les bras comme Jupiter Molière lui-même. Et il offre ainsi au public un duo qui va bien au-delà d'Alcmène-Jupiter et préfigure pour le public celui formé en réalité par Armande Béjart et Molière. On a l'impression d'assister à des scènes de ménage comme chez les Poquelin !

L'Amour, *Psyché*

Le dieu Amour lui-même accepte d'épouser Psyché. Mais en lui imposant comme deal qu'elle ne cherche jamais à voir son divin visage. Or, comme Orphée coupable de regarder Eurydice, Psyché ne respectera pas la parole donnée. L'Amour n'est donc pas à proprement parler un rôle, d'ailleurs hommes et femmes s'y sont succédé, mais une jolie composition irréelle. Qui peut joliment impressionner le public, par exemple, sans qu'aucun son sorte de ses lèvres, le comédien (ou la comédienne, donc) peut répéter aussi le texte de sa partenaire Psyché. L'effet est comme doit l'être le rôle lui-même, saisissant ! Ce que Baron fut à la création en 1668 où Armande, sa Psyché, lui tomba dans les bras, sur scène et dans la vie.

Amphitryon, *Amphitryon*

Il revient triomphant de la guerre et découvre qu'on a cru qu'il était déjà revenu sous la peau de Jupiter qui, prenant son apparence, s'est tout bonnement tapé divinement sa femme, la divine Alcmène ! Alors que faire contre un dieu ? Et en plus, Jupiter lui annonce la bonne nouvelle : Hercule sera le petit bébé qui va naître de ses amours divines ! Molière s'est-il ainsi souvenu de l'une des virées du roi Louis XIV, qui lui aussi laissera derrière lui de bien nombreux bâtards dont il eut quand même la classe d'en reconnaître un certain nombre frisant la dizaine ! La comédie est très originale et prétexte à de savoureux numéros d'acteurs, tel le duo cocasse de Sosie et Mercure. Mais le rôle d'Amphitryon est le plus ingrat, car il sert un peu la soupe à tous les autres, avec en plus le désavantage d'être cocu, certes, mais surtout sans réaction admise contre Jupiter. Tout tourne bien pour Alcmène finalement, mais tout tourne en rond un peu pour Amphitryon. Le rôle a de l'allure, de l'allant même mais pas davantage par rapport aux autres plus inattendus et drôles, eux !

Angélique, *La Jalousie du Barbouillé*

Épouse du Barbouillé, elle râle que son porc de mari l'abandonne toute seule chez eux comme on y laisse un chien. Comment la blâmer d'être infidèle ? C'est lui qui est infidèle à son devoir d'époux !

Angélique, *George Dandin ou le Mari confondu*

On peut, quand on est de mauvaise foi, la faire passer pour l'épouse coquette de ce brave bougre de George Dandin et lui donner tort d'être une femme mariée infidèle. Certes, c'est parce que Dandin est un riche paysan qu'elle l'a épousé. Mais, lui, qu'a-t-il fait pour rendre heureuse cette jeune femme qui ne demande qu'à vivre et qu'il traite plutôt comme une bonne à tout faire ? L'amour, des enfants et surtout ne jamais se divertir en somme ! Et si elle n'était pas fille de Mme et M. de Sottenville, aurait-il été jusqu'au mariage avec Angélique ? Le rôle est ambigu : est-elle garce ? Ou est-elle à la fin du compte un autre exemple de proie encagée ? Le rôle est en tout cas plus riche et diversifié qu'il n'y paraît. Il est comme Angélique : fantasque.

Angélique, *Le Malade imaginaire*

Son père, Argan, ce malade imaginaire égoïste comme pas deux, veut marier sa fille à un médecin pour en avoir un à lui à domicile. N'est-ce pas minable ? Elle est révoltée, car elle aime Cléante et refuse d'épouser ce crétin de Thomas Diafoirus, fils débile du docteur, qui roucoule auprès d'Argan en lui fourguant des médecines criminelles qui, elles, ne sont pas imaginaires et pourraient à la fin du compte le faire crever ! Angélique est un rôle très réussi, car lorsqu'elle croit son père mort elle fond en larmes, est désespérée et décide d'entrer au couvent. C'est assez pour qu'enfin touché et reconnaissant il la donne à Cléante avec joie.

Anselme, *L'Étourdi ou les Contretemps*
Pandolfe, le père de Lélie l'étourdi, est son ami et il a projeté de lui faire épouser Hippolyte sa fille. Aucun des deux enfants n'accepte, chacun aimant déjà ailleurs. Le rôle est ce qu'il est : nécessaire mais fuyant. On pourrait le qualifier d'utile présence.

Anselme, *L'Avare*
De son vrai nom Dom Thomas d'Alburcy, qu'on croit mort dans un naufrage, le seigneur Anselme est en réalité le père de deux jeunes gens, Valère amoureux de la fille d'Harpagon, la charmante Élise, et Mariane que l'avare veut acheter pour lui ! En plus, il est convenu justement avec Harpagon d'épouser Élise !!! Il abandonne ce projet fou de vieillard pour laisser la jeune proie convoler avec son fils, Valère. Anselme arrive comme un cheveu sur la soupe, mais le rôle fait énormément d'effets même s'il paraît au demeurant improbable.

Argan, *Le Malade imaginaire*
Sous prétexte que ce dingue qui s'imagine malade ingurgite fiole sur fiole et se fait purger plus qu'il ne faut, il voudrait aussi pousser l'ignominie de donner en mariage sa fille à un médecin pour en avoir un à demeure. Pourquoi pas Thomas Diafoirus, fils du docteur Diafoirus ? L'un de ces vautours qui viennent se remplir les poches chez Argan, ce veuf que seule console la médecine de ces charlatans ! Toinette la servante va lui ouvrir les yeux en tendant un piège à Béline, la seconde femme d'Argan. Elle qui évidemment n'en peut plus de lui et saute de joie quand elle le croit mort ! Argan s'étant plié au stratagème de Toinette.

Argan retrouve son bon sens paternel et donne sa fille à son véritable amoureux, Valère. Mais Argan ne retrouve pas ses esprits, et la cérémonie des médecins le nommant lui-même de la confrérie fait irrésistiblement penser à la turquerie de Jourdain. Argan est donc tragiquement le dernier rôle de Molière, qui ne l'aura joué que quatre fois. Ce rôle maudit qui ne lui aura rien apporté qu'une inattendue façon de tirer sa révérence : mourir en public, ou plutôt commencer à mourir. Puisqu'il n'est pas mort en scène ! La mort l'attendait patiemment chez lui, rue de Richelieu, à l'heure choisie dans le grand livre d'en haut !

Ariste, *L'École des maris*

Frère de Sganarelle qui croit tout obtenir de sa pupille en la tenant enfumée et sans aucune liberté, Ariste est plus pondéré, ouvert, prudent et réaliste. Il entend respecter la femme et l'union réelle ne peut naître que d'une compréhension commune. C'est ainsi qu'il va résoudre son problème. Alors que Sganarelle va payer cher son autorité stérile et ridicule. Ariste est un rôle de simple faire-valoir qui n'a pas d'autre fonction que de fournir à son frère de scène, Sganarelle, des occasions de faire rire et s'émouvoir les spectateurs. Son bon sens étant moins rigolo que l'hystérie cabotine de Sganarelle.

Ariste, *Les Femmes savantes*

Cette fois Molière voit juste en Ariste, le frère cent fois vu dans d'autres pièces et qui est censé pondérer la folie de son frangin soit cocu, soit tuteur borné, soit tout à la fois tyran et radin en tout genre. Ariste, frère de Chrysale, va le coacher pour lui donner la force enfin de tenir tête à son épouse, Philaminte, bornée, égoïste et prétentieuse femme qui s'imagine savante et n'est qu'une idiote qui joue à recevoir des ringards pédants et des poètes ridicules dans son salon. Mais Chrysale est indécrottable et, pour sauver toute la famille et démasquer Trissotin, ce Tartuffe de deuxième zone, Ariste applique un stratagème salvateur et efficace : il fait croire que la famille est ruinée. Tous y croient, Trissotin le premier qui, la queue entre les jambes, comme un loup fiche le camp ! Du coup, Ariste permet le mariage d'Henriette et Clitandre. Le rôle est subtil, tout en nuances et très payant pour un acteur en demi-teinte.

Aristione, *Les Amants magnifiques*

Cette princesse d'âge mûr laisse à sa fille, la superbe Ériphile, le choix entre deux princes, ce sont eux les amants magnifiques qui lui sont promis. Ériphile bien sûr n'en veut pas puisqu'elle est amoureuse folle du général de la cour, un héros à ses yeux. Mlle Béjart créa le rôle, on comprend pourquoi. Elle doit avoir non seulement un port de reine, mais une allure de femme libre.

Armande, *Les Femmes savantes*

Qui aime-t-elle vraiment, cette fille aînée de Philaminte et de Chrysale ? Son amoureux Clitandre ? Alors pourquoi l'a-t-elle rejeté ? Parce que sa mère l'a convaincue de donner sa vie corps et âme, de sacrifier sa jeunesse, les plus belles années de sa vie, à la pseudo-philosophie de ratés qui viennent embuer leur vie ? Non ! Parce que cette fille superbe, sinon Clitandre ne serait jamais tombé amoureux d'elle, a tout simplement été victime, comme le sera Camille d'*On ne badine pas avec l'amour* de Musset, d'une tyrannie maternelle, d'une médiocrité d'autorité paternelle inexistante, et qu'entre la lâcheté d'un père et l'égoïsme d'une mère qui veut sa fille aînée toute à elle, quitte à lui gâcher la vie, elle s'est fait avoir. Armande est la victime de cette pièce. Comprenez bien une chose : on intitule comédie, drame ou tragédie une œuvre. Ici en l'occurrence la pièce *Les Femmes savantes*. Bon d'accord, ici c'est une comédie pour le public. L'intitulé est toujours vis-à-vis du public. Mais à l'intérieur de l'œuvre pour chaque personnage, l'intrigue de la pièce n'est pas la même : pour certains, c'est une comédie. Pour d'autres, ce peut être un drame. Pour d'autres encore, une tragédie. Ce qui n'empêche pas que *Les Femmes savantes* reste une comédie, car il y a des drames qui font rire : exemple, un homme a passé une heure à faire ses courses, il a acheté un gâteau d'anniversaire pour sa fille de 10 ans, il glisse sur une peau de banane et splash ! Tout s'écroule et il tombe, écrase le gâteau et le reste. Nous, cela nous fait hurler de rire. Pour lui, c'est un drame. Eh bien, *Les Femmes savantes* sont pour Armande un drame, si au contraire pour Henriette, sa sœur cadette, c'est une comédie. Tout réussit à Henriette : elle pique Clitandre à sa sœur aînée, elle arrive à se sortir des griffes de Trissotin, que sa mère voulait lui faire épouser. Tout rate pour Armande : elle a perdu Clitandre, et elle perd même la face devant le ridicule de ces femmes savantes, sa mère, sa tante et elle. Tout s'écroule pour elle. Mais pourquoi ? Et là, Molière est plus qu'un auteur dramatique, il devient philosophe et vraiment ! Un savant homme ! Parce qu'il nous fait comprendre qu'Armande a tout gâché parce qu'elle n'a pas eu le courage de dire non. Non à sa mère. Non à ces minables pédants et à ces imposteurs Trissotin, Vadius et compagnie. Armande en a été punie. Alors quand Henriette, elle, a osé se révolter, elle a gagné. Le rôle d'Armande est remarquable. Et pour une actrice, c'est l'occasion de prouver une palette de jeu d'exception, allant du ridicule au pathétique. Chapeau, Molière ! Marivaux n'a pas fait mieux.

Arnolphe, *L'École des femmes*

Il revient à 42 ans chez lui dans cette maison où il tient prisonnière cette enfant de père inconnu dont il se dit tuteur, mais dont en réalité il n'est qu'un prédateur la destinant à devenir sa proie. Il n'y a pas d'autre jugement possible à porter sur ce monstre d'Arnolphe. À aucun moment cette ordure ne montre autre chose que le visage d'un manipulateur à froid. La preuve, il utilise un autre nom que le sien, se fait appeler M. de La Souche pour dissimuler son crime. Car c'en est un ! Celui de voler une vie. Celle d'Agnès. D'abord en lui volant une éducation qu'elle n'aura jamais eue pour faire d'elle une potiche sans culture et donc sans esprit, juste bonne à lui servir d'objet de jouissance, sexe et bonne à tout faire. Ensuite en la cloîtrant pour qu'elle ne sache rien, ni du monde, ni de sa beauté, ni de son histoire, ni des êtres qui la composent. Arnolphe pérore au début de la pièce, pense avoir parfaitement réussi son horrible plan depuis des années et pouvoir bientôt profiter de sa proie, mais arrive le jeune Horace, fils d'un ami. Il va être le grain de sable qui heureusement va tout faire échouer. Il a aperçu Agnès à son balcon et elle était si belle qu'il en tombe fou amoureux. Croisant Arnolphe par hasard, il lui raconte tout et Molière enclenche alors une succession de quiproquos ficelés imparablement qui font aller la comédie à toute allure. Horace a l'intention d'enlever la beauté, mais c'est Arnolphe qui s'en empare pour finalement tout perdre, lorsque au dénouement imprévu on découvre, par l'arrivée inopinée de son père disparu, l'identité de l'héroïne. Pourquoi donc cette comédie par moments très drôle, bouffonne même, voire caricaturale, est un chef-d'œuvre ? Pourquoi a-t-elle déclenché des réactions si violentes, outrancières, presque une affaire d'État ? Parce que c'en est une, en réalité. Molière a le courage de dénoncer la honteuse mainmise de l'éducation ou plutôt de la non-éducation religieuse qui, criminelle, fait de la femme une esclave sexuelle en réalité, une esclave intellectuelle qui n'a qu'une seule règle : obéir. Et ne servir qu'à procréer ou faire jouir. Au XXIe siècle, c'est encore ce qui se passe dans certains pays et sous pareilles dictatures masculines et religieuses comme politiques qui emprisonnent moralement les femmes et n'attendent qu'une chose d'elles, la soumission. Molière a donc été le premier à oser défier ce pouvoir-là et à refuser de s'y soumettre. Et son génie, c'est que la victime Agnès, alors qu'elle n'a donc rien reçu de la vie que ce martyre de recluse, va répondre à Arnolphe à coups de raisonnement tout à fait remarquable. Molière prouve que cette gosse ignare en sait plus sur la vie, sur l'amour, sur les hommes, sur le cœur et le monde que cette saleté d'Arnolphe ! Voilà la victoire d'Agnès et de Molière ! Prouver que même si on pense contraindre la femme, son esprit, lui, est libre et sa force emporte tout. Quelle victoire de la dignité humaine sur la haine. Merci, Molière ! Et il réussit même à finalement rendre à Arnolphe sa qualité d'être humain, car il réalise enfin le monstre qu'il a été et disparaît. Il n'y a pas de chef-d'œuvre au XVIIe plus décisif pour le combat des femmes. Encore aujourd'hui, représenter cette pièce *L'École des femmes* dans les pays auxquels l'on pense serait un scandale entraînant pour l'auteur, Molière, d'être condamné. Lapidé ou décapité ? Molière est donc toujours vivant, non ?

Barbouillé, *La Jalousie du Barbouillé*

Une farce à l'italienne de la première époque de Molière, peu avant l'éclosion de *L'Étourdi* à Lyon. Du Parc a créé le rôle en 1654. Il en avait la rondeur certes, mais aussi la saveur. Cette mauvaise foi du jaloux impénitent qui en fait tant que le public n'attend qu'une chose : qu'il soit puni ! Le canevas est déjà celui du futur « George

Dandin ». Barbouillé pressent que sa femme va le cocufier. Il a raison de sentir cela et ça lui pend au nez tant il est un insupportable balourd. Comme un idiot, il demande conseil à l'un de ces docteurs style *commedia dell'arte*, qui va lui servir un bla-bla sans fin et qui, dans l'esprit de Molière, n'a qu'un seul but et il y parvient, divertir. Dans la forme comme dans le fond. Le succès étant un premier encouragement d'aller plus loin et de pondre une vraie pièce, plus ample, plus fournie, plus travaillée ce qui sera fait avec *L'Étourdi*.

Béline, *Le Malade imaginaire*

Molière joue Argan dont l'épouse, Béline, est une jeune femme avec laquelle il s'est marié après le décès de la mère de sa fille. Peu recommandable, Béline n'est intéressée que par son argent et fait tout pour écarter la fille aînée d'Argan et tout récupérer, persuadée qu'il va bientôt mourir. D'ailleurs, on le lui fait croire et du coup elle révèle sa trahison en sautant de joie. Molière a-t-il pensé à Catherine Fleurette, qui avait épousé en secondes noces son père, Jean Poquelin ? Sans doute pas, mais soyons réalistes : le portrait de Béline est donc celui d'une peste. Il est si bien trouvé qu'on pourrait penser que Molière y révèle une vraie misogynie. Est-ce le cas ? Peut-être. Le rôle de Béline est ingrat mais sans failles : une vipère. Une Elmire à l'envers.

Bélise, *Les Femmes savantes*

Un rôle à effets ! Une véritable cinglée, une rigolote aussi, car on ne sait pas trop si elle est vraiment raide dingue ou si elle pousse un peu plus le bouchon qu'il ne faut pour qu'on la croie folle à enfermer et que du coup on lui foute la paix et qu'elle puisse vivre peinarde entre sa belle-sœur Philaminte, aussi jetée qu'elle en réalité et beaucoup moins drôle, et ses nièces Armande, aigrie, et

Henriette, lumineuse petite peste aussi ! Famille Addams en son genre, non ? Sœur de Chrysale, Bélise est peut-être la seule femme de la pièce à être heureuse comme une folle, c'est le cas de le dire ! Tous les hommes, bien sûr, sont fous d'elle : la malheureuse en est persuadée ! Ce qui est sensé, c'est que toutes les actrices sont folles de ce rôle, bref certes, mais tellement drôle !

Béralde, *Le Malade imaginaire*

Son frère aîné, Argan, a disjoncté. Il est devenu ce malade imaginaire, qui est une proie rêvée pour les médecins qui lui sucent son argent, l'empoisonnent de fioles, le défoncent de clystères. Béralde a beau prouver à Argan de A à Z qu'il se porte bien, rien n'y fait ! Tant pis s'il crève de toutes les médecines qu'on lui fait prendre, il ira jusqu'au bout ! Même jusqu'à marier sa fille à un gelé du cerveau, fils bien sûr d'un de ces escrocs médecins, Thomas Diafoirus ! La scène entre les deux frères est la plus réussie de ce genre de duo que Molière a utilisé souvent. Et elle permet, comme chaque fois, de friser chez l'un des deux la folie de la déraison obsessionnelle et chez l'autre, donc Béralde, ici la raison de pouvoir cerner l'obsession jusqu'à la folie de son frère qui, bien évidemment, s'enfonce encore plus. Béralde est un rôle très payant, car il s'exprime avec un naturel confondant dans le phrasé comme dans la pensée.

Caritidès, *Les Fâcheux*

Huitième des dix fâcheux. Il est pédant et pénible sur tout. Il n'y a pas un sujet qui trouve grâce à ses yeux, sauf justement la Grèce ! Le genre de raseur qu'on souhaite ne pas croiser et que bien sûr Éraste, sur le chemin de retrouver sa belle, va rencontrer et devoir supporter tout en étant mort d'envie de l'étrangler !

Cathos, *Les Précieuses ridicules*
Petite dinde de province, la cousine de Madelon ne manque pas de caractère, à commencer par celui de singer sa cousine, d'où le ridicule que toutes les deux génèrent lorsque, croyant faire passer un examen du bon savoir à leurs amoureux, ceux-ci pour se venger et leur donner une bonne leçon vont leur envoyer deux faux marquis qui vont pour elles péter les plombs ! Cathos ira jusqu'à singer encore Madelon lorsqu'elles seront humiliées à en pleurer de rire par Mascarille et Jodelet, marquis et vicomte de pacotille !

Célie, *L'Étourdi ou les Contretemps*
Une beauté dont sont amoureux les jeunes fous du coin, elle est esclave de Trufaldin, ce vieillard piteux. Elle connaît les étoiles, le ciel et l'avenir. Lélie, le héros étourdi de cette comédie, ne cesse de faire rater toutes les fourberies, tous les plans ficelés pour lui par Mascarille, son valet ! Mais grâce à Molière, maître dans l'art de dénouer les intrigues même de la façon la plus inattendue, l'union chair et âme de Célie et Lélie couronnera la pièce. Célie est un rôle tout en séduction qui porte un parfum très frais.

Célie, *Sganarelle ou le Cocu imaginaire*
Cette fille de Gorgibus eût pu devenir maîtresse du roi tant son charme fait effet ! Son père stupidement prétend lui faire épouser Valère. Elle ne l'entend pas de la sorte, puisqu'elle a jeté son dévolu sur Lélie ! Elle ne prend pas garde au portrait de Lélie qu'elle a sur elle. Il tombe à terre. Et la femme de Sganarelle l'ayant ramassé, une foule de quiproquos va s'enclencher. Le rôle de Célie en puissance préfigure une Céli-mène, non ?

Célimène, *Le Misanthrope*

Elle a tout pour elle. Riche, belle et aimée. Elle va tout foutre en l'air, pourtant ! Pourquoi ? Veuve, d'où sa fortune, elle reçoit dans son salon. Marquis parasites, gens de cour pédants et perdant toute raison face à la belle des belles. Alceste, son amoureux, la veut toute à lui. Elle s'y refuse et, tout en lui jurant son amour, lui fait comprendre qu'à 20 ans elle ne peut se résoudre à vivre comme Alceste le lui propose : toute à lui, donc dans son désert où elle se doit de le suivre. Elle refuse de s'enterrer au fin fond de la province, même avec l'homme qu'elle aime. Pourquoi donc, alors que bien sûr elle a raison sur tout, l'accable-t-on ainsi ? Oui, une âme de 20 ans a le droit de vouloir vivre, non ? Oui, elle tient salon mais si brillamment, que peut-on lui reprocher ? Oui, Arsinoé sa soi-disant amie est une peste vieille peau qui en pinçant pour Alceste veut faire la nique à sa rivale. Oui, Éliante aussi, hypocrite sous des allures de petite sainte, est prête à se « sacrifier » en se donnant à Alceste ! Célimène n'a qu'un défaut et s'il n'existait pas, relisez la pièce, elle serait la véritable héroïne et tout le monde prendrait son parti ! Elle a 20 ans et est sublime de beauté. C'est donc forcément impardonnable. Qui donc disait du bien, lorsqu'ils étaient jeunes et si beaux, d'Alain Delon, de Brigitte Bardot, de Grace Kelly, d'Ava Gardner, de Marilyn Monroe ? Mais non ! Il faudra attendre Marivaux et Silvia pour, enfin, que l'on puisse faire d'une femme sublimement belle une femme intelligente et non pas une potiche à mener par le bout du nez ! Ne le dites à personne, mais Célimène est un rôle magnifique. Arc-en-ciel et magique ! De tant de couleurs différentes ! Un Himalaya !

Chrysale, *Les Femmes savantes*

Un égoïste inimaginable ! Et l'extraordinaire, c'est qu'on le juge sympathique et comme on dit « bourgeois » comme si le fait d'être bourgeois entraînait la qualité d'être bon ! Il n'est pas bon. Il est mauvais. En tout. Mauvais père puisque incapable de s'opposer au mariage de sa fille Henriette et de Trissotin, qu'il aurait dû depuis longtemps foutre à la porte à coups de pied dans le cul. Mauvais mari puisque sa femme Philaminte insatisfaite se donne corps et âme à la philosophie à deux balles et reçoit chez elle, puisque ce n'est même plus chez eux tant lui est inexistant, des minables ringards. Mauvais beau-frère puisque là aussi il n'intervient en rien sur la démence de sa belle-sœur Bélise. Ni pour consoler son autre fille, Armande, jetée par Clitandre prêt à convoler avec la cadette Henriette, Chrysale encore une fois n'a rien tenté pour elle. C'est heureusement l'oncle qui sauvera toute la famille en faisant croire Chrysale ruiné pour que Trissotin se démasque en foutant le camp. Non rien ne justifie la lâcheté de ce bon bourgeois détestable. Beurk ! Chrysale et Philinte même combat : des lâches.

Cléante, *Tartuffe*

À première vue, un rôle phare en plein cœur de ce chef-d'œuvre. Enfin Orgon va être remis à sa place par ce frère qui va avoir le temps de dire, redire et prédire tout à propos de l'imposteur. Mais Molière s'est planté. C'est la seule scène ratée de la pièce. Elle ne sert à rien. On peut carrément la couper, elle n'appartient pas à l'intrigue, à l'action. Et le public décroche chaque fois pour deux raisons. L'acteur, vu l'importance du texte, croit qu'il joue un rôle important, qu'il dit des choses importantes sur un ton important, mais en réalité il ne nous apprend rien, n'a aucun humour ni aucune sensibilité rageuse qui devrait lui faire péter les plombs entre frères et donc on s'ennuie à l'écouter. Et de deux, l'acteur qui joue Orgon comme il n'a rien à jouer d'autre durant cette longue scène que d'écouter ou plutôt de faire semblant d'écouter puisqu'il ne veut rien entendre de ce que lui dit son frère, l'acteur donc s'ennuie lui aussi, et s'embourbe dans des grimaces, des haussements d'épaules ou de sourcils dans des poses ou des silences creux qui nous lassent. Comment ne pas imaginer qu'un Shakespeare, qu'un Tchekhov, qu'un Corneille ne se plante pas moins ratant une scène par-ci, par-là. Pour Molière, avec Cléante de *Tartuffe* s'est fait. Pourquoi n'a-t-il pas lui-même enlevé ce ratage ? Parce que en vérité Cléante ne s'adresse pas à son frère Orgon, mais au public ! Molière se sert de Cléante pour justifier aux yeux du pouvoir, du roi, de la cour, des autorités religieuses ce qu'est sa pièce ! Non pas une attaque stupide contre la Foi ou les vrais hommes de Dieu, mais contre ceux qui les trahissent en se faisant passer pour eux, ces êtres de charité et de dévotion. Molière se croit obligé de faire un plaidoyer verbeux pour bien être compris. Son erreur, sa naïveté ici, c'est d'oublier la seule méthode pour tout faire passer et que public, pouvoir, religion, tous soient de son côté : le rire. Dorine y réussit en virtuose. Cléante y échoue. En raseur.

Cléante, *L'Avare*

Cléante est un rôle majeur dans la série des jeunes premiers de Molière. Sans doute le plus réussi. Car au-delà de l'habituel duel père-fils, entre lui et Harpagon donc ici, au-delà de la rivalité amoureuse centrée sur la proie vendue par l'ignoble maquerelle Frosine à l'Avare, la douce et fragile Mariane, dont Cléante est épris, il y a une grande nouveauté qui tire la pièce du XVIIe vers un drame balzacien du XIXe, dont ce siècle tout entier fera le centre d'intérêt majeur : l'argent ! Celui que Cléante a emprunté à un usurier. Or c'est du Molière ici, donc pour qu'on en rie la situation doit être plus drôle que l'âpreté du sujet : son propre père, Harpagon, est l'usurier du fils Cléante ! Son valet La Flèche, l'insolent boiteux, va réussir à dérober la cassette de l'Avare pour que Cléante puisse troquer l'argent qu'elle contient contre sa dulcinée. Tout va finir en coup de théâtre si improbable ! L'arrivée d'Anselme, qui se révèle père de l'amoureuse, rend le couple Cléante-Mariane enfin possible. On a accusé Molière de mal finir cette comédie noire et acide. Au contraire, il l'achève en jeu d'artifice, car cette fin tirée par les cheveux sans s'appesantir, à elle seule rend à la pièce son vrai visage, sinon un tel sujet serait trop dérangeant. Oui, sa vraie couleur : celle d'une farce !

Cléante, *Le Malade imaginaire*

Le père d'Angélique, Argan, ce malade imaginaire, veut marier sa fille à un médecin pour en avoir un à demeure ! Cléante croit malin pour ne pas quitter son amoureuse de se faire passer pour son maître à chanter. Mais il se prend les pieds dans le tapis au figuré, se plante et la machination est découverte ! Heureusement, tout finira bien grâce à une vraie pro du déguisement, parce qu'elle s'y amuse, Toinette, alors que Cléante était lui tétanisé. Un rôle un peu simplet, droit dans ses bottes. Sa jeunesse étant sa seule excuse qui le rend sympathique malgré tout.

Cléanthis, *Amphitryon*

Telle maîtresse, telle suivante ! Alcmène est dans les bras de Jupiter, qu'elle prend pour Amphitryon puisqu'il en a les traits. Cléanthis a affaire, elle, à Mercure, faux Sosie ! Et elle en prend plein son grade ! Pour après, face au vrai Sosie, lui faire passer un sacré moment ! Pas facile comme rôle, car très sandwiché et il oblige à tout donner dans la vivacité et la rage comique sans prendre l'élan d'une ou deux scènes auparavant. En fait un vrai challenge !

Cléonice, *Les Amants magnifiques*

Confidente attachée à Ériphile, qui lui ouvre son cœur avouant aimer le général Sostrate et non les nombreux choix de sa mère, qui lui destine comme princesse d'Élide des princes plus magnifiques les uns que les autres. Un rôle d'une seule couleur. Rose pâle.

Cléonte, *Le Bourgeois gentilhomme*

Amoureux de la fille de M. Jourdain, il est repoussé par le père ivre de ses folies amoureuses pour la belle Dorimène à laquelle il prépare une fête inouïe. Cléonte rejeté pour avoir avoué qu'il n'est pas gentilhomme va, dans cette pitrerie de pièce qui touche au génie à la Fellini, car elle ose tous les excès, se tirer d'affaire et obtenir de Jourdain la main de sa fille ! Comment ? Par la ruse de Covielle, son valet, qui va le faire passer pour le fils du Grand Turc !!! Un joli rôle. Qui ne reste qu'un joli rôle si l'acteur n'y ajoute pas un grain de folie. Celui qui parcourt la pièce et qui en fait un chef-d'œuvre.

Climène, *Les Fâcheux*

L'emmerdeuse de service ! Une des dix qui collent Éraste pour raconter leurs salades. Son obsession, son seul centre d'intérêt : la jalousie ! Tu parles d'un moment pour en causer, alors qu'Éraste ne pense qu'à rejoindre son amoureuse. Climène n'est pas un rôle à proprement parler. Juste une redite de tous les autres fâcheux. Sa seule qualité est d'être une fâcheuse. Donc d'y apporter une touche de séduction ravageuse face à Éraste, qui pourrait peut-être, pourquoi pas, céder à la tentation !

Climène, *La Critique de l'École des femmes*

Insupportable précieuse car pire que ridicule comme l'étaient Madelon et sa cousine Cathos, Climène est une façonnière de première, qui se prend au sérieux, qui juge en teigne revancharde la comédie de Molière *L'École des femmes* qui, à ses yeux, a deux défauts qu'elle n'avale pas. Un, c'est un triomphe. Deux, elle fait rire par son franc-parler, sa vraie portée sociale et politique contre cette société pourrie où les filles ne sont que des proies pour mariage et sexe. Climène est tout simplement une hypocrite, une bien-pensante aigrie. Une Arnolphe, en fait. Qui rêverait de faire de Molière son Agnès ! Le contraindre, le cloîtrer.

Climène, *Le Sicilien ou l'Amour peintre*

Adraste, son frère, veut sauver la jeune esclave que Don Pèdre, barbon de service, prétend épouser. Climène accepte de prendre sous le voile la place de la pauvre proie. Rien n'est parfait dans cette pichenette de divertissement, où contrairement à ce que prétend Molière l'amour serait peintre ! Il est plutôt esquisse tant tout est en surface. Et le rôle de Climène, pour charmant qu'il soit au départ, l'est aussi à l'arrivée. En surface. Et en sur place. Car il ne va pas très loin.

Clitandre, *L'Amour médecin*

Amoureux déguisé en médecin pour soi-disant guérir de son mutisme la frêle Lucinde, qui refuse de se marier avec un époux choisi par son père ! En Arsène Lupin de l'amour, il réussit à enlever la belle, car le contrat authentique qu'il parvient à faire signer par un faux apothicaire l'est donc que par cet homme, vrai notaire ! On a un avant-goût là aussi de la manipulation qui finit en vrai contrat de mariage par Rosine, Figaro et Almaviva à la barbe de Bartholo ! Rien d'autre à ajouter pour un rôle qui, lui, n'a pas grand-chose à ajouter que d'être charmant, ou au mieux séduisant.

Clitandre, *Le Misanthrope*

L'un des ours malotrus qui ont beau se prévaloir marquis et de l'entourage privé du roi, mais qui viennent attirés par le miel qu'on goûte chez Célimène : la médisance. Maître ès ragots, Clitandre, contrairement à Acaste, réel soupirant de la belle et qui ne cherche vraiment qu'à la flatter et bien la conquérir, n'a aucune réelle visée sur la riche veuve. Il en a sur Acaste. Pour l'humilier et lui souffler la coquette ! Pour qu'effectivement il puisse s'en vanter à Versailles. Alors le rôle de Clitandre n'est plus comme un doublon d'Acaste, un reflet, un ricochet de tout ce qu'il dit, ou fait, ou pense. Il devient plus fouillé. Et plus actif, ne cessant pendant toute la comédie, car c'en est une, de chercher à chaque seconde, à chaque mot, à chaque regard, à chaque geste, à chaque soupir, à chaque silence d'Acaste à le reprendre, le critiquer, le dominer. Pire qu'une teigne, une tique. Qui va finir au Ve acte par n'être plus drôle du tout en lisant les lettres hypocrites de Célimène à tout le monde. Il y révèle son vrai visage : une vipère.

Clitandre, *George Dandin ou le Mari confondu*

La femme de ce paysan George Dandin est belle et son cœur est à prendre. Elle s'ennuie avec son mari sans saveur, sans surprise, et si gris. Si encore il buvait, s'il la battait, s'il était vivant et imprévisible, elle aurait le sentiment de vivre ! Mais avec ce mollusque, elle s'anéantit. Clitandre ne prend pas de gants devant Dandin, cette nouille d'homme, et il fait du rentre-dedans à Angélique sans se cacher, n'hésite pas à cirer les pompes aux Sotenville, parents de la beauté, à payer les domestiques et tire le gros lot à la barbe de Dandin, qui n'a plus qu'à disparaître ! Sacré rôle que Clitandre qui ne se pose pas de questions et, du début à la fin, n'a aucun état d'âme et qu'une seule obsession : jouir. De la vie. Des femmes. De l'amour. Rôle séduisant, non ?

Clitandre, *Les Femmes savantes*

Armande l'a repoussé comme une idiote empapaoutée par sa mère embuée de philosophie de bas étage, de poésie de vitrine, de ringards pédants bien en mode. Clitandre, vexé, n'a pas fait dans la demi-mesure. Il a séduit la cadette Henriette et veut pousser la romance jusqu'au mariage. Trissotin est le grain de sable puisque Philaminte, cette femme qui se croit savante et ne l'est que dans l'art de porter la culotte puisque Chrysale, le chef de famille, n'a rien pour la remplir et cède à tout, même à ses devoirs de père, Philaminte donc le destine à Henriette. Clitandre doit réagir avec intelligence et il n'en serait pas capable sans l'intervention réussie de l'oncle de la famille piégeant Trissotin en lui faisant croire à la ruine familiale pour le faire fuir. Le rôle de Clitandre est plus brillant qu'il n'y paraît, même s'il ne va pas plus haut qu'un très bon second rôle. Sa scène avec Armande où elle s'humilie à le supplier de la reprendre comme si c'était elle qui y consentait est un bijou digne des meilleures scènes de Marivaux. Réellement, on est là au niveau d'une sorte non pas de *Fausses confidences* marivulciennes, mais de « Vraies confidences » poquelinesques. Chapeau, Molière ! Et bien joué, Clitandre.

Comtesse d'Escarbagnas, *La Comtesse d'Escarbagnas*

Cette pimbêche provinciale, qui se rêve elle aussi précieuse et s'imagine sexy et fraîche, fait l'impasse sur non plus un certain âge, mais sur son âge certain et qui va l'obliger malgré elle à vilipender tout un chacun. A-t-elle Alzheimer avant l'âge ? Valets, servantes et même lèche-bottes soupirants visqueux ou réels, elle pète plus haut que son cul sur tous, les tance et les toise, les énerve ou s'en énerve elle-même parce que la dame en question de retour d'un séjour à Paris a la grosse tête ! La comédie va bon train, mais la machine est grippée, car on s'en fout un peu et, l'ironie, c'est que le rôle de la comtesse seul nous interpelle et avait tout pour éblouir. Mais le feu d'artifice ne prend pas. Et reste juste un jeu d'artifice qui ne suffit pas à en faire un chef-d'œuvre. Pour y donner un peu de piquant, on joue le rôle souvent en travesti. Comme Hubert lui-même s'en chargea après la créatrice Marotte, en 1671. Mais ça ne va pas très loin. La comédie reste un divertissement. Pas une réussite.

Covielle, *Le Bourgeois gentilhomme*

Un Scapin qui mettrait la main à la pâte ! Valet de Cléonte, il va faire preuve d'une ingéniosité inouïe en osant faire croire à M. Jourdain que le fils du Grand Turc est à Paris et qu'il a l'intention d'épouser sa fille ! Qu'il va même l'honorer du titre envié de mamamouchi ! Une énorme farce qui va enchanter le bourgeois loin de parvenir à son rêve de devenir gentilhomme. Son éducation aux armes, à la musique, à la danse ou même à la philosophie au ras des pâquerettes de l'orthographe s'avère catastrophique et sans espoir ! Covielle a percuté que se rabattre sur le titre turc serait un appât imparable ! Et il y réussit ! La comédie musicale, chef-d'œuvre de Molière, grimpe grâce, avec cette cérémonie burlesque, à un chef-d'œuvre de cocasserie digne des Marx Brothers ! Covielle est un meneur de jeu imbattable et l'acteur y prend un vrai plaisir à la Peter Ustinov dans le film de Max Ophuls *Lola Montès* : il couronne Jourdain non pas des cornes du cocu, mais du bonnet d'âne, en l'occurrence ici celui de « Mamamouchi imaginaire » !

Damis, *Les Fâcheux*

Tuteur d'Orphise, il est rouge de colère contre Éraste qui rêve d'épouser Orphise. Il a même souhaité la mort pour l'amoureux mais, ce qu'il n'aurait pas pu prévoir, et Molière l'a fait pour lui, c'est qu'Éraste le sauve d'un assassinat ! Par reconnaissance, il lui offre Orphise, convenant à leur union, en rôle convenu qu'il est.

Damis, *Tartuffe*

Fils d'Orgon, il va se conduire en héros et sera bien mal récompensé par son père aveuglé par Tartuffe, ce salaud, qui se fait passer pour un homme de charité, de foi et de communion dans cette famille où il a été recueilli et dont en secret il a déjà préparé la chute en volant tout. Ce qu'on ne découvrira qu'au dernier acte. Damis surprend Tartuffe tentant de séduire Elmire, la jeune épouse d'Orgon. Mais intervenant sûr de lui comme un justicier prenant l'imposteur sur le fait avec sa belle-mère, Damis va se laisser emporter par sa fureur et son père va prendre le parti de Tartuffe. Et le mettre à la porte ! Alors qu'il avait raison, son propre fils. Damis est un excellent rôle qui fait beaucoup d'effet sur le public par sa conviction, son emportement, sa jeunesse indomptable, sa séduction rare, et l'injustice qu'on lui fait ne fait qu'augmenter le réel respect qu'on peut porter au rôle et à l'acteur.

Diafoirus, *Le Malade imaginaire*

Argan est un imaginaire malade, mais Diafoirus un véritable docteur imaginaire ! Il professe réellement mais n'est qu'un de ces charlatans, l'un de ces assassins de la médecine qui à coups de seringue, de drogue, de lavement, de purge ont fait souffrir, ont empoisonné jusqu'à en mourir des victimes par milliers. Il cherche en plus à refiler son débile de fils Thomas pour devenir l'époux de la fille d'Orgon, Angélique. Ce Thomas, aussi escroc docteur que son père, est une telle catastrophe que, Dieu merci, tout va partir en vrille. Le rôle de Diafoirus est comme lui : médiocre. Il n'a ni la drôlerie de Toinette, faux médecin, ni la folie de Purgon. Les deux Diafoirus père et fils sont tels quels : des ratés.

Diafoirus Thomas, *Le Malade imaginaire*
La copie conforme de son père, copié-collé. Mais au fond encore pire. Car lui Thomas n'a pas l'excuse de la cupidité paternelle, il est jeune et aurait pu arrondir les angles ou se révolter. Non, il est pire : soumis donc complice. Ce n'est pas avec Angélique qu'il forme une union. Mais avec son père. Celle de deux escrocs. Père et fils. Il n'est qu'un docteur ès crétinerie. Et là il est passé maître.

Le Docteur, *La Jalousie du Barbouillé*
Médecin de *commedia dell'arte* en fait. Il est plaisant à jouer pour l'acteur comme plaisant à écouter pour le public. Sa scène à toute allure avec Sganarelle ne manque pas d'allure justement, vivace et piquante, comme celle face à Gorgibus où des questions fusent avec une incontestable drôlerie si l'acteur sait y faire, à l'italienne justement ! En faire des kilos pour atteindre paradoxalement une rafraîchissante légèreté !

Don Garcie, *Dom Garcie de Navarre ou le Prince jaloux*
Ce prince aime Elvire. Est aimé d'elle en retour. Mais est si jaloux qu'il finirait par tout foutre en l'air par ses crises, ces humeurs d'atrabilaire amoureux, s'il ne découvrait enfin que celui qu'il prend pour son rival auprès de sa bien-aimée est en réalité caché sous un nom d'emprunt pour faciliter son combat contre un imposteur qui la poursuit, le propre frère de la princesse ! Le rôle

qui servira d'ébauche pour celui d'Alceste du *Misanthrope* est totalement raté. Comme la pièce. Car Molière commet l'erreur de forcer Poquelin de lui écrire un rôle de tragédie mais comique en même temps, pour qu'on ne puisse plus lui reprocher de jouer la tragédie avec un naturel de comédie. Molière fait donc tout rater à Poquelin. Poquelin qui se vengera avec génie en volant à *Dom Garcie de Navarre* des passages entiers pour les intégrer au *Misanthrope* où là il ne s'agit plus d'une tragédie, voire d'une tragi-comédie, mais bien d'une comédie à cent pour cent. Alors à quoi bon monter jouer cette œuvre bancale *Dom Garcie de Navarre ou le Prince jaloux* ? Si ce n'est pour prouver que *Le Misanthrope* est exactement l'inverse : un chef-d'œuvre absolu ! Le piquant de l'histoire, c'est qu'en croyant effectivement faire une comédie, et c'en est une, la plus réussie de toute l'œuvre car cent pour cent typiquement du Molière, dans la forme comme dans le ton, Molière a en réalité écrit le rôle le plus tragique de toutes les comédies : Alceste. Qu'il fasse rire, passe encore. Les autres rôles rient de lui. Même Philinte qui se rit de lui. Mais tout est une tragédie en fait pour lui. La tragédie de la vie. Et on en rit grâce à Molière. Don Garcie lui n'est pas drôle du tout. Et c'est cela qui est tragique.

Don Pèdre, *Le Sicilien ou l'Amour peintre*

Écuyer au service de Doña Inès, l'amante de Don Sylve, le frère de la princesse de Léon, Doña Elvire, chassée de son trône par un usurpateur. Il figure, sans plus.

Dorante, *Les Fâcheux*

Le septième casse-pieds qui vient torgnoler Éraste d'un bla-bla sans fin sur une fameuse partie de chasse où un congénère fâcheux, comme il l'est lui-même, finit par tuer le cerf qu'il avait poursuivi sans respecter les règles sacrées de la chasse à courre. La proie qu'Éraste lui aussi tente d'atteindre, la belle Orphise, devra attendre ! De tous les fâcheux, Dorante, gentilhomme ridicule, est l'un des mieux lotis et son récit est réussi. Pour un comédien à faconde, il y a de quoi faire un beau numéro de cabot parmi la meute des Fâcheux !

Dorante, *La Critique de l'École des femmes*

Molière a l'intelligence de ne pas s'octroyer le rôle de l'avocat qui plaiderait sa cause que ce soit sous ses propres traits comme *L'Impromptu de Versailles* ou sous ceux de Dorante puisque Molière comédien va au contraire endosser le rôle de son pire critique, le Marquis, dans ce salon d'Uranie. Il a donc tout loisir de faire dire à Dorante plus qu'il n'aurait peut-être lui-même osé dire. Car nous ne sommes qu'en 1663 et Poquelin n'est pas encore cet homme révolté qu'il va peu à peu devenir à la suite de toutes les trahisons et de tous les échecs qu'il aura à subir. Dorante reste donc très courtois, élégant, posé et, c'est vrai, de fait convainc davantage que s'il eut été vindicatif et arrogant. Être au fond le porte-parole de Molière tout en créant un vrai gentilhomme, celui-là. C'est un bonheur sans risque pour le comédien.

Dorimène, *Le Bourgeois gentilhomme*

Pour qui se prend-elle ? Pour ce qu'elle est : une coquette jeune et ravissante. Une Célimène n'ayant ni mari ni amant. N'ayant donc pas connu le veuvage. Et pas encore la jalousie d'une bonne amie, telle Arsinoé. Et si Molière lui donne Dorante pour partenaire et qu'elle va finir par tomber dans ses bras, c'est que justement elle n'est pas comme Célimène capable de s'amuser elle-même ! C'est la force de Célimène : elle sait s'amuser ! Alors que Dorimène, elle, a besoin qu'on l'amuse. Et c'est ce que Dorante fait si bien. Il organise ce souper chez Jourdain pour qu'elle, Dorimène, s'y amuse. Elle a donc l'emploi de blonde aujourd'hui. Ce qui ne veut pas dire qu'elle est idiote. Ce qui signifie juste qu'elle n'est pas très intelligente non plus. Elle se situe entre les deux. Dans ce domaine sans conséquence où l'on ne cherche qu'à s'amuser. Ce qu'elle fait dans la pièce. Avec grâce. Rien de plus. Car nous, elle ne nous amuse pas vraiment. Le monde continuera de tourner. Avec ou sans elle. On lui souhaite juste bonne chance entre les bras de Dorante, qui sans hésiter la délaissera bien un jour.

Dorimène, *Le Mariage forcé*

Une vipère bien décidée à épouser pour son argent Sganarelle. Elle est sur le point d'y réussir, mais cette pestouille ne peut s'empêcher d'en faire confidence à Lycaste, son amant ! Ce pauvre Sganarelle va la surprendre sur le fait mais sera contraint d'épouser la traîtresse, le frère de la belle le menaçant de son épée dans le dos. Si cela divertit une actrice de s'essayer au rôle de saleté vicieuse, elle y trouvera son compte !

Dorine, *Tartuffe*

Une réussite de plus pour Molière, car le rôle n'est pas seulement la soubrette de service qui se mêle de tout, qui aurait toujours le bon mot par-ci, la bonne parole par-là, qui en remontrerait à la maisonnée, des enfants jusqu'aux parents, Dorine monte d'un cran et devient du coup l'un des plus beaux rôles de servante du répertoire : pourquoi ? Parce que toutes les autres ont ce qu'on appelle du répondant. Elles répondent franc-jeu du tac au tac. Alors que Dorine a plus que du répondant : de l'esprit. Elle en a et elle en fait. Comme si elle sortait de la pièce, de l'intrigue et qu'elle jugeait avec esprit de ce qui est arrivé, arrive ou va arriver ! Et elle ne répond pas du tac au tac, mais avec son bon sens. Dorine n'a jamais tort de toute la pièce. Elle voit tout, elle sent tout, elle dit tout. Sacré rôle donc pour une sacrée actrice !

Éliante, *Le Misanthrope*

Cousine de Célimène, elle est la reine des faux-culs comme Philinte. D'ailleurs, ils vont finir ensemble ! Sans s'aimer pour autant. Par convenance. Car tout est convenu chez eux deux. Entre gens convenables, c'est normal ! Éliante est cousine de Célimène et c'est elle qui fait les emplettes, et c'est Célimène qui la suit ! Éliante n'est pas du tout une sainte-nitouche. Elle se tait, mais comme Philinte n'en pense pas moins. Elle ne s'engueule avec personne comme Philinte, mais en réalité elle méprise tout le monde. Et Célimène la première, car, lorsque la jeune veuve est mise à mal au Ve acte et qu'elle demande son aide, Éliante refuse, se défile et trahit sèchement sa cousine, profitant de ce coup de théâtre inouï pour l'enfoncer encore plus. Espérant enfin lui voler Alceste. Quand il la repousse pour la voir tomber dans les bras de Philinte, elle va presque défaillir, vexée et folle de rage. Célimène lui jette un regard qui en dit long. Alceste au premier acte, lorsque Philinte l'assure qu'Éliante serait préférable à la coquette Célimène, rejette cette idée. Pourquoi le ferait-il, si Éliante était si idéale que ça ? Parce qu'il a parfaitement saisi qu'Éliante fait partie du même monde que Philinte. De ces gens qui, pleins de sang-froid, sont toujours bien-disants, bien-pensants, bien aimables et donc sur lesquels on ne peut pas compter y trouver sincérité, loyauté et fierté. Le rôle d'Éliante est donc passionnant. Car l'actrice peut aller sur des différentes couleurs contradictoires qui en font, comme pour Philinte, une interprétation remportant tous les suffrages. Elle change du tout au tout en une seconde. Elle paraît tendre, fraîche, naïve, ouverte à tout, rare. Deux minutes après, c'est le contraire ! Ne serait-elle pas plutôt une vraie garce ? Au fond un rôle presque magique.

Elmire, *Tartuffe*

Un rôle de toute beauté parce qu'elle conduit la pièce ! C'est elle la véritable clé qui ouvre toutes les portes de l'intrigue. Seconde épouse d'Orgon, ce veuf qui est tombé dans le piège d'un imposteur Tartuffe. Le faux dévot recueilli chez son bienfaiteur va tout lui voler minutieusement. Son bien, comme sa fille, qu'Orgon lui promet en mariage trahissant la parole donnée à son jeune amoureux. Tartuffe n'a qu'un talon d'Achille comme tout mystificateur, l'or, l'argent, le sexe. Et il va échouer dans son entreprise maléfique parce qu'il tombe fou amoureux d'Elmire et en tentant de la convaincre de lui céder d'abord, puis carrément de la prendre sur une table, il va se faire enfin démasquer. Et seule l'intervention de la justice du roi réussira enfin à arrêter le traître. Elmire tout au long de ce chef-d'œuvre va mener scène après scène son combat contre le mal, en la personne de l'imposteur. Ce que Sganarelle est incapable de réussir face à Don Juan, cette jeune épouse, qui a l'âge de la fille d'Orgon alors qu'il est son mari, va déployer des trésors inusités d'ingéniosité féminine qui vont avoir raison de Tartuffe. Là encore Molière est plus fort que tout. Dans un alexandrin qui coule comme de la prose, il ne caricature rien. Et il n'y a pas un moment, un silence, une réplique, un soupir, un cri, une tirade, un mot qui ne soit naturel, surprenant de modernité, senti et justifié. On rit de tout. Et quand on pourrait rire, on est aussi glacé devant la profondeur, l'âpreté, la cruauté, la terreur de ce qui se passe devant nos yeux. Molière nous le fait bien sentir, cela pourrait bien se passer chez nous. Elmire n'a qu'un défaut : le rôle est si exceptionnel et diversifié qu'il exige une actrice d'une grande expérience pour en saisir toutes les nuances et en imposer à la fois la grâce et la maturité. Or l'épouse d'Orgon a 20 ans. Si elle n'a pas le même âge que ses enfants, la pièce ne tient pas. Il y a donc toujours un déséquilibre entre l'actrice de la quarantaine ou de la cinquantaine, qui tient le rôle et qui insensiblement est amenée à jouer comme si elle en avait 20. Mais c'est peut-être cette inévitable distance de jeu qui, au contraire, donne une pesée parfois rassurante et convaincante surtout aux actrices stars qui font d'Elmire un grand moment dans leur carrière.

Elvire, *Dom Garcie de Navarre ou le Prince jaloux*

Princesse Elvire a été chassée de son trône légitime par un imposteur ! Et n'a qu'une issue, trouver refuge auprès du prince Don Garcie de Navarre. Il devient fou amoureux d'elle. Le hic, c'est qu'il est aussi fou de jalousie ! Il croit tenir un rival à supprimer qui en réalité n'est que le frère caché d'Elvire ! Princesse Elvire finira par pardonner au jaloux. Molière réussit une pièce ratée ! Ou l'on pourrait dire qu'il rate une pièce qui avait tout pour réussir. Parce qu'il commet l'erreur qu'il ne commettra plus dans *Le Misanthrope*, autre atrabilaire aussi jaloux, il n'a pas su choisir. C'est-à-dire qu'un acteur dramatique ou littéraire doit dans son œuvre se mettre dans la peau d'un seul des rôles. Un seul qui sera son porte-parole. Et chef-d'œuvre signifie toujours le duo un rôle-un auteur. Racine a su choisir Bérénice. Rejetant Titus et Antiochus. Phèdre. Rejetant Thésée et Hippolyte. Mais Molière se perd, s'éparpille ici. Et c'est parce qu'il ne reprendra pour Alceste que les pans entiers où il s'était mis dans la peau de Don Garcie et qui sonnent juste, eux, qu'il va réussir Alceste. Elvire est elle aussi comme égarée en cette œuvre bâtarde. Belle, charmante, touchante, oui certes. Mais éloignée de nous. Et d'elle-même.

Elvire, *Dom Juan ou le Festin de pierre*

L'une des proies de Don Juan. Tombée dans le panneau comme toutes les autres. N'oublions pas que le séducteur a aussi tué le Commandeur pour arriver à ses fins. Doña Elvire retrouve la trace de son mari, Don Juan, grâce à la trahison de Sganarelle en cheville avec Gusman, l'écuyer de la belle. Et face à lui lorsqu'elle le surprend elle va comprendre qu'il est non seulement un « trompeur de Séville », un abuseur de femmes comme on le surnomme, mais surtout un lâche. Car il n'assume même pas son mépris des femmes, qu'il considère comme des fleurs à cueillir puis à jeter. Elvire grâce à Molière va alors s'élever au tragique, au pathétique certes. Mais avec une modernité dans le phrasé, un naturel dans le parlé qui sont si réussis que même Mozart s'en inspirera pour son chef-d'œuvre *Don Giovanni*. Après cette scène prodigieuse, dont Tchekhov s'inspirera aussi mais à l'envers pour *Ivanov*, Molière va avoir le génie de faire revenir Elvire transfigurée. Elle est devenue, retirée dans un couvent, une lumière de pardon. Et elle ne cherche qu'à sauver Don Juan de l'effroyable fin qui l'attend. Elle le supplie de faire amende honorable. De se repentir. De se sauver pour implorer le pardon céleste. L'hypocrite ne pense au contraire qu'à séduire de nouveau Elvire, la malheureuse qui telle quelle l'excite de nouveau ! Molière signe enfin avec une troisième apparition, cette fois comme ombre, comme la Faucheuse qui vient chercher l'athée, une Elvire méconnaissable. Spectre de la Mort qui foudroie Don Juan lorsqu'il fait face à la statue du Commandeur à l'heure dite, au rendez-vous fixé. Elvire est le rôle de femme le plus abouti de toute l'œuvre de Poquelin. Non pas le plus somptueux comme Arsinoé, car elle est entièrement Molière, du Molière, de Molière. Elle n'appartient qu'à Molière. C'est l'une de ses créatures. Et la plus parfaite avec Agnès, Célimène ou encore pourquoi pas Dorine. Mais Elvire qui n'est pas la seule Elvire, qui n'est pas née de Molière, Elvire est comme Bérénice pour Racine ou Chimène pour Corneille, la vision la plus remarquable de toutes celles jusque-là. Au-delà de la beauté, sinon pourquoi Don Juan se serait-il intéressé à elle ? Le rôle d'Elvire exige une actrice de caractère. Ce n'est pas un rôle en fait. C'est un caractère qui brûle au premier acte et s'incendie de rage contre Don Juan. Puis ce caractère revient au quatrième acte : glacé, terrifiant de froidure soudaine, comme sans vie. Pour enfin en apparaissant tel un spectre de Mort devenir un caractère errant, maudit, de poussière, de cendres. Ces trois caractères réclamant pour les défendre sur scène une actrice pour le moins divine et dangereuse.

Éraste, *Le Dépit amoureux*

L'amoureux de Lucile ne trouve rien de mieux que lui servir une scène de dépit où au final il va la prendre dans ses bras, la serrer sur son cœur. Après avoir, pendant l'échange musclé, sorti les pires horreurs juvéniles qui soient. Lui jetant à la figure lettres, portrait, tout présent d'amour des deux tourtereaux. La scène de dépit amoureux est sans doute la plus célèbre parce que la plus réussie du genre. Une fraîcheur, un rythme inégalés.

Éraste, *Les Fâcheux*

L'air de rien, le rôle de ce chien fou qui ne rêve que de rejoindre sa dulcinée, la belle Orphise, et qui est sans cesse assailli de casse-pieds qui blablatent des propos incohérents, des anecdotes nulles, des diatribes sans fin rendant la situation drolatique, est tout à fait inédit et porteur. Car l'acteur peut être cocasse et faire rire malgré lui. Donc ne pas forcément en lui-même être un comique. Ou tout au moins ne pas jouer à être drôle. Laisser la situation l'être. Éraste sur la distance de ce divertissement sans prétention est un joli rôle à la British. Humour pince-sans-rire. L'acteur peut y faire mouche.

Éraste, *Monsieur de Pourceaugnac*

Amoureux de Julie. Cette jeune fille charmante était promise par son père à un autre ! Elle doit épouser un pseudo-gentilhomme limougeaud, M. de Pourceaugnac. Éraste va concocter, grâce au fourbe adroit Sbrigani, une toile d'araignée. Où de piège en piège, de mensonge en dispute, de complice en meute, Pourceaugnac va être ridiculisé, vilipendé, diffamé, poursuivi et finalement chassé. Il va s'enfuir enfin pour échapper soi-disant à la prison ! C'est Julie qui échappe, elle, au mariage et peut tomber dans les bras d'Éraste. Il est un peu l'équivalent de *L'Étourdi* mais à l'envers. Lui, Éraste, n'oublie rien et garde la tête froide. Contrairement à Mascarille, dont tous les plans ratent à cause de son étourdi de maître Lélie, là, grâce à son maître Éraste toutes les manigances de Sbrigani vont réussir. La Grange tint le rôle avec sa classe habituelle. Chaque comédien aussi doit en faire preuve en Éraste.

Ergaste, *L'École des maris*

Valet de Valère, il œuvre pour les amours de son maître. En l'occurrence la belle Isabelle encagée par son idiot de tuteur, Sganarelle. Ergaste ergote et agit de la même façon. Efficacement au demeurant. Un oiseau qui passe. Un rôle assez léger.

Ergaste, *L'Étourdi ou les Contretemps*

Ami de Mascarille, ce valet de comédie conventionnel vient le prévenir que Léandre, le rival de Lélie, son maître étourdi, a magouillé l'enlèvement de la sublime Célie. Ergaste est une simple présence, une apparition agréable à jouer mais brève et convenue. Sans plus. Un valet de second plan, nous dirons.

Ériphile, *Les Amants magnifiques*

Cette jeune princesse doit se décider entre deux amants : Iphicrate et Timoclès. Tous deux du même rang qu'elle. Elle n'en a cure : son cœur penche pour un général de la cour, Sostrate. Elle fait tout bien, trop bien peut-être pour se rendre passionnante. Elle reste ce qu'elle est : séduisante. Parce que au moins elle aime vraiment. Et sans chichi. Un joli rôle pour une jolie actrice.

Frosine, *L'Avare*

Une saleté de maquerelle qui est prête à jeter la jeune voisine d'Harpagon dans la fosse aux lions. Ou plutôt dans le trou à rats, car l'avare en est un de la pire espèce ! Veuf et riche, ce sale type est prêt, lui, à se débarrasser de sa fille de son premier mariage, la charmante Élise, en la mariant à un vieux, le sieur Anselme. Et bien sûr à sauter sur cette belle Mariane dont est amoureux son propre fils Cléante ! Et cette entremetteuse salace va soudain heureusement tourner casaque et prendre le parti des jeunes, lorsqu'elle saisit que c'est bien Cléante qui, fils de l'avare, aime vraiment Mariane. Ouf ! Frosine est une réussite de Molière, car le rôle a permis à Madeleine Béjart de jouer son véritable emploi à la ville ! Puisqu'elle fut en quelque sorte entremetteuse pour jeter dans les bras de Jean-Baptiste Poquelin, son ancien amant de jeunesse, sa fille bâtarde Armande qu'elle avait eue avec son amant Esprit de Rémond, duc de Modène ! Et comme Madeleine l'était, le rôle est coloré, séduisant, époustouflant !

Frosine, *Le Dépit amoureux*

Elle est la confidente d'Ascagne, cette tendre fille élevée chez son père sous une tenue de garçon pour ne pas que son père soit lésé d'un héritage ! Le rôle est plutôt ombre de la belle, et du reste Molière l'a carrément enlevé pour la version en deux actes.

George Dandin, *George Dandin ou le Mari confondu*

Le sous-titre est éclairant : *le Mari confondu*. Le paysan riche, qui a cru s'élever de sa condition en épousant une fille de gentilhomme, a confondu intérêt et amour. Pas seulement chez lui mais chez Angélique, cette fille des époux M. et Mme de Sotenville. Angélique ne l'aime pas et n'a été attirée que par l'argent pour satisfaire ses parents qui lui ont imposé ce mariage. Par vengeance, elle va ridiculiser Dandin pour qu'il se confonde en excuses devant elle. Mais même quand il tentera de sauver la face, quand il se sera confondu en excuses, rien n'y fera. L'humiliation a été trop loin et on redoute le pire sur son emportement final. Un rôle paradoxal. On a de l'empathie pour le mari cocu, pour le bougre paysan, pour l'homme pris au piège de ces Sotenville extrêmement antipathiques, méprisants et d'une Angélique qui se conduit en garce. Pourtant, George Dandin ne saurait faire partie des héros de Molière. C'est plutôt un antihéros. Celui qui n'arrivera pas à s'en sortir. Qui au fond aura tout raté. Même sa sortie. Peut-être est-ce cela l'audace de Molière : avoir voulu faire d'un raté le héros de cette comédie amère. Luigi Pirandello a en son temps privilégié de nombreuses fois ce genre d'homme qui n'attire personne et par contre ne s'attire que des ennuis.

Georgette, *L'École des femmes*

Cette paysanne a beau servir chez Arnolphe, c'est elle qui est servie question engueulades et terreur ! Ce M. de La Souche, comme il se fait appeler, a 42 ans et pas 60 ! Et il entend jusqu'au bout qu'on lui obéisse. Alain le valet est comme elle, complètement gommé par l'ouragan du trio Arnolphe-Horace-Agnès. Georgette n'est pas grand-chose, mais si la comédienne est authentique, alors elle participe habilement à la crédibilité de l'histoire âpre au demeurant : une jeune fille de père inconnu prisonnière des années d'un tyran.

Géronimo, *Le Mariage forcé*

Un voisin auquel Sganarelle vient raconter ses déboires à propos de son espoir d'épouser Dorimène qui, bien sûr, est belle, jeune de plus de trente ans de différence avec ce balourd qui ne manque pas d'air. Géronimo ne peut adopter qu'une position que nous partageons tous : c'est grotesque, c'est indécent ce qu'entend faire avec ce mariage Gorgibus. Bien entendu, Gorgibus ne veut rien entendre en réalité et Géronimo va lancer le déroulement cocasse de la pièce en conseillant à Gorgibus après tout de demander leur avis aux autres voisins, qui philosophe, qui docteur... Gorgibus est un rôle de passage de témoin. Une belle présence d'esprit assortie d'une belle présence comique suffiront. Et le tour est joué ! Comme le rôle.

Géronte, *Les Fourberies de Scapin*

Frère jumeau d'Harpagon, dirait-on, Géronte est insupportable, caricatural et ce sera pour le public une punition bien méritée de le voir prendre une volée dans le sac où Scapin va l'enfermer et le piéger. Le fourbe valet de Léandre a fait croire au père rapace que son fils a été enlevé par des pirates turcs qui lui réclament une sacrée rançon : cinq cents écus bien sonnants ! En réalité, oui, quelqu'un a été enlevé et la somme en question doit réellement servir à la faire libérer, car il s'agit d'une jeune et jolie esclave Zerbinette dont Léandre est fou amoureux. Géronte se résout à payer peut-être. Mais Scapin veut aller plus loin et lui infliger une mémorable rouste dans ce sac. Géronte se sortira du piège du fourbe Scapin, mais lui fourbu bien sûr ! Et tout va s'arranger grâce à l'habilité de Molière, qui supplante Scapin pour imposer un final en feu d'artifice de coups de théâtre. Géronte est un authentique rôle de composition digne de la *commedia dell'arte*. Un comédien de Troupe peut y trouver un réel bonheur, épuisant certes, mais gage de succès.

Géronte, *Le Médecin malgré lui*

Un père comme il s'en fait tant. Ne pensant qu'au bonheur de sa fille devenue muette, il cherche désespérément un médecin pour elle. Ses serviteurs lui ramènent ce fagotier ivrogne Sganarelle déguisé en faux médecin et qui place le cœur à droite et parle de médecine comme un charcutier parle d'aviation ou de chasse aux écrevisses. Du délire. Et qui fait rire le public, et même la fausse muette, en réalité la belle Lucinde qui ne joue cette comédie que pour échapper au mariage que son père lui destine, et tombée dans les bras de son amoureux Léandre. Pour Géronte, ce sont les bras qui lui en tombent quand la gosse retrouve la parole. Le rôle est plutôt bon enfant et sans chercher à lui donner plus de qualités de comédie qu'il n'en a un acteur gorgibusant peut s'y faire remarquer par un air ahuri et dépassé touchant au pince-sans-rire.

Gorgibus, *La Jalousie du Barbouillé*

Un futur Chrysale ! Père sans grand caractère qui tente de remettre tout en ordre chez lui avec sa fille Angélique. Mais tout lui échappe. Un rôle lui aussi dépassé par le rythme de cette petite comédie qui ne casse pas trois pattes à un canard !

Gorgibus, *Le Médecin volant*

Le crétin paternel qui croit avoir le droit d'obliger sa fille Lucile, éprise du beau Valère, a épousé ledit Villebrequin, une vraie caricature ! Heureusement, sous l'allure préparée d'un faux médecin, Sganarelle va réussir à tout faire échouer. Un rôle qui se veut drôle mais est plutôt dépassé.

Gorgibus, *Les Précieuses ridicules*

Lui aussi est un futur Chrysale, ce mari sans caractère, mais Gorgibus n'a pas à souffrir d'une Philaminte puisqu'il est veuf et que sa fille Madelon et sa cousine Cathos d'elles-mêmes jouent aux précieuses. Aussi ridicules que les femmes qui s'autodéclareront savantes et ne sont qu'idiotes. Gorgibus est complètement à la ramasse et il croit tout sauver en faisant épouser les deux folles par La Grange et Du Croisy, deux jeunes gens sains d'esprit, eux ! Mais devant les poses et les manières des deux précieuses qui se la jouent, ils vont les ridiculiser en leur envoyant leurs valets Mascarille et Jodelet, qui vont s'en donner à cœur joie, se faisant passer pour marquis. Gorgibus montrera, la leçon passée, plus de caractère enfin qu'il n'en faut. Le rôle est juste là pour encadrer la pièce. Du début et à la fin. L'acteur lui aussi en Gorgibus ne doit pas sortir du cadre de jeu : jovial et dépassé.

Gorgibus, *Sganarelle ou le Cocu imaginaire*

Père égoïste, il veut marier Célie à Valère pour que sa fille soit femme de riche. Il ne veut pas de Lélie, qu'elle aime mais qui n'a pas d'argent. Célie du coup se pâme et s'évanouit à terre. Sganarelle la porte alors. Son époux se méprend, elle se précipite, reprend le portrait qu'en tombant Célie avait perdu. C'est celui de Lélie. Sganarelle à son tour se méprend, cette fois sur sa femme, croyant, à la voir tenir le portrait de Lélie, qu'elle le trompe avec. La comédie à tiroirs, comme l'on dit, vient de débuter et tout va s'enchaîner. Gorgibus est donc largué et le rôle aussi. Il sert en fait de faire-valoir. Valorisant si joué avec bonhomie. Mais sans beaucoup plus. Une apparition, c'est tout.

Gros-René, *Le Médecin volant*
Valet de Gorgibus, ce bon gros est envoyé par son maître pour dénicher un médecin capable de soigner sa fille devenue muette ! Mais c'est Sganarelle, un faux médecin malgré lui, qui va officier pour le compte de Valère, l'amoureux de la petite rusée, qui évidemment feint la maladie pour échapper une fois de plus à un mariage convenu. Gros-René ici en impose par sa forte présence. Rien d'autre à se mettre sous la dent.

Gros-René, *Le Dépit amoureux*
Une belle opportunité pour Du Parc qui non seulement tient le rôle, mais impose son surnom qui est évidemment celui de Gros-René. Et il est récompensé, car le quatuor qu'il forme avec Éraste son maître, Lucile sa dulcinée et Marinette la suivante de la belle enfant, va jouer une scène à quatre, dirait-on, de dépit amoureux, les valets singeant les maîtres, qui va rester dans les annales du théâtre comme la plus aboutie du genre. Gros-René y est de poids et pas pesant du tout dans ses répliques plumes de cocasserie, de rage contenue et du plus bel effet comique. Un régal.

Gros-René, *Sganarelle ou le Cocu imaginaire*
Valet de Lélie qui se méprend croyant que sa dulcinée Célie est éprise, on se demande pourquoi, de Sganarelle ! En même temps, Sganarelle s'imagine que sa femme, elle, aime Lélie ! Par la faute de ce foutu portrait dudit Lélie, qui va de main en main semer le doute et pimenter la comédie pas si mal tournée que ça au final.

Hali, *Le Sicilien ou l'Amour peintre*
La scène est à Messine, et son maître Adraste, amoureux de la belle esclave grecque Isidore, va faire venir sous la jalousie au balcon de la maison du Sicilien Don

Pèdre, un orchestre de musiciens impétueux pour séduire la ravissante jeune femme. Hali bien sûr s'en charge à merveille. Il est plaisant, vif et efficace. Souple pas trop, puisque c'est La Thorillière qui l'a créé.

Harpagon, *L'Avare*

Le père Goriot, Volpone, et tant d'autres avares escrocs ou usuriers ont presque toujours une excuse. La vie les a brisés. Ou bien on les a forcés à devenir ce qu'ils sont : des monstres d'égoïsme, de rapacité. Mais lui, Harpagon, n'a aucune excuse. C'est en cela que la pièce peut devenir grandiose. Ne jamais tomber dans le pire écueil ici, le sentimentalisme. Non ! La pièce est atroce. Père de Cléante, il en est aussi ce qu'ils ignorent tous deux, l'usurier. Veuf, il veut s'acheter carrément par l'entremise de la maquerelle Frosine une jeune proie, pour tout simplement la violer, la cadenasser, quitte à même éjecter de la maison toute la valetaille. Égoïste, avare par maladie, il n'est pas plus ému que cela que sa fille Élise ait été sauvée de la noyade par Valère et, sans état d'âme n'ayant aucune reconnaissance pour le jeune homme héroïque, il veut se débarrasser d'Élise en la faisant épouser par le seigneur Anselme ! Dieu merci, Valère et Élise s'aiment, tout comme Cléante et Mariane, et l'amour va finir par triompher de tout. Harpagon est un rôle majeur de tout le répertoire classique. L'un des dix plus célèbres, à juste titre. Et pour les très grands comédiens qui s'y sont essayés, ce fut une joie intense.

Henriette, *Les Femmes savantes*

Fille de Chrysale, ce père sans caractère si ce n'est sa lâcheté, sa peur, sa faiblesse et son égoïsme – du style « je me fous des autres pourvu qu'on me foute la paix » –, et fille donc aussi de cette mère criminelle qui a pourri sa sœur aînée, Armande, en brisant son idylle avec Clitandre pour l'avoir bien à elle dans son cercle où tournent en rond escrocs et poètes sans talent, Henriette est une jeune fille d'un charme fou et d'un sacré caractère. Car il en faut pour tenir tête à tous ces cinglés et oser dire non. Non à sa mère. Non à sa sœur et sa tante. Non à Trissotin, qui veut l'épouser pour chiper du même coup aussi l'argent de la famille. Henriette ne sait dire oui qu'à l'amour de Clitandre, que finement la belle a rendu fou, le piquant à sa sœur sans se poser la moindre question ! Oui, le rôle est divin. Et cerise sur le gâteau, il est de ces rôles qui échappent à leur créateur. Puisque d'elle-même elle a tenu tête à toute la famille, pourquoi s'empêcherait-elle de tenir tête à Molière lui-même ? La preuve : toutes les actrices qui jouent Henriette la jouent différemment. Elles la réinventent. N'est-ce pas la preuve qu'elles décident que le rôle d'Henriette leur appartient. Et donc plus à Molière ! Bien joué !

Horace, *L'École des femmes*

Son père est ami d'Arnolphe, et Horace, qui n'a jamais la langue dans sa poche, est tout frétillant d'en faire son confident. Arnolphe a 42 ans et est tout à fait prêt à soutenir le jeune fou tombé raide dingue d'une beauté qu'il a juste aperçue sur son balcon ! Celui de la demeure d'un tuteur qui élève l'orpheline depuis seize ans pour se la garder prisonnière comme son esclave sexuelle et sa femme à tout faire, bête comme ses pieds, d'une ignorance crasse. Or ce qu'ignore Horace, c'est que l'ami de son père à qui il va révéler secret sur secret est en réalité l'homme en question ! Le dénouement imprévu étant, au coup de théâtre final, que l'épouse que son père lui propose est Agnès elle-même ! Arnolphe n'a plus qu'à céder et s'enfuir ! Horace est un rôle virevoltant, surprenant même, pétillant toujours et qui le temps de la pièce passe du jeune insouciant tout fou à cet homme fier et fort dans les bras duquel peut se lover Agnès.

Hyacinthe, *Les Fourberies de Scapin*

Elle a tout faux. Il n'y a qu'à la fin que tout s'éclaire pour elle qui a geint, pleurniché, râlé, supplié, raconté, gaffé tout au long de l'intrigue ! Pour ne pas dire agaçante et tristounette. Il faut à l'actrice de réelles qualités de sympathie et de charme pour s'en sortir, sinon elle passe pour une potiche, une blonde ! Elle ignore comme nous qu'elle est la fille de Géronte, amoureuse d'Octave qui, lui, est à ses pieds. Elle s'imagine pauvre et orpheline de père inconnu. Le retour du père d'Octave, Argante, les désespère puisqu'il entend marier son fils ! Seul Scapin peut les sauver ! La suite est inénarrable et fait le sel de la comédie aussi surprenante que les deux jeunes filles Hyacinthe et Zerbinette !

Isabelle, *L'École des maris*

Encore une pupille encagée par son tuteur Sganarelle ! Cet idiot prétentieux croit pouvoir faire de cette ravissante gosse une épouse à son goût ! Molière en a décidé autrement ! Et c'est avec Valère qu'elle devient femme, la coquine très manipulatrice et ravie !

Jacqueline, *Le Médecin malgré lui*

Paysanne enjouée, elle mène à la baguette son homme, le Gros-Lucas, qui est comme elle employé du Géronte de service, ce père qui ne saisit même pas le jeu de souris rusée que lui fait avaler sa fille Lucinde jouant à la muette ! Jacqueline, elle, a pigé que ce Sganarelle n'est pas plus médecin qu'elle évêque ! Elle assiste à la consultation bidon à la limite de pouffer de rire ! Une actrice bien en chair fera pleinement l'affaire.

Jourdain, *Le Bourgeois gentilhomme*

Molière réussit à nous rendre sympathique, touchant même, drôle et aérien presque poétique ce M. Jourdain qu'on devrait détester puisque au départ il n'est rien d'autre qu'un parvenu ! Et comme le titre l'indique un bourgeois ! Par quel tour de force Molière renverse tous les *a priori* ? Avec une simple clé inattendue qui nous ouvre la porte du rire : l'amour ! Mais oui ! Nous allons tout excuser à Jourdain parce qu'il est tombé amoureux ! Alors qu'il est père d'une ravissante fille, marié à une femme culottée et avenante, une forte en gueule on dira, il fait faire défiler maîtres à danser, à chanter, à se battre, et même maître tailleur pour conquérir Dorimène, qui n'en a évidemment rien à faire de lui ! Et nous ne lui en voulons plus de puer le fric, l'égoïsme, parce que amoureux il devient ridicule ! On ne rit plus de lui, mais pour lui ! Pour ses extravagances, pour ses gaffes, pour son bon sens ! Et lorsqu'il accepte de devenir un mamamouchi grotesque, on sourit à ce feu d'artifice de la bêtise humaine ! Ce bourgeois est finalement, lui qui a tant d'argent, un type impayable. Et si François Hollande ou Louis XVI, qui tous deux en avaient les rondeurs, avaient en définitive été des MM. Jourdain de l'Élysée ou de Versailles ? Un bourgeois socialiste gentilhomme président de la République et Sa Majesté bonhomme roi du royaume de France.

Mme Jourdain, *Le Bourgeois gentilhomme*

Fille de marchand du Marais tout comme son mari Jourdain, elle est sensationnelle, cette bonne femme ! Elle respire la vie, le bon sens, la raison. Dupe de rien, elle n'a qu'une idée : foutre à la porte tous ces escrocs de maîtres, de marquis et de valetailles qui viennent s'emplir les poches profitant de la naïveté de son mari. Elle refuse de laisser sa fille épouser un cafard de la cour. Lorsqu'elle revient pour le fastueux dîner offert à Dorimène par

Jourdain devenu baba devant elle, Mme Jourdain interrompt tout. Apparaissant à l'improviste et réglant du coup son compte à Dorante qui faisait à croire à Dorimène, sur laquelle il a des vues, que c'était lui qui régalait ce soir ! Mme Jourdain est un rôle fleur : il s'ouvre pour laisser s'exhaler un parfum de vérité ! Quelle trempe !

Jupiter, *Amphitryon*

Le dieu de l'Olympe (Zeus) une fois de plus jette ses vues sur une terrienne splendide comme il se doit, la somptueuse Alcmène. Son plan est sans faille : il va précéder le retour de guerre de son mari Amphitryon. Et se faisant l'apparence de l'époux absent, il va sauter la femme ! Les quiproquos s'enchaînent magistralement jusqu'au final où enfin Jupiter révèle tout sachant si bien « dorer la pilule » à chacun comme le valet Sosie l'affirme.

La Flèche, *L'Avare*

Valet de Cléante, c'est le précurseur de Mosca de Volpone : il est mouche en effet et virevolte insaisissable ! En plus, il boite pour le plus bel effet comique. Car le drôle mouchardise aussi ! Il a découvert qu'Harpagon cache sa cassette et si l'Avare le fouille partout il ne peut pas fouiller son âme ! Pfuittt ! Il a piqué la cassette de l'Avare ! Le rôle n'est pas grand mais piquant !

Léandre, *L'Étourdi ou les Contretemps*

Il sert de faire-valoir aux héros de *L'Étourdi*, Lélie, qui rêve de la belle Célie comme lui ! Mascarille magouille pour son maître afin d'empêcher Léandre d'acheter la jeune esclave à Trufaldin ! Mais l'étourdi s'emmêle toujours jusqu'à aller encore contre son propre intérêt en révélant toutes les astuces de Mascarille à son propre rival Léandre !!!

Léandre, *Le Médecin malgré lui*
Un peu transparent, il est l'amoureux typique des comédies où la jeune première au contraire, elle, est beaucoup plus tenace, vive et audacieuse comme Lucinde, qui ose tromper son monde en jouant la muette ! Sganarelle forcé de jouer lui au « Médecin malgré » lui va lui permettre enfin de se faire passer pour un apothicaire et d'enlever la belle !

Léandre, *Les Fourberies de Scapin*
Incapable de maîtriser ses nerfs, allant jusqu'à vouloir une explication qui frise la cogne avec son valet Scapin, il est le jeune ballot. Tombé raide dingue de cette esclave égyptienne Zerbinette et fils du radin Géronte, il n'a pas d'autre issue que s'en remettre au dit Scapin, fourbe des fourbes ! Bien sûr personne n'est au bout des surprises ! Et tout va finir en feu d'artifice de joie pour Léandre, à qui tout est pardonné pour sa principale qualité de franchise : sa jeunesse !

Lélie, *L'Étourdi ou les Contretemps*
Un rôle très inattendu, foldingue, un peu l'équivalent du « Menteur » de Corneille, un vent de fraîcheur et même de charme. Lélie est donc cet étourdi qui a la cervelle puzzlée et qui, mélangeant toutes les pièces, fout en l'air toutes les ruses de son valet Mascarille pour tenter de réussir à faire tomber dans ses bras, et non ceux de son rival Léandre, la tendre esclave, la ravissante Célie.

Lélie, *Sganarelle ou le Cocu imaginaire*
Jeune chien fou amoureux de la sage Célie, à qui il a offert son portrait qui va provoquer le nœud de méprises et le départ des crises qui vont déclencher les coups de théâtre continuels de cette comédie dingue.

Léonor, *L'École des maris*

Elle est raide comme son nom stylé. Éduquée d'après la morale libérale d'Ariste, elle accepte d'épouser son tuteur plus âgé bien sûr, mais qui l'effraye moins que ces chiens fous à perruque blonde qui se croient tout permis. Isabelle la jeune sœur fera tout le contraire en s'enfuyant, séduite par Valère, qui l'enlève à Sganarelle sans coup férir.

Lisette, *L'École des maris*

Elle a beau être la suivante de Léonor, elle prend le parti de la sœur de sa maîtresse Isabelle étouffée par la jalousie de son tuteur Sganarelle. Lisette est l'une des premières soubrettes marquantes pour Molière.

Lisette, *L'Amour médecin*

Suivante de Lucinde, elle est dans le micmac de sa maîtresse qui feint d'être muette pour échapper à un mariage forcé et au contraire convoler avec l'élu de son cœur. Si Lucinde joue à avoir perdu la parole, Lisette à la parole facile pour invectiver tout le monde et prendre le parti de la jeune fille.

Lucette, *Monsieur de Pourceaugnac*

Elle aussi, qui se fait passer pour une Gasconne pétillante et agressive, se démène et participe au complot pour refouler ce provincial à la noix M. de Pourceaugnac, limousin accablé, affolé, ballotté dans tous les sens afin qu'il ne puisse épouser Julie dont rêve bien sûr Éraste ! Comme le valet fourbe d'Éraste, Sbrigani, elle joue son rôle de fausse épouse fourbue d'une marmaille d'enfants.

Lucile, *Le Bourgeois gentilhomme*

Lucile, fille des Jourdain, est un joli rôle de jolie jeune première. Cléonte et son valet actif Covielle vont emporter M. Jourdain dans un tourbillon de turqueries qui vont mamouchiser le bourgeois Jourdain, son papa fou, dans un joli final sans fin qui a fait entrer cette comédie musicale dans la légende. Saisissant soudain que le fils du Grand Turc est en réalité Cléonte, son amoureux déguisé, elle va jouer le jeu, avec un brio fou.

Lucile, *Le Dépit amoureux*
Amoureuse d'Éraste, elle est choquée avec raison quand cet idiot s'emporte à tort et veut rompre avec elle par jalousie, la supposant amie et amante de Valère. Heureusement, la petite puce aura le dernier mot.

Lucile, *Le Médecin volant*
Dans cette toute première comédie à l'italienne à succès de Poquelin, elle tient le rôle de la typique jeune fille promise par son foutu papa borné à un fantoche, ici Villebrequin. Comme toute jeune première, elle est amoureuse du séduisant jeune premier de service, Valère en l'occurrence. Selon aussi la coutume, elle joue la malade ! Et c'est Sganarelle qui joue au médecin pour que les deux pigeons qui s'aiment d'amour tendre puissent être réunis. Elle est donc l'esquisse de Lucinde, héroïne du *Médecin malgré lui*. Une esquisse exquise !

Lucinde
Petite rigolote jeune première qui, pour éviter le mariage bidon concocté par son père, Géronte, fait semblant d'être muette avec esprit. Paradoxalement un rôle très sympa pour une comédienne qui ne dit rien par jeu mais peut offrir au public un visage figé, des yeux pétillants et déclencher les rires !

Lucinde, *L'Amour médecin*

Ce n'est pas une jeune première, elle n'en a pas la maturité ni la rouerie parfois. Lucinde est une ingénue en vérité pur jus. Ni trop, ni pas assez. Elle n'a pas le caractère assez trempé pour s'opposer à son père, qui entend la mener vers un mariage tordu. Heureusement, sa soubrette Lisette va intervenir en l'obligeant à jouer à la malade !

Lysandre, *Les Fâcheux*

Une caricature absolue ! Il croise Éraste et lui explose la tête à coups répétés d'un délire cabotin : chantant, dansant, blablatant à n'en plus finir. Un pantin agité.

Lysidas, *La Critique de l'École des femmes*

Une ordure de faux-cul qui joue au poète visqueux faisant croire que la comédie de Molière ne manque pas d'attraits mais finissant par les juger indignes et repoussants ! La jalousie personnifiée avec un visage de hyène !

Madelon, *Les Précieuses ridicules*

Précieuse jouant au duo ridicule de perruches qui veulent être à la mode avec sa cousine Cathos. Elle va recevoir une sacrée leçon infligée par leurs fiancés, Du Croisy et La Grange, qui leur adressent Mascarille et Jodelet, leurs valets, qu'elles prennent pour marquis et vicomte. Leur père, Gorgibus, est vengé du coup de toutes les turpitudes qu'elles lui font voir !

Maître à danser, *Le Bourgeois gentilhomme*

Pour devenir gentilhomme, Jourdain, bourgeois parvenu, le paye pour des leçons de danse où le danseur sait tirer les fils de la marionnette pour en recevoir autant d'argent que de quoi rire.

Maître d'armes, *Le Bourgeois gentilhomme*
Une brute qui n'a pas de temps à perdre et, ne se faisant aucune illusion sur Jourdain, se contente de l'impressionner en le brutalisant jusqu'au ridicule.

Maître de musique, *Le Bourgeois gentilhomme*
Il se demande ce qu'il fait là et n'hésite pas à justifier de prendre l'argent de Jourdain pour une éducation musicale qui ne dépassera pas le *la la la*.

Maître de philosophie, *Le Bourgeois gentilhomme*
Un insupportable maître qui sait tout sur tout et n'hésite pas à se bagarrer pour prouver l'importance majeure de la supériorité de sa science sur les divertissements de danseurs, musiciens ou soldats. Jourdain vorace d'apprendre tout de lui sur la logique, l'orthographe, la morale, la physique, va découvrir grâce à lui les voyelles.

Maître Jacques, *L'Avare*
Cocher, cuisinier, il sert de tampon entre Harpagon, son maître, et Cléante, le fils rebelle, qui s'écharpent sur le sort de Mariane que chacun veut pour lui. Il sera mal récompensé de s'interposer et de clamer la vérité à l'Avare qui, du coup, n'aura qu'une façon de réagir en rossant son serviteur !

Mariane, *Tartuffe*
Orgon, son père, a le culot de vouloir la marier à cette ordure de Tartuffe, alors qu'il avait promis sa main à Valère. Les deux jeunes gens se font une scène crispante où Dorine heureusement les sépare et promet d'intervenir avant l'irréparable. Elle est très pétillante par moments et puis soudain figée, sans réaction apparente, tétanisée par ce père puisque n'oublions pas que Mariane est orpheline.

Et finalement Dorine est sa seule amie, nourrice, servante et mère !

Mariane, *L'Avare*
Belle comme un cœur, elle est la chèvre de M. Seguin, ici de Mme Frosine qui la dénichait dans son trou pour la livrer en proie au loup Harpagon. Victime, vierge apeurée, elle n'a qu'un seul espoir : que Cléante la sauve ! Coup de théâtre ! Elle est en réalité la fille perdue du seigneur Anselme !

Marinette, *Le Dépit amoureux*
La soubrette de Lucile a un caractère trempé qui n'entend pas se laisser faire et même si elle adore son Gros-René, valet d'Éraste, l'amoureux de Lucile, sa maîtresse, elle n'hésite pas à s'engueuler pour un rien.

Marphurius, *Le Mariage forcé*
Docteur pyrrhonien dubitatif.

Le Marquis, *La Critique de l'École des femmes*
Un lâche qui suit la Cabale contre Molière et tire à boulets rouges contre la comédie qui triomphe de salon en salon, pour se faire mousser comme l'un de ceux qui décident et se donnent le droit de juger.

Martine, *Le Médecin malgré lui*
Une bougonne paysanne qui en a ras le bol de son ivrogne de mari, fagotier de son état lorsqu'il ne cuve pas son vin. En plus, le malotru la cogne et c'est après une énième rouste qu'elle va lui jouer un tour pendable en le faisant passer pour un docte médecin aux yeux de deux serviteurs venus en chercher un pour la fille du vieux Géronte. Hop ! Sganarelle, pour sa punition, se retrouve médecin malgré lui !

Martine, *Les Femmes savantes*
Elle n'a pas la langue dans sa poche, la Martine ! Philaminte ne la supporte plus et veut foutre dehors sa servante. Mais elle n'en fait qu'à sa tête et revient pour tenter de mettre enfin Trissotin, cet escroc, au pied du mur et qu'il dégage ! Chrysale, lâche, aura bien besoin d'elle pour s'opposer à cet infâme dessein : marier Henriette à Trissotin.

Mascarille, *L'Étourdi ou les Contretemps*
Molière réussit pour un coup d'essai une ébauche de coup de maître : Mascarille, valet de comédie, est convaincant. Par sa fougue, sa faconde, sa rouerie et son cabotinage, il préfigure ce que Poquelin va un jour sublimer en Scapin, en Sganarelle, un mythe du serviteur à la fois faux-cul avec son maître, mais aussi curieusement finalement très attaché à lui. Et c'est Molière qui va ainsi de pièce en pièce façonner son duo maître-valet où l'on ne sait plus qui est le valet et qui est le maître ! Lélie est fou d'amour pour la belle esclave de Trufaldin, Célie. C'est Mascarille qui va bonimenter dans tous les sens, s'emberlificotant lui-même, pour la ramener dans les bras de Lélie. Mais l'étourdi gâche tout chaque fois !

Mascarille, *Les Précieuses ridicules*
Une éblouissante réussite ! Molière dans ce rôle est irrésistible. Valet de La Grange, qui est snobé par sa fiancée précieuse de carton, il va venger son maître. Déguisé en marquis de cour avec son complice, il va ridiculiser les deux folles cousines Cathos et Madelon ! Le valet de Molière est né et est déjà célébré et immortel.

Mascarille, *Le Dépit amoureux*
Son maître Valère est soi-disant marié secrètement à Lucile : voilà la fausse rumeur que Mascarille répand

pour aller contre l'autre duo Gros-René et Éraste. Molière a laissé tomber en route le Mascarille de deuxième classe qu'il est là.

Mélicerte, *Mélicerte*
La nymphe ravissante est amoureuse de Myrtil, le simple berger. Las ! Le roi lui-même en a décidé autrement : elle aura pour mari un grand seigneur, ainsi choisi par Sa Majesté. Mais Mélicerte n'est pas du genre soumise !

Mercure, *Amphitryon*
Deux rôles pour un seul acteur ! En effet, il est d'abord Mercure, le dieu qui flirte avec la Nuit sur leur nuage tandis que Zeus/Jupiter se tape Alcmène en ayant pris les traits d'Amphitryon, son époux, qui lui sera bientôt de retour de guerre. Et Mercure à son tour prend l'apparence d'un autre : Sosie, valet d'Amphitryon. Face à Sosie dans un duo savoureux, il est toujours Mercure, Mercure en Sosie d'apparence mais de caractère encore ce dieu qui chasse Sosie. Puis face à Cléanthis, femme de Sosie, là il incombe à l'acteur que Mercure disparaisse et que Sosie en lui soit dans la voix et les gestes comme évident aux autres. Un double rôle savoureux à jouer et plein de malice et de charme.

Molière, *L'Impromptu de Versailles*
Molière face à sa Troupe pour leur annoncer qu'elle doit à l'improviste donner une représentation à Versailles devant Sa Majesté, alors que rien n'est préparé. Un chef-d'œuvre qui ouvre tant de portes, celle du théâtre dans le théâtre, et la compréhension du naturel sidérant de ce génie acteur, auteur et metteur en scène Molière. Le rôle n'en est pas un puisqu'il s'agit de Molière lui-même disant du Molière. Il est déconseillé à l'acteur de se prendre pour

Molière, ou d'imiter Molière. La seule manière de lui être fidèle, c'est de dire son texte sans en changer un mot bien sûr mais d'être soi-même. Autrement dit comme l'a si bien compris Giraudoux avec *L'Impromptu de Paris* où Jouvet est Jouvet et dit du Jouvet écrit par Giraudoux. Jouer ainsi ce rôle est donc plus qu'un travail, une mission. Un honneur. Et une fois joué, une fierté.

Moron, *La Princesse d'Élide*

Un pleutre, un lâche, un couard. Tout adjectif relatif à la peur et à l'égoïsme d'ailleurs colle parfaitement à la peau de ce bouffon accroché à la princesse d'Élide. Il monte à l'arbre par peur de l'ours, du sanglier, mais plus encore par peur de lui-même, car il se sait au fond tocard et fragile ! La preuve : il va se faire bouffer par celle qui n'en fait qu'une bouchée, la malicieuse suivante Phillis !

Nicole, *Le Bourgeois gentilhomme*

Le rôle de cette servante des Jourdain est presque trop réussi. Il est d'un bloc. Pour une performance : cette scène de rire lorsqu'elle pouffe puis s'écroule de tant s'esclaffer devant l'extravagante tenue de son maître. Elle a de l'audace face à lui, et pleine de bon sens explose avec franchise. Une belle personne et on s'y attache vite.

Octave, *Les Fourberies de Scapin*

Baron a créé le rôle et tout s'y tient. Le jeune amoureux est aussi capable de secrets donc habile à cacher comment mentir même. Là il s'agissait de sa liaison avec Armande, Mlle Molière ! Dans cette comédie phare, Octave a épousé en secret donc une jeune fille démunie lorsque le ciel lui tombe sur la tête ! Son père revient à Naples pour le marier ! Il supplie alors Scapin de le sortir de cette situation tragique inextricable ! On ne découvrira qu'au final éblouissant que la laissée-pour-compte et la jeune épousée qu'on lui imposait n'en font qu'une !!! Au final un rôle beaucoup plus riche lui aussi qu'il n'y paraît à première vue.

Orante, *Les Fâcheux*

Un obstacle imprévu de plus pour Éraste qui, au moment de retrouver sa dulcinée Orphise, est accroché par cette emmerdeuse pour qu'il prenne parti dans une engueulade entre elle et sa copine Climène ! Un énième clin d'œil de Molière sur le culot de ces casse-pieds qui ne manquent pas d'air !

Orgon, *Tartuffe*

Un sacré rôle puisqu'il est à lui seul la poupée chinoise de nombreuses créations de Molière. Il y a en lui de tout ! De la lâcheté de Chrysale, de l'égoïsme de Gorgibus, du ridicule de Géronte, de l'aveuglement d'Argan, de la suffisance d'Arnolphe, de la bêtise de Pourceaugnac, de la colère d'Amphitryon, de la naïveté de Jourdain. Bourgeois assis sur sa fortune, il croit régner en maître chez lui. Mais il n'en est rien ! Sa mère dirige tout comme elle veut. Vieille peau acariâtre entichée de cet escroc Tartuffe. Ordure recueillie par Orgon aveuglé par cet imposteur qu'il privilégie au détriment de ses enfants qu'il trahit. Seule résiste sa femme, vingt ans de moins que lui tout de même ! Elmire va réussir à démasquer l'hypocrite. Et Orgon finirait même en prison sans l'arrestation du traître par la justice du roi. Autant on peut pardonner aux autres pères de famille cités leurs erreurs parce qu'ils sont croqués de main de maître par un auteur de comédie qui théâtralise des marionnettes sympathiques et ridicules, autant le cas d'Orgon est sans excuse. Pour deux raisons. Une : c'est qu'on a cru pendant des siècles que la véritable guerre contre Molière à coups de procès, de diffamation, d'interdiction pour étouffer la pièce était motivée par le personnage de Tartuffe, cet hypocrite, et que Molière, ce criminel impie d'après le vomi qu'on lui déverse, ferait ainsi injure aux serviteurs de la foi. Et donc à l'Église tout entière. Sa comédie blasphématoire méritant de brûler aux enfers. C'est faux ! La véritable raison de tout faire pour que l'œuvre disparaisse n'est pas Tartuffe mais Orgon !!! Voyons ! Ouvrez les yeux ! Car Molière peint là un homme au demeurant normal, humain, qui a bâti sa vie, qui a tout réussi, même après veuvage en retrouvant une jeune épouse. Qui l'aime vraiment et qui n'est pas mariée à lui pour son argent. Ses enfants sont aussi remplis de qualités. Et que ce soit son frère ou sa servante, tout est d'une loyauté pour l'entourer. Or ce mari, ce père, ce chef de famille devient, après sa rencontre fortuite avec cette loque de Tartuffe, ce qu'on peut imaginer de pire dans le quotidien de la vraie vie, un salaud. Qui va trahir toute sa famille ! C'est lui, Orgon, qui est la véritable peste de la pièce. C'est lui qui est le danger absolu pour tous les ennemis de Molière ! Car Orgon, c'est eux !!! Bien sûr ! Ce sont tous des Orgon ! De fait ou en puissance ! C'est celui qui fait de Tartuffe non pas un monstre hypocrite, ce qu'il est déjà bien sûr, mais un monstre hypocrite ayant réussi ! À tout voler ! Son âme d'Orgon et son bien ! *Tartuffe*, ce chef-d'œuvre, ne dénonce pas les Tartuffe en tout genre qui pullulent et n'attendent pas après Molière pour que leur masque tombe ! Ce sont les Orgon que Molière dénonce, démasque et accuse ! Et c'est là le génie de Molière ! Pour comprendre une pièce, c'est la vraie trame qu'on doit mettre au jour. Son vrai squelette. Sa vraie charpente qui tient donc toute la chair de l'œuvre dont chaque scène est un muscle, et chaque événement une articulation. Or Tartuffe est comme un virus, qui s'y est infecté. Et la parcourt en empoisonnant tout puisqu'à chaque scène, à chaque parole presque on ne fait que parler de lui. Mais la vraie ossature, c'est Orgon !!! Le chef-d'œuvre n'est pas le procès de Tartuffe mais d'Orgon.

Et le jugement tombe : il n'a aucune excuse. La condamnation est sans appel. Et la seconde raison de ne pas lui faire crédit est que le père reste sourd à son fils, puis à son frère, puis à sa servante, puis à sa femme ! Et lorsque enfin il sort de sa méprise comme déshypnotisé, Orgon s'en prend fou de rage à Tartuffe. Soit ! Mais réfléchissez donc : après le premier réflexe pour soulager sa colère, ne devrait-il pas plutôt condamner le vrai coupable ? Bien sûr que si. Et il devrait donc se condamner lui-même ! Et sans aucune circonstance atténuante puisque tout le monde l'avait mis en garde et qu'il n'a rien voulu savoir. Incapable d'admettre qu'il ait pu s'être trompé. Le rôle d'Orgon est donc à la hauteur des plus grandes réussites de Molière. Plus qu'un rôle d'ailleurs. Comme César pour Pagnol, c'est un sommet. Mais là où César est un monstrueux rôle, Orgon est un rôle monstrueux.

Oronte, *L'École des femmes*

Le *deus ex machina* qui arrive au dernier moment sorti du sac imaginaire de Poquelin pour démêler l'autre sac, le sac de nœuds si bien noué par Jean-Baptiste : Oronte révèle qu'Agnès est la fille oubliée d'un proche de la famille, donc Arnolphe perd son autorité de tutelle et Oronte peut la marier à son propre fils, Horace ! Ce n'est pas tout à fait un rôle, c'est plus comme d'autres sont poussés au crime, lui Oronte est un pouce au dénouement.

Oronte, *Monsieur de Pourceaugnac*

Le vieux con, borné, sans humour, terne et imbuvable père qui veut marier sa fille Julie à ce plouc de Pourceaugnac, riche Limousin. Avec la même froideur, il y renoncera lorsqu'il sera embobiné par Sbrigani et Éraste jusqu'à croire Pourceaugnac criblé de dettes, déjà père de famille et, pour couronner le tout, bien malade !

Oronte, *Le Misanthrope*

Ce que Beaumarchais a réussi avec Bazile du *Barbier de Séville*, Molière le réussit avec Oronte. C'est-à-dire un de ces seconds rôles qui, tellement éblouissant, fait dire à tous : « On ne voit plus que lui ! » Almaviva et Figaro, comme Alceste et Philinte n'existent plus quand Bazile ou Oronte sont là. La différence, c'est que Bazile en bon cabotin dit tout lui-même sur la calomnie, alors qu'Oronte n'est que prétexte pour que Molière dise tout sur la cour, puante de courtisans faux-culs. Il prétend venir chez Célimène pour y rencontrer Alceste. Il lui jure amitié et admiration et pour sceller leur duo il lui offre la primeur de son poème.

Pancrace, *Le Mariage forcé*

Un pantin du jeu de massacre de Sganarelle qui espère en vain un conseil de son voisin et docteur sur son éventuel mariage. Son bla-bla-bla doctrinaire affirmatif est un tissu à l'écossaise : bariolé dans tous les sens de mots savants colorés d'emphases idiotes et péremptoires. Aristotélicien Pancrace est un exercice de virtuosité de diction approprié pour tout comédien aimant jouer les ganaches divertissantes.

Mme Pernelle, *Tartuffe*

Elle n'est même plus une grenouille de bénitier, elle est pire. Mère d'Orgon, elle n'a aucun état d'âme. C'est une teigne ! Elle gifle sa servante, elle vomit des injures sur toute la famille. Bru, petit-fils, petite-fille, beau-frère, nul n'y échappe tant elle est habitée par Tartuffe. Mais n'en doutons pas, cette saleté de femme aigrie et jalouse serait la même si Tartuffe n'existait pas. Sauf qu'alors elle maudirait tout le monde en silence, sans dire un mot et l'hypocrite ce serait elle !

Philaminte, *Les Femmes savantes*

Plus égoïste, tu meurs ! Au lieu d'assumer son rôle de mère de deux filles, Armande l'aînée, Henriette la cadette, son autre rôle, d'épouse auprès de Chrysale, de sœur auprès de Bélise, cette dingue égoïste ne fout rien d'autre que de passer son temps à discutailler de pseudo-sciences fumeuses, de philosophie au ras des pâquerettes, en cirant les pompes à des minables qu'elle se gausse d'inviter et qui, tels Trissotin et Vadius, en profitent pour se taper dessus ou tenter de se taper la plus jeune des deux filles ! Ce qui étonne, c'est que les actrices se persuadaient que cette vraie conne (si le mot existe dans le dictionnaire, insulte ou pas, c'est bien pour être utilisé et appliqué lorsqu'il correspond à la réalité : or si Philaminte n'en est pas une, qui l'est ?) a des excuses ! Les comédiennes tentent de la rendre sympathique, voire fragile ou victime. À tort. Ce n'est rien d'autre qu'une mère indigne, une épouse castratrice, une sœur minable, et pour ce qui est de la science et de la philosophie donc, une conne.

Philinte, *Le Misanthrope*

On dit de lui qu'il est l'ami sincère d'Alceste, fidèle et attentif. On dit aussi qu'il est le bon sens, la raison même, le sage des sages puisqu'il s'accommode de tous les travers des hommes. Et on a l'indignité de pousser les élèves à prendre son parti, à faire pencher la balance de son côté. En gros, si tout le monde était comme Alceste, le monde deviendrait invivable, alors que Dieu merci les vrais héros du monde ce sont les Philinte, ceux qui savent tolérer et sans heurt passer outre pour que le monde puisse tourner rond. En réalité, le monde est pourri et dégueulasse à cause de ces hypocrites de Philinte qui, justement, ont tout laissé faire et défaire et refaire. Ceux qui comme lui n'ont été que faux-culs disant oui à tout le monde, se couchant là où il aurait fallu se redresser et lutter au contraire. Et j'accuse les responsables de l'école républicaine et les milliers de livres annotés, ces exemplaires de petits classiques de théâtre d'avoir sans discontinuer fait croire à la jeunesse de France qu'être un Philinte était préférable à Alceste. Il s'engueule avec Alceste comme un imbécile qui abat des platitudes convenues et pas une seule fois de l'humour, de l'à-propos avant qu'Oronte vienne cirer les bottes à Alceste. Lorsque Oronte et Alceste s'engueulent comme des chiens, Philinte en lâche n'intervient pas comme un véritable ami devrait le faire. Il trahit Alceste au contraire en mentant comme un sale hypocrite flattant Oronte. Comme s'il avait, avec son poème nul, écrit un chef-d'œuvre ! Et Philinte serait l'exemple à suivre pour les jeunes ! Mais vous n'avez pas honte ? Non, l'exemple de la droiture et de la loyauté, c'est Alceste. Quant au IIe acte, les marquis font leur cirque, Philinte lèche encore les bottes aux pitres après le procès perdu par Alceste. Il raconte à sa façon sans ménagement le ridicule de son ami à ses yeux. Mais il en profite pour faire du rentre-dedans à Éliante. Au Ve acte enfin, à aucun moment non plus il ne prend la défense de Célimène. Et on remarquera qu'aucune lettre de Célimène ne le concerne !!! Parce qu'il n'intéresse en fait personne ! Car personne n'est dupe de ses hypocrisies et de son égoïsme. Pour jouer subtilement le rôle de flatteur à vomir, les metteurs en scène ont tous trouvé le moyen idéal et efficace pour que les acteurs en Philinte soient tous impeccables : les flatter ! En les persuadant qu'ils jouent un héros et non ce qu'il est vraiment, un minable.

Pierrot, *Dom Juan ou le Festin de pierre*

Le petit paysan est un héros ! Il a sauvé de la noyade Sganarelle et Don Juan. En récompense Don Juan, ce séducteur maudit, va sans vergogne entreprendre de séduire non seulement sa promise, Charlotte, mais pourquoi pas en même temps son amie Mathurine. Promettant à toutes deux mariage et vie de rêve d'un seigneur richissime. Molière s'amuse à doter d'ailleurs les paysans d'un patois tripatouillé de telle sorte qu'il en devient crédible, risible et plein de charme et de saveur. Hubert, qui créa le rôle, y était tout à fait merveilleux de ferveur, de drôlerie et aussi d'une certaine crânerie à oser défier, lui, petit rien du tout, un grand seigneur qui se la pète !

Pourceaugnac, *Monsieur de Pourceaugnac*

C'est le M. Perrichon de Labiche au temps de Molière. On ne le définit pas seulement en le réduisant à un pauvre ballot paysan limousin venu à Paris pour épouser, riche autant que fort imbu de lui-même, une jeune Julie, la proie qu'il s'est choisie. Mais on découvre en fait une sorte de taureau dans une arène et que scène après scène on va achever au bout de cette corrida comique ! Éraste, amoureux de Julie, va réussir dans son entreprise d'écarter Pourceaugnac. Pourceaugnac se prend les pieds dans les filets du piège de Sbrigani ! Ridiculisé, diffamé, calomnié, il s'enfuit. On le traite de scélérat bigame, criblé de dettes. Les médecins à ses trousses, il fuit Paris enfin, déguisé en femme ! On irait presque jusqu'à le plaindre !

Princesse d'Élide, *La Princesse d'Élide*

Une silhouette d'héroïne, une allure de reine. Molière préfigure les héroïnes de Marivaux, car elle refuse de choisir entre deux prétendants pour en aimer un autre, Euryale. Mais Euryale aussi fier qu'un paon a beau jeu de faire l'indifférent refusant par orgueil d'avouer son penchant amoureux pour elle. La Princesse est un rôle très délicat qui est tout en surface certes. Mais le rôle n'est pas loin de présager de rôles tout en délicatesse et pudeur dont Marivaux saura se rendre maître, peut-être parce qu'il n'hésitera pas à les poudrer d'une cruauté féminine plus acérée que celle que Molière décline déjà un siècle avant.

Purgon, *Le Malade imaginaire*

Curieux rôle ! À prendre côté pile ou côté face ! Côté pile, il est grotesque ! Fou de rage, tyrannique, abruti de sa fatuité et de son fatras latino-crétin, il a la tronche d'un rat rouge de colère qu'Argan, sa naïve banque, puisse cesser de suivre hypnotisé par son savoir bidon ses ordonnances et ingurgiter par la bouche des fioles d'escrocs et par les fesses des lavements à faire crever un cheval ! Du coup, il casse ce mariage honteusement pourvu entre l'idiot taré, Thomas Diafoirus, et la charmante Angélique, fille du malade imaginaire Argan ! Côté face, la scène de Purgon est une dragée au poivre qui passe comme une lettre à la poste, divinement drôle, bien enlevée et qui fait respirer la comédie-drame. Car c'en est une. Sorte d'inverse des tragi-comédies classiques. C'est un peu pour *Le Malade imaginaire* la scène attendue par tous qui ravit tout le monde comme un moment de folie, à l'exemple de la scène de Zerbinette dans *Les Fourberies de Scapin*, de Nicole dans *Le Bourgeois gentilhomme,* de Marphurius dans *Le Mariage forcé*. Souvent un régal.

Sbrigani, *Monsieur de Pourceaugnac*

Superbe composition d'un fourbe de qualité qui frétille certes mais ne sautille pas. Un grand-oncle de Scapin qui lui est un renard bondissant, rusé et fin joueur, un Arsène Lupin de la valetaille maître ès fourberies. Alors que Sbrigani a les pieds sur terre, les mains dans les poches, pas les siennes mais celle des autres. S'il virevolte, ce n'est pas comme Scapin qui saute partout, se tord et se couche et saute et plonge, c'est lui dans sa tête qu'il voltige. Napolitain au service de ses propres intérêts avant ceux de son maître Éraste, il est fidèle oui, mais surtout à sa seule morale : tirer profit pour lui de tout. Il réussira tout ce qu'il entreprendra pour écœurer Pourceaugnac, pour qu'Éraste puisse jouir de sa fiancée, Julie. Son nom même, Sbrigani, proche du brigand qu'il est foncièrement, nous met la puce à l'oreille sur ce qu'il est en réalité : un truand. Dans sa lignée se profile déjà un Vautrin en puissance.

Scapin, *Les Fourberies de Scapin*

L'étoile de tout le théâtre de Molière. Ce qu'il fait dans cette comédie brillantissime importe peu. Quoi donc ? Deux fils veulent échapper à cette idée folle, la même pour les deux pères, Géronte et Argante, de les marier avec les deux épouses choisies donc par les papas. Molière concocte un sac de nœuds qui tient en haleine, du début à la fin. Avec scènes de bravoure, pitreries. Du rire hystérique, au règlement de compte contre la justice et ses complices. Quelques griffes sur la crétinerie innée de la jeunesse naïve et impatiente. Et par-ci, par-là des bouffonneries dignes de la *commedia dell'arte* dont la pièce elle-même est un fabuleux hommage ! Scapin est en réalité le salut, le merci, la plus belle reconnaissance que Molière puisse faire à son idole Scaramouche. Il réussit même avec génie de créer comme Figaro le sera pour Beaumarchais, ou Désiré pour Guitry, de la Môme Crevette pour Feydeau ou Don César pour Hugo, une figure théâtrale si parfaite, qui sonne si faux parce qu'elle est théâtrale des pieds à la tête jusqu'au bout des ongles et même jusqu'à son langage qui lui est propre, qu'au final elle nous persuade qu'elle a vraiment existé !!! Oui nous sommes prêts à parier que Don César, la Dame de chez Maxim, cette Môme Crevette, Don César en Espagne, Désiré à Paris, et Scapin à Naples ou Figaro au château d'Aguas Frescas ont vraiment été de la partie tellement ils sonnent vrais et tellement ils nous ont divertis ! La médaille d'or revenant bien sûr à Cyrano de Rostand qui réussit le tour de force en s'appuyant sur un vrai poète, Hercule Savinien Cyrano de Bergerac, à nous faire avaler une figure théâtrale de légende si réussie comme un feu d'artifice qu'on finit par croire que l'amour que Cyrano portait à Roxane existait vraiment. Alors qu'il était en réalité homosexuel à la Rimbaud, à la Cocteau, à la Verlaine. Eh bien, Scapin de Molière est à Scaramouche ce que Cyrano de Rostand est à Hercule Savinien Cyrano de Bergerac : un hommage qui dépasse le vrai !

Sganarelle, *Le Médecin volant*

Les débuts du Charlot de Molière. Ce Sganarelle qui va faire son succès. Et qu'il déclinera d'abord tel quel dans sept pièces. Sganarelle se déguise en médecin pour favoriser les amours de Lucile et Valère. La jeune fille faisant la malade pour échapper au mariage que veut lui imposer son père ! Le rôle de Sganarelle tient de la farce des tréteaux n'hésitant pas, par exemple, à boire l'urine de l'égottante ! Du pur comique de farce.

Sganarelle, *Sganarelle ou le Cocu imaginaire*

Cette fois, Molière teste Sganarelle en cocu imaginaire puisque à tort il croit être trompé par sa femme, sous prétexte qu'elle tenait dans ses mains le portrait d'un jeune séducteur ! Or c'était tout à fait par hasard et le quiproquo s'installe ! Ce Sganarelle-là est trouillard comme pas deux, et hâbleur de service. Molière n'a pas encore trouvé de quoi lui mettre sous la dent, pour que le rôle soit autre chose qu'un emploi comique déjà vu cent fois : le bourgeois pataud et dépassé par ce qui lui tombe dessus.

Sganarelle, *L'École des maris*

Toujours borné, Sganarelle ! Mais là, Molière hisse le rôle jusqu'à la cruauté. Il se comporte en tuteur tyrannique envers sa pupille Isabelle qu'il martyrise en l'empêchant de vivre sa jeunesse et ses amours surtout. Alors que son propre frère Ariste élève dans la plus grande liberté la sœur d'Isabelle, la jeune Léonor, plus chanceuse ! Sganarelle récoltera le fruit de son égoïsme. Isabelle refusera de l'épouser, Dieu merci ! Tandis qu'avec beaucoup d'émotion Léonor donnera sa main à Ariste ! La bonne école, c'est celle de la confiance et du partage, pas celle de la soumission.

Sganarelle, *Le Mariage forcé*

Curieusement, Molière vieillit Sganarelle. Il a la cinquantaine passée et rêve d'épouser la divine Dorimène. Beaucoup trop jeune pour lui ! Elle semble prête pour convoler. Mais il devine enfin que c'est la fortune de Sganarelle qu'elle entend épouser ! Lui se contentera en retour des cornes qu'elle lui fera pousser ! Sganarelle paniqué va tout tenter pour échapper au pire, mais il échouera. Et roué de coups, tremblant pour un duel qui lui tombe dessus et, à choisir le moindre mal, il épouse. Le rôle de Sganarelle commence à s'étoffer de mieux en mieux.

Sganarelle, *Dom Juan ou le Festin de pierre*

Le sommet pour Sganarelle. L'idée folle de Molière qui met face à face Don Juan, le mythe absolu, et Sganarelle le poltron absolu ! Résultat du duo fabuleux : un chef-d'œuvre. Et toutes les scènes vont faire découvrir un aspect saisissant de Sganarelle : l'homme n'est pas seulement un serviteur qui suit toutes les tribulations de son maître et Dieu sait si elles se succèdent à un rythme d'enfer entre duels, meurtres, enlèvements, mariages, abandon puis fuite et refuite du duo si improbable, mais il est aussi un regard, une écoute et il se permet du début à la fin avec inconscience puis faisant preuve d'un réel courage, de juger son maître, de critiquer, intervenir, de réagir, d'oser aller plus loin qu'il ne faut. Quitte à être roué de coups. Sganarelle a quelques morceaux de bravoure inoubliables. Des scènes et une intrigue si joliment ficelées que Mozart lui-même en fera l'un de ses plus grands opéras ! Le rôle de Sganarelle est pour Molière ce que Charlot fut dans *Les Temps modernes* : sa consécration.

Sganarelle, *L'Amour médecin*

Sganarelle resté seul avec sa fille unique est un veuf inconsolable. Il devient malade lorsque sa fille l'est elle-même ! N'y tenant plus, il est prêt à convoquer toute une meute de médecins pour la guérir ! Bien lui en prend, car la rusée a feint la maladie. Et aucun des médecins ne pourrait parvenir à la guérir si ce n'est le dernier, son amoureux déguisé et qui la guérira mais pour mieux lui communiquer son mal d'amour ! On est loin du Sganarelle de *Dom Juan*, c'est celui de la farce qui réapparaît là pour des recettes plus conséquentes, il est vrai !

Sganarelle, *Le Médecin malgré lui*

Encore une dernière déclinaison de son Charlot-Sganarelle ! Cette fois il a presque un côté Falstaff. Il cogne, et gueule tout son saoul ! Fagotier de son état, il s'engueule sans arrêt avec sa femme, lui fout des raclées, persuadé qu'elle aime les coups ! Mais celle-ci de raclée est de trop et pour s'en venger elle le fait passer pour un grand médecin. Le voilà contraint de revêtir robe noire et chapeau pointu ! Il se retrouve chez le vieux Géronte, dont la fille fait croire qu'elle est malade uniquement pour ne pas épouser le mari choisi par son père ! Grâce à la jovialité bourrue, et parce qu'en plus Sganarelle se prend au jeu et s'en amuse lui-même, tout finira par un dénouement heureux. Pour cette ultime apparition, Sganarelle est apprécié par le public et personne ne trouverait à redire, mais Molière a choisi la facilité du comique de farce sans creuser davantage, car devant rapidement faire recette et durablement. Ce qui advint.

Sosie, *Amphitryon*

Le valet d'Amphitryon revient pour annoncer le retour de guerre de son maître ! Mais le ciel lui tombe sur la tête ! Au propre et au figuré ! Puisqu'il va trouver face à lui un vrai dieu, Mercure, qui a pris ses traits pour servir un autre vrai dieu, Jupiter, qui sous les traits d'Amphitryon vient de passer la nuit d'amour avec Alcmène d'où naîtra le petit Hercule ! Molière réussit l'impossible ! Revivifier la légende ! Et avec quel brio ! Le texte est comme l'intrigue : culotté ! Sur un sujet aussi scabreux inspiré au XVIIe des amours de Sa Majesté elle-même avec ses favorites ou autres femmes de cour, et des bâtards qui en sont nés, Molière tient un double pari : faire rire. Et là, le monologue très long de Sosie est un morceau de bravoure génial digne de la tirade des nez de Cyrano. Et d'autre part Molière fait réfléchir politiquement sur le droit de cuissage de ces grands messieurs. Une totale réussite. Un rôle diamant pour un grand acteur comique. Charlot lui-même y eût été grandiose !

Sostrate, *Les Amants magnifiques*

Un héros de la guerre, général de la cour. Assez humble pourtant il ne la ramène pas. Sa timidité et son charme ont ému certainement. Ériphile, la princesse, est amoureuse de lui qui n'ose pas même déclarer sa flamme à celle qu'il croit forcément tenue d'épouser l'un des deux amants magnifiques, ces deux princes qu'on lui destine. Dieu merci, Ériphile a plus de courage en amour que son beau général ! Un rôle délicat en fin de compte, car en Sostrate l'acteur a un double pari : faire croire au général comme à l'amoureux.

Sotenville (mari et femme), *George Dandin ou le Mari confondu*

Un couple ridicule de deux marionnettes imbues et sans pitié aucune, qui nagent dans leur prétention de gentilhommes campagnards père et mère d'une beauté Angélique qui s'est mariée non pas seulement au paysan George Dandin, mais surtout à son argent ! M. de Sotenville se croyant habilité à donner des leçons de savoir-vivre à son gendre que sa femme brûle d'envie de cocufier au plus vite ! Un couple d'acteurs s'amuse toujours en marionnétisant le duo qui est une sorte de clin d'œil divertissant pour le public.

Statue du Commandeur, *Dom Juan*

On pourrait croire le rôle figé puisque l'acteur est censé être la statue qui opine de la tête lorsque Don Juan la provoque au cimetière. Mais comme cette statue est celle du Commandeur tué en duel par le séducteur impénitent, il y a un vrai rapport qui s'installe entre les deux. Et lorsque le Commandeur vient menacer Don Juan au repas où il est invité en statue bien sûr, c'est lui qui donne le rendez-vous fatal du châtiment qui attend Don Juan où il sera foudroyé. Mais en vérité la vraie statue, c'est Don Juan. Depuis le début de la pièce et jusqu'au bout. Mieux qu'une statue, Don Juan a la stature d'un mythe. D'une légende. L'acteur, qui lui à la stature, doit surtout avoir une voix. Ce n'est qu'une apparence, mais elle fait grand effet et c'est vraiment le clou du spectacle.

Tartuffe, *Tartuffe*

Les rôles de salaud, de traître, de faux-cul, de lâche, d'imposteur sont toujours très réussis. Très payants, très forts, très porteurs pour un acteur. Parce qu'ils entraînent de la part du public une réaction. Choqué, stupéfait, terrorisé, le spectateur est obligé de réagir sur tout. Il ne perd pas une miette, pas un mot du traître. Il va même jusqu'à prévoir ce qu'il va dire ou va faire. Il ne décroche pas jusqu'au moment où enfin il a le châtiment qu'il mérite. Mais surtout le lien le plus fort, c'est que le spectateur sait ce que les autres rôles ignorent !!! Le public se croit plus intelligent qu'eux tous. Et il est même malgré lui complice du traître puisqu'il ne fait pas arrêter la pièce, ou pour le cinéma la projection, pour dénoncer le salaud et que la vérité éclate enfin ! Cette subtilité, Molière, comme Shakespeare avec Iago pour *Othello*, s'en sort admirablement avec *Tartuffe*. Et lorsqu'il apparaît au second acte, coup de maître énorme de Molière de nous l'avoir fait attendre pour que l'impatience le rende encore plus fort une fois-là, nous savons tout de lui. Nous avons compris qu'il a piégé toute la famille. Or Molière nous réserve une surprise de taille que nous ne pouvions imaginer. Et qui va nous faire entrer dans la pièce de façon immédiate et surtout présente ! Nous allons alors être attentifs à ce qui va se passer devant nous ici et maintenant au lieu de nous distancier. Nous n'allons pas suivre la pièce, nous allons la précéder ! Nous allons penser que quelque chose d'inouï va peut-être arriver à la seconde. Donc nous ne décrocherons jamais. Pourquoi ? Parce que la surprise, c'est que ce Tartuffe est au-delà du prédateur, un obsédé, et qu'il est dingue de la jeune femme d'Orgon : Elmire. Molière a gagné ! Nous sommes dans la pièce et nous ne la lâcherons plus. Tartuffe va-t-il violer ou non Elmire devant nous ? Dans une première scène, car Molière va tout de suite au cœur du sujet, Tartuffe tente de séduire

Elmire, mais l'arrivée inopinée du fils d'Orgon, Damis, va tout faire éclater. Orgon revenu refuse de croire son fils et le fout à la porte. Et Tartuffe *bis repetita* se retrouve avec Elmire à deux doigts cette fois d'arriver à ses fins la prenant sur la table, sauf qu'elle a su y cacher dessous Orgon qui surgit ! Tartuffe, fou de rage d'avoir été trahi, n'en a cure : il est maître du lieu ! Oui, il a tout volé déjà, mais Molière lui ne s'est pas laissé avoir par l'hypocrite et lui réserve au final la surprise du chef. En l'occurrence Sa Majesté elle-même qui va faire arrêter Tartuffe dans un final époustouflant. Molière signant là le chef-d'œuvre suprême non seulement de son œuvre, mais de tout le théâtre français.

Toinette, *Le Malade imaginaire*

Quel joli rôle ! Une servante certes mais qui passe les bornes des deux côtés : d'un, elle est vive, insolente, a réponse à tout, fait de l'esprit, irradie de joie de vivre comme si rien ne pouvait la contraindre de ses tâches épuisantes quotidiennes d'une vraie petite souris là où on ne s'y attend pas. Bon, de ce côté-là, Molière n'a pas vraiment innové. C'est justement parce qu'elles sont drôles et agaçantes, mettant leur nez là où il ne faut pas, qu'on les adore ces petits animaux qu'on traite par-dessus la jambe mais auxquels on s'attache. Mais de l'autre côté, là, Molière y met du sien et nous atteint : Toinette à elle seule va, comme une sorte de Scapinette, tout démêler, tout sauver parce qu'elle a pour son maître Argan un vrai respect, une vraie tendresse même. Et là Molière impose entre maître et serviteur un réel rapport, un lien même qui va plus loin et met d'égal à égal les deux classes sociales si éloignées. C'est tout à fait réussi, car paradoxalement on marche. On y croit. Qu'elle se fasse passer pour un médecin afin d'écœurer Argan de ces charlatans est drôlissime. Mais lorsqu'elle conseille à Argan de contrefaire le mort pour démasquer la trahison de sa seconde femme, nous sommes sûrs alors que Molière a bien lu Ben Jonson et son *Volpone*, qui lui aussi contrefait le mort pour se jouer de tout le monde ! Toinette est une sacrée pitchounette, séduisante en plus.

Trissotin, *Les Femmes savantes*

Un raté. Il a tout faux. Tartuffe a au moins une excuse : il va aller dans le mur parce qu'il se passe une chose qu'il n'avait pas prévue dans son plan machiavélique. Il s'agissait de bluffer Orgon et sa mère, Pernelle, de faire foutre à la porte le fils Damis, de faire taire Dorine la fouineuse et d'épouser la fille. Mais Tartuffe est pris à son propre piège en tombant réellement raide dingue d'Elmire ! Et oubliant toute prudence il va par deux fois tenter de la posséder ! Trissotin lui n'a aucun souci de sexe. Son sexe, sa passion, c'est l'argent. Et que l'argent ! C'est son talon d'Achille. Et lorsque ce rimeur bidon, ce docteur ès escroqueries, cet hypnotiseur de ces gourdes femmes qui ne sont pas savantes et qui croient monter au septième ciel en se pâmant pour des platitudes d'âneries apprend par un stratagème que la famille est ruinée, le voilà qui se démasque lui-même en prenant la fuite. Le rôle est très horizontal à jouer. Rien ne l'abat ni ne l'élève. Il traverse la pièce comme un accordeur de piano qui impassible se fait passer pour un virtuose, alors qu'il n'est justement qu'un accordeur. Donc, dès la première scène, tout le rôle doit être joué et demeurer le même jusqu'à la fin.

Uranie, *La Critique de l'École des femmes*

Elle accueille chez elle pour le fun un aréopage d'insectes et de faiseurs de première classe qui comme pour un dîner de cons sont totalement pris à leur propre jeu de massacre pour la plus grande distraction d'Uranie, satisfaite que ce soit dans son salon que de telles horreurs aient été proférées sur la dernière comédie dont tout le monde cause ! Pour une fois, Molière un peu à la De Sica, à la Guitry ou la Fellini ne fait que retranscrire ce qu'il a lui-même vécu en tapinois discrètement lorsqu'il lui arrivait de se trouver au mauvais moment dans un de ces dîners de ce monde immonde de mondanités dégueulant surtout ce qui réussit et trouvant du génie à l'imbuvable manque de talent de ceux qu'ils honorent du titre de poètes à la mode, donc destinés un jour à être démodés. Oui, Uranie est une mondaine. Et pourquoi pas élégante et nonchalante.

Vadius, *Les Femmes savantes*
Poète invité par Trissotin lui-même chez Philaminte pour y lire sa dernière ballade il va oser émettre maladroitement quelques baveuses critiques contre un sommet dont l'auteur, manque de bol, est précisément Trissotin ! Et la scène dégénère par un pétage de plombs réjouissant que Molière a su rendre rare et presque lyrique dans la catégorie duo de pitres, chacun cherchant à faire de l'esprit et se montrer imperturbablement plus intelligent que l'autre ! Deux coqs qui se bouffent après s'être bluffés. Le rôle gagne à ne pas être joué en vieillard rabougri débile, car il y perdrait de son mordant et de sa suffisance comme de sa vérité. Combien même de nos jours ne voyons-nous pas de tels Vaduis se pavaner sur les plateaux de télévision ! Vadius et Trissotin aux « Grandes Gueules » ou aux « Grosses Têtes » seraient ravis de s'y affronter !

Valère, *L'Avare*
Un rôle d'une grande élégance qui exige un acteur à la fois séduisant, puisque jeune amoureux d'Élise, qu'il a sauvée de la noyade, et qui, fou d'elle, n'a pas hésité à

se faire engager par son père, Harpagon, comme intendant pour ne plus la quitter et la protéger. Mais aussi un comédien d'une grande finesse, car l'homme recherche désespérément un père disparu et doit être d'un naturel touchant, qui émeut fort par moments. Le danger est d'en faire un simple diseur qui cause et ne sait faire que ça tel un raseur. Son père, Anselme, se révélant au final le vieux auquel Élise devait être livrée en pâture.

Valère, *Tartuffe*

Il en pince pour la fille d'Orgon, qui la lui promettait en mariage, car Valère a du répondant. Mais l'argent ne soucie guère Orgon totalement empapaouté par Tartuffe. Quand Valère apprend que son père destine sa fille à l'Imposteur, il pète les plombs en constatant sidéré qu'elle n'ose même pas réagir contre la volonté paternelle ! Dorine est là heureusement pour arrondir les angles. Le rôle de Valère est plus riche qu'il n'y paraît, car Molière lui donne aussi l'étoffe d'un gentleman lorsqu'il assiste au drame d'Orgon volé par Tartuffe, et qu'il vient lui offrir son aide pour le faire fuir dans son carrosse au risque pour Valère d'être complice et coupable en justice.

Valère, *Le Médecin malgré lui*

Cette fois il est un simple serviteur de Géronte, qui exige de lui qu'il ramène un médecin pour sa fille. Martine, femme battue par son ivrogne de mari, Sganarelle, lui refile habilement son époux grossier comme docteur prétendu. Valère doit donc être suffisamment convaincant physiquement pour impressionner Sganarelle auquel, s'il se braquait, il pourrait de lui-même foutre une raclée. Donc Valère ici est plus une présence qu'un vrai rôle fouillé.

Valère, *L'École des maris*

Beaucoup de peps chez ce galant ! Il est épris comme un dingue d'Isabelle comme il se doit encagée par son tuteur revêche Sganarelle. La fine bouche va réussir à flouer le barbon et à échanger avec Valère une relation qui va se révéler au grand jour. Au grand dam de Sganarelle défait et ridicule. La comédie est divertissante sans doute mais sans plus. « Peut mieux faire », aimerait-on dire à Molière. Et il nous entend certainement puisqu'il va nous offrir bientôt *L'École des femmes* : un chef-d'œuvre.

Valère, *Le Dépit amoureux*

Il se méprend, persuadé une nuit d'avoir épousé en secret Lucile. Ce qui entraîne la brouille avec Éraste, le véritable amoureux de la belle Lucile ! En vérité, tout part de la sœur de Lucile, l'énigmatique Ascagne qui, magouillant pour toucher l'héritage, se déguise en homme. L'intrigue de cette comédie d'embrouillaminis ne tient pas debout. Mais Molière fait son apprentissage et saura en tirer les leçons pour se remettre à l'ouvrage et savoir mener de main de maître ses futures comédies. Valère ici n'est qu'un rôle de liaison sans plus, basé sur une liaison elle imaginaire !

Valère, *Le Médecin volant*

Comme tous les Valère, il est amoureux de la fraîche jeune première. Ici la fille de Gorgibus. Et comme tous les Valère, il paye un valet compréhensif et malin comme un singe pour enlever la belle ! On dira que le rôle est une apparition qui tâche à faire disparaître l'héroïne.

Valère, *La Jalousie du Barbouillé*

Amoureux d'Angélique qui s'étiole, mariée malgré elle à ce porc ivrogne et brut de Barbouillé ! Un rôle bref mais plaisant.

Vénus, *Psyché*

Molière ne lui fait pas de cadeau ! C'est une grande coquette comme on dit, folle de jalousie de la beauté de Psyché. Vénus donne ordre à son fils l'Amour de faire la conquête de la sublime Psyché. Mais lorsque l'Amour tombe vraiment amoureux de Psyché, Zeus décide de la rendre immortelle.

Zéphire, *Psyché*

Un valet d'Apollon sans grande couleur. Il tente de servir son maître, mais tenter n'est pas oser. Et il n'ose pas grand-chose.

Zerbinette, *Les Fourberies de Scapin*

Un feu d'artifice ! Une très jeune fille d'une beauté lumineuse qui se révèle si drôle, si follement drôle même qu'elle ne peut s'empêcher d'éclater de rire devant le père de son amant qui grâce à son valet, le fourbe Scapin, lui soutire une somme d'argent qui servira à l'épouser ! Or le coriace avare, c'est ce vieux à qui elle s'adresse commettant la plus belle gaffe de l'histoire du théâtre comique ! Une performance de choix pour une actrice hyper punchie !

Kifucontre

« Tourneurs de veste »

Edme BOURSAULT : traître, puis ami

Armand de BOURBON, prince de Conti : ami, puis traître

Pierre CORNEILLE : ami, puis traître, puis ami

Jean DONNEAU de VISE : traître, puis ami

Anne d'AUTRICHE : amie, puis traîtresse
Jean-Baptiste LULLY : ami, puis traître
Jean RACINE : ami, puis traître
Jean RIBOU : traître, puis ami

« Traîtres »

Adrien BAYET
BOSSUET
BOURDALOUE
Abbé COTIN
Thomas CORNEILLE
Émile FAGUET
FÉNELON
Marquis de FÉNELON
Théophile GAUTIER
GONCOURT
Archevêque HARDOUIN
Archevêque HARLAY DE CHAMPVALLON
Duc de LA FEUILLADE
LAMOIGNON
Le BOULANGER DE CHALUSSAY
Le prêtre LECHAT
Le prêtre LENFANT
Le prêtre MAIMBOURG
MÉNAGE
MONTFLEURY
MONTFLEURY fils
Guy PATIN médecin
PLAPISSON
RATABON
ROCHEMONT
Abbé de ROQUETTE
Curé Pierre ROULLÉ
Jean-Jacques ROUSSEAU
SCHERER

SCHLEGEL
SOMAIZE

« Traîtresses »
Mme de LONGUEVILLE
Mme de RAMBOUILLET

Kikékonne

Après la mort de Poquelin, qui aurait mieux fait de se taire ? Mme Lhermitte, qui ne trouve rien de mieux qu'écrire au comte de Modène cette perle : « Je vous assure que l'on ne parle non plus du pauvre Molière que s'il n'avait jamais été et que son théâtre, qui a fait tant de bruit il y a si peu de temps, est entièrement aboli. Je crois vous l'avoir mandé que tous les comédiens sont dispersés ! »

L

« La Cabale des dévots »

Dix ans avant la mort de Molière, en 1663, circule en secret, quelques mois avant l'affaire Tartuffe, un recueil de cinq dialogues rimés, qui diffame avec une violence injurieuse, insoutenable, les ennemis de Molière : la Cabale des dévots, Colbert, Mazarin, la reine mère, des ministres et des hauts fonctionnaires, les jésuites. Les vers sentent le soufre. Ils s'acharnent contre, d'un côté, les rigoristes conservateurs dévots, pour soutenir, de l'autre côté, les libertins progressistes, amis de Molière. Le roi étant ce balancier qui pourrait pencher aussi bien d'un côté que de l'autre. Molière est-il l'auteur de ce livre abominable ? En a-t-il passé commande ? L'a-t-il supervisé ? L'a-t-il corrigé ?

L'Académie française

Créée en 1635, au moment où Molière, qui entame son cycle d'études au collège de Clermont (actuel lycée Louis-le-Grand), a 13 ans. Richelieu s'appuie sur son fameux Groupe des cinq : Rotrou, l'Étoile, Boisrobert, Colletet et puisqu'il en fallait au moins un légitime, Corneille, Pierre, le grand.

Bernard-Joseph Saurin (1706-1781), avocat au Parlement pendant quinze ans, puis auteur dramatique (appellation qui ne lui convient que trop), fut applaudi à la Comédie-Française pour *Les Mœurs du temps*, agréable comédie d'alors, parfaitement oubliable. Mais Saurin comptait, parmi ses amis proches, Voltaire, Helvétius et même Montesquieu. Et surtout, une fois devenu académicien français (pourquoi pas lui ?), il s'employa à faire entrer sous la Coupole un buste de Molière, symbole de la « présence » de ce génie dans l'enceinte de l'institution, en ayant soin de faire inscrire sur son socle, comme un remords de tous les membres de l'Académie française, ces mots de Boileau : « Rien ne manque à sa gloire, il manquait à la nôtre. »

Depuis ce jour de 1778 où Molière est devenu académicien imaginaire ou non-académicien malgré lui, il doit en voir de belles !

Pire que l'aveuglement, c'est la lâcheté qui vient à l'esprit lorsqu'on lit, sur le Registre de La Grange, les lignes concernant la mort de Molière et ce qui suivit. Elles semblent clore ainsi ces dernières heures d'une chape de plomb. C'est fait, n'en parlons plus, semble affirmer La Grange. Seulement, cela ne s'est pas fait ainsi et tout comme pour les Kennedy, JFK et Bob, Marilyn, Henri IV, et tant d'autres dont les versions officielles ne tiennent pas, celle de La Grange non plus. La voici :

> « Ce même jour après la comédie, sur les dix heures du soir, M. de Molière mourut dans sa maison rue de Richelieu, ayant joué le rôle du Malade imaginaire, fort incommodé d'un rhume et fluxion sur la poitrine qui lui causait une grande toux, de sorte que, dans les grands efforts qu'il fit pour cracher, il se rompit une veine dans le corps et ne vécut pas demi-heure ou trois quarts d'heure depuis ladite veine rompue, et son corps est enterré à la paroisse Saint-Joseph, aide de la paroisse Saint-Eustache. Il y a une tombe élevée d'un pied de terre. »

Pour une raison évidente, La Grange joue l'apaisement, le silence, la sécurité pour la Troupe. Aux dépens de la vérité et de la justice. Pour Molière. Il n'y a pas au demeurant un mot de faux dans ce qu'écrit La Grange. Mais tout simplement, si ce sont les faits apparents, ils cachent la réalité. Que La Grange connaît et qu'il étouffe. Oui, le corps a été enterré. Mais ce que La Grange n'avoue pas, c'est qu'il l'a été la nuit aux flambeaux, et avec interdiction, ordonnée par l'archevêque de Paris lui-même, de prononcer le moindre mot. Ni prière ni éloge. Ce que La Grange cache aussi, c'est que si le corps a été enterré à l'annexe de Saint-Eustache, c'est qu'elle a été choisie pour une bonne raison : c'est que sa propre paroisse a refusé d'accueillir la dépouille d'un comédien voué à la fosse commune, même chrétien. C'est donc à quelques centaines de mètres de là en l'annexe Saint-Joseph qu'on déposa le cercueil de Poquelin. Mais on le fit reposer à six pieds sous terre ! Or la terre n'est sainte que jusqu'à cinq pieds ! Les curés Lenfant et Lechat le sachant parfaitement.

La lâcheté de La Grange atteint son sommet lorsqu'il feint d'ignorer le sort qui attendait la dépouille de Molière. Une fois la Troupe rassemblée et muette repartie aux flambeaux, on fit remonter le cercueil, on en dépouilla le cadavre pour le jeter à la fosse commune. Et la tombe élevée d'un pied hors de terre ne fut qu'une mystification de plus pour cimenter une dalle afin que nul ne puisse constater la vacuité de ce trou sans dépouille. Comme Racine, lui aussi déterré et jeté à la fosse commune, Molière finit en chair à chiens ! Louis Jouvet avait tout révélé à Jean-Louis Barrault qui, à son tour, me passa le relais pour que la vérité éclate. C'est chose faite. La tombe de Molière au Père-Lachaise ne contient pas les restes de Jean-Baptiste Poquelin. On peut dire que c'est un peu celle du « Comédien inconnu » ! D'où le respect qu'on peut après tout lui porter.

Laforêt

Le surnom de Renée Vannier, la fidèle servante de Poquelin. La légende prétend que Molière avait pris l'habitude, peut-être par superstition, de lui lire ses manuscrits la première. Une anecdote légendaire : il commence une lecture. Elle l'arrête très vite, l'invectivant, car cette pièce ne peut pas être de lui. Il abonde. Elle était de Brécourt.

L'Aigle

Le Grand Condé en fut un. Grandeur et fierté, mais aussi courage et une certaine part de folie : il était tout à la fois. Admirable et méprisable. Le visage émacié, le nez busqué comme le rapace, d'une maigreur étonnante, Condé, le héros de Rocroi, admirable vainqueur, fut aussi le méprisable chef suprême de la Fronde. Car s'il en prit la tête, ce fut pour son ambition personnelle bien plus que pour la France. Louis XIV le manipula supérieurement. Et réussit à mater les Frondeurs. Rentré en grâce auprès du roi à l'âge de 38 ans, en 1659, Condé sera pour Louis XIV ce frère qu'il n'a pas eu en Monsieur, frère du roi. Il sera comme un frère d'égal à égal avec d'ailleurs une soif culturelle jamais apaisée. Et qui lui fit aimer Molière sans s'en cacher. Et en s'en vantant même avec chaleur : « Je ne m'ennuie jamais avec Molière. Son érudition et son jugement ne s'épuisent jamais », convenait-il. Molière lui dédicace *Amphitryon* avec une certaine ironie ! Le roi, tel Jupiter, n'a-t-il pas fait vivre la même aventure à Condé ? Après la mort de Molière, donc durant treize longues années encore, Condé se dressera contre tous les ennemis de Molière. Sortant ses griffes pour les déchirer comme l'aigle, avec une violence inouïe. Un jeune abbé le flatte en lui faisant lire l'épitaphe élogieuse qu'il a envisagée pour Molière à peine mort. Condé lui lance à la figure : « Que n'est-il en état de faire la tienne ! »

L'air

Mais, dans la vie de chaque jour, Molière avait l'air de quoi ? De ce Molière, pathétique bouffon, drôle de cocu de scène, pitre sautillant, de ce génie comique cabotin en diable ? Ou de l'autre Molière non pas Scapin, Sganarelle, Mascarille ou Jourdain, mais ce Freud de la comédie qui creuse au fond du puits des êtres, qui touche l'âme à nu, cet Alceste ? Et si c'était encore un autre visage de Jean-Baptiste ? Si tout justement n'était que comédie ? Si Poquelin ne s'intéressait qu'à sa caisse à tirer profit de tout, ses recettes ! Si Molière ne cherchait qu'à jouir de sa gloire, à monter jusqu'au trône qu'on ne cesse de lui refuser, son siège à l'Académie française ? Qui est donc Jean-Baptiste ? Tout et rien. Blanc et noir. À en croire ceux qui dressent, bien entendu après sa mort, son prétendu portrait. Sans nuances on en serait ravis, cela sonnerait plus vrai ! Mais c'est l'inverse qui nous en fait douter : tout sur lui n'est que bon goût, platitude, flatteries. Le voilà ni ni. Ni trop gros. Ni trop maigre. Ni trop grand. Ni trop petit. Ni grave. Ni gai. Il marche ni lentement ni empressé. Par contre, pour lui donner un certain point de vue, on le trouve grave, sourcils si noirs plissés, le pif en impose, mais les lèvres sont grasses.

Son teint est brun lorsqu'il s'apaise. Vermeil lorsqu'il s'agite. D'ailleurs quand s'agite-t-il ? Jamais en ce qui le concerne. Toujours pour le bien des autres. On le décrit pataud avec ses bras épais comme des gigots à en croire la cinglante caricature dans *Élomire Hypocondre*, cette infamie scénique signée Le Boulanger de Chalussay qui s'empresse d'ajouter haineusement que ses bras, ces rames d'homme si gonflées qui battent l'air, ne sont plus à présent que des pans d'os plus secs que de vieux squelettes.

On en tirera la plus honnête des conclusions : le vrai Molière n'est pas dans sa vie mais dans son œuvre. Où là lui-même se montre à nu. Et nous fait rire. Par la plus belle des manières. Nous prouver qu'en réalité pour savoir qui est Molière, au-delà de son corps redevenu poussière, de sa parole qui s'est tue, il nous suffit d'affirmer qu'il y a du Molière en chacun de nous ! Oui, c'est en nous qu'il se trouve. N'est-ce pas la clé de son éternité ?

La Lettre écarlate

Dans son bouleversant et profond roman *La Lettre écarlate*, Nataniel Hawthorne (l'un des pères de la littérature américaine, avec Herman Melville, Edgar Poe et Walt Whitman, ses contemporains) décrit l'oppression religieuse et morale qui régnait dans les premières sociétés puritaines d'Amérique du Nord. L'héroïne, accusée d'adultère, est mise au ban de la société et contrainte de porter en permanence une grande lettre rouge, A, pour *Adultère*, sur la poitrine. Mais, fière de son amour et sûre de la pureté de ses sentiments, elle brode la lettre avec un tel art que celle-ci devient le symbole non plus de sa honte, mais de sa résistance et de sa liberté.

Au fond, il me semble que la manière dont Molière a résisté à l'oppression du pouvoir de l'Église a une parenté avec celle de cette jeune femme, à ceci près, qui nous fait changer d'échelle, qu'il l'a fait avec un génie créateur incomparable.

De surcroît, il a tout fait, jusqu'au bout de sa vie, pour refuser toute compromission avec la tyrannie morale et politique du parti des dévots. Et même à l'article de la mort, une tragique suite de lâchetés commises par divers représentants de l'Église lui a permis de ne pas abjurer la profession de comédien, comme le faisaient tous ses confrères pour avoir le droit d'être enterrés en terre consacrée.

Cet ignoble chantage, emballé, qui plus est, dans des affectations de dévotion confite, est celui que des ordures ont infligé à Galilée, en 1633, à Rome.

Abjurer : le verbe est lui-même une saloperie qui aura pendant des siècles déshonoré l'Église. Et il est évident qu'avec la même hypocrisie on ose tolérer, à notre époque, ceux qui, comme les criminels d'alors, ont pris pour cible, au nom de Dieu ou d'un ordre tyrannique, les artistes, écrivains, poètes, musiciens, peintres, dessinateurs, sculpteurs, créateurs de toutes sortes et bien sûr comédiens.

Sous le règne de Louis XIV, un comédien chrétien doit abjurer sa profession pour avoir droit à une sépulture chrétienne. Et chaque mot de la formule officielle doit être prononcé avant le dernier soupir : « Je promets à Dieu de tout mon cœur avec une pleine liberté d'esprit de ne plus jouer la comédie le reste de ma vie, et quand même il plairait à son infinie bonté de me rendre la santé. » On mesure là que la lâcheté de ceux qui n'ont pas tout fait pour que cette honte cesse est à ce niveau une complicité silencieuse. Madeleine Béjart cédera, comme Joseph Béjart, comme tant d'autres, tel Jodelet, qui balbutieront ce vomi pour pouvoir être dignement et pieusement enterrés comme chrétiens. Molière ne cédera pas.

Langue

Le français prend la place du latin comme langue diplomatique en 1644. Vaugelas a le champ libre pour commencer à rédiger ses remarques sur la langue française, qui paraîtront en 1647. Et les compositeurs italiens ont eux le champ libre pour leurs opéras italiens qui vont triompher en France la même année. Cela intéresse un certain chien fou : Jean-Baptiste Lully.

Langue de diplomatie

Le français est la langue diplomatique en Europe. Son règne est sans partage. D'où l'incroyable portée bénéfique pour des troupes françaises sous protection de souverains étrangers. Mais comme Molière, la langue de Molière, le français, a été trahie par ceux-là mêmes censés la défendre et qui n'ont jamais su, contrairement aux Anglais, la moderniser à temps. Asphyxiée par une élite qui méprise les millions de Français qui n'ont pas le temps d'en saisir la grammaire donc aussi l'orthographe, devenues en quatre siècles une jungle infranchissable. Habite-t-on encore dans des châteaux, des immeubles haussmanniens ? Oui, trois pour cent des soixante-dix millions de Français ! Alors on a modernisé l'habitat par décence envers ceux qui n'avaient pas les moyens de se loger ainsi. La langue française, elle, par la faute criminelle de l'Académie française, par sa lenteur démesurée, par ses atermoiements et son manque de modernité, aura figé le français comme un futur latin du XXIIe siècle. Seules avancées et bouffées d'air de la langue française, les audaces de rappeurs ou de jeunes qui la déchiquette par Internet et portables interposés. La jeunesse même si elle va trop loin dans la forme a parfaitement raison sur le fond ! Les jeunes osent ! Les vieux posent.

Langues

Molière en serbe, en croate, souahéli ou souahili ou swahili, en espéranto, en albanais, en hindoustani, Molière dans toutes les langues. Plus de cent quatre-vingts langues ! Pour une seule. Unique, elle ! Celle de Molière.

L'art de la fugue théâtrale

J'ai déjà insisté sur le fait que le génie de Molière, incroyablement familier et dont on sent pourtant qu'il nous dépasse, tient en partie son originalité du fait qu'il se déploie à partir d'effets de théâtre instantanés qui ricochent les uns sur les autres, démultiplient leur impact dans une sorte de réaction en chaîne et engendrent ainsi la progression dramatique de la pièce. Comment Molière procède-t-il pour que ces instantanés se rehaussent l'un l'autre et entrent en résonance avec une telle intensité qu'ils donnent finalement naissance à la dynamique continue d'une comédie entière ? Si le génie ne s'explique pas, rien n'interdit de voir de plus près comment il se développe à partir de quelques échantillons de ses manifestations.

Comme me le faisait malicieusement remarquer Claude Capelier, au cours de nos conversations enflammées pendant la rédaction de ce livre, la façon dont Molière procède en ce domaine apparaît plus immédiatement dans les œuvres que les circonstances l'ont obligé à écrire très vite. Prenons par exemple la première scène du *Dom Juan*, où Sganarelle fait un éloge hilarant du tabac, dont il s'applique à montrer qu'il est le plus admirable vecteur de la sociabilité, de la civilité, de la fraternité qui soit au monde. À première vue, ce sketch n'a guère de rapport avec ce qui va suivre. Mais à mieux y regarder, on découvre que nous sont peints là les grands traits des relations sociales authentiques, pacifiées et garantes d'un consensus possible entre les individus, autrement dit le cadre collectif mais conventionnel, limitatif et banal que le comportement de Don Juan va dynamiter tout au long de la pièce. Celle-ci est en quelque sorte comme une fugue, au sens musical, qui va explorer toutes les potentialités de ce thème exposé d'abord sous sa forme la plus simple, où cependant les humeurs subitement changeantes, les idées contradictoires, les complaisances de Sganarelle esquissent déjà, sur un mode bonhomme et subliminal, quelques-uns des motifs qui, dans les scènes suivantes, vont prendre une tournure beaucoup plus déstabilisante. Tragique, même !

Ces rebondissements d'émotions, en écho aux détournements sans cesse plus provocants des conventions et des valeurs sociales, prennent d'ailleurs, dans cette œuvre, un tour très particulier. Notamment parce qu'elle ne tourne pas, comme c'est presque toujours le cas chez Molière, autour d'un seul personnage principal joué par lui, mais s'appuie sur le couple Don Juan-Sganarelle, qui induit un développement redoublé des motifs, comme en miroir. Du coup, le rôle de Sganarelle, tenu par Molière, prend une place moindre que de coutume : il est difficile de se défendre de l'impression qu'il s'est vu aussi en Don Juan ! Force est d'ailleurs de reconnaître que le rôle de Don Juan est beaucoup plus rare que le personnage de Sganarelle, dont les réactions et les répliques ne valent que comme un accompagnement comique et poignant de celles de son maître. Molière atteint la perfection avec son Don Juan. Nul ne le surpassera. Parce qu'il reste une énigme. Pour les autres. Mais aussi pour lui !

Lauriers

Au temps de Molière, on paye de sa personne pendant les années d'études, et on paye aussi en argent comptant pour obtenir sa licence ! La réussite au terme de deux années de cours de philosophie se couronne de lauriers de maître. On y explique Aristote telle une science, ce qui dispense d'explorer sa philosophie profonde. On y privilégie les règles académiques de l'exposé au détriment de la réflexion personnelle ou de la maîtrise du style.

Les lauriers peuvent légitimement être décernés aux maîtres – combien étaient-ils parmi les trois cents du collège de Clermont ? – qui ont convaincu Jean-Baptiste Poquelin, d'après l'article 43 du cours de philosophie justement, de s'exercer à la dispute en public, mais pas seulement au collège, en chaire ou au banc, mais aussi et surtout « dans la rue ». C'est la clé qui va ouvrir la porte essentielle de l'esprit de Poquelin, d'où Molière, son petit génie qui deviendra grand, va s'échapper : le dialogue avec la rue. Cette idée majeure que c'est justement de la rue que son destin va naître. Cette rue qui, elle, ne le trahira pas.

Le nœud de l'intrigue

Quand on met en scène une pièce de Molière, on gagne souvent à commencer... par la fin ! On comprendra mieux pourquoi si l'on s'avise que ce constat renvoie à une question plus générale : comment repérer le nœud de l'intrigue dans les pièces de Molière ? À bien y regarder, on découvre qu'il se situe immanquablement au moment où le personnage principal, toujours aveugle à lui-même, *s'apparaît* enfin. Instant de crise majeure, puisqu'il est soudain contraint de se voir tout en refusant d'admettre qu'il voit ce qu'il voit, tant il sent que cela condamnerait à l'inanité tout ce qu'il a cru et entrepris jusque-là. Il se trouve qu'on repère avec plus d'évidence cette phase cruciale quand on part du dénouement et que l'on remonte le fil de la pièce jusqu'à ce tournant décisif qui, alors, vous saute aux yeux. Face à un autre personnage, le héros découvre, en lui et malgré lui, à sa consternation, ce qu'il n'imaginait pas et qu'il s'efforcera, par la suite, de ne pas assumer vraiment. Encore une fois, c'est là que se situe le nœud de l'intrigue sur lequel repose la dynamique principale de la pièce, tournant autour de la question de savoir si le personnage va refuser cette prise de conscience pour s'enfermer plus profondément dans son délire ou trouver un moyen de la recycler dans ses lubies. À moins qu'il ne se résolve à l'accepter en reconnaissant alors son échec total, ce qui ne lui laisse d'autre choix que la fuite.

George Dandin est une terrible illustration de cette dernière possibilité. Tout à coup, il s'aperçoit qu'il est victime d'un complot savamment ourdi : non seulement sa femme ne l'aime pas (ce qu'il craignait déjà), mais elle se joue cyniquement de lui avec la complicité de ses parents ; elle n'en veut qu'à son argent et jouit de le trahir de toutes les manières possibles. C'est le nœud de l'intrigue, tel que nous venons de le définir. Bien que ce soit l'un des rares héros de Molière qui cherche à tirer lucidement toutes les conséquences de cette prise de conscience, il ne parviendra pas à dénouer le nœud qui l'enserre, au point qu'il en sera réduit à s'exclamer, juste avant que le rideau ne tombe : « [...] je n'y vois plus de remède, lorsqu'on a comme moi épousé une méchante femme, le meilleur parti qu'on puisse prendre, c'est de s'aller jeter dans l'eau la tête la première. » Certes, George Dandin, depuis le début, s'attend à bien des avanies, parce qu'il doute de sa légitimité, et souffre fort de constater que les petits nobles qu'il fréquente n'ont aucune bonne intention envers lui. Mais il ne les imaginait pas capables de machinations aussi sordides à son égard. Surtout, si lucide soit-il sur la fragilité de sa position, il demeure jusqu'au bout aveugle à la disposition fondamentale de son caractère qui a pu le pousser à se mettre dans une pareille situation.

Au bout du compte, le seul héros de Molière qui finit par se voir tel qu'il est et réalise en quoi il est responsable de l'impasse dans laquelle il se trouve, c'est Alceste : mais cette prise de conscience arrive trop tard pour qu'il ne subisse pas, comme les autres personnages principaux de l'auteur, l'exclusion à laquelle ses lubies contradictoires devaient immanquablement le conduire.

Bien sûr, l'idée de placer le nœud de l'intrigue au moment où le héros est contraint par la situation de se regarder en face est venue à d'autres dramaturges avant Molière et après lui. C'est, entre autres, le cas de Shakespeare, notamment dans *Hamlet*, ou de Pirandello. Mais elle prend, chez Molière, une tonalité tout à fait originale parce qu'elle s'applique à des personnages dont la caractéristique la plus fondamentale est qu'ils sont radicalement incapables de prendre conscience d'eux-mêmes. On remarquera, d'ailleurs, que les moins bonnes pièces de Molière sont celles où cette rencontre du héros avec lui-même n'a pas lieu. Dans toutes ses autres comédies, le public ne comprend vraiment le personnage qu'au moment où il est contraint de se voir lui-même, à son corps défendant, donc à l'instant où se noue vraiment l'intrigue. Par exemple, tant qu'Arnolphe, dans *L'École des femmes*, dialogue avec M. de La Souche ou expose les dispositions, à son avis géniales, qu'il faut prendre pour éviter d'être cocu, il n'apparaît que comme une caricature. En revanche, quand il s'aperçoit qu'Agnès lui échappe et qu'il réalise qu'il est tombé amoureux d'elle, là les spectateurs découvrent, en même temps que lui, le véritable Arnolphe et l'effet est inoubliable. Pathétique. Bouleversant.

« Le peintre »

Comme l'explique avec une grande perspicacité Georges Forestier dans son *Molière* (Gallimard, 2018, p. 211) :

> « En définitive, Donneau de Visé a joué un rôle essentiel dans le dispositif qui confirma Molière au centre de la vie artistique et mondaine de son époque. Non content de jouer un rôle déterminant dans l'entretien du “buzz” qui prépara le lancement de *La Critique de L'École des femmes*, il érigea l'acteur-auteur en personnalité majeure du microcosme artistique parisien, en vedette, en auteur d'exception. Il alla même jusqu'à proposer une image destinée à résumer Molière aux yeux de ses contemporains. En

remerciant le nouvelliste qui venait de brosser "l'abrégé de l'abrégé de la vie de Molière", le narrateur des *Nouvelles nouvelles* conclut ainsi toute la séquence : *"Vous m'avez fait concevoir beaucoup d'estime pour le peintre ingénieux de tant de beaux tableaux du siècle."* Désormais, on allait surnommer Molière "le peintre". »

Ce surnom de « peintre » (de la nature humaine, des hommes et des femmes de son temps, des mœurs, des caractères, etc.), si souvent donné à Molière par ses contemporains comme par la postérité (et qu'il lui est arrivé de reprendre à son compte), a créé un malentendu durable qui a fini par devenir un obstacle à la réception intelligente et sensible de son œuvre. Si Molière peut être vu comme un « peintre », c'est en un sens qui n'appartient qu'à lui et qui n'a rien à voir avec aucune des significations communément admises de ce mot.

Reconnaissons qu'il a lui-même contribué à faciliter le contresens, en décrivant son art dans des termes, certes admirables mais ambigus, qui peuvent aussi bien être invoqués à l'appui de l'interprétation devenue traditionnelle que de celle, toute différente, que je voudrais en proposer ici. Dans *La Critique de L'École des femmes*, il met, en effet, cette magnifique profession de foi, qu'il faut citer intégralement tant elle est belle et suggestive, dans la bouche de Dorante :

> « Je trouve qu'il est bien plus aisé de se guinder sur de grands sentiments, de braver en vers la fortune, accuser les destins, et dire des injures aux dieux, que d'entrer comme il faut dans le ridicule des hommes, et de rendre agréablement sur le théâtre les défauts de tout le monde. Lorsque vous peignez des héros, vous faites ce que vous voulez ; ce sont des portraits à plaisir, où l'on ne cherche point de ressemblance ; et vous n'avez qu'à suivre les traits d'une

imagination qui se donne de l'essor, et qui souvent laisse le vrai pour le merveilleux. Mais lorsque vous peignez les hommes, il faut peindre d'après nature ; on veut que ces portraits ressemblent ; et vous n'avez rien fait si vous ne faites reconnaître les gens de votre siècle. En un mot, dans les pièces sérieuses, il suffit, pour n'être point blâmé, de dire des choses qui soient de bon sens, et bien écrites. Mais ce n'est pas assez dans les autres ; il y faut plaisanter ; et c'est une étrange entreprise que celle de faire rire les honnêtes gens. »

Toute la question est de savoir ce qu'il faut entendre par « peindre *d'après* nature », « entrer comme il faut dans le ridicule des hommes », « ressemblance », etc. En la matière, le seul juge de paix, c'est l'œuvre de Molière. Comme j'ai eu de nombreuses occasions de le montrer dans ce livre, l'intention de Molière n'a jamais été de présenter une peinture réaliste et détaillée de scènes de la vie sociale, ni de dresser le tableau *idéal-typique* de « caractères » comme a pu le faire La Bruyère, encore moins de faire un portrait psychologique complet de ses personnages. On pourrait dire, à la rigueur, qu'il en esquisse des croquis, puisqu'il les réduit souvent à quelques traits ou les montre traversés d'intentions contradictoires. Mais ce n'est là, pour lui, qu'un point de départ : l'essentiel de son invention porte sur les réactions en chaîne qu'entraînent les interactions entre les personnages. Sur les émotions qu'elles révèlent derrière leurs attitudes et leurs paroles. Sur la difficulté qu'éprouvent les héros à concilier leurs affects avec la situation. Et, finalement, sur les secrets les plus profonds de leur âme qui se débat pour faire émerger en eux un peu d'authenticité.

Bref, si peinture il y a, elle est on ne peut plus paradoxale puisqu'elle montre ce qu'on ne peut pas peindre, en tout cas directement : le choc des actions, des discours et des émotions, au moment où il met au jour ce qu'en règle générale il voile.

Libertins

Ils sont à Paris cinquante mille. C'est énorme. Mais c'est aussi, pour plus de la moitié, secret. On l'est d'autant plus alors. On y ajoute le sel du mystère et du risque. Ceux qui s'en vantent ne sont pas les plus virulents. Certains sont même athées si la plupart sont bien croyants. Les athées le sont aussi puisqu'ils se croient athées, non ? Condé est en première ligne bien sûr. Les salons où l'on cause et les cabarets où l'on boit en sont remplis. On y croise Saint-Gilles, Saint-Réal, l'abbé à figure grise, Prioleau, les gassendistes, La Mothe Le Vayer et tant d'autres, dont... Molière.

Lit

Celui où Molière meurt, rue de Richelieu, au troisième étage de la maison Baudellet. Renée Baudellet est valet de chambre de la reine et d'ailleurs tailleur de son état. Il a loué cuisine, caves, entresols à raison de quatre, deux étages complets, un demi-grenier, sans omettre une remise de carrosse étroite certes mais précieuse. Cette maison sera maudite puisque, avant Molière, son enfant Louis y mourra lui aussi.

Logis

Ceux de Molière au retour à Paris et jusqu'à la fin : il y en a sept.

Maison de l'Image Saint-Germain (1658-1659)
Maison de la Noble-Épine (1659-1660)
Corps de garde du Palais-Royal (1660-1661)
Maison Daquin (1661-1665)
Maison Millet (1665-1666)
Maison Brulon (1666-1672)
et enfin, rue de Richelieu, la Maison Baudellet (1672-1673)

Lui

Un conseil, si vous ne voulez pas qu'il vous échappe devant les autres comme face à lui, donc à le lire comme d'autres ou à le voir et l'entendre sur scène, ne dites jamais « lui » en parlant de Molière. Dites « nous ». Car il ne garde justement rien pour lui, rien à lui, rien en lui. Il nous donne tout. Parler de Molière, c'est parler de nous. Penser à Molière, c'est penser à nous. Et rire de Molière, c'est rire de nous.

Lully

Nommé surintendant de la Musique en 1661 : c'est l'aboutissement triomphal pour lui de son sens de la traîtrise. Après celui de la ruse, celui de la jalousie, celui de la luxure, celui de la vengeance et celui de l'appât du gain. Giovanni Battista Lulli, devenu Jean-Baptiste Lully, aura tout à la fois sublimé Molière, créant avec Poquelin les véritables racines de la comédie musicale, et poignardé celui qui l'aimait comme un frère.

On est frappé de constater à quel point son talent exceptionnel porte la marque des forces et des limites de sa personnalité, puissamment volontariste, opportuniste, prédatrice, manipulatrice et tortueuse.

D'un côté, il a créé un style unique, radicalement neuf, et des formes inédites, qui allaient influencer toute la musique européenne pendant près d'un siècle : « l'ouverture à la française » (avec ses parties lentes en notes pointées encadrant un long développement rapide, riche en contrastes et contrepoint), « la tragédie en musique », ses préfigurations de « la comédie musicale » ont été le terreau qui a fécondé, pour une part notable, non seulement la production de ses contemporains, mais bon nombre d'œuvres de Purcell, Haendel, Jean-Sébastien Bach et, bien entendu, Rameau. Il n'est pas douteux que c'est cette originalité stylistique et l'attraction qu'elle exerçait qui ont séduit Louis XIV, attaché au projet de soutenir les artistes dont la singularité et la puissance d'attraction soient de nature à donner un esprit unique à son règne. Il voyait en lui, pour la musique, l'équivalent de ce qu'il trouvait en Molière ou Racine pour le théâtre.

D'un autre côté, force est de constater que Lully s'est montré plus génial dans l'invention de formes nouvelles et inspirantes que dans leur mise en œuvre. Sa musique, si talentueuse soit-elle, fait pâle figure face à celles des grands compositeurs qu'elle a inspirés, Purcell, Haendel, Bach, Rameau et quelques autres ! À cet égard, il est l'inverse de Molière, génie absolu mais inimitable.

Lynchage

Celui du prince de Conti qui lâche Molière en 1657 et interdit à la Troupe désormais de porter son nom. Un lynchage en réalité. La nouvelle tombe à Lyon. Sauf miracle, le sort de Molière semble réglé : le désastre, la prison peut-être encore ? Mais ce qui est écrit dans le Grand Livre est différent. La page se tourne. La gloire l'attend bientôt.

M

Madame

Henriette d'Angleterre (1644-1670), épouse de Monsieur, frère du roi, qui n'a pas grand-chose à espérer d'un mari qui ne la touche guère, aura été la Marie Stuart du XVIIe. Sœur du roi d'Angleterre Charles II, elle va finir aussi tragiquement. Cromwell fera décapiter Charles II. Henriette meurt atrocement de façon totalement imprévue à 26 ans ! Elle était d'une grande douceur, d'une extrême intelligence, d'une classe folle en fait. Elle a un penchant prononcé pour l'art et spécialement pour le théâtre. Molière lui dédie son *École des femmes*. Et en retour elle est la marraine de son premier enfant, qui lui aussi décédera prématurément. Alors, quelle malédiction s'est donc acharnée sur cette famille royale britannique ? Et sur Molière ?

Madame de La Sablière

Richissime. Vivant seule. Séparée de son époux. Cherche compagnie. Venir rue Neuve-des-Petits-Champs... Discrétion assurée. Voilà ce que Mme de La Sablière eût pu mettre sur son Facebook ! La Fontaine, Molière, Bernier s'y sont précipités. On y célèbre Gassendi qui assure. Molière ne se fait pas prier pour y lire ses dernières pages. Il teste les réactions. S'accorde aux critiques. Boileau et lui se divertissent en grattant quelques répliques... Chez elle, Molière a l'impression d'exister pour ce qu'il est : le plus grand. À défaut d'être le plus aimé. La belle a 30 ans au moment du *Misanthrope*. À la fois Célimène et Arsinoé, elle joue sur tous les tableaux. Elle mourra vingt ans après Poquelin. Mais ne l'aura jamais oublié. Lui non plus.

Mademoiselle Des Jardins

Elle s'y est crue. Récits, farces, romans, pièces, elle a tâté à tout. Son précepteur, l'abbé d'Aubignac, l'admire. Corneille la flatte pour se divertir. Elle n'a que 20 ans et se pique de se mêler de tout ! Molière la joue un an avant *Le Misanthrope* : il monte sa pièce *Le Favori*. Sans grand succès. Mais il lui garde sa fidélité. Elle lui inspire le rôle d'Éliante. Dix ans après Molière, elle meurt à 43 ans. Comme une fleur qui se serait fanée d'ennui. Une des belles âmes qui remplissaient de joie Molière.

Maillot jaune

Rues, places, avenues, impasses, allées, squares, traverses, passages, et lieux-dits : Molière est maillot jaune de ce Tour de France de la postérité devant tout autre auteur de légende. Près de trois cents marques de reconnaissance publique. Échappée Paris en tête, Lille après. Le Poitou, le Limousin et l'Alsace en queue de peloton. Le Midi est en bonne position justement de ce peloton impressionnant avec groupés Lyon-Marseille-Montpellier, puis dans leurs lots Agde, Perpignan, Saint-Priest, Pézenas, Pierrelatte. Reste que la RATP a le culot qui n'étonnera personne, quand on songe aux autres grands absents, Winston Churchill en tête et Napoléon, de ne même pas avoir une station Molière ! C'est mesquin, minable et insultant.

Maisons de campagne

Molière en a connu deux. Celle du grand-père Cressé à Saint-Ouen lorsque enfant avec sa mère il a vécu ses rares heures de bonheur. Et son bien, la fameuse maison d'Auteuil où ses souffrances lui brisèrent le cœur.

Maître

Tout est bon lorsqu'on emploie ce mot et les dérivés qui lui collent pour le cardinal de Mazarin. Maître d'œuvre d'une politique remarquable qui construira la France et servira les intérêts de son roi. Il y a du Louis XI en lui. Succéder à Richelieu n'est pas simple. Il le fit oublier par sa plus grande qualité : le pragmatisme. La mollesse de son visage était prise pour une grande douceur d'âme, alors qu'il n'y avait pas plus rigide et intransigeant. L'esprit d'un tigre sous des allures de bon chien fidèle, Mazarin ne reculera jamais. Grand, il s'impose une langue, le français, qu'il va maîtriser comme la France : sans hésitation. Si

Richelieu était un homme de concision, Mazarin fut celui des décisions. Richelieu ramenait tout à lui. Mazarin eut la finesse politique de ramener tout aux autres. Comme s'il n'avait d'autre intérêt que de servir, il n'a pas seulement participé à l'éducation du jeune Louis XIV, il lui a confié le secret qui va tout changer et en faire le plus grand des rois de France : être lui-même ! Ne pas devenir « un » roi, non, devenir « le » roi.

Malédiction

1664 : Louis XIV est parrain du fils de Molière et d'Armande prénommé, bien sûr, Louis. Henriette d'Angleterre est la marraine. Que peut-on rêver de mieux ? Mais Louis ne vivra pas. Et le roi en retirera un goût amer et une réflexion terrible qui, à propos de Molière, ne le quittera plus : et s'il était maudit ?

Marques

Une bonne trentaine de marques Molière ! Gants, chocolats, encres, stylos, grains de pharmacie, tapis, plumes à écrire, alcools, vin, Very Old Brandy, eau-de-vie, meubles, eau minérale, cahiers, papiers pour écoliers, on ne compte plus les marques qui se prévalent de Molière. Mais de sociétés aussi, celles de création et vente de tous fonds de commerce de débit de boissons, des cafés, brasseries, restaurants. Des pâtisseries. Un garage. Une agence immobilière. Une maison de retraite ! Des librairies, bien sûr. Hôtels. Self-service. Une entreprise de bâtiment. Cours privés. Studio d'enregistrement. Institut de yoga, judo et self-défense. Il y manque le principal de nos jours : un sponsor de sport ! Ah ! Quel pied c'eût été de voir Mbappé, Mendy, Neymar, Ronaldo, Pogba avec Molière sur leur maillot !

Mère absente

Je ne peux me défendre de l'intuition que l'étrange cousinage entre les œuvres de Molière et celles de Chaplin a quelque chose à voir avec « l'absence, chez eux inspiratrice, de la mère », ce manque qui, très tôt, a marqué la vie de chacun d'eux.

Le génie reste un mystère dont les causes nous échappent, mais l'on peut penser que, parmi les expériences existentielles qui ont porté Charlie Chaplin à inventer une véritable « musique de l'âme » au cinéma, celle qui a été sans doute le drame de sa vie a pu avoir une influence majeure : lui-même voyait un lien profond entre ce qu'il a vécu avec sa mère folle (qui l'a abandonné mais qu'il va retrouver et protéger toute sa vie) et sa manière de jouer ou de se mettre en scène.

On est bouleversé de lire ce qu'écrit à ce sujet le génial historien Marc Ferro, hélas disparu cette année, dans son dernier livre, *L'Entrée dans la vie* (Tallandier, 2020), le temps d'un court chapitre intitulé : « Chaplin, le remords d'une vie » (p. 24-27). Il cite en ouverture quelques lignes extraites d'*Histoire de ma vie*, où Chaplin reconnaît tout ce qu'il doit à sa mère : « Si ce n'avait été pour ma mère, je doute que j'aurais eu du succès dans la pantomime. Elle était l'une des plus grandes artistes que j'ai jamais vues. [...] C'est en la regardant que j'ai appris non seulement à exprimer mes émotions avec mes mains, mes yeux, mon visage, mais aussi à observer et étudier les gens. » Il raconte ensuite le soir tragique où le petit Charlie Chaplin, qui accompagne sa mère au music-hall où elle se produit, assiste au moment où elle est obligée de sortir de scène sous les sifflets et les quolibets du public : « Le directeur, furieux et désemparé, aperçoit alors le jeune Charlie. [...] L'ayant entendu un jour chanter lui aussi, il l'entraîne sous les projecteurs et lui lance : “Vas-y, chante.” » Il rapporte alors le souvenir qu'en évoque Chaplin dans ses Mémoires : « Au début de ma chanson, une pluie de pièces de monnaie se mit à tomber sur scène. Je m'arrêtai aussitôt pour annoncer que j'allais ramasser l'argent d'abord et chanter ensuite. Cela fit beaucoup rire. [...] Puis je fis une imitation de ma mère... et, en toute innocence, j'imitais sa voix qui se brisait et je fus surpris de voir quel effet cela avait sur l'auditoire : une nouvelle pluie de pièces s'abattit sur la scène. » Et Marc Ferro de conclure : « Un immense sentiment de culpabilité saisit alors Charlie, et ses pantomimes furent désormais l'expression de sa colère ; sa canne et son chapeau, les armes triomphant de tous ceux qu'il identifiait à ces femmes et ces hommes qui avaient humilié sa mère. Gestes improvisés en apparence, inattendus et toujours à contre-emploi. Ce majordome, au fond, n'était-il pas qu'un portemanteau ? Ainsi, la vie même du jeune Chaplin se transforma en un art du geste, expression de son remords mais qui, en même temps, subvertissait l'ordre établi. »

À cet égard, une étonnante communauté de destin touchant un aspect déterminant des biographies respectives de Molière et Chaplin pourrait bien, comme je le suggérais à l'instant, avoir contribué aux étranges similitudes que l'on remarque entre leurs génies. La mère de Molière, Marie Cressé, est morte alors qu'il n'avait pas encore 10 ans. Certes, elle n'était pas folle, comme celle de Chaplin, et on ne lui connaît pas non plus de talents d'actrice ou de chanteuse. Au demeurant, comme le fait observer Georges Forestier dans son imposant et si réussi *Molière* (Gallimard, 2018, p. 28-29), force est d'admettre que nous ne disposons d'aucune indication sur ce qu'a pu éprouver Molière face à la disparition précoce de sa mère : « Il était certes à l'âge où l'on ressent pleinement la perte définitive des êtres proches ; mais il vivait dans une société qui avait une conscience aiguë de la précarité de la vie et où le nombre d'orphelins de mère était considérable. En outre, presque toutes les familles riches confiaient les enfants à des nourrices, et bien souvent les liens affectifs des enfants étaient plus forts avec ces dernières. » Faute de pouvoir s'appuyer sur des documents ou des témoignages sur ce point, rien n'interdit, cependant, d'être attentif à ce qui semble lui faire écho dans ce qu'on sait de source sûre sur Molière.

J'avoue d'emblée qu'après ce que j'ai rappelé plus haut touchant les nombreuses et impressionnantes similitudes entre l'art de Molière et celui de Chaplin (*voir* : Acteurs-Auteurs), je ne peux m'empêcher de supputer que le fait d'avoir été si jeunes, l'un et l'autre, privés de mère, doit être pour quelque chose dans la surprenante proximité de leurs démarches créatrices. Il me semble que la vision, qui leur est commune, de personnages réduits à quelques traits schématiques ou contradictoires, cachant les émotions dont ils sont le jouet, la difficulté qu'éprouvent leurs héros à réconcilier l'image qu'ils veulent donner d'eux-mêmes avec leurs affects, pourraient bien faire écho à la privation d'une relation maternelle où le sentiment est, au contraire, partie intégrante de tout ce que vit l'enfant.

Le besoin impérieux de retrouver le lien avec l'émotion originaire dont ils avaient été privés dans leur enfance a peut-être contribué à faire d'eux les explorateurs incroyablement lucides des affects élémentaires qui se cachent derrière les masques de leurs personnages, les virtuoses de cette traversée du miroir des âmes qu'ils sont devenus. J'incline à en voir un autre effet dans certains caractères communs de leur personnalité : tous deux possédaient un charisme exceptionnel, alternaient les moments de séduction irrésistible et les phases de repli sur eux-mêmes, avaient un don pour rallier à leurs projets les meilleurs talents, avec un mélange de charme, de générosité et de bouffées de colère cassantes.

Métayers

Le Jeu de paume des Métayers est au cœur de la porte de Nesle. Faubourg Saint-Germain aujourd'hui. Il possède deux entrées, car la nuit l'endroit est plutôt mal famé. L'entrée sur les Fossés-de-Nesle, aujourd'hui rue Mazarine, et rue de Seine, l'autre entrée au 13 actuel. C'est un ensemble, en fait. Les charges sont importantes car en plus de ladite salle qui est un Jeu de paume aménagé par la Troupe à ses frais pour y bâtir loges, galeries, scène, commodités, il y a en sus une maison, en réalité deux corps d'hôtel reliés par une galerie, et des dépendances avenantes. À charge aussi de paver l'entrée pour l'arrivée des carrosses, avec les ruelles des eaux pour les crottins de chevaux. Le maître d'œuvre choisi est Léonard

Aubry, paveur ordinaire du roi. Et la sœur de Madeleine, Geneviève Béjart, épousera le fils Aubry, fidèle jusqu'au bout puisqu'il sera le dernier témoin, rue de Richelieu, des ultimes moments de Molière agonisant. La ruine de l'Illustre-Théâtre va sonner le terme de ce Jeu de paume des Métayers pour celui de la Croix-Noire.

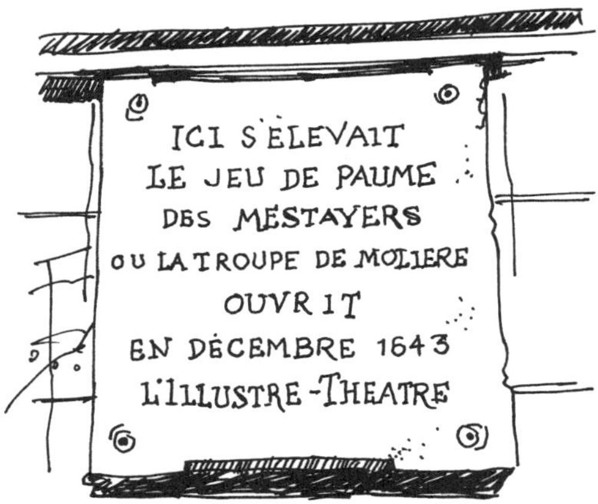

Mettre en scène du Molière

Mettre en scène du Molière est un défi particulièrement difficile à relever. D'abord, le metteur en scène doit veiller à séparer radicalement le héros (le seul personnage qui joue non seulement avec ses partenaires, mais aussi avec le public) des autres rôles, de façon que chacun réagisse différemment face au protagoniste. Ensuite, il lui faut orchestrer le jeu des rythmes individuels dont l'effet est à la seconde près mais qui, à chaque représentation, devra pouvoir varier selon les réactions imprévisibles des acteurs. Enfin, il ne peut faire l'impasse sur la nécessité de trouver l'équilibre crucial entre deux impératifs également prioritaires mais dont la conciliation est problématique : d'un côté, tirer parti de la force de chaque moment ; d'un autre côté, faire sentir comment la succession de ces instantanés va conduire progressivement le personnage principal face à lui-même et donner tout son sens à la crise qui en résultera, puisque le héros ne pourra pas le supporter.

De ce point de vue, on pourrait aller jusqu'à affirmer que le plaisir, avec Molière, est véritablement celui que l'on a pendant la représentation mais pas celui qui vient après elle : ce que l'on ressent, imagine ou pense ensuite, ce n'est plus vraiment du Molière mais les prolongements qu'on lui donne, la reconstruction qu'on en fait, les réflexions qu'on en tire. Un peu comme, après un concert, tout ce qu'on peut dire ou éprouver n'est plus l'expérience directe de la musique que nous venons de vivre. C'est pendant la pièce que nous sommes avec Molière ; une fois le rideau baissé, il n'est plus là qu'indirectement. Il nous a passé le relais. Et quand nous nous souvenons de la représentation, c'est à nous que nous pensons bien plus qu'à la pièce. De là vient, comme pour la musique, là encore, que les explications, méditations et autres analyses des pièces de Molière, si brillantes et suggestives soient-elles, donnent toujours l'impression de passer à côté de l'essentiel ou, du moins, de n'entretenir qu'un rapport indirect avec lui. C'est vraiment propre à l'art de Molière. Avec Racine, Corneille, Shakespeare ou Marivaux, au contraire, les souvenirs de la représentation se mêlent naturellement avec nos songeries et nos réflexions ultérieures, parce que leurs pièces sont liées à une vue d'ensemble qui s'accorde aussi bien avec l'émotion du jeu scénique qu'avec la mise en perspective conceptuelle.

Meute

Cette meute, c'est celle d'où seuls Corneille, Racine et Molière ont réussi à sortir au XVIIe siècle. Tous les autres portés aux nues en leur temps sont à jeter. Et l'éternité ne les connaît plus. Sa sœur, la postérité, leur ayant claqué elle aussi la porte au nez. Chaque siècle a donc le même travers : une meute de critiques et une meute de bien-pensants de la culture encensent une meute artistique qui leur ressemble ! Ce qui les unit tous ? La jalousie, bien sûr, et leur manque de génie. La meute rassemblait pourtant près de cent cinquante dramaturges de 1630 à 1660 !! Molière monta cinquante-six nouvelles pièces.

Évoquons brièvement ici quelques vues de ces gloires oubliées pour donner une idée de la concurrence pléthorique et désolante que Molière a dû affronter.

Saint-Évremond (1616-1703) – Son triomphe ? *Les Académistes* (1643). Ça veut tout dire de lui.

Desmarets de Saint-Sorlin (1595-1676) – Son succès ? *Les Visionnaires* (1637), Molière faisant jouer la pièce mais sans passion particulière.

Rotrou (1609-1650) – treize comédies tirées pour certaines de Plaute : *Les Ménechmes* (1631), *Les Deux Sosies* (1636). Molière s'en inspira. Et fit mieux que l'original.

Scarron (1610-1660). Un grand talent. *Jodelet ou le Maître valet* (1645) joué par la Troupe de Monsieur.

Thomas Corneille (1625-1709), Molière monta son *Dom Bertran de Cigarral*. Il se croyait égal à son frère. Il était juste son ombre.

Gabriel Gilbert (v. 1620-v. 1680), *Les Amours de Diane et d'Endimion*, le titre de gloire de ce secrétaire de la duchesse de Rohan. Molière reprit cette pièce montée pour la reine de Suède.

Jean Magnon (1620-1662). Ça vous dit quelque chose ? Tenez : *Zénobie, reyne de Palmire.*

Et ces auteurs-là : l'abbé Boyer, Subligny, Chappuzeau : *Le Riche mécontent ou le Noble imaginaire*. Non ?

Brécourt, bien sûr, de la Troupe de Molière, et Donneau de Visé, que Molière monta à cinq reprises.

Boisrobert (1592-1662), *La Belle Plaideuse.*

Quinault (1635-1688), *La Mère Coquette ou les Amants brouillés*. Il signa *Psyché* avec Corneille et Molière. Ses pièces furent des triomphes pour la critique : dix fois supérieures à Molière et ses œuvres !!

La Fontaine (1621-1695), qui sombra dans des comédies désuètes pondues en collaboration avec le coq de La Champmeslé, mari de cette dernière, un certain Boursault (1638-1701), ennemi de Molière ! Même pas un rival, vu son peu de talent. Pourtant tout lui était permis !

Cyrano de Bergerac : *Le Pédant joué*. Lui n'avait pas de talent mais du génie. Il le gâcha. Sans Rostand, il aurait comme les autres disparu.

Montfleury (1608-1667), le fils du pire comédien du siècle, tant adoré, Montfleury. Il haïssait Molière, donc il tenta de lui nuire en le singeant : *L'Impromptu de l'hôtel de Condé*, *Le Gentilhomme de Beauce*. Un minable sans plus.

Un seul tenta de rendre hommage à Molière, Baron bien sûr, son acteur fétiche, dont la comédie *L'Homme à bonnes fortunes* fut très remarquée.

Un siècle plus tard, le vrai successeur de Molière arriva enfin ! Non pas Regnard (1655-1709), qui plagiat et moliérisa sans génie, mais bien celui qui, contrairement à la meute du XVIIIe qui s'égara totalement – Brueys et Palaprat, Dufresny, Dancourt, Piron, Destouches, Gresset, Hauteroche, pas un à garder, ni même Lesage et Voltaire –, celui dis-je qui réussit, lui, à sauver le siècle par son génie : Marivaux. Dont le cœur de son œuvre était le même que celui de Molière : l'amour.

Millet

Cette maison Millet est une aubaine du moment pour trouver où loger ! Car la Troupe doit déguerpir de chez Daquin, le médecin ayant lui-même quitté précipitamment les lieux ! Ce corps de logis est au centre de la rue Saint-Thomas-du-Louvre. Poquelin et toute la famille, donc Béjart et compagnie, y habitent. Avec les humeurs qui en découlent ! Molière s'isole dans sa chambre séparée et là il *alcestise* !!! En cette année 1666. L'an charnière.

Molière

Pourquoi Jean-Baptiste Poquelin devint Molière ? Les comédiens adoptent un pseudonyme en rapport direct avec eux le plus souvent, bien sûr. Qu'est-ce que *Molière* ? Le nom d'un libertin assassiné en 1624 : Molière d'Essertines. Celui de plusieurs villages du Gard, de Tarn-et-Garonne. Une pierre, en bas de ce qui allait devenir l'avenue des Champs-Élysées, au niveau de Marigny, portait l'inscription « Molière ».

Molière, metteur en scène du *Misanthrope ou l'Impromptu du quadricentenaire*

Comment, dans un *Dictionnaire amoureux de Molière*, ne pas consacrer une entrée à sa Troupe en répétition ? Et comment rendre parlante, précise, vivante cette exploration de ce qui est, en quelque sorte, le « cœur de réacteur » de sa vie d'artiste, sinon en tentant de reconstituer, par les moyens mêmes du théâtre, les échanges que Molière a eus, ou pourrait avoir eus, avec ses comédiens ? Sans hésiter à emprunter dans ses propres textes les formules qui traduisent au mieux ses conceptions. Après tout, je ne fais là que suivre la voie qu'il avait lui-même choisie pour traiter ce thème : celle qui l'a conduit à écrire *L'Impromptu de Versailles*. Je suis bien conscient qu'il faut être gonflé pour relever pareil défi : mais le pari en vaut la peine, parce qu'il serait impardonnable de ne pas tout risquer pour essayer de faire saisir au lecteur cette part essentielle du travail de Molière, le premier vrai metteur en scène de théâtre (*voir* : Premier metteur en scène moderne). À quoi bon, d'ailleurs, écrire un *Dictionnaire amoureux* si l'on craint les risques de l'amour ? Comme le disait Scapin : « Je hais ces cœurs pusillanimes qui, pour trop prévoir les suites des choses, n'osent rien entreprendre. »

Voici donc Molière, chef de Troupe, cette Troupe du Roy, composée, ce jour-là, des comédiens suivants :

— Armande-Grésinde-Claire-Élisabeth Béjart, épouse Poquelin, dite Mlle Molière, âgée de 26 ans,

— Thérèse de Gorla, épouse Du Parc, dite Marquise Du Parc, âgée de 33 ans,

— Catherine Leclerc du Rosé, épouse de Brie, dite Mlle de Brie, âgée de 36 ans,

— Charles Varlet, dit sieur de La Grange, âgé de 31 ans,

— François Le Noir de La Thorillière, dit sieur de La Thorillière, âgé de 40 ans,

— Philibert Gassot, dit Du Croisy, âgé de 40 ans,

— Michel Baron, dit Baron, âgé de 13 ans,

— André Hubert, dit Hubert, âgé de 31 ans,

— Louis Béjart, frère de Madeleine et Geneviève, dit Béjart, âgé de 36 ans,

— Edme Villequin, dit de Brie, âgé de 59 ans,

— et leur patron, Jean-Baptiste Poquelin, dit Molière, âgé, lui, de 44 ans.

La porte s'ouvre. Nous sommes le 21 février 1666. Dans le grand salon de la rue de Richelieu à Paris. Chez Molière. Entrent les comédiens de la Troupe. Ils attendent un moment. Certains impatientés ressortent. Apparaît soudain Molière, qui les invite à s'installer.

Restons dans cette salle ! Ayez l'œil à tout. Donnez-vous patience pour l'heur. Approchez-vous. Je dois vous annoncer une nouvelle, mais la trouverez-vous agréable ou pesante ? Le roi veut qu'on lui donne la comédie. Je suis coupable et je veux l'avouer : ma comédie nouvelle est accouchée. Sa Majesté l'a appris. Le mal a été fait. Je vous baise les mains, nous devons paraître à la cour. Le roi veut, il le faut. Je sais combien nous devons à cet honneur insigne que Sa Majesté entend nous faire et dont nous sommes indignes si nous ne relevons pas haut la main le défi. Nous aurons beau nous mettre à l'ouvrage nous ne serons jamais aboutis. Mais il faudra pourtant paraître. Le moyen de m'en défaire quand un roi me l'a commandé ? Et Sa Majesté n'aime rien tant qu'une prompte obéissance. Le plaisir du roi ne doit point se faire attendre. Il y perdrait sa grâce. Profitons vite de l'envie où elle est. Nous ne sommes là que pour lui plaire. Il vaut mieux s'acquitter mal de ce qu'elle nous demande, que de ne s'en acquitter pas assez tôt. Unissons-nous tous d'une ardeur sans seconde pour donner du plaisir au plus grand roi du monde. Est-il plus grande gloire ? Donnons-lui le loisir de se désattrister ! Ne songeons qu'à son plaisir et qu'à réjouir Sa Majesté. Faisons les choses de bonne grâce. Ceux qui sont nés en un rang élevé peuvent se proposer l'honneur de servir Sa Majesté dans les grands emplois, mais pour moi toute la gloire où je puisse aspirer, c'est de la réjouir. Je borne là l'ambition de mes souhaits. Je crois qu'en quelque façon ce n'est pas être inutile à la France que de contribuer quelque chose au divertissement de son roi.

Allons, Mesdames et Messieurs, je me félicite de votre présence ! Monsieur de La Grange, mon ami ! Monsieur Du Croisy ! Mademoiselle Du Parc ! Mademoiselle de Brie ! Toi aussi, Baron ! Vous-même, de Brie, Mademoiselle Molière ! Monsieur de La Thorillière ! Monsieur Hubert ! Où est M. Béjart ? Je crois que je deviendrai fou avec celui-là. Me veut-il faire encore enrager aujourd'hui ? De grâce, mettons-nous ici ! Puisque vous voilà tous habillés et que le roi me fait la grâce de ne m'enquérir que d'ici deux heures, employons ce temps précieux à vous révéler notre affaire. Vous, ma Troupe de comédiens baptisée Troupe du Roy le jour dit du 14 d'octobre 1663, il y a de ça trois ans.

Devant le roi, à Versailles, souvenez-vous-en, ma femme, en jouant *L'Impromptu de Versailles*, vous prononciez ceci : « Voulez-vous que je vous dise – c'est donc à moi que vous vous en preniez – voulez-vous que je vous dise ? Vous devriez faire une comédie où vous auriez joué tout seul selon votre désir ! » Cette comédie la voilà : *Le Misanthrope ou l'Atrabilaire amoureux*. Et je viens vous la faire entendre seul. Je ne sais pas si cela se peut. Mais je sais bien que cela va être.

J'apporte ici l'argent qui nous est nécessaire ! Vous savez mieux que moi, quels que soient nos efforts, que l'argent est la clé de tous les grands ressorts. Dans le siècle où nous sommes, on ne donne rien pour rien. Mais si l'argent reste nécessaire, le texte seul est d'or. Sans le rire, le reste est une triste affaire. Je ne vois à la cour que partout des sujets de satire et comme auteur ne puis-je pas en rire ? Mais, cette fois-ci, c'est de nous-mêmes que j'entends rire. Comédie noire ? Non ! Seulement Molière. Pleurer ? Vous n'y êtes pas ! N'est pas Racine qui veut ! On sait bien qui je suis et quel est mon devoir : divertir. Molière pleurer ? On ne le croirait pas encore en l'ayant vu. Si ce n'était pleurer de rire.

Une œuvre dramatique ressemble à son héros

La comédie du *Misanthrope*, cet Atrabilaire amoureux, ne saurait échapper à la règle qui veut qu'une œuvre dramatique ressemble à son héros ! Comme Alceste, l'homme aux rubans verts, elle est donc d'une complexion très délicate. Et très peu claire. Fuyante comme lui ! Grise en soi. Ce qui mélange bien les deux genres, noir et blanc. Elle m'a demandé deux années de travail, des ébauches au pli final. Mais surtout quarante-quatre ans au monde. C'est une pièce rare, sur ma vie, et digne qu'on en fasse présent au roi, sur ma foi. Peu importe qu'elle périsse en trois semaines mort-née. Que les recettes fussent quelconques puis pour finir d'une grande médiocrité. La postérité saura rendre justice à l'Atrabilaire amoureux.

Chef-d'œuvre inimitable. Plus personne n'en signera de la sorte. Nos bons amis confrères vont nous vomir comme jamais. Toutes leurs raisons de me jalouser ne valent rien, je ne veux pas seulement écouter. La morve ne rentre pas par les oreilles.

La critique n'est là que pour découvrir les défauts que le public n'aperçoit pas

Je ne me soucie pas qu'on fronde mes pièces pourvu qu'il y vienne du monde. La critique n'est là que pour découvrir les défauts que le public n'aperçoit pas. La tâche qui sied au public, c'est d'apercevoir les qualités que la critique, elle, refusera de voir. Elle n'est là que pour juger, donc condamner le plus souvent. Ne trouvant jamais le mot pour rire dans ce qu'elle entend. Mes comédies jugées comme des niaiseries se seraient après tout salies de mériter leurs louanges. Elles seules sortiront grandies du siècle de leurs opprobres. Ils m'ont tranché si souvent la tête ! Que de fois est-elle repoussée ! Sans que je me rende. Je n'ai pas écrit cette comédie pour faire la satire de ceux qui l'attaqueront. Je n'en avais nul besoin puisqu'en la condamnant à coup sûr comme je le prédis, ce sont eux-mêmes qu'ils condamneront. Non pas vis-à-vis de moi-même, Molière, mais face à la postérité. Elle se chargera de les accabler.

Ne tombez pas dans cet aveuglement que succès et qualité iraient toujours de pair. Plus l'obstacle est puissant, plus on reçoit de gloire. Je ne sais point l'art de faire des miracles. Mais je crois tenir celui de trousser des intrigues. Une grande partie des grâces qu'on y pourra trouver dépendra du naturel de ce gris que j'exige de vous et non du ton enjoué propre au seul effet comique.

C'est un temps révolu où pour instruire la jeunesse le rire avait un effet bienfaisant qui emportait tout. Comme les larmes, qui parvenaient, elles, à sculpter leur âme. C'est dans l'école du monde, en l'air dont il faut vivre, que j'ai été instruit mieux à mon gré que n'ont fait tous les livres. Et cette comédie prétend seulement en être le reflet au plus près. Oui j'ai trempé ma plume dans l'encre de vie. Or la vie n'est-elle pas grise elle-même ? Le texte de cette comédie, aussi gris qu'il fût, si quelque erreur n'abuse ici mes yeux, n'a jamais eu et n'aura jamais plus non plus son pareil.

L'offrir à ma Troupe n'est pas autre chose que m'acquitter par là de ce que je vous dois. En bonne foi, vous l'avez fait naître. Chacun de vous me l'a inspiré. Tout part de vous. Tout va donc y revenir. Pour une fois je n'ai pas picoré tel ouvrage du temps passé. Il faut donc plutôt s'attendre à souffrir de la destinée de cette comédie. Peu m'importe, il fallait qu'elle fût. Si je n'en avais écrit qu'une seule, plût à Dieu que ce fût celle-là !

Je pourrais m'autoriser, dois-je le dire, d'obtenir de ma Troupe la liberté de ne pas même dire deux mots pour justifier mes intentions sur le sujet de cette comédie. Pourtant je vais plaider pour elle. Je ne cherche pas à clamer qu'elle se tient partout dans les bornes de la satire certes, mais plus dangereusement je l'avoue, dans celles de la vérité. Si on me laissait le temps de respirer au lieu de m'accabler d'emblée, j'oserais dire que si cette comédie est née, c'est donc à la bonne heure puisque Dieu l'a voulu. Il faut donc la laisser aller à sa destinée. Celle aussi que Dieu lui a déjà fixée. Il est vrai si le roi pouvait de cette comédie remarquer les beautés, le coup serait surprenant. L'affaire serait faite. Le succès assuré.

Est-ce une comédie ? Faut-il se soucier du reste que ce soit une comédie ? Je regarde seulement dans une comédie où les choses me touchent, qu'elles prêtent à rire ou pas. Cette non-comédie, *Le Misanthrope*, assurément pèche contre le nom propre de comédie. Si l'on y rit, c'est en elle-même, puisque tous les autres caractères se rient du héros. Ridicule à leurs yeux. Je ne m'abuse point. Je n'ai encore rien vu de cette force-là : l'Atrabilaire amoureux. C'est mon portrait lui-même ! Je me donne souvent la comédie à moi, Dieu merci ! De là à me mettre moi-même en scène n'était-ce pas après tout mon tour de m'y coller cette fois ? Me voilà puni de mes façons de faire : comme lui, j'ai peine à demeurer en place et je suis bien souvent ridicule.

Pour le théâtre, je n'écris point selon les règles. Ces règles d'unités si mal faites. La seule règle qui mérite ce titre, c'est la règle de n'en suivre aucune. Si ce n'est celle qui consiste à plaire. Pour le rire. Ou pour le vrai.

Qu'est-ce donc que jouer ?

Qu'est-ce donc jouer ? Entends bien, jeune Baron, c'est jouer comme. Comme personne n'a jamais joué. Comme toi seul peux jouer. Or pour décider comme, il faut savoir pourquoi. Pourquoi jouer ? Pour faire rire ou pour faire pleurer ? Pour oser ou pour causer ? Pour dénoncer ou pour renoncer ? Pour émouvoir ou pour divertir ? Enfin, petit, quand tu maîtriseras le comme, fort de savoir pourquoi, il te restera pour finir à savoir pour qui. Ce « qui » sera ce public de ville ou de la cour. Qui grâce à toi ne seront plus qu'un. Ce public qui deviendra un jour ton public. Le vrai secret d'être bien auprès d'eux : oser tout. Être unique. Ne ressembler à personne pour finir par ne ressembler qu'à soi.

Je me suis toujours vu plus heureux que je ne mérite. Qu'ai-je dit, après tout, que sans moi l'on ne sache ? Plaute, Térence ont-ils tout dit ? Avant moi, oui. Comme moi, non !

Reprenons le fil de ce que je disais. Jeune Baron, toi qui te contenteras du rôle du valet Basque, tu apparaîtras le premier sur scène dans le salon de Célimène, ta maîtresse, pèse bien mes mots, pour y faire pénétrer Alceste et Philinte. Tu ouvriras donc cette comédie, jeune homme, toi qui fermeras mes yeux sans doute pour clore la comédie de ma vie. Mais je ne veux pas que la pièce meure avec moi. Baron doit être prêt à la reprendre tout à l'instant. *Le Misanthrope*, lui, vivra pour toujours. Je pourrai mourir content. Je me serais écrit la destinée, non pas que je devais attendre, mais que je rêvais d'atteindre ! Chacun a sa méthode. La mienne, face à vous, consiste à être entendu pour pouvoir vous écouter.

Vous n'aurez pas, je le confesse, à tâcher de prendre le caractère de vos rôles. Sous leurs noms empruntés, je vous ai masqués. Vous devez vous figurer que vous ne représentez que vous-mêmes. Du ton de voix qui vous est propre. Par l'exactitude de votre prononciation, qui s'appuiera de telle ou telle façon, vous ferez vivre vos rôles. Vous nous convaincrez par les hoquets, les sourires, figés ou fuyants, par l'air posé que vous prendrez. Un front plissé, une fossette malicieuse, des lèvres pincées, mains agitées, crispées ou voletantes, même toutes vos gesticulations de trop ou vos regards vagues, vos minauderies de chatte ou vos brusques haussements d'épaules, tout sera bienvenu puisque partant de vous et de ce que vous êtes. Tout vous sera permis, pourvu, et ce sera ma seule exigence, que vous adoptiez et jamais ne quittiez le seul ton naturel justifiant tout. Imprimez-vous fortement dans l'esprit que j'ai fait bien plus qu'écrire en pensant à vous : j'ai écrit ce que vous pensiez. Je me suis acquitté de ce rôle. Acquittez-vous des vôtres. Tout le monde dans cette pièce fait plus que jouer la comédie, ils se la jouent à eux-mêmes. Belle difficulté d'être soi-même sur scène. Il est vrai. Que faire ? Ne rien faire. Songez à vous. Et taisez-vous, je sais mieux que vous ce qui en est. Vous-même que voulez-vous savoir de plus ! Jouez bien votre rôle en ne le jouant pas. Vous n'avez qu'à paraître il vous habitera. Laissez-le vivre. Il parlera pour vous.

Faites-moi ce plaisir, je vous prie, ne *bourgognez* pas votre jeu ! Voyez Montfleury, tout comme Floridor, de l'hôtel de Bourgogne jusqu'au Théâtre du Marais ! Vous appelez cela jouer ? C'est se moquer, c'est réciter, c'est annoncer, c'est déclamer ou brailler, gueuler, vociférer, c'est souffler, faire du vent, boursoufler, s'enfler et éclater. C'est se déshonorer. Je ne veux pas de ces comédiens à foutre. Qui affectent une manière de parler affectée pour se distinguer du commun. Qui articulent et gesticulent en ridicules. C'est être dans la vérité que d'avoir le mérite de ne leur ressembler pas. De vivre son texte, non de le jouer. Vous avez cru faire un jeu comme profession ? Bêtes que vous êtes, le théâtre n'en est pas un : c'est une vérité. Celle dont je parle. La vérité humaine. Le naturel.

Vous êtes mes fidèles, mes bons, mes vrais amis puisque nous partageons les joies comme les peines, unis dans les succès, liés dans les échecs. Sans nous artistes, tous les hommes resteraient malsains et c'est nous qui sommes, comédiens, leurs grands médecins. Cette comédie du *Misanthrope* serait capable de guérir les gens de leurs travers plutôt que de les rendre malades de rire !

Pour se bien conduire en comédien il y faut ne jamais fuir les extrémités. Les dépasser même. Et si je ne fais rien qui vaille, je mets toute mon espérance en vous pour pallier mes insuffisances. Laissez-moi, je vous prie, à mon gré régir l'ensemble. Pour qu'il soit justement un ensemble. Que vous puissiez pour finir jouer ensemble ! Et non côte à côte. Chacun doit se détacher de l'ensemble parce que justement c'en est un ! Comme des musiciens de chambre. Mais si chacun ne joue que sa partie, à défaut de vous détacher, vous sombrerez ensemble en bouillie.

Le succès de cette comédie ne nous attend certes pas. Alceste aussi sera comme Arnolphe, décrié. Mais c'est Molière qu'on vilipendera. Vous serez au contraire loués. Votre seule Troupe aura été ma vie. Quoi qu'il m'arrive, au moins aurai-je l'avantage d'avoir vécu. Grâce à vous. J'aime mieux souffrir d'être au nombre des fous et du sage parti de me voir seul contre tous. De votre côté, c'est votre seul talent qui doit parler.

Qui est Alceste ?

Qui est donc cet Atrabilaire amoureux ? Ce Misanthrope ? Il a raison en tout ce qu'il dit. Mais non pas de la façon dont il le dit. Comme amant, Alceste commet un crime de gâter son fond d'âme admirable : un honnête homme sincère et qui dit vérité. Ses élans amoureux lacèrent cette âme. Alceste est donc moins sûr de lui qu'il ne le veut paraître. Même s'il a bien plus de bon sens que tel qui rit de lui ! Et c'est bien là sa pire faiblesse : il ne rit pas de lui-même ! À vrai dire Alceste est riche. Je vous laisse à penser qu'il s'est cependant fait lui-même. C'est un point délicat. Mais, ayant tout obtenu par lui, il croit être en droit d'obtenir tout des autres. Il s'éloigne de la société des hommes, soit, mais il s'éloigne de lui-même aussi ! Jamais âme n'a eu de plus puissantes émotions contenues que la sienne. Elles s'accumulent pour finir par exploser pour un mot anodin qui ne mérite pas tant. La crise devient une nécessité ! Il s'en nourrit ! L'amour est bien le seul moyen d'acquérir sa tendresse. Mais accepte-t-il de l'offrir ? Vivre sans aimer n'est pas proprement vivre. Cette passion pour Célimène est la plus agréable affaire de sa vie. Il le sait bien. D'où sa peur que cet amour lui échappe. Tous les plaisirs sont fades s'il ne s'y mêle un peu d'amour. Notre ombre ne nous trahit pas : elle prend la forme de nos actes. Toute vie doit être colorée d'amour, sinon elle est indigne.

Tenez, l'ombre de Molière, mon ombre, la voilà qui me suit ! Celle d'Alceste le précède. Mais il refuse lui de la suivre. Il sait ce qu'il ne veut pas faire. Mais il ne sait pas ce qu'il doit faire. Envers Célimène tous ses soins seront inutiles. Il la voudrait toute autre et ne fait qu'humilier sans cesse la belle. Il rêverait faire éclater en elle des talents qu'elle n'a pas. À commencer par le talent d'aimer. Elle n'a que celui bien différent de savoir se faire aimer ! Le cœur lui manque. Celui d'être fidèle à Alceste. Il faut qu'il boive l'affront, non pas celui des écrits de la traîtresse, mais bien de la voir ainsi humiliée. Comme il l'aime, lui aussi se sent atteint. Et s'en émeut plus que mesure. Philinte a beau lui faire signe, il poursuit sa pointe jusqu'au bout ! Il ne voit que la fuite pour s'en laver tous deux. Dans son désert. Mais l'âme de Célimène n'est-elle pas elle-même un désert ? Celui où Alceste a déjà fui depuis si longtemps ? Et où il s'est perdu ? Ainsi en jouant aujourd'hui Alceste je me découvre à vous.

« La Grange, vous n'aurez qu'à ne rien faire, et vous remporterez tous les suffrages »

Encore fallait-il bien qu'on l'écoutât et ce sera vous, La Grange, le premier à m'entendre en Philinte. Oui, vous qui avez plus que moi de clartés pour juger ce qui peut être digne de vous. Plus encore, digne de moi. De mes tiroirs vous m'avez fait jeter le superflu qui m'aurait rabaissé. Je vous en sais gré. La Grange, votre fidélité m'honore au dernier point. Je voulais qu'elle ait sa récompense. Ce parfait rôle pour un acteur parfait. La perfection vous n'en sauriez trop montrer en pareille rencontre. Grâce à votre présence. Sans avoir seulement prononcé un mot. Tout est dit. Tout est là. Tout vit. Et tout vous sera dû. En me chargeant de vous répliquer en Alceste, je vous sers beaucoup plus, La Grange, que je ne vous abuse. Vous n'aurez qu'à ne rien faire et vous remporterez tous les suffrages.

« Je n'ai pas écrit le rôle en pensant à vous, c'est vous qui m'avez fait penser au rôle »

J'ai cependant à vous prier d'une chose qu'il faut absolument que vous m'accordiez. Ne vous jugez pas ! Cessez lorsque vous jouez d'être ce faiseur satisfait de lui-même. Oubliez-vous. Dans le monde, entre nos deux mérites, la balance penche sérieusement de votre côté. N'en rajoutez donc point. Ne cherchez point à plaire, ce serait vous complaire. Je vous concède que c'est bien à vous à faire l'homme d'importance en public. C'est chose dont je me suis lassé. Avant que ne commence la comédie, lorsqu'on allume les chandelles, vous seul désormais savez l'art consommé de présenter ce qui va suivre au public. Comme celui de tenir registre. Je m'en rends compte, je manque d'éloquence pour moi-même, si j'en prête aux autres ! La Grange, ne prenez cependant jamais cette licence de nous supplanter aussi en coulisses. Ce serait confusion. Il n'y a pas deux patrons. On ne peut vous taxer que d'être trop humain. Donc capable du meilleur comme du pire. Vous ne vous voyez pas. Comment vous apprécier ? Je n'ai pas écrit le rôle en pensant à vous, c'est vous qui m'avez fait penser au rôle. C'est ainsi pour tout dire vous qui me l'avez dicté. Il ne m'appartient pas. Il est vôtre. Pire, il n'est qu'à vous. Vous savez bien ce que je vous ai promis il y a longtemps : un rôle à mon égal. Le voilà ! Il l'est d'autant plus qu'il se croit supérieur. Comme vous croyez l'être à moi. Vous en serez éclaircis en découvrant ce rôle de Philinte. Un régal. Vous-même vous verrez ce qu'on doit en penser. Donc ce qu'on peut penser de vous. L'amitié oblige à ne rien taire.

Donner au public l'envie d'entrer lui-même dans la pièce

La Grange, cher ami que j'estime et vénère. Vous me défendez mieux que je ne saurais le faire. Parce que, comme Philinte avec Alceste, vous me défendez contre moi-même ! L'ouverture est sans doute la scène la plus importante d'une pièce. Donner au public l'envie d'entrer lui-même dans la pièce comme on entre dans un salon qui vous attire, vous intrigue ou vous interpelle ! Semblant vous attendre.

Cette première scène l'emporte sur toutes les autres si vous voulez m'en croire. Alceste et Philinte : aucun des deux ne se soumet à l'autre. Aucun ne cherche surtout à convaincre l'autre. Ce serait peine perdue. C'est en réalité une scène d'exposition où, comme il est dit, chacun expose son point de vue. Et jure de n'en démordre pas. Quelle que soit la comédie qui va suivre. Les retrouvant tels quels au dernier acte, chacun constatera que rien chez eux n'aura changé d'un pouce. Et donc aussi que rien ne changera jamais pour eux. Alceste ne se *philintérisera* pas. Et Philinte n'est pas prêt d'*alcester*. Ma charge d'auteur était de justifier ses raisons à chacun des deux. Affaiblir l'un eût été affaiblir l'autre du même coup. Chacun prendra parti pour l'un ou l'autre au fil des siècles.

Par peur de se juger et de juger les autres, Philinte aura passé sa vie à faire semblant de vivre

L'homme aux rubans verts aurait sujet de se plaindre. On le hait. Mais lui-même au fond s'aime-t-il tant ? Philinte n'est pas de ces êtres capables de lucidité, donc de remords. Il a trop peur de se juger. Comme de juger les autres. Il aura passé sa vie à faire semblant. Semblant de vivre. La tendresse de cœur lui échappe. Sinon il ferait preuve à son tour de réactions incontrôlées. Que nenni chez lui ! Il fait mieux que dominer ses sentiments ! Il n'en éprouve aucun. Rien ne l'émeut, car rien ne le touche. C'est son âme et non la nuit qui s'est habillée en Scaramouche. Noire sans la moindre étoile de tendresse humaine pour Célimène. Comme lui, La Grange, vous vous y connaissez en froidure d'âme. Ce rôle de Philinte, d'ami fidèle au premier abord, c'est ce qu'il vous plaira d'en imposer. Homme de complaisance. Sachant en toute lucidité comme il faut faire avec tout un chacun.

Je me suis bien plié aussi à votre style ! Philinte adopte aussi cet insupportable arrêt en plein milieu d'une phrase. Comme s'il ne voulait pas en dire davantage. Puis condescend à aller malgré tout jusqu'au bout. Peu importe ce qu'il profère. Ses hésitations, ses temps inattendus, ses conclusions soudaines, tout concourt à faire croire à l'homme de réflexion. Vous passez pour en être un des plus respectés. Éliante lui chatouille l'âme. C'est donc bien malgré lui qu'il y sera sensible au premier abord. Pour apaiser sa démangeaison. Comment cet homme s'accommode-t-il à vivre en société ? Éliante ne sera pour lui qu'une parure.

Nul ne chercherait à éduquer ceux qu'il méprise. Il les ignorerait. Et les laisserait dans leur crasse. C'est ce que Philinte fait. Avec tous, grands ou petits. C'est bien ainsi qu'il les méprise. Sans se poser la moindre question pour relever leur âme. Saisissez bien qu'Alceste, lui, ne méprise pas les hommes puisque ceux-ci le touchent encore jusqu'à l'émouvoir et s'en emporter jusqu'à la rage. Il n'y a que vous qui soyez capable de faire valoir les choses que j'attends en Philinte. La bienséance. Donc la lâcheté et l'hypocrisie. Sous le seul masque de la raison. La pire engeance qui soit à mes yeux. Celle dont vous êtes un grand maître. Je présage le souci qui vous tient déjà. Ce Philinte est le portrait d'un lâche qui vous fâche. Mais à part moi nul n'imaginera qu'il s'agit là de votre propre ressemblance, La Grange ! Philinte est attaché à ses pensées secrètes. Il ne les livre jamais. Pas plus que son véritable jugement. J'avais loisir d'en faire le héros de cette comédie. Je l'eusse fait volontiers s'il ne lui manquait le principal qu'Alceste a : du mouvement ! L'impatience le tient tout au long de la pièce ! La mienne est grande de vous y voir briller, La Grange. Comme vous Philinte brûle de parler, bien plus que de m'entendre. Ne l'écouter pas, c'est faire enrager Philinte. Ce qu'Alceste commet par trop. Philinte ne lui demande jamais un bon conseil sur ce qu'il doit faire. Mais il prétend, lui, en donner à Alceste. Philinte ne lui parle point comme il faut lui parler pour le raisonner. En réalité, il le *déraisonne* ! Ainsi, La Grange, tout est dit pour moi. Tout reste à faire pour vous.

Oronte ? Il s'adore, et tout est dit !

Du Croisy, quant à vous, vous trouverez bon s'il vous plaît, sans vous alambiquer avec Oronte, de nous le servir franc du collier. Sans vouloir vous flatter et vous déguiser rien, je n'eus qu'à recopier l'original en écrivant le rôle : vous-même, Du Croisy. Il s'adore : et tout est dit.

Je ne démordrai point de son habillement. À la mode à l'ancienne, Oronte doit encore s'assujettir. Et ce n'est que pour en imposer qu'il entend se vêtir. Tout est dans l'apparence. Vous porterez à la bonhomme. De ces hommes qui, pour en faire accroire, cachent leurs cheveux blancs d'une perruque noire. Coiffure fournie, sous laquelle votre tête aura l'abri commode. Un beau pourpoint brodé d'or plus qu'il n'en devrait. Et ferme comme il faut. À la taille, des rubans d'argent en grand nombre. L'épée sanglée au côté, du plus bel effet. Ganté gris perle, soie d'Égypte, bagué et diamanté en chaque doigt pourvu. Un haut-de-chausses ajusté, finement rosé, pour la cuisse. Les mollets pourpres. Et, rehaussant le tout, des souliers haut perchés, gonflant des pieds au supplice, ainsi qu'en usaient ses aïeux. De quoi se trouver mal rien qu'en fermant les yeux.

Quant à son bagout, je m'en vais là-dedans vous en donner le premier trait. Lui joue seul. Poussant le risible jusqu'à tricher avec lui-même. N'ignorant en aucune façon que son sonnet ne vaut rien. Il se fait fort d'obliger quiconque, par déférence, à le juger de qualité. Il jouit d'humilier, jusqu'à la soumission béate et hypocrite, ceux à qui il l'expose. Si son sonnet avait été bon, il n'aurait pas eu à l'offrir en pâture. Se contenter de l'avoir pondu lui suffirait. Loin de lui l'idée si sotte, et convenue, alors de le partager avec quelqu'un. Ne le soupçonnez pas d'être faible à ce point de souffrir la critique. Il s'estime au-dessus. Il se flatte de savoir faire ronfler les vers et s'arrêter au bon endroit pour avertir qu'il faut y faire le brouhaha.

La clé d'Oronte est la respiration du rôle : d'une lenteur exécrable

La clé d'Oronte en est la respiration du rôle ! D'une lenteur exécrable. Celle des ridicules. Il n'impose pas, il pose. Il ne parle pas, il s'écoute. Il ne regarde pas, il fixe. Il ne s'assied pas, il se fige. Il ne rit pas, il grimace. Il n'écrit pas, il pond. Son cou est un phare : il va de l'un à l'autre, puis retourne de l'autre à l'un. Rien n'existe que sa suffisance. Elle seule a grâce à ses yeux. Je pense aussi qu'il en tient et je crois penser bien. Chose signifiante, ô combien, il boit plus que mesure. Il y noie son ennui. Sur les oiseaux de cour, courtisans moineaux ou nobles corbeaux, savez-vous ma pensée ? Tout va sans savoir où. Tout piaille. Tout est valetaille. Cela vaut pour chacun. Mais non pas pour Oronte. Qui lui, venant d'ailleurs, ce noble monde où l'on s'ennuie à être riche et qui ne va nulle part. Il était là bien avant nous et y sera encore bien après nous. Son seul but : y rester. Tel quel avant tout. Nous passerons. Lui, pas. Satisfait et rempli. Son intelligence est épaisse.

Il en est de ces figures au théâtre, de ridicules entends-je, qui ne sont que de deux sortes. Les aveugles ou les sourds. Les aveugles ne croient personne, ne regardent qu'en eux-mêmes et tout au long de la pièce ne cessent d'avancer inexorablement vers le pire. D'autre façon les sourds, dont Oronte est l'un des fleurons, n'entendent rien, n'écoutent personne et quoi qu'il se passe comme intrigue, ils pérorent, éructent, vocifèrent et ne cessent eux de reculer en croyant avancer. D'où leur effet de ridicules. Oronte est riche à ce qu'on en sait, mais des plus sensés, non ! C'est une humeur bien extraordinaire par contre que celle d'Oronte. Un seul mot sert à la définir : l'excès. Il fait croire qu'auprès du roi son crédit est assuré. Il est vrai que le roi lui fait la grâce extrême de respirer du même air. Qu'il vienne de Villejuif ou d'Aubervilliers, il ne s'en soucie guère.

Notez bien ceci au demeurant qui vous échapperait pour votre acte premier. Alceste accepte de l'écouter pour la rareté du fait. Mais surtout à cause de Philinte. Celui-ci absent, jamais Alceste ne se serait prêté au jeu. Augurant trop de ce qui allait suivre. Il cède pour ne pas, devant Philinte, faillir à sa droiture. Lui prouver qu'il tient bon. Quelles qu'en soient les suites fâcheuses. Contrairement à l'hypocrite ami, lui Alceste n'est pas homme à faire tant de façons. Et si l'on doit rire dans cette plaisante scène, ce n'est ni d'Oronte ni d'Alceste, mais de Philinte qui, présageant le pire inexorable, tente d'y pourvoir. Et maladroitement, à l'inverse, Philinte ne fait que piquer plus encore Alceste là où ça fait mal, augmentant davantage sa fureur. Philinte ne sait plus où se mettre : mimiques, grimaces, soupirs, yeux au ciel, gestes mal finis, tout sera bon pour déclencher le rire d'un public complice, puisqu'il aura de ce fait après la première scène, toutes les cartes en main ! La preuve : commençons la comédie par la deuxième scène sans avoir joué la première, et cette scène d'Oronte perdra son sel. Le public incrédule se sentant perdu assistant à une dérangeante scène dont il se sentirait exclu. Tout est dit, Du Croisy. La parole est à vous. Vous y donnerez du style. Du jarret. De cet esprit qui vous honore. Et me grandit.

Vous ne pourrez donner du plaisir au public qu'en en prenant vous-même

Hubert ! La Thorillière ! Me ferez-vous la grâce que je puisse vous dire trois mots ? Gardez-vous, je vous prie, en répétition, de trop échauffer ma bile. Avant d'avoir lu la comédie dont il s'agit, vous devez prendre soin d'en savoir davantage son sens. Je vous suis caution de ne pas vous égarer. C'est là sur scène qu'en répétant seulement vous apprendrez à vivre votre rôle. Sans vous mettre en souci d'y rajouter du vôtre. Tout votre entier s'y trouve déjà. Pour de suite vous dire davantage, apprenez que même si vous déclamez, c'est votre figure qui touchera en ces rôles dont la tenue l'emporte sur tout. C'est votre corps qui parle le premier et prendra le dessus sur la parole. Je sais Hubert de quel tempérament vous êtes dans le vrai de la chose. Déchauffez-vous ! Ce style n'est pas maintenant ce qu'il nous faut ! Ne prenez jamais cette licence d'en faire trop. Il y a deux vérités aussi constantes l'une comme l'autre dont vous devez vous assurer également. L'une est que sur scène je veux avoir un absolu pouvoir sur vous. Je saurai ne vous contraindre en rien. Sûr que vous répondiez par une obéissance aveugle. L'autre vérité est que vous ne pourrez donner du plaisir au public qu'en en prenant vous-même.

Il n'y a désormais rien de meilleur marché que le bel esprit

Acaste et Clitandre vont passer tous deux au sentiment, ce me semble, de beaucoup de gens, pour une manière de beaux esprits. Car il n'y a rien à meilleur marché que le bel esprit maintenant. Ce ne sont, en parlant vrai, que des extravagants qui jouent chacun sans cesse à l'homme de condition. Ce n'est pas après tout ce qu'ils disent qui ressort ridicule, mais la façon dont ils le disent qui prête à rire. Dans le monde je vois cent choses plus à craindre que ces piaffeurs de cour, ces gens de clan qui font tant peur à parler haut de chacun pour mieux les diffamer. La belle chose pour eux de faire entrer aux conversations du Louvre de vieilles équivoques ramassées parmi les boues des Halles ou de la place Maubert ! Cela sent son vécu ! Alceste, donc Molière, a toujours eu pour les petits marquis qui pétillent et frétillent, qui crépitent et s'agitent une furieuse aversion. Et n'en déplaise à leur qualité, ce sont les plus sottes bêtes qui se soient jamais mêlées de raisonner. Vous les figurerez.

Sur les manières de vous vêtir, inspirez-vous de nos jeunes muguets. Obligez-vous à porter de ces petits chapeaux qui laissent éventer leurs débiles cerveaux. Et de ces blonds cheveux de qui la vaste enflure offusque la figure. De ces maigres pourpoints se perdant sous les bras. Accompagnés de ces collets trop grands jusqu'au nombril pendants. Boursouflez le bout de ces manches, qui trempent dans la sauce à table. Souffrez de ces souliers mignons de rubans roses revêtus pour paraître. Ce sont de ces dindons brillants seigneurs parés des pieds à la tête s'empressant de chercher les regards de tous leurs congénères. Ils s'en nourrissent.

Encore un mot : vous vaquerez ainsi, marchant écarquillés tels les pigeons pattus, tenus par vos grands canons ainsi que des entraves ! Vous vous plairez équipés de la sorte, oui, je vous vois ainsi en couple adroitement subir ces sottises qu'on porte. Il faudra vous en contenter !

Ne me faites pas de ces marquis outrés en grossissant le trait

Ne corrigez pas, s'il vous plaît, cette manière de parler qui est la vôtre ! Tels que je vous entends faire depuis toujours avant les chandelles allumées. Ne me faites pas de ces marquis outrés en grossissant le trait. Il ne s'agit pas de parler d'ailleurs, mais de causer. De répliquer, certes, mais sans en rajouter. Non pas de piailler, mais d'arrondir les phrases. Votre habitude à tous deux. Enfin, non pas de répondre mais de souligner amèrement les choses comme en écho à ceux qui, eux, tiennent la rampe, pas pressés de la lâcher : Oronte, Alceste, Philinte ou Célimène. Voire Arsinoé ou Éliante mêmes ! Faites toujours ce mouvement de tapotage de pieds insupportable : de ceux que, sous la table, on les voit faire à Versailles.

Le ton que chacun des deux s'octroie pour s'exprimer est une couleur inédite dans mes comédies : la suffisance. Et non pas la condescendance qui contient du mépris. Alors qu'il y a, dans la suffisance qu'ils affichent l'un envers l'autre, cette complicité de classe qui nous glace en vérité. À quoi donc passent-ils tout le temps ? À rien du tout ! Si ce n'est, justement, à passer le temps. En femmes comme en tout, ils veulent suivre la mode. Sachant se faire inviter chez les belles. Se pâmant de rire, quoi qu'elles disent ! Acaste et Clitandre ne se parlent pas entre eux : ils n'échangent rien. Chacun parle à lui-même ! L'autre se contente d'ouïr. Vous venez voir ici qui de vous deux aura la préférence. C'est pour le même objet que vos deux cœurs soupirent. Ce n'est point en réalité l'objet du pari, Célimène, qui les intéresse ou les touche. C'est la malice de le dérober à l'autre. Il s'agirait d'une canne, d'un pourpoint ou d'une présence au lever du roi, ce serait idem. N'ont-ils point de honte de montrer si peu de prudence pour des gens de leur âge et de se quereller comme de jeunes étourdis ? Ils sont convaincus que Célimène est de ces jeunes veuves capables de se laisser d'abord enflammer d'amour pour un inconnu. Ce sont deux ânes en bon français !

Mais les gens de qualité comme les comédiens de qualité savent tout sans avoir jamais rien appris. Il n'est rien de plus vrai. Pour vous, Hubert, et vous, Du Croisy. Pour eux aussi. Tout dans la forme, rien dans le fond. Pareils à ces tas de mouches reluisantes qui s'égarent en tout lieu suivant un doux rayon de miel. Comme celui de Bourgogne et celui du Marais qui veulent vous attirer tous deux ! Afin de vous garder en notre ruche je vous sers ces deux rôles reluisants, mêlez-y votre miel.

Gardez, dans le rôle d'Éliante, ce regard que vous aviez dans celui d'Agnès

Charmante de Brie, c'est à vous à présent de m'ouïr. Vous ne dites mot ? Que ne sommes-nous au temps de l'École ! Je l'avouerai, Catherine, mes yeux d'Arnolphe observaient dans les vôtres des charmes troublants. De ces pudeurs d'Agnès que vous habitiez si délicatement et que je n'ai point trouvées de ma vie depuis dans les autres. Ayez encore de ces yeux-là en Éliante. Oui, oui, c'est pourquoi je suis ravi de vous la confier. Quand j'aime bien, j'aime fort que l'on m'aime. Et, Catherine, je vous aime bien. Pour ce que vous pouvez être devant la rampe. Non pas pour ce que vous devez être ailleurs qui ne me regarde plus. Êtes-vous facile à contenter ? Sans doute, il m'en souvient. Même s'il n'y paraît pas aux bougies. Eh bien, voilà encore de quoi. Et vous-même éblouirez Éliante.

Catherine, il va falloir vous donner, vous qui gardez tout. Enrichissez ce rôle, il vous le rendra au centuple. Éliante vous hissera au plus haut cette fois. Goûtez bien, de grâce, le raisonnement qui suit. Votre simplicité dans la diction doit sembler sans égale. Apprenez-nous à vous admirer en ne faisant rien. Qu'être vous-même. Ce sera tout à l'honneur d'un noble caractère comme le vôtre, Catherine. Quand on aime les gens, on les traite autrement, me direz-vous, que comme j'en ai usé avec vous. On fait de leur personne un meilleur jugement. Non, justement. Je me suis éloigné de vous si jeune et si fragile, que pour ne jamais vous faire souffrir. J'en rougis de dépit. Oui. C'est moi seul alors qui l'ai résolu. Vous convolâtes avec Villequin par ma faute. Le cœur d'une femme, quand il est fait ainsi, se peut difficilement réparer par un autre lorsqu'un chagrin l'a atteint. L'a éteint plutôt. Un cœur tel que vous se fera toujours regretter. Vous le savez fort bien. Catherine, comme Éliante justement, sans rien dire vous pouvez tout faire entendre en un regard. Un geste ou un sourire. La plus belle qualité d'une honnête femme, c'est de parler peu. On n'écoute qu'elle, alors, lorsqu'elle intervient.

Éliante en sait fort là-dessus. Cette fille a du cœur et, dans l'adversité, comme vous, elle sait conserver une noble fierté. Tout s'anime contre elle à première vue. Elle entend tout à demi-mot sans réagir. Ainsi lorsqu'elle le fait enfin, raisonnant comme il faut, elle illumine, elle convainc.

Mais ce n'est pas tout que de ne parler pas. Ses yeux, eux, ne cessent de parler sans cesse. Et chacun peut le voir.

Devant Alceste, elle n'a toujours fait qu'avoir les yeux sur lui. Tout interdite mais jouant de la prunelle. Mais, si elle avait l'heur de le voir poser son regard sur elle, elle aurait spontanément un geste charmant : après avoir porté un verre à ses lèvres, par exemple, elle caresserait du doigt la goutte qui y perlait encore.

Pour votre tenue, je remarque une chose : cette coiffe est un peu trop déliée. Donnez envie, de Brie. Cessez d'être de marbre. Redevenez vivante. Gonflez votre poitrine. Ouvrez les lèvres comme toute femme. Éliante n'est ni caillou ni bois : elle n'a pas été la première et ne sera pas, je crois, la dernière à séduire. Regardez-moi ! Vous faites bien ! Voilà comme il faut être. Offerte. Prête à tout. Et non absente. Sans but. J'exige de vous une présence. Et non pas la chandelle, qui se consume sans qu'on s'en aperçoive.

C'est votre cousine, dont vous n'êtes pas au demeurant la suivante mais l'égale, c'est Célimène, dis-je, qui vous suit aux emplettes. Et non l'inverse. Vous menez le bal. « Pour quelques emplettes, Éliante est sortie. Et Célimène aussi. » Où donc ? À la place Royale, tout contre l'Arsenal. De l'Arsenal au bout du faubourg Saint-Germain. Du faubourg Saint-Germain au fond du Marais. Du fond du Marais à la porte Saint-Honoré. De la porte Saint-Honoré au faubourg Saint-Jacques. Du faubourg Saint-Jacques à la porte de Richelieu. Puis retour à la place Royale.

Éliante a cette faiblesse extrême de vouloir posséder un cœur malgré lui

Je n'ai jamais eu, moi, Molière, cette faiblesse extrême de vouloir posséder un cœur malgré lui-même. Éliante, si. Celui d'Alceste. Elle pensait y être finalement parvenue. Le choc est d'autant plus violent pour elle, au Ve acte, lorsque Alceste la néglige comme un en-cas qu'on jette sur le pavé. « Comment est-ce qu'on peut souffrir la pensée de coucher contre un homme vraiment nu ? », affirmiez-vous, penaude, en Cathos. Cette précieuse ridicule que vous contrefaisiez si joliment. Interprétez l'inverse en Éliante. Elle se consolerait en pareil cas. Nue tout à fait et lui aussi comme elle l'espère vivement, n'y tenant plus. Les emplettes ne sont-elles pas justifiées pour ce seul dénouement : trouver le poisson. Et coucher avec. Se noyer dans ses bras. Ces emplettes justement ont été faites pour un seul but que sa cousine, veuve de frais, ne peut encore se permettre : mettre en avant sa jeunesse, offrir ses appâts à la vue de tous. Oser. Et conclure. C'est pour ses attraits si appétissants que sa présence ne gâte jamais rien. Et qu'Éliante n'est point de trop en quelque lieu qu'elle soit.

De Brie, notez bien ceci : lorsque au dénouement Célimène, confondue par les marquis lisant ses lettres hypocrites adressées à chacun, lorsque votre cousine, dis-je, gît au fond du sac, elle cherche votre appui pour la tirer d'embarras. Or, loin de la suivre, vous l'enfoncez davantage. « N'allez point là-dessus me consulter ici, peut-être y pourriez-vous être mal adressée et je suis pour les gens qui disent leur pensée. » Lorsque l'Atrabilaire à son tour vous rejette, vous répliquez sans hésiter. « Ma main de se donner n'est pas embarrassée et voilà votre ami – il s'agit de Philinte on l'aura saisi –, voilà votre ami donc dites-vous, qui sans trop m'inquiéter si je l'en priais la pourrait accepter. »

Je vous supplierai, de Brie, de vous demander comment Éliante pourrait se satisfaire, elle qui n'est que pour les gens qui disent leur pensée, de se donner à Philinte, hypocrite de profession. Vous partagerez ainsi, après réflexion, ma pensée qu'elle ne se réjouit pas, et qu'au contraire elle se sacrifie. Comme vous avez dû vous contraindre, vous, Catherine, par ma faute. Ce rôle est donc comme vous, ma tendre et chère, tout à fait riche et tout à fait convaincant. Villequin votre époux est bien votre Philinte ! Nous l'aurons tous compris.

Attentif à la vie, inventif à la scène

Puisqu'il faut bien en passer par là, ma femme, voilà ton tour. Après t'avoir donné mon nom, Poquelin, et celui dont je signe mon œuvre, Molière, Armande que puis-je donc encore pour toi ? Je vais te retirer de ton aveuglement. Mon Dieu, je sais tout ! De Baron et de toi. Que tu en aimes un autre. Comment vous en empêcherais-je, lui et toi ? Si je faisais preuve d'un courroux indécent, je ne serais pas le seul qui se plaigne de l'être : cocu ! Mais je suis, je l'avoue, le seul qui en vérité s'en réjouit ! Ces bois dont vous me couvrez, Baron et toi, m'ouvrent les yeux, pour m'en nourrir. Cela sonnera vrai et vécu ! Molière cocu non imaginaire ! Cocu je suis, cocu je rêvais d'être ! Pour en tirer parti ! Où donc ? Sur scène ! En public ! Il s'en régalera ! C'est aux chandelles sur scène qu'on me verra régler mes comptes en la partie. Quant à cette comédie, tu t'y découvriras trait pour trait. Célimène sera ta punition ou bien ta rédemption, comme tu l'entendras. Tu pourras y briller comme jamais pour te faire pardonner. Sauvons les apparences : faire croire que je tiens encore à toi. Te punir ? Et par quelle déraison sur votre couple oser porter le blâme ? Tu rêvais de lui. Il est faux que les songes soient mensonges. Eux parlent vrai au contraire : on ne s'y défend pas. Ainsi à quoi bon te défendre de l'aimer ? Vous savoir heureux, c'est bien assez pour moi. Puisque la chose est faite, il n'y faut plus penser ! Je retiendrai la leçon !

Notre union arrangée arrangeait ta mère et tout son clan. Je me suis fait moi-même la destinée que je devais attendre : être *béjartisé* ! J'ai fini enfin par saisir que tu n'avais pas voulu prendre place en mon cœur dès nos premiers regards mais me voler à ta mère. Tu ne m'épousais pas moi, Poquelin, tu m'épousais à sa place pour convoler avec Molière. Ce n'est pas moi que tu venais contenter, c'est elle que tu désirais écarter. Si j'avais eu tant soit peu de cervelle, j'aurais pris d'autres soins. Mais il n'est rien qui pouvait résister alors à ta beauté. Ce que voient mes yeux franchement je m'y fie. Et j'ai vu dans les tiens désormais ton indifférence. Tant que ce sera du désir que vous verrez dans les vôtres, je vous y encourage.

Nous nous sommes aimés, mais jamais au même moment

Il n'y a plus moyen de nous contenter l'un de l'autre, alors tâchons de nous contenter l'un et l'autre, en nous contentant chacun de notre côté. Je m'imagine que le plaisir est grand de recommencer à séduire mais plus encore d'être soi-même séduit. Chose étrange d'aimer. J'ai rêvé qu'on pouvait s'aimer à deux. En un ensemble ne formant qu'un. Un couple. Las ! Nous nous sommes aimés mais jamais au même moment. Tu seras cent fois plus heureuse avec lui. Et moi sans toi. Vous voir contente est ce que je désire. Pas pour votre plaisir mais pour le mien. Celui d'être assuré d'avoir la paix enfin. As-tu encore besoin dis-moi de mes bras ? Les siens y suffiront désormais. Si j'avais su t'aimer comme tu méritais, tu n'aurais pas levé les yeux sur ce gamin de 13 ans. Cette journée doit être marquée dans notre almanach comme journée bienheureuse où nous serons passés du tout tu au tout dit.

Le rôle de Célimène te permettra de donner plus que tu n'as

Quant à ma liaison avec Marquise Du Parc, tu aurais tort de t'en plaindre. Pour vous avoir aimées toutes deux, sache qu'elle ne te doit rien en dureté de cœur. En l'affrontant au cœur même de cette comédie sous les traits d'Arsinoé. Sois sans illusion, cependant. Comme actrice, elle aura le dernier mot. Comme elle l'a eu en tant qu'amante. Joue sans prendre garde à elle, tu t'y brûlerais. Règle tes comptes avec toi-même, non avec elle. Là, tu en sortiras grandie. Ce rôle de Célimène est né de toi et né pour toi. Tu promettais toujours sur scène plus que tu ne parviens à tenir. Je t'offre en Célimène de quoi cette fois, à l'inverse, en donner davantage. Tu retiens trop. Elle aussi. Tu fais du vent. Elle aussi. Tu recules. Elle aussi. Tout trait de caractère chez elle, tu le portes déjà. Malgré toi. Et malgré moi. Tiens-moi donc parole et songe à mon repos. Sois présente en ce rôle si tu t'absentes dans celui de mère et d'épouse.

Le rôle de Célimène mériterait bien de ta part une rareté de ton. Un racé de diction. Une fluidité du phrasé. Une élégance de port. Un frémissement du corps entier. Des regards de vipère. Et des mains de colombe. Tout ce que tu serais capable d'imposer si tu t'oubliais enfin. J'entends si tu ne cherchais pas à séduire mais à n'être que vraie. Comment parviendrais-tu à l'être enfin, toi qui ne l'as jamais été dans notre vie ? À te dire vrai, je doute fort que tu y puisses réussir. Mais n'est-ce pas justement parce que tu échoueras toi-même que tu ressembleras d'autant mieux à Célimène ? Figurant au public ce qu'elle figure elle-même en cette comédie aux autres : l'échec. Celui d'une femme sans générosité. Qui prête à tout le monde, mais finalement ne se donne à personne. Armande Béjart qui n'est jamais devenue Poquelin. Célimène a l'air tout à fait brillante. La taille la plus galante du monde. Belle tête. Beaux yeux perçants. Beau petit nez. Des mains gracieuses. Petits ongles bien faits. Belle gorge. Appétissantes petites quenottes éclatantes. Je rends grâce au printemps de ta jeunesse de tes débuts hésitants. Mais en Mlle Molière te voilà pourvue en ton été, ton quart de siècle juste atteint, du plus riche des rôles à offrir au public.

Parce que Célimène est double comme chacun, la comédie laisse apparaître les deux faces de cet être d'exception. Tu te chargeras donc de deux rôles en un. Le Soleil et la Lune. Tu t'y accommoderas fort bien. Enfin à nu.

Plus nous vieillissons, plus nos jeunes épouses rajeunissent

Pour vous, de Brie, ce n'est pas un rôle que vous aurez à défendre, c'est un titre ! Garde de la maréchaussée de France. Eh quoi ? Vous murmurez ? Je vous suis infiniment obligé d'accepter de tenir cette courte présence. Je vous en prie, pour que vous soyez de la partie, de Brie. Vous seul ne m'avez jamais rien caché de vos sentiments. Les miens pour vous n'ont point changé. Je vous dirai franchement, et en ami, comme vous m'avez fait promettre de ne vous parler que pour vous dire nettement ma pensée, que nous avons commis vous et moi la plus grande de toutes les folies. Non point de nous marier, mais de convoler avec des fillettes de plus de vingt ans de moins que nous. Armande Béjart et Catherine Leclerc du Rosé, ainsi dites la Molière et la de Brie. Si nous regardons seulement les choses en face, et je soutiendrai mon opinion jusqu'à la dernière goutte de mon encre, plus nous vieillissons, quarante et quatre ans pour moi, cinquante et neuf ans pour vous, plus elles rajeunissent. Épouses jeunes et bien faites, elles paraissent maintenant nos deux filles. Votre garde est ce genre d'homme dont la cervelle toujours marche à pas assurés. Prenez-y garde justement. Ne vous excusez pas lorsque vous paraîtrez devant les chandelles allumées. Il est plein d'aplomb. C'est bien à vous, au contraire, à faire valoir l'homme d'importance par la bouche duquel la justice parle ! Si vous avez quelque chose à me dire, vous pouvez l'ajouter. Je suis prêt à l'ouïr. Votre contenance parle pour vous. Alors laissons Baron vous annoncer !

Il faut jouer ce rôle comme un ramoneur de cheminée : en en mettant partout !

Béjart ! Vous étiez sorti ? Je reconnais pour moi quand on se moque ! Non ! N'ouvrez pas la bouche ! Je me passerai de votre compliment. Dans ce coin demeurez ! De vos embrassements, Béjart, je me passerais fort. Quand vous m'êtes inutile, vous faites le chien couchant. Ai-je le dos tourné, vous grognez et montrez les crocs. Béjart Louis, pourquoi donc puis-je tolérer que tu sois de la partie ? Parce que, comme tu viens de toi-même le faire, tu apparais ainsi que Dubois le ferait dans la pièce. Au pire des moments. Vous voilà bien malade d'avoir un méchant rôle à jouer, pensez-vous ? Ce mal te passera.

Approche-toi ! Joue ce rôle comme un ramoneur de cheminée : mets-en partout, dégouline même. Ce rôle de valet d'Alceste, c'est comme tu n'as cessé de l'être pour moi : un porte-guigne dès son entrée. Dubois : son nom même n'est que banalité. La tienne. Pour finir, je n'ai pas peur ici d'en dire plus que je ne devrais sur les Béjart. Compassion, tendresse ou même amour et reconnaissance, si de tels sentiments régnaient en leur âme, les Béjart ne seraient plus Béjart. Qui eux ne sont qu'intérêts, trahison, forfanterie. De grâce, mes bons maîtres en hypocrisie, pardonnez si, sans discrétion, j'ose m'épancher devant tous. On t'accuse toi-même de discours médisants envers chacun. Ceux sur moi me parviennent. À vos yeux ce n'est plus un secret : je n'ai jamais été qu'un mari en peinture. Qu'un peintre peint. Qu'un encreur destiné aux chandelles impayées. Digne de la prison. Indigne itou de toute votre famille, ô Béjart. Héritière désignée de la vraie tradition. Reconnue. Célébrée. Qui voulait que sagement je fisse de son ordre une suprême loi. Être à mon tour *béjartisé*. Mais pour vous obéir, mes maîtres, cherchez un autre que mon moi. Ce Poquelin qui vous aura toujours chagriné par sa franchise entière, si mal placée, à tout propos. Rassurez-vous ! J'ai de l'amour encore ! Pour ma femme, Armande Béjart, certes non ! Je l'avoue, sans repentir aucun. Mais pour la mère de ma fille, je ne saurais m'en défaire. Elle seule justifie encore ma présence parmi vous. Ma raison pourtant voudrait que j'eusse de la haine. Je n'ai plus désormais qu'indifférence. Eh quoi ? Vous murmurez, Béjart ? Retirez-vous d'ici ! Bonsoir et grand merci !

« Marquise nous lâche ! Pour Racine ! »

Marquise, je n'ai qu'un petit mot à vous dire. Sur Arsinoé, qui vous est dévolue. Voulez-vous cependant qu'auparavant nous commencions par régler nos affaires ? D'un côté, celui de cette Arsinoé, figure de la comédie nouvelle que nous allons jouer, mes soins ont réussi. Mais d'un autre, celui de ton départ, tout m'accable. C'est trop tenir toute la Troupe dans l'erreur. Il faut lever le masque ! Je m'en charge à présent, ma belle ! Marquise nous lâche ! Pour Racine ! J'ai cru que vous deviez de tout me faire part ! Que je puisse connaître la nouvelle a de quoi vous surprendre fort. Ce que j'avance ici de cette trahison me vient de bonne main. Je n'en ferais que rire si cela ne mettait en péril notre Troupe tout entière ! Votre raison ne sait ce qu'elle veut. L'ambition vous aveugle. Vous vous repentirez de l'éclat que vous faites. Mais il sera trop tard. Aux yeux de tout le monde, elle vous perdra, Marquise. Aux miens peu importe, mais aux vôtres par le même coup ! De cela vous souffrirez trop. Mais je ne serais plus là pour vous consoler. Ni la Troupe entière ! Appréhendez tout. Racine, votre amant, ne se chargera que de vous faire souffrir. Molière, lui, vous a fait grandir.

Arsinoé : le plus parfait des rôles pour la plus parfaite des actrices

À 34 ans, Dorimène du *Mariage forcé*. À 36 ans, Elvire. Face à Don Juan, vous fûtes sublime. Plus que je ne l'espérais. Et comme vous le serez encore davantage en Arsinoé. Le plus parfait des rôles pour la plus parfaite des actrices. Ce sera le dernier. Ce si grand rôle où vous allez briller. Ce sera aussi ma réponse à votre trahison. Avec Racine, Marquise, vous allez jouir à en mourir. Vous avez tort de croire que qui s'attache à nous nous aime, d'autant plus qu'il se montre jaloux. Comme Racine le sera de vous jusqu'à vous battre. Racine aime vivre. Vous, Marquise, vous vivez pour aimer. Molière ne vous suffisait pas. Le jaloux Racine vous aimera plus que moi. Mais Molière vous aimait mieux. La preuve : Arsinoé. Vienne qui aurait voulu contre votre personne, je veillais pour vous épargner. Allez ! Je vous fais grâce et dois me guérir absolument de l'amour que j'avais pour vous. Je ne vous remplacerai pas dans la Troupe. Qui pourrait donc y parvenir ? Lors, ce serait le meilleur moyen de vous regretter. Ce dont je ne veux en aucun cas. Je préfère qu'on vous oublie. La Troupe passera donc de douze parts à onze.

Peut-être encore qu'avec toute son insolence votre esprit manquera dans bien des circonstances. Vous ne cessiez de mentir en toutes choses. Tant mieux : c'était devenu si divertissant de chercher à repérer les rares moments où, par inadvertance, il vous arrivait de dire une vérité !

Tout se sait, Marquise : il court le bruit que Racine était en écriture d'*Andromaque* à dessein pour vous voler à moi. Pour Bourgogne dans l'année qui vient. Cet honneur qu'il vous fait sera sa chausse-trappe. Et la vôtre. Il eût mieux valu vous confier Hermione. Une tigresse criminelle, brûlante de jalousie. Comment pourriez-vous défendre Andromaque, la fidélité en personne ? La pâleur. La rigidité. Peut-être aussi que ton cœur a changé de désirs ? Cet enfant que tu m'as refusé, le lui donneras-tu ? Abandonnant tout à la fois ton corps comme ton âme à cet ingrat. Folle que tu es ! Sache, Marquise, que ce trop de jalousie occupera toujours son âme : si tu le quittes à son tour, lui te tuera. Il ne saurait souffrir, possédé par un autre, ton cœur qu'il aurait manqué. Prends garde à toi, Marquise. L'opinion qu'il a de lui-même est si haute et trop bonne pour croire un jour que quelque autre que lui te plût. Où diantre pourrais-tu trouver qui le valût ? Je vous en donne la licence, Marquise. Brûlez pour lui, vous reviendrez en cendres. Ses colères sont plus à craindre qu'on ne peut croire !

Pleurera bien qui pleurera le premier. Vous sur lui. Lui sur vous. Et moi sur moi-même ! Racine sera satisfait. Portez-lui de ma part que je romps avec vous. Et j'y romps pour jamais, puisque vous le voulez. Vous saisissez par là que je romprai ainsi aussi avec moi-même. Il faudra me résoudre à n'aimer jamais rien après vous. Adieu, mon astre. Je n'ai jamais aimé que vous. Et jamais je n'aimerais que vous. C'est dit.

Causons d'Arsinoé ! À défaut de moi, ce rôle aura de quoi te plaire. J'ai dépeint ce rôle d'exception telle que je vous vois paraître. En femme d'exception. Au reste, je vous dois beaucoup. Et ce rôle d'Arsinoé une fois tenu, je vous saurai gré davantage. Et pour l'éternité, qui ne le sera pas ? J'ai tardé trop longtemps à m'acquitter vers vous d'une telle promesse : vous immortaliser. Je vous confie seulement de quoi le faire vous-même. À la lueur des feux. Acceptez-le pour ce que je vous dois. Avoir joui comme jamais, pour ma part. Avoir joué comme jamais, pour la vôtre.

Arsinoé jamais ne se plaint, elle ne plaint que les autres… pour leurs insuffisances

Arsinoé, elle, vous demande une grâce : épargnez-nous ces longs soupirs de reproches que laisse échapper votre cœur. Arsinoé jamais ne se plaint. Ce sont les autres qu'elle plaint. Pour leurs insuffisances. De toute sa suffisance. Elle est de ces femmes qui débutent tous les discours par « à vous dire la vérité ». Et parlent fort à leur aise de ce qu'elles ignorent. De celles aussi que le malheur suit à la trace, pour qu'elles le conduisent vers ses proies ! De celles encore qui viennent toujours vous témoigner de la part qu'elles prennent aux choses. De celles qui vous accablent, bien sûr. Remuent cruellement la plaie. Soufflent sur les braises. Puis prennent congé de vous. Satisfaites d'avoir ravivé la brûlure là où il fallait. Marquise, vous seule pourrez nous faire admirer toutes les faces de ce rôle-diamant. Tu n'auras qu'à y mettre ce frémissement troublant, cette tiédeur qui suivait la jouissance dans nos draps. Comme en présence d'Alceste. Ne lui fais pas la leçon comme tu sus si bien, dans mes bras, t'en charger. Au contraire, ce ne doit être qu'un instant d'abandon. De ces moments si rares où Arsinoé s'oublie. Comme toi, Marquise. De ces moments qu'un homme, lui, n'oublie pas. Son visage s'altère lorsqu'elle s'émeut trop vivement, lorsqu'elle ferait mieux peut-être de se taire. Mais tout parle en elle. Comme en toi en ce moment. Allez vous préparer à tenir votre rôle comme vous le faites en me quittant : libérez-le.

La trahison de Lully

À ne rien vous cacher de la vérité pure, je vous avouerai pour finir avec pleine franchise que, par Jean-Baptiste Lully, nos affaires sont maintenant en mauvaise posture ! Il nous égorge. Il vole notre théâtre ! La trahison de Lully perdurera des siècles après nos morts. Il m'a tout pris hormis une chose. La plus chère à mes yeux. Ma dignité ! Voilà la récompense de mon dévouement et de mes bienfaits. J'ai peine à concevoir, tant la surprise est forte, que j'avais réchauffé un serpent dans mon sein. Je peux juger de sa puissance extrême. Savez-vous les nouvelles que déjà l'on murmure à la cour et qu'on tient pour fidèles ? « Molière est disgracié : Lully l'a tué. » Sa Majesté a donné pleine tête dans sa tromperie. La haine rend inventif. Mais, face à Lully, je ne le suis guère. Je ne l'ai jamais vu que comme une ombre après moi. En vérité il ne fait que suivre son bon naturel : il est né traître. Comme d'autres naissent hommes de bien. L'espérance du gain est bien ce qui le flatte. On ne balance plus entre nos deux mérites : l'argent emporte tout. Et son argent, c'est moi qui le lui ai donné et c'est lui désormais qui s'y noie.

Je reste à jamais sur la rive. Personne n'est plus facile à duper que moi. Je lui ai tant donné. Je laissais éclater ma faiblesse, croyant aussi le tenir par là. Je l'avoue. Quelle naïveté ! Je le vois s'applaudir de mon effondrement. J'aurai, pour lui, au feu mis la main que voilà ! Dieu me garde à présent de ne faire jamais affaire avec lui. La comédie qu'il m'aura jouée sera la plus plombée de ma vie. Elle ne pouvait plus mal finir. Il faudra désormais me passer de Lully pour toute la vie. J'y souscris. Pour nous tirer de l'embarras où nous nous trouvons, je prendrai Charpentier pour jouer au plus sûr. Ce sont de ces précautions qu'il faut pour le remplacer. « Qu'as-tu fait depuis que je ne t'ai point vu, Jean-Baptiste ? Merveille sur merveille, Jean-Baptiste ! Chacun est pour soi, après tout ! » Ce sont ses propres mots, à ce traître !

Jusqu'où l'intelligence entre Sa Majesté et lui a pu s'étendre, c'est ce qui me fait enrager ! Je sais bien les discours dont il berce Sa Majesté pour aboutir à ma perte. Je n'ai plus que le peuple pour moi. Mais jusqu'à quand ? Le mal est grand. Irréparable. Ce qui me sera un sujet d'éternelle torture, c'est de voir désormais le privilège de la musique sur le théâtre. Pour des siècles, sans retour possible. Je le parie sans sourciller. Cela durera jusqu'à l'éternité. Plus loin encore que toutes les royautés. Lully ? Je ne sais si même quelqu'un blâmera sa conduite. Qu'il me dépouille, qu'il m'assassine, qui l'en empêcherait ? Qui ne s'en réjouirait, au contraire. Les Béjart n'auront jamais cessé de m'étouffer. Lully, lui, m'aura achevé.

4 juin 1666 : première représentation du Misanthrope *au Théâtre du Palais-Royal*

Il suffit ! Cesse de geindre ! Fais-nous rire, Molière ! La rampe est allumée ! Gloire au théâtre ! Vous me donnez la vie, vous, mes chers comédiens. Vous me donnerez l'éternité de siècle en siècle. En jouant Molière. Et le public en allant voir du Molière. J'ai encré ce *Misanthrope* pour prétendre à la gloire. Je n'ai pas peur de ces gens de rien qui vont pouvoir trouver à y redire. Comme à médire. En ai-je de la bile ? Que nenni aucune ! Ce n'est pas mon dessein à présent d'examiner si tout cela pouvait être mieux. Ou si même tous ceux qui s'y divertiront riront selon les règles. La vie ignore les règles. Sinon les bons seraient à leur place due et les méchants n'en occuperaient aucune. Poquelin et Molière s'en remettront aux décisions de la multitude. J'entends donc qu'après avoir rempli notre devoir auprès de Sa Majesté ce soit au Théâtre du Palais-Royal qu'interprétée par la Troupe du Roy cette comédie du *Misanthrope* soit représentée pour la première fois le quatrième du mois de juin de l'an 1666.

Nous allons nous faire encore davantage haïr de la cour. Les auteurs complices depuis le cèdre jusqu'à l'hysope, eux aussi, seront encore diablement enragés contre Molière. Pourquoi réussit-il à faire des pièces au bon plaisir de Sa Majesté et qu'après Tout Paris va voir ? En fait, le Tout-Paris en question ne s'y rend que pour savoir pourquoi Tout Paris va y voir ! J'admire quelle joie ces chiens ont goûtée à tout cela : salir Molière. Ce sera une vilaine affaire que d'exposer cette comédie grise devant une assemblée comme celle qui nous attend à Versailles ! Ce seront de ces personnes qui prétendent imposer le respect mais qui ne rient que quand elles le veulent bien. Néanmoins, comme il est aussi difficile de combattre un ouvrage que le public approuve que d'en défendre un qu'il condamne, c'est donc à lui que je m'en remettrai.

Molière, masque de Poquelin

J'ai résolu de prendre un chemin contraire aux usages : finir en demi-teinte toute la comédie. Alceste trahi. Molière trahi. Pensez-vous que mes ennemis soient seuls à m'avoir trahi ? Celui qui m'a le plus trahi, c'est moi-même. Je me suis rêvé tragédien pour ne finir que pitre. Bourgogne ou Marais ne m'auraient jamais pris. Tout comme l'Académie me vomira toujours. Qu'ai-je donc si bien mené à bout ? De quelle réussite me targuer si ce n'est celle d'avoir pillé Plaute et Térence ? Imité Scaramouche ! Et dérobé par-ci, par-là, des Grecs aux philosophes ! Cette aigreur de tragédien raté qui m'a rongé le ventre et noirci l'âme, on va me voir la porter jusqu'au bout. Je n'ai réussi à m'en soulager que sur scène, où j'oubliais tout. J'y purgeais mon humeur. C'est elle, cette bile acariâtre que j'ai vomie sur scène. Plus on riait et plus j'en étais quitte. Qu'ai-je reçu de la gloire, si ce n'est de n'être qu'un autre que moi-même ? Molière masque de Poquelin ! Ne me demandez point de plus grande clarté. Avec cette comédie du *Misanthrope*, enfin je vous offre de jouer du Molière. Mais plus encore ici, jouer Molière. Puisque l'Atrabilaire, c'est moi. Tout ce que mon cœur a appris sur l'amour, sur l'homme, sur la cour ou la vie, ma main a tenté de le mettre dans cette comédie. Un tableau, c'est ce qu'il y a sur la toile. Un chef-d'œuvre, c'est ce qui s'en échappe ! Ce sera aux chandelles, grâce à vous ! Appelons donc les violons pour danser ! La cour entière aura joie de les voir. Et moi de m'éclipser, une fois la comédie jouée !

Molière ouvre la porte. Il se retourne pour jeter un dernier regard sur sa Troupe. Ils se lèvent tous. Ils l'applaudissent. Marquise Du Parc se précipite vers lui. Trop tard, la porte s'est fermée. Marquise se retourne vers les autres. Tous ont cessé d'applaudir.

Monsieur

Frère du roi Louis XIV, il n'aura été que la Lune du Roi-Soleil. Son satellite. Sans effet qu'exister et de tourner en rond. Autour du plus grand des rois de 1640 à 1701. Philippe d'Orléans était séduisant certes, mais, comme l'affirma Mme de La Fayette, « d'une beauté et d'une taille plus convenables à une princesse qu'à un prince ». On ne peut pas être plus vicieuse que cela pour juger de l'homosexualité de Monsieur, frère du roi. Son précepteur, La Mothe Le Vayer, lui fait l'éloge de Molière tout comme son aumônier Daniel de Cosnac. La Troupe devient alors celle de Monsieur, frère du roi, en 1658. Jusqu'au moment fatal où le roi Louis XIV s'en empare et la baptise « Troupe du Roy ».

Mont Blanc

« Devant les œuvres de Molière, l'artiste se sent comme un marcheur devant le mont Blanc : le sommet est inaccessible. » Qui a proféré cet élogieux jugement ? Constantin Stanislavski, le grand metteur en scène russe du XXe siècle. Il a tort dans sa naïveté admirative. C'est le contraire et c'est ce qui fait la gloire de Molière. Shakespeare est à escalader. Chaque pièce est une ascension. *Hamlet. Othello. Jules César. Richard III. Henri V.* Toutes. Et l'on peut chuter à la moindre réplique. Et la chute est effrayante. On tombe dans le ridicule. On s'écrase dans Shakespeare. Ou l'on atteint le sommet du rôle, le sommet de l'œuvre, le sommet d'une carrière. Rien n'est plus haut. Alors qu'avec Molière, il n'y a plus de limites, ni supérieures ni inférieures. Car tout est l'homme. Et l'homme est infini. Le sommet à atteindre n'existe pas. L'acteur trouve Molière en lui. Il ne s'agit pas d'une révélation. Qui lui serait extérieure. Au contraire, il s'agit d'une exploration ! Qui lui est intérieure. Le comédien creuse en lui-même. Tout part de lui. L'acteur shakespearien vole vers le ciel. Le comédien, avec Molière, creuse dans les profondeurs de son être. Parce que quand Shakespeare nous parle d'ailleurs, Molière nous parle en nous. On ne s'étonnera pas que Stanislavski révèle ainsi, par cette simple formule, ce qu'il aurait été : un metteur en scène, pas un metteur en âme. Ce qui le fascinait, c'était ce que faisait l'acteur dans sa mise en scène. Jouvet, Vilar, Barrault étaient, eux, fascinés par ce qu'était l'acteur, dans le rôle !

N

Naturel

Qu'est-ce qui, dans l'écriture et la dramaturgie des pièces de Molière, donne une si forte impression de naturel au spectateur ? C'est une question qui mérite vraiment qu'on s'y arrête, car la réponse ne va pas de soi. Pour plusieurs raisons. D'abord, s'il est indéniable que les comédies de l'auteur de *L'École des femmes* nous paraissent en effet marquées par le plus grand naturel, ce naturel n'en est pas moins mystérieux et paradoxal, dans la mesure où il s'appuie, on l'a vu, sur des personnages stylisés, des situations simplifiées, des ressorts dramatiques réduits aux effets des lubies du héros. Ensuite, leur forme s'accommode du respect de nombreux procédés conventionnels ou stéréotypés qui, même s'ils sont souvent détournés avec beaucoup de finesse, conservent inévitablement une part d'artifice. Enfin, on ne devrait pas oublier qu'à chaque époque les artistes prétendent réussir, mieux que leurs prédécesseurs, à « appeler, cette fois pour de bon, un chat un chat » : même Mallarmé pensait que son écriture délibérément ésotérique était la meilleure façon de mettre directement le lecteur face à la vraie nature de la poésie. C'est pourquoi parler du

« naturel chez Molière » ne veut rien dire tant qu'on n'a pas montré avec précision en quoi il réside.

Un des facteurs déterminants de cet effet de réel tient à ce que Molière procède à l'inverse de presque tous les auteurs dramatiques, qui écrivent pour des orchestres d'acteurs dont les interprétations doivent s'harmoniser en vue de transmettre la dynamique d'ensemble de la pièce. De ce fait, les modes d'expression et le phrasé des personnages, si variés soient-ils, relèvent tous, chez eux, d'un seul et même type fondamental de jeu. Un peu comme dans un opéra, où les chanteurs adoptent toujours un style commun de chant qui demeure le même au travers des inflexions expressives particulières que chacun y apporte. L'idée portée par les propos d'un personnage se prolonge dans la réplique de l'autre, ce qui contraint les comédiens à inscrire leurs interprétations dans les limites du ton, plus ou moins conventionnel, que l'on estime propre à servir l'œuvre. Par exemple, la déclamation pour la tragédie. Ou, plus généralement, les modes de jeux que l'on est enclin à associer à des genres dramatiques plus ou moins répertoriés : vaudeville, drame bourgeois, distanciation brechtienne, théâtre de l'absurde, etc.

Molière, au contraire, choisit, de manière tout à fait singulière, l'option la plus opposée : il construit ses pièces sur la confrontation entre des personnages dont les styles de jeu, les phrasés, les rythmes, les expressions corporelles sont totalement hétérogènes et même en partie incompatibles. Or cela ne peut être pleinement sensible aux spectateurs que si l'écriture des rôles et l'interprétation qu'elle réclame traduisent de la façon la plus directe, la plus simple, la plus évidente, bref *la plus naturelle*, les caractéristiques de chaque personnage dans ce qu'elles ont d'inconciliable avec celles des autres.

Il suffit de comparer *La Place royale* ou *Le Menteur* de Pierre Corneille au *Misanthrope*, à *L'Étourdi* ou aux *Femmes savantes* de Molière pour être frappé du contraste entre la polarisation du premier sur le développement d'une unité thématique et l'art avec lequel le second tire parti des chocs aux conséquences imprévisibles entre des caractères étrangers et aveugles les uns aux autres, chacun s'exprimant dans un tempo et sur un plan différents. Corneille développe pour elles-mêmes les potentialités comiques ou dramatiques du thème de sa pièce et ce qu'il fait dire ou accomplir à ses personnages n'en est que l'illustration selon lui la plus efficace ; Molière, en revanche, semble découvrir avec nous les enjeux profonds et le véritable sujet de sa comédie, au fur et à mesure des retournements et des tensions nouvelles engendrés par les relations qui se nouent entre des personnages que tout oppose : leurs univers, leurs aspirations, leurs temporalités. La pièce n'a pas d'autre ressort que ce que vivent à chaque moment lesdits personnages devant nous. Ce qui renforce, par un autre biais, l'impression de naturel. Ils ne font pas de discours. Ils s'expriment en réaction à ce qui se passe dans la scène dont nous sommes témoins en même temps qu'eux. Et cette « synchronicité » nous les rend plus proches. Accessibles. Vrais.

On voit chez Chaplin et l'on se représente assez bien chez Molière, sur la base de ce qu'en ont écrit ses contemporains, que leur jeu d'acteur, comme leurs œuvres, part de quelques traits tirés de la vie quotidienne qu'ils stylisent et dont ils tirent de multiples transformations ou nuances expressives, émouvantes, comiques avec une rapidité, une réactivité, une souplesse qui leur donnent un naturel incroyable.

Il m'arrive d'imaginer le tout jeune Jean-Baptiste Poquelin parmi les spectateurs d'une tragédie, en compagnie de son grand-père Cressé dont on imagine qu'il l'emmenait souvent au théâtre. Je crois le voir soudain froncer les sourcils devant le jeu boursouflé, démonstratif, préfabriqué des comédiens les plus célèbres de l'époque, Montfleury, Floridor et les autres, rêvant déjà de prendre leur place pour imposer un jeu enfin naturel. Ce qu'il essaiera de faire plus tard et qui lui vaudra des critiques acerbes de ses contemporains qui lui reprochaient d'être un mauvais acteur de tragédie, puisqu'il rompait avec une tradition déclamatoire d'interprétation qui, à leurs yeux, conférait seule sa véritable grandeur à ce genre. On peut d'ailleurs supposer que ces outres gueulantes de l'hôtel de Bourgogne et de la Troupe du Marais avaient un vrai talent dans la mise en œuvre des procédés d'expression auxquels ils se faisaient gloire de se conformer. Du reste, comme les personnages des tragédies qu'ils jouaient se mentent à eux-mêmes et aux autres sur leurs sentiments, leurs ambitions, leurs décisions pendant la plus grande partie de la pièce, ces interprétations artificielles pouvaient rendre justice à leur propre décalage. Mais, chez le jeune Corneille, par exemple, vient toujours le moment (que l'on retrouvera plus tard, plus intense encore, chez Racine) où le héros ou l'héroïne se retrouve face à lui-même ou à elle-même, soudain conscient de ce qu'il ou elle est, de ce qu'il ou elle éprouve vraiment, de ce à quoi il aspire. Et là, le seul jeu qui puisse convenir est celui du plus simple naturel.

Je soutiens l'idée (qu'aucun indice historiographique ne permet certes d'étayer, mais pas non plus d'infirmer) que Molière, à peine adolescent, ait pu se voir, soudain, comme celui qui allait apporter ce naturel dans la tragédie. En tant qu'acteur, voire en tant qu'auteur. L'incompréhension de ses contemporains face au style de jeu qu'il adoptait dans ce genre l'a sans doute dissuadé de s'essayer à écrire des tragédies.

Or, tout se passe comme si, ne voulant pas renoncer à créer ces moments de vérité propres à la grande tragédie, il s'était résolu à les transporter dans ses comédies. Ce sont donc des moments qui ne sont pas drôles du tout, au moins dans ce qu'ils nous dévoilent de plus profond, même s'ils peuvent donner lieu à des réactions comiques. Mais ils font apparaître le centre irradiant de la comédie. Car la comédie vient non pas du héros qui se révèle, mais de la situation dans laquelle il se trouve au moment où il se révèle. Qu'Arnolphe se découvre amoureux d'Agnès qui en aime manifestement un autre, qu'il se sente complètement désarmé, qu'il voie toutes ses théories cyniques lui exploser à la figure, cela le rend soudain poignant. Mais comme, en raison même des relations qu'il a établies avec elle, il se trouve dans l'impossibilité de dire le moindre mot juste quant à ce qu'il éprouve, la scène est pleine de contrecoups comiques dont l'effet paradoxal est de rendre le personnage plus bouleversant encore. D'où le titre, *L'École des femmes* ! C'est Arnolphe qui est puni : coiffé du bonnet d'âne, il n'a plus qu'à rejoindre le coin de la salle de retenue !

Ces moments de vérité de l'écriture de Molière sont évidemment ceux qui étaient les plus totalement en contradiction avec le style de jeu qu'appréciaient les acteurs et le public à son époque. Les comédiens de son temps visaient un tout autre effet de vérité fondé, loin de tout naturel, sur l'adoption de modes de jeux stéréotypés fixés par la tradition, correspondant chacun à l'expression d'un sentiment : la terreur, la douleur, la colère, la passion, la perplexité, etc. Sentiments qu'ils interprétaient de façon aussi démonstrative que possible, tout à leur déclamation, sans aucun souci de composition du personnage.

Mais, j'y insiste, le naturel, chez Molière, est loin de se réduire à une limpidité d'interprétation qui se rapprocherait du ton de la vie quotidienne, pour s'accorder avec la simplicité, en apparence presque banale, de ses dialogues. Certes, le choix délibéré de composer ses comédies à partir de personnages, de milieux sociaux et de propos relevant des lieux communs de son époque contribuait au réalisme du spectacle. À tel point que Charles Perrault disait, en substance, qu'en voyant sur scène les acteurs de Molière on avait l'étrange impression de les retrouver comme ils étaient à la ville. Cette proximité, si frappante pour les contemporains, l'est forcément moins pour nous, qui sommes nécessairement moins familiers avec les usages de ce temps.

Reste que le naturel, chez Molière, tient bien davantage et plus profondément au fait que c'est le jeu des émotions, en tant que révélateur de ce que les personnages cachent derrière leurs propos, qui est le véritable moteur de ses pièces. D'où vient qu'il les compose à partir d'instantanés affectifs dont l'interprétation ne peut être convaincante que si c'est la nature du comédien lui-même qui porte le rôle. « C'est une nature ! », dit-on avec admiration d'un comédien. Sous-entendu : faite pour du Molière !

Au point qu'un acteur peut reprendre le rôle d'un autre dans une même mise en scène d'une pièce de Molière et le jouer d'une manière toute différente, sans que cela nuise le moins du monde à la réussite du spectacle. Ce serait impossible chez Corneille ou Racine ! Parce que le mouvement d'ensemble de la pièce volerait en éclats. Molière est le seul auteur dramatique dont l'œuvre permette de tels écarts et puisse même en bénéficier. C'est que la déstabilisation produite par le surgissement soudain de réactions imprévues, liées à la personnalité originale d'un nouveau comédien, est en parfait accord avec la manière dont ses comédies sont construites, à partir d'instants de confrontations entre des personnages incompatibles qui ne peuvent se comprendre.

Voyez, dans *Le Misanthrope*, combien Alceste, son ami Philinte et Oronte, le faiseur de sonnets, sont chacun dans leur monde, imperméable à ce qui anime les autres, si bien que leurs seuls rapports sont ceux de leur incompréhension mutuelle et des chocs émotionnels que cela suscite en réaction chez chacun d'eux.

Nicomède

24 octobre 1658 : représentation inouïe de *Nicomède*, suivie du *Docteur Amoureux* dans la salle des Gardes du vieux Louvre. Molière piètre tragédien aux yeux de tous. Pourquoi ? Parce qu'il se retient d'exagérer alors qu'il donne tout. Son jeu est si sobre qu'il déçoit. Où est l'enflure, l'excès qu'on attend ? Molière connaît la plus grande humiliation de sa vie. Comme si on avait rejeté Marlon Brando qui jouait Actors Studio dans les années 1950 à Hollywood, c'est-à-dire comme Molière, vrai, naturel et non figé comme d'autres stars de l'époque bien coiffées, bien posées, regard clair alors que Brando baissait les yeux, grimaçait, bredouillait, tournait la tête, se grattait, éructait, bougeait sans cesse pour amener la vie, justement. Imaginez qu'alors on eût commis la honte de le cantonner dans des rôles comiques où ses grimaces

et chuchotements auraient été les bienvenus ! XVIIe siècle en France, c'est ce qu'on a fait à Molière ! Dieu merci ! Du coup il révolutionna les comédies pour sa plus grande gloire. Elles ne seraient plus des farces mais des comédies humaines. Elles ne se contenteraient plus de faire seulement rire, mais de faire réfléchir. Pas seulement avec la tâche de divertir, mais de faire réagir. Avec cette arme invisible : le rire.

Nippon

Quelle est donc la pièce de Molière la plus jouée au pays du Soleil-Levant ? *L'Avare*.

O

Ordonnance

Celle dudit médecin coûte cher. La bourgeoisie en sait quelque chose, mais sa terreur de la maladie le lui impose. La cour n'est pas moins lotie. Le ballet des médecins autour du chevet de Mazarin ne sera pas l'apanage du XVIIe siècle, on retrouvera leurs collègues au chevet de Louis Jouvet agonisant d'un infarctus foudroyant en plein mois d'août dans un bureau du Théâtre de l'Athénée. Louis XIV croit en une véritable réussite de la médecine française, il le souhaite, il se bat pour. Et pense finement que toute comédie se moquant de la médecine ne peut que l'obliger à réagir, à ne rien croire acquis, et donc à grandir, se remettre en question et progresser pour prouver sa bonne foi en sa si noble mission. Mais la foi dont il s'agit n'est pas la sienne. Ce n'est pas la foi en la médecine qu'on permet aux médecins, à savoir les avancées sur la circulation du sang, les recherches sur de nombreux remèdes tel l'antimoine, la dissection salvatrice pour toute compréhension immédiate. Non il n'y a qu'une seule foi autorisée : celle de la religion. Et cette foi interdit, par exemple, toute autopsie sur un cadavre. On ne touche pas un mort. Excepté ceux qui ne sont même pas des morts respectables, les condamnés à mort ! Ceux-là ont la joie d'être coupés, décapités, charcutés, brûlés, ouverts, voire goûtés et dévorés. On y assiste en groupe même, et ces dames sont quelquefois de la partie.

Ordre alphabétique

Inimaginable prétention et connerie humaine de vieux nazes ! Il n'y a pas d'autres termes à employer vis-à-vis de ce complot d'académiciens pourris contre Antoine Furetière (1620-1688). Pourquoi ?

Reprenons par le commencement : l'homme est procureur fiscal. Où donc officie-t-il ? À Saint-Germain-des-Prés. Il est aussi écrivain auteur du fameux *Roman bourgeois*, autobiographie lumineuse pour s'opposer aux œuvres burlesques ou précieuses. Il est aussi abbé ! Et polyglotte ! Donc, à part Molière son ami proche et fécond, il n'a de leçon à recevoir de personne et surtout n'en admet pas !

Il décide de faire éditer son *Dictionnaire universel* ! Fous de rage, les chacals de l'Académie décident de l'exclure. Or ces ridicules vont sortir leur propre dictionnaire en 1694 : échec retentissant ! Le jour même, la vengeance de Furetière est une totale réussite : le libraire d'Amsterdam, qui a édité le sien, offre son *Dictionnaire universel* au roi Louis XIV dans une nouvelle édition, la précédente étant épuisée après le succès considérable qu'elle a rencontré ! Pour sa qualité bien sûr, mais aussi parce qu'il a classé les mots par ordre alphabétique ! Alors que les traîtres avaient tout simplement, méprisant les lecteurs, classé les mots par racines !

Larousse et Robert doivent une fière chandelle à Furetière, qui lui ne cessa jamais d'être fidèle à ses amis, Boileau, Racine, Mauvillain, La Fontaine et bien sûr Molière !

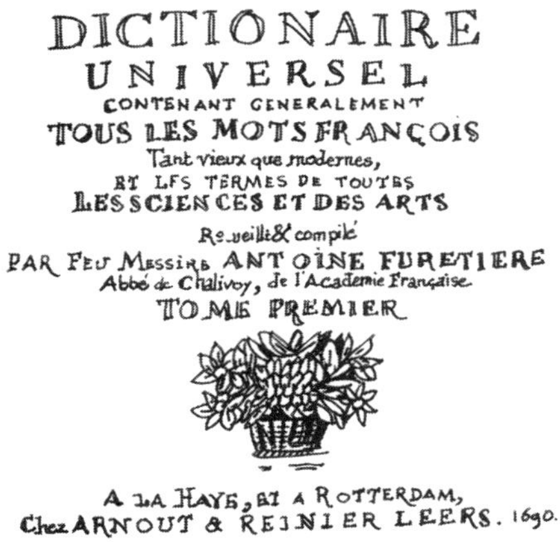
DICTIONAIRE
UNIVERSEL
CONTENANT GENERALEMENT
TOUS LES MOTS FRANÇOIS
Tant vieux que modernes,
ET LES TERMES DE TOUTES
LES SCIENCES ET DES ARTS
Recueilli & compilé
PAR FEU MESSIRE ANTOINE FURETIERE
Abbé de Chalivoy, de l'Academie Françoise.
TOME PREMIER
A LA HAYE, ET A ROTTERDAM,
Chez ARNOUT & REINIER LEERS. 1690.

Ordure

Montfleury, ce comédien à foutre par les fenêtres, qui hurle, qui vocifère, qui pérore et cabotine, va traîtreusement remettre au roi un mémoire en 1664, accusant Molière d'avoir épousé sa fille Armande née de ses amours avec Madeleine. Peut-on être plus honteusement un salaud ? Cela se passe de commentaires.

Orléans

À défaut d'entendre à Rouen les voix de Jeanne la Pucelle, c'est la voix de la raison que Poquelin Jean-Baptiste a, lui, perçue lorsqu'elle lui annonçait fièrement qu'il avait obtenu sa licence de droit. Mais, Dieu merci, si Poquelin Jean-Baptiste l'entendait, Molière lui y est resté sourd. D'autres voix lui parlaient déjà. Celle de Térence, Plaute et autres complices !

Orphelins

Que d'orphelins ! De mère chez Molière, de père chez Boileau. Des deux, père et mère, chez Baron, de son vrai nom Michel Boyron. L'orphelin, chez son tuteur, dès 9 ans, saisit qu'une meilleure vie l'attend, une autre famille, celle du théâtre. La Troupe des Petits Comédiens du Dauphin ! Nous sommes en 1662 ! Baron va devenir le Roi-Soleil du théâtre. D'ailleurs il s'éteindra âgé comme Louis XIV lui-même, en 1715, à 76 ans ! Il vivra un an de plus que Sa Majesté.

Il a 12 ans et c'est maintenant lui le vrai Dauphin de la Troupe ! Comme un fils de scène de Molière, qui a tragiquement perdu le sien, il attise les jalousies. À commencer par celle d'Armande, épouse de Molière, qui sentait aussi en elle monter le désir envers lui, cet enfant petit homme déjà. Armande ne trouve qu'un seul moyen d'éviter le pire, la jalousie de Molière, voire sa fureur, si elle le trompait avec le gosse, elle prétexte une bravade de Baron, le gifle, le regifle et le gifle encore pour faire plus vrai et plus irréparable en somme. Et du coup donne une bonne raison à Baron de soigner sa sortie. Parti par la petite porte, il reviendra par la grande. Molière lui confie le rôle de l'Amour dans Psyché où, bien évidemment, il va tomber dans les bras d'Armande, qui irradie de beauté dans le rôle-titre. Comment ne pas évoquer Sacha Guitry qui s'est trouvé exactement dans la même situation en écrivant pour Pierre Fresnay et Yvonne Printemps, le couple d'amoureux qui cocufiait Guitry lui-même dans *Frans Hals* ! Seule différence, et de taille, Printemps et Fresnay partirent ensemble et pour la vie entière, alors que Baron et Armande restèrent auprès de Molière, cocu non imaginaire cette fois !

Veuve, Armande s'éprendra de Guérin d'Estriché. Baron, lui, sera éperdument épris de la fille de La Thorillière. Saisissant à propos, après la disparition du maître, que son avenir l'appelle à rejoindre la Troupe adverse, il passe à l'hôtel de Bourgogne pour « raciner » ! Il sera éblouissant de rigueur dans *Britannicus*. Et de naturel : celui que Molière préconisait pour interpréter la tragédie. Baron magnifiera le rôle si ingrat d'Hippolyte dans *Phèdre*.

Il ne donne pas seulement de la voix, il joue de la plume : telle sa pièce à succès *L'Homme à bonnes fortunes* qu'il signe en 1686. Lui reste un homme au caractère trempé et, devant le refus qu'on lui oppose de diriger la Comédie-Française, il déclare arrêter définitivement. Mais l'amour des feux de la rampe est trop fort. Il revient en vieux jeune premier comme en jeune premier vieux, bien trop vieux pour certains rôles dont il a le double ou le triple d'âge. Sa gloire s'élève encore, car il ne cesse de sublimer toujours et encore Molière, dont il apparaît depuis tant d'années comme le grand héritier. C'est d'ailleurs comme s'il lui rendait un dernier hommage que, à l'image de Molière Baron, lui aussi accablé d'une imprévue crise d'asthme, finit par crever sous les feux.

Oubli

Chappuzeau est l'un de ces noms tombés dans l'oubli parce que eux-mêmes se sont oubliés à commettre des œuvres trop oubliables. Le jeune protestant Samuel, fraîchement converti, de trois ans cadet de Poquelin, va sans problème majeur parvenir jusqu'au début du XVIIIe siècle. Une vie longue de soixante-seize ans étant la récompense d'une vie sans révolte, sans courage, sans ambition que celle de rester dans le rang des favoris parce que soumis. La plupart de ces remarqués de leur temps, mais non remarquables, prétendent faire œuvre de mémorialistes. Molière n'a pas cru bon d'écrire ses Mémoires, car, comme les vrais grands, ce qu'il laisse à la postérité c'est avant tout une œuvre réelle. Qui, parce qu'elle reste vivante, ne peut rester figée en mémoire. Elle ne saurait être ainsi « sarcophagisée » à jamais.

Chappuzeau, au lieu, comme Poquelin, de parcourir son être, choisit la solution, pour ne pas se casser la tête, de voyager réellement, avec un talentueux sens de l'à-propos, et il a l'acuité de saisir ces instants de vie qui entraînent les réflexions dont il truffe ses carnets de voyage. Ses œuvres, des comédies, aux plus ambitieuses tragi-comédies, sont plates comme une carte malgré son mûrissement. À la trentaine, il sert *Le Cercle des femmes* (1656) ; cinq doigts d'années plus tard, il surenchérit avec *L'Académie des femmes* (1661).

Alors que reste-t-il de lui ? D'avoir été reçu aimablement par tous, dans le monde des chandelles et des loges, pour recueillir ainsi de quoi rapporter maintes plaisanteries, affirmations, rapportages, situations cocasses ou surprenantes qui y fourmillent. Cette commère avec style convaincrait presque dans son « Théâtre-français » : il parvient à faire sentir, autour des trépidantes vies des troupes de l'ère du Roi-Soleil, une sorte de passion fraîche pour leur art et un respect partagé pour tous. Ce qui est d'une totale bouffonnerie ! Molière, contrairement à Chappuzeau, ne brodait rien. Et la réalité du Théâtre-français était loin du portrait à l'eau de rose de cet aimable esquisseur sans relief. Coupable d'un détournement pommadé bien désuet de la cruauté qu'il n'a pas voulu voir, préférant, à l'âpreté de ce métier de loups, la bien-pensante apparence.

P

Palais Cardinal

Le Théâtre du Palais Cardinal fut donc élevé de la rue de Valois à la rue Saint-Honoré aujourd'hui. Cette salle immense pouvait accueillir jusqu'à mille cinq cents spectateurs. Quelle joie c'eût été pour les Beatles, Rolling Stones ou Freddy Mercury d'y triompher, non ? Mais j'imagine que le Cardinal lui-même eût préféré Elton John. Pour l'assurance d'une tranquillité des lieux qui n'échappèrent pas à l'usure et à l'entassement.

Molière y prenant place en 1661 ne pourra que constater l'état des lieux : critique. Un désastre. Richelieu décédé, les choses ont empiré. Personne ne voulant débourser un sou. Le ciel du théâtre, ce plafond magique décoré en trompe-l'œil, se morfond sous une énorme bâche bleue ligotée par des cordes tentacules de pieuvre ! De chaque côté, là cour, ici jardin, deux statues restent intactes, curieusement, et se pavane encore, au-dessus, l'écusson ceint des armes de Richelieu, comme d'un trophée qui veillera sur Molière. Avec réussite, puisque c'est ici que Molière montera plusieurs de ses œuvres majeures, gravant cette scène du Théâtre du Palais-Royal dans le marbre de la postérité.

Le Palais Cardinal revenant au roi Louis XIV par décision testamentaire de Richelieu, il est débaptisé en Palais... Royal ! Il n'en fallait pas moins pour un tel écrin, pour un tel homme, Molière !

Parachutes

C'est dans des costumes confectionnés dans ce qui reste des parachutes en soie que la Troupe des Partisans slovènes va monter *Le Malade imaginaire* à la fin de la Seconde Guerre mondiale !

Parlement de Paris

De quoi je me mêle ? Que dire d'autre aux inaptes demeurés présents ce jour de 1624, où, tandis que Jean-Baptiste Poquelin essaie de faire ses premiers pas à 2 ans à peine, le Parlement de Paris vote un arrêt condamnant de mort, rien que cela, quiconque se permettrait d'enseigner des doctrines contraires à celles des auteurs anciens et approuvés ? Ils n'hésiteront pas, ces mêmes assassins de l'esprit, à bannir à vie le poète Théophile de Viau pour un ouvrage à leurs yeux irrévérencieux. Quand réalisera-t-on sérieusement ce qu'était en 1625 le pouvoir religieux et politique en France ? Ni plus ni moins que celui des dictatures du XXIe siècle auxquelles il fait irrésistiblement penser par certains côtés. Mais les Molière d'aujourd'hui eux aussi ne sont-ils pas dénoncés, arrêtés, et tués s'il le faut pour les faire taire ? Ce déshonneur, la France du XVIIe siècle s'en est rendue coupable. Et Molière en fut victime. Qu'on ose dire le contraire !

Part

La Troupe du Roy redistribue en parts les recettes. Mais de quelle façon ? On octroie à chaque comédien une part obtenue par division des recettes, mais aussi des gratifications, des pensions annuelles, auxquels on déduit bien entendu les innombrables frais. On peut parler pour chaque part d'une fourchette moyenne entre 3 500 et 4 000 livres par année. Une somme conséquente. D'où l'exigence à laquelle Molière dut céder de désafficher des chefs-d'œuvre sans succès au profit de ces éternels retours de Sganarelle pour attirer de nouveau le parterre au *Cocu imaginaire*, au *Médecin malgré lui*, ou à *L'École des maris* par exemple. Au détriment de *Dom Juan* ou du *Misanthrope*. La part de chacun devint pour Molière une obsession. On pense à Sganarelle justement hurlant « Mes gages ! Mes gages ! » à la mort de Don Juan. On imagine les comédiens de la Troupe du Roy à la mort de Molière, les larmes coulant sur leurs joues et maugréant « Ma part ! Ma part ! ». Molière fut auteur, fut comédien et fut donc aussi « patron malgré lui » !

Partage

Le partage de Molière est aussi son partage de midi. Car c'est bien lorsqu'il est au zénith de sa vie qu'il va vivre pour des années, sur cette scène immense de 70 mètres en longueur et plus de 13 de large, ses premières heures de gloire. Unissant ses efforts à ceux des Italiens avec Scaramouche à leur tête. En cette salle du Théâtre du Petit-Bourbon sise sous l'actuelle colonnade du Louvre aujourd'hui. Frises, colonnes, corniches d'ordre dorique, niches nombreuses, arcades soumises. Torelli y a créé le cœur de la salle : sa fabuleuse machinerie pour y faire triompher la célébration des noces du roi Louis XIII et d'Anne d'Autriche. Las, le strict surintendant des Bâtiments du roi, M. de Ratabon, ordonne de raser la salle, sans se soucier ni de la Troupe qui la découvre effondrée, ni d'en mesurer les conséquences désastreuses pour Molière et les siens. Il est question d'agrandir le Louvre, et le théâtre aux yeux de ce triste Ratabon n'a pas à s'en mêler. Il ne le tolérerait pas. Le théâtre est de trop et perturberait les travaux. « Molière est mort ! », pense-t-on avec joie à l'hôtel de Bourgogne ou au Théâtre du Marais. C'est sans compter sur la loyauté de Sa Majesté qui passe outre et humilie Ratabon. Qui le remet à sa place l'obligeant même dans les plus brefs délais à reconstruire immédiatement – ce qu'il va exécuter en trois mois, coup de maître, que ne ferait-on pas lorsque Sa Majesté commande la reconstruction totale de l'ancienne salle en ruine. Richelieu de là-haut aura sans doute apprécié sa vengeance posthume qui remet Molière à sa place, où il triomphera plus de douze ans jusqu'à la trahison criminelle de Lully.

Pascaline

Non pas une héroïne de Polyeucte ou de Bajazet ! C'est la première machine à calculer au monde et c'est son nom, puisque c'est Pascal qui l'a inventée ! Bluffant, non ?

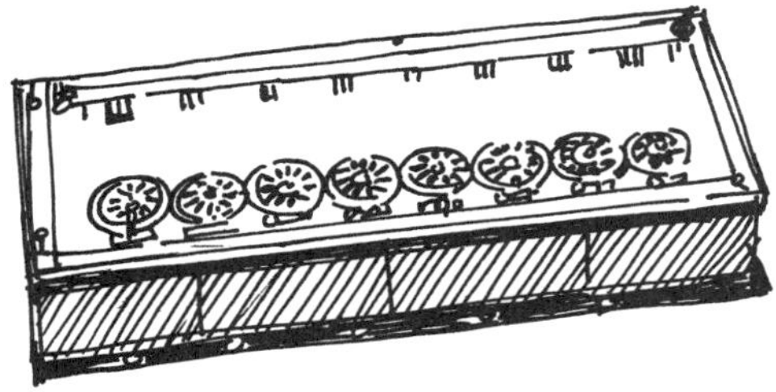

Patron

Molière devient seul maître à bord au Petit-Bourbon en 1659. Les Italiens quittent le Petit-Bourbon. Et c'est la création des *Précieuses ridicules* ! Triomphe.

Peaux-Rouges

Vous ne le croyez pas ? Mais si ! Nos frères québécois du Théâtre du Nouveau Monde ont donné une version du *Médecin malgré lui* à la télévision canadienne, où évidemment on parlait un patois local puisque Sganarelle y était paysan pur jus du Québec. Donc le voilà dans la forêt après s'être fermement chapeauté avec sa femme. Il va croiser des soldats britanniques mais aussi, bien sûr, des Peaux-Rouges et leur grand chef à plumes. Nous étions en 1963. Et on en parle encore !

Perle

C'est cette inquiétante rue de la Perle, à quelques dizaines de mètres du Théâtre du Marais qui, au niveau du numéro 6 actuel, abrite la maison Béjart. Là même où la Troupe de l'Illustre-Théâtre est née, en pensée d'abord, puis en acte, signé par tous le 30 juin 1643. Jean-Baptiste Poquelin s'y est domicilié. Plus question d'attache avec son père. Même son nom est mis de côté. Désormais il signe Molière. Pour le contrat et pour l'éternité.

Personnages

Dites trente-trois !!! Molière les a séparés en autant de catégories distinctes. Des amants aux voisins en passant même par une statue, les voici.

Amants

Molière en compte cinquante-huit, de ces amants qui vont égayer toute son œuvre et prouver ainsi que Molière est un poète d'amour avant tout !
Acante, amant de Daphné – *Mélicerte*
Acaste, amant de Célimène – *Le Misanthrope*
Adraste, gentilhomme français, amant d'Isidore – *Le Sicilien ou l'Amour peintre*
Agénor, prince amant de Psyché – *Psyché*
Alceste, amant de Célimène – *Le Misanthrope*
Armande, amante de Clitandre – *Les Femmes savantes*
Célimène, amante d'Alceste – *Le Misanthrope*

Cléante, amant de Mariane – *L'Avare*
Cléante, amant d'Angélique – *Le Malade imaginaire*
Cléomène, amant de Psyché – *Psyché*
Cléonte, amant de Lucile – *Le Bourgeois gentilhomme*
Clitandre, amant de Lucinde – *L'Amour médecin*
Clitandre, amant de Célimène – *Le Misanthrope*
Clitandre, amant d'Angélique – *George Dandin ou le Mari confondu*
Clitandre, amant d'Henriette – *Les Femmes savantes*
Clitandre, amant d'Armande – *Les Femmes savantes*
Coridon, amant d'Iris – *Pastorale comique*
Covielle, amant de Nicole – *Le Bourgeois gentilhomme*
Don Alvar, amant de Done Elvire – *Dom Garcie de Navarre*
Don Garcie, amant de Done Elvire – *Dom Garcie de Navarre*
Don Lope, amant d'Élise – *Dom Garcie de Navarre*
Dorante, amant de Dorimène – *Le Bourgeois gentilhomme*
Du Croisy, amant de Madelon – *Les Précieuses ridicules*
Ergaste, ami de Mascarille – *L'Étourdi ou les Contretemps*
Élise, amante de Valère – *L'Avare*
Éraste, amant de Lucile – *Le Médecin volant*
Éraste, amant de Julie – *Monsieur de Pourceaugnac*
Éraste, amant d'Orphise – *Les Fâcheux*
Filène, amant d'Iris – *Pastorale comique*
M. Harpin, amant de la Comtesse – *La Comtesse d'Escarbagnas*
Henriette, amante de Clitandre – *Les Femmes savantes*
Horace, amant d'Agnès – *L'École des femmes*
Hyacinthe, amante d'Octave – *Les Fourberies de Scapin*
Ignès, amante de Dom Sylve – *Dom Garcie de Navarre*

Iphicrate, amant d'Ériphile – *Les Amants magnifiques*
Julie, amante du Vicomte – *La Comtesse d'Escarbagnas*
La Grange, amant de Cathos – *Les Précieuses ridicules*
Léandre, amant de Zerbinette – *Les Fourberies de Scapin*
Léandre, amant de Lucinde – *Le Médecin malgré lui*
Lélie, amant de Célie – *L'Étourdi ou les Contretemps*
Lélie, amant de Célie – *Sganarelle ou le Cocu imaginaire*
Lycaste, amant de Dorimène – *Le Mariage forcé*
Mariane, amante de Cléante – *L'Avare*
Mariane, amante de Valère – *Tartuffe*
Myrtil, amant de Mélicerte – *Mélicerte*
Nicole, amante de Covielle – *Le Bourgeois gentilhomme*
Octave, amant de Hyacinthe – *Les Fourberies de Scapin*
Oronte, amant de Célimène – *Le Misanthrope*
Sganarelle, amant de Dorimène – *Le Mariage forcé*
Sostrate, amant d'Ériphile – *Les Amants magnifiques*
Tibaudier, amant de la Comtesse – *La Comtesse d'Escarbagnas*
Timoclès, amant d'Ériphile – *Les Amants magnifiques*
Tyrène, amant d'Éroxène – *Mélicerte*
Valère, amant d'Angélique – *La Jalousie du Barbouillé*
Valère, amant de Lucile – *Le Médecin volant*
Valère, amant de Lucile – *Le Dépit amoureux*
Valère, amant d'Isabelle – *L'École des maris*
Valère, amant de Mariane – *Tartuffe*
Valère, amant d'Élise – *L'Avare*
Zerbinette, amante de Léandre – *Les Fourberies de Scapin*

Amis

Arsinoé, amie de Célimène – *Le Misanthrope*
Célimène, amie d'Élise d'Uranie – *La Critique de l'École des femmes*
Chrysalde, ami d'Arnolphe – *L'École des femmes*
Oronte, grand ami d'Arnolphe – *L'École des femmes*
Philinte, ami d'Alceste – *Le Misanthrope*
Villebrequin, ami du Barbouillé – *La Jalousie du Barbouillé*

Bourgeois

Gorgibus de Paris – *Sganarelle ou le Cocu imaginaire*
Chrysale bon bourgeois – *Les Femmes savantes*
M. Jourdain bourgeois – *Le Bourgeois gentilhomme*
M. de Pourceaugnac bourgeois – *Monsieur de Pourceaugnac*
Sganarelle bourgeois de Paris – *Sganarelle ou le Cocu imaginaire*
Sganarelle bourgeois – *L'École des maris*
Sganarelle bourgeois – *L'Amour médecin*

Confidents

Cléonice, confidente d'Ériphile – *Les Amants magnifiques*
Corinne, confidente de Mélicerte – *Mélicerte*
Coridon, confident de Lycas – *Pastorale comique*
Don Alvar, confident de Don Garcie – *Dom Garcie de Navarre*
Don Lope, confident de Don Garcie – *Dom Garcie de Navarre*
Élise, confidente d'Elvire – *Dom Garcie de Navarre*
Frosine, confidente d'Ascagne – *Le Dépit amoureux*

Cour

Aristione, Princesse – *Les Amants magnifiques*
Aristomène, prince de Messène – *La Princesse d'Élide*
Chorèbe, suivante d'Aristione – *Les Amants magnifiques*
Clitidas, plaisant de la cour de la suite d'Ériphile – *Les Amants magnifiques*
Don Alphonse, prince de Léon, ou prince de Castille sous le nom de Dom Sylve – *Dom Garcie de Navarre*
Don Garcie, prince de Navarre – *Dom Garcie de Navarre*
Elvire, princesse de Léon – *Dom Garcie de Navarre*
Euryale, prince d'Ithaque – *La Princesse d'Élide*
Élide, princesse – *La Princesse d'Élide*
Iphicrate, prince – *Les Amants magnifiques*
Théocle, prince de Pyle – *La Princesse d'Élide*
Timoclès, prince – *Les Amants magnifiques*

Cousins/Cousines

Agénor, Prince – *Psyché*
Aglane, cousine de la Princesse – *La Princesse d'Élide*
Aristione, Princesse – *Les Amants magnifiques*
Cathos, cousine de Madelon – *Les Précieuses ridicules*
Cynthie, cousine de la Princesse – *La Princesse d'Élide*
Éliante, cousine de Célimène – *Le Misanthrope*
Élise, cousine d'Uranie – *La Critique de l'École des femmes*
Lucrèce, cousine de Lucinde – *L'Amour médecin*
Sabine, cousine de Lucile – *Le Médecin volant*

Étoile

Aegiale, grâce – *Psyché*
L'Amour – *Psyché*
Jupiter – *Psyché*
Jupiter – *Amphitryon*
Mercure – *Amphitryon*
La Nuit – *Amphitryon*
Phaène, grâce – *Psyché*
Vénus – *Psyché*
Zéphyre – *Psyché*

Fâcheux

Alcandre, fâcheux – *Les Fâcheux*
Alcidor, fâcheux – *Les Fâcheux*
Alcippe, fâcheux – *Les Fâcheux*
Caritidès, fâcheux – *Les Fâcheux*
Climène, fâcheux – *Les Fâcheux*
Dorante, fâcheux – *Les Fâcheux*
Filinte, fâcheux – *Les Fâcheux*
Lysandre, fâcheux – *Les Fâcheux*
Orante, fâcheux – *Les Fâcheux*
Ormin, fâcheux – *Les Fâcheux*
Orphise, fâcheux – *Les Fâcheux*

Femmes

Alcmène, femme d'Amphitryon – *Amphitryon*
Angélique, femme de Dandin – *George Dandin ou le Mari confondu*
Angélique, femme de Barbouillé – *La Jalousie du Barbouillé*

Béline, seconde femme d'Argan – *Le Malade imaginaire*
Cléanthis, femme de Sosie – *Amphitryon*
Comtesse d'Escarbagnas, femme du comte – *La Comtesse d'Escarbagnas*
Mlle Du Croisy, femme de Du Croisy – *L'Impromptu de Versailles*
Elmire, femme d'Orgon – *Tartuffe*
Elvire, femme de Don Juan – *Dom Juan*
La femme de Sganarelle – *Sganarelle ou le Cocu imaginaire*
Jacqueline, femme de Lucas – *Le Médecin malgré lui*
Martine, femme de Sganarelle – *Le Médecin malgré lui*
Mlle Molière, femme de Molière – *L'Impromptu de Versailles*
Philaminte, femme de Chrysale – *Les Femmes savantes*
Mme de Sotenville, femme de M. de Sotenville – *George Dandin ou le Mari confondu*

Filles

Agnès, fille d'Angélique et d'Enrique – *L'École des femmes*
Angélique, fille de Gorgibus – *La Jalousie du Barbouillé*
Angélique, fille d'Argan – *Le Malade imaginaire*
Angélique, fille de M. et Mme de Sotenville – *George Dandin ou le Mari confondu*
Armande, fille de Chrysale et Philaminte – *Les Femmes savantes*
Ascagne, fille d'Albert – *Le Dépit amoureux*
Célie, fille de Gorgibus – *Sganarelle ou le Cocu imaginaire*
Cidippe, fille du roi – *Psyché*

Ériphile, fille d'Aristiome, la princesse – *Les Amants magnifiques*
Élise, fille d'Harpagon – *L'Avare*
Henriette, fille de Chrysale et de Philaminte – *Les Femmes savantes*
Hippolyte, fille d'Anselme – *L'Étourdi ou les Contretemps*
Hyacinthe, fille de Géronte – *Les Fourberies de Scapin*
Julie, fille d'Oronte – *Monsieur de Pourceaugnac*
La Princesse d'Élide, fille d'Iphitas – *La Princesse d'Élide*
Louison, fille d'Argan – *Le Malade imaginaire*
Lucile, fille de Gorgibus – *Le Médecin volant*
Lucile, fille d'Albert – *Le Dépit amoureux*
Lucile, fille de M. Jourdain – *Le Bourgeois gentilhomme*
Lucinde, fille de Sganarelle – *L'Amour médecin*
Lucinde, fille de Géronte – *Le Médecin malgré lui*
Madelon, fille de Gorgibus – *Les Précieuses ridicules*
Mariane, fille d'Orgon – *Tartuffe*
Psyché, fille du roi – *Psyché*
Zerbinette, fille d'Argante – *Les Fourberies de Scapin*

Fils

Damis, fils d'Orgon – *Tartuffe*
Don Juan, fils de Don Louis – *Dom Juan*
Cléante, fils d'Harpagon – *L'Avare*
Cléon, fils d'Anaxarque – *Les Amants magnifiques*
Léandre, fils de famille – *L'Étourdi ou les Contretemps*
Léandre, fils de Géronte – *Les Fourberies de Scapin*
Lélie, fils de Pandolfe – *L'Étourdi ou les Contretemps*
Octave, fils d'Argante – *Les Fourberies de Scapin*
Thomas, fils de M. Diafoirus – *Le Malade imaginaire*
Valère, fils d'Anselme – *L'Avare*

Fourbes

Carle, fourbe – *Les Fourberies de Scapin*
Frosine, femme d'intrigue – *L'Avare*
La Ramée, spadassin – *Dom Juan*
La Rapière, bretteur – *Le Dépit amoureux*
Lucette, feinte Gasconne – *Les Fourberies de Scapin*
Nérine, femme d'intrigue, feinte Picarde – *Monsieur de Pourceaugnac*
Sbrigani, homme d'intrigue – *Monsieur de Pourceaugnac*
Scapin, fourbe – *Les Fourberies de Scapin*
Scaramouche, valet – *L'Amour médecin*
Tartuffe, faux dévot – *Tartuffe*
Trissotin, bel esprit – *Les Femmes savantes*
Vadius, savant – *Les Femmes savantes*

Frères et beaux-frères

Alcidas, frère de Dorimène – *Le Mariage forcé*
Ariste, frère de Sganarelle – *L'École des maris*
Ariste, frère de Chrysale – *Les Femmes savantes*
Béralde, frère d'Argan – *Le Malade imaginaire*
Cléante, beau-frère d'Orgon – *Tartuffe*
Don Alonse, frère d'Elvire – *Dom Juan*
Don Carlos, frère d'Elvire – *Dom Juan*
Enrique, beau-frère de Chrysale – *L'École des femmes*

Gens de qualité

Adraste, gentilhomme français – *Le Sicilien ou l'Amour peintre*
Anaxarque, astrologue – *Les Amants magnifiques*
Arnolphe, M. de La Souche – *L'École des femmes*

Béjart, homme qui fait le nécessaire – *L'Impromptu de Versailles*
Mlle Béjart, prude – *L'Impromptu de Versailles*
Brécourt, homme de qualité – *L'Impromptu de Versailles*
Mlle de Brie, sage coquette – *L'Impromptu de Versailles*
Filène, riche pasteur – *Pastorale comique*
Dorante, comte – *Le Bourgeois gentilhomme*
Dorimène, marquise – *Le Bourgeois gentilhomme*
Du Croisy, poète – *L'Impromptu de Versailles*
Escarbagnas, comte – *La Comtesse d'Escarbagnas*
Ignès, comtesse – *Dom Garcie de Navarre*
Lisidas, poète – *La Critique de l'École des femmes*
Lycas, riche pasteur – *Pastorale comique*
Maître à danser – *Le Bourgeois gentilhomme*
Maître de musique – *Le Bourgeois gentilhomme*
Maître de philosophie – *Le Bourgeois gentilhomme*
Mlle Du Parc, marquise façonnière – *L'Impromptu de Versailles*
Le Vicomte – *La Comtesse d'Escarbagnas*

Laquais

Almanzor, laquais des précieuses – *Les Précieuses ridicules*
Brindavoine, laquais d'Harpagon – *L'Avare*
Criquet, laquais de la comtesse – *La Comtesse d'Escarbagnas*
Don Pèdre, écuyer d'Ignès – *Dom Garcie de Navarre*
L'Épine, laquais de Chrysale – *Les Femmes savantes*
Galopin, laquais – *La Critique de l'École des femmes*
Jeannot, laquais de M. Tibaudier – *La Comtesse d'Escarbagnas*

La Merluche, laquais d'Harpagon – *L'Avare*
La Montagne, laquais – *Les Fâcheux*
La Rivière, laquais – *Les Fâcheux*
La Violette, laquais de Don Juan – *Dom Juan*
Lycas, suivant d'Iphitas – *La Princesse d'Élide*

Marchands

Guillaume, marchand de tapisseries – *L'Amour médecin*
M. Dimanche, marchand – *Dom Juan*
M. Josse, orfèvre – *L'Amour médecin*
Maître Simon, courtier – *L'Avare*

Maris

Argan, mari de Béline – *Le Malade imaginaire*
Le Barbouillé, mari d'Angélique – *La Jalousie du Barbouillé*
Dandin, mari d'Angélique – *George Dandin ou le Mari confondu*
Orgon, mari d'Elmire – *Tartuffe*
Lucas, mari de Jacqueline – *Le Médecin malgré lui*
Orgon, mari d'Elmire – *Tartuffe*
Sganarelle, mari de Martine – *Le Malade imaginaire*

Marquis

Acaste – *Le Misanthrope*
La Grange, marquis ridicule – *L'Impromptu de Versailles*
La Thorillière, marquis fâcheux – *L'Impromptu de Versailles*
Molière, marquis ridicule – *L'Impromptu de Versailles*

Médecins

Bahys – *L'Amour médecin*
Diafoirus père – *Le Malade imaginaire*
Diafoirus Thomas – *Le Malade imaginaire*
De Fonandrès – *L'Amour médecin*
Filerin – *L'Amour médecin*
Fleurant, apothicaire – *Le Malade imaginaire*
Macroton – *L'Amour médecin*
Marphurius, docteur pyrrhonien – *Le Mariage forcé*
Pancrace, docteur aristotélicien – *Le Mariage forcé*
Purgon, médecin d'Argan – *Le Malade imaginaire*
Tomès – *L'Amour médecin*

Mères

Aristione, mère d'Ériphile – *Les Amants magnifiques*
Mme Pernelle, mère d'Orgon – *Tartuffe*
Mme de Sotenville, mère d'Angélique – *George Dandin ou le Mari confondu*

Militaires

Amphitryon, général des Thébains – *Amphitryon*
Arbate, gouverneur du prince d'Ithaque – *La Princesse d'Élide*
Argatiphonditas, capitaine thébain – *Amphitryon*
Dorante, chevalier – *La Critique de l'École des femmes*
M. Loyal, sergent – *Tartuffe*
Lycas, capitaine des gardes – *Psyché*
Naucrates, capitaine thébain – *Amphitryon*
Polidas, capitaine thébain – *Amphitryon*

Posicles, capitaine thébain – *Amphitryon*
Sostrate, général d'armée – *Les Amants magnifiques*

Notaires et plumes

Bonnefoy, notaire – *Le Malade imaginaire*
Bobinet, précepteur du comte – *La Comtesse d'Escarbagnas*
Harpin, receveur des tailles – *La Comtesse d'Escarbagnas*
Métaphraste, traducteur – *Le Dépit amoureux*
M. Tibaudier, conseiller – *La Comtesse d'Escarbagnas*
Un exempt – *Tartuffe*
Un notaire – *L'Amour médecin*

Nourrice

Jacqueline, nourrice chez Géronte – *Le Médecin malgré lui*
Nérine, nourrice de Hyacinthe – *Les Fourberies de Scapin*

Paysans

Alain, paysan – *L'École des femmes*
Andrès, cru égyptien – *L'Étourdi ou les Contretemps*
Charlotte, paysanne – *Dom Juan*
Coridon, jeune berger – *Pastorale comique*
Daphné, bergère – *Mélicerte*
Éroxène, bergère – *Mélicerte*
Francisque, le pauvre – *Dom Juan*
George Dandin, riches paysans – *George Dandin ou le Mari confondu*

Hali, turc esclave d'Adraste – *Le Sicilien ou l'Amour peintre*
Iris, jeune bergère – *Pastorale comique*
Isidore, Grec esclave de Don Pèdre – *Le Sicilien ou l'Amour peintre*
Lubin, paysan – *George Dandin ou le Mari confondu*
Lycarsis, pâtre – *Mélicerte*
Mathurine, paysanne – *Dom Juan*
Mélicerte, bergère – *Mélicerte*
Mopse, berger – *Mélicerte*
Nicandre, berger – *Mélicerte*
Perrin, paysan – *Le Médecin malgré lui*
Pierrot, paysan – *Dom Juan*
Sganarelle, fagotier – *Le Médecin malgré lui*

Pères

Albert, père de Lucile et d'Ascagne – *Le Dépit amoureux*
Alcantor, père de Dorimène – *Le Mariage forcé*
Anselme, père d'Hippolyte – *L'Étourdi ou les Contretemps*
Anselme, père de Valère et de Mariane – *L'Avare*
Argan, père d'Angélique – *Le Malade imaginaire*
Argante, père d'Octave et de Zerbinette – *Les Fourberies de Scapin*
Diafoirus, père de Thomas – *Le Malade imaginaire*
Don Louis, père de Don Juan – *Dom Juan*
Géronte, père de Lucinde – *Le Médecin malgré lui*
Géronte, père de Léandre et de Hyacinthe – *Les Fourberies de Scapin*
Gorgibus, père d'Angélique – *La Jalousie du Barbouillé*
Gorgibus, père de Lucile – *Le Médecin volant*
Gorgibus, père de Magdelon – *Les Précieuses ridicules*

Harpagon, père de Cléante et d'Élise – *L'Avare*
Iphitas, père de la princesse – *La Princesse d'Élide*
Oronte, père de Julie – *Monsieur de Pourceaugnac*
Oronte, père d'Horace – *L'École des femmes*
Pandolfe, père de Lélie – *L'Étourdi ou les Contretemps*
Polidore, père de Valère – *Le Dépit amoureux*
Sganarelle, père de Lucinde – *L'Amour médecin*
M. de Sotenville, père d'Angélique – *George Dandin ou le Mari confondu*
Thibaut, père de Perrin – *Le Médecin malgré lui*
Villebrequin, père de Valère – *Sganarelle ou le Cocu imaginaire*

Proies

Agnès, jeune fille innocente élevée par Arnolphe – *L'École des femmes*
Dorimène, jeune coquette promise à Sganarelle – *Le Mariage forcé*

Serviteurs

Célie, esclave de Trufaldin – *L'Étourdi ou les Contretemps*
Dame Claude, servante d'Harpagon – *L'Avare*
Flipote, servante de Mme Pernelle – *Tartuffe*
Georgette, servante d'Arnolphe – *L'École des femmes*
Gusman, écuyer d'Elvire – *Dom Juan*
Mlle Hervé, servante précieuse – *L'Impromptu de Versailles*
Lubin, servant de Clitandre – *George Dandin ou le Mari confondu*
Maître Jacques, cuisinier et cocher d'Harpagon – *L'Avare*

Marotte, servante des précieuses ridicules – *Les Précieuses ridicules*
Martine, servante de cuisine – *Les Femmes savantes*
Nicole, servante de M. Jourdain – *Le Bourgeois gentilhomme*
Toinette, servante d'Argan – *Le Malade imaginaire*
Zaïde, jeune esclave – *Le Sicilien ou l'Amour peintre*

Sœurs

Aglaure, sœur de Psyché – *Psyché*
Bélise, sœur de Chrysale – *Les Femmes savantes*
Célimène, sœur d'Adraste – *Le Sicilien ou l'Amour peintre*
Isabelle, sœur de Léonor – *L'École des maris*
Louison, sœur d'Angélique – *Le Malade imaginaire*

Statue

La statue du Commandeur – *Dom Juan*

Suivantes

Andrée, suivante de la comtesse – *La Comtesse d'Escarbagnas*
Cathau, suivante d'Angélique – *La Jalousie du Barbouillé*
Claudine, suivante d'Angélique – *George Dandin ou le Mari confondu*
Cléanthis, suivante d'Alcmène – *Amphitryon*
Dorine, suivante de Mariane – *Tartuffe*
Lisette, suivante de Léonor – *L'École des maris*
Lisette, suivante de Lucinde – *L'Amour médecin*

Marinette, suivante de Lucile – *Le Dépit amoureux*
Philis, suivante de la princesse – *La Princesse d'Élide*

Tuteurs

Damis, tuteur d'Orphise – *Les Fâcheux*
Sganarelle, tuteur Isabelle – *L'École des maris*

Valets

Molière en confie vingt-deux à leurs maîtres !

Alain, valet d'Arnolphe – *L'École des femmes*
Basque, valet de Célimène – *Le Misanthrope*
M. Champagne, valet de Sganarelle – *L'Amour médecin*
Colin, valet de George Dandin – *George Dandin ou le Mari confondu*
Covielle, valet de Cléonte – *Le Bourgeois gentilhomme*
Du Bois, valet d'Alceste – *Le Misanthrope*
Ergaste, valet de Valère – *L'École des maris*
L'Espine, valet de Damis – *Les Fâcheux*
Gros-René, valet de Gorgibus – *Le Médecin volant*
Gros-René, valet d'Éraste – *Le Dépit amoureux*
Gros-René, valet de Lélie – *Sganarelle ou le Cocu imaginaire*
Jodelet, valet de Du Croisy – *Les Précieuses ridicules*
Julien, valet de Vadius – *Les Femmes savantes*
La Flèche, valet de Cléante – *L'Avare*
Mascarille, valet de Lélie – *L'Étourdi ou les Contretemps*
Mascarille, valet de Valère – *Le Dépit amoureux*
Mascarille, valet de La Grange – *Les Précieuses ridicules*

Moron, plaisant de la princesse – *La Princesse d'Élide*
Ragotin, valet de Don Juan – *Dom Juan*
Sbrigani, au service d'Éraste – *Monsieur de Pourceaugnac*
Scapin, valet de Léandre – *Les Fourberies de Scapin*
Sganarelle, valet de Valère – *Le Médecin volant*
Sganarelle, valet de Don Juan – *Dom Juan*
Sosie, valet d'Amphitryon – *Amphitryon*
Sylvestre, valet d'Octave – *Les Fourberies de Scapin*
Trivelin, valet de l'opérateur – *L'Amour médecin*
Valère, domestique de Géronte – *Le Médecin malgré lui*

Vieillard

Trufaldin, vieillard – *L'Étourdi ou les Contretemps*

Voisins

Aminte, voisine de Sganarelle – *L'Amour médecin*
Géronimo, voisin de Sganarelle – *Le Mariage forcé*
M. Robert, voisin de Sganarelle – *Le Médecin malgré lui*

Pilleur

Comment ne pas traiter Regnard de pilleur ? Le fils d'un brave poissonnier des Halles ne s'embarrasse pas pour hameçonner dans l'œuvre de Molière des pans entiers, pour y piller carrément. De quoi, après une vie digne d'un roman picaresque de Cervantès ou Dumas, laisser à la postérité ses propres créations « regnardinées », bien vite ringardisées. Sa vie, ce sujet de roman fantastique, a de quoi mériter l'admiration, quand son œuvre n'inspire qu'un respect circonspect.

Jean-François, né en 1655, a 18 ans lorsque Molière meurt. Quelle folie lui prend de voyager jusqu'au bout du monde au lieu de voyager jusqu'au bout de lui-même ? Il est kidnappé en Italie par des pirates barbaresques qui, incroyables de cruauté, le revendent esclave à Alger ! Son parcours insensé le mènera fugitif puis repris à nouveau jusqu'en Laponie après sa fuite des contrées nordiques. Comment parvient-il enfin, tel Monte-Cristo, richissime, à revenir en vengeur à Paris même à 27 ans ? Il s'achète, excusez du peu, une charge de trésorier de France et, excité par ses sens, pourvu d'une audace sans bornes, il pond, repond et repeint d'après Molière, comme si de rien n'était, des comédies pour les Italiens, comme *Le Divorce*, en 1696. Que reste-t-il de lui, mis à part son *Légataire universel* bien troussé ? Rien.

Place

L'ordonnance de police imposée par Henri de Navarre, quelques mois avant son assassinat, est très claire : le parterre se vendra au bas prix. Cinq sols exactement. Et les galeries comme les loges seront du double : dix sous. Peu importe le risque, les troupes de théâtre françaises bravent la loi et hissent du double ou du triple, « en jouant à double » les créations attendues. Et cela paye ! Pas seulement financièrement mais artistiquement. Quand on paye cher, on veut en avoir pour son argent ! Et, même déçu, on ment, on affirme avoir touché au Graal et avoir eu le privilège d'assister au grand succès mérité d'un bel ouvrage, pour s'épargner le ridicule de s'être fait avoir ! Le bruit se colporte et du coup le faux succès fini par faire salle comble et devient un triomphe. Votre récompense : se vanter en clamant « j'y étais des premiers ! ».

Il faut attendre le demi-siècle pour que les ogres caisses dévorent davantage. Le parterre se hisse à 15, les loges de rang troisième à 1 livre rien de moins, les loges hautes qui en remontrent s'élèvent à 10 sous de plus, pour l'exemple, l'amphithéâtre avide réclame 3 livres, mais rien n'atteint le prix titan des premières loges. Valeur 5 livres et une rallonge de 10 sous pour les lustrer de la bonne façon. Comme la crème des crèmes installées de belle manière dans les loges de scène d'où on vient, plutôt que voir, pour être vu ! Et, là encore, cela paye !

Encore plus haut dans cette hiérarchie du payant seront les pièces dites à machinerie ou à machines coûteuses en diable par l'occasion. Seules y échappent les places offertes aux passe-droits. Ce ne sont pas des entrées gratuites car rien ne doit l'être, mais des présences offertes aux services rendus ou à rendre ! Un siècle plus tard, moult places dans cette catégorie magouille étant restées au dernier moment nues sans fessiers dessus, on décortiquera rigoureusement une réglementation plus scrupuleuse. Mais aussi aléatoire. Seules seront des représentations offertes à tous mais sur billets de présence des soirées, interminables d'hommages à telle victoire du roi sur le terrain aux armes, ou sur le lit pour une naissance annoncée ou délivrée. Molière sait comme tout chef de Troupe qu'elle a le ventre qui crie famine et qu'il faut bien satisfaire. Il s'y pliera sans jamais faillir. La mort dans l'âme lorsqu'il s'agira d'arrêter des chefs-d'œuvre mort-nés tels *Le Misanthrope* ou *Dom Juan*. Faute d'un succès nourricier.

Et de les remplacer par une énième *sganarellerie* ou *scapinade*. Molière en sortira grandi, et Poquelin rassuré. Son « monstre » lui remplit à nouveau sa caisse. Et tant pis pour une nouvelle cicatrice à l'âme de plus !

Plainte

L'abbé Roquette, qui sert quelque peu d'exemple pour Tartuffe, est épinglé dans cette « Plainte de la ville d'Autun au roi ». C'est lui qui, transporté d'une flamme amoureuse pour une femme, voulut tâter l'étoffe de sa robe pour mieux s'assurer qu'elle était fine et moelleuse. Contre cet homme d'Église qu'on croit un fameux scélérat, le rédacteur de la « Plainte au roi » n'hésite pas à user d'une ironie plutôt caustique pour appuyer sa protestation : « Vous me l'avez donné, sire, pour mon prélat ! », écrit-il librement.

Plaisir

« Au plaisir du roi ! » Sans doute la phrase la plus haïe par Molière. Que n'aurait-il pas fait pour le plaisir du roi, selon le bon plaisir du roi, comme ces commandes de Sa Majesté qui n'ont abouti qu'à des pièces ratées ou bâtardes ? ! *Les Fâcheux* pour Vaux-le-Vicomte chez Fouquet ont tant convaincu Louis XIV qu'il précipitera les choses plus qu'il ne faut pour bien asseoir la réputation de la Troupe du Roy, donc la sienne, non celle de Poquelin. Louis XIV imposera que la Troupe du Roy joue pour lui au

Louvre, à Versailles, à Saint-Germain. Où il le commandera et Molière s'exécutera. Mais Sa Majesté n'acceptera jamais que la Troupe se joue de lui. Et lorsque Molière dépassera les bornes contre la médecine ou le pouvoir religieux, le roi, empoisonné par les conseils hypocrites de Lully trahissant Molière, se débarrassera sans hésitation de Poquelin. Précipitant sa chute, lui enlevant son Théâtre du Palais-Royal. Donc en quelque sorte sa raison de vivre.

Plaque

Ils sont presque toujours à côté de la plaque ceux qui passent (avec une volonté respectable, mais là n'est pas le problème) une partie de leur vie à écrire sur Molière. Sur sa vie. Sur son œuvre. En commettant la même erreur tragique que ces mêmes plumes réitèrent sur Chaplin, ou Guitry. Ils analysent, et leurs vies, et leurs œuvres comme s'il s'agissait d'écrivains. C'est à gifler ! Ils n'ont pas affaire à un écrivain comme Claudel, Giraudoux, Tchekhov, Hugo, Corneille, Racine, Feydeau. Ils ont à charge de parler d'un acteur. Un acteur qui joue. C'est son métier. Et un acteur qui n'écrit pas mais qui dialogue ! Mettez-vous ça dans le crâne ! Ce sont des dialoguistes ! Ce ne sont pas des Homère, des Virgile, des Euripide, des Sophocle, ou des Dostoïevski ou des Hugo ! Ni des Tennessee Williams ou des Oscar Wilde ! Ce sont des coucheurs de répliques, de tirades, de silences, de cris, de fureurs, de tac au tac. Donc des accoucheurs de rôles qui vont les sortir, ces répliques. Qui vont les ressentir, ces tirades, peser ces silences, porter ces cris, rugir ces fureurs, et, comme au tennis, se renvoyer la balle, l'*ace* trait d'esprit ou le *lob* insolent.

Molière n'a pas à être expliqué, décortiqué, étouffé par des dizaines de phrases dentelées et brodées et tricotées pour bien prouver qu'on sait réaliser l'exploit de rendre inextricable et inexplicable, comme ligoté de mille ficelles phrases aux mots bien compliqués et précieux, le plus naturel de tous les textes de théâtre.

S'il est si difficile d'en parler avec justesse, c'est que les dialogues de Molière, avec leur naturel confondant même dans le carcan de l'alexandrin, ne sont pas un texte mais une proposition. Oui, Molière propose à l'acteur de quoi lui-même jouer, comme les partitions de Liszt ou Chopin appellent les choix interprétatifs des pianistes pour s'incarner. La pensée, ce sont les pédales du rôle : si sur quelques notes, quelques mots, le rôle est mû par une seule pensée, inutile de la prolonger sur les phrases suivantes. Par contre, si, comme il arrive dans une tirade conséquente, la même pensée règne sur dix ou quinze alexandrins, alors l'acteur sera tenu de tenir cette pensée comme on tient ses pédales aussi longtemps qu'il le faut.

Points de vue des spectateurs

Selon l'émotion exprimée par l'acteur, le rythme qu'il adopte, le spectateur est amené à avoir, face au personnage, une position de supériorité, d'égalité ou d'infériorité. Chez Molière, c'est en chaque spectateur que se crée l'unité de la pièce qui, chez tous les autres auteurs, se trouve dans le texte de l'œuvre.

En fonction du type d'émotion exprimée par le comédien qui joue le rôle d'Alceste, au moment où celui-ci affirme haïr tous les hommes « les uns parce qu'ils sont méchants et malfaisants / Et les autres pour être aux méchants complaisants », le spectateur est amené à porter sur le personnage un regard qui, selon les cas, le mettra dans l'une des trois positions suivantes : un statut de supériorité, s'il se fait juge du héros ; une connivence d'égal à égal, sur un même plan, pour peu qu'il se reconnaisse en lui ou le suive avec empathie ; une relation qui le place, en quelque sorte, au-dessous du personnage, ou bien parce qu'il se soumet malgré lui à la vision de celui-ci, ou bien parce qu'il se focalise sur les motifs subconscients de ses propos et de ses comportements.

Ces trois angles susceptibles d'orienter le point de vue du spectateur, au regard du type d'émotion portée par l'acteur, se déploient encore, de manière comparable, en relation avec le rythme adopté par le comédien. Si le vers d'Alceste que j'ai cité et ceux qui le suivent sont dits sur un ton monocorde très rapide, le spectateur n'est plus pris directement par l'émotion qui précipite les paroles du personnage et, de ce fait, il sera tenté d'y mêler ses propres pensées pour en juger. Si, par contraste, le comédien choisit un rythme plus lent et irrégulier, celui qui convient s'il veut donner l'impression qu'il découvre ses arguments à mesure qu'il les énonce, le spectateur inclinera davantage à le suivre pas à pas, en se sentant plutôt avec lui sur un pied d'égalité. Si c'est plutôt le doute, l'hésitation que préfère jouer l'interprète, cela se traduira par un rythme plus divers encore, avec de longues pauses, qui pourrait susciter, chez le spectateur, l'envie de s'intéresser à ses non-dits et aux causes souterraines de ses attitudes.

On voit par là, et c'est encore l'une des sources de l'étonnant naturel que conservent les comédies de Molière à travers les siècles, que l'unité de ses pièces s'opère en chaque spectateur, *via* ses réactions aux émotions exprimées par les acteurs quand, chez tous les autres dramaturges, l'unité est dans le texte même de l'œuvre dont elle est même le principe organisateur.

Poquelin imaginaire

Mikhaïl Boulgakov signa sa pièce en 1936 : *Molière*. Un torrent qui est à Molière ce que Hugo est à Walt Disney : un autre monde. Si bien écrit et si lyrique qu'on y croirait si l'œuvre même de Molière dans son style, dans sa forme, dans son rythme comme dans son fond, n'était à cent mille lieues de ce portrait bouleversant de Molière que nous peint Boulgakov ! Incrédible au XVIIe siècle. On croit lire du Dumas. Tel un Monte-Poquelin, un Molière-Cristo. Passionnant. Mais un Poquelin imaginaire.

Poquelin, l'auteur, conscient, notamment à partir des *Précieuses ridicules*, de la dimension ajoutée par l'acteur Molière, imagine sans cesse de nouveaux pièges à lui tendre. Dont il sent qu'ils apporteront de l'inattendu et de la profondeur au spectacle. Là encore, cela aura un écho dans la manière dont Chaplin s'est, en quelque sorte, vengé de Charlot : comme dans *Le Cirque*, où tout ce qui contribuait, au cours des films précédents, à accentuer ses ridicules est détourné pour le rendre plus bouleversant que jamais, alors que rien ne laissait jusque-là présager cette potentialité au cœur même des travers comiques du personnage. Comme si Chaplin avait contraint Charlot à révéler une de ses faces cachées dans une situation inattendue. À moins que ce ne soit Charlot qui ait forcé Chaplin à tirer de lui un meilleur parti que ce dont il s'était contenté auparavant.

Pour en revenir à Molière, c'est ce qui fait que, *quand nous jouons ses rôles*, au lieu d'être en complicité avec l'auteur (comme on peut l'être avec Shakespeare parce qu'on sent qu'il parle à travers ses personnages), *on a l'impression que c'est lui, Molière, qui nous écoute*. Certes, ce n'est pas lui qui parle, c'est moi, mais il m'écoute ! Cette particularité n'est pas pour rien dans l'incroyable originalité du génie de Molière. Mais, si unique soit-il, il m'arrive, quoique très rarement, d'en rencontrer quelques équivalents partiels, non seulement chez Chaplin, comme je l'ai dit, mais aussi chez quelques autres. Quand j'ai vu, par exemple, le film de Vittorio De Sica *Il boom,* avec Alberto Sordi, j'ai eu le sentiment d'assister à une performance d'acteur qui rappelait à bien des égards le style de jeu que laissent deviner les pièces de Molière. Il invente, avec le réalisateur, mille façons de renouveler le sens et l'effet des travers de son personnage. De prendre de la distance avec lui. De jouer avec la représentation que peuvent s'en faire les spectateurs. Il s'empare du scénario comme un instrumentiste ou un chef d'orchestre d'une partition musicale.

C'est précisément cette forme de jeu que les pièces de Molière visent à développer au maximum dans leurs effets les plus surprenants : raison pour laquelle je les compare à une partition qu'il ne suffit pas de représenter mais qu'il faut faire vivre, ce qui suppose de recréer ce qu'elle met en œuvre.

L'unité profonde, entre le génie de l'acteur et celui de l'écrivain chez une même personne, si propre à Molière, est par définition une exception : cela explique qu'aucun auteur de comédie n'ait pu se hisser à son niveau non seulement pendant tout son siècle, mais encore au début du suivant. Regnard n'était guère qu'un épigone de Molière. Il faut attendre la fin du XVIIIe siècle, avec Marivaux et Beaumarchais, pour retrouver des dramaturges capables de reprendre le flambeau dans des formes inédites. La colère de ne pas être reconnus, l'un comme homme politique (Beaumarchais n'avait pourtant cessé d'intriguer à cette fin), l'autre comme auteur dramatique (Marivaux enrageait de n'avoir été joué qu'une fois au Français), leur a donné l'arrogance de découvrir de nouvelles manières de construire leurs pièces autour de personnages qui se tiennent à distance de la situation dramatique et jouent autant avec le public qu'avec leurs partenaires. Ces auteurs déploient donc des conceptions de la comédie qui renouent en partie, par des voies inattendues, avec l'art qu'avait Molière d'ouvrir ses pièces à une recréation par l'acteur *via* un personnage qui est, tout à la fois, la matrice de la pièce, le principe de son esthétique et celui qui ne cesse de déjouer l'intrigue en même temps que les attentes des spectateurs. Mais, quel que soit leur génie, ils n'y parviennent que par des détours qui ne peuvent avoir l'éblouissante évidence de la rencontre entre l'acteur Molière et le dramaturge Poquelin. Deux siècles encore et viendra enfin celle de Guitry et de Sacha !

Portrait

Il y en a, du vivant de Molière, plus d'une vingtaine de reconnus. Faut-il y ajouter *Molière à sa table de travail* par Nicolas Mignard ? Toile perdue mais copiée par un certain Drujon pour une miniature datée de 1673. Et qui serait le vingt-deuxième et dernier portrait du vivant de Molière. Jean Meyer la possédait. Il me la montra lorsque j'étais devenu le 463e sociétaire de la Comédie-Française, au cours d'une discussion sur son interprétation magnifique du *Bourgeois gentilhomme*. Je parle de sa mise en scène et de sa distribution d'exception entourant Louis Seignier. Jourdain était pour lui ce que César fut pour Raimu : le rôle d'une vie. On lisait au revers de l'objet ceci, inscrit en diagonale : « donné par Boileau, qui le tenait de Molière lui-même, au père Senlecque et, par le petit-neveu que ce dernier, inspecteur des Études, à Louis Fockedey qui l'a reçu comme prix de poésie latine en 1779 ». Que voit-on du côté miniature ? Molière écrit, sa main supportant la joue gauche ; son coude s'appuie sur deux volumes *in-4°*. Sa tenue ? Une robe de soie sans doute, verdâtre avec doublure de la même soie mais rose. Impossible de déchiffrer les trois lignes scribouillées sur le papier, écrites dans l'esprit du tableau de Mignard par Molière. J'ai éclaté de rire ! Meyer, « Memeye », comme on l'appelait, n'a pas apprécié du tout ! Je soutenais mordicus qu'il s'était fait rouler en achetant cet illustre faux !

Pour au moins trois raisons. D'abord, on imagine mal Boileau se séparant de cet objet si important à ses yeux : c'eût été presque une trahison vis-à-vis de Molière et de leur si grande amitié. Ensuite, Molière n'aurait jamais porté une robe de couleur verte. Enfin, jamais non plus Mignard n'aurait peint Molière écrivant la joue gauche appuyée sur son poing, car il exigeait toujours que le modèle lui livre son regard frontalement. Comme s'il traversait la toile pour fixer ceux qui la regardaient.

Heureusement, Jean Meyer et moi nous sommes réconciliés, quand il nous mit en scène dans *Volpone* au Théâtre Marigny, Jean Le Poulain, lui-même, Memeye, et votre serviteur en Mosca.

Nous sommes par contre certains des vrais portraits suivants : *Madeleine Béjart et Molière dans « La Mort de Pompée »* de Nicolas Mignard au musée d'Aix-en-Provence. *César par Molière* de Nicolas Mignard au musée de la Comédie-Française. Le *Portrait anonyme* de Versailles. Les quatre portraits de *Molière en civil*, dirons-nous, par Pierre Mignard au musée de Chartres, au musée de la Comédie-Française, au château de Chantilly, au cabinet des dessins de l'Albertina à Vienne. *Le Portrait de Molière* par Lebrun au musée Pouchkine à Moscou. Les portraits signés Claude Lefebvre et François Chauveau. Et ces visages de Molière qu'on attribue à Mignard, à Robert de Nanteuil, à Sébastien Bourdon, Lebrun qui sont peut-être bien des vraies copies seulement ! Ce dessin aussi de la collection Walferdin, propriété de la Comédie-Française.

Précieuses ridicules

18 novembre 1659. Première au Petit-Bourbon. Triomphe ! La réaction des précieuses est à la hauteur de leur humiliation : Mlle de Rambouillet fait intervenir son mari, M. de Montausier, pour interdire la pièce qui n'est qu'une satire en un acte, en prose ! Mais c'est immédiatement l'effet contraire qui prime sur les quinze jours d'interruption : tout Paris veut voir la pièce ! Le roi, qui intervient, lui, pour le traité de paix des Pyrénées et prépare son mariage, se fait parvenir la pièce. Il l'apprécie. L'affaire est close. Le 2 décembre, on rejoue *Les Précieuses ridicules*. Prix des places en conséquence, vu la demande : doublé ! Recette fantastique !

Thomas Corneille parle de bagatelle à propos de la pièce. La jalousie l'étouffe. Un mois après, Somaize, le secrétaire de Marie Mancini, ose faire publier *Les*

Véritables Précieuses. Il accuse Molière de plagiat. Le roi réagit dans l'ombre. La publication du vomi de Somaize est annulée. Le bruit du soutien de Sa Majesté protège Molière et se répand. Attaquer Molière, c'est peut-être désormais attaquer le roi. Qui oserait ?

D'ailleurs le privilège de publier les *Précieuses* de Molière est accordé au libraire de Luynes pour l'impression immédiate. La roue a tourné ! Les courtisans invitent la Troupe à donner la pièce chez eux ! Le libraire Joly, qui édite, lui, les romans précieux, est à la ruine ! La Troupe répond jusqu'en octobre aux invitations officielles : par Mme Sanguin pour M. le Prince, le chevalier de Grammont, la maréchale de l'Hospital...

Mais le 10 octobre 1660, Ratabon, surintendant des Bâtiments, sans prévenir Molière ni Sa Majesté, abat le théâtre ! Le roi réagit en offrant à Molière de jouer au Louvre, le temps d'installer la Troupe au Palais-Royal, l'ancien Palais Cardinal légué au roi par testament de Richelieu. Pour plaire à Louis XIV, on se presse d'inviter davantage Molière et ses *Précieuses* ! Tels le maréchal de La Meilleraye, messieurs les ducs de Mercœur, de Roquelaure.

Et enfin, le 25 janvier 1661, la Troupe du Roy donne la première représentation des *Précieuses ridicules* au Théâtre du Palais-Royal, les travaux achevés. Molière a gagné son premier grand combat. Celui des *Précieuses ridicules* certes, mais surtout celui d'attiser la haine contre lui, car le combat remporté, c'est le lien désormais affectif aussi et créatif entre le roi et lui. Et plus fort encore, entre le pouvoir et le théâtre, non plus de tragédies en vers mais de comédies en prose. Ce n'est plus le goût de la cour que le roi entend partager, c'est celui du public. Son peuple. Grâce à Molière.

Premier metteur en scène moderne

Molière a inauguré une pratique de la direction d'acteurs radicalement nouvelle à son époque : il s'est appliqué à modeler littéralement le jeu de chacun pour l'adapter au caractère de son personnage, au potentiel de chaque réplique, aux particularités des situations successives qu'il devait affronter.

Je voudrais évoquer ici une idée que Louis Jouvet avait développée sur ce thème devant Jean-Louis Barrault, parce qu'elle suggère un lien profond entre cette révolution de la mise en scène et l'originalité de l'écriture de Jean-Baptiste Poquelin. Comme on va le voir, cette idée est aussi une expression touchante de l'amour particulier que Jouvet avait pour l'auteur du *Misanthrope*. Amour surprenant, quand on y songe. On aurait pu penser que la rigidité, la distance, le laconisme hiératique de Jouvet étaient à mille lieues de la rapidité, de la souplesse, de la fantaisie, du côté populaire de Molière. Mais le Patron, comme on le surnommait avec admiration, a su, paradoxalement, retrouver l'équivalent de celles-ci en les réinventant à partir de son propre jeu. Avec une précision et une puissance d'autant plus grandes qu'il avait dû les recréer pas à pas.

Quoi qu'il en soit, son expérience de chef de Troupe, selon ce qu'il a confié à Barrault, l'avait amené à la conviction que Molière, qui exerçait la même fonction à son époque, avait écrit pour ses acteurs en les surestimant sans cesse, au sens où il leur offrait des rôles qu'ils étaient incapables d'interpréter par leurs propres moyens avec une efficacité suffisante. Ce qui lui permettait, à lui, chef de Troupe, d'asseoir son autorité pour imposer ses directives à ses comédiens ! Initiative sans précédent en ce temps où personne, parmi ses contemporains, n'aurait osé ni même imaginé se comporter de la sorte, fût-ce au Théâtre de l'hôtel de Bourgogne ou au Théâtre du Marais, animés par les troupes alors les plus prestigieuses. Molière est le premier metteur en scène-chef d'orchestre à diriger véritablement des acteurs, qui l'acceptaient et même le demandaient parce qu'ils réalisaient que les rôles qu'il leur donnait les dépassaient ! On remarquera d'ailleurs, dans *L'Impromptu de Versailles*, où il représente justement ses relations avec les comédiens de sa Troupe, qu'il n'admet aucune objection ou proposition alternative de leur part. En Patron, lui aussi !

Premiers pas

Le plus célèbre débutant du XXe siècle en Russie fut Stanislavski lui-même dans le rôle de M. de Sottenville dans *George Dandin*. Il a 23 ans.

Présence

C'est ce que réclamait Molière metteur en scène. De la présence et non, comme Floridor ou Montfleury, une contenance. Charles Perrault a tout compris lorsque, à propos des comédiens de la Troupe du Roy, il écrit que Molière « a le don de leur distribuer si bien les personnages et de les instruire ensuite si parfaitement, qu'ils semblaient moins des acteurs que les vraies personnes représentées ». Qu'est-ce qu'une contenance ? C'est, comme les comédiens du Marais et comme les tragédiens de l'hôtel de Bourgogne, figurer un personnage : Oreste, Néron, Phèdre, Rodrigue, etc. Alors que Molière demande à ses acteurs de se figurer qu'ils sont le personnage. Et si par une contenance tragique, boursouflée de gestes lents, compassés, de mimiques de souffrance, de grimaces de haine on se permet de hurler, de déclamer, de grossir le texte, au contraire par une présence physique sans chichi, il suffit d'être là pour que le public croie voir le personnage.

Preuve

Encore une preuve, ou du moins un indice troublant, suggérant que Molière n'a pas été enterré, mais jeté à la fosse commune. Philippe de La Brosse écrit le 2 mars 1673, deux semaines après le décès, à Mme de Sablé ces lignes suggestives : « Qui aime la vérité aime aussi la discipline de l'Église. Et c'est ce que monseigneur le curé de Saint-Eustache fait voir en sa conduite par le refus de donner la Terre sainte à un misérable farceur qui n'ayant songé toute sa vie qu'à faire rire le monde n'a pas pensé que Dieu se riait de la mort des pécheurs qui attendent à le réclamer jusques à leur dernière heure. »

Prince

Le prince de Conti (1629-1666) est mort à 37 ans. Il était élève au collège de Clermont. Mais de sept ans plus jeune que Jean-Baptiste Poquelin. Ils n'ont donc jamais fait leurs études ensemble. De par ses privilèges, le jeune prince était protégé des autres élèves par une mince balustrade dorée. Qui est-il donc pour mériter d'être à part ? Tout simplement le frère du Grand Condé !

Il n'a aucun attrait physique ; il est petit, tordu. Il payera des putains de métier ou des femmes qui se conduiront avec lui comme tel. Il contractera la vérole dont il mourra si jeune. Mais Conti épouse, bien sûr, et pas n'importe qui : une nièce de Mazarin ! Se prenant à juste titre pour un seigneur, il offre à sa maîtresse officielle du moment près de Pézenas, au lieu-dit la-Grange-aux-Prés, une représentation. Nous sommes en 1653 et Molière est en tournée dans le Languedoc. La soirée est un triomphe.

Conti veut garder la Troupe à lui. Le poète Sarasin était son favori, il décède brusquement après une vive altercation avec Conti. Conti donne alors protection à la Troupe et engage Poquelin comme secrétaire. Molière, lui, n'en continue pas moins de se produire sur scène. Les deux années suivantes, la Troupe remporte de beaux succès aux états généraux du Languedoc. Conti a 28 ans. Il est flatté de posséder la Troupe la plus en lumière non seulement de la région, mais de France.

Que s'est-il passé alors pour que le prince rejette soudain Poquelin et Molière, son secrétaire et le chef de Troupe ? Au point de devenir son plus violent ennemi. Conti s'engage à servir la Compagnie du Saint-Sacrement certes, mais surtout il mène le jeu criminel de la Cabale des dévots contre Poquelin. Comme si Don Juan Conti était devenu un Tartuffe aux mains de sang. La réponse tient en un mot, cette horreur, cette terreur, cette humiliation, cette inexorable fin d'une telle douleur : la vérole. Lui rongeant le corps. Lui rongeant l'âme. *Dom Juan ou l'Athée foudroyé*, titrait Molière. « Conti ou le châtié fourvoyé », doit-on convenir.

Privilège

Jean Poquelin le cadet à peine mort, son frère aîné Molière est donc le dernier Poquelin à pouvoir tenir la charge de tapissier du roi. Molière est pourtant en train de remporter un succès remarquable : *Les Précieuses ridicules* au Petit-Bourbon. Mais il ne va pas se défiler. Jean, son père, tiendra encore boutique à Paris. La charge va obliger Molière à tolérer beaucoup de choses qui vont lui déplaire et lui rester en travers de la gorge. Mais grâce à cette charge, Molière échappe aux juridictions communes : Jean-Baptiste Poquelin faisant partie de la Maison du roi ne relève que de sa justice. Ce privilège sera déterminant pour le comédien, car il obligera plus tard le roi lui-même à intervenir. Louis XIII puis Louis XIV le font au départ avec justesse et modération. Mais entre les promesses et les actes...

Prophète

Nul n'est prophète en son pays ! Molière le premier. Dès la fin du XVIIe et dans la première moitié du XVIIIe siècle, des troupes en tournées font triompher les grandes comédies de Molière, en français qui plus est, dans les pays scandinaves, aux Pays-Bas, dans les Flandres, en Pologne. À partir de 1750, le Portugal hissera les couleurs de *Tartuffe* au plus haut. Début XIXe, c'est en Grèce que le miracle Molière a lieu alors que Napoléon sombre à Waterloo.

Protection

Le prince de Conti retire, en 1657, sa protection à Molière. Mais le duc d'Épernon lui redonne immédiatement la sienne, en tant que gouverneur de Bourgogne.

Molière est sauvé. S'est-il senti protégé toute sa vie ? De Dieu, sans doute pas. Le petit orphelin peut en vouloir à Dieu de lui avoir pris sa maman si tôt alors qu'il n'avait que 9 ans. Le père qu'il est devenu peut en vouloir à Dieu de lui avoir repris son nouveau-né, son fils Louis, de lui avoir arraché le cœur. Le chef de Troupe en a contre Racine de lui avoir volé Marquise Du Parc. Le mari en a contre Baron d'avoir séduit Armande, sa femme trop jeune. Le comédien peut aussi être en rogne contre La Grange et La Thorillière, qui mènent souvent la fronde contre lui pour, à la va-vite, remonter telle ou telle comédie de Sganarelle qui, elle, remonterait les recettes effondrées par *Dom Juan* ou *Le Misanthrope* ! Enfin, la protection de Sa Majesté le Roi-Soleil va lui échapper soudain à la suite du complot fomenté par Lully. Alors quelle est la seule protection, qui, elle, n'a pas quitté Molière, qui lui permit de devenir la légende que nous connaissons ? Cette protection qui, aujourd'hui, est toujours là, présente, et ne l'abandonnera jamais ? La seule ! Celle qu'il n'a pas vue, parce qu'il l'incarnait sur la scène, mais qu'il s'était pourtant forgée lui-même : son œuvre.

Public

Y a-t-il un public ? Ou plutôt plusieurs publics ?

Au départ, c'est leur diversité qui frappe. Il y a celui qui paye sa place au théâtre, qui se serre la ceinture pour se l'offrir, ou l'offrir aux autres. Celui qui se targue de pouvoir se payer les meilleures places. Celui qui n'y va que pour être vu et se fiche éperdument de la pièce elle-même. Celui qui n'y va que pour s'y rendre, non pour y assister à un spectacle. Celui qui paye non pas pour voir ce qui se passe sur scène, mais dans la salle. Telle l'arrivée des gens de la haute présents ce soir-là. Telle aussi cette meute qui fait du brouhaha ou tape de la canne. Il y a aussi celui qui paye mais n'y va pas, pour bien afficher son mépris à Molière : une chaise vide parle d'elle-même et l'absence humilie parfois bien davantage que les cris. Et puis celui qui n'y est pas allé, mais dont on affirme avoir constaté la présence, entendu les clameurs, ses remarques acerbes. Et encore celui qui hait Molière. Celui qui espère avoir enfin des raisons de l'aimer. Celui qui dévore sa rage contre l'impie et veut trouver de bonnes raisons de haïr davantage le peintre des pitres.

Ces publics-là, de la ville, n'ont rien à envier au public de la cour. Où grands du royaume, courtisans, vérolés ou pas, côtoient ces maîtresses du jour qu'on s'arrache ou les vieilles peaux qui rêveraient qu'on les toise moins pour les emporter en quelque alcôve aux bougies dans leurs hôtels particuliers, où le vent s'engouffre et glace à mourir. On les retrouve dans les illustres salons où brillent de tous leurs feux la cour et son Roi-Soleil, entre la reine et sa nouvelle maîtresse.

Autant de publics qui ne se mélangent pas. Ils s'ignorent. Ils se haïssent. Ils se jugent. Donc ils se condamnent entre eux sans vergogne. C'est à celui qui répétera le premier le bon mot du roi. Ou le rire gras de Madame. Les larmes de Mlle de La Vallière. Qui donc a vu précisément le marquis baiser la main de Monsieur, frère du roi ?

Mais Molière aura le génie de ne faire de tous ces publics, si contradictoires, si opposés, si différents, qu'un seul public. Le public ! Mieux encore, et c'est ce qu'on ne lui pardonnera pas : « son » public !

Q

Quai

Quai de l'École, en 1659 et pour un an, la Troupe va loger dans une maison dite de la Noble-Épine. Plus vaste que les précédentes. Elle est à l'image de l'ampleur des succès que la Troupe suscite. Mais lorsque, enfin, le Théâtre du Palais-Royal rénové pour eux les espère, les comédiens vont quitter les lieux pour se rapprocher de la scène où leur gloire les attend.

Querelle

26 décembre 1662. Molière a 40 ans. *L'École des femmes* est créée au Théâtre du Palais-Royal par la Troupe du Roy. L'inimaginable a lieu : Pierre et Thomas Corneille vont être à la tête de la Cabale dès la première représentation ! La recette est de 1 253 livres. Un chef-d'œuvre est né. Rien de mieux en comédie ne s'était fait depuis Shakespeare et sa *Mégère apprivoisée*. Là ce serait plutôt *L'Innocence apprivoisée*. Agnès est digne de Juliette.

Et comment ne pas être en rage quand on constate une fois de plus que, lancée par Conti, qui ose déclarer : « Il n'y a rien de plus scandaleux que la cinquième scène du second acte de *L'École des femmes* », la querelle de *L'École des femmes* va déshonorer une meute de traîtres de tous bords. De l'abbé d'Aubignac aux philosophes, tels Plapisson ou Donneau de Visé qui, roi des hypocrites, tresse des couronnes à Molière, auteur et comédien, tout en le diffamant habilement, comme le larbin qu'il est des grands qui lui tiennent la plume pour régler leurs comptes aux chandelles sur la scène plutôt que dans le pré le fleuret à la main ! Il précise même que le public ne se rend à la représentation non pour la pièce, mais pour tel bon mot dont on parle tant ! « Il n'y a point de scène où l'on ne puisse voir une infinité de fautes » ou encore cette ignominie : « Si vous voulez savoir pourquoi presque dans toutes ses pièces il raille dans les cours et dépeint si naturellement les jaloux, c'est qu'il est du nombre de ces derniers. »

Donneau de Visé et ses pareils ont fait si fort que grâce à eux Molière est obligé de leur répondre pour se justifier ! Et il le fera de la façon la plus intelligente en écrivant *La Critique de l'École des femmes*. Donc un spectacle où le public, par ses rires et ses applaudissements, fera gagner la partie à Molière. J'en profite pour rappeler cette évidence : ce sont les comédiens, dirigés par de grands chefs d'orchestre de troupes, des metteurs en scène talentueux, qui, depuis quatre siècles, assurent le triomphe de son théâtre. Et trouvent ainsi la meilleure façon de faire taire ceux qui, honte à eux, ont tout fait pour qu'il disparaisse. Les pseudo-auteurs, les pseudo-scribouilleurs et leurs complices ignares n'ayant aucune idée de ce qu'est le théâtre !

Et qu'est-ce que le théâtre ? Un art du partage. Immédiat. Entre la pièce et le public. S'interposant entre acteurs et spectateurs, ces incapables ont pullulé depuis quatre siècles et pullulent encore. Seuls ont droit à notre respect, à notre reconnaissance, à notre admiration pour la justesse de leurs jugements ceux qui ont, sans accepter quelque influence que ce soit, réussi à discerner les vrais talents, les vrais chefs-d'œuvre pour une seule raison. Au lieu comme les cracheurs de venin de parler de la pièce, c'est-à-dire d'en dire tout le mal qu'ils en pensaient, eux, les vraies consciences du théâtre, ont laissé la pièce leur parler ! Et ont eu à charge de la faire aimer. Par son sang-froid et son courage, Molière a gagné la querelle de *L'École des femmes*.

R

Racines

Celles de Molière n'ont d'intérêt que pour les experts qui n'ont, trop souvent, aucune idée précise de ce qu'est un artiste. Alors soyons, nous, précis et très direct : qu'est-ce qu'un artiste ? Un être qui, justement, n'est jamais déductible de ses racines : qu'il en reste proche, qu'il s'en éloigne ou rompe avec elles, il n'est un véritable artiste que s'il en tire ce qui n'y était pas ou ce qu'on n'y soupçonnait pas. De lui-même, en lui-même, par lui-même et pour lui-même, il va créer un autre univers ! Il doit être libre pour libérer en lui son imaginaire. Son véritable fond. Qui n'appartient qu'à lui ! Ses créations lui donnent une seconde naissance. Celle de son âme d'artiste. Sa date officielle de naissance sur l'état civil ne correspond qu'à celle de son corps. On devrait ainsi pour chaque artiste inscrire deux dates de naissance : celle de son corps puis celle de son âme d'artiste.

Alors, avec tout le respect que l'on doit aux chercheurs qui se consacrent à identifier ce que Shakespeare, Mozart, Mahler ou Picasso doivent à leurs racines, il faut admettre une fois pour toutes qu'ils se condamnent à ne voir que l'écume de l'œuvre. Pour Molière, j'attends vos réponses, messieurs, mesdames les chercheurs, si vous pensez pouvoir apporter davantage ! Grâce à certains d'entre vous, nous avons, en tout cas, bien des informations, sourcées avec exactitude, sur ses racines. Même si elles nous éclairent peu ou pas sur son œuvre, évoquons-les brièvement, pour fixer quelques repères biographiques.

Parcourons donc l'arbre généalogique de Jean-Baptiste Poquelin.

1. Claude Poquelin, arrière-grand-père, épouse Marie Coquerel.
2. Le demi-frère de Marie emporte à Paris l'enfant du couple, Jean Poquelin, en 1572 pour ses années d'apprenti.
3. Jean Poquelin convole avec la fille d'un pelletier du roi, Tournemine. Jean Poquelin fait ses premiers pas à la cour. Son épouse meurt. Il se marie donc en secondes noces avec Agnès Mazuel, simple toilière-lingère, elle aussi apparentée à un oncle pelletier du roi.
4. De fait, en vérité, dans l'accordéon familial du côté main droite Poquelin, on note alors cinq tapissiers, un linger, un tailleur, un mercier, un marchand de fer, deux religieuses, un lieutenant de milice à Cayenne, un conservateur des registres des actes de notaire. Du côté main gauche Mazuel : un porte-chape, un pelletier, un tapissier, deux toilières-lingères, une religieuse, un brodeur, un mesureur de sel, cinq joueurs d'instruments et neuf violons du roi, dont l'un se fera ermite en forêt de Sénart.
5. Qui sont ces enfants du couple Jean et Agnès ? Le fils aîné, apprenti dès 13 ans, est reçu tapissier et portant bien sûr le prénom de son père, Jean, va

prendre femme. Celle-ci, Marie Cressé, est d'une famille remarquable. On y compose une étonnante palette de commerçants : sept tapissiers, un marchand de vin, trois cordonniers, deux bonnetiers, un juré du roi ès œuvres de maçonnerie, un orfèvre, un docteur, un chirurgien, trois notaires, un religieux du côté du père de Marie. Et du côté de sa maman, Asselin, le sommet de cette ascendance bourgeoise qui s'est faite elle-même : trois courte-pointiers, trois tapissiers, un mercier, un coffretier, un drapier, un ceinturier, un écuyer de cuisine de la reine, une religieuse.

Il n'y avait donc aucune raison logique pour que le premier enfant de ce couple Jean Poquelin et Marie Cressé, ce fils aîné Jean-Baptiste Poquelin, né en 1622, puisse devenir artiste. *A priori*, Molière ne leur serait redevable de rien d'autre que du confort semi-bourgeois, demi-bourgeois, ou bourgeois tout court que cet arbre Poquelin à cent branches lui a offert. Il n'est encore qu'un enfant, qu'un bourgeon à peine devenu mûr lorsque son grand-père maternel, Louis Cressé, va lui faire goûter aux dernières gouttes du miel de la farce. En l'emmenant sur le Pont-Neuf, où l'attendent les hurlements de douleur des édentés entre les pinces des arracheurs de dents et les cris de joie de la foule amassée devant les tréteaux des bateliers de génie Tabarin, Gros-Guillaume, Guillot Gorju. C'est donc là que la souche artistique de cet enfant est née. Au milieu des rires. Peut-on rêver meilleure source ! Source de joie. Source de vie.

Le nombre de poètes et dramaturges ratés donc disparus dans les limbes du XVIIe siècle est insensé ! Des milliers de médiocres ! Et deux mains suffisent pour compter les bons. C'est-à-dire les vrais. Car seule la vérité demeure.

François Le Métel de Boisrobert *vieillardise* dès sa jeunesse et ses premiers pas de poète et de dramaturge (1589-1662). Gamin de 12 ans au début du XVIIe siècle, il a déjà 100 ans. Les vingt-sept lettres de son nom (François Le Métel de Boisrobert) préfigurent l'enchevêtrement des vingt-sept lettres de l'alphabet. Il ne parviendra, toute son œuvre, qu'à tisser les unes aux autres et les unes dans les autres qu'avec le talent d'une moule : s'accrocher à la coquille creuse des idées reçues. Sur ce point précis, c'est un virtuose du ne rien dire. D'où son extrême influence sur ce beau monde des lettres ou de la scène qu'il ne dérange en rien, qu'il rassure et qu'il flatte. Et qui le lui rend bien. Avocat du barreau de Rouen, tiens ! Serait-il un Corneille *bis* ? Non, plutôt un Corneille moins. Moins tout. Mais chez lui.

La ruse saura le mener au plus haut. Il séduit Marie de Médicis elle-même, ou plutôt feint habilement de se laisser séduire par elle. Dans un seul but non avoué : atteindre son âme damnée, le cardinal de Richelieu. Si l'un s'attache à l'autre, l'autre se lie avec lui. Et le lien réel de Boisrobert à Richelieu ne manque pas de surprendre. Au Louvre pour commencer ! La cour se méfiera d'une ascension si rapide, mais, de haut en bas et de bas en haut, alternent sans cesse, pour lui, les moments de disgrâce et les saisons de faveur. On ne sait plus s'il est dans les bons papiers ou, à l'inverse, déjà bien oublié.

Qu'il puisse faire partie des « cinq auteurs » régnant en maîtres comme des parrains mafieux sur cette préfiguration fondatrice de la future Académie française, cela n'a qu'une explication, qui éclaire tout. Boisrobert était bien le gant de Richelieu faisant tout à sa botte. Jusqu'à signer sous son nom des vers troussés par la main du prélat lui-même ! Sa poignée d'œuvres est à jeter au tas de sable, y compris cette *Belle Plaideuse* écrite par le sexagénaire toujours virulent qui, c'est vrai aussi, sera l'une des sources d'inspiration, parlons plutôt de petits rus, de Molière pour son Avare. Pourquoi pas de la part de Poquelin d'ailleurs, plus un clin d'œil, presque un hommage discret, pour ramener à Molière les faveurs courtoises de Boisrobert. Qui sait ?

Régence

Celle d'Anne d'Autriche débute alors que Jean-Baptiste Poquelin a 21 ans, Corneille 37 ans, Racine 3 ans. Infante d'Espagne, archiduchesse d'Autriche, princesse des Pays-Bas, infante du Portugal lorsque Louis XIII meurt, en 1643, elle accède à la régence à 42 ans en pleine maturité. Elle dirigera la France du 18 mai 1643 au 7 septembre 1651. Ce n'est pas rien ! Huit ans, trois mois et trente jours. Elle tient de sa maison de Habsbourg un caractère trempé comme son nom : Ana María Mauricia de Austria y Austria ! Elle s'éteindra cette maudite année 1666, celle du *Misanthrope*. Cette femme aura trahi Molière au moment où il aurait tant eu besoin d'elle. Mais comment ne pas lui être redevable d'être la mère de Louis et Philippe. Le premier devenant le plus grand roi de France, le second qui ouvrit la porte de son destin à Molière en le plaçant sous sa protection.

Registre

De 1659 à 1685, donc même après la mort de Molière, La Grange a consigné jour après jour dans un Registre les faits et gestes, les recettes et les espoirs comme les échecs et les manques de la Troupe. Travail d'exception, sans lequel rien de rien ne nous serait parvenu.

Cet Ancien Testament où se trouvent consignées de précieuses informations sur la vie de la Troupe de Molière de son vivant (de 1659 à 1673) se poursuit, après sa mort, par ce qu'on pourrait appeler un Nouveau Testament, consacré à la poursuite des activités de la Troupe de 1673 à 1685. C'est, pour ainsi dire, un miroir. Relater est louable, c'est le côté face du miroir où l'on peut, comme si l'on y était, suivre le quotidien de la Troupe. Mais cela ne nous met en présence que de l'apparence et ne nous donne aucune clé (ou alors très indirecte) pour traverser le miroir, accéder à la vérité qui se trouve de l'autre côté. On voudrait tant pénétrer cette vérité cachée, plus inattendue, plus cruelle, plus crasse et sueur, plus cris et rage, plus humiliations et renoncements, plus combats et courage. La Grange n'en a pas eu la force. Ni l'envie sans doute.

D'une part, il y avait du danger à dire un mot de trop sur un sujet aussi brûlant et vivant que Molière ; c'eût été à Molière lui-même de le faire, et il ne s'y est pas soumis. D'autre part, il s'agissait, au moins dans la seconde partie de ce Nouveau Testament du Registre, de faire en sorte de privilégier la Troupe et non son créateur. De prouver qu'elle continuait à vivre sans lui. Et ce que La Grange a parfaitement accompli. Au point de donner une telle continuité à l'histoire de la Troupe, depuis 1659 jusqu'aux succès des premières années de la Comédie-Française (fondée en 1680), qu'il a totalement étouffé puis effacé la présence, pourtant réelle, des deux autres troupes réunies à celle de Molière dans cette nouvelle institution : celle de l'hôtel de Bourgogne et celle du Théâtre du Marais. La Grange à lui tout seul a cimenté la Comédie-Française en Maison de Molière, et de Molière seul ! C'est sa gloire, et grâce lui en soit rendue.

Regnard

Dufresny sert de mur à Regnard pour lancer ses répliques et lui répondre du tac au tac, collaborant à quelques œuvres de bonne facture comme *Le Divorce* (1687) ou *Arlequin homme à bonnes fortunes* (1690). Puis Regnard réalise son rêve de faire jouer son œuvre par la Troupe de la Comédie-Française, avec succès. *Attendez-moi sous l'orme* (1694), charmant titre, pièce habile. *Le Joueur*, plus qu'un bon titre, est une réelle référence, un « comme à la Molière ». *Le Distrait* lui sera encore supérieur. Regnard atteint à davantage de maturité, affirme un style un peu plus personnel et réussit enfin une maturité, son petit chef-d'œuvre *Le Légataire universel*, qui sera la première pièce marquante au début du XVIIIe siècle, en France. C'est aussi sa première et seule pièce personnelle.

Avec elle, il préfigure celui qui clôturera ce XVIIIe siècle et qui n'a certainement pas hésité à mettre le nez mille fois dans cette comédie de Regnard pour y puiser la cruauté, l'acuité surprenante, la faconde à l'italienne, l'insolence et l'âpreté dont il a su si bien jouer : je veux parler de Beaumarchais, qui y ajoutera génialement son talent personnel, son lyrisme et son esprit inégalable.

Comme quoi le faiseur Regnard aura mérité une place humble mais significative. Sorte de pont, bien fragile, entre Molière et Beaumarchais. Qu'il en soit loué ! Dernier sourire de l'Histoire qui n'en manque pas une pour se faire remarquer : Regnard l'esclave qui devient richissime et célèbre, et Beaumarchais à la destinée tout aussi incroyable, inventeur horloger, veuf d'une épouse fortunée qui l'enrichit et lui confère la noblesse d'un parvenu, aventurier maître d'œuvre, vendeur d'armes, précurseur de la révolte du peuple malgré lui, ne sont-ils pas de la même trempe ?

Réhabilitation

Celle des comédiens ! Grâce à l'insistance du cardinal de Richelieu, Sa Majesté Louis XIII accepte de déclarer officiellement que : « Nous voulons que l'exercice des comédiens qui peut innocemment divertir nos peuples de diverses occupations mauvaises ne puisse leur être imputé à blâme, ni préjudicier à leur réputation dans le commerce public. » Remerciements empressés à Sa Majesté Louis XIII. Mais peu d'effets puisque pendant un siècle encore les comédiens seront excommuniés, chrétiens ou pas, et jetés à la fosse commune. « *Words, Words, Words.* » « Des mots, des mots, des mots », comme disait Shakespeare !

Reine mère

Anne d'Autriche avait vingt ans de plus que Poquelin. Sa maturité était celle d'une enfant et elle n'a jamais eu d'intérêt pour les affaires d'État. Mazarin la remplaça sur ce point avantageusement. Molière croit la convaincre de son dévouement lorsqu'il préface en son honneur *La Critique de l'École des femmes*. Mais c'est tout le contraire qui va se produire. Elle eût aimé que les louanges que Molière lui avait adressées fussent signifiées avant celles destinées à Henriette d'Angleterre, sa bru ! Et elle n'hésitera pas à passer dans le clan des ennemis de Molière. Prenant aussi la défense de Lully et n'étant pas étrangère, jusqu'à sa mort à 63 ans, à la trahison du roi au profit de Lully contre Molière.

Renom

Jean de Rotrou mort en 1650, à 41 ans, reste un nom de la première moitié du XVIIIe siècle. Il n'est que cela. Un renom. Son œuvre, elle, n'a pas de nom. Elle ne mérite ni qu'on la loue ni qu'on la jette. Elle n'est rien ! Creuse et sans intérêt. Elle ne fait pas partie de ces perles qui l'une après l'autre s'engrangent sur le collier des vraies valeurs littéraires ou dramatiques. D'ailleurs si Rotrou est quelque chose, en dehors du bon bourgeois ami de tous, de Dreux à Paris, c'est piteusement, parce que n'étant pas un auteur dramatique digne de ce nom, il ne restera à la postérité que comme un dramatique auteur. De ceux qui plaisent à tout le monde parce qu'ils écrivent comme tout le monde. Et pour tout le monde. Un grand auteur écrit pour lui. Comme un peintre peint pour lui. Ou un compositeur compose pour lui. Et si leurs œuvres ont de la valeur alors on se les arrache.

Rotrou sans aucun talent d'écrivain n'aura eu que celui d'homme lèche-bottes cirant si intelligemment les bottes à Richelieu, que ce dernier, lui-même artiste refoulé, n'hésita pas à en faire l'un des « cinq auteurs » ! Ce cercle fermé destiné à préfigurer la future Académie française, l'œuvre réelle cette fois du Cardinal. Rotrou, qui alors pondait cinq à six pièces par an, poète en titre, poète à gages même de l'hôtel de Bourgogne, n'a que 25 ans. Et tout lui est permis. Sauf d'avoir justement du talent.

Son œuvre, ou plutôt sa confection puisqu'il se copie lui-même selon le même patron, est à son image. Boursouflée et redondante. Près de trente pièces. De tous les genres. Tragi-comédies qui sont tragiques seulement, au nombre de dix-sept. Comédies qui ne font rire que lui, au nombre de douze. La postérité s'honore d'ignorer *La Belle Alphrède*. Il a 27 ans et il écrit comme un vieillard. *Les Deux Sosies*, un an plus tard, enfonce le clou de la platitude dans le bois de la copie. On pouffe de rire d'imaginer comment *Hercule mourant* qui les précède fut loué par la cour et comment dix ans plus tard *Le Véritable*

Saint Genest connu pareille méprise. Son *Venceslas* sera à 38 ans son feu d'artifice à double titre. « Feu » parce qu'il fit bien du bruit alors et « artifice » parce qu'une fois les feux du succès éteints Rotrou quitta la scène en s'éteignant lui aussi en pleine fausse gloire.

S'il ne restait que Rotrou du siècle de Louis XIII, il n'y resterait pas grand-chose. Qu'un raté magnifique. Dont la principale qualité aura été sans doute d'enrager par son succès immérité toute une génération de jeunes plumes qui, en réaction à la platitude de sa grandiloquente et vaine imagination sans vrai lyrisme, décidèrent de se révolter. Sorte de fronde littéraire qui ne jurait que par un seul serment significatif pointant la cible de leurs ambitions, sur page ou sur scène : « Tout, sauf du Rotrou ! »

Représailles

Mazarin ourdit de sérieuses représailles contre la Compagnie du Saint-Sacrement, qui le préoccupe par sa puissance occulte. Et criminelle. Il en a les preuves dès 1660. Or, un an plus tard, le cardinal meurt dans des circonstances inquiétantes. Vite étouffées. Beaucoup voulaient la mort de Mazarin. Qui donc s'en est chargé ?

Retraite

Celle de Corneille Pierre date de 1652 alors que Molière va bientôt, un an plus tard, chausser les étriers du destin avec *L'Étourdi* créé à Lyon. Corneille ne peut admettre l'échec sans pareil de *Pertharite*. Ce n'est pas qu'il est passé de mode, c'est qu'il ne ressent plus son temps. Pour qu'il revienne, il faudra attendre les succès des pièces à machines ! Il pensera y retrouver une jeunesse en se renouvelant avec sa première pièce « à grand spectacle » : *Jason ou la Toison d'or*. Huit ans plus tard, en 1660 ! Cette fois, le grand Corneille est de retour.

Richelieu

Sans Richelieu, peut-être Molière n'aurait-il jamais été Molière. Il serait resté tapissier du roi à vie seulement. Ou plus probablement avocat, après sa licence de droit obtenue à Rouen. Le Cardinal est d'un côté face un monstre sanguinaire sans scrupule qui n'avait pas d'excuse à massacrer et même à exterminer les protestants qui n'eurent qu'une solution, édit de Nantes ou pas, celle de fuir. Ce dont profitèrent les Germains en premier lieu. Richelieu qui rasa La Rochelle plus qu'il ne faut pour détruire à jamais le mythe protestant. Mal lui en prit. Ses mains de rouge sang comme sa cape resteront à jamais gravées d'opprobre dans l'histoire de France. D'autant plus qu'il lécha les bottes aux Médicis du début à la fin, n'hésitant pas c'est vrai à les suivre au pire moment, au risque de détruire à jamais en leur exil complice sa propre carrière politique. Mais il faudrait être de mauvaise foi pour ne pas lui reconnaître un génie politique et manœuvrier exceptionnel. Richelieu fut un stratège et un tacticien habile à la guerre. Mais sut aussi mener un combat décisif dans le domaine de l'esprit, celui des arts et des techniques. Et c'est cette autre dimension de son action, son côté pile, qui mérite notre respect.

Il imposera un nouveau visage à Paris en la hissant au rang éblouissant de réelle capitale des arts. Dès 1630, alors que Poquelin Jean-Baptiste « clermontise » au collège, Richelieu bâtit patiemment en stratège inouï cette France qui va sourire au monde. Et s'il n'a pas toujours été lucide dans ses choix, il a su suivre les conseils éclairés de ceux qui, mieux que lui, ambitionnaient le meilleur pour le royaume des lettres !

Le parcours de Richelieu nous enseigne encore autre chose. La brochette des illustres écrivains qu'il croyait bon de promouvoir reflétait l'importance qui leur était reconnue à l'époque. La plus haute par rapport aux désirs artistiques du XVIIe siècle. Donc de leur vivant. Le problème, c'est que ce critère, qui correspond au lieu commun des goûts de l'époque, n'a guère de rapport avec la qualité propre de leur production. C'est pourquoi, le plus souvent, leurs œuvres meurent avec eux ! Pourquoi ? Parce qu'ils n'étaient que miroirs. Ils créaient, ils brodaient, ils ciraient, ils lustraient leur époque. Au miroir du bon goût et des règles. Sans rien remettre en question ! Comme traversant leur siècle sur ce bateau qui disparaît à l'horizon pour que s'élève un siècle nouveau, en l'occurrence le XVIIIe siècle. Ou bien sur d'autres miroirs comme eux réapparaîtront, suivant le même destin médiocre.

Alors que ceux qui, quel que soit leur domaine de prédilection artistique, auront défié les règles, transgressé les *a priori*, osé chercher autre chose, une autre vision, une autre lumière, une autre passion, une autre force, une autre âme, ceux qui auront traversé le miroir avec courage et qui nous auront laissé de leur siècle ce qu'eux seuls ont su voir, oui ceux-là, peu nombreux, une dizaine ou un peu plus, méritent ce que le monde entier leur a offert : la postérité. Comme parmi eux ont été Pascal, La Fontaine, Boileau, Racine, La Bruyère, Corneille, Lully, et bien sûr, le plus grand de tous, Molière.

Que ceux choisis par le Cardinal, Rotrou, Boisrobert, Colletet, l'Estoile, Scarron, reposent en paix, dans l'oubli. Académie française ou pas.

Peut-être aussi que la grandeur de l'œuvre de Molière est née des éternels combats qu'il a dû livrer. Chouchouté par Richelieu, il eût peut-être, comme les favoris du Cardinal, cessé de se battre, relâché la bride et se serait contenté mollement de rester dans les sentiers battus. Pour que justement rien ne change dans une vie heureusement protégée par le prélat. Richelieu s'essaiera au bel art. Suggérant des thèmes de pièces. Se commettant de pondre lui-même des centaines de vers aussi talentueux qu'une bûche crépitante. Chaleureux certes mais fumeux.

À preuve *La Grande Pastorale* en 1637. Mais portons aux nues Richelieu pour ce qui va être capital pour la France et donc la carrière de Molière. Il se dégorge lui-même de sommes considérables pour ordonner la construction d'un lieu de rêve destiné au théâtre. Pour en finir avec les mal ventées salles de Jeux de paume. Richelieu fait naître la salle du Palais Cardinal, qu'il léguera à sa mort au roi Louis XIV, qui la nommera alors Théâtre du Palais-Royal dont Molière héritera de Sa Majesté. Sans pouvoir y déloger bien sûr les comédiens-italiens que Richelieu avait couvés là. Oui, sans cet amour que Richelieu portait aux arts, le visage artistique de la France eût été bien pâle. Et Molière, qu'il le veuille ou non, aura été l'une de ses ouailles.

Richesse

Si la plus grande richesse de Molière est son œuvre et par conséquent notre richesse puisqu'il nous l'a léguée et qu'elle n'a pas de prix. C'est bien la preuve que les morts peuvent être plus généreux que les vivants, puisque cette œuvre est inestimable. Voilà le legs de Molière.

Mais qu'en fut-il de Jean-Baptiste Poquelin de son vivant quant à son rapport avec l'argent ? Était-il pragmatique lui qui a tant fustigé les radins, les usuriers, les riches ou était-il plutôt le plus grand hypocrite du monde ? De 1659 à 1673, Poquelin va encaisser en tout plus de 51 000 livres de bénéfices. À quoi s'ajoute pendant toutes ces années sa pension du roi de « bel esprit » durant dix ans de 1663 à 1673. À quoi s'ajoute le dû de sa charge de tapissier ordinaire de Sa Majesté. À quoi s'ajoute aussi ce que son épouse aura perçu de son côté. En conclusion, les époux Poquelin vécurent sur un train de vie avoisinant la somme de 13 000 livres par an. Soit plus du triple de ce que touchent les comédiens de la Troupe grâce aux parts qui leur sont allouées. Force est de constater que Molière durant sa vie de légende à Paris a donc vécu dans une grande aisance, mais ce qui nous importe, c'est « qu'a-t-il fait de cet argent ? ». En deux mots : bon usage.

Il s'est souvent montré généreux. Envers les siens bien sûr. Armande a su obtenir notamment dans chaque maison un train de vie qu'on qualifierait de brillant, pour ne pas dire fastueux. À preuve, son lit de 2 000 livres à lui tout seul, les 63 kilos de vaisselle d'argent, les meubles de princesse. Alors que du côté de son époux, sa chambre à part, son bureau, son mobilier pour ne citer qu'Auteuil sera estimé à moins de 400 livres en totalité ! Oui, Molière a été généreux. Un anti-Harpagon puisqu'il n'a cessé de prêter de l'argent de façon dispendieuse même jusqu'à sa mort, on lui doit la moitié de sa fortune ! Plus de 25 000 livres jamais rendues !

Cette générosité, à la fois chrétienne et d'un chef de Troupe qui sait ce qu'il doit aux autres qui l'ont suivi et ne l'ont pas trahi, va d'ailleurs être son talon d'Achille. Puisque Lully qui lui a quémandé un prêt d'importance sera l'un de ceux qui paradoxalement le trahiront d'autant plus. Molière lui ne se sera jamais trahi lui-même dans sa vie. Dans son œuvre, si. En se commettant justement pour l'argent en acceptant d'écrire, de donner des œuvres médiocres de circonstances commandées par le roi pour son bon plaisir ou celui de la dernière favorite, et également privilégiant au sein de la Troupe telle actrice, sa femme la première, au détriment des autres. Au final, c'est là ce qui lui a le plus coûté.

Ridicule

Le ridicule dont joue Molière, c'est non pas celui du personnage en lui-même, mais celui de la situation. Aucun de ses héros n'est ridicule. Ou s'il l'est par certains côtés, ce n'est que secondairement, en raison des excès à quoi l'entraînent les réactions des autres à ses aspirations. Molière veut que ses héros (en tant qu'ils sont impossibles à synthétiser, incapables de se réconcilier avec eux-mêmes et la société) soient notre projection, au sens où il vise à ce que chacun des spectateurs puisse se dire, face à une scène ou une autre de la pièce, « oui, à un moment de ma vie, j'ai été un Jourdain », « il y a un moment où j'ai été Don Juan », « il y a un moment où j'ai été Alceste, mais aussi un moment où j'ai été Philinte ».

Molière a inventé un style de comédie appuyé sur une suite de situations ridicules, où se trouvent confrontés des personnages et des acteurs qui, en eux-mêmes, ne le sont pas. Exemple parmi tant d'autres : dans la scène où la femme de George Dandin, qu'il a enfin prise en flagrant délit, fait semblant de s'évanouir et profite de l'avoir convaincu de venir à son secours pour se précipiter dans leur maison, s'y enfermer et accuser son mari de traîner toute la nuit dehors, c'est ce renversement soudain qui le rend ridicule, alors que lui-même, pitoyable dupe d'une cynique manipulatrice, ne l'est évidemment pas. De même, dans la scène du sonnet avec Oronte, Alceste se retrouve dans une situation totalement ridicule, bien que son dégoût de l'hypocrisie et son jugement sur les vers de son interlocuteur soient, en eux-mêmes, parfaitement légitimes.

Un dernier exemple suffira, je pense, à faire sentir l'importance qu'attache Molière à maintenir le plus souvent possible ce contraste propre à des situations qui tournent en ridicule un personnage qui ne l'est pas : quand Arnolphe, déguisé en Horace, feint d'enlever Agnès comme celui-ci avait prévu de le faire, la situation est ridicule puisqu'il se retrouve avec elle sous les apparences de celui avec lequel elle a voulu foutre le camp. Mais lui n'est pas du tout ridicule, et devient même terriblement émouvant au moment où il ne peut plus s'empêcher de demander à sa pupille pourquoi elle ne l'aime pas. C'est l'instant où Arnolphe justifie, pour autant que ce soit possible, son attirance presque maladive par le jeu le plus simple, le plus dépouillé, le plus naturel, qui a un impact multiplié par le fait qu'il fait irruption dans un contexte essentiellement fait d'artifices.

Rire

Est-ce que le rire participe à la séduction de Molière ?

Peut-on affirmer que *si ça ne fait pas rire, ce n'est pas du Molière* ?

Pas de malentendu : je ne prétends évidemment pas qu'on ne puisse réussir des interprétations sérieuses, dramatiques, voire tragiques, de ses pièces. Je dis seulement que cela revient quand même à « leur faire un enfant dans le dos », au sens où Gilles Deleuze le disait, avec une légitime fierté, de ses propres interprétations de Spinoza, Nietzsche ou Bergson. Ceux qui choisissent cette voie sont obligés, en tout état de cause, de faire fi des intentions premières de l'auteur pour leur substituer une grille d'analyse alternative qui, si judicieuse soit-elle, ne peut s'imposer efficacement que dans un rapport de force, en jouant l'inconscient supposé de l'auteur ou du metteur en scène contre la dynamique propre du texte. Or, celle-ci est entièrement portée par le comique : chaque formule, chaque vers, chaque moment est truffé d'éléments qui, bien joués, doivent déclencher le rire. Ce *Dictionnaire amoureux* en évoque de nombreux exemples. Même les scènes les plus dramatiques de *Tartuffe*, du *Misanthrope* ou de *Dom Juan* sont tissées de propos, de réactions, de ruptures de ton qui en révèlent les enjeux cachés par des décalages comiques. Les pièces de Molière montent, s'enrichissent d'une scène à l'autre, ouvrent des perspectives humaines toujours plus surprenantes par le biais de la succession des rires qu'elles provoquent.

Or, l'humour de Molière n'est pas seulement hilarant, il est aussi plein de séduction, parce qu'il est, d'un même mouvement, empathique, émouvant, extraordinairement attentif, exact et fantaisiste.

Nous tenons là la réponse à nos deux questions : c'est la séduction du comique de Molière qui nous le rend si proche et l'ouvre aux autres dimensions de l'âme humaine dans ce qu'elles ont de plus secret.

Rôle ou personnage

Il faut différencier acteur et comédien. Sinon pourquoi y aurait-il besoin de deux noms différents pour désigner la même chose ? Qu'est-ce qui différencie donc l'acteur du comédien ? La clé en est bien sûr dans le nom même ! L'acteur *acte*. Le comédien *comédie*. Comme si le verbe *comédier* existait. Ce qui devrait être le cas. Puisqu'il y a bien le verbe *dramatiser* ! Qu'est-ce qu'*acter* ? Et que serait *comédier* ? *Acter*, c'est faire strictement l'action d'agir. Commettre une action. En l'occurrence pour l'art théâtral ou cinématographique, jouer. Et ne faire que cela. Se tenir à cela. Jouer. Comme *acter* sur un terrain, c'est jouer. Avec le ballon. Où avec une balle de tennis.

Jouer. L'acteur joue donc le personnage qu'il a à jouer. Et en jouant le personnage, il l'interprète strictement. Il joue le texte avec ses sentiments successifs qu'il joue à ressentir. Et il joue le texte en le disant comme il convient de le faire entendre. Le personnage, comme le ballon ou la balle, est donc joué comme tapé par l'acteur. Alors que le comédien lui ne joue pas le personnage, il joue AU personnage. Comme un sportif qui ne jouerait pas le ballon ou qui ne taperait pas dans la balle, mais qui jouerait AU ballon. Un comédien qui joue *au* personnage passe par son art devant le personnage : il s'impose lui. Au football, Pelé, Kopa, Fontaine, Platini, Cruijf, Beckenbauer, Messi, Zidane, Charlton, Maradona, Ronaldo, Neymar, Griezmann, Pogba, Mbappé, par exemple, jouaient au football, donc leur style incomparable qui les a fait passer devant tout.

Conclusion : l'acteur joue le personnage. Le comédien interprète son rôle ! Le personnage a comme disparu ! Le comédien a pris totalement possession de son rôle. Le devoir de l'acteur c'est de FAIRE. La mission du comédien, c'est d'ÊTRE. L'acteur fait du personnage une interprétation. Le comédien est le rôle grâce à une prodigieuse incarnation. Molière, comme Chaplin, était donc un comédien. Et comme Chaplin en son temps, le plus rare de tous.

Roman comique

Publié par Scarron en 1651, il influence Molière à l'envers. C'est tout ce que Poquelin ne veut pas faire. Cultiver le style plutôt que le fond. Et dans ce style la forme. Molière lui va privilégier le fond. Et adopter le style non stylé justement. Le langage de la rue qui n'en est pas un. Qui n'est plus le gant de la parole mais la parole à nu. Et pour la forme contrairement à Scarron, elle n'adoptera pas celle du roman, donc de l'histoire mais au contraire uniquement la réelle pensée des personnages.

Molière aura été l'accoucheur de la pensée sur scène. Et son génie consiste à nous livrer, dans un même instant, deux pensées à la fois ! Lesquelles ? Celle que le personnage pense vraiment et que nous devinons, mais également celle, mensongère, qu'il formule. D'où naît le rire ? Des différences entre ces deux pensées justement ! Le personnage glisse sur une peau de banane. Cela lui fait très mal au cul. Il va se relever comme si de rien n'était. La preuve : on a beau s'enquérir et lui demander si tout va bien, il répondra automatiquement « oui, oui », alors qu'il souffre horriblement. L'art de Molière, c'est que la peau de banane est une réplique. Par exemple celle d'Horace révélant à Arnolphe qu'il est amoureux d'Agnès. Arnolphe glisse sur cette « réplique peau de banane » et répond comme si de rien n'était. La différence avec la tragédie, c'est que, dans cette dernière, il ne s'agit pas de peau de banane, mais de poignard. Et que non seulement les personnages disent ce qu'ils pensent vraiment, mais cette seule pensée les anime, contre leurs sentiments mêmes !

Rouen

L'Illustre-Théâtre est en représentation de tournée à Rouen, où Corneille Pierre et Corneille Thomas font la connaissance de Molière. Près de vingt ans séparent les deux frères. Trente-sept ans pour Pierre et dix-huit ans pour Thomas. Mais le plus vieux des deux n'est pas celui qu'on pense, en 1643. Et autant Pierre sait tout de suite qu'il a devant lui non pas un auteur, non pas un comédien, mais un chef de Troupe en la personne de Molière, autant Thomas, dès le premier regard, juge ce farceur comme un mouton noir qui, ruiné à Paris, emprisonné pour dettes, piètre tragédien sans doute, n'est là que par la bonne grâce des Béjart, et surtout celle de Madeleine ! La jalousie du frère cadet des Corneille ne fera qu'empirer sans répit. Certes, on ignore, en réalité, si Molière et les frères Corneille se sont vraiment rencontrés à cette occasion. Mais qu'ils se soient connus dès cette époque ou un peu plus tard n'a finalement que peu d'importance : ce qui compte, ce sont les rapports entre eux qui en ont résulté, qui sont bien ceux que je viens d'évoquer en quelques phrases.

Rythmes

Le travail d'écriture de Molière vise à limer, dans chaque réplique, aussi courte soit-elle, tout ce qui pourrait l'ouvrir sur une perspective plus large ou plus lointaine. Il veille à ce qu'elle n'engage pas ce qui va suivre. Encore le souci de toujours rester focalisé sur l'instant présent. Et sur ce qui rend irréconciliables les univers de chacun des personnages. Au final, cela accroît la sensation de naturel.

Pour un comédien, cette césure est parfaitement nette. Il sent avec évidence que, si tel rôle est, pour ainsi dire, comme une flûte, tel autre est, lui, comme un violoncelle. Que l'un va *prestissimo* quand l'autre se maintient dans un *moderato* imperturbable. Ce n'est pas le même rythme. Ce n'est pas la même respiration. Ce n'est pas le même phrasé : la manière de lier ou de détacher les mots, les syllabes, les phrases est différente. Le vocabulaire, la syntaxe même se singularisent selon les personnages. Nouvelles conséquences de ce qui constitue une des premières sources de l'art si original de Molière. Non seulement son génie d'auteur est l'enfant de celui qu'il avait comme acteur, mais c'est un acteur qui écrit pour ses acteurs (ceux de sa Troupe), à partir du potentiel qu'il perçoit dans ce qu'il connaît d'eux. Car chacun de ces comédiens, pour lesquels il écrit, a son monde à lui. Le personnage doit, par conséquent, une part de son naturel à ce qui, en lui, dérive de la personnalité de l'acteur. Démarche qui n'appartient qu'à Molière. Du moins à son époque, où les autres dramaturges, même lorsqu'ils destinaient un rôle à tel ou tel comédien, restaient parfaitement étrangers à l'idée de faire dériver le personnage de la personnalité de celui-ci. Ils n'écrivaient pas pour les acteurs mais pour l'œuvre, dont le jeu des comédiens devait se contenter d'être, à leurs yeux, le reflet le plus fidèle possible.

Ainsi, dans *Le Cid* de Corneille, Chimène et Rodrigue, au cours de la scène où elle prononce le fameux « Va, je ne te hais point », se répondent au même rythme. Avec la même musicalité. Selon une vision commune de la tragédie qui s'abat sur eux et les oppose malgré eux. Au point que leur dialogue n'est plus qu'un monologue à deux voix ! Cette unité fondamentale des représentations et de la compréhension du drame, que partagent les personnages, est également ce qui permet, à l'inverse, que le monologue de Rodrigue (« Percé jusques au fond du cœur d'une atteinte imprévue aussi bien que mortelle... »)

puisse apparaître comme un dialogue intérieur entre lui et l'image paternelle qui le hante. Quand il regrette de devoir être le « misérable vengeur d'une juste querelle », on s'imagine entendre la voix de son père qui tient en effet cette vengeance pour un devoir sacré. Mais lorsqu'il se voit en « malheureux objet d'une injuste rigueur », c'est comme s'il répondait à Don Diègue qui le contraint à se sacrifier à sa cause. Dans tous les cas, c'est le même conflit tragique, les mêmes valeurs, les mêmes idéaux qui se développent à travers tous les personnages de la pièce, définissant ce qu'ils sont et commandant leurs relations.

Rien n'est plus éloigné de l'art de Molière où, je le répète, ce sont les incompatibilités entre les univers, étrangers les uns aux autres, des personnages, qui génèrent, par les réactions en chaîne que provoquent leurs chocs, les situations dont la succession va, étape par étape, devenir la pièce. Dès que deux de ces personnages dialoguent sur la scène, le spectateur se sent pris dans deux mondes totalement différents et dans la tension dramatique qui en résulte. C'est l'une des sources de l'extraordinaire force comique de Molière et de sa pérennité, auprès de laquelle *Le Menteur* de Corneille ou *Les Plaideurs* de Racine font pâle figure, en dépit de tout le talent qu'y ont mis leurs auteurs.

Dans l'exploration de cette voie inédite, Molière a manifestement puisé, dès son enfance et son adolescence, une inspiration chez les comédiens-italiens : dans le prolongement des traditions de la *commedia dell'arte*. Avec la place qu'elle laisse à l'improvisation, elle pousse à ce que le style de jeu, les effets de voix, les mouvements corporels de chaque comédien-personnage soient très caractérisés et en complet contraste avec ceux de ses partenaires. Scaramouche ne se démenait pas comme Arlequin qui ne se précipitait pas comme Pantalon ou Colombine. La pièce découle alors des oppositions entre ces numéros d'acteurs qui en font l'intérêt essentiel. Molière a, en quelque sorte, transposé ce modèle dans une écriture développée, largement délivrée des stéréotypes et infiniment plus attentive aux contradictions existentielles les plus profondes des héros. Il a ainsi créé un art qui a le naturel de l'évidence immédiate tout en étant, si j'ose dire, un « instrument de précision » capable de mettre au jour les mouvements les plus secrets de l'âme humaine et de nous les faire partager. Son œuvre doit incomparablement plus à cet héritage juvénile du legs italien, sur un plan plus élevé et inédit, qu'à ses emprunts, somme toute assez formels ou superficiels, au théâtre du Siècle d'or espagnol ou aux comiques latins.

La force comique et dramatique de ces instants repose essentiellement sur le surgissement de l'émotion du personnage, qui vient contredire ses paroles et en révéler la signification cachée : or, l'émotion est le naturel même ! Naturel qu'enrichit encore la virtuosité avec laquelle Molière conduit les scènes pour que l'expression d'un affect inattendu chez l'un en déclenche d'autres chez ses partenaires. Dans une dynamique incessante qui souligne l'incompatibilité de leurs univers. Tout en dévoilant, par leur confrontation même, ce qui les anime au plus profond.

Car les personnages de Molière suivent chacun leur ligne, indépendamment de celle des autres. Si bien que la géométrie de leurs rapports se résume à trois cas possibles. D'abord, celui où leurs lignes sont parallèles et ne peuvent donc se rencontrer : comme on le voit, dans *Les Femmes savantes*, pour Chrysale et Philaminte, qui bien que mari et femme, ne se rejoignent jamais. Ensuite, la configuration où leurs lignes se croisent : à l'instar de celles d'Orgon et

Tartuffe, dans ce moment, que l'on attend pendant toute la pièce et qui est une véritable déflagration, où ils semblent prêts à s'entre-tuer. Enfin, la figure inverse, où deux personnages s'éloignent inexorablement l'un de l'autre, à la façon d'Alceste et Philinte, dans *Le Misanthrope*.

Cet art de la composition des émotions instantanées, où chacune enrichit l'autre en même temps qu'elle révèle ce qui la constitue vraiment, est une innovation majeure. Absolument sans précédent. Il explique, au moins pour une part, la modernité sans cesse renaissante de Molière. D'abord, parce que ce jeu d'émotions révélatrices est de tout temps. Ensuite, parce que la façon dont il est écrit se concentre sur la nature des réactions affectives, leur enchaînement et ce qu'il révèle. Sans rien préjuger des *moyens* d'expression qui les traduiront, lesquels pourront donc toujours être adaptés à l'époque, quelle qu'elle soit. Enfin, parce qu'il oblige chaque acteur à donner sa propre couleur, ses propres manières de réagir ou de manifester ses affects. Sous des formes qui, par définition, seront peu ou prou celles de sa génération.

S

Saint Christophe

Jean Poquelin se porte acquéreur en 1633 de la maison de l'Image Saint-Christophe. Jean-Baptiste, orphelin de mère, a 10 ans. Est-ce pour placer habilement l'argent de la dot de Catherine Fleurette, nouvelle belle-mère, que son père s'engage ainsi ? La maison qu'il achète cette année-là se situait exactement sous les piliers des Halles. Face au pilori. Elle aussi fut abattue au XIXe en 1838 pour le percement de la rue Rambuteau. Mais les Poquelin n'y habiteront qu'en 1643. Molière a 21 ans. Il est déjà *béjartisé* de son côté. Il y relogera Madeleine au retour de province, quinze ans plus tard, en 1658. Le temps d'assumer l'établissement de la fraîche « Troupe du Roy » au Jeu de paume du Marais : en réalité ils n'y joueront plus. Sa Majesté les assigne au Palais Cardinal, devenu Palais-Royal, que l'on va relooker pour Molière. Son destin est en marche.

Saint-Germain

Le roi reçoit Molière ce jour de 1673 où Poquelin veut assurer à Sa Majesté que sa dernière comédie *Le Malade imaginaire* est prête. Il se rend donc à Saint-Germain où séjourne Louis XIV. Le roi refuse de recevoir Molière. S'attend-il alors à ce que le sujet sur Lully, sur sa trahison, sur l'argent qu'il doit toujours à Poquelin, sur ce Théâtre du Palais-Royal que l'Italien a donc volé à Molière, revienne sur le tapis ? Ou plus sèchement encore, le roi veut-il donner une leçon à Molière ? D'aucuns ricanent déjà de cette humiliation. Qui perdure puisque *Le Malade imaginaire* ne sera pas créé à la cour. Mais bien à Paris.

Salles

Qu'est-ce qu'une salle de théâtre ? Contrairement aux amphithéâtres grecs ? Par exemple, là où Molière jouait : le Théâtre du Petit-Bourbon ou le Théâtre du Palais-Royal. Une salle à angles. Quatre. Qui réclame elle aussi une « pièce », dramatique cette fois, à angles. Quatre angles que sont les quatre actes. Puis un cinquième, la porte pour enfin pouvoir sortir de la pièce. Au vrai comme au figuré.

Salon de Ninon

Le salon de Ninon de Lenclos tient le haut du pavé. On y croise Condé et La Rochefoucauld, Coligny comme Saint-Évremond, car Ninon de Lenclos (1620-1705) sait recevoir en bravant les règles des convenances : chez elle on se sent libre, on y respire l'intelligence, on y interdit fâcheux, et précieuses, et pédants. La pensée libre est la bienvenue. Devant ses amis, Chapelle en tête, en présence de Boileau bien jeune encore, de Boisrobert, de Guy Patin, Molière est invité à lire sa nouvelle pièce qui triomphe ou qui va triompher. Ninon a un faible pour celui-là, mais pense déjà à l'autre. Trois mois de liaison sont un miracle avec la belle. Molière n'y fut pas insensible, croit-on, pour son bonheur. Mais il n'a pas suivi ses mises en garde. Pour son malheur.

Savoir-faire

Marie de Rabutin-Chantal, marquise de Sévigné, a vécu soixante-dix ans, de 1626 à 1696. La biographe de Molière, serait-on tenté de dire, tant elle en parle dans ses écrits. Molière, fleur de son jardin d'œuvres. Mais sur laquelle porte-t-elle son choix ? Elle se rend à toutes ses pièces. Elle se fend aussi d'un compte rendu souvent superficiel. Son attitude est celle d'une passionnée non pas de l'homme, ni du comédien bouffon qui retient trop l'attention, mais de l'attitude justement. Celle qu'elle-même adopte. Dans sa vie encore plus que dans son œuvre. L'attitude qu'elle aura privilégiée toute son existence : le savoir-faire. Le contraire de Molière en somme.

Lui ne sait rien faire comme il faut. Elle ne fait que cela. Rien ne dépasse. Rien ne pue. Rien ne sue. Lui en fait trop et déborde. De générosité comme de tendresse humaine. Elle relie tout et ne franchit jamais la ligne. Lui n'écrit que pour la dépasser. Il voit les hommes. Elle les entend. Il les connaît, donc les défie. Elle les méconnaît, donc s'en méfie.

Mettez Mme de Sévigné et Molière dans un carrosse. Fouette, cocher ! Qu'ont-ils à se dire durant le voyage ? Elle parle d'elle. Et lui aussi lui parle d'elle. Pourquoi ? Parce que c'est dans son œuvre qu'il parle de lui. Pas elle. Elle fait parler les autres pour elle. Ou prend le pied de parler à leur place. D'ailleurs que se sont-ils dit ce fameux 12 mars 1672 ? Un an avant la fin tragique pour lui. Oui, lors de cette lecture tant attendue des *Femmes savantes* chez le cardinal de Retz. Mme de Sévigné a vu Molière dans les conditions idéales pour elle. Au milieu non pas de la cour, mais de sa cour. La vraie reine ce soir-là, c'était elle. Et elle régna en maîtresse. Avec cette allure folle qu'elle savait imposer même aux plus envieux. Le vrai spectacle était dans la salle, le salon plutôt. Molière et les siens donnaient un spectacle pour sûr. Mais elle se donnait en spectacle. Qu'allait-elle en penser de cette pièce ? Opinerait-elle ou resterait-elle claquemurée ? Nul ne relate son attitude. Parce qu'une fois de plus, avec son éternel à-propos, elle sut se conduire comme il fallait. Peu importait ce qu'elle en penserait. Ce qui comptait et resterait gravé, c'est qu'il serait dit et écrit qu'elle était là ! La preuve. Molière, lui, ne fit qu'y paraître. Marquise de Sévigné avait gagné. Son savoir-faire était devenu du faire-savoir : que Molière avait joué pour elle. Et comme jamais !

Le choc de Jean-Baptiste Poquelin. Molière est né ce jour où Jean-Baptiste Poquelin découvre Scaramouche, à 18 ans. Directeur de la Troupe des Comédiens-Italiens, il fut presque centenaire ! Et, de 1600 à 1694, tout le XVIIe siècle est « scaramouché ». Italien, Tiberio Fiorilli a bien ombré la France de ce magnifique pays qui couvre l'Europe. Où les Romains ont été haïs parfois pour leur passé de conquérants, mais où aussi les conquérantes transalpines, femmes ou œuvres, couvrent de beauté et d'audace, du corps et de l'esprit le continent. Sans l'Italie que serait devenue l'Europe ? On se le demande avec une peur rétrospective.

Scaramouche est à l'image de ce peuple qui, paradoxal comme lui, osera tout. Dans la beauté, dans la joie. Du meilleur au pire. De Rome au Vatican, de Naples à Florence, de Pise à Parme. D'ailleurs Fiorilli est napolitain. Il en a la faconde et l'habilité. Ce qui lui vaut la protection du plus français des Italiens : le cardinal de Mazarin lui-même. Autant viser haut, non ? Son compatriote, qui n'a rien à lui envier pour la ruse et le pragmatisme comme pour le courage et la loyauté, lui alloue généreusement la salle du Théâtre du Petit-Bourbon. Celle qu'il partagera avec son admirateur le plus sincère : Molière.

Si Fiorilli va se prendre d'amitié presque paternelle pour Jean-Baptiste Poquelin, qu'il va carrément initier à son métier de chef de Troupe, c'est lorsqu'il est Scaramouche sur scène qu'il apprend tout à Molière. Non seulement tout ce qu'il faut faire, avec son corps. Mais à l'inverse, tout ce qu'il ne faut pas faire. Et Molière retiendra la leçon pour se transcender. Scaramouche est en costume noir, car les couleurs de la vie il les exprime, sorties de la *commedia dell'arte*, dans la musique. Il joue de tout. Un cirque à lui tout seul. Acrobaties, instruments à cordes, pantomime. Il sait tout faire. Et il le fait bien. C'est un travail virtuose et accompli. Molière est en fait écœuré par Scaramouche. Il comprend ce qu'il ne parviendra jamais à faire. Comme Frédérick Lemaître en son temps, le saisit aussi, face au génial vrai successeur de Scaramouche, le mime Deburau. Poquelin va donc basculer sèchement de l'autre côté du miroir qu'est la scène : renonçant à tout, il se destine à l'art dramatique. Où le mot remplace le geste. Où la parole est musique.

Curieusement, Deburau et Scaramouche connaîtront tous deux une fin tragique.

Deburau, né Jan Kašpar Dvořák en Bohême, alors tchèque, le mime le plus parfait ayant jamais vécu, tua d'un coup de canne un gamin des rues qui reluquait sa femme. On l'acquitta, mais il en mourut quelques années plus tard.

« Il fait noir comme dans un four. Le ciel s'est habillé ce soir en Scaramouche », dit Molière dans *Le Sicilien ou l'Amour peintre*, avant de partager avec son maître transalpin le Théâtre du Palais-Royal. Fiorilli a dans sa vie connu les galères : les vraies ! Un argousin le prit pour un forçat évadé ! Escroc réellement, il fit de sacrés coups ! Il manqua être pendu pour vol ! Marinette, sa femme actrice, le ramène dans le droit chemin. Avec sa guitare, son chien, son chat et son perroquet, il embobine Louis XIV enfant qui s'attache à lui et lui accordera ses faveurs jusqu'au bout de sa vie. Il se servira de cet appui royal, persuadé des infidélités de sa femme, pour la faire enfermer ! Il meurt comme il aura vécu : seul. Et dans l'indifférence. En réalité, c'est donc dans l'âme de Scaramouche qu'il faisait « noir comme dans un four » !

Scarron

Il n'aura vécu qu'un demi-siècle (1610-1660) et osera écrire de lui-même qu'il n'aura été qu'un demi-homme. « Un raccourci de la misère humaine. » Nous préférons dire de lui qu'il fut plutôt un demi-dieu. S'il fut réellement ce rabougri impotent qu'il revendique d'être dès sa jeunesse (il avait attrapé la polio lors d'un bain nocturne dans la Seine), sa laideur ne manquait pas de charme. Ou en tout cas de réelle conviction, puisqu'il convola, bien tard en plus, à 42 ans, avec l'une des plus belles séductrices du siècle ! Il épouse Françoise d'Aubigné, 16 ans seulement, future Mme de Maintenon, qui serait l'épouse secrète de Louis XIV et qui allait rendre fou d'elle le roi. Fou, Scarron ne l'était pas ; mais bouffon, oui. Il amusa tout le monde. Et brillamment.

Précurseur en tout genre. Aussi bien genre infirme couché, qu'encre couchée. Avec son célèbre ouvrage *Le Roman comique*. Mais aussi debout, redressé sur scène avec de vrais succès qui perdureraient un certain temps : *Dom Japhet d'Arménie* en tête. Si son œuvre est masquée en satire, c'est pour mieux atteindre son but : se moquer et non grimacer. On sait qu'il était près de ses sous, très pragmatique. Rejeton d'un officier du Parlement, il fut dans les ordres abbé et même chanoine. Mais il y a, chez lui, un remarquable bagout, une insolence, presque une indécence dans ce qu'il faut bien nommer son art du dialogue. Oui, c'est à Scarron que Molière le premier chipera ce sens de la réplique, du mot qui fait mouche, de ce jaillissement de l'esprit qui ravira le public parce qu'il sent son franc-parler. Il y a aussi, chez lui comme chez Voltaire qui *scarronisera* souvent, un remarquable toucher du mot. Il sait choisir ses mots. Il coupe et recoupe. C'est le maître tailleur de la pensée comique en ce siècle. Tout reste bien sûr en surface trop souvent. Il est limité par sa recherche, à tout prix, de l'effet assuré. Mais reconnaissons-lui, à ce demi-poète, l'art de l'insolence et un courage certain d'oser griffer aussi nobles et courtisans. Ceux-ci y répondant par le mépris. Scarron avait l'art du mot. Molière aura l'art du moi.

Scènes

Molière a réinventé le vers. À lui tout seul. Il l'a libéré de la versification psalmodiée, lancinante, de la musique des mots qui fait du théâtre du XVIIe siècle de l'opéra déclamé plus que du théâtre parlé. Molière a su, tout en restant dans les règles de cette versification, faire de l'alexandrin non plus une autoroute de l'ennui, droite et fade, mais une voie souple, capable de suivre les chemins de traverse et les routes transversales de son esprit, la fluidité forestière de sa pensée nourricière. Par ses cassures de rythme, ses virages de rire, ses embardées comiques, ses dérapages de Toinette, de Dorine ou d'Agnès, Molière parvient à magnifier en dialogue de vie l'alexandrin. L'absolu sommet en étant *Le Misanthrope*. Saucissonné ou « sandwiché », l'alexandrin y renaît. Il devient d'évidence un instrument de clarté, de pureté, de légèreté, de gaieté même, au lieu de demeurer, tout alexandrin qu'il est, un instrument de torture.

La leçon de l'échec retentissant de *L'Avare*, retiré de l'affiche quelques jours après sa création, rend fou Poquelin. Molière se joue alors de l'alexandrin pour le rendre aussi changeant que la prose. Et il réussit l'impossible. Il subdivise le rythme des douze pieds, par des césures inégales, en deux, quatre, six syllabes ; ou six, quatre, deux ; ou trois, trois, six ; ou encore un, sept, quatre ; et il varie ainsi à l'infini la prosodie. C'est ainsi qu'il sculpte sa maîtresse préférée : la langue française, martyrisée depuis si longtemps par monseigneur l'Alexandrin !

Séduction

Tous les héros et les héroïnes de Molière sont sous l'emprise de la séduction. Les uns sont séduits par tout ce que leur vice ou leur lubie rend aimable à leurs yeux : pour Harpagon, l'argent ; pour le Bourgeois gentilhomme, la noblesse, le savoir, l'élégance ; pour Orgon, le salut par la foi ; pour le Malade imaginaire, la médecine, la pharmacopée et les contraintes des soins, etc. Leur obsession nourrit indirectement l'amour qu'ils projettent sur la femme qu'ils courtisent (ou, dans le cas d'Orgon, sur l'homme qu'il adore, Tartuffe). D'autres, comme Agnès éblouie par Horace dans *L'École des femmes*, sont emportés par l'enchantement du premier amour. Alceste, lui, se débat dans les inextricables contradictions où le poussent ses deux passions : son combat pour la sincérité sans concession et son amour pour Célimène. Inutile de poursuivre cette énumération que le lecteur pourra facilement compléter lui-même : sous diverses variantes, il reconnaîtra immanquablement ce trait dans chacun des héros de Molière.

On peut imaginer que la permanence de ce thème chez lui, le rôle central qu'il lui donne toujours, ne sont pas sans rapport avec le fait qu'il ait lui-même été séduit très jeune et qu'il ait exercé ensuite, selon les témoignages contemporains, une formidable séduction immédiate. Même si elle perdait souvent de sa force dans ses relations plus durables. Il est probable qu'il ait été très tôt sous le charme de Madeleine Béjart et, à 40 ans, il allait, comme chacun sait, tomber amoureux de la fille de celle-ci, Armande Béjart. Il sera ensuite profondément séduit, en tout cas sur un plan artistique, par un jeune comédien de sa Troupe, Baron, en qui je ne peux m'empêcher de croire qu'il admirait une forme de talent d'acteur dont, lui, Molière, acteur génial entre tous pourtant, se sentait incapable. Dans *Psyché*, par exemple, Baron semble avoir imposé spontanément une lumière physique éblouissante et Molière savait bien que ce don-là lui serait toujours inaccessible, malgré son charisme rayonnant, son abattage exceptionnel, sa présence fascinante : il n'avait rien d'un jeune premier, ni d'un Richard Burton, d'un Marcello Mastroianni ou d'un Brad Pitt. On l'imagine plus Peter Sellers, Jean Poiret, Michel Serrault que Brando, Delon ou Gassman !

Quoi qu'il en soit, tout concourt à nous laisser penser que la séduction est au cœur de la personnalité de Molière. Elle a toujours été son moteur. C'est parce qu'elle le guidait qu'il a eu le courage de quitter très jeune son milieu bourgeois, de renoncer au confort de la carrière d'avocat qui lui était promise, pour devenir acteur, sans se laisser arrêter par l'opprobre qui était le prix d'un tel choix à l'époque puisqu'il vous valait, comme on sait, l'excommunication. Qui plus est, il l'a fait par amour, pour suivre Madeleine Béjart, la comédienne dont il était amoureux. Et, bien sûr, plaire, émouvoir, faire rire, c'est le pain quotidien de l'acteur : celui qui ne séduit pas ferait mieux de faire un autre métier.

En ce sens, Molière était un acteur-né. C'est pourquoi Molière part toujours de la séduction, puis crée des personnages qui sont sous son emprise, invente enfin des situations et des dialogues où les héros s'efforcent de cacher ce qui les anime vraiment, mais dans une écriture qui ne prend toute sa vie et tout son sens qu'au moment où l'acteur qui joue le rôle y met les émotions instables que les paroles prononcées dissimulent. Molière part de l'émotion pour y revenir, après un détour par ce qui l'entrave et la révèle dans ses contradictions.

Il a souvent eu du mal à séduire qui il fallait quand il le fallait, même s'il a connu de grandes réussites en la matière, notamment auprès du roi. Il n'a pas su séduire Lully, par qui il était pourtant séduit. Il a été séduit par Racine, sans parvenir à le séduire. D'une manière générale, sa grande séduction immédiate n'entraînait que partiellement ou momentanément ceux qui en étaient d'abord touchés. Y compris s'agissant des femmes qu'il a aimées. Au fond, c'est seulement sur la scène et dans ses pièces qu'il est parvenu à lui donner toute sa force, irrésistible et immense.

Mais c'est aussi parce qu'il se laissait séduire avec un charme attentif et passionné qu'il gardait en permanence un lien avec le premier degré de ses affects. Cela le rendait attirant au premier abord, notamment aux yeux de beaucoup de femmes. Sa sensualité transparaît dans les portraits qui nous restent de lui et, surtout, irrigue les personnages de ses pièces auxquels elle insuffle la réactivité sans détour du désir.

Sein

L'acteur star Gregory Peck, en 1967, monte *Tartuffe* pour le programme scolaire au Théâtre de Los Angeles. Le comité des membres du conseil d'Éducation de la ville exige la suppression de ce qu'ils osent nommer « la scène du sein », entre Dorine et Tartuffe, avec la précision que cette scène ne sera pas coupée pour la représentation destinée aux parents d'élèves ! Molière intégral une fois par semaine, on respire !

Serment

Le 18 décembre 1637, à l'âge de 15 ans, Jean-Baptiste Poquelin prête serment en présence du procureur du roi au Châtelet, pour être ainsi désigné survivancier de Jean Poquelin, son père. Comment aurait-il pu imaginer que, quelques années plus tard, il reviendrait au Châtelet, mais en prison pour des dettes de l'Illustre-Théâtre ?

Sganarelle « cocu imaginaire »

28 mai 1660. Première au Palais-Royal. Un genre de succès... « Genre », c'est-à-dire du monde mais pas le beau monde. Plus le parterre comblé que de loges satisfaites. Deux mois après, le roi à Vincennes assiste à l'œuvre. Ribou publie la pièce. Molière n'y tenait pas : procès. Mille deux cent cinquante exemplaires saisis.

Les deux troupes rivales veulent en finir avec le gêneur Molière. Hôtel de Bourgogne et Théâtre du Marais tentent bien de débaucher des comédiens du roi, mais Molière tient sa Troupe. Pour l'instant ils restent soudés. L'heure des trahisons n'est pas encore venue.

Molière cogite. Il veut une fois pour toutes exprimer sa valeur. Abandonner la farce. Il commence à écrire *L'École des femmes.* Y renonce. Puis s'y remet. Elle naîtra dans deux ans. Mesure-t-il que cette fois il va mettre le feu aux poudres ? Mais n'est-ce pas secrètement ce qu'il espère ? Puisqu'il fut un temps où tout Paris, de la ville à la cour, se déchirait pour la Querelle du *Cid*. Pourquoi, en 1662, n'y aurait-il pas place à la querelle de *L'École des femmes* ? Ses vœux vont être exaucés.

Sherlocks

Lorsqu'on veut enquêter sur l'assassinat de Molière avec impartialité, peser le pour et le contre, on commence par mener cette quête de la vérité en rassemblant les éléments existants. Mais ceux qui l'ont fait, puisque la thèse ne date pas d'aujourd'hui, ont commis la faute d'inattention de mélanger les faits exacts avec les jugements. Le plus souvent les « on a dit » ont prévalu sur les faits. Et si aujourd'hui nous reprenions l'enquête de zéro ?

Le nombre de Sherlock à la recherche de la vérité sur l'assassinat de Molière n'a cessé de croître, comme pour les meurtres des frères Kennedy. Qui a tué ? Combien étaient-ils ? Qui faisait partie du complot ? Et qui surtout l'a commandité ? Voici la longue liste des épisodes les plus marquants de ce feuilleton digne de Netflix.

1825. Le commissaire Beffara sillonne la France à la recherche des « papiers de Molière ». Rien ! Pas un ! Pas une ligne même !

1828. Taschereau affirme : l'incendie de 1799 à la Comédie-Française aurait fait brûler les papiers vendus à la mort de La Grange au Théâtre-Français et dont l'acteur Grandmesnil affirmait les avoir vus ! Si on l'admet, qui prouve qu'il ne s'agissait pas de faux ? Alors que justement on a attendu que La Grange soit mort pour en parler par miracle !

1877. Loiseleur prétend que le libraire Barbier aurait déboursé 600 livres à la veuve Molière pour le manuscrit de la traduction de *Lucrèce* par Molière, sa thèse de Rouen, mais que ledit libraire aurait jugé dangereux de la publier ! Nouvelle foutaise ! Victorien Sardou, l'auteur en vogue alors, accompagné de l'historien Eudore Soulié, croit avoir enfin trouvé à Fougerolles, près de Marly, chez des héritiers d'Armande d'Estriché, veuve Molière, et de son second mari Guérin des documents : bredouilles !

1879. Une décade entière pendant laquelle jusqu'en 1899 des moliéristes convaincus à coups de revue, dîner, réunion, bal même, tentent de résoudre le mystère

Molière : pas un seul document ne leur parvient ! Rien n'est résolu.

1898. Lenôtre publie dans la revue *Le Monde illustré* une incroyable thèse. « La malle de Molière » : il y conte que sous la Restauration un paysan crotté, tirant sa charrette attelée d'un âne fourbu, arrive enfin à la Bibliothèque royale ! Il peine à décharger la malle « contenant les papiers de M. Molière ». Avant de continuer : de quelle Molière s'agissait-il ? Ce paysan ne sachant ni lire ni écrire ! Encore aujourd'hui la France compte des Molière. Admettons à en croire l'homme épuisé, qu'il soit question-là de Jean-Baptiste Poquelin. Le vrai. En quoi cette malle peut-elle se révéler vraie, elle ? En rien ! Car ce jour-là, n'étant ni le bon jour ni la bonne heure pour être reçu par M. le conservateur, le concierge borné mit à la porte le brave homme, son âne, sa charrette et la malle ! Fou de rage lorsqu'il l'apprit, le conservateur remua ciel et terre. Rien n'y fit. Le paysan ne revint jamais. Malgré les appels de toutes les mairies de France, les annonces dans tous les quotidiens.

1922. Michaut couvrit de boue Paul Lacroix qui soutenait bien sûr la thèse de l'assassinat fomenté par la Confrérie du Saint-Sacrement, la Cabale plus exactement en son sein, la Confrérie de l'Index. Michaut en appelait lui à la « négligence de sa veuve car il n'y a aucune raison sérieuse d'imaginer un autre motif à laisser disparaître ses papiers ». Là encore on fulmine devant une telle connerie notoire ! Pas une veuve d'écrivain, et qui plus est femme artiste elle-même, n'aura dans toute l'histoire de France fait preuve de négligence et laissé disparaître l'œuvre de son époux. Qu'il s'agisse du plus grand au plus petit. Car cette œuvre, ces écrits, ces papiers, ces notes, ces documents, ces lettres sont ce qui reste de son défunt ! Et il n'y a jamais eu qu'une alternative : soit les conserver avec émotion, respect, dignité, soit les détruire pour au contraire en finir une fois pour toutes ! La négligence en aucun cas n'a place ici. Mais le XIXe siècle sera aussi pour les Sherlocks de toute sorte celui des fantaisistes pour ne pas dire des cinglés de toutes parts. Anatole Loquin, académicien des Sciences, Belles-lettres et Arts de Bordeaux sous le masque d'Ubalde 1883 soutient lui la thèse d'un Molière masque de fer !!! Vingt ans plus tard à visage découvert, il récidive ! En 1900 il publie *Le Prisonnier masqué de la Bastille*. Molière ne serait pas mort ! Comme le prouve son cercueil sans cadavre bien sûr au Père-Lachaise. Sur cette authentique mystification, Loquin se met à naviguer ! Le roi l'aurait embastillé et masqué de fer !

1919. Maître Maurice Garçon réussit anonymement le canular parfait : *Sous le masque de Molière* ! Louis XIV est Molière !!! C'est si gros qu'on y croit ! Il récidivera en 1953 sous son vrai nom ! Bingo ! Heureusement, il a l'élégance dans sa préface de dévoiler la supercherie ! La même année, Pierre Louÿs enfonce le clou en révélant que Corneille serait l'auteur secret de *Dom Juan*, *Tartuffe*, *Le Misanthrope*, entre autres ! Et ce qui est écœurant c'est que des gens vont prendre au sérieux ces stupidités qui ne tiennent pas debout ! Le style, la forme, le rythme, la respiration même de l'acteur qui interprète du Molière ne sauraient en aucun cas être ceux de Corneille ! Comme si Offenbach avait su composer du Bach !!! Et lorsqu'en 1957 Poulaille en remet une couche avec son *Corneille sous le masque de Molière* il perpétue la tradition diffamatoire selon laquelle un comédien ne saurait être un auteur ! Molière, Guitry même combat ! Joue et tais-toi ! Finalement en salissant la victime, Molière, en affirmant qu'il n'était même pas capable d'écrire ses pièces, on désamorce les motifs de le tuer ! À quoi bon faire disparaître un comédien ? Qu'il crève de son propre chef, comme Floridor, Du Parc ou Montfleury, peu importe !

Sherlocks (« On a dit que... »)

Jean Meyer, élève de Jouvet, metteur en scène et sociétaire de la Comédie-Française, était lui aussi persuadé de l'assassinat de Molière. Il rappelait les autres morts suspectes, telles celles de Louvois, de la duchesse de La Fontange, maîtresse du roi à 17 ans, assassinée à 19 ans, ou encore celle de Madame et de Marquise Du Parc.

De 1673 à 1680, les contemporains n'ont cessé d'alimenter la thèse d'un complot de la Confrérie du Saint-Sacrement, comme de la Faculté, comme de confrères, ou d'ennemis de la cour. S'appuyant sur le fait que trois représentations avaient été données au cours desquelles les assassins purent constater qu'au premier monologue d'Argan Molière buvait quelques gouttes de ses fioles médicamenteuses qu'ingurgite le malade imaginaire. D'où, à la quatrième représentation, la décision de les remplir de poison. Difficile de réfuter l'argumentation comme de l'authentifier. Mais il y a un fait troublant : les quintes de toux puis de crachats de sang ne débutèrent qu'après ce premier monologue. Rien ne s'était produit dans la journée, ni dans l'heure précédente en loges. Un certain nombre de personnalités, durant ces sept années floues qui vont de la mort de Molière à la création de la Comédie-Française, élaborent la thèse d'un complot, d'une mort par empoisonnement et le tout tenu secret grâce à des complicités au plus haut de la cour. La biographie de Grimarest ne va être commandée, manipulée et imposée qu'après trente-deux ans ! Or, il prétend entrer « dans le détail de la mort de Molière pour désabuser le public de plusieurs histoires... ». Preuve que durant ces trente-deux années écoulées, ces « histoires » n'ont cessé d'enfler la rumeur d'un assassinat.

À la parution de la mystification de Grimarest, un anonyme derrière lequel se cache l'une des plus grandes plumes du temps n'hésite pas à accuser Grimarest : « Je ne saurais être content de l'auteur qui devait tout dire ou se taire. Grimarest a manqué à ce qu'il devait à la vérité, comme historien, dès qu'il a supprimé des faits ou des circonstances ! » Ce à quoi ledit Grimarest rétorque : « J'ai trouvé la matière de cet ouvrage si délicate et si difficile à traiter que j'avoue franchement que je n'ai pas osé l'entreprendre. » N'est-ce pas à hurler ? De quoi Grimarest a-t-il si peur ? De dire la vérité, on l'aura compris. Mais en quoi la révéler, ce qui prouve que personne ne la connaît encore à part ceux qui y sont impliqués, peut le terroriser ? Il n'y a qu'une réponse. Il s'agit non pas d'une mort naturelle, mais bien d'un assassinat. Et Grimarest craint pour sa vie. Comme l'anonyme cité plus haut qui, lui-même, ne dénoncera rien mais devait bien être au courant pour se permettre d'accuser Grimarest de dissimuler cette vérité.

On est encore plus troublé lorsqu'on constate que Boileau, donc pas n'importe qui, ni le plus mal placé pour être au fait des choses, va encore plus loin, en dénigrant Grimarest lui-même ! Boileau l'accuse carrément d'ignorer les faits connus de tous mais qui étrangement n'ont jamais été publiés. Toute trace de l'impie Molière devait disparaître. Et pendant ces trente-deux années, une chape de plomb s'est abattue sur la vérité. Grimarest ne l'a pas soulevée, il s'est contenté d'écrire dessus quelques propos mensongers.

Bossuet lui-même laissera tomber, vingt-cinq ans après la mort de Molière, cette déclaration inouïe : « La postérité saura peut-être la fin de ce poète comédien » ! Enfin, pour que le dossier soit moins incomplet, ajoutons-y ceci : pourquoi donc Molière lui-même, s'il se sentait malade gravement, n'a-t-il pas rédigé son testament ? Ne serait-ce que pour que sa fille, Esprit-Madeleine, soit en sécurité ? Il faudra attendre plus de deux ans pour qu'une réunion se tienne, à la demande pressante de Donneau de Visé et Mauvillain le médecin, en vue de décider des meilleurs moyens de défendre les intérêts de la jeune enfant !

On se demande par quel aveuglement cet ignorant de Grimarest s'étonne qu'Armande, au moment de faire descendre le cercueil pour se rendre à Saint-Eustache, soit contrainte, « épouvantée par la populace assemblée sous les fenêtres », de lui donner par poignées une centaine de pistoles afin d'obtenir qu'elle lui laisse le passage. Alors que la vérité que chacun mesure, c'est que cette meute hurlait contre l'enterrement en Terre sainte d'un impie comédien n'ayant pas pu renier son art blasphématoire et qui ne méritait que la fosse commune !

Enfin, pour refermer le dossier sur le plus sidérant et qui accrédite bien la réalité de ce cadavre jeté aux chiens à Saint-Joseph, révélons que, cas unique, l'acte d'inhumation n'a pas été signé ! Laissons le mot de la fin à Jouvet, rapporté par Jean Meyer : « S'il serait audacieux de conclure, il serait malhonnête de se défiler et de clore à jamais l'enquête. » Par fidélité au Patron, nous l'avons rouverte.

Sherlocks (« Troublant constat... »)

La Grange ne fait absolument pas état de la moindre indisposition de Molière les jours qui précèdent la mort de Poquelin. Trois représentations du *Malade imaginaire* se sont passées sans aucun incident. Lorsqu'il évoque la fin de Molière, il évoque l'hypothèse qu'elle soit due à la soudaine aggravation d'un rhume ou d'une fluxion sur la poitrine ! On n'en meurt pas à 51 ans, surtout lorsqu'on est, comme l'était Molière, d'une constitution plus que robuste. N'oublions pas qu'il assumait trois métiers à la fois : auteur, comédien, chef de Troupe. De quoi Molière est-il donc mort ? La veine se serait rompue à force de tousser et aurait à elle seule, la vilaine, causé la mort !

Signe

Ce signe de deux points séparés par une diagonale, dont Molière ornait sa signature, que signifie-t-il ? Il apparut chez d'autres de 1648 à 1687. Une franc-maçonnerie secrète ? De lettrés, de comédiens, d'une importance inégale mais réelle.

Silences

Les *silences* ont, chez Molière, une importance décisive. Ce ne sont pas de simples césures ni un quelconque assaisonnement destiné à relever l'effet d'ensemble, à la façon du sel et du poivre dans une salade. Si l'on veut prolonger la métaphore culinaire, il faudrait plutôt considérer que les silences assurent ici quelque chose comme la « digestion » du texte, c'est-à-dire ce qui permet d'en tirer la substance profonde.

Lorsque, dans *L'École des femmes*, Agnès répond « Le petit chat est mort » à la question d'Arnolphe qui lui demandait « Quelles nouvelles ? », celui-ci est soudain submergé par l'émotion. Scotché. Parce que ça détruit toute possibilité de poursuivre le dialogue qu'il avait préparé pour la maintenir habilement sous sa coupe. C'est son silence, à la fois hilarant et bouleversant, qui dévoile le sens subliminal mais primaire de la situation. Quant à Agnès, par ces quelques mots naïfs, elle se libère de son emprise avec une simplicité si authentique que, le temps du silence qui les suit, le spectateur est immanquablement conduit à réaliser combien cette jeune fille est extraordinaire. Là encore, ce n'est pas le texte en lui-même (« Le petit chat est mort ») qui donne à ce moment de la pièce sa force et son originalité, c'est le sentiment que l'actrice peut mettre derrière pour l'incarner. Sentiment que réclame avec la plus grande précision la manière dont Molière a agencé, par petites touches rapides, la situation, le choc des caractères, la tension entre les désirs des personnages. Tandis que, chez Shakespeare, quand Roméo dit « Je défie les étoiles » sous le balcon de Juliette, c'est le texte en soi qui est porteur.

Si l'on synthétise brièvement les éléments de l'art théâtral de Molière, on réalise qu'il part d'instantanés émotionnels (en réaction à la situation immédiate ou aux tensions entre les intentions des personnages et les conventions sociales). Puis il les agence pour construire des scènes où ils rebondissent les uns sur les autres. Il fait ainsi monter les enchères de la tension dramatique et comique, tout en en approfondissant les enjeux humains. Enfin, il organise la suite des trois ou cinq actes de manière que les scènes s'entrechoquent de la même façon que le font les instantanés émotionnels. Le texte est alors, tout à la fois, ce qui cache sous divers lieux communs les véritables émotions des personnages et une sorte de partition, au sens musical, des émotions qu'il travestit mais trahit en même temps. Avec une telle exactitude que l'acteur qui sait lire attentivement et jouer avec talent sent très précisément les affects qu'il doit exprimer pour que les dialogues aient toute leur portée. Ces chocs successifs et orchestrés d'émotions révèlent progressivement aux spectateurs les dimensions humaines les plus profondes, auxquelles

les personnages, enfermés qu'ils sont dans leurs lubies et dans leur incapacité à les concilier avec ce qu'ils vivent, restent aveugles jusqu'au bout.

Singes

Jean-Baptiste naît à l'angle des rues des Vieilles-Étuves, Saint-Honoré et de la Juiverie. Poquelin père, Jean, a installé les siens face à ce fameux poteau cornier qui décore le Pavillon des singes, nommé parce qu'on y admire six singes, comme les six jours de la semaine, qui s'échangent leurs fruits, qu'un septième singe, dimanche, reçoit. Comme signifiant que tu récolteras le septième jour du Seigneur les fruits de ta semaine de travail. Ce pavillon où la famille Poquelin vivra plus de vingt-trois ans est composé d'une boutique très imposante, de trois étages et d'un grenier. Le tout à pignon et à égout. La cour est vaste à caveaux voûtés. Trois étages de galeries. Elles mènent aux aisances. Sans oublier l'édifice adjacent, suffisant comme petite écurie. Cette demeure ne sera détruite qu'au début du XIXe siècle, en 1802. On a heureusement su conserver, avant la disparition du lieu devenu insalubre, ledit poteau. On le remet alors au musée des Monuments français, les Petits-Augustins. Jusqu'à ce qu'un crétin, employé là, ne le brûle pour parer au manque de bois de chauffage ! Elle n'est pas belle la vie ?!

Six

Molière le considère comme son chiffre bonheur, d'où, peut-être, le choix de faire jouer son *Misanthrope* en 1666. Pourquoi ? Parce que sa maman avait mis au monde six enfants et était morte en couches pour le septième.

Sœur et tante

Mère Agnès de Sainte-Thècle à Port-Royal écrit froidement, à son neveu Jean Racine, qu'elle a appris avec douleur qu'il fréquentait plus que jamais ce diable dont le nom est abominable ! Molière !

Solfège

Le théâtre a son solfège comme la musique. Un texte théâtral est aussi une partition. D'orchestre. L'orchestre théâtral. Ce solfège repose sur une triple ponctuation.

1) Il y a les signes de ponctuation que suit l'acteur qui prononce le texte. Ils lui signifient où s'arrêter, où prendre un temps, où lever la phrase en interrogation, en exclamation, en suspension, ou en conclusion pour la refermer, donc lui donner son sens. Mais prendre un temps d'arrêt carrément, comme avec les deux points, c'est comme un stop en automobile. Il faut le marquer. Attendre. Et repartir. Que faire pendant cette attente ? Regarder à gauche, à droite. L'effet que l'on fait sur le ou les partenaires. Voire soi-même. Et goûter cet effet. Puis, oui, continuer. Ce n'est en aucun cas un silence ! L'arrêt n'est pas un silence. Donc il y a une deuxième sorte de ponctuation, c'est celle qui ne discipline pas le texte à cause du comment mais du pourquoi du texte. « Le comment », c'est comment puis-je vous dire ce que j'ai à vous dire. Donc « je dois le dire comment ? » signifie : vite ? lentement ? posément ? abruptement ? délicatement ? en cherchant les mots ? en les affirmant sans hésitation ? Tel est l'effet recherché du premier type de ponctuation, qui concerne le « comment ».

2) Le deuxième type de ponctuation correspond au « pourquoi ». Pourquoi dis-je ça ? Cet effet-là engendre une ponctuation différente. Et elle n'est pas visible dans l'édition du texte. Elle doit être imposée par l'acteur. Comme les pédales du pianiste qui, à un centième de seconde près, changent tout. Tout acteur a sa propre ponctuation-pédale.

3) Enfin, une troisième ponctuation est exigée. Non plus celle du « comment » ni celle du « pourquoi », mais celle du « pour qui ». La preuve : suivant à qui s'adresse Alceste, par exemple Philinte ou Oronte, ou bien Célimène ou Arsinoé, il ne ponctuera pas du tout le texte de la même manière. Et donc cette ponctuation est comme un ascenseur à différents étages. Il s'agit d'une hauteur de ton. Selon les cas, le phrasé sera plus crié, plus parlé, plus chuchoté, plus droit. Ici, survolant son sujet, donc hautain et distancié, clairement posé. Là, simplement déclamé ou jeté, les phrases elles-mêmes venant comme si elles surgissaient d'une façon involontaire.

Furetière n'a donc strictement rien compris à Molière dans ses considérations sur la ponctuation théâtrale. Influencé par Bourgogne et le Marais, il a torché clairement à leur sujet ce qu'il avait parfaitement raison d'écrire longuement sur leur jeu théâtral. Mais rien à voir avec la pratique du théâtre selon Molière. Incompréhensible pour quelqu'un, tel Furetière qui n'est pas comédien ! Et qui se mêle de ce qui ne le regarde pas !

Sommets

Si l'on considère l'œuvre complète de Molière, on doit convenir que *Le Misanthrope* est le chef-d'œuvre du théâtre français. Comme *Hamlet* l'est pour le théâtre anglais. C'est qu'au-delà de la perfection de sa construction théâtrale et de son arc-en-ciel éblouissant de rôles, qui sont tous passionnants, la pièce dit tout sur l'être humain. Sur l'amour. Sur « la quête de vivre ». Avec d'autant plus d'intensité, de profondeur, de diversité qu'elle s'appuie sur une intrigue minimaliste, confrontant des personnages caractérisés par peu de traits mais dont l'association est problématique. Molière a le génie de tirer le parti maximum de cette économie de moyens, partielle et adaptable par construction, pour la plier à la révélation des réalités humaines les plus variées et les plus secrètes.

À côté de cette réussite absolue, *Dom Juan* est un chef-d'œuvre plus paradoxal encore dans la mesure où sa perfection n'est pas vraiment théâtrale mais plutôt cinématographique avant l'heure. La pièce est construite par plans et séquences qui se succèdent sans transition, confrontant des scènes dont les liens doivent être reconstruits par les spectateurs. Molière a ainsi tiré un parti génial et radicalement inédit des contraintes que lui imposait la mise en scène de cette comédie « à grand spectacle », dont les lourdes machines et les effets somptueux exigeaient qu'on s'en tienne à un seul grand décor par acte : le choix de faire l'économie des scènes qui ne pouvaient s'intégrer dans ce dispositif, tout en faisant allusion à ce qui s'y était passé, a permis à Molière d'inventer une nouvelle dramaturgie, plus rapide, plus allusive, plus énigmatique. Les rapports de force ou de séduction entraînent toutes les autres préoccupations des personnages dans une ronde infernale où l'action et le désir noient les intentions, les justifications, les arguments. À l'inverse du *Misanthrope* où tout est finalement montré, ici tout est délibérément caché.

Plus concrètement, on pourrait dire les choses ainsi : l'histoire racontée est celle de *Don Juan Tenorio*, bien connue des contemporains de Molière. Tirso de Molina en avait tiré une pièce célèbre sous le titre *L'Abuseur de Séville*. Partant de ce personnage et de ce récit, Molière, au lieu de choisir, comme ses prédécesseurs, une narration édifiante maintenant le personnage dans la distance du mythe, opte pour la plus grande proximité. Dès lors, l'adhésion au charisme, à la liberté, à la brillante réactivité du personnage marginalise toute autre considération, à commencer par ce qui relèverait d'un jugement moral.

Sorcier

Le prodigieux décorateur italien Giacomo Torelli était aussi architecte et ingénieur militaire. Il avait fourni au Novíssimo Teatro de Venise une machinerie remarquable, une scène tournante étonnante qui permettait des changements de décor stupéfiants ! On le surnomma « le Grand Sorcier » ! C'est lui qui, grâce à Mazarin, équipera le Théâtre du Petit-Bourbon et qui fit triompher Corneille, avec son *Andromède*, en 1650. Gaspare Vigarani succède au Grand Sorcier mais, comme un traître fou de jalousie, va ordonner la destruction du travail génial de Torelli. Par miracle, Diderot en reproduira dans son *Encyclopédie*, un siècle plus tard, les modèles. Molière envisagea des projets fastueux avec Torelli. Mais la mort l'en priva.

Celle de la rue de Richelieu, où les pigeons viennent déféquer leurs chiures sur le crâne de Molière, est l'exemple parfait du mépris de la France encore aujourd'hui pour Molière ! Cessez donc de jouer les hypocrites ! Les militaires ont droit à leur statue sur les places les plus belles de Paris. Molière est coincé entre deux rues telle une langue de vipère, là où elles se rejoignent et se séparent. Sous prétexte qu'il serait là où il est mort. Quelle honte ! Alors cette statue fontaine devrait bien entendu être érigée devant la Comédie-Française, sur la place ! Mais qui s'en soucie ? Comme il est révoltant qu'il n'y ait pas de statue de Victor Hugo place Victor-Hugo. On l'a fondue pour en faire des boulets pour défendre Paris assiégée ! Paris n'est pas la seule ville ingrate et hypocrite ! Avignon peut rougir de honte que la place du Palais-des-Papes ne soit pas comme la place de l'Étoile, place Charles-de-Gaulle, rebaptisée place Jean-Vilar.

Suicide

Déjà à son époque, Molière fut célébré comme saladant théâtre et musique dans la même casserole : le spectacle. « Il fut le premier à inventer la manière de mêler des scènes de musique et des ballets dans ses comédies et trouver par là un nouveau secret de plaire qui avait été jusqu'alors inconnu », souligne Donneau de Visé. Critique favorable et élogieuse. Mais si ce fut la gloire de Molière de marier musique et théâtre, ce fut aussi un suicide. Pourquoi ? Le cinéma du XXe siècle a finalement imposé un mariage de raison où la musique et l'écran ont fini par se rendre indispensables l'un l'autre, au point qu'on ne peut plus imaginer un film sans musique, ni d'ailleurs une musique sans image, à preuve Internet, les clips, les vidéos. Mais avant cela, la musique, même au théâtre, n'aura cessé de mépriser ou de trahir celui qu'elle aura toujours considéré comme inférieur à elle. Les comédies musicales, qui sont pourtant aussi de la musique, étant elles-mêmes snobées comme bâtardes par la caste supérieure des adeptes de la « grande musique » ! Comme s'il y avait une grande et une petite musique ! Une grande et une petite peinture ! Une grande et une petite poésie ! Un grand et un petit théâtre !

J'insiste longuement car il aura fallu un siècle, le XXe, pour qu'on réalise que les musiciens de cinéma n'avaient rien à envier aux compositeurs d'opéra ! Que *West Side Story* ou *Porgy and Bess* valent bien *Carmen* et *La Bohème*. Que les musiciens de théâtre, qu'on a commencé par mépriser comme faiseurs de « musique de scène », eux aussi n'ont pas à rougir. Maurice Jarre signe la musique du TNP ou de la Comédie-Française pour *Lorenzaccio*, puis se couvre d'Oscars pour *Le Pont de la rivière Kwaï*,

Docteur Jivago ou *Lawrence d'Arabie*. Verdi, Mahler, Strauss, Offenbach, Puccini, Liszt, Chopin, Beethoven, et bien sûr, le premier même, Mozart, auraient tous signé des musiques de film ! La preuve que c'eût été pour le meilleur nous en est donnée par Kubrick dans *2001*, son *Odyssée de l'espace straussisante* !

Molière a saladé musique et théâtre pour quinze de ses œuvres. Et la trahison de Lully, qui va tout lui voler, est à l'image de la haine, et de la jalousie, et de la prétention, et du mépris de la musique pour le théâtre. C'était bien un suicide de croire le mariage durable. Si Molière n'avait jamais touché à la musique, il aurait gardé son théâtre jusqu'au bout et n'aurait pas été trahi.

Supplique

Molière, rue de Richelieu, va mourir d'ici peu dans son lit, tordu de douleurs. Les deux religieuses venues pour le carême ne sont jamais descendues recueillir ses derniers râles. Le portrait qui sera fait est une falsification. La vérité indiscutable, formelle, est que les curés Lenfant et Lechat, alors qu'on s'est précipité à Saint-Eustache pour les chercher, refusent, et « plusieurs fois », de se rendre au chevet du mourant. La supplique qu'Armande aura adressée à l'archevêque de Paris, Harlay de Champvallon, en est la preuve ! Elle accable la forfaiture ! Les allées et venues incessantes entre Saint-Eustache et rue de Richelieu y sont mentionnées formellement. Présent en chambre, Aubry va dépêcher enfin un autre prêtre, un certain Paysant. Il n'arrivera qu'après le décès de Poquelin, ayant pris presque deux heures pour se rendre enfin sur place. N'ayant pas pu, comme Madeleine Béjart, se commettre d'une soi-disant confession où tout comédien chrétien doit renoncer à son « infâme » profession pour avoir droit à la Terre sainte, Jean-Baptiste Poquelin est donc destiné à la fosse commune.

Accompagnée du curé d'Auteuil, assurant que Poquelin a bien fait ses Pâques en l'église de Saint-Germain, Armande veuve Poquelin se rend chez le roi, afin d'implorer Sa Majesté pour qu'on enterre Molière en Terre sainte. D'abord elle affirme qu'il n'est pas janséniste. Molière n'est pas non plus gassendiste. Le roi, qui n'est pas d'humeur, les congédie sans même entendre les autres raisons qu'Armande voulait invoquer devant lui. Elle souhaitait souligner que ce n'était pas Molière le comédien qu'on enterrait, mais Poquelin l'auteur. On n'a pas à jeter à la fosse commune un auteur ! Louis XIV ne se privera pourtant pas de le faire faire pour Racine, le déterrant à Port-Royal pour lui faire subir le même sort qu'à Molière. Là ce n'est pas l'auteur, l'historiographe qu'on jetait aux chiens, c'est l'enfant orphelin de Port-Royal. Armande entendait mettre en avant un troisième argument, qui fut le bon : il convenait d'étouffer tout scandale et d'en finir vite pour l'archevêque de Paris. Faire comme si, puis n'en faire qu'à sa tête ! Faire comme si on acceptait l'inhumation. En y mettant les formes. Elle se ferait de nuit. Sans un mot. Clandestinement en somme. Aux flambeaux.

Mais le curé Lenfant refuse encore de s'y plier ! Louis XIV lui-même ignore qu'on a fait creuser une tombe de six pieds puisque la terre n'est sainte que jusqu'à cinq pieds de profondeur. L'hypocrisie de monseigneur l'archevêque a donc le dernier mot. Jusqu'à ce cortège qui dépose le cercueil à l'annexe Saint-Joseph, car le cimetière susnommé est celui des suicidés et des enfants non baptisés ! La Troupe une fois dispersée, l'infamie fait place à l'hypocrisie ! Les curés Lenfant et Lechat procèdent à l'ignoble remontée du cercueil, ordonnant son ouverture et assistent au jeter du cadavre de Molière dans la fosse commune. Donné aux chiens ! Toute trace de l'impie Molière devant disparaître ! Peine perdue ! Son œuvre était son âme et serait, elle, vivante pour l'éternité.

Survivance

La survivance de la charge de tapissier du roi que Jean-Baptiste Poquelin reçoit, son père s'en décharge justement pour les 15 ans de son fils, en 1637. C'est Molière et plus Jean-Baptiste Poquelin qui à son tour renonce à 21 ans à cette charge devenue pesante ! Il a fondé l'Illustre-Théâtre, sa Troupe, dont le fondement est le clan Béjart. Et l'argent qui lui revient par l'abandon de cette charge, il va l'engloutir dans le naufrage de l'Illustre-Théâtre !

T

Tableau imaginaire

En clin d'œil à Molière : le peintre Ingres, en 1858, signe un tableau splendide représentant une scène qui se veut véridique. Molière invité à souper par le roi, qui fait servir sur la table commune son « en-cas de nuit ». C'est totalement faux ! Tirée des propos sortis des « Mémoires » de Mme Campan, cette scène historique n'a jamais existé. Mais ne le dites à personne ! Elle participe à la mainmise du pouvoir qui tient volontairement à persuader chacun que Molière était le favori du roi. Ce qui est faux.

Tablettes

Poquelin écrit sur ses tablettes qui ne le quittent jamais. Devant telle vitrine de boutiques de dentelle, il paraît « attentif au discours des personnes de qualité qui marchandaient ». Donneau de Visé, inspiré, poursuit ainsi : « Il semblait par le mouvement de ses yeux qu'il regardait jusques au fond de leur âme pour y voir ce qu'elles ne disaient pas. Je crois même qu'il avait des tablettes et qu'à la faveur de son manteau il a écrit sans être aperçu ce qu'elles ont dit de plus remarquable. » Molière croque-t-il les mimiques de chacun pour les reproduire aux chandelles en scène ? « S'il ne les a pas dessinées sur ses tablettes, je ne doute point qu'il ne les ait imprimées dans son imagination. C'est un dangereux personnage. Il y en a qui ne vont point sans leurs mains, mais on peut dire de lui qu'il ne va pas sans ses yeux ni ses oreilles. » Voici en quelques lignes le portrait le plus précieux sur Poquelin inspiré par la vraie vie. Et non par un fatras de livres !

Taiseux

Comme les plus grands auteurs comiques, Poquelin se montrait discret en société. Chaplin et Feydeau eux aussi, comme Guitry, ne se débondaient qu'en cercle privé. Chez eux, lorsqu'ils recevaient, ou dans des soirées chez des particuliers. Mais à la cour ou aux galas, le réflexe, pour les génies de la caricature comique, consistait à croquer leurs futures créations. Ils notaient réellement sur un petit carnet, comme Sacha ou Georges, telle ou telle réplique ou mimique ou bévue d'un hôte de marque ou pas. On la retrouverait à leur sauce, enrobée ou pas, écrémée ou fleurie.

Poquelin se disciplinait ainsi à ne jamais sortir d'une parfaite conduite. Ni un mot de travers, ni une démesure dans un comportement agressif. Pas de discours de remontrances ou de règlements de comptes intempestifs. En réalité Poquelin prenait sa revanche sur Molière : c'était à lui de jouer un rôle, mais lui l'exécutait dans la vraie vie. Il jouait son Molière ! Et avec un certain talent puisque ses contemporains s'y sont laissé prendre. À lire les comptes rendus élogieux de ses proches, D'Assoucy, Vivot, Boileau et consorts, on reste admiratif. « Quel homme ! » Les superlatifs ne manquent pas. Honnête. Simple. Fort civil. Humble. Ne se prévalant d'aucun mérite. D'une humeur fort plaisante. L'âme belle. D'un abord facile. Convaincant. Ouvert à tous. Discret. Parfait en un mot. Poquelin a donc su merveilleusement jouer et imposer ce rôle de Molière. Mais Mr Jean-Baptiste n'est pas docteur Poquelin. Et la plume encrée à la main, c'est lui, le vrai monstre de travail et de génie, qui va se révéler au fil des années. Sous le masque de Molière. Mais le vrai cette fois. Celui qui a le courage de se présenter à nu sur scène et de tout dire. Au risque de sa vie.

Un seul a parfaitement saisi le double visage de Poquelin : Boileau ! En deux vers impeccables de réalisme et sans fioriture dans sa *Deuxième Satire*. Parlant de Molière, il encre donc ce couple d'alexandrins :

« Et toujours mécontent de ce qu'il vient de faire
Il plaît à tout le monde et ne saurait se plaire. »

Lumineuse remarque ! Qui d'ailleurs aurait fait répliquer par l'intéressé, Poquelin : « Voilà la plus belle vérité que vous ayez jamais dite. » Ce qui est totalement faux. D'une part parce que Boileau en a dit bien d'autres qui prévalent celle-là, mais parce que si Molière eût pu penser cela à juste titre, il n'aurait jamais formulé cet acquiescement sous cette forme digne, elle, de Brossette la rapportant. Poquelin aurait lui rétorqué à la place de Molière deux vers troussés de sa façon :

« Vous par contre si satisfait de la satire,
savez flatter la cour sans jamais en médire ! »

Boileau appréciera !

Tapissier du roi

Jean-Baptiste a 20 ans. Prenant la charge de son père, il suit Louis XIII. À Narbonne. En réalité il le précède pour se charger de la haute tenue de la Chambre du roi. Richelieu et Louis XIII sont liés pour abattre une fois pour toutes les velléités de Gaston d'Orléans embourbé dans le complot de Cinq-Mars. Cinq-Mars finira par y perdre la tête, mais Jean-Baptiste Poquelin lui perd la tête pour une rousse brûlante, et sur les planches et dans les draps, la ravissante Madeleine Béjart. Comédienne étincelante de la célèbre lignée des Béjart. C'est dans un village perdu, Montfrin, qu'il a rendez-vous avec son destin. Et son destin, c'est elle ! Qu'elle le rende fou d'elle, c'eût été juste une aventure d'un moment. Mais qu'elle le rende fou du théâtre, c'est une passion pour la vie. De retour à Paris, Jean-Baptiste renonce à la charge, pour la confier à son cadet, Jean, en cette année 1642.

Tarte à la crème

La scène est à Versailles. Le duc de La Feuillade, courtisan zélé qui offrit au roi la superbe statue du Roi-Soleil triomphant qui orne la place des Victoires, fait signe au tapissier du roi, Poquelin, de s'approcher. Perfide, il laisse le favori du roi s'incliner, mais, lorsque Poquelin se relève, le duc lui prend la nuque perruquée et, comme un dément, frotte jusqu'au sang le visage de l'auteur de *L'École des femmes* contre sa rangée de boutons dorés, en hurlant pour que la scène n'échappe à personne : « Ah ! Tarte à la crème ! Tarte à la crème ! Molière !!! » Oui c'est Poquelin qui s'inclinait, mais c'est bien Molière qu'il humiliait. On vous crache au visage, monsieur le duc, avec tout notre respect.

Talent

Le talent est l'enfant de la maîtrise. L'artiste maîtrise son art et, en le pratiquant, il fait la preuve de son talent. De nombreux auteurs ne manquaient pas de talent. Ils maîtrisaient leur art. Alors pourquoi n'y a-t-il eu qu'un Molière au XVIIe siècle ? Pourquoi faudra-t-il attendre deux siècles pour voir arriver Marivaux et Beaumarchais et rien comme auteur de comédies avant ? Parce que seul le génie et non le talent permet d'être éternel. Le talent des gens s'éteint avec eux. Le génie des grands demeure à jamais. Avant Molière les farceurs avaient ce talent. Tabarin, Gaultier-Garguille, Guillot-Gorju ou, chez les Italiens, Scaramouche. Jean-Baptiste a retenu d'eux la fluidité du dialogue, le sens de l'effet comique, donc cette incessante quête du rythme. Dis trop vite, le comique devient une charge. Murmuré trop lentement, il tombe à plat. C'est d'eux qu'il tient son incomparable sens du rythme, donc de l'effet comique.

De Rotrou (1609-1650), qui signa treize comédies telles *Les Deux Sosies* (1636) ou *Les Ménechmes* (1631) d'après Plaute, Molière a retenu tout ce qu'il ne fallait pas faire : du comique en semelles de plomb où les personnages communiquent mais ne se parlent pas, donc ne se répondent pas ! Comme s'ils se parlaient à eux-mêmes en présence des autres. De Saint-Évremond (1616-1703), ses *Académistes* (1643) prouvent à Molière qu'à force de vouloir trop en dire on finit par ne rien dire. Scarron (1610-1660), c'est autre chose. D'abord, parce qu'il donne tragiquement l'impression d'être, en effet, davantage une chose qu'un corps. Un monstre. Un gnome. Rongé par cette terrible maladie qui, après une mauvaise baignade, l'aura rendu déformé. Une sorte de Hawking du XVIIe siècle. Le talent est immense. Et *Jodelet ou le Maître valet* en 1645 le prouve. Mais il n'eut pas de génie, car tout se voit dans cette si brillante comédie. Molière saisit là qu'il devra ne pas laisser ainsi visibles toutes les ficelles d'une pièce. Reste *Les Visionnaires* de Desmarets de Saint-Sorlin (1595-1676), que Molière appréciait et joua régulièrement. Mais qui ne dépassa jamais cette bienséance, dans le ton comme dans le sujet, qui pasteurisait l'ensemble. C'est tout, me direz-vous ? Oui, pour le talent comique du XVIIe siècle.

Témoignage

Celui de Robinet est si ambigu que l'on peut le mettre au dossier des pièces à conviction de l'assassinat de Molière, lorsque au premier acte de la quatrième représentation du *Malade imaginaire* il boit les quelques fioles qu'Argan est censé ingurgiter pendant son premier monologue. Robinet en effet, dès le 18 février 1673, aura peu attendu pour écrire dans sa lettre quotidienne, lettre en vers, ceci plus troublant, qu'on en juge :

« Molière ? – Hé bien !
Molière ? – A fini son destin.
Hier, quittant la comédie,
Il perdit tout soudain la vie.
À l'extrême chagrin par ce trépas réduit,
Je mis fin à ces vers, en février le dix-huit. »

Ayant été sommé de s'expliquer sur son « tout soudain », Robinet en remit une couche une semaine plus tard :

« Oui, la Mort, la traîtresse Mort,
Au sortir de sa Comédie,
Borna le Filet de sa vie,
Avecque son Trait meurtrier,
Sans lui donner aucun Quartier. »

Après son « trait meurtrier » Robinet dénonce les auteurs de ce « meurtre », des médecins.

« Il déclama contre eux, presque toute sa vie,
Et néanmoins, par eux, il finit ses Destins.
C'est, Passant, ce que j'en puis dire. »

Ce n'est plus un témoignage, c'est une accusation. Ce n'est pas la seule. De toutes parts on s'étonne d'une telle mort.

« La Parque l'a surpris, personne ne l'ignore.
Son coup fut aussi prompt que le feu des éclairs. »

Ces deux vers sont les premiers d'un sonnet anonyme qui en dit long. La rumeur s'enfle. Comme encore cet accablant témoignage parmi tant d'autres :

« Molière est mort subitement
Le diable l'a pris brusquement. »

En d'autres circonstances plus évidentes sur une mort jugée conséquente, on eût écrit :

« Molière est mort subitement
Dieu l'a rappelé brusquement. »

C'est le diable et non le Seigneur qu'on dénonce.

Tenir

Jean-Baptiste Poquelin n'était encore, au temps de ses études, qu'un élève parmi les mille six cents du collège de Clermont. Une seule chose était présente à son esprit : tenir ! Tenir bon et s'accrocher ! Après les deux années enrichissantes car vivifiantes de philosophie, Poquelin Jean-Baptiste doit donc subir l'année insipide de théologie et les deux ans pires encore de droit canon. Il en acquiert une haine contre toute robe : celle du docteur, de l'avocat, du notaire, du juge ou de l'huissier ! Il ne cessera en Molière de venger Poquelin Jean-Baptiste de ces interminables journées passées, perdues pense-t-il alors, à plancher sur ce verbiage volumineux, insipide et finalement bienfaisant car de cet ennui désespérant Molière en tirera une distanciation pour y échapper qui l'amènera au final à utiliser pour se faire l'antidote : le rire !

Thé ou chocolat

Molière appréciait le chocolat davantage que le thé, qui faisait vite uriner et ne réchauffait qu'un moment alors que le lait marronné restait imprégné à l'estomac, en 1659. Pour Balzac, au XIXe siècle, ce sera le café sa potion magique. Pour Molière, le chocolat.

Thèse

Poquelin Jean-Baptiste réussit la sienne, de philosophie, en 1639. Il n'a que 17 ans et n'imagine même pas être un jour comédien. Ni auteur dramatique. Ni devenir l'amant d'une actrice. Ni être jeté en prison pour des chandelles non payées. Ni devenir le plus célèbre de tous les Français du XVIIe siècle ayant défié ce qu'il croit à son âge devoir servir sans rechigner : la justice. Royale comme religieuse. À quel moment Jean-Baptiste Poquelin a-t-il basculé ? Quand s'est-il décidé à abandonner la robe d'avocat qui l'attendait pour revêtir la robe de chambre du Malade imaginaire ? Quel passionnant sujet de thèse ce serait là ! Comment devient-on un Molière ? N'ayant pas la réponse à cette énigme, nous tenterons par contre de révéler comment était et ce qu'était Molière. Avec sa Troupe. Avec sa famille. Avec ses femmes. Et surtout avec soi-même ! Mais aussi ce qui est au cœur du génie de son œuvre.

Titres

À mourir de rire parfois, les nouveaux titres des œuvres de Molière lorsqu'elles sont traduites à l'étranger. On pense à certains films américains dont le titre français n'a rien à voir ! Comme *La Mort aux trousses* d'Alfred Hitchcock, version française de *North by Northwest* ! Alors voici les titres et recherchez donc la pièce qu'ils intitulent ainsi :

1. *L'Homme aux soixante aiguilles.*
2. *Les Savants en jupon.*
3. *Quel snob !*
4. *The Prodigious Snob !*
5. *The Perfect Gentleman.*
6. *Le Doktor Kupido.*
7. *The Blue Stockings.*

Vous avez deviné ? Vous trouverez la liste des solutions dans l'entrée qui suit immédiatement celle-ci (*voir* : Titres [solutions]).

On compte aussi un nombre imposant de titres d'ouvrages sur Molière. Plus de quatre mille titres largement dépassés. Ce qui surprend, c'est que chaque livre a son Molière. Il n'est jamais le même. C'est sa postérité.

1. *L'Avare* en Grèce.
2. *Les Femmes savantes* en Suède.
3. *Le Bourgeois gentilhomme* en Norvège.
4. *Le Bourgeois gentilhomme* en Angleterre.
5. *Le Bourgeois gentilhomme* en Angleterre, autre version !
6. *L'Amour médecin* au Danemark.
7. *Les Femmes savantes* en Angleterre.

Tournées

De 1645 à 1658, durant treize années, Molière ne cessa de jouer dans toute la France. Preuve qu'il n'appartient pas à Paris, à la cour, au Louvre, à Versailles ou à qui que ce soit. Preuve aussi que tous les publics ont été conquis par ce précurseur des grandes troupes populaires itinérantes. Voici l'impressionnante liste des villes où Molière donna des représentations.

Paris : 1645. 1658.
Nantes : 1645. 1646. 1648.
Rennes : 1645. 1646. 1652.
Agen : 1645. 1646. 1647. 1648. 1649. 1650. 1656.
Cadillac : 1645. 1646. 1649.
Bordeaux : 1646. 1656.
Albi : 1647. 1657.
Carcassonne : 1647. 1649. 1655.
Toulouse : 1647. 1649. 1650. 1657.
Fontenay-le-Comte : 1648.
Poitiers : 1648.

Vienne : 1649. 1654. 1656.
Narbonne : 1649. 1650. 1655. 1656.
Pézenas : 1650. 1653. 1655. 1656.
Grenoble : 1652. 1658.
Nîmes : 1647. 1657.
Lyon : 1652. 1653. 1654. 1655. 1657. 1658.
Montpellier : 1653. 1654. 1655. 1656.
Montélimar : 1655.
Dijon : 1655. 1657.
Avignon : 1655. 1657.
Marseille : 1656.
Rouen : 1658.
Béziers : 1656. 1657.

Traités traîtres

Traité de la Comédie et des Spectacles selon la tradition de l'Église tiré des Concites et des Saints-Pères est une des ignominies du prince de Conti. *Défense du Traité de Monseigneur le Prince de Conti* signée par l'abbé de Voisin est du même style : une poubelle. *Sermon sur l'hypocrisie* est un tas de boue déversé sur Molière en 1670 par le protégé du président Lamoignon, Bourdaloue.

Tristan L'Hermite

Qu'a-t-il appris à Molière ? Artistiquement comme auteur dramatique tout ce qu'il ne fallait pas faire ! Écrire pour être lu au lieu d'écrire pour être dit. Le frère de cet encreur de poésie a épousé l'une des tantes Béjart et il est probable qu'il n'est pas, lui Tristan, resté insensible au charme de Madeleine. D'ailleurs, Tristan L'Hermite suivra la Troupe accompagné de sa fille. Son œuvre elle, par contre, ne sera plus jamais suivie après sa mort.

Trois types de rôles

Autour du héros, tous les autres personnages des pièces de Molière se répartissent, si on les envisage sous l'angle du type de jeu qu'ils réclament, en trois catégories, correspondant à trois sortes de mélodies fondamentales dont chacune donne le ton à l'interprétation de l'acteur.

La première suppose qu'ils réfléchissent à ce qu'ils vont dire avant de parler, comme s'ils pesaient préalablement dans leur for intérieur le pourquoi et le comment des paroles qu'ils se préparent à prononcer. Pendant qu'ils écoutent celui qui lance sa réplique, ils préparent leur réponse.

La deuxième exige, à l'inverse, un jeu purement instinctif, propre à ceux qui ne se rendent compte de ce qu'ils ont exprimé qu'après avoir pris la parole. Dans *L'Avare*, les rôles secondaires sont tous emportés par ce jaillissement incontrôlé, tandis qu'Harpagon est sans cesse à l'affût des moments où leurs propos les trahissent.

Enfin, la troisième mélodie s'impose pour ceux qui ne portent aucun jugement sur ce qu'ils disent, parce que leurs propos ne visent qu'à s'adapter au point de vue de leur interlocuteur. C'est, en quelque sorte, le texte des autres qu'ils interprètent et non pas le leur. Exemple archétypique de la confrontation de ces trois genres mélodiques : dans *Le Misanthrope*, Philinte choisit ses mots en fonction de ceux auxquels il s'adresse ; Alceste, lui, n'est qu'irrépressibles mouvements d'humeur ; tandis qu'Oronte médite ses répliques, qu'il calibre soigneusement avant de les prononcer, pour s'assurer qu'elles feront mouche sans risquer de le découvrir et de l'exposer à une contre-attaque.

Ces trois catégories de jeu apparaissent ainsi comme un premier cadre à partir duquel Molière concevait ses personnages pour, en tant qu'auteur, développer leurs relations.

Troupes

Cinq troupes auront jalonné la carrière de Molière. Quarante-six comédiens en tout. Dont cinq de la famille Béjart. Et treize femmes pour trente-trois hommes.

L'Illustre-Théâtre, 1643-1645.
La Troupe du duc d'Épernon, 1646-1653.
La Troupe du prince de Conti, 1653-1658.
La Troupe de Monsieur, frère du roy, 1658-1665.
et la Troupe du Roy au Palais-Royal, 1665-1673.

Pour l'Illustre-Théâtre : au Jeu de paume des Métayers :
Denis Beys
Geneviève Béjart, dite Mlle Hervé
Joseph Béjart
Madeleine Béjart

Nicolas Bonenfant, dit Croisac
Catherine Bourgeois
Germain Clérin, dit Villabé
Nicolas Desfontaines
Pierre Dubois
Magdeleine Malingre
Daniel Mallet
Philippe Millot
Georges Pinel, dit La Couture
Gaspard Rabel
Catherine Des Urlis

Pour la Troupe du duc d'Épernon en province :
Louis Béjart, dit L'Éguisé
René Berthelot, dit Du Parc ou dit Gros-René
Catherine Le Clerc, dite Mlle de Brie
François de La Cour
Charles du Fresne
Cyprien Ragueneau, dit de L'Éstang
Pierre Réveillon, dit Chasteauneuf
Madeleine de Varannes
Edme Villequin, dit de Brie

Pour la Troupe du prince de Conti en tournée :
Marie Aubert
Martin Foulle
Marquise de Gorle, dite Mlle Du Parc
Jean Le Masson, dit Longueval
Jean Vergier

Pour la Troupe de Monsieur, frère du roy, en province et au Théâtre du Petit-Bourbon :
François Bedeau, dit L'Espy ou dit Gorgibus
Julien Bedeau, dit Jodelet ou dit L'Enfariné
Marie Gassot, dite Mlle Du Croisy

Philippe Gassot, dit Du Croisy
Charles Varlet, dit de La Grange

Pour la Troupe de Monsieur, frère du roy, au Théâtre du Palais-Royal :

Armande Béjart, dite Mlle Molière
Jacques Crosnier, dit Du Perche
Jean Crosnier
André Hubert
François Lenoir, dit de La Thorillière
Guillaume Marcoureau, dit Brécourt
Marin Prévost

Pour la Troupe du Roy au Théâtre du Palais-Royal :

Michel Baron
Jeanne Beauval
Henri Châteauneuf
Marie La Grange, dite Mlle de L'Éstang ou dite Marotte
Jean Pitel, dit Beauval

Tunnel

Les salles de théâtre telle celle des Caryatides impressionnent. Pas seulement par la présence puissante de ces statues dressées qui semblent tenir droit et tout ordonner vers une discipline à tenir elle aussi. Mais également parce que cette salle des Caryatides ou salle des Gardes du vieux Louvre, une fois qu'elle fut adaptée au théâtre, a révélé un potentiel qui en a totalement renouvelé l'effet.

De 1550 à 1658, elle dégageait une impression de froideur austère et monumentale, qui, soudain, va voler en éclats. De rire bien entendu. Ceux de Sa Majesté elle-même qui, en cette nuit bénie du 24 octobre 1658, assiste sans s'en douter à la seconde naissance, la plus importante, la vraie cette fois oserait-on dire, de Molière ! Ce soir-là, osant paraître, sur ordre de Monsieur, frère du roi, croyant privilégier son propre chemin auprès de Louis XIV, la Troupe dudit frère se lance avec ardeur sur la scène aménagée, pour l'interprétation fougueuse de *Nicomède*. C'est Corneille qu'on entend avec respect pour le bonheur de la cour, semble-t-il, et celui de ces *Caryatides*, œuvres de Jean Goujon, statues dont le regard s'animerait presque à l'écoute de la tragédie. Mais si Corneille s'élève, Molière, lui, chute. Pour le plus grand plaisir des comédiens de l'hôtel de Bourgogne qui assistent à la représentation. Certes les actrices sont séduisantes, pour ne pas dire touchantes : la peur de paraître ainsi devant le roi et une telle assemblée les pousse à tout donner, de la voix tremblante comme de leurs seins et de leurs lèvres frémissantes. Mais le plaisir s'augmente pour eux de constater le piètre talent de tragédien de cet acteur, chef d'une Troupe de province lointaine, au demeurant lié à Monsieur, frère du roi, peut-être bien par sa sexualité plus que par son talent. Ils l'accablent : ils déplorent cruellement son ton quelconque, cherchant un naturel de jeu lassant, rébarbatif, au lieu du style ampoulé et porteur nécessaire auquel eux ont recours et, avec quel succès, les rassure. Chacun s'apprête à voir le roi se lever et quitter la salle des Gardes, après ce spectacle d'un commun familier en ce lieu où une fois de plus la province se sera montrée piteuse.

Mais brusquement, alors que nul ne s'y attend, ce visiteur du soir, ce « Molière », revient en scène. On s'attend à s'obliger à subir un déluge de compliments obséquieux. Que nenni ! L'homme parle soudain avec une nonchalance, une certaine élégance qu'on n'attendait pas d'un paysan de la sorte. Il use d'un ton et d'un langage chiadé qui interpelle. Celui d'un homme du barreau ayant sans doute préparé au mot près sa plaidoirie. Respectueuse envers Sa Majesté, flatteuse juste ce qu'il faut pour cette cour qui fait la grâce de sa présence. Et, coup de génie, ce bonhomme propose de conclure, après son remerciement verbal, par un dernier divertissement en guise de coup de chapeau aux présents. Il prie Sa Majesté d'accepter l'augure d'une de ses brèves petites comédies, dont la seule ambition reste de parvenir à distraire des péquenots. Louis XIV se serait levé, pourquoi pas pris d'une soudaine envie d'uriner depuis le milieu du quatrième de *Nicomède*, et toute la cour eût suivi la levée du roi : le destin de Molière s'arrêtait là. Mais Sa Majesté ne s'est pas levée. L'astre de Molière, si. Car c'est un succès inouï qu'il allait remporter. La soi-disant petite poilade achevée, Louis XIV, par ses rires et ses applaudissements, fait dresser l'assemblée enquillée qui l'imite aussitôt. Les clameurs réchauffent la salle des Gardes. Molière est né à Paris et seul Monsieur, frère du roi, fait la gueule, ayant saisi que son frère fait plus que célébrer « sa » Troupe ! Il la lui vole, la rebaptise Troupe du Roy et lui octroie la salle du Petit-Bourbon, à partager avec les comédiens-italiens !

Molière n'aura plus à paraître comme au temps passé, dans des Jeux de paume biscornus. Finis les tréteaux de fortune, mal foutus, les scènes mal dressées qui risquaient à tout moment l'incendie. Fini l'insalubre Jeu de paume des Métayers, le froid Jeu de paume de la Croix-Noire. On n'ira plus pisser dans la Seine en sortant précipitamment entre deux tirades quai des Célestins. On ne vomira plus non plus, ivre ou malade, dans les ruelles sombres de la rue Mazarine. Cette fois enfin Molière atteint son but : avoir un chez-lui. La Troupe du Roy s'installe au Petit-Bourbon.

U

Unions

La première union qui importe pour cet enfant, ce premier, qui va naître huit mois et demi après, est celle de Marie Cressé, fille d'un tapissier des Halles, et de Jean Poquelin, tapissier du roi, déjà enceinte de Jean-Baptiste. Du 27 avril 1621 au 15 janvier 1622 dans le ventre de sa mère, ce Christ du théâtre n'espérait pas de Rois mages à sa naissance. La seconde union, c'est celle de son père veuf de sa maman, Marie Cressé, et qui convole en secondes noces avec Catherine Fleurette : elle sera ainsi la seconde maman, la belle-mère, des cinq enfants qu'il a eus avec sa première femme. L'aîné, Jean-Baptiste, a 11 ans, Louis 10 ans, Jean 9 ans, Marie 8 ans et Nicolas 6 ans. La malheureuse Catherine mourra hélas deux ans plus tard en donnant naissance à sa seconde fille. La troisième union, c'est la sienne avec Armande, fille de Madeleine, en 1662. Lui a 40 ans, elle 2 ans environ. Elle pourrait être sa fille mais ne l'est pas. C'est celle d'Esprit Rémond comte de Modène qui entretient depuis toujours sa maîtresse Madeleine Béjart, mère d'un premier enfant que l'épouse de Modène dut reconnaître sien pour éviter le scandale. Molière scelle cette union avec les Béjart, qui va sceller à la fois la Troupe *béjartisée*, et sa perte programmée.

Universel singulier

Les chefs-d'œuvre de Molière ont touché le monde entier avec d'autant plus de force que, chez lui, la pensée est une conséquence seconde du jeu de la dentelle incessamment renouvelée des émotions qui se donne toujours en premier et porte les idées. Que l'on soit russe, chinois, nigérian ou américain, on est emporté avant même de s'en rendre compte, tant chacun, d'où qu'il soit et quelle que soit son histoire, se reconnaît immédiatement dans cet art de l'affect, dont la source se retrouve chez tous les humains en deçà des civilisations, des mœurs, des idéologies ou des intérêts qui les séparent. J'ai vu de mes yeux une pièce de Molière représentée au fin fond de l'Arizona, à Tucson, avec un succès extraordinaire devant un public conquis dont on sentait qu'il se projetait sans distance dans les réactions des personnages.

C'est une autre raison de l'universalité et de la modernité sans cesse renaissante de Molière : parce que tout passe par un jeu d'émotions dont nous avons tous en nous les racines, chaque spectateur ne peut s'empêcher de sentir qu'à la place du personnage il ressentirait la même chose que lui. Magnifique paradoxe du génie de Molière : si, comme je l'ai dit, ses personnages principaux sont aveugles à eux-mêmes et aux autres (au sens où ils se donnent sans cesse de fausses justifications et se trompent sur les intentions d'autrui), à aucun moment, en revanche, ils ne se mentent sur ce qu'ils ressentent.

Tandis que, chez Racine et chez Corneille, c'est l'inverse : les personnages se leurrent presque toujours sur les émotions qu'ils éprouvent. Le dilemme cornélien en est l'illustration la plus évidente. Il tient tout entier à la confusion où se perdent les héros entre l'ordre privé des sentiments et l'ordre public des valeurs. En quoi il les contraint à se poser inlassablement la question : « Que dois-je faire ? » Et, par là, à se convaincre que leurs sentiments devraient être soumis à leur devoir.

Encore une fois, le contraste est spectaculaire avec les personnages de Molière pour qui cette question (« Que dois-je faire ? ») ne se pose jamais. Du moins sous la forme d'un impératif catégorique auquel ils devraient absolument se conformer en tout point. Ils suivent simplement leurs pulsions, leurs réactions affectives. Celles-là mêmes auxquelles les héros de Racine s'efforcent tragiquement de résister : en eux, la pensée prime sur le sentiment.

V

Vérité

Molière a installé sur scène un nouvel équilibre entre des scènes où les lubies du héros provoquent des distorsions comiques dans ses rapports avec les autres personnages, et des moments où la vérité de l'écriture impose la plus grande fluidité derrière laquelle l'acteur doit rester assez humble, sobre, aussi simple que possible. Dans *Les Femmes savantes*, par exemple, le snobisme tatillon et envahissant d'Armande la rend hilarante dans les premières scènes, avant que, face à Clitandre, elle ne dévoile, malgré elle et sans parvenir à se comprendre, une part de ce qu'elle est à travers l'expression incontrôlée de son émotion. La *vérité de l'écriture* révèle d'abord le comique de son affectation : c'est *la vérité de son mensonge*, qui appelle un jeu stylisé, inventif, rythmé. Puis la porte s'ouvre soudain sur *la vérité de l'émotion*, laquelle demande que la personne qui joue le rôle s'exprime elle-même, directement et sans apprêt : c'est ce que j'appelle *la vérité de l'interprétation* par opposition à la vérité indirecte du *jeu du comédien*.

On retrouve un changement de niveau d'expression du même ordre quand, dans la scène avec Elmire, alors qu'Orgon est caché sous la table, Tartuffe tombe le masque de sa séduction mensongère, cynique et calculée, pour devenir fragile face à celle qu'il désire. Là aussi, le *jeu du comédien* doit faire place à la *vérité de l'interprétation.* C'est l'instant où ceux qu'il tenait sous son emprise vont pouvoir l'abattre. Bref, la vérité indirecte de l'invention comique induit, par ses variations, le moment crucial où surgit une autre vérité, émotionnelle et spontanée, dévoilant malgré lui le héros tel qu'il est au plus profond : l'acteur doit alors passer, selon la distinction proposée plus haut, du *jeu du comédien* à la *vérité de l'interprétation.*

On saisit là un autre trait du génie de Molière qui le rend éternellement moderne : si la matière première de ses dialogues et des situations qu'il met en scène est une simple reprise des discours et des rapports sociaux relevant des lieux communs de son époque, tout son art consiste, d'abord, à en faire exploser les faux-semblants, les taches aveugles, le mensonge endémique par le comique des situations inattendues, le choc des caractères ou des aspirations incompatibles. Puis à pousser cette déconstruction jusqu'à son ultime conséquence, où le héros est enfin mis en face de lui-même, pris dans une nasse : il n'a plus d'autre choix que de prendre enfin conscience de ce qu'il est ou de fuir (au sens propre, comme Trissotin, ou dans le délire, comme Argan). Or, ces problèmes ressurgissent, quasiment à l'identique, de siècle en siècle. La façon qu'a Molière d'en dévoiler les enjeux et les jeux jusqu'à leur racine conserve aujourd'hui comme hier toute son acuité et sa fraîcheur, parce qu'elle ne dépend aucunement des mœurs, idées ou justifications reçues à telle ou telle époque. Il s'en tient à explorer ce qu'elles cachent et les voies par lesquelles elles opèrent, toutes choses qui perdurent sous tous les régimes.

En résumé, on pourrait dire que Molière reste, en un premier temps, dans une *écriture du mensonge*, qu'il fait fonctionner comme un révélateur de ce qu'elle cache. Jusqu'au moment où il la transmute en *écriture de vérité*, par laquelle il entraîne les spectateurs (à l'instar d'un premier de cordée ouvrant la voie à des alpinistes) au sommet de la pièce, son *climax* : alors le héros n'a plus d'autre alternative que de voir la situation telle qu'elle est et lui-même sans illusion, ou de se jeter dans le vide. Jourdain, Arnolphe, Orgon, George Dandin, Argan, même Scapin se jettent dans le vide ! Le seul héros de Molière qui ne le fasse pas, c'est Alceste : il accepte de prendre conscience de ce qu'il est, du sens de ce qu'il a fait et de la responsabilité qu'il a eue dans son échec. Mais cette prise de conscience, on l'a vu, arrive trop tard, si bien que lui aussi se résout à fuir dans un désert.

Le spectateur prend alors conscience, avec une acuité sans précédent, de la difficulté de se trouver et de s'accorder avec soi-même : c'est le combat interminable de toute une vie. Or, la manière qu'adopte Molière pour nous en faire voir les profondeurs s'appuie essentiellement sur les tensions instantanées entre des manifestations stylisées de ces dimensions de l'existence, qu'il réduit d'abord à un petit nombre pour que nous puissions mieux suivre les conséquences complexes de leur combinaison.

C'est pourquoi Molière change notre regard sur nous-mêmes. Si, après avoir vu une pièce de Tchekhov, on se dit que l'on ne devrait plus se satisfaire d'*entendre* les gens que nous rencontrons mais nous efforcer de les *écouter* davantage, les comédies de Molière éveillent en nous l'aspiration inverse : elles nous font réaliser que nous devrions nous *écouter* un peu moins et nous *entendre* un peu plus. Condition préalable pour se préparer à cesser, autant que possible, d'être « faux-cul » avec soi-même : on pourra alors découvrir ce que l'on peut et doit s'apporter, que personne d'autre que nous ne pourra nous donner, faute de quoi nous ne pourrons rien apporter qui vaille vraiment aux autres.

Visage

Le vrai visage de Molière est celui de ses pièces, le visage de son œuvre : le visage de la dignité humaine. Les autres auteurs se contentent d'œuvre miroir. Ils parlent de ce qu'ils voient se refléter du monde dans ce miroir. Ils regardent. Ils révèlent ce qu'ils ont vu. Molière lui passe de l'autre côté du miroir. Il ne voit pas, il imagine. Il ne relève pas, il transporte le spectateur de l'autre côté. Pour qu'il entende ce qu'on ne lui a jamais dit, pour qu'il puisse voir ce qu'on ne lui a jamais montré. Comme Chaplin osera le faire aux États-Unis, le pays du rêve américain, qui n'est qu'un cauchemar de l'autre côté du miroir, Molière ose dénoncer le Grand Siècle. Au risque de sa vie. Pour notre gloire. Celle de la France. La France dont le visage est désormais celui de Molière.

Voler la vie

Molière se préoccupait en permanence de tirer le meilleur parti possible de ce qu'étaient les comédiens de sa Troupe, tant pour concevoir ses personnages que pour leur en faire travailler l'interprétation.

L'attention aiguë avec laquelle il avait toujours considéré les autres trouvait particulièrement à s'exercer dans la longue familiarité que la vie de Troupe favorisait avec ses comédiens. Il ne connaissait pas seulement les talents, les défauts et le potentiel de chacun en tant qu'acteur mais aussi les caractères, les comportements, les aventures ou les soucis des uns et des autres dans la vie privée. Et l'on sait, par le recoupement de divers témoignages, qu'il ne se gênait pas pour voler des traits de leur personnalité, des moments de leur existence, leurs manières de s'exprimer ou de réagir loin des feux de la rampe, au profit de tel ou tel de ses personnages auquel il les attribuait. Passant outre leur gêne ou leurs objections, il obligeait, s'il le fallait, ses comédiens à adopter sur scène les attitudes qu'ils avaient eues, les paroles qu'ils avaient prononcées, l'humeur qu'ils avaient manifestée dans un épisode ou un autre de leur vie familiale ou sociale.

Le personnage d'Arsinoé, dans *Le Misanthrope*, par exemple, est manifestement une réinterprétation, transposée et variée, de divers traits de Marquise Du Parc qui créa le rôle : le phrasé d'Arsinoé, plusieurs de ses expressions, une part de ses réactions sont empruntés directement à ce qu'était Marquise Du Parc dans la vie. Elle était sans états d'âme, manipulatrice, méprisait Armande Béjart, l'épouse de Molière à qui il avait justement confié le rôle de Célimène. Cela ajoutait d'ailleurs un effet de *private joke* pour ceux des spectateurs qui la connaissaient personnellement ou même simplement de réputation. On peut y voir aussi une préfiguration de ce que François Truffaut appelait « la vérification par la vie » : une manière de s'assurer de la justesse d'une scène, en attribuant au personnage des propos et des comportements directement tirés de moments vécus. Ces jeux de miroirs déformants entre les singularités de l'acteur et celles du rôle qui lui était confié se retrouvent à de nombreuses reprises, entre autres dans plusieurs personnages de valets ou de servantes.

La transposition, parfois directe, implique souvent des réaménagements plus complexes où « la greffe de vécu » change de sens dans le contexte nouveau de la pièce. C'est notamment le cas pour le rôle de Célimène, créé par Armande Béjart. D'une part, il emprunte à Armande une forme très particulière de séduction, des façons de s'exprimer, une proximité sensuelle tempérée par une constante distance. D'autre part, le parcours de Célimène diffère radicalement de celui d'Armande. Tout se passe comme s'il y avait deux personnages en un. Ce qui convient parfaitement au rôle de Célimène, dont les diverses faces sont si difficiles à concilier : son côté Armande face à la délicatesse de son côté Célimène. Dans la vie privée, les réactions d'Armande sont celles, tout à la fois, d'une fille, d'une épouse et d'une mère. Elle se comporte évidemment comme la mère de son enfant. Mais elle a encore, si l'on me permet l'expression, sa mère, Madeleine Béjart, ex-amante de Molière qui fait toujours partie de la Troupe, sur le dos. Et elle est la femme du même Molière. Or, celui-ci a mis, dans les rôles qu'il a écrits pour elle, ces trois parcours de sensibilité, dans des proportions chaque fois différentes. Plus généralement, on sent bien qu'il savait parfaitement, sur scène, amener les actrices dont il avait été l'amant (aux trois citées, il faudrait ajouter Catherine de Brie) dans un état d'émotion réel, celui même qu'il leur avait connu dans la vie, au travers de rôles qui jouaient, avec une acuité éblouissante, de ce qu'elles étaient à la ville.

Il est le premier auteur qui ait eu le culot de cette forme d'indiscrétion indécente, associée à la finesse et à la délicatesse d'invention avec laquelle il la transformait pour donner une profondeur inédite à ses personnages et à ses comédies. Il a été encore plus loin dans cette voie quand, dans *Psyché*, il a distribué dans les rôles d'un couple d'amoureux Armande Béjart, son épouse, et le jeune Michel Baron dont il était de notoriété publique qu'ils avaient une liaison.

Si Molière a su tirer un parti génial de ces greffes de réel, force est de constater qu'elles ont été souvent mal comprises par les contemporains, qui se lançaient dans d'interminables polémiques pour déterminer, par exemple, si Tartuffe était un portrait crypté de telle ou telle personnalité célèbre, connue pour sa dévotion emphatique, sa manie de faire la leçon à tout le monde et en toute occasion, ses manipulations cyniques : ils ne pouvaient pas se tromper davantage sur son art, car il créait toujours ses personnages par association et confrontation de traits contradictoires, issus des sources les plus diverses, ce qui excluait absolument la tentation, à ses yeux futile et grossière, de caricaturer une personne réelle.

Ce qui ne l'empêchait pas de jouer, à l'occasion sur les deux tableaux, en faisant en sorte que, sous les variations subtiles qu'il y avait apportées, le public puisse reconnaître le premier modèle dont il s'était inspiré : c'est le cas pour l'ignoble cuistre Trissotin, qu'il avait d'abord baptisé Tricotin, allusion transparente à l'abbé Cotin, pompeux salonnard magouilleur qui se répandait en saloperies sur lui. Comme le souligne, preuves à l'appui, Georges Forestier, Molière avait un sacré sens du « buzz » !

« Vos gueules, c'est du Molière ! »

Je me souviens d'une représentation de *Dom Juan*, que j'avais mis en scène pour une matinée classique au Théâtre du Rond-Point à Paris, avec Fanny Ardant dans le rôle d'Elvire, Jacques Weber en Don Juan, moi en Sganarelle ; Isabelle Nanty jouait Charlotte, Jacques Spiesser M. Dimanche ; bref une distribution sublime. On commence à jouer la pièce devant un public majoritairement composé d'enfants et d'adolescents qui, accompagnés de leurs parents ou grands-parents, chuchotaient encore un peu pendant la première scène. Alors Serge Gainsbourg, assis au premier rang, se lève tout à coup et dit avec une voix de gorge retentissante : « Vos gueules, c'est du Molière ! »

Table

Dans la même collection

Ouvrages parus

Philippe Alexandre
Dictionnaire amoureux de la politique

Albert Algoud
Dictionnaire amoureux de Tintin

Claude Allègre
Dictionnaire amoureux de la science

Metin Arditi
Dictionnaire amoureux de la Suisse
Dictionnaire amoureux de l'esprit français

Pierre Assouline
Dictionnaire amoureux des écrivains et de la littérature

Jacques Attali
Dictionnaire amoureux du judaïsme

Alain Baraton
Dictionnaire amoureux des jardins
Dictionnaire amoureux des arbres

Christophe Barbier
Dictionnaire amoureux du théâtre

Jean-Baptiste Baronian
Dictionnaire amoureux de la Belgique

Alain Bauer
Dictionnaire amoureux de la franc-maçonnerie
Dictionnaire amoureux du crime

Olivier Bellamy
Dictionnaire amoureux du piano

Yves Berger
Dictionnaire amoureux de l'Amérique (épuisé)

Laurent Binet et Antoine Benneteau
Dictionnaire amoureux du tennis

Adam Biro
Dictionnaire amoureux de l'humour juif

Patrice Blanc-Francard
Dictionnaire amoureux du jazz

Denise Bombardier
Dictionnaire amoureux du Québec

Éric Bouhier
Dictionnaire amoureux de San-Antonio

Hervé Bourges
Dictionnaire amoureux de l'Afrique

Jean-Claude Carrière
Dictionnaire amoureux de l'Inde
Dictionnaire amoureux du Mexique

Jean des Cars
Dictionnaire amoureux des trains
Dictionnaire amoureux des monarchies

Michel del Castillo
Dictionnaire amoureux de l'Espagne

Antoine de Caunes
Dictionnaire amoureux du rock

Patrick Cauvin
Dictionnaire amoureux des héros (épuisé)

Jacques Chancel
Dictionnaire amoureux de la télévision

Malek Chebel
Dictionnaire amoureux de l'Algérie
Dictionnaire amoureux de l'islam
Dictionnaire amoureux des Mille et Une Nuits

Jean-Loup Chiflet
Dictionnaire amoureux de l'humour
Dictionnaire amoureux de la langue française

Catherine Clément
Dictionnaire amoureux des dieux et des déesses

André Comte-Sponville
Dictionnaire amoureux de Montaigne

Gérard de Cortanze
Dictionnaire amoureux des Sixties

Xavier Darcos
Dictionnaire amoureux de la Rome antique
Dictionnaire amoureux de l'école

Bernard Debré
Dictionnaire amoureux de la médecine

Jean-Louis Debré
Dictionnaire amoureux de la République

Alain Decaux
Dictionnaire amoureux d'Alexandre Dumas

Didier Decoin
Dictionnaire amoureux de la Bible
Dictionnaire amoureux des faits divers

André Deledicq et Mickaël Launay
Dictionnaire amoureux des mathématiques

Jean François Deniau
Dictionnaire amoureux de la mer et de l'aventure

Bertrand Dicale
Dictionnaire amoureux de la chanson française

Alain Duault
Dictionnaire amoureux de l'opéra

Alain Ducasse
Dictionnaire amoureux de la cuisine

Jean-Paul et Raphaël Enthoven
Dictionnaire amoureux de Marcel Proust

Nicolas d'Estienne d'Orves
Dictionnaire amoureux de Paris

Vladimir Fédorovski
Dictionnaire amoureux de Saint-Pétersbourg

Dominique Fernandez
Dictionnaire amoureux de la Russie
Dictionnaire amoureux de l'Italie
(deux volumes sous coffret)
Dictionnaire amoureux de Stendhal

Franck Ferrand
Dictionnaire amoureux de Versailles

Luc Ferry
Dictionnaire amoureux de la philosophie

Élisabeth de Feydeau
Dictionnaire amoureux du parfum

Jean-Louis Fournier
Dictionnaire amoureux du Nord

José Frèches
Dictionnaire amoureux de la Chine

Max Gallo
Dictionnaire amoureux de l'histoire de France

René Guitton
Dictionnaire amoureux de l'Orient

Claude HAGÈGE
Dictionnaire amoureux des langues

Hervé HAMON
Dictionnaire amoureux des îles

Daniel HERRERO
Dictionnaire amoureux du rugby
Dictionnaire amoureux de l'Ovalie

HOMERIC
Dictionnaire amoureux du cheval

Francis HUSTER
Dictionnaire amoureux de Molière

Gilles JACOB
Dictionnaire amoureux du Festival de Cannes

Daniel JOUANNEAU
Dictionnaire amoureux de la diplomatie

Serge JULY
Dictionnaire amoureux du journalisme
Dictionnaire amoureux de New York

Alain JUPPÉ
Dictionnaire amoureux de Bordeaux

Christian LABORDE
Dictionnaire amoureux du Tour de France

Jacques LACARRIÈRE
Dictionnaire amoureux de la Grèce
Dictionnaire amoureux de la mythologie (épuisé)

André-Jean LAFAURIE
Dictionnaire amoureux du golf

Pierre et Olivier DE LAGARDE
Dictionnaire amoureux du patrimoine

Mathieu LAINE
Dictionnaire amoureux de la liberté

Jack LANG
Dictionnaire amoureux de François Mitterrand

Gilles LAPOUGE
Dictionnaire amoureux du Brésil

François LAROQUE
Dictionnaire amoureux de Shakespeare

Michel LE BRIS
Dictionnaire amoureux des explorateurs

Bernard LECOMTE
Dictionnaire amoureux des papes

Nicole LE DOUARIN
Dictionnaire amoureux de la vie

Anne LEHOËRFF
Dictionnaire amoureux de l'archéologie

Jean-Yves LELOUP
Dictionnaire amoureux de Jérusalem

Pierre LEMAITRE
Dictionnaire amoureux du polar

Évelyne LEVER
Dictionnaire amoureux des reines

Paul LOMBARD
Dictionnaire amoureux de Marseille

Peter MAYLE
Dictionnaire amoureux de la Provence

Michel MEYER
Dictionnaire amoureux de l'Allemagne

Christian MILLAU
Dictionnaire amoureux de la gastronomie

Richard MILLET
Dictionnaire amoureux de la Méditerranée

François et Valentin MOREL
Dictionnaire amoureux de l'inutile

Pierre NAHON
Dictionnaire amoureux de l'art moderne et contemporain

Alexandre NAJJAR
Dictionnaire amoureux du Liban

Henri PENA-RUIZ
Dictionnaire amoureux de la laïcité

Gilles PERRAULT
Dictionnaire amoureux de la Résistance

Jean-Christian PETITFILS
Dictionnaire amoureux de Jésus
Loïck PEYRON
Dictionnaire amoureux de la voile

Jean-Robert PITTE
Dictionnaire amoureux de la Bourgogne

Bernard PIVOT
Dictionnaire amoureux du vin

Gilles PUDLOWSKI
Dictionnaire amoureux de l'Alsace

Yann QUEFFÉLEC
Dictionnaire amoureux de la Bretagne
Dictionnaire amoureux de la mer

Christiane RANCÉ
Dictionnaire amoureux des saints

Alain REY
Dictionnaire amoureux des dictionnaires
Dictionnaire amoureux du diable

Pierre ROSENBERG
Dictionnaire amoureux du Louvre

Jean-Marie ROUART
Dictionnaire amoureux de Jean d'Ormesson

Élisabeth ROUDINESCO
Dictionnaire amoureux de la psychanalyse

Marcel RUFO
Dictionnaire amoureux de l'enfance et de l'adolescence

Ève RUGGIERI
Dictionnaire amoureux de Mozart

Danièle SALLENAVE
Dictionnaire amoureux de la Loire

Elias SANBAR
Dictionnaire amoureux de la Palestine

Jérôme SAVARY
Dictionnaire amoureux du spectacle (épuisé)

Jean-Noël SCHIFANO
Dictionnaire amoureux de Naples

Alain SCHIFRES
Dictionnaire amoureux des menus plaisirs (épuisé)
Dictionnaire amoureux du bonheur

Robert SOLÉ
Dictionnaire amoureux de l'Égypte

Philippe SOLLERS
Dictionnaire amoureux de Venise

Michel TAURIAC
Dictionnaire amoureux de De Gaulle

Frédéric Thiriez
Dictionnaire amoureux de la montagne

Denis Tillinac
Dictionnaire amoureux de la France
Dictionnaire amoureux du catholicisme
Dictionnaire amoureux du Général

Trinh Xuan Thuan
Dictionnaire amoureux du ciel et des étoiles

André Tubeuf
Dictionnaire amoureux de la musique

Jean Tulard
Dictionnaire amoureux du cinéma
Dictionnaire amoureux de Napoléon

Mario Vargas Llosa
Dictionnaire amoureux de l'Amérique latine

Hubert Védrine
Dictionnaire amoureux de la géopolitique

Dominique Venner
Dictionnaire amoureux de la chasse

Jacques Vergès
Dictionnaire amoureux de la justice

Pascal Vernus
Dictionnaire amoureux de l'Égypte pharaonique

Frédéric Vitoux
Dictionnaire amoureux des chats

Olivier Weber
Dictionnaire amoureux de Joseph Kessel

Jean-Michel Wilmotte
Dictionnaire amoureux de l'architecture

À paraître

Olivier Bellamy
Dictionnaire amoureux de Chopin

Richard Colasse
Dictionnaire amoureux du Japon

Denis Zervudacki
(sous la direction de)
Dictionnaire amoureux de l'entreprise et des entrepreneurs

Pour en savoir plus
sur les Éditions Plon
(catalogue, auteurs, vidéos, actualités...),
vous pouvez consulter
www.plon.fr
www.lisez.com

lisez!

et nous suivre sur les réseaux sociaux

Editions Plon

@EditionsPlon

@editionsplon

Achevé d'imprimer en septembre 2021
par Normandie Roto Impression s.a.s.
61250 Lonrai
N° d'impression : 2104410

Imprimé en France